GLOW

Collection Romantasy dirigée par Arthur de Saint Vincent
Ouvrage dirigé par Bénita Rolland et Luce Valli
Couverture créée par A.T. Cover Designs
Carte créée par Fictive Designs
Illustrations : Bex Creations

Pour la présente édition
© 2023, Hugo Roman
Département de Hugo Publishing
34-36, rue La Pérouse
75116 - Paris
www.hugopublishing.fr

ISBN : 9782755664393
Dépôt légal : octobre 2023
Imprimé en France par CPI Bussière

GLOW

Traduit de l'anglais (États-Unis)
par Caroline de Hugo

LA SAGA D'AUREN TOME 4

RAVEN KENNEDY

Hugo Roman

Romantasy

Orea
Deuxième Royaume
Wallmont
Gallenreef
Ellimery
Premier Royaume
Highbell
Sixième Royaume
Septième Royaume

BRACKHILL
TROISIÈME
ROYAUME
QUATRIÈME
ROYAUME
CLIFFHELM
CINQUIÈME
ROYAUME
RANHOLD
LES
BARRENS

À PROPOS DU LIVRE

Veuillez noter que ce livre contient des éléments explicites et sombres qui sont susceptibles de heurter la sensibilité d'un public non averti, tels que des scènes de sexe, un langage adulte, de la violence. Ce livre parle aussi du poids des traumatismes et du processus de reconstruction après une manipulation émotionnelle et physique.

À toutes celles qui restent debout
malgré leurs faux pas.

CHAPITRE 1

REINE KAILA

L'air est saturé de cris.

Le long de la façade du château de Ranhold, une marée humaine s'est échouée dans la cour. Elle coule, s'enfonce, l'écume de ses cris forme des vagues qui ondulent.

Derrière moi, les gardes de Ranhold tentent de faire évacuer les sujets par la porte en hurlant des ordres frénétiques qui peinent à se frayer un chemin dans ce chaos. Une partie des convives essaie de rentrer pour voir ce qui se passe, les autres s'enfuient pour se mettre à l'abri.

Manu et mes gardes sont parvenus à nous faire sortir, mais de justesse. Mon cœur bat à tout rompre et ma respiration est aussi rapide que le flot d'adrénaline qui circule dans mes veines. C'est le genre de vulnérabilité qui me donne l'impression d'être un animal pris au piège. Un animal gelé dans la neige, incapable de bouger. Et pourtant, ce qui me cloue vraiment au sol, ce sont les bruits qui proviennent du château. Qui tapent. Claquent. Retentissent. Fracassent.

Toujours plus de cris.

Les hurlements atteignent un niveau encore inégalé quand l'or liquide fait soudain irruption par la porte d'entrée. Tout le monde recule, les corps haletants sont pris dans un vent de panique, ils bousculent la masse derrière eux pour tenter de s'éloigner.

Manu et Keon se tiennent devant moi pour me protéger tandis que nos gardes nous encerclent. Certains n'ont pas survécu, mais je n'ai pas voulu regarder autour de moi pour voir combien j'en ai perdu.

L'or jaillit de la porte et s'enroule autour des murs du château, il dégouline le long des marches du perron. On dirait qu'il tend les mains, il est sur le point d'attraper un homme, mais des soldats parviennent à écarter le malheureux à la toute dernière seconde.

Le métal liquide s'écrase comme un enfant en colère qui frappe le sol de ses poings et fait jaillir des éclaboussures. Sur les marches enneigées, des veines d'or strient la pierre. D'autres gouttes dorées coulent comme du sang sur les rebords des fenêtres en tachant les vitres et en recouvrant les cadres.

Nous sommes cernés par les remparts éclairés par des lanternes, et même s'ils sont censés nous rassurer en nous donnant le sentiment d'être protégés, ils ne font que nous piéger sur place. Je suis sur le point de suggérer à mon frère de nous éloigner au cas où l'or continuerait à se déverser quand un autre grand fracas se produit quelque part à l'intérieur, ce qui me coupe la parole.

Je dévisage mon frère et Keon en me demandant ce qui a pu être détruit, qui d'autre a été tué. Mais alors, comme si ce bruit était le signal de la fin, l'or qui enserre les murs cesse soudain de scintiller et d'onduler.

Il se met à durcir alors que le château devient étrangement silencieux.

Les cris de la foule s'interrompent également, tout le monde attend avec impatience de voir si c'est vraiment fini. Je ne sais pas combien de temps nous restons là, à regarder et à écouter, mais les taches d'or sur la pierre grise ne bougent plus et, malgré les torches qui diffusent la lumière du feu, tout semble plus sombre. Plus froid.

Les mouvements et les sons ont peut-être cessé, mais j'ai la sensation qu'ils prennent vie en moi. Mon corps commence à trembler, mon esprit est assailli par un flot de pensées bruyantes qui tourbillonnent.

Par toutes les déesses, qu'est-ce qui vient de se passer?

Dans la neige où je me tiens, mes chaussures sont trempées et j'ai la chair de poule dans l'air glacial de la nuit. Je n'étais pas censée sortir dans cette robe. En ce moment, je devrais être dans la salle de bal. Je devrais être en train de fêter l'annonce de mes fiançailles tout en faisant des plans pour que mon contrôle s'étende au Sixième Royaume.

Et je devrais avoir plus chaud.

En baissant les yeux, je découvre des taches d'or qui éclaboussent ma robe bleu foncé en formant un ensemble hétéroclite de points brillants. Je n'ose pas passer mon doigt dessus. Pas après ce que j'ai vu dans cette salle de bal.

– Est-ce que ça s'est arrêté?

Ma question est bien trop simple au vu de ce qui vient de se passer. Est-ce *qu'il* s'est arrêté? L'or déchaîné qui nous a durement frappés.

Je sais déjà que le souvenir de cette soirée va longtemps me hanter, que je vais me la repasser en boucle.

Je ne pourrai pas effacer de mon esprit la façon dont l'or se déplaçait avec une précision violente. Comment il a coulé le long des murs. Comment il s'est accumulé sur le sol. Comment il a éclaboussé, frappé et *consumé.*

– Est-ce que ça s'est arrêté? je demande à nouveau, d'une voix aiguë comme je ne l'ai jamais entendue.

Je n'ai jamais été confrontée à un tel danger mortel, et mon corps le sait. C'est pourquoi mon pouls s'accélère encore, c'est pourquoi il bat dans mes oreilles.

C'est pourquoi je ne peux m'empêcher de trembler.

– Je pense que oui, finit par répondre Manu en se retournant.

Son mari observe toujours le château, comme s'il n'avait pas confiance. Comme s'il s'attendait à ce que la violence du métal liquide reprenne de plus belle.

– Par tous les diables ! je l'entends marmonner.

Peut-être est-ce son juron qui fait sauter le bouchon qui comprimait la foule, car un raz-de-marée de voix diverses commence à déferler dans la cour. Automatiquement, mon pouvoir se déploie pour attirer à moi ces paroles. Ma magie balaie la foule, capte ce que disent les gens et glisse les mots dans mon esprit.

Que s'est-il passé ?

C'est le toucher d'or du roi Midas.

Où est le roi Midas ? Où est le Roi Putride ?

Notre prince est mort.

Midas l'a-t-il fait exprès ?

Mais que s'est-il passé, bon sang ?

Les mots coulent de leurs bouches jusqu'à mes oreilles, où ils se rassemblent comme les fils d'une toile que je dois tisser. Mais bientôt, je n'ai même plus besoin de mon pouvoir pour les entendre, car la foule se met à crier. Elle exige des réponses avec des hurlements frénétiques assez forts pour être entendus de tous.

– Merde, siffle Manu. Tu devrais peut-être…

Quelqu'un s'écrie soudain :

– Je sais ce qui s'est passé !

Tous les regards se tournent vers une femme qui avance en titubant. Elle pointe un doigt tremblant en direction de la porte où l'or a coulé comme d'une plaie béante.

– Ce n'était pas l'œuvre du roi Midas ! crache-t-elle.

Elle a un long rideau de cheveux noirs qui pendent dans son dos. Sa robe semble avoir en partie fondu.

– C'est son animal de compagnie à la peau dorée qui a fait ça ! Elle lui a volé sa magie !

Je recule sous l'effet de la surprise, ses paroles s'emmêlent dans ma tête.

– Qui est-ce ? murmure Manu.

Dans la foule, un homme s'avance.

– De quoi parles-tu, femme ?

Elle se redresse et balaie la foule d'un regard fier.

– Je suis l'une des pouliches royales du roi Midas et je peux vous affirmer que tout est de la faute d'Auren. C'est elle qui a fait ça ! La putain dorée lui a volé sa magie quand il l'a touchée et elle a compris comment l'utiliser pour son propre intérêt. Elle lui a menti et maintenant elle l'a attaqué. Je l'ai vu de mes propres yeux quand je m'enfuyais !

Le choc est aussi violent qu'un coup de rame dans le ressac.

– Qu'est-ce qu'elle raconte ? s'étonne Manu.

La femme pose alors une main sur son ventre. Je comprends immédiatement de qui il s'agit.

C'est *Mist*. La pouliche que Midas a engrossée.

Je commence à secouer la tête en signe de dénégation, mais à mesure que ses paroles s'imposent à moi, je me rends compte que cela *doit* être vrai, car ce que j'ai vu dans cette pièce… c'était comme si l'or n'était pas du tout contrôlé par Midas, comme si quelqu'un d'autre s'en chargeait…

Comment se fait-il que je n'aie pas découvert ce secret plus tôt ?

– Regardez ! crie quelqu'un. Des Ailes-branches ! Quelqu'un s'enfuit sur un Aile-branche !

– C'est elle ! La meurtrière dorée !

Je penche la tête vers l'homme qui a parlé, mon regard suit la direction qu'il indique. Je ne dispose que d'une fraction de seconde avant que les ténèbres de la nuit n'avalent la créature et qu'un éclair de plumes et de serres ne disparaisse dans les nuages.

Était-ce le Roi Putride avec Dame Auren ?

– Je vous l'avais bien dit ! s'écrie Mist. C'est une menteuse. Une tricheuse. Elle a séduit Midas pour s'emparer de son pouvoir et, maintenant, elle va faire la même chose avec le Roi Putride !

Un crescendo de voix s'élève et en quelques instants, la rumeur est prise dans un courant trop puissant pour pouvoir être arrêté.

Comment ai-je pu passer à côté d'une telle chose ? Comment ai-je pu ne pas savoir ?

– Tu trembles, me dit mon frère, me tirant de mes pensées. (Son regard se pose sur mon épaule.) Ta reine a froid. Trouve quelque chose pour la réchauffer.

J'entends un bruit derrière moi, puis le poids d'une cape qu'on drape sur mes épaules.

– Voilà, Reine Kaila.

Mes doigts agrippent le devant de la cape, je la serre autour de ma poitrine sans parvenir à repousser le froid qui s'est infiltré jusqu'à mes os. J'ai besoin de retourner au Troisième Royaume, de marcher le long de la plage en plein midi pour retrouver un peu de chaleur après être restée coincée ici pendant si longtemps.

Mais je ne peux pas encore rentrer chez moi. Pas alors que tout ce pour quoi j'ai travaillé si dur est en train de me glisser entre les doigts. Je sens les regards de la foule se tourner vers moi, tous attendent de voir ce que je vais faire.

– Manu, fais-toi confirmer que c'est bien Ravinger qui vient de s'enfuir avec Dame Auren.

Mon frère acquiesce, puis sort de mon champ de vision et je l'entends donner des ordres à quelqu'un. Je jette un coup d'œil dans la cour et remarque que seuls les gardes de Ranhold sont rassemblés à l'extérieur. Pas un seul garde de Midas en vue. Pas la moindre armure plaquée or.

– Keon, j'appelle, et il se tourne immédiatement vers moi. Demande à quelques gardes de Ranhold d'aller à l'intérieur et de confirmer que le danger est passé. Vois s'ils peuvent trouver Midas et s'il a besoin d'aide.

Il s'éloigne avec un signe de tête, désignant deux gardes du Cinquième Royaume postés autour d'une éclaboussure d'or sur la neige. Ils donnent des coups de pied méfiants dans la flaque qui se solidifie.

Tandis que je continue à fixer le château, le vent se lève et de la neige glacée commence à tomber du ciel, comme si la situation n'était pas déjà assez critique.

Trois des soldats de Ranhold s'éloignent, ils avancent vers la porte brisée avec des visages sinistres. Le premier tend une main pour arrêter les autres, puis s'agenouille devant l'éclaboussure d'or qui s'est déversée sur les marches.

Il appuie son doigt dessus et comme rien ne se produit, il se relève et fait un signe de tête aux autres. Ensemble, ils marchent jusqu'à la porte, leurs bottes claquent sur l'or solidifié avant de disparaître à l'intérieur.

Nous attendons.

La foule toujours rassemblée dans la cour est redevenue silencieuse, l'angoisse de l'attente semble serrer toutes les gorges.

Malgré mes pensées belliqueuses, je marche vers l'avant du château pour faire face à tout le monde, en tâchant d'adopter une attitude calme mais forte. Leur prince est mort, le Roi Putride s'est enfui et Midas n'est pas là, c'est donc vers moi qu'ils doivent se tourner et il est important que je favorise cette réaction. Pour l'instant, j'ai besoin d'être vue.

– Ne craignez rien, je déclare. Le danger est passé, et je vais découvrir si ce qui a été dit est vrai.

Les gens se mettent à chuchoter entre eux, mon pouvoir recueille les murmures de soulagement, d'admiration, de respect qu'ils ont pour moi.

– Bien joué, ma sœur, me lance Manu à voix basse.

Quand l'un des gardes reparaît, je fais signe à Keon d'aller au rapport. Mon beau-frère part à sa rencontre, l'air stoïque, puis congédie l'homme, mais moi je scrute toujours la foule. Ma magie capte leurs messes basses.

J'interromps le charme lorsque Keon s'approche.

– Alors ? lui demande Manu nerveusement.

– Tout l'or semble avoir arrêté d'avancer, il s'est solidifié, dit-il calmement en baissant la voix.

– Et Midas ?

Ses yeux bruns se braquent sur moi.

– Ils pensent qu'il est mort.

Mon cri stupéfait reste bloqué dans ma gorge, tandis que ses paroles se tissent d'elles-mêmes dans ma tête en s'enroulant autour de mon crâne pour m'emprisonner.

Mort.

Je pince les lèvres et je sens mon regard buter contre ce château. Tous les efforts que j'ai déployés... tout ce temps que j'ai passé à manigancer, pour un si piètre résultat.

Mort, le roi Midas ne me sert plus à rien.

J'étais venue ici pour négocier des accords, pour accomplir mes propres désirs en utilisant un prince impressionnable et un roi riche. Ensuite, les choses ont changé, mais pour le meilleur. J'avais un *plan*. J'étais sur le point de devenir la première reine de l'histoire à réunir deux royaumes par le mariage, tout en jouant un rôle prépondérant dans un troisième.

Parce que le pouvoir est tout, et même si je n'ai pas une magie physique comme le toucher d'or ou la pourriture, j'ai les mots, et une reine peut faire beaucoup avec une toile remplie des secrets des autres.

Depuis que j'ai accédé au trône, j'ai travaillé sans relâche pour que mon peuple me considère comme une menace aussi puissante que n'importe quel autre monarque. Ces alliances n'auraient fait que renforcer ce sentiment. Et voilà que mon projet s'effondre.

Tout ça à cause de Dame Auren. *Dame*. Comme si une pouliche méritait ce titre!

La colère et la peur s'affrontent dans ma tête, mais je n'en laisse rien paraître. Pas quand tant de gens me regardent. Une femme de pouvoir ne doit jamais prendre le risque de dévoiler ses émotions sincères, car on les utiliserait contre elle.

–Je veux voir.

Avant que l'un d'eux ne puisse m'arrêter, je me dirige à grandes enjambées vers le château, les orteils gelés par la neige qui s'accumule sur mes pantoufles de soie.

Manu m'appelle, mais je ne m'arrête pas. J'entends des pas précipités lorsqu'ils me rattrapent, juste avant que j'atteigne les marches.

–Laisse-moi au moins passer en premier, dit Keon en se plaçant brusquement devant moi.

–Sois prudent, le supplie Manu.

Sur un signe de tête énergique, Keon monte les marches et je le suis aussitôt.

– Kaila, siffle Manu à côté de moi, ce n'est pas parce que la situation est stable en ce moment qu'elle va le rester. On ne sait pas à quel point c'est volatil.

– Ça s'est solidifié.

Mes chaussures raclent l'or lisse juste avant que nous n'atteignions la plus haute marche. Les portes pendent sur leurs gonds comme des dents déchaussées et tordues.

– C'était *déjà* solidifié avant, rétorque-t-il. Et regarde ce qui s'est passé.

– Regarder ce qui s'est passé, c'est précisément mon intention.

Je l'entends soupirer tandis que je franchis la porte, mais je ralentis dès que je pénètre à l'intérieur. Les flammes des torches sur les murs vacillent de façon erratique, on dirait qu'elles peinent aussi à se remettre de l'assaut.

Nos pas résonnent dans le hall d'entrée. Manu et moi suivons Keon jusqu'à ce que nous atteignions la salle de bal. Mais nous nous arrêtons dès que nous en franchissons le seuil.

Je cligne des yeux à cause de l'obscurité qui a envahi la pièce. Avant, les flammes des lustres et des torches éclairaient tout l'espace, rivalisant ainsi avec la lumière du jour. Mais à présent, tout est dans l'ombre. La seule source lumineuse provient des braseros en fonte qui brûlent encore, dont la présence est seulement visible parce que la salle de bal est entièrement vide. Cette pièce n'a pas l'air d'être la même. C'est comme si elle était entièrement faite de cire et que quelqu'un y tenait une bougie allumée.

Les murs ont l'air à moitié fondus, l'or s'est figé en s'écoulant. Le plafond, lui aussi, est parsemé de coulures semblables à des stalactites dont les extrémités pointent vers nous avec un but précis. Les piliers ont perdu tout éclat, chaque ornement doré a fondu.

Le sol n'est plus qu'un fatras ondulé, bosselé par endroits, parsemé de formes immobiles qui me font froid dans le dos. On distingue une main tendue, figée sur place. Un corps doré est recroquevillé à côté de l'estrade surélevée. Une vague s'est formée sous la mezzanine comme si le balcon avait fondu et éclaboussé le sol. Je distingue une jambe qui en dépasse.

– Par tous les dieux…

L'exclamation chuchotée par Manu m'incite à me remettre en mouvement. Je traverse la salle de bal en détaillant prudemment tous les endroits recouverts d'or. Mais à mesure que j'avance, un gémissement horrible s'échappe des murs. Du sol. Du plafond. On dirait le bruit d'une vieille maison qui craque en se fissurant – mais en bien pire. C'est sinistre. Comme si l'or était un fantôme qui déplore notre présence et menace de nous hanter.

Je m'immobilise, mon pouls bat de plus en plus fort. À côté de moi, Manu me serre le bras.

– Kaila, nous devrions partir d'ici.

Le gémissement s'éteint comme un soupir et la pièce redevient silencieuse. Repoussant mon frère, je poursuis ma recherche.

– Je veux tout voir.

Soudain, Keon pointe quelque chose du doigt.

– Là.

Je me dirige vers ce qu'il m'indique, les yeux rivés sur une masse bulbeuse qui se détache du mur.

– Grand Divin…

C'est lui.

Sa couronne ne repose plus sur sa tête. Peut-être a-t-elle fondu dans la gangue d'or qui l'entoure désormais. Lui-même a l'air d'avoir fondu dans le mur, comme si celui-ci essayait de l'aspirer dans ses profondeurs et de l'avaler tout entier. On discerne son visage agonisant. Ses yeux écarquillés en proie au choc et à la peur.

Le roi Midas n'est plus qu'un cadavre enfermé dans un linceul d'or.

L'or gémit à nouveau, comme pour revendiquer ses droits.

– Non…

Nous nous retournons en entendant une voix de femme. C'est Mist qui s'avance en trébuchant et qui regarde Midas avec horreur.

–Mon roi…

Elle tombe à genoux en se tenant le ventre. La pièce souillée et détruite renvoie l'écho de ses pleurs.

–C'est elle qui a fait ça. Elle lui a fait ça.

–Mais *comment*? murmure Keon pendant que nous la regardons sangloter. Comment est-ce possible?

Je repense à chaque interaction, à tout ce qu'on m'a raconté. Je fixe le visage de Midas en réfléchissant. En écoutant. Je passe en revue les fils des anciennes toiles que j'ai collectées, les paroles tournent en boucle dans mon esprit.

Les monarques sont discrets sur leur magie. C'est stratégique. Il faut savoir quand montrer sa main et quand la cacher. Dans certains cas, il est préférable de faire en sorte que les gens vous sous-estiment. Dans d'autres, les monarques sont connus pour afficher la toute-puissance de leur pouvoir magique s'ils veulent être vénérés ou craints. Parfois les deux.

Midas a doré la table de la salle à manger–c'était la première fois que je voyais sa magie de mes propres yeux. Il a également doré toute la salle de bal pour la célébration de ce soir. Deux spectacles parfaits.

Pourtant, ce soir, son or s'est comporté comme s'il ne le contrôlait plus du tout. Parce que ce n'était pas le cas.

Le pouvoir du toucher d'or était bien réel, il n'y a aucun doute là-dessus. Et il n'a jamais transformé une autre personne vivante qu'Auren.

Ce doit être pour ça.

Je croyais que son plus grand secret était qu'elle couchait avec un commandant de l'armée ennemie. Je pensais que la favorite en or n'était rien d'autre que la pouliche préférée du roi.

J'avais tort sur les deux tableaux.

Je *déteste* avoir tort.

Midas a fait d'elle quelque chose d'ostentatoire, un objet clinquant à exhiber. Les hommes ont toujours eu des obsessions, surtout quand il s'agit des femmes. Mais leur enthousiasme pour ces obsessions se situe à mi-chemin entre l'engouement et la haine. Il suffit d'un seul geste pour que le maître se retourne contre son joli animal de compagnie.

Mais peut-être que dans ce cas… c'est l'animal qui s'est dressé contre son maître ?

La peur qui m'habite me tord le ventre. Si elle peut vraiment voler des pouvoirs, que se passerait-il si elle essayait de s'emparer du mien ? Et si elle *réussissait* ?

Je grince des dents. Au lieu de céder à la panique, je dois réfléchir à la façon dont je peux tirer parti de la situation. Parce que si Auren tente de me voler ce qui m'appartient, je la détruirai.

En observant le métal durci, mes pensées s'affermissent. Midas est enrobé d'or comme s'il avait été coulé dans un moule, prêt à être arraché du mur pour être taillé par un forgeron.

Je pensais qu'il me serait inutile une fois mort, mais ce n'est peut-être pas le cas. Peut-être que tout ce que j'ai à faire, c'est de l'utiliser tel qu'il a été forgé.

Comme *une arme.*

– Quand il l'a touchée, une partie de son pouvoir a dû lui être transférée, je déclare à voix basse. Il voulait que personne ne le sache.

Midas était secret sur tout, mais ça ? C'est un tout autre genre de « dangereux secrets ». Est-ce pour cela qu'il la gardait près de lui ? Parce qu'il l'entraînait à voler les pouvoirs d'autrui pour les utiliser à son avantage ?

– Ça sent mauvais, lance Keon.

– Kaila, commence mon frère, et si ce n'était pas un coup de chance ? Et s'il s'agissait de *son* propre pouvoir ? Être capable de s'emparer de la magie de ceux qui l'utilisent sur elle. Est-ce que tu as… ?

– Je l'ai fait, je lui avoue en hochant vivement la tête, tandis qu'un regain de colère me submerge.

– Et si elle te vole ton pouvoir ?

Je n'aime pas entendre ma propre inquiétude exprimée à voix haute. Mes genoux se bloquent, ma langue se presse contre mes dents serrées. Je quitte Midas des yeux pour me focaliser sur mon reflet trouble qui brille sur sa poitrine dorée.

Cette soirée ne devait pas se dérouler ainsi. Je n'étais pas censée courir le risque que quelqu'un me dérobe mon pouvoir pour s'en servir contre moi.

– Comment allons-nous en tirer parti ? demande Manu qui a lui aussi grandi en apprenant à tourner chaque situation à notre avantage politique.

Je jette un coup d'œil alentour, mais nous sommes toujours seuls dans la salle de bal, à l'exception de Mist qui sanglote dans ses mains.

– Nous allons dire la vérité aux gens, je lui réponds. Que la favorite de Midas s'est retournée contre lui. Qu'elle a eu une liaison avec le Roi Putride pour le rendre jaloux. Qu'elle était jalouse de mes fiançailles avec Midas.

– Assure-toi que tout le monde sache que c'est elle la coupable.

J'acquiesce.

– Tout Orea va la détester.

– Mais qu'en est-il pour le Sixième Royaume ? Il est évident qu'il n'y aura pas de mariage.

– Nous avons annoncé publiquement nos fiançailles. Ce sera difficile, mais si je la joue fine, je peux parvenir à prendre le contrôle.

– Là-bas, les gens sont encore en train de se révolter, prévient Keon. Et ils ont *assassiné* leur ancienne reine. Qu'est-ce qui te fait penser qu'ils t'accepteront, avec Midas mort et sans cérémonie de mariage ?

– Parce que je ne suis pas la Reine Froide, je déclare en souriant. Je suis la chaleureuse, charismatique et belle Kaila Ioana. Je ferai en sorte qu'ils m'aiment autant que les habitants du Troisième Royaume.

– Nous savons tous combien Kaila est aimée de notre peuple. Ça peut marcher, confirme mon frère.

– Il va falloir faire vite, répond Keon. Dès que nous le pourrons, nous devrons rendre visite au Sixième Royaume, organiser une sorte de cérémonie en l'honneur de Midas et te présenter comme sa fiancée éplorée afin qu'ils compatissent.

S'il y a bien une chose que je sais faire, c'est me faire aimer d'un royaume.

–Je réussirai.

Derrière nous, des gémissements encore plus aigus et haletants me donnent envie de grincer des dents. Je darde mon regard sur Mist.

Il faudra tout de même s'occuper d'elle.

Si je veux m'emparer du Sixième Royaume, je ne peux certainement pas tolérer qu'un héritier illégitime voie le jour. Mais ce sera un problème à régler plus tard.

–Il va se passer beaucoup de choses à présent, je reprends à voix basse. Une fois que les autres monarques auront découvert qu'Auren a la faculté de voler les pouvoirs magiques, ils voudront s'en mêler. De plus, il y a la question du Cinquième.

–En fait, j'ai une idée à ce sujet, dit Manu, et mon attention s'aiguise immédiatement.

Mon frère n'est pas mon conseiller pour rien. Il a un esprit brillant, il sait comment manœuvrer, il voit clair dans le jeu des gens, et surtout, il me sera toujours loyal.

–Puisque nous devons nous concentrer sur la façon de sécuriser le Sixième Royaume, en plus de gérer le cas de Dame Auren, la dernière chose que nous voulons est de perdre tout le travail que nous avons fait pour nous créer un point d'ancrage ici, dans le Cinquième Royaume. Je propose donc que l'on se mette immédiatement à la recherche des plus proches parents de Fulke, car maintenant que le prince est mort, Ranhold a besoin d'un héritier. Nous traquerons tous ceux qui possèdent un pouvoir, et nous passerons au crible les meilleurs candidats. Ensuite, nous choisirons l'héritier qui montera sur le trône. Nous déterminerons qui prendra le pouvoir. Et en échange de notre soutien… il nous soutiendra, nous et nous seuls.

Je souris.

–Tu es parfait, mon frère.

Il me rend mon sourire.

–Et si quelqu'un tente de s'opposer à nous pour revendiquer le Sixième ou veut désigner lui-même un héritier pour le Cinquième ? demande Keon sur un ton inquiet.

Mon sourire se tord, altéré par la cruauté.

–Toute voix qui s'élèvera contre moi ne se fera plus jamais entendre.

Et si Auren pense qu'elle peut me prendre ce pour quoi j'ai tellement travaillé, elle va vite se rendre compte qu'elle n'est pas la seule à savoir voler ce qu'elle désire.

Je ne possède peut-être pas le toucher d'or ni le pouvoir de la pourriture, mais les mots sont l'arme la plus puissante qui soit, et je vais les manier.

Chapitre 2

Slade

Une tempête s'abat sur le ciel, tandis que je serre un corps inerte dans mes bras.

L'orage imminent entre en scène, des dents glacées mordent l'air avec férocité, le froid acéré me frappe au visage en rugissant.

Dans ma tête, je compte les secondes. Il en a fallu soixante pour que mon Aile-branche arrive jusqu'à moi en réponse à mon sifflement. Quarante autres pour grimper sur le dos d'Argo et pour que Lu m'attache pendant que je tenais Auren.

Soixante secondes de plus nous ont conduits ici, dans les griffes des nuages qui se rapprochent. Cette nuit, le temps a décidé de se retourner contre moi, les signes avant-coureurs d'un orage imminent obstruent l'horizon comme des bourres de coton dans un égout.

La neige me cingle les joues alors que mon Aile-branche file aussi vite que le vent. Je protège Auren avec mon manteau, je tourne son visage contre ma poitrine et la serre plus fort contre moi.

Elle est trop froide, trop vulnérable, trop *immobile*.

Son cœur ne bat plus, sa poitrine ne se soulève plus, sa peau est devenue livide. Tout ça à cause de moi. À cause de ce que j'ai fait.

En jetant un rapide coup d'œil par-dessus mon épaule, j'aperçois le château de Ranhold en contrebas, éclairé par des torches. La façade est maintenant maculée d'une coulée d'or furieux et solidifié, qui jaillit par l'embrasure des portes et tache la pierre grise comme un magma doré devenu inerte avant d'avoir pu causer d'autres dommages.

On dirait que l'or a essayé de se frayer un chemin à travers tout le château. De l'aspirer impitoyablement et de le dévorer avec colère. Comme un barrage qui cède, c'est ce qui arrive lorsque le pouvoir est réprimé pendant trop longtemps. Quand il s'accumule et lutte contre son confinement jusqu'à ce que les fissures apparaissent et qu'il puisse enfin *se libérer.*

Je me retourne et serre Auren un peu plus fort.

Je dois m'éloigner du château, de l'or, mais la question c'est de savoir jusqu'où aller. Car chaque seconde d'attente supplémentaire la met un peu plus en danger.

C'est une épée à double tranchant, avec la vie d'Auren en équilibre instable au bout.

Je dois l'emmener le plus loin possible, mais je ne peux pas risquer de la laisser trop longtemps dans cet état de putréfaction. Comme j'ignore encore la portée de son pouvoir, savoir jusqu'où nous devons aller s'avère être un jeu de devinettes.

Tout ce que je veux, c'est la débarrasser de ce pourrissement. Son corps ne peut pas en supporter davantage. J'ai également besoin qu'elle soit à terre, en sécurité, car si je retire mon pouvoir, il y a une chance qu'elle puisse encore faire appel au sien et je ne veux pas que cela se produise dans les airs.

Son aura n'est plus qu'un feu follet, une brume mourante dans la lumière. Si j'attends trop longtemps, la magie qui l'a infestée lui causera des dommages irréversibles, et je ne peux pas laisser cela se produire non plus. Je ne peux laisser *aucune* de ces choses arriver. Il va donc falloir se battre jusqu'à la toute dernière seconde.

Le temps et la distance sont à la fois mes ennemis et mes alliés.

Avec une inquiétude anxieuse, mes talons pressent mon Aile-branche de se hâter. Il pousse un cri, soit pour manifester son mécontentement, soit pour prévenir le reste du troupeau. Je sais que les autres suivent.

– Plus vite, Argo, j'exhorte la bête à plumes d'une voix écorchée.

Malgré le vent qui nous frappe de plein fouet, Argo vole à toute vitesse. Je laisse les rênes lâches pour ne pas le gêner pendant que ses ailes géantes s'étendent et fendent le ciel nocturne vaguement éclairé par une lune voilée. Je suis projeté en arrière, et sans la sangle en cuir de la selle accrochée à la ceinture à boucle autour de ma taille, je serais sûrement déjà tombé.

Ça n'aurait pas été une première.

Mais en ce moment, je ne chevauche pas pour le sport ou pour le plaisir. Il s'agit d'une question de vie ou de mort.

Sa vie.

Nous nous éloignons à tire-d'aile de Ranhold, et les cieux du Cinquième Royaume semblent vouloir nous punir pour cela. Peut-être que le défunt roi Fulke et le prince Niven cherchent un coupable à blâmer pour leur disparition.

Quelques cheveux d'Auren s'échappent de la capuche de son manteau, ses mèches dorées se balancent dans le vent. D'une main, je resserre le vêtement autour de son oreille en essayant d'empêcher le froid de l'atteindre, même si je sais qu'elle ne le sent pas.

Trente secondes se sont écoulées.

La peur me noue les tripes, j'ai l'impression que de lourdes pierres s'accumulent dans mon ventre à mesure que je songe à l'âme d'Auren qui s'étiole.

J'ai déjà vu ce qui se produit quand j'attends trop longtemps pour inverser le processus, et je sais combien c'est dommageable. Je sais à quel point je l'ai mise en danger.

Je suis rongé par la culpabilité à cause de ma magie qui la retient en otage, mais ma détermination à la protéger n'en est que plus forte. Je regarde à nouveau derrière moi, Ranhold est désormais hors de vue, les nuages dissimulent complètement le royaume.

Du coin de l'œil, je discerne une ombre à travers les nuages. Je ne suis pas surpris le moins du monde par l'Aile-branche et son cavalier qui arrivent en trombe. La taille énorme de l'animal fait paraître Osrik bien petit en comparaison. Il m'observe sans mot dire, les mains agrippées aux rênes, et je hoche la tête.

J'espère être allé assez loin car je n'ose pas attendre une seconde de plus. En tirant sur mes rênes, je fais plonger Argo. Mon Aile-branche pousse un cri et je me recroqueville sur Auren en anticipant notre descente.

Quand Osrik voit que je m'apprête à atterrir, il émet un sifflement aigu et suit le mouvement. Au loin, j'entends le cri des autres Ailes-Branches qui lui répondent.

Où que je sois, mon Courroux est avec moi.

Mes yeux brûlent sous la force du vent qui s'abat sur moi pendant que nous continuons à descendre en traversant de lourds nuages saturés d'eau par la tempête imminente.

Les lignes de pouvoir le long de ma mâchoire se tordent tandis que je surveille cette magie qui tourbillonne à l'intérieur d'Auren. La pourriture. La corrosion. *La mort.* Tout cela n'a rien à faire en elle, et pourtant c'est moi qui l'y ai mis.

Je déteste ça, putain.

Je serre les genoux, puis je me penche en m'agrippant à la sangle de ma monture.

– Allez… je l'encourage.

Peut-être qu'Argo sent ma panique parce qu'il parvient à plonger encore plus vite. Les larmes gèlent au coin de mes paupières entrouvertes et mon cœur cogne suffisamment fort contre ma poitrine pour concurrencer le vent impétueux.

– Nous y sommes presque, je chuchote à l'oreille d'Auren. Tiens bon encore quelques secondes.

Nous parvenons enfin à traverser le dernier amas nuageux, pour atterrir sur un sol gelé en contrebas, dans un monde d'un gris uniforme. Quand il semble que nous allons nous y écraser, Argo se soulève au dernier moment et tournoie dans les airs avec l'Aile-branche d'Osrik. Tous deux atterrissent sur leurs pattes griffues en projetant une gerbe de neige, comme si la mer s'écrasait contre la coque d'un navire.

Mes doigts gelés sont déjà en train de défaire la boucle qui me retient. Je me laisse glisser en amortissant l'impact du saut avec mes genoux pour ne pas trop secouer Auren. Je n'ai pas le temps de faire un pas qu'Os est déjà là, il arrache sa cape et la pose sur le sol au moment où je vois d'autres Ailes-branches atterrir, tels des spectateurs dans l'ombre.

– Recule-toi, je lui lance par-dessus mon épaule.

J'allonge Auren sur le vêtement, la putréfaction forme des lignes qui s'étirent le long des veines de son cou. Ses cheveux sont répandus en halo autour d'elle et brillent même dans l'obscurité. Elle paraît si petite, enveloppée dans mon manteau, si inerte.

Je m'agenouille au-dessus d'elle et je me concentre en fermant les yeux. Ma magie est là, accrochée comme un poison à son corps étendu devant moi. La décomposition artificielle coule dans ses veines et flétrit son cœur. Elle remonte le long de sa gorge qui se détériore, bloquée par ses lèvres immobiles.

La tension me paralyse. D'instinct, je voudrais extraire la magie le plus vite possible, mais j'ai constaté que le faire trop rapidement équivaut à arracher une lame d'une plaie béante. Et je ne veux pas causer encore plus de dégâts.

Je retire ma magie avec précaution, tout doucement, pour ne pas choquer son organisme. Derrière moi, j'entends les murmures du reste de mon Courroux, leurs pas hésitants dans la neige, les Ailes-branches qui s'agitent et le grondement des nuages que nous venons de quitter qui signale l'arrivée d'un front froid.

Je repousse tous ces bruits de mon esprit pour me focaliser sur la magie qui coule en elle. Comme les racines d'une mauvaise herbe, je l'arrache aussi doucement que possible. Mes doigts creusent la terre, effaçant la stase pourrie dans laquelle je l'ai enterrée pour permettre à son corps de se régénérer. Je suis méticuleux, je soulève chaque parcelle corrompue comme de l'argile en train de sécher, je l'en débarrasse morceau après morceau.

Malgré le froid mordant, la sueur perle à mes tempes. Mes dents se serrent alors que je ramène le pouvoir vers moi, dans les méandres de mes veines, pour qu'il demeure dans mon corps. Je l'aspire, et bientôt il n'en reste plus qu'un seul fragment. Une graine enfouie au centre de sa poitrine.

Mais quand j'essaie de la déterrer de ses profondeurs, je me heurte à une résistance. Au lieu de se retirer comme les autres, ce fragment de pouvoir s'enfonce davantage, comme s'il essayait de rester.

Comme s'il essayait de *la retenir* dans ses griffes.

Mes sourcils se froncent et mes mains se mettent à trembler, tandis que les racines putrides de ma peau s'étirent le long de mes bras. Elles se faufilent entre mes paumes et s'arrêtent au bout de mes doigts. Les lignes sombres me frottent à vif de l'intérieur, elles menacent de me transpercer l'épiderme.

Un mélange de confusion et de peur s'abat sur moi.

Jamais ma pourriture n'a été aussi réticente. Aussi *persistante.* Cela fait des années que je n'ai pas eu autant de mal à la contrôler, pas depuis mon enfance. J'ai dû apprendre très tôt à gérer cette magie malodorante avant qu'elle ne détruise tout, y compris moi-même.

Mais alors que se passe-t-il, bordel ?

Je vérifie frénétiquement le reste de son corps, mais il n'y a pas d'autre signe de flétrissure en elle, aucune autre partie n'est souillée. Le reste de la pourriture a disparu, elle est redevenue celle qu'elle était, alors pourquoi ce dernier morceau ne part-il pas ?

– Lâche. (Ma langue est lourde du goût des toxines implacables.) Lâche-la.

Pour toute réponse, ma magie se tortille et s'enroule autour de sa poitrine, comme pour s'enraciner en elle. La panique me transperce autant que le tranchant d'une lame.

–*Sors d'elle, putain!*

Mon pouvoir magique se déchaîne en moi, plus violent que la tempête qui tente de déchirer le ciel. Dans un craquement qui fend l'air et me fait claquer des dents, je tire d'un coup sec.

La force de cette traction m'envoie valdinguer en arrière, tandis que la colonne vertébrale d'Auren se soulève comme un arc.

–Rip!

Je gis sur le dos, assommé et essoufflé, les yeux rivés sur le contour ombragé des nuages qui couvrent le ciel nocturne au-dessus de moi. La neige s'envole sous les genoux de Lu qui se jette au sol à côté de moi, le regard empreint d'inquiétude.

–Ça va?

–Qu'est-ce qui vient de se passer, bordel? demande Osrik.

–Tes racines... siffle Judd.

Je baisse les yeux sur les veines de mes mains qui se tordent et claquent rageusement. Je sais que les autres observent mon cou et mon visage, mais je n'ai pas besoin qu'ils disent quoi que ce soit, parce que je peux littéralement *sentir* les racines sous ma peau. Partout, putain! Comme si je n'avais pas utilisé mon pouvoir depuis des mois, comme si je l'avais refoulé avec un certain degré d'instabilité.

Mais ça n'a pas d'importance, parce que je viens d'arracher le dernier morceau de pourriture qu'il y avait en elle. Tout va bien se passer.

Lu tente de m'aider à me redresser, mais je repousse ses mains agitées, tout en exhalant un gémissement douloureux. Je m'empresse de me pencher à nouveau sur Auren, mais dès que je vois son visage, je me rends compte qu'elle n'est toujours pas réveillée.

Elle ne bouge pas.

Ma panique s'intensifie.

La pourriture saigne sur le sol, elle s'infiltre violemment dans les profondeurs de la terre.

Qu'est-ce que j'ai fait ?

Mes doigts s'enfoncent dans la neige, y répandant des lignes putrides. Je ne sens pas seulement la putrescence se propager sous moi, je la sens aussi s'enrouler autour de mon cœur, le comprimer, l'effriter, le dessécher dans ma poitrine.

Je ferme les yeux, mes racines s'agitent sous la peau de mon cou. Elles s'enroulent autour de mes veines comme des serpents furieux, elles se resserrent et me mordent. Ça me fait un mal de chien, mais ça n'a pas d'importance.

Parce que je l'ai tuée. Je l'ai *tuée*, putain…

Soudain, ses lèvres s'entrouvrent. Le mouvement me fait rouvrir les yeux au moment où un souffle tremblotant lui échappe. Des filets de vapeur noirs sortent de sa bouche, l'air empoisonné s'évapore entre nous.

Le soulagement m'envahit.

– Auren ?

Mais ses paupières restent closes et l'effroi me tiraille la poitrine.

Je ferme les yeux pour me concentrer sur son organisme et, immédiatement, je blêmis. Parce que ce morceau – ce simple morceau de pourriture que je pensais avoir arraché quand j'ai été projeté en arrière – est toujours là.

Il y est toujours, bon sang !

Stupéfait, j'essaie mentalement de m'y agripper et de tirer, encore et encore, mais il ne bouge pas. Il ne veut pas partir.

Elle respire à nouveau, une fumée d'un noir ténébreux s'échappe de ses lèvres.

Mon cœur bat à tout rompre, prêt à combattre. Mais j'ai beau faire appel à mon pouvoir, ce morceau dans sa poitrine refuse de sortir. Il s'est incrusté comme une tache d'encre sur un tissu doré que je n'arrive pas à faire disparaître.

Pourtant, sa poitrine se soulève et s'abaisse. Son cœur a recommencé à battre. Elle est *vivante*.

Je ne peux pas lui retirer cette foutue dernière goutte de pourriture, mais elle est en vie, et c'est ce qui compte.

–Réveille-toi, Auren.

Les secondes passent. Cinq, dix, vingt. Je les compte toutes.

–Elle va bien ?

Face à la question brutale de Digby, mon dos se crispe. Sa voix est éraillée par toutes les blessures qu'on lui a infligées. Je ne lui réponds pas, et j'ignore si quelqu'un d'autre tente de le faire. Je continue à la regarder. Je veux qu'elle ouvre les yeux.

–Allez, Chardonneret… je chuchote, la gorge nouée par un sentiment d'urgence.

Des pas traînants se font entendre. C'est Digby qui s'avance pour s'agenouiller à côté de moi.

–Elle va bien ? demande-t-il à nouveau.

Comme je ne réponds toujours pas, sa main m'attrape par le col de ma chemise et me tire face à lui avec une force surprenante vu son état.

–Qu'est-ce que tu as fait ? grogne-t-il à travers ses lèvres tuméfiées couvertes de sang et de givre.

Osrik s'interpose en un clin d'œil, il soulève Digby et l'éloigne.

–Qu'est-ce que tu as fait ? crie-t-il encore d'une voix rauque et accusatrice qui se mêle à la voix de ma propre terreur.

Tous deux échangent quelques paroles enflammées, mais la peur qui m'habite m'empêche d'entendre ce qu'ils se disent.

Qu'est-ce que j'ai fait ?

La panique et l'angoisse qui me hantent depuis que j'ai utilisé mon pouvoir sur elle se manifestent sous la forme d'un tremblement incontrôlé dans mes mains.

–Pourquoi ne se réveille-t-elle pas ? m'interroge Lu, mais *je ne sais pas*, putain, alors je ne peux rien lui répondre.

Je serre ses joues froides entre mes mains, en sifflant à cause de la douleur qui palpite au bout de mes doigts. Même maintenant, on dirait que mon pouvoir veut se séparer de ma peau pour retourner vers elle.

Son aura est terne. Des traînées d'or morne qui effleurent à peine sa silhouette. Elle devrait briller de mille feux malgré la nuit, mais son aura n'a plus rien de l'éclat de puissance et de vie qui rayonne habituellement en elle.

J'ai attendu trop longtemps.

J'aurais dû la putréfier plus tôt, avant qu'elle ne s'épuise elle-même. J'aurais dû atterrir plus rapidement, l'arracher plus vite à ma magie.

– Ne fais pas ça, je grogne.

À elle, aux dieux.

Pas maintenant.

Pas après tout ça. Pas alors qu'on vient juste de se trouver.

– J'ai besoin que tu te réveilles, je lui ordonne, mais en vérité c'est une supplique qui vient du plus profond de mon âme.

Et si elle ne se réveillait *jamais?* Et si cette graine de pourriture avait pris racine en elle et ne voulait plus la lâcher ?

Si j'ai utilisé ma magie sur elle, c'était pour l'empêcher de s'épuiser jusqu'à la mort. Mais je n'ai fait qu'empirer les choses. Et maintenant mon propre pouvoir se dresse contre moi comme un millier de serpents prêts à mordre.

Je baisse la tête pour poser mon front contre le sien, mes mains sont toujours sur ses joues froides.

– Ne fais pas ça, je la supplie, les yeux fermés. Tu es plus forte que ça, Chardonneret. Tu l'es. Alors, réveille-toi. Réveille-toi. *Debout.*

Elle ne bouge pas.

– Putain !

Je me redresse d'un seul coup. Mon poing martèle la neige à côté de moi, j'explose ma main contre la glace tassée au sol.

Merde. Merde. Merde !

J'entends Digby qui me maudit en se débattant comme un diable contre les autres, il me menace et profère des injures cinglantes dans mon dos. C'est alors que je réalise…

– J'ai fait ça.

Trois mots empreints d'une culpabilité extrême.

Les lèvres de Lu se pincent.

– Alors défais-le.

– J'ai essayé, putain !

En proie à une immense frustration, je passe nerveusement la main dans mes cheveux.

–*J'essaie.*

Je suis incapable de réfléchir correctement. Mon pouls bat dans mes tempes, le sol tremble sous mes pieds, quelque chose rugit à mes oreilles. Ma magie gémit à l'intérieur de moi, saigne dans l'iris de mes yeux, me faisant voir des formes qui n'existent pas. Je me mets à déverser de la pourriture, trop, trop vite, je la fais couler dans le sol, souiller la terre, abîmer sa surface.

J'entends des cris, ou peut-être est-ce le vent ou mon pouvoir qui s'agite au creux de mes os.

–Rip, ton pouvoir…

Mon corps tout entier tremble, chaque centimètre de ma peau est tiraillé et désire se déchaîner. Ma pourriture commence à inonder le sol, s'étendant, sifflant, voulant se répandre et exploser…

BAM !

Je fais un bond en arrière sous la violence du coup de poing que je reçois en pleine face et retombe dans la neige pour la deuxième fois en l'espace d'une minute, complètement abasourdi.

–Ressaisis-toi, fulmine mon frère au-dessus de moi.

Il s'agenouille pour me relever. C'est lui qui vient de me frapper. Je le dévisage, hors de moi.

–Tu laisses échapper de la pourriture partout dans ce putain d'endroit. Arrête ça *tout de suite*. Tu ne peux pas te permettre de perdre le contrôle.

Je cligne des yeux, les paroles sèches de Ryatt me ramènent au présent. Un coup d'œil vers le bas me confirme que la neige à nos pieds est brunie et souffreteuse, des veines semblables à des fils empoisonnés y répandent leurs toxines. Elles s'étalent en un cercle parfait qui abîme le sol en aspirant l'humidité de la neige, le réduisant à néant.

En prenant une profonde inspiration et en serrant les poings, je parviens à les faire reculer avant que mon pouvoir ne s'étende davantage. Elles diminuent encore et encore…

–Tu as repris tes esprits ? me demande Ryatt.

– Oui, je grogne.

– Bien.

Je suis partagé entre l'envie de lui balancer mon propre poing dans la figure et de le remercier de m'avoir sorti de cette spirale destructrice.

En me détournant, je découvre tous les membres de mon Courroux et Digby agglutinés autour d'Auren. Judd me lance un regard méfiant.

– Elle respire, c'est bon signe, dit-il comme si cela allait me calmer.

– Mais elle ne se réveille pas.

– Tu sais pourquoi ? me demande Lu, dont les mains survolent les manches d'Auren sans la toucher tout à fait, au cas où.

– Quelque chose ne va pas. Je n'ai pas réussi à lui retirer le dernier fragment.

Les yeux de Lu s'écarquillent et j'entends quelqu'un d'autre inspirer.

– J'ai peut-être attendu trop longtemps.

– Qu'est-ce que ça veut dire ? s'enquiert Digby.

Je secoue la tête de désarroi.

– Il nous faut un plan ! s'exclame Lu en se relevant tout en observant le ciel. L'orage arrive, et il arrive vite. Qu'est-ce que tu veux faire ?

Je réfléchis un moment, les épaules contractées en arrière pour contenir l'attraction tyrannique de la magie, les poings serrés pour forcer les racines à interrompre leur enroulement incessant. Dès que je suis parvenu à les maîtriser, je me fraye un chemin jusqu'à Auren, je la prends délicatement dans mes bras et la serre contre mon torse en détestant à quel point la vie semble avoir quitté son corps.

Quand je commence à m'éloigner, Digby me rattrape en clopinant, l'air assassin.

– Je t'ai dit de *la remettre sur pied.*

– Elle a juste besoin de repos, je lui réponds, mais même moi, je parviens à discerner le doute dans ma voix. Je dois la mettre à l'abri.

La haine se lit sur son visage, mais avant qu'il ne puisse ajouter autre chose, je me tourne vers Osrik.

– Partez retrouver l'armée. Je veux que nos soldats quittent Ranhold ce soir. Je ne fais pas confiance à la reine Kaila. Ramenez-les au Quatrième Royaume aussi vite que possible. (Ma bouche se pince en une ligne sinistre.) Nous allons avoir besoin d'eux.

Osrik acquiesce, mais Judd me demande :

– Et toi ?

Je lance un regard noir au ciel.

– Je vais voler à toute vitesse avant la tempête et amener Auren en lieu sûr.

– Tu ne peux pas y aller tout seul, rétorque Lu. Et tu ne peux pas voler jusqu'au Quatrième Royaume alors qu'elle est inconsciente. C'est trop loin. Et si elle se réveille et qu'elle te dore à mort ?

Argo replie ses ailes couleur d'écorce et s'agenouille à mon approche. Ses serres s'enfoncent dans la neige épaisse.

– Je ne vais pas au Quatrième Royaume, je lance par-dessus mon épaule.

– Où l'emmènes-tu, alors ? s'inquiète Digby.

Mais c'est Ryatt qui lui répond à ma place pendant que j'attrape la sangle de la selle et que je me hisse avec Auren sur le dos d'Argo. Je croise le regard furieux de mon frère à l'instant même où il déclare :

– Il l'emmène à Deadwell.

Chapitre 3

Slade

À 8 ans

— Slade!

L'appel de mon nom couvre le chant des oiseaux, il en fait sursauter quelques-uns qui s'envolent.

Je me retourne pour regarder le domaine à travers les branches de l'arbre, et quand j'en repousse une, l'un des bourgeons sous ma main forme un nuage bleu. Devant moi, le bâtiment de pierre noire est taché de traces claires à cause de toutes les fois où il a plu, et son toit est plat à l'exception des cheminées carrées qui se dressent comme des piliers.

Puis mes yeux se posent sur l'herbe qui recouvre la colline. Je pousse un soupir et lâche la branche, plus prudemment cette fois pour ne pas recevoir en pleine figure une nouvelle bouffée des bourgeons de l'arbre. Ils sentent bon, mais sont terriblement salissants.

Je détourne le regard vers l'oiseau posé sur mon doigt. Ce n'est qu'un oisillon, des touffes de duvet recouvrent son corps chétif, mais ses yeux sont ouverts et il roucoule tout doucement.

– Ce n'est pas grave. Tes vraies plumes vont bientôt pousser, je lui promets.

Dans quelques semaines, il aura un plumet à la queue qu'il pourra exhiber ; chaque plume sera aussi fine qu'une épingle et tranchante sur les pointes.

– Tu pourras alors t'envoler avec les autres.

On crie à nouveau mon prénom. Je repose délicatement l'oisillon dans son nid avant de passer la jambe par-dessus la branche et de commencer à descendre.

Lorsque mes pieds nus atterrissent dans l'herbe, je lève les yeux vers ma mère qui se tient au-dessus de moi, les mains sur les hanches. Ses cheveux noirs sont coiffés en une longue natte et elle porte une robe de la même couleur rouge que mes vêtements.

– Qu'est-ce que tu fabriquais dans cet arbre ?

– Rien du tout, je réponds en haussant les épaules.

– Mm-hmm, dit-elle en essuyant la poudre bleue qui a atterri sur mon épaule. Je suppose que tu n'étais pas en train de grimper là-haut pour jouer avec les oiseaux.

– Je ne jouais pas. C'est un truc de bébé. Je les surveillais, je proteste en fronçant les sourcils.

Les lèvres de ma mère se contractent.

– Bien sûr. (Elle baisse ses yeux verts.) Et tes chaussures ?

Un autre haussement d'épaules.

– C'est plus difficile de grimper avec. Je ne les ai pas mises parce que je ne voulais pas tomber.

Elle secoue la tête, mais son expression n'est plus aussi sévère lorsqu'elle s'agenouille devant moi.

– Je ne veux surtout pas que tu tombes. Et comment vont les oiseaux ce matin ?

– Ils vont bien, je lui assure, retrouvant mon enthousiasme maintenant que je sais qu'elle n'est pas en colère. Il y a un petit oisillon, mais je crois que sa mère est déjà partie, alors je vais l'aider à apprendre à voler.

Les yeux verts de ma mère se plissent quand elle me sourit.

– Si quelqu'un peut le faire, c'est bien toi. Tu as toujours su t'y prendre avec eux.

Elle lève la main pour la passer dans mes cheveux, mais je détourne la tête.

– Je me suis peigné tout à l'heure.

Elle rit et arrange mon col relevé.

– Allez, c'est l'heure de manger.

Lorsqu'elle me tend la main, je la repousse.

– Je ne peux plus te donner la main. J'ai huit ans.

– Oh, c'est vrai. C'est évident, acquiesce-t-elle avec un petit sourire en coin. Je suppose que tenir la main de mon fils me manquait.

Je ne veux pas qu'elle se sente mal. Ce n'est pas que je n'apprécie plus de lui tenir la main, c'est juste que c'est un truc de gamin.

– Tu pourrais tenir celle de Ryatt, je lui propose. Il n'a que trois ans, alors ça va.

Elle me tapote doucement la joue.

– C'est une très bonne idée.

Ensemble, nous nous éloignons du bosquet d'arbres, nous passons devant le bassin des oiseaux et la haie d'arbustes taillés. J'observe le domaine en bas de la pente, mais je n'ai pas envie d'y entrer. Je préfère rester ici, avec l'herbe et les oiseaux.

Pourtant, il n'y a rien qui cloche dans la maison. Nous avons quarante-trois pièces, un tas de belles choses et un tas de serviteurs aussi. Aucune famille de cette ville ne possède une maison aussi grande que la nôtre, avec autant de chevaux.

Mais je déteste ça. Je préférerais vivre dans l'une des petites maisons du faubourg. Parce que, comme ça, je ne vivrais pas ici. Avec lui.

Nous sommes presque arrivés à la porte de derrière, après les jardins, lorsqu'une silhouette apparaît dans l'embrasure. Je m'arrête immédiatement, ma mère fait de même. Mon père est là, vêtu d'une chemise rouge boutonnée jusqu'au cou, sans un pli de travers. Son crâne chauve détonne avec son épaisse barbe brune et ses lèvres sont déjà pincées d'irritation. C'est généralement le cas lorsque je suis dans les parages.

Ses yeux noirs passent d'elle à moi et je me retiens de déglutir. Il me verrait faire, et je suis censé rester stoïque en toutes circonstances. Je crois que ça veut dire ne rien ressentir.

Ma mère se penche sur moi ; elle me prend par la main et cette fois-ci je ne la retire pas. Ma paume moite est serrée dans la sienne pendant qu'elle me fait faire les derniers pas pour arriver à sa hauteur.

– Je ne savais pas que tu rentrais ce soir, Stanton.

– J'ai pu abréger les choses avec le roi.

Son attention se reporte alors sur mes pieds nus, ce qui me donne envie de recroqueviller mes orteils et d'essayer de les enfouir dans l'herbe. Les battements de mon cœur s'accélèrent quand il leur jette un regard dédaigneux avant de se tourner vers ma mère.

– Je vois que tu as négligé tes devoirs de mère pendant mon absence, Elore.

Je baisse instantanément la tête pour découvrir mes pieds souillés de terre. La honte s'abat sur mes épaules. Si j'avais su que mon père rentrait à la maison, je ne serais jamais sorti sans chaussures. Je ne serais même pas sorti du tout. Cette semaine sans lui a été l'une des meilleures que j'ai passées depuis longtemps. Ma mère m'a laissé sortir tous les jours, et hier j'ai même pu sauter mes leçons de maniement des armes et d'histoire. La dernière chose que je veux, c'est que mon père soit fâché contre elle.

– Il était juste en train de courir dans les jardins, répond-elle d'une voix calme et posée.

C'est toujours comme ça qu'elle parle, même quand Ryatt fait une crise, et il en fait beaucoup.

– L'air frais est bon pour un garçon en pleine croissance, ajoute-t-elle.

– Ce sont ses études qui sont bonnes pour lui, s'emporte mon père. Maintenant, fais-le rentrer et nettoie-le. Nous avons des invités et j'ai ordonné que le dîner soit servi dans les vingt prochaines minutes.

Dès qu'il a tourné les talons et s'est éloigné, ma mère se dépêche de m'entraîner à l'intérieur. Elle m'accompagne dans ma chambre et m'aide à me préparer. Je ne me plains pas une seule fois, même lorsqu'elle passe un peigne mouillé dans mes cheveux. Le temps que j'enfile des vêtements propres et qu'elle aille chercher Ryatt à la nurserie, nos vingt minutes sont presque écoulées.

Dans la salle à manger, Père est déjà assis en bout de table, et trois autres personnes ont pris place à sa gauche. L'une d'entre elles est mon oncle Iberik. Ses terres jouxtent les nôtres et il est plus âgé que mon père. Ils font souvent des affaires ensemble, mais je ne sais pas exactement de quel genre. Je sais juste que mon père possède des bateaux au port, et je les entends souvent parler de forgerons. Pourtant, contrairement à mon père, Iberik vit seul, il n'a jamais eu d'héritiers.

Je ne connais pas les deux autres personnes assises à la table. Il s'agit d'un homme et d'une femme, tous deux dotés des cheveux les plus brillants que j'aie jamais vus. Ceux de la femme sont rouges et ses yeux ressemblent à des briques, d'une couleur presque identique à celle de l'âtre de la cheminée, à gauche dans la pièce. L'homme porte une barbe brune comme mon père, il a les dents légèrement tordues. Tous deux ont des piercings aux extrémités pointues de leurs oreilles, ils portent des bijoux qui coulent comme des larmes ainsi que des chaînes.

Ma mère s'installe à la droite de mon père pendant que j'aide Ryatt à s'asseoir sur son siège, avant de prendre place entre eux. Il y a une composition de fleurs rouges au centre de la table, qui me bouche partiellement la vue. Je suis content que l'un des serviteurs l'ait placé là. Comme ça, je me sens un peu plus caché.

Les conversations à table ne s'interrompent pas lorsque nous nous asseyons, et j'en suis soulagé, car la dernière fois que l'oncle Iberik est venu dîner, il a passé son temps à dire que je devrais déjà aller à la chasse tout seul et qu'il n'est pas bon d'élever un fils trop mollement.

Oncle Iberik nous observe, mon frère et moi, avec son habituel air renfrogné. J'ai envie de lui rendre la pareille, mais un picotement entre les omoplates me distrait avant que je n'aie le temps de m'attirer des ennuis pour lui avoir manqué de respect.

Un domestique s'empresse de servir nos plats, et je vois Ryatt froncer les sourcils. Je m'approche de lui en ajustant sa serviette sur ses genoux pour détourner son attention. Lorsqu'il croise mon regard, il perd rapidement son air renfrogné et prend sa fourchette. Il fait souvent la fine bouche, et quand papa n'est pas là, maman nous laisse choisir ce que nous mangeons. Mais il ne peut plus faire le difficile à présent.

Ryatt prend sa première bouchée d'épinards bouillis sans rien dire et je pousse un petit soupir de soulagement avant d'attraper ma propre fourchette. J'étais tellement inquiet à l'idée que mon frère ait des ennuis que j'en ai oublié de prêter attention à la conversation, jusqu'à ce que je sente ma mère se raidir à côté de moi.

– Je comprends, bien sûr, dit l'homme inconnu qui parle et mange en même temps. C'est un argument valable.

– Bien sûr, Tobir, lui répond l'oncle Iberik. C'est ce que les loyalistes ont soutenu pendant des décennies et c'est pourquoi, en fin de compte, nous avons gagné la guerre. Pour ma part, je suis heureux que nous ayons mis un terme aux allées et venues des Oréens dans Annwyn, et que le vieux roi ait fini par faire campagne pour aller détruire le pont. Il fallait le faire.

Je ne peux m'empêcher de jeter un coup d'œil en direction de ma mère pour voir comment elle réagit face à un tel discours. Elle a les yeux rivés sur son assiette et tient fermement sa fourchette.

J'ai déjà reçu des leçons d'histoire sur la guerre et la destruction du pont, mais elles sont souvent ennuyeuses et mon tuteur parle toujours de la méchanceté des Oréens. Il raconte qu'ils utilisaient toutes les ressources d'Annwyn, qu'ils déclenchaient des bagarres et qu'ils voulaient s'approprier les terres d'ici pour pouvoir vivre plus longtemps.

Je préfère de loin que ce soit ma mère qui me parle d'Orea. Elle est oréenne, après tout. Elle a été l'une des dernières à traverser le pont. Parfois, lorsqu'elle nous met au lit, Ryatt et moi, elle nous raconte des histoires à ce sujet. Elle a toujours l'air différent lorsqu'elle évoque son monde. Plus douce et plus triste.

Je sais que ça lui manque.

– C'est certain, renchérit la femme aux cheveux rouges. Et les Oréens qui sont encore ici ont beaucoup de chance, à mon avis. Ils ont été exemptés de la loi et sont autorisés à rester, ce qui

leur permet de vivre longtemps. Sans parler du fait que certains Oréens détiennent des pouvoirs magiques parce qu'ils se sont reproduits avec nous pendant des centaines d'années. Ils devraient être reconnaissants.

–Tout à fait, Netala, approuve Tobir à côté d'elle avant d'enfourner un énorme morceau de viande dans sa bouche en faisant tinter sa fourchette contre ses dents.

Netala incline la tête, ses yeux méchants traversent la table, et je vois bien que son regard s'attarde sur les oreilles arrondies de ma mère. Ryatt a hérité cela d'elle. J'étais tellement content que les miennes soient pointues comme celles de mon père. Cela lui donnait une raison en moins de s'en prendre à moi.

–Vous avez des pouvoirs magiques, déclare Netala.

Ma mère se tourne vers mon père. Il n'aime pas qu'elle parle de sa magie. Je ne sais pas pourquoi. Sa magie est la meilleure.

–En effet, répond mon père en se redressant sur sa chaise. Mon Elore est remarquable.

–Qu'est-ce qu'elle peut faire ? demande Tobir en la regardant curieusement.

Mon père la regarde à son tour.

–Montre-leur, Elore.

Les genoux de ma mère se serrent sous la table.

–Je ne suis pas certaine que le moment soit propice…

Mais le regard de mon père sèche ses paroles comme de la rosée dans le désert. Elle reporte son attention sur Tobir, puis mon frère et moi observons avec admiration ses paupières qui se referment. Quand elle les ouvre à nouveau, le vert de ses yeux a disparu. À la place, ses iris pâles sont recouverts d'une sorte d'écriture ancienne, dont les lettres sont si minuscules qu'elles sont impossibles à lire.

De l'autre côté de la table, Netala s'exclame :

–Ses yeux…

–Elore est une devineresse, affirme mon père avec suffisance. Elle recueille les paroles des dieux et des déesses.

Surpris, Netala et Tobir écarquillent les yeux. Personnellement, j'ai vu ma mère utiliser son pouvoir seulement quelques dizaines de fois depuis que je suis tout petit, mais je sais que mon père s'en sert quand nous ne sommes pas là.

J'observe la façon dont le gribouillage tourne dans ses yeux, la façon dont le reste de son visage devient calme et détendu. Ryatt la regarde aussi attentivement que moi et l'excitation me prend au ventre. J'adore l'observer pratiquer sa magie, mais je sais aussi que ça la fatigue. Bientôt, les mots cessent de tournoyer et son regard étrange se pose sur Tobir. Le fae retient son souffle.

– Le porteur de manteau rouge te dira deux vérités et un mensonge. Tu croiras le mensonge.

Son timbre est plus grave, ce n'est pas sa voix normale, et comme chaque fois que je l'entends faire ses prédictions, j'en ai la chair de poule.

Puis Mère cligne des yeux rapidement et les mots étranges disparaissent, le vert réapparaît peu à peu dans ses iris.

Les sourcils bruns de Tobir se froncent violemment. Il la fixe pendant une seconde, comme si les mots se répétaient dans sa tête.

– Qu'est-ce que c'est censé signifier ? s'enquiert-il.

– Les prédictions d'Elore ne sont pas toujours claires pour nous au moment où elle les profère, explique mon père.

– Voilà pourquoi vous avez choisi une Oréenne, Stanton, dit Netala. Était-elle capable de prédire l'issue de la guerre ?

Père secoue la tête.

– La magie d'Elore ne marche que sur les gens, pas sur les événements de ce monde. Certaines prédictions peuvent être aussi insignifiantes que l'achat d'un boisseau de pommes gâtées, et d'autres… bien plus importantes.

– Ooh, je suis curieuse de savoir ce qu'elle a prédit à votre sujet, lance-t-elle à mon père, les yeux brillant de curiosité.

À côté de moi, ma mère se raidit.

La colère glisse sur les traits de mon père comme de la bave sous une limace, mais il l'efface rapidement.

– Elle ne m'en a pas encore fait, lance-t-il avec désinvolture, mais je ne suis pas dupe.

Il essaie peut-être de paraître calme, mais cela cache quelque chose qui me met mal à l'aise.

Netala hoche la tête en prenant une autre bouchée de son repas. En l'avalant, elle relève les yeux.

– C'est un pouvoir très impressionnant, Elore. Vos ancêtres ont dû se reproduire avec des faes très puissants. Dites-moi, vous avez été l'une des dernières Oréennes à venir à Annwyn, n'est-ce pas ?

Ma mère hoche la tête.

– Oui, c'est exact.

– J'ai soutenu la guerre en échange de l'autorisation de faire venir un dernier convoi d'Oréens, explique mon père. Ils travaillent pour moi comme jardiniers et serviteurs. Ils sont très efficaces. Ils jouissent d'une longue vie et j'obtiens ainsi un personnel de longue durée.

J'essaie de ne pas grimacer. Je déteste quand il parle de ma mère et des autres de cette façon. Je gratte l'arrière de mon avant-bras en faisant de mon mieux pour ne pas laisser transparaître ma colère.

Les lèvres de ma mère s'amincissent, alors je tends la main vers sa jambe sous la table et je la tapote doucement, comme elle le fait parfois pour moi quand mon père me bouleverse. Elle me regarde et son visage s'adoucit.

– Stanton, vos fils sont le portrait craché d'Elore, dit Netala, et même si elle sourit, elle n'est pas jolie.

Je n'aime pas non plus que tout le monde parle de ma mère à la troisième personne. Ça n'a rien de nouveau, cependant. La plupart des faes que mon père invite sont impolis avec ma mère. Ce n'est pourtant pas sa faute si mon père l'a vue à Orea et l'a amenée ici. Ce n'est pas sa faute si elle est oréenne, et je ne vois pas pourquoi cela importe, de toute façon. Tout comme j'ignore pourquoi c'est si important que Ryatt et moi ne soyons qu'à moitié faes. Elle vient juste de leur prouver qu'elle aussi est puissante, dans son genre. Sa magie est meilleure que celle de la plupart des faes de cette ville, ils ne devraient donc pas être méchants avec elle.

Je fourre un morceau de viande dans ma bouche pour le mâcher furieusement, mais je grimace immédiatement, exactement comme Ryatt quand il mange un aliment qu'il déteste. La nourriture a un arrière-goût, comme si on l'avait oubliée trop longtemps. Du coup, je me rabats sur les pommes cuites, mais elles sont trop sucrées et farineuses, j'ai l'impression qu'elles commencent à tourner. Beurk.

– En effet, dit mon père. Mais ce n'est pas une mauvaise chose. Elore est très belle, et sa magie est impressionnante. Voilà pourquoi je l'ai choisie.

Ma mère tremble. L'arrière de mon bras me gratte à nouveau.

– J'espère qu'ils ne vont pas entièrement lui ressembler, se moque Oncle Iberik en agitant son verre de vin.

Tobir continue de mastiquer.

– Mmm, oui. J'ai vu beaucoup de couples avec un parent fae et l'autre oréen dont l'enfant ne développait pas de magie. C'est épouvantable.

– Mes fils auront tous les deux un pouvoir magique, déclare Père d'une voix aussi cinglante qu'un fouet prêt à punir quiconque oserait prétendre le contraire.

– Bien sûr qu'ils en auront, sourit Netala. Je suis sûre qu'ils sont plus faes qu'oréens, en tout cas. Elore elle-même a été bénie par les cieux en tant que devineresse. Et vous, vous êtes le Destructeur. Le fae le plus puissant du royaume, en dehors du roi.

Je regarde Ryatt qui se tortille sur son siège et j'ai envie de faire pareil.

Le Destructeur. C'est comme ça que tout le monde appelle mon père, et pour une bonne raison. Parce que sa magie ne fait que ça, elle casse tout.

Je l'ai vu casser des pierres, briser des doigts, rompre le cou d'un cheval boiteux. Je l'ai vu détruire un toit et le faire complètement s'effondrer.

Sa magie est effrayante.

Avant de prendre sa retraite, il détruisait des villes entières pour le roi. Voilà comment il a obtenu ce domaine. Voilà pourquoi nous avons quarante-trois pièces et des domestiques oréens. Voilà pourquoi il a été autorisé à faire un dernier voyage à Orea pour ramener des gens, juste avant que lui et le roi ne brisent le pont et ne mettent fin au lien entre nos mondes. Voilà pourquoi il a été autorisé à choisir ma mère, une Oréenne.

Mais ce n'est pas parce qu'elle vit ici, avec deux fils à moitié faes et une magie incroyable, que le reste des faes la considérera un jour comme une égale.

Nous continuons tous les trois notre dîner pendant que les autres discutent, même si chaque bouchée a un goût immonde. Je me force quand même à finir mon assiette, car personne d'autre ne se plaint. Je ne veux surtout pas que mon père remarque que je ne mange pas.

Les serviteurs viennent enfin débarrasser la table et je repose ma fourchette. Je me sens nauséeux, mais content que le repas soit terminé. Tous les domestiques sont oréens, comme ma mère. Je pense qu'elle se sent parfois coupable qu'ils la servent.

L'un d'eux, un homme du nom de Jak, vient récupérer son assiette. Elle tourne la tête pour lui sourire chaleureusement, et il lui rend son sourire. Tous les serviteurs aiment ma mère. Je ne sais pas si c'est juste parce qu'elle est oréenne comme eux ou si c'est parce qu'elle est si gentille, mais quand mon père n'est pas à la maison, on dirait qu'ils font partie de la famille.

Heureusement, les adultes décident d'aller au salon fumer la pipe et boire un digestif, et mon père accepte que ma mère nous mette au lit. Bien que nous soyons enfin libérés de la présence des invités, je me sens toujours en colère et d'humeur sombre. Les sourcils de ma mère sont froncés, quant à Ryatt, lui aussi est grognon.

Mais quand ma mère nous amène dans notre chambre, elle s'assied sur la chaise entre nos lits et nous raconte une histoire sur Orea. À propos d'un territoire divisé en sept royaumes. À propos d'une contrée où les gens n'avaient même pas de pouvoir avant que les faes n'arrivent. Et peu importe qu'Orea n'ait pas sa propre magie, car l'entendre en parler suffit à rendre cet endroit magique, de toute façon.

Quand mes paupières deviennent lourdes, je pose la tête sur mon oreiller en bâillant.

–Si le pont de Lemuria n'était pas détruit, je te ramènerais à Orea, maman.

J'ai trop sommeil pour ouvrir les yeux, mais je pense qu'elle a l'air à la fois heureuse et triste lorsqu'elle répond :

–Je sais que tu le ferais, Slade. Je le sais.

Chapitre 4
Slade

J'ai déjà fait la course en pleine tempête.

Plusieurs fois, en fait.

Par le passé, la plupart des tempêtes m'ont rattrapé. Certaines m'ont plongé dans un déluge d'eau tiède qui a entaché mon humeur et imprégné mes vêtements d'une douce chaleur inoffensive. D'autres m'ont bombardé d'un grésil si tranchant qu'il m'a griffé la peau.

Mais devoir faire la course contre celle-ci, c'est comme si les dieux et les déesses me trahissaient. Comme s'ils pouvaient être assez cruels pour ajouter de la difficulté à une situation déjà suffisamment lamentable.

Je refuse donc de laisser la tempête gagner, cette fois.

Je refuse de la laisser rattraper Auren.

Argo est l'Aile-branche le plus rapide du Quatrième Royaume. Probablement la bête la plus rapide de son espèce, et son endurance et son habileté à elles seules nous donnent une chance de vaincre. J'exige de lui toute la vitesse dont il est capable, je le pousse plus que je ne l'ai jamais fait et il répond à mes ordres.

Nous faisons la course avec la tempête qui amoncelle les nuages en gémissant et en tonnant dans notre dos. Mais Argo ne laissera pas cette saleté l'emporter, et moi non plus. Je ne permettrai pas à une autre tempête d'atteindre Auren. Elle a été noyée et essorée, sans le moindre abri dans lequel se réfugier. Mais tant que je serai là, je serai son refuge.

Nous volons tel un éclair dans le ciel, en formant un arc au-dessus du sol.

Contre ma poitrine, emmitouflée sous deux manteaux, Auren respire. Elle respire, mais ne se réveille pas, elle ne bouge pas.

Des heures atroces défilent, pendant lesquelles le froid nous frappe. L'air est saturé de l'humidité de la tempête qui nous poursuit. Mon visage s'est depuis longtemps engourdi, j'ai les fesses trempées sur la selle, mes doigts sont incapables de sentir l'emprise des rênes en cuir. Si mes yeux pouvaient encore pleurer, chaque larme ne serait que du givre sur ma peau.

Je ne perçois plus que la morsure du froid et une obscurité suffocante, mais je fais confiance à Argo pour nous guider. Je garde Auren si bien emmaillotée sous des couches de vêtements que je ne peux même pas entrevoir le moindre bout de sa peau, mais je sens le souffle tiède de sa respiration contre mon cou, et c'est la seule chose qui me retienne de laisser exploser ma nature fae. Ça m'empêche de pourrir les nuages et de faire pleuvoir le poison de ma rage. J'écoute sa respiration comme si c'était mon propre battement de cœur, je l'utilise comme un métronome pour calmer mon pouvoir qui bouillonne en moi.

Le temps et la distance s'éternisent.

Soudain, sortie de nulle part, une rafale de vent nous frappe par la gauche et Argo pousse un cri furieux. Tout son corps réagit à la violence du coup. La selle glissante se décale sous l'effet de la secousse en nous faisant basculer, Auren et moi.

Je me penche en avant, mes mains tentent de resserrer ma prise sur les rênes, mais elles sont trop engourdies. Mon cœur bondit dans ma gorge quand nous commençons à glisser.

En serrant les genoux, je bascule de tout mon poids sur le côté. Au même moment, Argo réagit en déployant toute son envergure pour me retenir. Il nous redresse avec une attention furieuse et un autre rugissement d'indignation s'échappe de sa gorge tandis que je m'affaisse sur la selle, le souffle coupé à l'idée d'être passé si près de la catastrophe.

Tout ce qui nous retient à cette selle, c'est une sangle en cuir. Si Argo ne s'était pas rattrapé…

Comme si le vent violent était pour lui un véritable affront, Argo devient sauvage.

Il continue de rugir vers le ciel avec une vigueur renouvelée ; on dirait que sa mission consiste maintenant à lutter contre les bourrasques. Il se refuse à écouter sa fatigue et la repousse avec fureur.

Il me faut bien une heure pour que mes mains cessent de trembler, pour que mon rythme cardiaque revienne à la normale, pour ne plus serrer les rênes jusqu'à en avoir mal. L'adrénaline s'échappe de moi comme le sang d'une blessure.

Je dois mettre Auren en lieu sûr, au chaud, et Deadwell est l'option la plus proche que j'ai. Pourtant, le paysage sombre semble me narguer. C'est comme si sous nos pieds, au lieu de se transformer kilomètre après kilomètre, le monde enneigé du Cinquième Royaume ne bougeait pas d'un iota. Nous sommes englués dans son éther, les ombres se rient de nous, tout comme les distances infinies qui menacent de ne jamais céder.

Mais rien ne peut égaler la volonté d'Argo.

Notre course nous rapproche de l'aube, je pensais qu'elle ne viendrait jamais. Elle apparaît dans un soupçon de ciel en colère, grumeleux. Je cligne des yeux en direction de l'horizon opalescent, et je ne sais pas si je dois être soulagé ou rempli d'effroi à l'arrivée du soleil.

Pourtant, même lorsque les premiers rais de lumière traversent les nuages, Auren ne réagit pas. Je m'assure que les manteaux sont toujours bien enroulés autour d'elle, que chaque parcelle de sa peau est bien couverte. J'ignore si, dans son état actuel, elle pourrait produire de l'or si quelque chose touchait sa peau nue, mais ça m'inquiète. Elle ne peut pas se permettre d'utiliser sa magie et si elle commence à la répandre de façon incontrôlée, même Argo ne sera plus en mesure de continuer à voler.

Sous mes cuisses, la poitrine d'Argo se soulève. Sa respiration est saccadée, ses muscles tremblent sous l'effort. Dans la lumière grise, je distingue les plaques de plumes qui ont été arrachées à ses ailes couleur d'écorce quand les violentes rafales de vent l'ont agressé. Des stalactites de givre pendent de sa gueule baveuse comme des crocs supplémentaires, mais il n'arrête pas de rugir ni d'avancer à vive allure.

– Continue ! je l'exhorte, mais j'ignore si ma voix parvient jusqu'à lui avec ce vent.

La culpabilité m'assaille quand je le vois plonger dans une poche d'air pour trouver un peu de portance supplémentaire. Même galvanisé par son explosion de fureur, il fatigue. Je le pousse trop, trop vite, trop longtemps, mais je n'ai pas d'autre possibilité.

L'aube gagne enfin sur la nuit. Elle brille comme un phare, éclairant le chemin à travers la tempête qui fait rage. Je lorgne les nuages derrière nous, qui semblent galoper tels des pur-sang prêts à nous écraser sous leurs sabots gelés.

Dans mes bras, Auren frissonne, ce qui me fait grincer des dents et rompre la glace qui s'y est coincée. Le tonnerre gronde avec un grognement menaçant, mais Argo se déchaîne, il pousse un rugissement guttural, enroué de fatigue.

Mille scénarios se jouent dans ma tête. Nous n'allons pas y arriver. Argo devra atterrir. Auren sera encore plus exposée. La tempête nous vaincra.

Mais voilà que la silhouette familière de montagnes escarpées apparaît.

Deadwell.

Nous avons réussi.

Cette vision me redonne espoir.

Au sol, on ne distingue que de la neige putréfiée et des pics fissurés. Depuis les airs, tout ce qu'on voit, c'est une vallée ombragée et gelée prise entre des montagnes semblables à une rangée de dents tordues. C'est inhospitalier. Laid. Vide.

Mais seulement si on ne sait pas où chercher. Par habitude, je siffle entre mes dents pour donner le signal à Argo, mais même si elle m'entend, la bête n'a pas besoin d'être prévenue. Son regard est perçant et son sens de l'orientation bien meilleur que le mien. Après tout, il m'amène ici depuis des années. Il pourrait probablement faire le voyage les yeux fermés.

Ma poitrine se gonfle à mesure que nous nous rapprochons et je me penche vers la tête d'Auren enfouie contre ma poitrine.

– Presque. On y est presque, je lui murmure.

En accompagnant le virage d'Argo, je nous maintiens en équilibre pendant qu'il entame une descente en piqué vers les sommets escarpés des montagnes. Les pics ont la forme d'un couteau à dents, avec des crevasses qui dessinent une ligne déchiquetée et des chutes de pierres dangereuses. La plus grande montagne, au milieu, penche légèrement, comme si le vent l'avait poussée si fort pendant si longtemps qu'elle commençait enfin à se plier à sa volonté.

Les montagnes devraient savoir qu'elles ne doivent pas s'incliner devant le vent.

Mais la crête n'est pas le seul point noir de la région. C'est la présence de ma magie qui souille vraiment la terre.

Ce qui était autrefois un territoire morne et dépeuplé à la frontière du Cinquième Royaume, est à présent devenu un lieu infecté par la pourriture. Des racines fétides s'étendent jusqu'aux frontières du Quatrième Royaume et s'enfoncent dans la neige pour s'enrouler autour de la base des montagnes comme des lianes insipides et rampantes.

Ma magie réagit aux quantités massives de pouvoir que j'ai déjà utilisées sur cette terre et ma peau craque sous l'effet de sa présence, comme si elle m'accueillait. Elle imprègne le sol enneigé, je sens son appel vibrer dans mes veines comme une soif de sang. Mais mon pouvoir devra attendre.

Même si les montagnes en contrebas sont fissurées et tordues, et que les racines putrides ont enlaidi et abîmé le sol, c'est tout de même le plus beau des spectacles. Argo plonge et nous descendons sous les nuages à une vitesse vertigineuse, mon estomac remontant presque dans ma foutue gorge.

Pendant des années, cette petite bande de terre a échappé à mon contrôle. Mais je peux enfin la revendiquer. À la suite de l'accord que j'ai passé avec Midas, nous sommes officiellement hors du Cinquième Royaume, sur mon propre territoire.

Argo s'élance, se dirigeant directement vers la plus haute montagne, à l'endroit même où des amas de rochers en décomposition forment sa base.

C'est la combinaison de tout ça, en fait. Les montagnes penchées. Les tas de neige et l'empilement des roches. La putréfaction. Tout cet ensemble distrait, dissimule un lieu inconnu de tous.

Quiconque passerait par cette partie du monde n'aurait aucune raison de s'y attarder et aucune envie de le faire. Argo, lui, contourne le pic déchiqueté pour aller vers la plus petite montagne. Son flanc ressemble à un manteau et son plateau rocheux s'étend assez loin pour offrir un abri au village qui est caché en dessous. Cette lèvre presque invisible dans la montagne penchée semble discrète, mais c'est pour moi un signal, au même titre que ma pourriture.

La petite ville n'est visible que si l'on vient délibérément fouiner par ici, ou si l'on connaît déjà son existence. Tous les bâtiments sont construits dans la même roche granuleuse, ils se fondent sans difficulté dans le flanc de la montagne, cachés sous le plateau neigeux.

C'est ici, enveloppé dans le froid interdit, que se cache mon plus grand secret.

Le village de Drollard.

À cet instant précis, l'orage s'abat sur nous comme pour nous punir d'avoir atteint notre but. Les nuages se déchirent, une pluie glacée se déverse, trempant immédiatement mes vêtements.

Argo se dirige droit vers le village, la pluie ruisselle sur ses ailes déployées et gèle ses plumes. Il ne fait qu'un tour avant que son corps épuisé se pose si violemment que j'en claque des dents. Il oscille, mais parvient à rester debout, ses serres s'enfoncent dans la neige pour se stabiliser tandis qu'un filet de bave glacée lui échappe.

– Brave bête ! (Il tourne la tête pour me faire un clin d'œil et bien qu'il ait l'air épuisé, la lueur dans son œil de faucon est tout à fait claire.) Oui, tu as bien mérité tous les morceaux de viande séchée que tu veux.

Les yeux plissés, j'observe les lieux à travers la pluie, mais tout est encore immobile dans le calme du matin. Six mètres plus loin, des maisons en pierre sont alignées, de la fumée paresseuse s'élève des cheminées sous la lèvre de la montagne, la glace s'accumulant en haut du surplomb comme des feuilles de bardeaux. Je tends une main gelée vers la boucle de la sangle, mais j'ai un mal de chien à l'ouvrir. Mes doigts sont trop engourdis pour pouvoir œuvrer correctement, et avec la selle qui penche, c'est glissant. Je ne peux pas prendre le risque de lâcher Auren, je dois la garder au sec et en sécurité.

Je laisse échapper un grognement de frustration.

– Allez, putain !

– Sire ?

Je relève la tête en entendant cette voix et j'aperçois un villageois qui sort du petit pavillon encastré dans la cavité crevassée à flanc de montagne. Il se précipite vers moi ; sa capuche relevée qui le protège du déluge qui s'abat sur nous, laisse deviner un nez bulbeux en dessous.

– Laissez-moi faire.

De ses doigts habiles, il défait rapidement la sangle et je saute à terre en portant Auren.

– Merci, Theo.

Il n'est pas aussi méfiant que les autres, mais il ne me regarde toujours pas dans les yeux.

– Dois-je alerter la garde ?

Je secoue la tête.

– Ce n'est pas la peine. Veille simplement à ce qu'on prenne bien soin d'Argo au Perchoir. Dis à Selby de lui donner tout ce qu'il veut, y compris des couvertures supplémentaires. Il l'a plus que mérité.

Theo acquiesce, s'avançant déjà pour attraper les rênes d'Argo. À son crédit, il ne bronche que légèrement devant l'apparence de l'Aile-branche avant de le conduire au Perchoir, où il pourra se faire soigner.

Dès qu'ils s'en vont, je fonce en courant sur le sentier de pierre blanche qui se fond dans la neige, Auren toujours dans mes bras. Ma pourriture ne s'est pas répandue dans le village lui-même, elle est restée stratégiquement autour de la frontière, comme un rempart de barbelés qui empêche nos ennemis d'entrer. Pourtant, malgré le fait qu'elle ne se propage pas ici, cet endroit est toujours imprégné de tristesse.

Au dire de tous, le village de Drollard n'existe pas. C'est peut-être pour ça qu'il a toujours été aussi morose. En le gardant secret, je l'ai en quelque sorte rendu invisible.

Cet endroit n'a rien de pittoresque. Il est rude, froid et exsangue, avec ses maisons solitaires taillées dans la montagne, plongées dans l'ombre perpétuelle. Les gens qui vivent ici n'ont pas accès aux commodités de la ville, où les voyages et les échanges sont nombreux. Bien au contraire, ils peinent à arracher leur pitance de cette terre stérile, qu'ils complètent par les provisions que je peux leur fournir. Pourtant, jamais aucun d'entre eux ne partira.

Ils ne le peuvent pas.

En dehors de la garde du village, tout le monde dort à cette heure matinale. Les persiennes ont été fermées en prévision de l'orage. Je passe rapidement devant les murs inclinés des maisons en ardoise, chaque porte en bois n'étant même pas à un jet de pierre de la suivante. Pourtant, la taille des habitations est trompeuse puisque celles-ci s'enfoncent profondément dans le flanc de la montagne. Les lianes d'une plante épineuse s'étirent à partir des crevasses du sol rocheux et s'enroulent autour des portes et des fenêtres, leurs baies à chair blanche pendent en grappes sur leurs tiges.

La pluie a trempé la pierre sous mes pieds, j'avance donc à pas mesurés. Je ne veux pas glisser avec Auren dans les bras, mais j'essaie quand même d'aller le plus vite possible.

Le long du chemin, quelques arbres à feuilles persistantes s'accrochent à la vie. Leurs branches givrées supportent le poids du froid éternel et m'offrent un abri temporaire contre les intempéries. Je serre Auren encore plus fort.

Je dépasse les dernières maisons en suivant la courbe de la montagne. La paroi rocheuse est mise à nu, à l'exception de la neige qui s'agglutine contre elle. Au-dessus, le flanc de la montagne s'enroule comme une lame de fond, créant un gigantesque auvent protecteur. Un rideau de pluie gelée en coule comme une mince cascade. Je me mets à hésiter en réfléchissant à la meilleure façon de faire passer Auren sans la tremper complètement.

–Laisse-moi faire.

Mes bras se resserrent machinalement autour d'Auren et je sursaute en entendant la voix de mon frère.

–Que fais-tu ici ?

Ryatt avance jusqu'à la cascade et, sans un mot, il enlève sa cape et la jette sur nos deux têtes pour nous protéger. J'ai l'impression qu'il le fait plus pour Auren que pour moi. Nous traversons la nappe d'eau en vitesse et, une fois arrivés sous le plateau rocheux, nous sommes enfin à l'abri de la tempête.

–Merci, je murmure.

Ryatt récupère sa cape, mais il ne prend pas la peine de la remettre.

La caverne, désormais plongée dans l'obscurité, serait complètement sombre sans la douce lueur bleue émanant des veines fluorescentes qui parcourent l'antre de la montagne. Ces stries céruléennes se ramifient dans toutes les directions en traversant les murs, le sol et le plafond, tandis que des coléoptères incolores s'accrochent à leur surface pour grignoter leur sédiment. Les stalactites semblent nous pointer du doigt en signe d'accusation.

– Alors ? Tu vas me dire ce que tu fais ici ? je lui demande en marchant, ma voix résonnant tristement.

– Tu pensais vraiment que je ne viendrais pas ? (Les poings de Ryatt se crispent sur sa cape.) J'ai voulu venir dès que Midas a proféré ses menaces, et tu le sais très bien, alors tu n'as qu'à économiser tes foutus ordres ! s'emporte-t-il, la mâchoire serrée.

Je sens mes propres dents grincer en guise de réponse. Je n'ai probablement pas le droit d'être frustré parce que je comprends sa colère, et pourtant, je le suis. Comme lui aussi l'est souvent à cause de moi.

– D'accord.

Je suis trop gelé et épuisé pour argumenter.

– Nous en parlerons demain. Mais je dois d'abord la réchauffer et la sécher.

Il jette à Auren un regard en coin.

– Pour tout arranger, il a fallu que cette foutue tempête frappe ce soir.

Mon frère et moi avançons en silence. Sans même essayer, nous marchons d'une même foulée, nos épaules sont à la même hauteur, nos vêtements presque identiques. Quand ma nature de fae n'est pas visible, on pourrait passer pour des jumeaux, une ressemblance que j'ai utilisée à mon avantage à maintes reprises.

Mais malgré cette capacité que nous avons à marcher naturellement d'un même pas, nous semblons toujours nous marcher sur les pieds.

Je pourrais mourir pour Ryatt et il a renoncé à bien des choses pour être à mes côtés, mais la plupart du temps, nous aimerions nous cogner dessus.

Ce soir ne fait pas exception.

Nous poursuivons notre chemin jusqu'à l'entrée de notre maison dans la caverne, parsemée d'ombres bleues et de stalagmites qui semblent monter la garde.

La Grotte.

– *Home sweet home*[1], murmure Ryatt.
J'ai l'estomac retourné.
– Ouais. *Home sweet home.*

1. *Home sweet home* est une locution traditionnelle anglaise servant à évoquer la douceur du foyer domestique. (NdT, ainsi que pour les notes suivantes)

Chapitre 5

Slade

À 8 ans

— Slade !

Je baisse les yeux. C'est Ryatt. Ses jambes potelées s'emmêlent, il ne parvient pas à grimper à l'arbre comme moi. Je savais qu'il allait essayer de me suivre jusqu'ici. Mais comme chaque fois qu'il s'aperçoit qu'il n'y arrive pas, il se met à pleurnicher comme un bébé et il fait peur à tous les oiseaux jusqu'à ce que je redescende.

– Slade !

Je sais que je ne peux pas continuer à l'ignorer. Je retrousse les manches de ma chemise pour me gratter les bras.

– Je reviendrai, je promets au petit oisillon.

Il me répond en gazouillant.

Quand j'entends que Ryatt essaie à nouveau, je me penche sur ma branche en repoussant quelques feuilles mortes.

– Tu es trop petit.

Son visage devient rouge de colère.

–Pas du tout.

–Si, tu l'es. D'ailleurs, tu n'as pas encore le droit de grimper aux arbres.

Il retombe sur le sol et se met à taper des pieds. Ses chaussettes roulées de façon inégale sont toutes les deux couvertes de taches d'herbe. Mère fait toujours claquer sa langue quand nous rentrons avec nos chaussettes blanches striées de vert, mais elle nous dit ensuite que la couleur est semblable à celle de nos yeux et qu'au moins cela s'accorde.

J'essuie un peu de sueur sur mon front en soupirant, puis j'abandonne ma branche d'arbre pour pouvoir sauter à côté de lui.

–T'es content ?

Il hoche la tête.

–J'ai faim.

–Tu as toujours faim.

Mais maintenant qu'il en parle, moi aussi j'ai faim.

–Allez, viens. Je parie que le cuistot va nous donner quelque chose.

–Il fait chaud, se plaint Ryatt.

–C'est l'été, idiot, je réponds en ricanant.

Il me jette un regard noir.

–Je vais le dire.

–Non, tu ne le diras pas.

Je lui souris, parce que Ryatt et moi ne nous dénonçons jamais l'un l'autre. C'est notre règle.

Il hausse les épaules.

Nous nous dirigeons tous les deux vers le domaine. Maintenant que je ne suis plus à l'ombre dans l'arbre, je me rends compte à quel point il fait chaud. Pas étonnant que le visage de Ryatt soit tout rouge et ses cheveux noirs collés de sueur. Je dois probablement être pareil.

J'ai fini mes leçons plus tôt et la nourrice a laissé Ryatt sortir prendre l'air, donc nous sommes ici depuis un bon moment. Je ne sais pas combien de temps exactement. Je suis toujours distrait quand je vérifie les nids d'oiseaux.

–Allons à l'étang! lance soudain Ryatt alors que nous sommes presque arrivés aux arbustes.

Je l'observe du coin de l'œil.

–Tu viens de dire que tu avais faim.

–L'étang!

–D'accord, je cède en soupirant. Mais juste un petit moment. Ensuite, nous allons manger.

Ryatt acquiesce et commence à descendre la colline. Je cours après lui, en faisant semblant qu'il est plus rapide que moi, ce qui le fait rire aux éclats. Nous courons vers l'extrémité de la propriété, nous sommes à mi-chemin quand Ryatt se fatigue et doit s'arrêter.

–J'ai soif, se plaint-il.

–Je te plongerai la tête dans l'étang.

Il me regarde d'un air renfrogné, mais je ris en lui titillant les côtes, là où il est chatouilleux. Il essaie de se débattre, mais il n'y arrive pas et ça se transforme vite en crise de gloussements.

Après la maison, il y a les écuries, et de l'autre côté, l'étang. Nous passons par le paddock où quelques chevaux de Père sont en train de brouter.

D'abord, je n'y prête pas attention.

Tchac.

On dirait le bruit que fait notre garçon d'écurie lorsqu'il utilise la cravache pour dresser un des chevaux. J'entends la claque sur l'arrière-train, la correction rapide.

Tchac.

Ryatt ne remarque rien non plus.

Mais je m'arrête pour une raison que j'ignore et je retiens mon frère en posant une main sur son bras.

–Attends.

–Pourquoi? gémit-il.

Je me gratte le bras.

–Reste là une seconde.

Il fronce les sourcils, je sais qu'il va argumenter, mais heureusement un des chevaux s'approche à cet instant, ce qui le distrait. Il grimpe sur la clôture et se met à le caresser. Je me dépêche d'aller voir d'où vient le bruit. Mais quand je passe devant l'écurie, il n'y a personne à l'intérieur.

Tchac.

Je tourne la tête vers la droite, mes pieds m'entraînent dans cette direction.

Et puis ils s'arrêtent.

Ce n'est pas le garçon d'écurie. Ce n'est pas une cravache. Ce n'est pas un cheval.

C'est mon père, debout au-dessus de ma mère, tous les deux contre le mur extérieur de l'écurie. Je ne comprends pas tout de suite, alors je reste immobile à observer.

Mais alors la main de mon père fend les airs et il gifle ma mère si fort qu'elle tombe par terre. Sa bouche remue, siffle des mots de colère, mais je ne les entends pas.

Le choc me tétanise.

Il y a un bruit assourdissant dans mes oreilles. Ou peut-être que le son est dans mes veines, parce que je peux l'entendre et le sentir en même temps. Mon dos me démange. J'ai l'impression que mes bras sont couverts de fourmis. Mes veines sont froides. Même ma tête est bizarre.

L'espace d'un instant, je reste figé sur place comme une statue. Dans mon sang, sur ma peau, ce que je ressens est si fort que je pense que je pourrais m'évanouir.

Mais mon père lève à nouveau la main. Ma mère baisse la tête. Et je suis tellement en colère que ça se mélange avec le bruit, et tout ça… explose.

Avant que mon père ne puisse à nouveau baisser la main, je lui hurle dessus :

–Arrête !

Je me déplace plus vite que je ne l'imaginais, puis je le repousse de toutes mes forces. Il a l'air sidéré par mon geste, mais je le regarde avec haine. Ma haine est peut-être plus forte que la sidération et c'est sans doute la raison pour laquelle je suis capable de projeter son corps contre le mur de l'écurie.

Mais… je ne pensais pas que ma haine était assez forte pour faire s'écrouler un mur.

Il s'effondre, entraînant mon père dans sa chute, et je regarde le bois se désintégrer. De minuscules éclats s'envolent comme de la poussière alors qu'il s'écrase au sol en tas. Le bruit en moi est maintenant le bruit d'une partie du toit qui s'écroule, et le reste du mur qui va avec, ensevelissant mon père sous les planches.

– Slade! s'écrie ma mère en reculant de peur.

Je me précipite vers elle, mais mon père claque des doigts pour faire surgir son pouvoir et casse le bois qui le recouvre d'un seul coup. Il le repousse et se lève; son regard me fait blêmir.

– Comment oses-tu?

Il est furieux. Ses yeux noirs injectés de sang le font paraître encore plus énervé. Je sais qu'il va me frapper, mais je m'en fiche. Tant qu'il ne la frappe plus.

Il s'avance vers moi, et je me prépare. J'ai l'impression que toute la froideur de mes veines descend jusqu'à mes pieds, et… mon père s'arrête. Il s'arrête en fixant le sol autour de moi.

– Qu'est-ce que…

Je suis son regard. Autour de mes pieds, l'herbe n'est plus verte. Elle a la couleur pâle et morte du blé. Il y a des plaques de salissure dans lesquelles je distingue d'étranges lignes, et ces mêmes lignes noires ont encerclé ce qui reste de l'écurie comme d'affreuses racines. Le bois lui-même semble avoir été confronté aux intempéries pendant des années, j'ai l'impression qu'il suffirait d'un souffle pour tout faire tomber.

– Slade…

En entendant la voix de ma mère, je me tourne vers elle, mais les lignes ne l'ont pas touchée. Elle est accroupie sur le seul endroit où l'herbe est encore vivante et verte. Mais ce n'est pas mon visage qu'elle regarde avec de grands yeux. Elle observe mon cou, mes bras, mon dos.

Maintenant, je commence à avoir mal. Mal partout.

Mon père se tourne vers elle, mais je bondis entre eux deux. Je respire beaucoup trop vite et je me sens beaucoup trop faible, mais je ne bougerai pas. Je ne vais pas le laisser la frapper à nouveau.

– Non, je le mets en garde, et ma voix est la dernière chose qui soit forte, parce que tout ce que j'entendais à l'intérieur de moi est redevenu calme et je suis soudain extrêmement fatigué.

Derrière moi, je sens ma mère m'attraper par la jambe et essayer de me repousser, mais je l'ignore. Père m'a déjà fouetté avant et je suis toujours vivant. Je peux le supporter à nouveau parce que je ne suis plus un bébé. Je veux le dire à Mère, mais Père se rue vers moi et m'attrape par les épaules, les yeux écarquillés.

Au début, je pense que c'est une ruse, mais comme il a toujours l'air aussi choqué et que sa main ne me frappe pas, je finis par baisser les yeux pour voir ce qu'il regarde. Pour voir ce que ma mère regardait avant.

Mes bras saignent, c'est probablement pour ça qu'ils me font si mal. Mais ce n'est pas le sang qui me fait ouvrir les yeux grands comme des soucoupes. Non, ce sont les choses noires qui en sortent, ces petites pointes acérées qui ont traversé ma peau comme si elles m'avaient transpercé.

Je crois d'abord que ce sont les éclats de bois qui ont sauté et m'ont entaillé la peau. Mais plus je regarde, plus je vois que ce n'est pas le cas. Ces choses sont identiques sur mes deux bras. Elles sont sorties de moi.

Je suis encore en état de choc quand mon père s'approche et appuie sur l'une de ces pointes noires. Nous sifflons tous les deux de douleur. Je lève les yeux et je remarque que son pouce est à présent couvert de sang, comme si le piquant était si aiguisé qu'il l'avait coupé.

Sur son visage, la rage fait place à un sourire étrange tandis qu'il fixe le sang un bref instant avant de se tourner vers moi.

– Mon fils.

Il me saisit à nouveau par les épaules et m'oblige à me pencher, jusqu'à ce que je ressente une autre secousse de douleur quand il appuie sur un point dans mon dos qui me fait cambrer les reins et me redresser d'un seul coup.

– Ouille !

Mon père rit en me libérant.

–Regarde-toi! dit-il avec un sourire plus large que je ne l'ai jamais vu. Seulement huit ans, et regarde-moi ça!

–Qu'est-ce que c'est? je demande avec inquiétude en observant les gouttelettes sanglantes qui coulent des petites bosses.

Il y a des veines sombres qui partent de la base de ces petites aiguilles et descendent le long de mes bras comme si Ryatt avait pris une plume et dessiné partout sur ma peau. J'essaie de les frotter, mais ça ne s'en va pas.

–Tu t'es transformé! s'écrie Père avec enthousiasme. Ton pouvoir s'est exprimé.

J'ai soudain très froid.

–Quoi?

Il sourit et me tire le bras pour me montrer.

–Tu vois, tu t'es déjà manifesté.

Mes yeux suivent les veines de mon bras jusqu'aux veines du sol qui remontent sur les planches pourries du mur de l'écurie.

–Je savais que mon fils serait puissant.

Je ne me sens pas puissant. Je me sens fatigué et j'ai mal partout, et je suis tellement en colère et effrayé…

Je me mets à pleurer. Je sais que c'est une erreur, mais je n'y peux rien.

La fierté disparaît instantanément de son visage, et il me regarde avec dégoût.

–Arrête ça. Je ne veux pas d'un bébé geignard pour fils, dit-il froidement avant de poser ses yeux noirs sur ma mère. Nettoie-le, puis envoie-le dans les jardins. Je veux commencer à tester ses pouvoirs. Quant à toi, reste dans ta chambre. Je ne veux pas te voir jusqu'à demain.

Ma mère me serre la jambe un peu plus fort.

Il se retourne et s'éloigne, et tant de larmes se mettent à couler que je n'arrive même pas à les compter, mais je suis soulagé qu'il ne soit plus là pour les voir. J'essaie d'arrêter, vraiment, mais tout me fait mal et je ne comprends pas, et ma mère…

Son visage apparaît quand elle s'agenouille devant moi, ses yeux sont rougis à cause de la marque sur sa joue et la fente dans sa lèvre.

–Suis-je… un Destructeur ? je lui demande avant de me mettre à pleurer encore plus fort, parce que je ne veux pas ressembler à mon père.

Mais j'ai brisé le mur de l'écurie, j'ai détruit le sol, et ces pointes ont traversé ma peau… j'ai l'impression d'être un monstre.

Elle secoue la tête en me soulevant doucement le menton.

–Non, Slade. Pas toi. Tu ne casses pas les choses. Tu les protèges.

Mais quand je regarde autour de moi, ça ne ressemble pas à de la protection. Ça ressemble à une ruine. Mon père aussi ruine les choses. Le visage de ma mère me le rappelle.

Même si mon bras me fait très mal, je lève la main et touche délicatement sa joue.

–Ça va ?

Maintenant, c'est elle dont le visage est baigné de larmes. Je laisse retomber ma main, puis m'avance en la prenant soigneusement dans mes bras. Je la serre contre moi en essayant d'ignorer toutes ces lignes noires qui s'étendent jusqu'au bout de mes doigts.

–Ne pleure pas, maman. Je te protégerai.

Cela ne la fait pas se sentir mieux, parce qu'elle pleure encore plus fort. Je baisse les yeux, j'aimerais être plus âgé, j'aimerais pouvoir faire quelque chose. En regardant vers le bas, je remarque des taches d'herbe sur l'ourlet de sa robe blanche, qu'elle s'est faites quand Père l'a frappée et qu'elle est tombée par terre.

–Slade ?

Nous nous tournons tous les deux pour découvrir Ryatt derrière moi, qui fronce les sourcils et apporte un tas de fraises dans sa chemise. Il a dû se promener dans le jardin pour prendre une collation. J'avais oublié qu'il était là. Je suis content qu'il n'ait rien vu.

–Regarde, Ryatt, je dis pour attirer son attention sur moi.

Il ouvre la bouche et il tend un doigt dans ma direction en faisant tomber son butin de fraises par terre.

–Qu'est-ce que c'est ?

–J'ai ma magie, j'explique en essayant de paraître heureux et en reniflant pour arrêter de pleurer.

L'excitation fait briller ses joues tachées de rouge.

– Je peux toucher ?

– Bien sûr.

Il se précipite vers moi. Son doigt effleure une des pointes noires.

– Ça fait mal ?

Je hausse les épaules.

– Un peu.

Il sourit, puis se tourne vers notre mère, mais il oublie tout ce qu'il allait lui dire en la dévisageant.

– Maman ?

Elle arbore un sourire de façade et elle s'est déjà essuyé les joues, mais elle a toujours mauvaise mine.

– Ryatt, ces fraises ont l'air très bonnes.

Il ne se laisse pas avoir.

– Tu pleures ?

– Ça va, mon chéri. Je viens de faire une chute. Tu vois ? lui dit-elle en désignant le bas de sa robe.

Il hoche la tête, puis glisse sa petite main collante dans la sienne.

– Moi aussi je suis tombé, s'exclame-t-il en lui montrant ses chaussettes souillées, et tu sais quoi ?

– Quoi ?

– Les taches d'herbe ont aussi la même couleur que tes yeux.

Jamais je crois, je n'ai vu de sourire aussi triste.

Chapitre 6

Slade

Outre les stalagmites qui jaillissent du sol, il y a aussi d'audacieuses stalactites suspendues au plafond. Leurs cônes parfaits ont formé une sorte d'arche qui entoure l'entrée de la Grotte. Ils sont recouverts de fines sécrétions fluorescentes qui projettent des ombres bleues sur nos visages lorsque nous passons en dessous.

J'éprouve des émotions contradictoires quand je reviens ici. D'une part, c'est un réconfort. D'autre part, ça ressemble à une punition. Cela peut sembler étrange que nous possédions une maison à l'intérieur d'une grotte, mais il s'agit d'un refuge secret, et malgré les murs gris foncé, je m'y suis toujours senti à l'aise.

Ryatt se place devant moi et ouvre la porte d'entrée. Ses charnières grincent à cause de l'humidité perpétuelle dans l'air. Je me précipite à l'intérieur de la maison obscure, je n'ai pas besoin de lumière pour me repérer, car je connais de mémoire ses moindres recoins.

Je me hâte d'entrer dans la première salle où de vagues ombres dessinent les formes des meubles que je connais par cœur. Je sens que mes bottes foulent le tapis de fourrure blanche au centre de la pièce, il est placé sous une table ronde maculée de taches circulaires incrustées dans le bois. Elles sont dues à tous les verres d'alcool que mon Courroux et moi avons posé dessus, maudite soit la condensation !

Je m'arrête quand mes tibias touchent le canapé rembourré et à peine ai-je posé Auren dessus et commencé à lui enlever ses chaussures trempées que Ryatt est déjà derrière moi, il s'affaire pour allumer un feu.

En utilisant les coussins, je soutiens soigneusement Auren pour qu'elle ne soit pas allongée directement sur le dos. Parce que son dos…

Je ne supporte pas d'y penser.

De penser à ce qu'il lui a fait.

La rage monte en moi. J'aimerais être à Ranhold, j'aimerais pouvoir remonter le temps, ramener Midas à la vie pour pouvoir le tuer de mes propres mains. Je l'aurais fait lentement. Je l'aurais découpé membre après membre. En lui pourrissant une veine à la fois. En écrasant son cœur dans mon poing.

Je l'aurais fait souffrir.

Un coup de silex fait jaillir des étincelles dans mon dos et je calme ma colère pour me concentrer sur ma mission. Je dois la réchauffer et la sécher, sinon la pourriture qui reste en elle n'aura plus d'importance car elle mourra d'hypothermie à la place.

Je lui retire ses deux manteaux mouillés, puis les jette au sol. Lorsqu'ils atterrissent, des morceaux de glace en tombent et de l'eau se répand sous eux. Je suis heureux de constater que sa robe est humide, mais pas trempée. Seuls des petits flocons de neige se sont collés à l'ourlet. Je prends rapidement les couvertures rangées derrière le canapé et les empile sur elle en la bordant.

Une douce lueur orangée commence à éclairer la maison. Je m'empresse de tirer le canapé, il crisse en signe de protestation pendant que je le traîne pour l'installer face à la cheminée.

J'entends Ryatt se déplacer dans la pièce en allumant des torches au fur et à mesure afin de repousser le froid.

Je tends la main devant les lèvres entrouvertes d'Auren pour sentir son souffle, lent mais régulier.

– Auren ?

Je ne m'attendais pas à ce qu'elle réponde, mais je suis tout de même déçu. La seule façon de contrôler ma panique, c'est de continuer à m'activer. Je lui enlève donc ses collants trempés, puis j'examine ses doigts et ses orteils, les prenant dans mes mains gantées pour souffler dessus. Je me fiche de savoir si son pouvoir s'est réveillé, maintenant que c'est le matin. Je dois la réchauffer. Quand je suis satisfait de leur température, je les recouvre une fois de plus avec les couvertures et j'essuie doucement le givre de ses cheveux.

– Pourquoi ne se réveille-t-elle pas ?

Je n'avais pas entendu Ryatt s'avancer derrière moi, mais sa question me fait contracter les épaules. Je le dévisage, quelque chose de froid me tord le ventre.

– Je ne sais pas.

Nous la regardons tous les deux. Sa poitrine se lève et s'affaisse, le crépitement des flammes colore sa peau d'une teinte orangée.

– Auren.

Elle reste sans réaction.

J'entends Ryatt s'éloigner, puis un bruit dans la cuisine attire mon attention. Je remarque qu'il se tient maintenant devant le poêle en fonte, à peine visible de là où je suis. Une marmite est déjà posée sur sa grille fermée et rougeoyante. Dehors, la tempête s'envenime, les hurlements du vent résonnent dans les cavités de la grotte.

Revenant à Auren, je puise à nouveau dans mon pouvoir, mais je discerne toujours ce dernier grain de pourriture en elle. Il ne bougera pas. Je n'ai même plus de prise sur lui. Il est ancré en elle comme une graine qui aurait pris racine. Pourtant, son essence est aussi pure qu'avant, ses constantes vitales sont normales. À part ce fragment unique, elle est la même.

Alors pourquoi ne se réveille-t-elle pas ?

En fronçant les sourcils, je contemple son visage serein tandis que l'inquiétude m'assaille. Les faibles veines putrides qui s'étaient infiltrées dans son cou ont disparu, sa peau a repris sa couleur habituelle. On dirait simplement qu'elle dort profondément.

– Auren, il faut que tu te réveilles.

Bien sûr, elle n'écoute pas. Elle ne m'écoute jamais. Elle argumente constamment, il y a toujours un feu qui couve en elle et que j'adore.

– Réveille-toi et discute avec moi, Chardonneret.

J'observe son visage placide pendant un moment avant de me retourner et de m'affaler sur le sol à côté d'elle. Le dos appuyé contre le canapé, je replie mes genoux pour pouvoir y poser les coudes. Je me passe les mains sur le visage, sentant l'épuisement tirailler mes membres comme des cordes nouées.

Je retire mes bottes mouillées et les jette dans l'âtre avant d'ôter mes gants et de tendre les mains devant les flammes. Je ne sens même pas leur chaleur.

Je crois que je suis trop pétrifié par la peur.

Je continue à fixer les flammes sans rien ressentir, quand la porte d'entrée s'ouvre soudain avec fracas. Je suis debout en une seconde, prêt à répondre à une attaque inconnue, mais quand je vois deux silhouettes trempées et hirsutes se ruer à l'intérieur et claquer la porte derrière elles, je m'arrête.

Incrédule, je dévisage Lu et Digby.

– Que faites-vous ici tous les deux ?

Lu baisse le capuchon de sa cape en respirant violemment, tout en soutenant Digby. Le bras du garde est passé autour de son épaule, tous deux dégoulinent de pluie et de glace.

– Il a insisté pour rester avec Boucles d'Or. Il a piqué une crise jusqu'à ce que j'accepte de te suivre et de l'emmener.

Je jette un coup d'œil à l'homme grincheux qui se contente de marmonner. Malgré son regard furibond, il a l'air d'être sur le point de s'évanouir.

– Je reste avec elle.

– Très bien, j'acquiesce en soupirant.

Digby cligne des yeux, comme s'il était surpris que je cède aussi facilement, mais je veux ce qu'il y a de mieux pour elle et je sais qu'Auren aimerait savoir qu'il est là.

Avec l'aide de Lu, il boitille jusqu'à Auren et fronce les sourcils quand il la découvre.

– Elle ne s'est pas réveillée ?

– Non.

De toute évidence, la tempête hivernale n'a pas refroidi la colère de Digby, il a l'air aussi furieux qu'avant.

– Cela n'aurait jamais dû arriver, grogne-t-il. Tu es censé compter pour elle ? Tenir à elle ?

Je serre les poings.

– Bien sûr que je tiens à elle.

– Dans ce cas, pourquoi as-tu laissé faire ça ? conteste-t-il, mais il ne fait qu'exprimer ce que je me répète déjà. Tu es censé être le roi le plus puissant au monde, pas vrai ? Alors, *fais* quelque chose !

Si seulement je le pouvais.

– Elle a besoin de se reposer, c'est tout.

Toute ma frustration rejaillit dans ma voix. Il reste planté devant moi, à la fois dégoulinant et bouillonnant de colère, les joues gercées par le vent et le nez rougi par le froid.

– Allez. Vous l'avez vue, et Slade a raison. Elle a besoin de se reposer.

Lu entreprend de l'éloigner. Il ne résiste qu'une seconde en regardant Auren une fois de plus. Puis il fait demi-tour et la laisse le conduire vers le couloir qui mène à l'arrière de la maison où il bifurque en plusieurs chambres.

– Allons faire un tour dans la chambre d'Osrik. Je suis sûre que nous pouvons vous trouver quelque chose à vous mettre sur le dos.

Quand le bruit de leurs pas s'estompe, je me tourne à nouveau vers Auren, mais elle gît toujours comme un cadavre. La seule chose qui empêche ma peur panique d'exploser, c'est le fait que je distingue son aura dorée qui plane autour de sa silhouette. Elle est encore faible. Terne. Mais elle est là, donc je m'y accroche comme si ma vie en dépendait.

Elle a besoin de se reposer.

Voilà le mantra que je ne cesse de me répéter.

Elle a trop puisé dans son pouvoir. Ça l'a vidée, presque au point de la tuer. Mais ce qui m'inquiète encore plus, c'est qu'elle s'est servie d'une facette complètement différente de sa magie, qu'elle n'avait jamais utilisée auparavant. Qui sait ce que cela a produit en elle ?

– Tiens.

Je tourne la tête vers Ryatt qui s'approche, un bol fumant à la main. En le prenant, je découvre un bouillon clair avec quelques morceaux d'oignon et des racines de céleri jetés dedans.

– C'est tout ce que j'ai pu trouver rapidement, dit-il en haussant les épaules. Il faudra aller à la cave demain.

J'avale le bouillon sans y goûter, je ne sens que sa chaleur qui me brûle la langue et coule dans mon ventre vide.

Ryatt boit le sien beaucoup plus lentement. Ses yeux vert foncé m'observent.

– Quoi ?

– Cela ne s'était encore jamais produit.

Je regarde le visage d'Auren.

– Non, en effet.

– Je ne voudrais pas avoir l'air idiot, parce que je suis sûr que tu as déjà essayé, mais tu ne peux pas… lui enlever le reste de sa pourriture ?

– Malheureusement, tu parles comme un idiot parce que j'ai *salement essayé.*

– Qu'est-ce qui est différent cette fois ?

Je repose le bol vide sur le manteau de la cheminée en prenant appui contre le bois sombre. La tête penchée vers les flammes, je lui réponds :

– Je ne sais pas. J'y suis peut-être allé trop fort quand j'ai utilisé mon pouvoir sur elle. Ou peut-être que je l'ai laissé trop longtemps en elle.

–Est-ce que… je veux dire, as-tu déjà laissé pourrir quelqu'un avant ?

Je lui lance un regard en coin.

–Évidemment que je l'ai fait. Quand je voulais *tuer*.

Il secoue la tête.

–Je voulais dire… quelqu'un que tu n'essayais pas de tuer ?

–Non, je rétorque en serrant le manteau de la cheminée si fort que le bois craque pour protester. Ma pourriture obéit à mes ordres. Elle n'avait encore jamais fait ça.

Je ne comprends pas. Même maintenant, je peux la sentir en elle, mais je ne peux pas l'attraper. Je ne peux pas la rappeler. Elle ne me répond pas.

–Va-t-elle se réveiller ?

La rage me fait faire volte-face en grimaçant.

–Bien sûr qu'elle va se réveiller ! je hurle tandis que la peau de mes bras se gonfle et que des piquants menacent d'en sortir. Quelle question ! Va te faire foutre.

–Eh bien, va te faire foutre aussi. C'était une bonne question.

Je m'apprête à lui balancer mon poing dans la figure lorsque Lu réapparaît.

–Vous vous engueulez déjà, les garçons ?

Elle s'est changée et porte des pantoufles en fourrure plus grosses que des pattes d'ours. C'est son truc préféré quand elle est ici, même si elle a l'air ridicule. Digby n'est pas dans les parages.

–Il se repose. Il essaie de prétendre le contraire, mais il est vraiment dans un sale état. Je lui ai laissé le lit d'Osrik, poursuit-elle sans que j'aie à le demander. (Elle s'avance jusqu'à nous, les mains sur les hanches.) Alors ? Quel est le problème ?

–J'essaie juste d'avoir une putain de conversation avec lui, grogne Ryatt.

–Au sujet de Dorette ? devine Lu avant de se diriger vers Auren. Et si tu arrêtais de titiller la bête putride ?

Mon frère lève les yeux au ciel.

–Que fais-tu ? je lui demande quand elle se met à enlever les couvertures d'Auren.

Elle me montre le tas de vêtements qu'elle a apporté.

– C'est sans risques de la toucher ?

J'hésite.

– Je n'en suis pas certain. Techniquement, c'est le jour, donc son toucher d'or ne devrait plus être en pause, mais…

Mes paroles restent en suspens.

– Mais elle a perdu son sang-froid comme un animal enragé et a transformé le château en une énorme bouche en or qui a tout avalé pendant la nuit, alors qu'elle ne pouvait pas le faire normalement ? lance Lu.

– Elle n'a doré ni les couvertures ni le canapé.

– Dommage. Je déteste cette couleur verte, ironise-t-elle en jetant un œil aux coussins avant de me passer une paire de collants et des chaussettes épaisses doublées de fourrure.

– C'est pour elle.

– Merci.

Elle se tourne vers Ryatt et lui tapote le bras.

– Allez, il est temps de nous rendre utiles en allumant le feu dans les chambres et en allant chercher du bois. J'ai l'impression que cette tempête va durer un bon moment.

Ils disparaissent tous les deux dans le couloir, leurs voix diminuent. Je remets mes gants au cas où, puis je soulève délicatement les pieds d'Auren et lui enfile les bas moelleux. Je la déplace doucement, surtout quand j'ai besoin de la manœuvrer pour les tirer vers le haut. Une fois que c'est fait, je la repose soigneusement sur le côté afin que tout son poids ne pèse pas sur son dos.

Je termine par la paire de chaussettes avant de la recouvrir avec les couvertures. Sa main délicate s'échappe par en dessous, et c'est alors que je découvre les lambeaux de son ruban encore attaché à son poignet.

Une violente émotion submerge mon cerveau sous pression.

Je prends sa main, et le plus délicatement possible, je caresse l'extrémité sectionnée du ruban. Il demeure inerte, immobile, mutilé ; c'est un cadavre de soie.

Utilise tes rubans.

Je ne peux pas.

Oh, elle ne te l'a pas dit ? Elle a perdu ce privilège.

Un tic nerveux se réveille dans ma mâchoire, la pourriture palpite dans mon cou comme autant de fouets prêts à punir.

Je détache doucement le ruban et le glisse dans ma poche – c'est la seule partie de mes habits qui est restée sèche. Puis je replace sa main sous la couverture avant de m'effondrer à nouveau sur le sol.

Je ne sais pas combien de temps s'est écoulé lorsque Lu revient. Elle sent le bois et la fumée et a l'air fatiguée, mais cela ne l'empêche pas de venir s'asseoir à côté de moi. Si jamais elle me demande pourquoi je ne peux pas réveiller Auren, je crois bien que je vais craquer.

Mais elle reste silencieuse. Nous fixons tous les deux les flammes, nous les écoutons crépiter pendant que l'orage gronde à l'extérieur.

Quand elle prend la parole, je sursaute presque, j'étais tellement perdu dans mes pensées que j'avais oublié sa présence.

– Tu te souviens du moment où j'ai rejoint ton armée ?

Je me tais en l'observant du coin de l'œil, étudiant son visage de profil. Elle ne parle jamais de qui elle était à cette époque. Nous avons toujours respecté son silence à ce sujet, parce que nous avons tous des choses du passé que nous ne voulons pas évoquer. Les rares fois où l'un de nous y a fait mention, elle s'est fermée comme une huître, je suis donc surpris qu'elle en parle maintenant.

Comme si je marchais sur de la glace qui peut se fendre à tout moment, j'acquiesce prudemment.

– Oui.

Les poignets posés en équilibre sur ses genoux, elle secoue la tête.

– J'étais un chat sauvage qui ne pouvait pas avoir le moindre échange sans se bagarrer.

J'esquisse un sourire en me souvenant de cette fille crasseuse et violente qui crachait les pires horreurs que j'avais jamais entendues, alors qu'elle n'avait que quatorze ans.

– J'étais surpris que tu ne te sois jamais laissé pousser des griffes.

Elle renifle en effleurant le piercing en bois au-dessus de sa lèvre, la lumière rougeoyante du feu fait scintiller le rubis qui y est serti.

– Je me suis approchée de toi, je t'ai regardé droit dans les yeux, puis je t'ai dit que ton capitaine était un pleurnichard qui ne pouvait pas s'empêcher de baver et que tu avais besoin de soldats avec un peu plus de jugeote.

Ce souvenir me fait rire.

– Alors qu'il te tenait par le col jusqu'à ce que tu lui balances un coup de pied dans les genoux.

– Ce salaud n'aurait pas dû m'accuser à tort de tentative de vol.

– Tu as raison. C'est pourquoi je t'ai donné un uniforme et je t'ai dit de te ramener à la caserne.

Ses lèvres esquissent un sourire.

– Tu m'as dit que si j'essayais de prendre la place d'un de tes capitaines, je devais au moins apprendre à manier l'épée.

– Et regarde ce que tu es devenue. La capitaine du flanc droit.

Lu passe une main sur ses cheveux tondus, son doigt s'attarde sur la découpe en forme de lame sur le côté de son crâne.

– Soyons honnêtes. Tu as vu une fille à moitié affamée et totalement sauvage dans les rues ce jour-là et tu as eu pitié d'elle.

Le ton de sa voix est nostalgique, légèrement doux-amer.

Je décide de répondre honnêtement :

– Au contraire, j'ai vu un sous-fifre hargneux, mais surtout quelqu'un qui n'avait pas peur de se battre, quelqu'un qui pourrait devenir un grand leader si seulement on lui donnait la possibilité d'apprendre.

Lu se tourne vers moi, et pour la première fois depuis des années, c'est comme si je revoyais cette fille de quatorze ans. Tombée dans une famille indigne, prise au piège dans leurs griffes. Elle était larguée, avait été rejetée, forcée de se débrouiller toute seule. Son attitude combative n'était pas un défaut. C'était une force.

–Je t'ai détesté ce jour-là, tu sais. Pour m'avoir enrôlée dans ton armée et pour avoir fait de moi un de tes foutus soldats. Je ne voulais pas te répondre. Je ne voulais répondre à personne.

–Oh, je sais. Tu m'as maudit plus d'une fois pour cela. Je pense que tu as été de corvée de latrines pendant neuf mois.

–Tu veux dire douze, me corrige-t-elle avec une pointe de fierté. Et je te détestais plus encore parce que, au fond de moi, je t'étais tellement reconnaissante.

En haussant les sourcils devant sa franchise, je l'observe qui secoue la tête et pousse un soupir.

–Soyons réalistes. Si tu ne m'avais pas arrachée à la rue et donné une épée, je serais morte, Rip.

Je secoue la tête.

–Je n'y crois pas une seconde. Tu étais forte, même à l'époque.

Elle baisse ses yeux bruns pour regarder le bois carbonisé qui brûle dans l'âtre.

–Je ne veux pas dire mourir physiquement, mais mentalement. Émotionnellement. Spirituellement. (Elle plaque une main sur sa poitrine et la frappe par deux fois.) On ne peut pas rêver ni s'installer ou prospérer quand on vit comme ça. J'étais morte et je courais, j'essayais juste de survivre. Jusqu'au lendemain. Les gens ne peuvent pas comprendre ça, tu sais ? S'ils n'ont jamais vécu cette succession de « un jour à la fois » en se serrant la ceinture. Toujours courir, ne jamais rien attendre d'autre. Ne jamais compter sur personne ou sur quoi que ce soit à part cette course, cette lutte et la mort qui attend au bout.

–Tu n'es plus cette fille. Ce n'est pas ta vie.

–Tu as raison, répond-elle. Tout comme Osrik n'est plus le mercenaire, Judd n'est plus le voleur. Parce que tu nous as choisis pour nous battre à tes côtés et tu nous as montré que ce n'était pas seulement une question de jour. Il ne s'agissait pas de simplement courir et mourir. Je suis la femme que je suis aujourd'hui parce que tu m'as enrôlée dans ton armée et que tu m'as permis de devenir capitaine.

Une émotion inattendue m'enserre la poitrine.

– Tu l'as mérité à chaque étape du chemin, Talula Gallerin.

Elle plisse le nez et se penche pour me frapper le bras, mais sans y mettre toute sa force, loin de là.

– Ne m'appelle pas comme ça.

Je souris en me frottant le bras.

– Toujours aussi brutale !

– Toujours, rit-elle avant d'incliner la tête vers Auren. Elle va se réveiller, tu sais.

Je déglutis violemment, toute la légèreté du moment s'évanouit soudain.

– Tu as l'air bien sûre de toi.

– Parce que je le suis, dit-elle en se redressant. Tu as pris toute ma colère et m'as jeté un uniforme au visage. Tu as croisé ce tueur d'Osrik et tu as décidé de lui donner ton épée. Tu as vu toutes les cellules qu'avait fréquentées Judd et, au lieu de le jeter dans une autre, tu lui en as donné les clés. Et à présent, tu as trouvé ton chardonneret et tu l'as regardé sortir de sa cage. Elle va ouvrir les yeux, comme tu nous l'as fait faire à tous.

– Cette fois-ci, c'est un peu plus littéral. Je l'ai putréfiée, putain.

Lu se contente de hausser les épaules.

– Nous sommes tous un peu pourris à l'intérieur, et je ne changerais ça pour rien au monde. C'est ce qui nous a permis de survivre.

Chapitre 7
Slade

À 8 ans

Je suis si fatigué. J'ai mal partout, mais le pire ce sont mes bras et mon dos, là où sortent les piquants. En cet instant, ils pointent sous ma peau en l'étirant et en la colorant en gris.

–Encore !

L'ordre que me lance mon père me fait tressaillir, mais je brandis mon épée bien qu'elle soit si lourde que tout mon bras tremble lorsque je tente de la soulever.

Mon professeur est un fae du nom de Cado, chauve comme mon père, mais avec la peau foncée et sans barbe. Il peut faire surgir des lames du bout de ses doigts. Ce n'est jamais bon signe quand il fait ça.

J'avais l'habitude de m'entraîner trois jours par semaine avec Cado pendant une heure, mais depuis que mon pouvoir est apparu il y a quelques semaines de cela, mon père me force à m'entraîner chaque jour pendant des heures. Il dit que je dois devenir plus fort physiquement si je veux apprendre à me servir correctement de mes nouveaux pouvoirs magiques. Toutes mes autres leçons ont été suspendues. Mais jusqu'à présent, je ne suis toujours pas parvenu à faire sortir mes épines ni mon pouvoir sur commande.

J'essaie. J'essaie vraiment. J'en ai assez d'être dehors dans ce champ jour après jour, à suer à grosses gouttes sous un soleil brûlant, pendant que mon père m'oblige à me battre avec une vraie épée au lieu des épées d'entraînement en bois. Je déteste ça. Mais il dit que je dois me forcer, que c'est la seule façon de faire jaillir la magie.

Je parviens à peine à lever mon épée à temps avant que Cado ne la frappe avec la sienne. Je suis censé m'exercer aux parades, mais il me frappe si violemment que la vibration du métal remonte le long de mon bras jusque dans mes dents.

Je recule en titubant, mes pieds s'enfoncent dans l'herbe desséchée quand je vacille.

– Ce n'était pas une parade ! aboie mon père.

Je l'aperçois à quelques mètres de là, avec l'oncle Iberik juste à côté de lui. J'ai horreur de les voir m'observer tous les deux et relever la moindre de mes fautes.

– Je suis fatigué, je halète.

Je dois essuyer la sueur sur mon front parce qu'elle dégouline dans mes yeux et qu'elle les pique.

– Tu es encore faible, rétorque-t-il, les bras croisés dans sa chemise rouge assortie à la mienne.

Ça me fait penser à du sang. C'est la couleur qu'avait ma lèvre fendue hier, quand j'ai raté ma parade et que Cado m'a enfoncé le manche de son épée dans la bouche. C'est cette même teinte qui dégouline le long de mes bras chaque fois que les piquants percent ma peau.

– Tu dois te dépasser, Slade. Te dépasser physiquement et faire appel à ta magie.

En serrant les dents, je me retourne et esquive de justesse en voyant Cado qui tournoie déjà. J'essaie de brandir mon épée, mais je ne parviens pas à la lever à temps pour contrer sa deuxième attaque. Cado recule à la dernière seconde pour que ce soit son bras qui frappe mon flanc et pas sa lame, mais ça fait quand même très mal. Je m'écroule face contre terre. Je respire si fort que les brins d'herbe sèche remuent avec mon souffle. Un goût de cuivre dans ma bouche me fait comprendre que ma lèvre s'est probablement ouverte à nouveau.

–Relève-toi, m'ordonne mon père.

J'essaie, mais tout mon corps tremble et j'ai également laissé tomber mon arme. Je ne sais pas où elle a atterri.

–Lève-toi.

–Stanton.

Je me redresse au son de la voix de ma mère. Elle s'approche et s'arrête à ses côtés, l'air pincé. Je déteste la voir s'inquiéter pour moi, alors je tente de me relever. C'est difficile, j'ai un peu le vertige, mais j'y arrive. Sans toutefois parvenir à retrouver mon épée.

–Il a besoin d'une pause, dit-elle.

Oncle Iberik secoue la tête.

–Pfff, il va bien.

Les cheveux noirs de ma mère remuent légèrement dans la brise que je ne sens pas. Je préférerais que ce soit le cas, parce que j'ai l'impression d'être une miche de pain en train de cuire dans le four de notre cuisinier.

–Vous êtes ici depuis des heures et il est fatigué.

Mon père ne m'accorde même pas un regard, mais je vois ses yeux s'assombrir en la dévisageant et je commence à transpirer pour une tout autre raison que la chaleur.

–C'est un fae, rétorque Oncle Iberik. Nous ne sommes pas bâtis comme vous, les Oréens. Nous sommes plus forts.

Je me demande si quelqu'un d'autre se rend compte que les poings de ma mère se serrent.

–Oui, eh bien, il est à moitié oréen. Et il n'a que huit ans. Même les petits garçons faes ne sont pas censés rester sous le soleil brûlant à s'entraîner au combat à l'épée pendant des heures. Il a besoin de se reposer, sinon il risque d'avoir trop chaud et d'être trop malade pour s'entraîner demain. La plupart des faes

n'obtiennent leur pouvoir qu'à l'âge de quinze ans. Tu le pousses trop.

Elle a dit tout cela d'une voix ferme, les yeux rivés sur mon père.

Mais je sais ce qui va se passer. Plus tard, quand il n'y aura plus personne, mon père sera méchant avec elle. Il lui fera peut-être du mal. Et ça, je ne le veux pas.

Depuis quelques semaines, je ne la quitte plus d'une semelle. Si mon père arrive, je détourne son attention. Il est tellement excité par le fait que mon pouvoir se manifeste si tôt que, pour l'instant, c'est facile. Je ne veux plus qu'il s'en prenne à elle.

J'ai rêvé du bruit qu'il faisait en la frappant, je me suis réveillé avec mon matelas déchiqueté par les piquants qui saillaient dans mon dos et mes draps déchirés par ceux de mes bras. Les lignes sous ma peau se sont étendues jusqu'à mon lit et ont pourri le bois au point qu'il s'est effondré. Parce que c'est bien ce dont il s'agit : de la pourriture. Je ne suis peut-être pas un Destructeur, mais je détruis quand même.

–Je vais bien, je déclare, mais ma gorge me gratte et j'aimerais tellement piquer une tête dans l'étang.

J'aimerais aussi jeter cette stupide épée pour ne plus avoir à combattre.

Cado reste silencieux, ses yeux passent d'un adulte à l'autre sans la moindre inquiétude. Il m'entraînerait volontiers à mort si c'était ce que mon père voulait.

–Tu vois ? dit mon père en me pointant du doigt, le garçon va bien.

–Stanton…

–Rentre à la maison, Elore ! s'emporte-t-il.

Ma mère a l'air tout aussi en colère, mais son visage n'est pas aussi expressif que celui de mon père. Elle est toujours souriante avec ses enfants. Elle rit avec les domestiques, elle parle gentiment et doucement aux chevaux. Avec mon père, elle affiche un visage différent. Elle est soit timide, soit en colère, soit effrayée, soit triste. Ils ne s'entendent pas. Ils ne vont pas bien ensemble.

Je voudrais qu'elle ait toujours le visage qu'elle a pour nous.

–Je vais rentrer avec mon fils, s'obstine-t-elle.

Mon rythme cardiaque s'emballe tandis que je les regarde l'un après l'autre.

Oncle Iberik la dévisage.

– Comment oses-tu manquer de respect à ton seigneur et maître ? C'est un fae ! Il t'a fait venir ici pour t'offrir une longue vie, des enfants et la possibilité de vivre dans notre monde.

Ma mère ne fait même pas attention à lui, mais mon père, si. Il s'emporte toujours quand mon oncle nous rend visite. Il ne veut pas que l'un d'entre nous réponde ou se comporte mal, surtout en présence d'autres personnes.

La colère qui se lit sur le visage de mon père me fait ressentir une violente émotion. Quand il se met à avancer vers elle, l'herbe devient soudain brune sous mes pieds. Des lignes noires envahissent mes bras. Des piquants transpercent ma peau, chacun d'une longueur différente.

Mon père tourne la tête vers moi tandis que la pourriture se répand dans l'herbe. Au lieu d'être excité comme la première fois, il pince violemment ses lèvres.

– C'est maintenant que ton pouvoir se manifeste ? grogne-t-il. Tu aurais dû être capable de l'utiliser pendant l'entraînement. C'est la preuve que tu ne fais pas assez d'efforts.

– Je te jure que j'en fais.

J'essaie de tendre la main vers ma jambe afin d'essuyer le sang qui coule des entailles sur mes bras, mais tout ce que je parviens à faire, c'est à déchirer mon pantalon avec une des pointes.

– Tu dois apprendre, me répond-il en s'avançant.

Ses yeux notent la façon dont certaines de mes épines sont plus longues que d'autres sur ma peau ensanglantée.

– Tu ne dois pas laisser ta magie te contrôler ou ressentir des émotions stupides, crache-t-il. Tu es mon fils, et tu apprendras à me rendre fier.

Ou bien…

C'est une menace tacite.

Je baisse la tête.

– Oui, Père.

– Emmène-le à l'intérieur.

Ma mère ne se le fait pas dire deux fois. Sa main délicate saisit le haut de mon bras qui n'est pas criblé de piques et nous entamons la longue marche qui nous ramène au domaine.

Nous restons silencieux le temps du trajet, mais les paroles de mon père résonnent dans ma tête.

Tu apprendras à me rendre fier.

Parce que je ne le rends pas fier. Je ne fais que le décevoir, encore et encore, et il va me détester pour toujours.

Mes yeux me brûlent, mais je continue à renifler pour m'empêcher de pleurer. Je le fais beaucoup trop souvent ces derniers temps. Mais je n'arrête pas d'entendre les paroles de mon père dans ma tête. J'ai toujours espéré ne plus le décevoir et je pensais que ça arriverait une fois que j'aurais commencé à montrer des signes de magie. Mais ce n'est pas du tout le cas.

Une fois rentré dans mes appartements, je reste silencieux en prenant mon bain et tout aussi mutique en me mettant au lit. Ma mère revient avec de la nourriture et de quoi nettoyer ma peau douloureuse et déchirée et je ne dis toujours rien, même si le produit qu'elle verse dessus me pique. Au moins les piquants ont disparu, ce qui m'évite de dormir avec.

Après avoir essuyé le sang, ma mère pose ses mains sur mes joues et me force à la regarder.

– Je veux que tu m'écoutes, Slade, et je veux que tu te souviennes de ça, d'accord ?

Je hoche lentement la tête.

Ses yeux sont féroces et remplis d'amour.

– Tu es mon fils, et tu me rends déjà fière. Chaque jour.

J'ai l'impression que je vais me mettre à sangloter comme un bébé, mais je parviens à déglutir avec difficulté.

– Mais je suis faible. Ma magie apparaît seulement quand je ressens des émotions, et Père dit que ce n'est pas bien.

– Tu n'es pas faible, déclare-t-elle fermement, et quand je m'apprête à argumenter, elle poursuit. Tu n'as pas besoin d'être cruel pour être fort. Tu n'as pas besoin d'être méchant pour paraître courageux. Tu n'as pas besoin de regarder les autres de haut pour te tenir debout. Ressentir des émotions ne signifie pas

être faible. Cela signifie que tu es assez intelligent pour accepter tes sentiments.

Lorsque mes yeux me piquent trop pour que je puisse retenir mes larmes, ses pouces les essuient sur mes joues.

– Je ne veux pas être comme lui, je murmure et même si nous sommes enfermés dans ma chambre, je regarde en direction de la porte de crainte qu'il ait pu m'entendre d'une façon ou d'une autre. Je ne veux pas casser, ni pourrir, ni blesser. Je veux être bon.

Le visage de ma mère devient triste.

– Tu es bon, Slade. Chaque jour qui passe me rend fière de toi. Et ce n'est pas à cause de ces piquants sur tes bras ou de la magie qui coule dans tes veines. Ce n'est pas pour le sang dont tu es issu ou le statut que tu auras un jour. (Elle baisse une main et la pose sur ma poitrine, juste au-dessus de mon cœur qui s'emballe.) Je suis fière de toi pour ça. Pas pour ce que tu peux faire, mais pour ce que je sais que tu deviendras.

– Que deviendrai-je ?

Elle se penche en avant et m'embrasse sur le front en repoussant mes cheveux humides de mon visage.

– Tu deviendras complètement toi-même. Et tu seras fier.

CHAPITRE 8

SLADE

Je ne me rappelle pas comment ni quand je me suis endormi. Tout ce que je sais, c'est que la porte d'entrée s'ouvre à nouveau et que je relève prestement la tête en tordant mon cou qui reposait sur le canapé. Ryatt aussi s'est endormi, mais j'ignore à quel moment il est revenu. Il bondit de la chaise dans laquelle il était affalé à l'instant précis où je me lève. Ce réveil est brutal, mon cœur bat à tout rompre.

Le vent hurle à travers la grotte et je m'aperçois qu'il fait nuit à nouveau, soit parce que j'ai dormi plus longtemps que je ne le pensais, soit parce que la tempête a complètement obscurci le soleil. Je m'arrête net en découvrant une frange de cheveux jaunes.

–Judd ?

–Je t'ai manqué ?

Il secoue la tête comme un chien mouillé en envoyant des gouttelettes d'eau dans l'entrée. Je pousse un soupir et passe une main sur mon visage.

–Personne n'écoute donc mes ordres?

Ryatt me fait une grimace et se dirige vers la cuisine.

–Pas quand tes ordres sont stupides, me répond Judd sur un ton jovial.

J'ai besoin de cogner sur quelque chose. Vraiment.

Mais il s'écarte quand un homme vêtu d'un long manteau avec des bandes rouges cousues sur ses manches entre et referme la porte derrière lui.

Hojat.

Je suis immédiatement soulagé. J'écarquille les yeux en regardant à nouveau Judd.

–Tu as fait tout ce chemin jusqu'au camp pour aller chercher Hojat et l'amener ici?

–Oui.

Surprise, gratitude, irritation de ne pas y avoir pensé moi-même–tous ces sentiments se bousculent dans ma tête.

–De rien, ajoute Judd en me souriant tout en enlevant une sacoche de son épaule pour la poser par terre.

–Merci.

Le fait qu'Hojat soit venu pour examiner Auren me permet enfin de relâcher un peu de pression.

Ils entrent tous les deux dans le salon, puis Judd aide notre médecin militaire à retirer son manteau trempé, tandis qu'Hojat vérifie le contenu de la besace qu'il porte en bandoulière. J'entends le tintement des fioles pendant qu'il fouille à l'intérieur.

–Bien, tout ce qu'il y a là-dedans est resté au sec.

–Votre autre sac n'a pas eu cette chance, j'en ai peur, lui dit Judd en lui montrant la sacoche qui n'est plus qu'une flaque d'eau près de la porte d'entrée.

–Ce n'est pas grave, Capitaine Judd, rassure Hojat en secouant ses cheveux bruns pour les débarrasser des gouttes d'eau.

Une Lu fatiguée apparaît dans le couloir et observe la scène.

–Vous en avez mis du temps, dit-elle en bâillant.

– Tu sais que je déteste voler, lui répond Judd en enlevant sa cape et en la suspendant à une patère à côté du feu, là où sont déjà accrochées les autres. En plus, nous avons traversé cette fichue tempête. La pluie s'est transformée en grésil, et le grésil en grêle. As-tu déjà été fouettée par la grêle alors que tu essayais de rester assis sur une selle gelée avec un soigneur qui déteste l'altitude ? demande-t-il en retirant ses bottes.

– Pas récemment, non.

Il secoue à nouveau ses cheveux.

– Eh bien, c'est difficile.

Hojat fronce les sourcils.

– C'était la première fois que je montais sur un Aile-branche, Capitaine Judd, dit-il en tremblant légèrement avant d'enlever ses bottes mouillées. Et votre pilotage… n'est pas des meilleurs.

Lu ricane. Ryatt revient avec deux bols fumants en fer-blanc. Il les tend à Judd et Hojat qui les acceptent avec reconnaissance et avalent le bouillon.

Ma patience est bien mince, ce badinage la déchire de part en part.

– Quelqu'un peut-il m'expliquer pourquoi vous n'êtes pas tous retournés au camp de la Quatrième Armée comme je vous l'avais demandé ?

Ils m'observent tous les quatre comme si j'étais un môme en train de piquer une crise. Ils me lancent *souvent* ce regard.

– Calme-toi, dit Judd en s'approchant de moi pour poser une main glacée dans mon dos. Os est avec l'armée, elle a déjà levé le camp sous son commandement. Tout est en ordre. De plus, Lu et moi étions d'accord sur le fait que tu aurais besoin d'Hojat. Pour Digby et pour… (Il s'interrompt et jette un coup d'œil à Auren, toujours allongée sur le canapé.) Elle ne s'est toujours pas réveillée ?

Je secoue la tête.

– Excusez-moi, Capitaine Lu, murmure Hojat avant de la contourner pour se placer devant Auren. (Il l'observe, l'inquiétude plisse le côté gauche de son visage brûlé.)

Le capitaine Judd a dit que nous ne pouvions pas toucher sa peau pendant la journée, n'est-ce pas ?

– C'est exact, je réponds.

En dehors de mon Courroux, Hojat est une personne en qui j'ai une confiance absolue. Il connaît pas mal de mes secrets, et maintenant qu'il est là, je suis sacrément soulagé parce qu'il va pouvoir aider Auren, là où je ne fais qu'échouer.

– Mais elle n'a pas recouvert d'or les coussins ni les collants de Lu. Je ne sais pas si c'est une bonne ou une mauvaise chose. Elle est peut-être trop épuisée pour dorer quoi que ce soit.

Hojat sifflote pensivement.

– Eh bien, il fait nuit à présent. Je peux ?

J'acquiesce d'un signe de tête et m'écarte pour qu'il puisse bien l'examiner. Il commence par prendre la température de son front, passe ses doigts devant ses lèvres pour compter ses respirations, vérifie ses membres, puis colle son oreille contre son cœur.

– Alors ?

– Tout semble indiquer qu'elle se repose simplement. Peut-être est-ce un manque d'énergie, comme vous l'avez dit. Je crois me souvenir qu'il vous est arrivé de vous évanouir quelquefois à cause d'une trop grande dépense d'énergie, Majesté, dit-il avec un sourire rassurant.

– J'ai laissé un morceau de ma pourriture en elle. Je n'arrive pas à le lui retirer.

Il me dévisage en clignant des yeux.

– Est-ce que ça a l'air de causer des dégâts ?

Je vérifie à nouveau, au cas où, puis je fais non de la tête.

– Aucun que je puisse sentir. Il ne veut tout simplement pas sortir.

Il émet un autre petit sifflement.

– Vous garderez un œil là-dessus, d'accord ?

– Bien sûr.

Il jette alors un coup d'œil à Judd, avant de se tourner à nouveau vers moi.

–Le capitaine Judd m'a signalé qu'elle a peut-être des blessures dans le dos.

Je me raidis. Judd lève les mains en l'air.

–Je sais, je lui ai dit beaucoup de choses, mais il doit savoir pour pouvoir l'aider.

Je secoue la tête, car je ne lui en veux pas de l'avoir dit à Hojat. J'aurais fait pareil. Ce qui m'énerve en revanche, c'est que je n'ai rien fait à part la porter et l'allonger sur le côté.

–Je ne pouvais pas… (Je me racle la gorge en essayant de paraître beaucoup plus fort que je ne le suis.) Je n'ai pas vérifié.

Parce que je suis un lâche.

Parce que je ne pouvais pas le supporter.

Hojat ne me réprimande pas, bien que je le mérite. Au lieu de cela, il se penche vers Auren.

–Il vaut mieux que je le fasse. Penchez-la pour que je puisse l'examiner et la soigner si nécessaire.

Je me dirige à l'autre bout du canapé. J'attrape doucement Auren par les épaules et la fais basculer jusqu'à ce qu'elle soit allongée sur le ventre. Dès qu'elle est en position, Hojat fouille dans le sac qu'il porte en bandoulière et en sort une paire de ciseaux. Sans perdre de temps, il découpe soigneusement sa robe pour ne pas être gêné par le tissu.

Lorsque son dos nu apparaît, une inspiration étranglée manque m'étouffer. Mon Couroux pousse une exclamation collective et tous se rapprochent pour mieux voir. Moi je ne m'approche pas. Je reste figé sur place.

Son dos est en ruine.

Les rubans d'or satiné, qui poussaient le long de sa colonne vertébrale comme des plumes sur une aile, ont été complètement détruits. Ces vingt-quatre bandes délicates, qui se déplaçaient à ses côtés comme une extension d'elle-même, ont toutes été arrachées et il ne reste à leur place qu'à peine un ou deux centimètres de longueur sur son dos ensanglanté.

Les rubans d'Auren étaient magnifiques. Uniques. Faes. Ils étaient aussi brillants et vivants qu'elle. Mais ils sont à présent aussi élagués que les branches d'un arbre, sectionnés et déchiquetés, laissés à l'état de ruines.

Utilise tes rubans.

Je ne peux pas.

Mon regard se trouble en voyant le sang séché collé à chaque extrémité, comme autant d'éclaboussures d'or étalées le long de sa colonne vertébrale. Les bouts de ses rubans sont effilochés et racornis, sa peau est meurtrie à cause du traumatisme qu'elle a subi.

Même maintenant, du sang doré continue de goutter de ses blessures. Je me maudis encore de l'avoir trop bousculée, de ne pas m'en être occupé immédiatement. D'avoir été lâche.

– *Putain…*

C'est Judd qui jure.

– Ce putain de monstre, crache Lu en se détournant.

J'ai la gorge trop serrée pour pouvoir dire quoi que ce soit.

– Je vois, déclare Hojat en se redressant.

C'est le seul dans la pièce à ne pas avoir un visage grimaçant ni rempli d'horreur et de pitié. Il ne fait pas la moindre allusion à la façon dont ses blessures saignent de l'or ou au fait qu'elle soit blessée. Au contraire, il reprend son rôle de médecin méthodiquement, sans hésiter un seul instant.

– Commandant Ryatt ? interpelle-t-il mon frère.

Il est l'un des seuls, en dehors de mon Courroux, à savoir que j'ai un frère et qu'il prend la direction des opérations quand je suis roi au lieu d'être soldat.

– J'ai besoin que vous fassiez bouillir de l'eau claire, lui dit-il avant de se tourner vers Lu. J'aurais besoin d'une grande chemise pour elle, qui se noue ou se boutonne jusqu'au cou. De préférence une de la taille du capitaine Osrik.

Lu et Ryatt se dispersent immédiatement dans des directions différentes.

– Vous deux, poursuit Hojat en nous faisant signe à Judd et moi, il faut la transporter dans un lit où j'aurai plus de place pour travailler et où elle sera plus à son aise.

– J'ai déjà allumé un feu dans ta chambre, me lance Ryatt depuis la cuisine.

En hochant la tête, je prends Auren dans mes bras. Judd me précède dans le couloir et nous passons devant la lumière vacillante des torches suspendues le long des murs. Il ouvre la dernière porte au bout du couloir, puis se précipite vers le lit et tire sur les fourrures et les couvertures. La pièce est chaude, la cheminée crépite, elle diffuse de la chaleur et une lueur orangée réconfortante, bien qu'elle ne parvienne pas à chasser l'odeur de renfermé due à son inutilisation. Cela fait longtemps que je n'ai pas séjourné ici.

Judd ne perd pas de temps et commence à allumer la lanterne sur la table de chevet avant d'ouvrir les épais rideaux bruns. Nous aurions pu ne pas nous embêter à installer des fenêtres dans la Grotte puisque nous n'avons pas de véritable vue sur l'extérieur, mais nous avons fait cela pour qu'elle paraisse moins étouffante et parce que la roche fluorescente de la caverne projette un bleu réconfortant qui ressemble presque à des étoiles.

– Placez-la sur le ventre, Sire, me demande Hojat en entrant dans la pièce.

Je l'installe aussi doucement que possible en m'assurant que sa tête est bien tournée et que sa position n'ait pas l'air inconfortable.

Une fois qu'elle est installée, Hojat me repousse en posant son sac au pied du lit, puis il commence à fouiller dedans et à en sortir divers objets.

Comme Judd et moi restons plantés là, il nous jette un regard rapide par-dessus son épaule.

– Pas de temps à perdre. Capitaine Judd, vous devez enlever ces vêtements mouillés et je crains de devoir en emprunter aussi jusqu'à ce que les miens soient secs.

– Je m'en occupe.

Judd sort de la chambre pendant qu'Hojat m'observe. Une ride se forme entre ses sourcils bruns.

– Sire, vous ne vous êtes pas changé depuis la tempête ?

Je jette un coup d'œil à ma tenue en me demandant comment il peut le savoir, mais mon cuir noir est tout froissé et raidi, tandis que des traces de gel blanches tachent le tissu.

– Non.

– Vous feriez mieux de le faire.

J'hésite un instant, je l'observe avec Auren.

– Hojat, s'il y a quoi que ce soit en rapport avec elle…

Il lève la main pour m'interrompre :

– Vous m'avez sauvé la vie, Sire. Le moins que je puisse faire est de garder vos secrets. Tout ce qui se passera avec vous ou les autres sera toujours en sécurité avec moi.

Je le sais déjà. Hojat a depuis longtemps gagné ma confiance. Mais s'agissant d'Auren, j'ai besoin de me rassurer parce que ma nature fae est très tendue. J'ai du mal à accepter que quelqu'un s'approche d'elle quand elle se trouve dans un tel état de vulnérabilité. J'entends un grognement au fond de ma gorge, et je me surprends à faire un mouvement brusque vers elle, comme pour bloquer tout le monde.

Je dois me souvenir que c'est *Hojat.* Je lui confierais ma vie et la sienne. Alors, bien que le sentiment protecteur qui m'envahit me rende la tâche incroyablement difficile, je me force à hocher la tête et à me détourner d'elle.

Je me dirige vers la porte de droite et j'entre dans ma salle de bains qui possède une penderie attenante. Les appliques sont déjà allumées, alimentées avec de l'huile à combustion lente. Si je trouvais que ma chambre sentait le moisi, mon placard l'est encore plus, malgré les branches de pin que quelqu'un a suspendues aux cintres pour éloigner l'odeur de renfermé. Je me déshabille rapidement en jetant mes vêtements raides en tas.

En enfilant un nouveau pantalon, je m'aperçois dans le miroir. Les veines sombres de mon pouvoir putride se sont multipliées sous ma peau et se sont étendues de ma poitrine à mon abdomen. Elles descendent le long de mes bras et remontent le long de mon dos, elles se tortillent sous ma mâchoire. Elles ne sont aussi nombreuses et instables que lorsque je refoule mon pouvoir trop longtemps. Mais cette fois, cela n'a rien à voir avec la magie que j'ai retenue et tout à voir avec la femme allongée sur mon lit. Ma magie réagit à son contact, ma nature fae pompe de la puissance dans mes veines comme un cœur pompe de l'adrénaline.

Comme si elles connaissaient mes pensées, les racines sur mes mains se hérissent et se mettent à bouger jusqu'à ce que je les écrase dans mes poings. En serrant les dents, je finis de m'habiller en les couvrant le plus possible.

Le temps que je me prépare et que je revienne dans la chambre, Hojat s'est lui aussi changé et travaille d'arrache-pied. Il est en train de finir de nettoyer le sang sur les rubans d'Auren. Ses gestes sont minutieux et le bol d'eau fumante est rempli d'une sorte de bouillie de feuilles qui dégage une odeur d'herbes médicinales dans toute la pièce.

Judd entre en apportant un bol propre et une autre série de chiffons qu'il pose sur la table de chevet.

– Merci, Capitaine Judd, murmure Hojat tout en continuant à se concentrer sur Auren.

Judd et moi le regardons appliquer une sorte de pommade sur les blessures, puis il se met à poser délicatement des bandes de tissu le long de son dos pour recouvrir les extrémités les plus courtes. Il n'est pas gêné le moins du monde par cette particularité physique ni déconcerté par le fait de soigner ce qui ressemble à des bandelettes satinées. Hojat a été témoin de bien des choses étranges durant tout le temps qu'il a passé avec moi.

Lorsqu'il a terminé, il se lave les mains dans la cuvette propre et se tourne vers moi.

– Tout est nettoyé. Je vais devoir les surveiller pour prévenir le risque d'infection. Elle devra reposer sur le ventre ou sur le côté autant que possible.

Il commence à rassembler ses affaires en enroulant des morceaux d'herbes sèches et en rebouchant ses fioles, puis en remettant le tout dans sa sacoche.

– Dois-je faire quelque chose ? je lui demande en détestant le sentiment d'impuissance que j'éprouve.

Je n'ai pas l'habitude de m'asseoir et de ne rien faire.

– Laissez-la se reposer. L'épuisement causé par la magie peut être très dur pour le corps, comme vous le savez bien.

Il fouille à nouveau dans son sac, en sort une pivoine séchée et la dépose sous son oreiller, avant de rassembler son sac et ses deux bols.

– Je vais rendre visite à Messire Digby pour commencer à le soigner, si vous le permettez ?

– Oui, merci Hojat.

Il s'incline légèrement.

– C'est toujours un plaisir de vous aider, Sire.

Il sort et je souffle un grand coup, les mains enfoncées dans les poches.

– Merci à toi aussi, je lance alors à Judd qui est appuyé contre le mur à côté du feu. Pour avoir amené Hojat. J'aurais dû y penser.

– Tu étais un peu préoccupé, répond-il avant de laisser échapper un bâillement à s'en décrocher la mâchoire.

– Va dormir, Judd. Tu as une sale tête.

Il passe la main sur son visage bronzé avant de se gratter le menton.

– Tu sais vraiment comment parler à un homme. Mais tu as raison. Je suis le plus beau du groupe, il est donc important que je dorme bien. Appelle si tu as besoin de quoi que ce soit, nous sommes tous au bout du couloir.

– Je le ferai.

Sur un signe de tête, Judd s'en va en refermant la porte derrière lui, et bien que je me sois assoupi plus tôt, je me sens toujours aussi fatigué. J'éteins le feu et j'attrape la chaise à côté de la petite table pour l'avancer le plus près possible du lit. Je m'y installe en posant ma tête dans ma main, tout en l'observant. Sa tête est inclinée vers moi, mon regard parcourt ses traits détendus, les courbes de ses joues, la forme pulpeuse de ses lèvres. Sa peau brille sous la lumière du feu, et je ne peux m'empêcher de tendre la main pour replacer une mèche de ses cheveux.

– Repose-toi, Chardonneret, je chuchote. Repose-toi et réveille-toi pour moi.

Je m'endors ainsi, assis à côté d'elle, en écoutant le bruit mélodieux de ses respirations régulières qui s'enchaînent. C'est la seule chose qui me rassure. Car même en ce moment, tandis que son aura flotte toujours faiblement autour d'elle et que ses yeux restent résolument fermés, je peux sentir la graine de pourriture qui s'est logée dans sa poitrine et y a pris racine.

Mais elle ne m'obéit toujours pas.

CHAPITRE 9

OSRIK

Dès l'instant où j'ai atterri à Ranhold, j'ai ordonné à l'armée de se mettre en marche.

Cela a engendré une belle pagaille, désorganisée et précipitée, mais il n'y avait pas de temps à perdre. Heureusement que les soldats sont au taquet et bien reposés, parce qu'il faut qu'on fiche le camp du Cinquième Royaume au plus vite.

Dressé sur mon cheval, je galope le long des lignes tandis que les autres soldats finissent leur paquetage. Autour de moi il y a de l'agitation et des cris, des choses jetées sans ménagement dans des charrettes et des tonneaux, des tentes roulées et des chevaux sellés.

En l'espace de dix minutes, l'avant-garde de l'armée s'était déjà mise en mouvement. Dix minutes plus tard, le gros de la troupe était en route. Maintenant, c'est l'arrière-garde qui se met en branle. Mais bien évidemment, il fallait que cette tempête hivernale merdique commence à faire des siennes juste au moment où les derniers d'entre nous se mettent en route, en soufflant de la neige sur nous comme si elle essayait de nous prouver qu'elle est la plus forte.

Et puis merde.

Les soldats sont peut-être pris au dépourvu par notre retraite précipitée, mais ils sont solides. Lu, Judd, Ryatt, Rip et moi, nous nous en sommes tous assurés.

En faisant le tour des rangs sur mon cheval, je les encourage à aller plus vite alors qu'ils démarrent à la hâte, tout en m'assurant que tous les retardataires sont pris en compte.

– Ça va, Keg ? je crie.

L'homme verse un tas de neige sur le feu de cuisson qui s'éteint dans un nuage de vapeur et de fumée, avant de jeter une marmite à l'arrière de son chariot de cuisinier.

– Ça va, Capitaine. Mais ça réduit vraiment mon temps de préparation du petit déjeuner.

– Je suis sûr que ton petit déjeuner sera parfait.

Il pose une main sur sa poitrine.

– Oooh, vous êtes en train de dire que je suis le meilleur cuisinier de l'armée, Capitaine ?

Je lui fais les gros yeux.

– Garde un œil sur ce qui se passe ici, tu veux bien ? Si tu as besoin de moi, siffle.

– Je le ferai.

Durant l'heure qui suit, je monte et descends nos rangs à cheval en criant des encouragements et des ordres pour faire accélérer tout le monde tandis que nous commençons à nous éloigner du Cinquième Royaume. En temps normal, j'aurais attendu la fin de la tempête, mais je ne fais pas confiance à la reine Kaila, et au vu de ce qui s'est passé dans la salle de bal ce soir, nous ne pouvons pas nous permettre de rester le cul sur une chaise en attendant qu'ils décident de prendre le risque de nous attaquer ou pas.

Rip souhaite que l'armée rentre au Quatrième Royaume, alors je vais la ramener là-bas.

Mais le ciel est un salaud. Il nous gifle le visage avec une bise glaciale et crache des torrents de neige fondue. Il a transformé le sol en un véritable cauchemar et le vent déferlant ne cesse de gémir.

Je déteste ce royaume maudit des dieux.

Je crois bien que c'est ce que ressent l'ensemble de la troupe pendant que nous marchons toute la nuit, mais les éléments déchaînés nous motivent au moins à foutre le camp d'ici le plus vite possible.

Lorsque j'ordonne à l'armée de s'arrêter, l'aube ne va pas tarder à poindre et l'orage continue de gronder en déversant sur nous des trombes de flotte ininterrompues.

Putain d'enfoiré.

Le col de montagne où je décide de faire halte nous offre au moins une certaine protection. Tout le monde monte sa tente, on frotte des silex pour allumer des feux à la hâte afin de ne pas mourir de froid. Le flanc de la montagne bloque la majeure partie du vent, et si nous orientons les tentes correctement, nous empêcherons la neige de les transpercer.

Au grand dam de mon cheval, je ne cesse de vérifier le périmètre qu'après avoir obtenu un décompte complet de tous les lieutenants et une fois que le premier tour de garde a été mis en place. Quand la plupart des soldats sont emmitouflés dans les tentes ou regroupés autour des feux, j'arrête enfin ma surveillance et j'amène mon cheval à l'endroit où les autres sont abrités.

Dès que je saute à terre, un soldat nommé Himinn se précipite vers moi.

– J'ai monté votre tente, Capitaine, me crie-t-il par-dessus le vent, tandis que la neige frappe son visage gercé.

– Je n'arrête pas de te répéter que tu n'as pas à faire ça pour moi.

Le garçon vient à peine de finir ses classes, il n'a rejoint nos rangs que l'été dernier et il m'est reconnaissant d'avoir accepté sa candidature. Je l'ai même surpris une fois en train de cirer mes chaussures que je n'avais pas pensé à ranger.

Il hausse les épaules en souriant, découvrant sa dent de devant ébréchée, et attrape immédiatement les rênes.

– Je vais mettre votre cheval avec les autres et prendre bien soin de lui.

Je m'apprête à lui répondre, mais je suis interrompu par un sifflement aigu.

La jeune recrue en profite pour s'éclipser avec ma monture et je me retourne pour découvrir Keg qui se promène, des brindilles emmêlées dans ses longs cheveux torsadés.

– Vous vous rappelez quand vous m'avez dit de siffler si j'avais besoin de vous ?

– Eh bien ?

– C'était une suggestion foireuse, Capitaine, parce que personne ne peut entendre un fichu sifflement dans cette tempête.

Je scrute les alentours, mais les tentes et les soldats sont tellement entassés dans l'étroit col de montagne que s'il y a un problème, je ne vois pas lequel.

– Que se passe-t-il ?

– Vous feriez mieux de venir voir par vous-même.

Super.

Je le suis en me frayant un chemin à travers la neige épaisse du camp. Nous nous arrêtons devant son feu de cuisine où une file de soldats se servent dans une énorme marmite suspendue à un trépied en fer au-dessus des flammes.

– Tu m'as traîné jusqu'ici pour t'assurer que j'allais manger ?

Keg grogne.

– Non, mais je vais m'assurer que vous ayez une gamelle, vous le savez bien.

En guise de démonstration, il dépasse la file d'attente et verse du ragoût épais dans deux bols en fer-blanc qu'il me tend.

Je fronce les sourcils.

– Deux ?

– Vous verrez, répond-il sur un ton énigmatique avant de me faire signe d'avancer.

Je le suis en soupirant, mais le ragoût bouillant se répand sur mes putains de doigts et brûle mes gants en me faisant siffler de douleur.

– T'étais obligé de les remplir à ce point ? je râle.

– Vous devriez vous entraîner à marcher d'un pas plus léger, me répond-il joyeusement. Ce ragoût est le meilleur repas de tout le camp. Les autres cuisiniers de l'armée en sont jaloux, comme d'habitude.

Avec un rire qui ressemble à un grognement, je continue à le suivre jusqu'à ce qu'il s'arrête devant une tente. Il ouvre le rabat, je penche la tête sans y entrer.

– Si c'est ta façon de me faire des propositions, tu es nul.

Keg laisse sa tête retomber en arrière en éclatant de rire bruyamment.

– Capitaine, vous me blessez. Je suis romantique à souhait. Si je vous faisais une proposition, vous laisseriez même tomber vos chaussettes.

– Juste pour que tu saches, mes chaussettes sentent la merde.

Il fait un geste en direction de la tente.

– Rentrez là-dedans, vous créez un courant d'air et le ragoût va refroidir.

En haussant les épaules, je me glisse à l'intérieur. Dès que je suis entré, il laisse le rabat se refermer en me lançant un « Amusez-vous bien » avant de s'éloigner.

Je fronce les sourcils en me redressant. Mes yeux s'adaptent à l'éclairage plus sombre et à l'air plus chaud, et mon regard se pose immédiatement sur une femme en robe de soirée qui n'a rien à faire ici, dans ces conditions. Le petit manteau qu'elle porte ne fait pas le poids, lui non plus.

La blonde se lève pour me faire face en croisant les bras d'un air indigné.

– Qui es-tu, au juste ? demande-t-elle.

Je cligne des yeux et remarque la *seconde* femme étendue sur la paillasse à côté d'elle. Celle-ci est blanche comme un linge.

– Je suis le capitaine de toute cette foutue armée. Qui es-tu *toi,* bon sang ? je réplique, bien que j'aie l'impression de l'avoir déjà vue.

Ses lèvres pulpeuses se pincent en une fine ligne.

– Je suis Rissa. Quand j'ai quitté Ranhold, j'ai rencontré une certaine Lu. Elle m'a dit que si je rejoignais votre armée, vous me feriez sortir du Cinquième Royaume avec vous. Elle m'a aussi dit qu'Auren vous en avait déjà parlé et que je pouvais venir avec vous.

Mes pensées retournent à la nuit où Auren nous a parlé de Rissa. De comment cette salope la faisait chanter. J'avais suggéré qu'on la tue.

Je suggère souvent de tuer.

– Ouais, elle l'a fait. Dorette est bien trop gentille, je grommelle dans ma barbe.

– Excuse-moi ? dit-elle de sa voix hautaine.

– Tu m'as parfaitement entendu, je rétorque en lui jetant un regard dégoûté. Tu l'as menacée, tu l'as obligée à te payer en échange de ton silence, pourtant, tout ce qu'elle voulait, c'était t'aider. J'avais suggéré de te tuer. Parce que s'il y a bien une chose que je déteste, c'est la déloyauté.

Un éclair d'indignation traverse ses yeux bleus.

– *Déloyauté ?*

Elle avale l'espace qui nous sépare, en me choquant au plus haut point lorsqu'elle enfonce un ongle manucuré dans ma poitrine.

– Écoute-moi bien, espèce de sauvage géant et poilu. Je suis une travailleuse du sexe et une femme. Tu crois que j'ai la possibilité de vivre ma vie en tenant compte de la morale ? crache-t-elle. Eh bien, laisse-moi te dire que *ce n'est pas le cas*. Les pouliches offrent au monde le plaisir qu'il réclame et qu'obtenons-nous en retour ? Nous sommes contrôlées et jugées, dans le meilleur des cas. Tu peux donc me détester autant que tu veux, vouloir me tuer même, mais je fais ce qu'il faut pour survivre dans ce monde, et si ça signifie utiliser des informations à mon avantage, alors je n'hésiterai pas.

Elle respire fort, sa poitrine se soulève et s'abaisse, des taches roses apparaissent sur ses joues, et pour une raison quelconque, mon irritation se fissure d'un seul coup et je me rends compte qu'elle est vraiment belle, putain.

Maudits soient les dieux !

Comment suis-je passé d'une suggestion de meurtre à ça ?

Son discours était si audacieux que je sais pertinemment qu'elle en pensait chaque mot. Une partie de moi la respecte même pour ça. Je sais ce que c'est que de devoir faire tout ce qu'il faut pour survivre dans ce monde. Pendant une grande partie de ma vie, cela signifiait tuer ou être tué, et j'ai choisi de rester en vie.

Je suppose qu'elle aussi.

Mais la survie, c'est aussi savoir dispenser judicieusement sa loyauté. S'agissant de ceux envers qui je suis loyal, je suis d'une férocité sans bornes.

Je passe la langue sur le piercing en bois de ma lèvre inférieure.

– Auren t'est fidèle, mais tu ne lui es pas fidèle. C'est aussi simple que ça. Je ne permets pas aux gens déloyaux de voyager avec mon armée.

La blonde se raidit.

– Bien.

Elle se détourne et commence à fourrer des choses dans un sac, la moitié de son corps est éclairée par la pile de charbons ardents posée au centre de la tente.

– Nous partons. J'espère que tu dormiras mieux la nuit en sachant que tu as jeté deux femmes sans défense dans les Barrens et que tu as préservé ta précieuse conscience en respectant ta haute et puissante *loyauté*.

Ma tête bascule en arrière et un soupir douloureux m'échappe.

– Arrête avec tes conneries de martyr, ça ne marchera pas avec moi. Tu peux rester parce qu'on l'a promis à Auren et que je tiens toujours ma parole.

Rissa arrête de s'agiter et me dévisage tandis que je reste planté là comme un idiot, avec les deux bols de ragoût fumants dans les mains. J'en pousse un vers elle.

– Tiens.

Elle hésite un instant, mais je suppose que sa faim est plus forte que son aversion pour moi, car elle se lève et s'empresse de le prendre. Lorsque mes yeux se posent sur ses lèvres qui se referment sur le bol, et qu'elle commence à le boire délicatement, toutes sortes d'images cochonnes me viennent à l'esprit.

Ce n'est pas bon.

Je me concentre et j'avale mon propre ragoût avec moult bruits de déglutition et de mâchonnement, avec en prime un rot copieux à la fin. Après avoir essuyé le bouillon dégoulinant de ma barbe avec le dos de mon bras, je lève les yeux. Elle m'observe, le nez plissé en signe de répulsion.

– Tu ne connais pas les bonnes manières ? ricane-t-elle.

Je lui rends son sourire, toutes dents dehors.

– Tu vas vite apprendre que ces jolies petites gorgées ne te serviront à rien quand tu seras affamée et gelée. Ici, il n'y a ni rois ni nobles à impressionner. Juste moi.

– Comme si j'allais me donner la peine de t'impressionner, rétorque-t-elle après avoir pris une autre gorgée délicate. Tu ne serais même pas en bas de ma liste. Je ne prends que les gens riches et propres.

Cette fois, c'est moi qui mange l'espace entre nous, mes grandes enjambées m'amènent juste devant elle. La façon dont son joli cou se penche pour me regarder est étrangement attirante. Je n'aurais jamais cru que le cou de quelqu'un m'exciterait comme ça un jour.

Je suis dans le Cinquième Royaume depuis trop longtemps. Les couilles bleues à cause de la météo, ça doit être vrai.

– Bonne nouvelle pour nous deux, Yellow Bell[2].

Elle fronce les sourcils.

– Yellow Bell ?

Je hausse les épaules.

– C'est parfaitement approprié. Cette fleur est jaune comme tes cheveux et elle trompe certaines personnes, parce qu'elle est jolie en apparence alors que c'est du pur poison.

Ses yeux s'assombrissent.

---

2. Autre nom de l'allamanda, qui signifie littéralement « cloche jaune » en raison de sa forme de clochette.

– Mes cheveux sont *blonds*, pas jaunes, espèce de brute incompétente.

Je souris.

– Donc tu ne nies pas la partie poison ? Intéressant.

– Tu peux partir maintenant, dit-elle en me rendant le bol.

– Comme je suis le capitaine de cette armée, c'est moi qui donne les ordres ici.

– Super, marmonne-t-elle avant de me tourner le dos pour aller s'asseoir à côté de la femme endormie.

Je dois dire que peu d'hommes oseraient me tourner le dos, alors le fait que cette femme le fasse sans le moindre souci me fait bander.

Ouaip. J'ai définitivement passé trop de temps dans le Cinquième Royaume.

– C'est qui cette nana ?

– Elle s'appelle Polly, aboie-t-elle en prenant un chiffon pour lui tamponner le front.

– Elle est malade ?

– Qu'est-ce que ça peut te faire ?

Je hausse de nouveau les épaules.

– Rien, je suppose. Mais si elle doit faire appel à l'un des médecins de l'armée, j'ai besoin de le savoir.

Elle me lance un regard plus glacial que la tempête qui fait rage à l'extérieur.

– Elle n'est pas contagieuse, et je n'ai besoin de rien venant de toi ou de cette armée.

– Mis à part notre abri, notre nourriture, notre protection…

Je l'entends presque grincer des dents. Je ne sais pas pourquoi ça m'excite autant de l'énerver, mais c'est le cas. Elle a de l'esprit, et jusqu'à présent j'ignorais que j'aimais ça chez une femme.

De nouveau debout, elle se tourne vers moi avec une lueur féroce au fond de ses yeux bleus. Le regard obstinément fixé sur le mien, elle commence à enlever son manteau, puis ses bottes. Mais lorsqu'elle se met à tirer sur les manches de sa robe et à les faire descendre le long de ses épaules, je sursaute.

– Qu'est-ce que tu fous, bordel ?

– Quoi ? répond-elle avec indifférence. C'est ce que tu veux, pas vrai ? Tu veux que je te paie pour tes *services*. Je ne suis qu'une pouliche déloyale, alors je ferais mieux de te dédommager pour ta générosité.

Je reste figé comme un putain d'idiot pendant qu'elle baisse le reste des manches, révélant une paire de seins parfaits à l'intérieur de son corset très serré.

Je deviens dur comme de la pierre. Si dur, en fait, que tout le sang dont j'ai besoin pour faire fonctionner mon foutu cerveau s'est précipité dans la mauvaise direction. Il me faut plusieurs secondes pour réaliser ce qu'elle vient de dire.

Et dès que j'ai compris, je me mets en colère.

– Rhabille-toi, je lâche d'un ton sec.

– Pourquoi ? lance-t-elle. C'est ce que les hommes veulent en échange de quoi que ce soit. Je fais juste ce qu'il faut faire.

Comme elle reste plantée là, furieuse et indignée, je jette les bols par terre et je m'avance vers elle. Mais quand j'enlève mon manteau, elle tressaille.

Elle *tressaille*, putain.

Comme si j'allais la frapper, ou quelque chose comme ça.

Et ça m'énerve encore *plus*, parce que sa réaction est un réflexe, et maintenant je sais qu'elle a déjà été frappée. Probablement par l'un de ces enfoirés amateurs de pouliches qui aiment maltraiter les femmes. Peut-être même par Midas.

En adoucissant mes gestes, je finis d'ôter mon manteau et je le drape autour d'elle. Elle me fixe sans bouger, sans même respirer.

– Je suis peut-être un connard, mais jamais je ne profiterais d'une femme, je lui lance sur un ton bourru.

Bien qu'elle ait fait de son mieux pour me choquer, apparemment c'est elle qui l'est à présent. Elle cligne des yeux comme si elle ne comprenait pas que je lui mette des vêtements au lieu de la déshabiller.

Ses doigts gracieux se lèvent pour serrer le manteau.

– Tu… me donnes ton manteau ? me demande-t-elle sur un ton complètement différent.

Elle est plus calme. Confuse. Il y a comme un soupçon de vulnérabilité derrière son abord revêche.

– Oui, j'acquiesce d'un signe de tête et je ne peux m'empêcher de laisser mon regard dériver sur ses lèvres. Je vais m'assurer que vous ayez toutes les deux des vêtements supplémentaires. Tu ne peux pas te balader dans le Cinquième Royaume avec une putain de robe de soirée et un corset.

Rissa me lance un regard dubitatif.

– Tu vas me donner tout ça ?

– C'est ce que je viens de te dire.

– Et… tu ne veux pas que je te baise ? demande-t-elle sans détour, comme si elle n'arrivait pas à y croire.

J'émets un grognement.

– Je n'ai pas dit ça. J'ai dit que je ne profiterai pas de toi.

Ma réponse a pour effet d'accentuer le froncement de ses sourcils. Je cède à la tentation une seconde, je me penche un peu plus près et, comme je m'en doutais, elle sent légèrement les fleurs.

– Quand on baisera, ce sera parce que tu en auras envie.

Il y a une étincelle de chaleur dans ses yeux, mais elle l'éteint tout de suite, et cet air irascible et boudeur réapparaît sur son visage.

– Qu'est-ce qui te fait croire que j'en aurai envie ?

Je lui fais un sourire en coin avant de me retourner et de ramasser les bols.

– Parce que, Yellow Bell, tu es peut-être vénéneuse, mais tu n'es pas immunisée. Tu éprouves quelque chose.

– Oui, du dégoût.

En souriant dans ma barbe, je me dirige vers l'entrée de la tente en m'arrêtant sur le seuil pour la regarder encore une fois par-dessus mon épaule, avant de repousser le rabat.

– Où est le plaisir si on ne se déteste pas un peu l'un l'autre ?

Je sors en la laissant interdite non sans remarquer le fard qui a soudain coloré ses joues.

Le long voyage de retour vers le Quatrième Royaume vient de s'avérer *beaucoup* plus attrayant.

CHAPITRE 10

SLADE

Cela fait quatre jours.

Quatre jours, et Auren n'a toujours pas bougé. Elle est allongée sur mon lit, silencieuse, remuant seulement lorsque Hojat change son pansement et ajuste sa position de sommeil pour qu'elle ne se fasse pas mal. Et malgré le fait que le soleil se soit levé et couché plusieurs fois, rien n'a été doré à son contact. Ni le tissu de l'oreiller sous sa joue ni les nouvelles paires de gants et de collants que je lui ai enfilées. Elle n'a pas expulsé le moindre pouvoir et je ne sais pas quoi en penser.

La tempête s'est déchaînée, comme si elle cherchait à se venger que nous ayons défié sa colère et que nous l'ayons battue. Pour prendre sa revanche, elle a décidé de ne pas s'en aller.

Mon attention dérive sur la porte quand Ryatt entre sans crier gare. Il a l'air furieux, ses yeux verts étincellent.

– Tu as déjà entendu parler de frapper avant d'entrer ?

Je dis cela sans la moindre énergie. Il s'arrête devant ma chaise en contournant la demi-douzaine de livres que j'ai jetés par terre à côté de moi, oubliés et mis de côté parce que je suis incapable de lire quoi que ce soit. Je n'y arrive pas – pas alors qu'Auren est toujours là, immobile.

– Il faut que tu sortes de cette pièce.

– Tu me donnes des ordres maintenant, mon frère ?

– Non, *mon frère*. Je n'oserais pas donner des ordres au grand Roi Putride, rétorque-t-il. Mais tu ne manges pas, tu dors à peine et tu pues la merde.

Je grogne, sur le point de le chasser de ma chambre. Chaque jour, depuis qu'Auren ne se réveille pas, je perds un peu plus mon sang-froid. Je n'ai pas quitté son chevet une seconde, l'inquiétude et la peur bourdonnent dans mes oreilles et je suis incapable de ressentir, d'entendre ou de penser à autre chose.

– Sors d'ici, Ryatt.

Il laisse échapper un soupir de déception.

– Il faut que tu te ressaisisses.

Je le foudroie du regard.

– *Me ressaisir ?*

Je me lève comme un ressort et je colle mon visage au sien.

– Tu crois que je ne passe pas chaque seconde de la journée à ça ? Je n'ai pas le luxe de lâcher prise. (Tout mon corps est tendu, mon ton cassant.) Depuis que j'ai dû utiliser ma magie contre elle, je suis à un cheveu de perdre pied. Tu piges ? Je dois constamment contrôler mon pouvoir magique, je ne peux pas le lâcher d'un pouce. Alors non, je n'ai pas besoin de me ressaisir. Parce que je n'ai pas été capable de le libérer depuis que je suis arrivé ici et que j'ai réalisé qu'elle ne se réveillait pas.

Ryatt voit bien mon expression furieuse, mais nous nous sommes affrontés tellement de fois que là où la plupart des gens reculeraient devant ma colère, lui n'est pas de ceux-là.

– C'est exactement pour ça qu'il faut que tu sortes de cette pièce.

Je secoue la tête tandis que mes piquants tentent de percer les manches de ma chemise. Je sens même surgir les petites pointes au-dessus de mes arcades sourcilières.

– Regarde-toi, dit-il avec une pointe de dégoût. Laisse-moi voir à quel point c'est grave.

Exaspéré, je lui tourne le dos pour me placer devant la cheminée.

– Qui t'a envoyé ? Lu ? Dis-lui qu'elle n'a pas à s'inquiéter pour moi.

– Personne ne m'a envoyé, mais on en a tous marre de tes conneries, fulmine-t-il. Maintenant, laisse-moi voir.

– Va te faire foutre.

– Tu crois que j'ai envie de te dorloter ? J'ai mieux à faire. Alors retrousse tes maudites manches et laisse-moi voir. Je ne partirai pas tant que tu ne l'auras pas fait.

Furieux, je me tourne vers lui en remontant mes manches, juste pour qu'il s'en aille. Mais en voyant mes bras dénudés, Ryatt grimace.

– Putain.

Je remets mes manches en place.

– Ça va.

– Ça ne va pas, rétorque-t-il. Il faut que tu ailles expulser un peu de ton pouvoir avant qu'il ne te bouffe tout cru.

– Et les éclaireurs ?

– N'essaie pas de changer de sujet. Je m'occupe des éclaireurs de Midas, ne t'inquiète pas. Va plutôt t'occuper de *tes* affaires.

– Je ne la laisse pas toute seule.

Ryatt se dirige à grands pas vers la chaise où j'étais assis, puis il pose ses fesses dessus pendant que je l'observe avec une certaine incrédulité. Il va même jusqu'à croiser une cheville sur son genou, ramasser un de mes livres par terre et commencer à lire.

– Qu'est-ce que tu fous ?

Il hausse une épaule.

– Je reste avec la fille en or pour qu'elle ne soit pas seule. Maintenant, dépêche-toi de partir putréfier quelques trucs avant d'exploser et détruire tout Deadwell.

Je serre les poings, les racines le long de mes doigts se tordent et claquent contre ma peau en essayant de me transpercer comme des épines.

– Je ne peux pas.

La regarder, rester à ses côtés, c'est la seule chose qui m'empêche de perdre complètement la tête. Parce qu'elle ne s'est toujours pas réveillée. Elle ne va toujours pas bien.

Ryatt lève les yeux vers moi et, pour la première fois depuis qu'il est entré, son expression s'adoucit.

– Plus vite tu t'occuperas de ta magie, plus vite tu pourras revenir pour veiller sur elle, me dit-il sur un ton qui n'est plus acide. Alors, vas-y. Je resterai ici avec elle. Je te le promets.

Je commence déjà à secouer la tête, mais il me coupe :

– Slade. Tu es à ça de craquer. Rester ici à la regarder ne va pas t'aider parce que même quand elle se réveillera, tu devras partir immédiatement pour t'occuper de ta magie. Alors va le faire maintenant avant d'imploser, putain.

L'indécision me met au supplice, mais à présent que Ryatt m'a fait remarquer sans ménagement à quel point je suis tendu, je ne peux plus ignorer mon état. Mon pouvoir se tortille sous ma peau, se hérisse sur mon dos et ma poitrine, fait frissonner mes bras et palpiter mes doigts en poussant sous mes ongles.

Je finis par céder en m'apercevant que je n'arrive même plus à respirer à fond.

– Je reviens dès que possible.

– Prends ton temps. Assure-toi d'en expulser suffisamment pour que je n'aie pas à te pousser à nouveau dans la tempête deux heures plus tard.

– Il fait très froid ?

– Cela fait quatre jours qu'il neige sans qu'on puisse en voir la fin, avec un vent glacial capable de te geler les fesses.

– Putain, c'est parfait, je râle.

Je me dirige vers mon placard, j'attrape le premier manteau et la première paire de gants que je trouve, et les enfile avant de mettre mes bottes.

– Surveille-la, je lui ordonne. Et que quelqu'un me prévienne si elle esquisse le moindre mouvement.

Il me fait un simulacre de révérence sans se lever de sa chaise.

– Oui, Sire.

– La ferme !

Poursuivi par son ricanement sonore, je sors de la chambre pour la première fois en trois jours pour tomber nez à nez avec Lu et Judd adossés au mur du couloir. Je m'arrête un instant en les voyant, puis je lève les yeux au ciel et continue ma route.

– C'était qui le suivant ?

Lu me suit à pas légers.

– Judd, au cas où Ryatt ne parvenait pas à te convaincre avec son amour fraternel, me dit-elle avec un sourire moqueur. En général, Judd réussit à suffisamment te remonter le moral pour que tu arrêtes de faire le con et que tu écoutes. Mais si ça ne marchait pas non plus, c'est moi qui serais passée en dernier et j'aurais proféré quelques bonnes vieilles menaces.

Malgré mon humeur maussade, je sens mes lèvres se retrousser.

– Quel genre de menaces ?

– Comme si j'allais te gâcher la surprise ! Je pourrais en avoir besoin plus tard.

Je m'arrête face à la porte d'entrée et me retourne pour les regarder tous les deux, toujours plantés dans le couloir.

– Vous avez envie de voler ?

– Quoi, par cette tempête ? répond Lu en secouant une de ses pantoufles en fourrure. Ça les abîmerait.

– Bien entendu. Et toi, Judd ?

Il grimace avant de lever le pouce par-dessus son épaule.

– J'ai du bois à empiler.

– Quelle loyauté ! je rétorque sèchement.

Lu me fait un signe de la main avant de se diriger vers le salon.

– Bon voyage pourri ! lance-t-elle.

Je laisse échapper un grognement avant d'ouvrir la porte d'un coup sec et de la laisser se refermer derrière moi. Mes yeux s'adaptent rapidement à l'obscurité de la caverne, l'air y est si glacial que même la fluorescence bleue semble frissonner.

Plus je m'approche de l'entrée, plus la tempête s'intensifie. Je m'arrête pour l'observer se déchaîner devant moi dans un tourbillon de blanc et de vent. La neige s'est engouffrée dans la cavité et s'accumule jusqu'à la hauteur de mes genoux en une congère gelée qui m'avertit de la bataille qui se déroule à l'extérieur. C'est la fin de l'après-midi, mais on ne dirait pas, tant les nuages atténuent la lumière du soleil.

– Et, bien sûr, je dois faire ça par ce temps, je marmonne avant de relever la capuche de mon manteau et d'enfouir mes mains dans mes poches pour sortir.

Immédiatement, le vent s'engouffre en moi et je baisse la tête en fonçant au travers puis en tournant à droite pour remonter la courbe de la montagne au lieu de prendre sur la gauche pour revenir vers le centre du village.

Les flocons ne cessent de tomber, mais heureusement, quelqu'un s'est occupé du sentier et a pelleté la neige avant qu'elle ne s'accumule trop. Je garde la tête baissée, car ma capuche menace de s'arracher à chaque pas, tout en maudissant les caprices de ma magie.

Le chemin vers le Perchoir grimpe, ce n'est pas idéal quand il neige – ce qui arrive assez souvent. Il me faut plus de temps que d'habitude pour le rejoindre, mais je parviens enfin à l'entrée d'une petite grotte à l'ouverture déchiquetée. Elle ressemble à une gueule ouverte avec des crocs prêts à se refermer quand on entre, mais les vraies bêtes qui mordent sont celles qui se trouvent à l'intérieur.

Dès que j'en franchis le seuil, le souffle du vent se tarit, mais la boule d'énergie qui pulse sous mon épiderme semble avoir doublé. Je tape mes bottes contre la pierre avant de m'avancer sur les touffes de paille étalées au sol. Mes chaussures crissent sur la paille et je détaille la grotte en forme de dôme, si haute qu'il est difficile d'y apercevoir les bêtes qui sont perchées tout en haut.

Des ruisseaux de fluorescence bleue brillent profondément et régulièrement, tandis qu'une douzaine d'Ailes-branches dorment dans des perchoirs en bois construits comme des balcons fermés le long des parois de la grotte, la tête repliée sous leurs ailes couleur d'écorce. Quelques bêtes me regardent avec irritation lorsque je passe à côté d'elles. Argo aime se percher à trente pieds de hauteur, et je m'arrête juste en dessous de lui, les bras croisés en attendant qu'il se redresse.

Mais rien ne se passe.

–Je sais que tu sais que je suis là. Il faut qu'on aille faire un tour.

Il ne bouge toujours pas. La pourriture commence à suinter de mes pieds et tache la paille.

–*Argo.*

Pour toute réponse, il enfouit davantage sa tête sous son aile.

–Écoute, tu dors depuis des jours. Tu as eu plus qu'assez de gâteries et de repos.

Il daigne enfin sortir son museau et darde ses yeux irisés sur moi avant de laisser échapper un petit sifflement à travers ses crocs aiguisés comme des lames de rasoir.

–Oui, oui, tu auras d'autres friandises après ce vol. Maintenant, viens ici avant que je ne pourrisse tout ce foutu perchoir.

Argo se redresse avec l'enthousiasme paresseux d'un chat interrompu en plein bain de soleil. Puis il s'élance enfin dans les airs. Agile, il atterrit aisément et secoue ses ailes en s'étirant.

–Tu as fait une bonne sieste ?

Il se lèche les babines en guise de réponse.

Je me dirige vers l'endroit où sont rangées les selles et les rênes, sur le côté droit de la grotte, et je me mets au travail pour le sangler. Quand j'ai fini, je m'installe sur la selle et m'empresse de m'attacher. J'ai à peine le temps de serrer le tout qu'Argo s'élance à vive allure. Dès que le ciel nous surplombe, il déploie ses ailes et décolle.

Je m'agrippe à la sangle pour me retenir avant que mon cul ne glisse en arrière, tandis qu'Argo file tout droit à travers la tempête. Ma capuche s'envole et la neige me frappe au visage, la température est si froide que j'ai l'impression que toute la chaleur s'est échappée de ma peau et a gelé à travers mes vêtements. Tout ce que je peux faire, c'est tenir bon en fermant les yeux et en serrant les dents, alors que je suis trempé et gelé tandis que le vent hurle sa plainte face à moi.

Lorsque nous perçons enfin les nuages et qu'Argo se redresse, je parviens à suffisamment reprendre mon souffle pour lancer un regard noir à l'arrière de son crâne emplumé.

– Tu es fier de toi, hein ?

Il me répond par un grognement, mais je sais que ses yeux brillent de malice.

Maintenant que le pire est passé, je tire sur les rênes pour lui indiquer où aller, mais ma pourriture me brûle les doigts et les mains. Je fulmine de douleur et manque lâcher prise.

Argo s'élance dans le ciel tandis que je halète en tentant de calmer ma respiration irrégulière. J'ai l'impression que les racines s'enroulent autour de ma poitrine comme un boa constricteur en m'empêchant de respirer à fond. Les veines coupent à travers mon cou, serrent ma mâchoire et brisent ma clavicule.

La sueur perle sur mon front. Je donne un coup de talon à Argo et lui ordonne d'atterrir. Je ne veux pas aller trop loin, mais je ne peux pas non plus être trop près quand je laisse sortir ma magie. Il faut que je sois assez loin du village et que j'en finisse le plus vite possible pour retourner auprès d'Auren.

Argo atterrit au milieu de nulle part, mais la tempête de neige y est tout aussi pénible. Je saute de son dos et je lui donne une tape sur l'arrière-train. En sachant exactement quoi faire, il s'élance à nouveau dans le ciel en décrivant des cercles sous les nuages.

J'observe autour de moi le paysage blanc et clairsemé, mais la visibilité ne permet pas de voir à plus de trente mètres. Je roule mes épaules, j'enlève rapidement mes gants et les glisse dans ma poche, puis je secoue les bras en fermant les yeux pour me concentrer sur mon pouvoir. Refoulé et surchargé, il ne demande qu'à s'exprimer.

En me forçant à inspirer et à expirer, je m'assure que je suis suffisamment concentré pour maîtriser la force monumentale qui coule dans mes veines.

Et je la laisse sortir.

La pourriture jaillit de moi comme d'un volcan en éruption.

Mes genoux touchent le sol tandis que de violents torrents traversent la neige comme des racines démoniaques venues empoisonner la terre. Et c'est exactement ce qui se passe.

La magie s'écoule de moi par vagues, et je ressens sa pleine puissance lorsqu'elle jaillit enfin de mon corps.

Maintenant libérée, elle gronde autour de mes pieds et se répand à travers mes mains, s'enfonçant dans chaque parcelle de terre qu'elle peut atteindre. Elle pourrit, elle décompose.

Elle détruit tout.

Il ne suffit que d'un court instant pour que la neige immaculée au sol soit corrompue. Des torrents de toxines se sont répandus dans toutes les directions. Je me tiens au centre de cette horloge diabolique en comptant les secondes jusqu'à ce que mon pouvoir cesse de se propager, de punir.

Mon corps tremble sous l'effet de la quantité de magie qui s'en échappe, et lorsqu'elle cesse enfin son interminable tourment et que j'ai l'impression de pouvoir respirer à nouveau, je la bloque. Comme un poing autour d'une paille, j'étrangle le flux jusqu'à sa dernière goutte de pourriture.

L'épuisement me gagne. Depuis mes bras, il parcourt ma colonne vertébrale et me laisse à vif et très lourd. Je cligne des yeux en regardant autour de moi les racines qui se tassent dans le sol et durcissent. Leurs mouvements s'interrompent enfin.

Les mains tremblantes, je tente de replier mes doigts pour constater que les racines de pouvoir sous ma peau ont reculé et que je ne les sens plus ramper dans mon cou ou dans mon dos. C'est un prix élevé, si l'on considère que la terre fétide et impure sur laquelle je me tiens est dorénavant morte et profanée d'une puanteur épouvantable.

Après plusieurs respirations laborieuses, j'ai assez de force pour lever la tête et pousser un sifflement aigu. Argo atterrit en quelques secondes, les plumes gelées, la gueule couverte de plaques de neige. Il s'agenouille plus bas que d'habitude pour que je puisse me hisser plus facilement sur son dos. Une fois que je suis bien attaché, il s'envole sans me reprocher une seule fois ma position affaissée. Il m'a déjà transporté dans des postures bien pires.

C'est le crépuscule à présent, et j'observe le paysage en contrebas tandis qu'il nous élève dans les airs. Je distingue encore l'étendue des racines putrides qui empoisonnent la terre comme du venin. Il nous transporte au-dessus des nuages, me coupant la vue, et même si je suis fatigué, le soulagement d'avoir réussi à expulser toute cette énergie refoulée est immense. Je peux enfin respirer à fond, alors que ma pourriture se rétracte pour ne laisser que de fines veinules indolores sur mon torse.

Pendant qu'Argo nous ramène au village, je sens à peine le vent ou la neige, mais lorsqu'il atterrit et remonte dans son perchoir, je suis transi de froid. Je me dépêche de quitter la selle et quand je lui gratouille le museau, il me répond par un petit coup de tête dans le bras.

– Brave bête, je murmure.

Bien que je n'aie plus l'impression d'être un barrage sur le point d'éclater, le fait d'expulser autant de puissance en une seule fois m'a épuisé. Je prends sur moi pour ne pas m'écrouler en dessellant Argo. Au moment où je défais la première boucle, Selby, le gardien, arrive à la hâte. Je ne l'avais même pas remarqué.

– Je m'en occupe, Sire. Je viens de leur servir un festin de chair fraîche. Il mangera bien ce soir.

Avec un hochement de tête reconnaissant, je commence à sortir, mais sa voix m'interrompt.

– Le capitaine Lu ou le capitaine Judd vous ont trouvé, alors ?

Lentement, je me retourne.

– Trouvé ?

Il a l'air confus.

– Oh, je vous demande pardon, Sire. Ils ont sellé un couple d'Ailes-branches, il y a quelques minutes à peine. Je pensais qu'ils étaient partis à votre rencontre.

L'effroi me remplit l'estomac et je ne lui réponds même pas avant de quitter le Perchoir en courant. Ils ne seraient pas sortis dans cette tempête pour me chercher si tout allait bien. Je glisse et dérape dans la descente, mais je ne m'arrête pas avant d'avoir atteint la Grotte. La peur et l'inquiétude sont à mes trousses.

Hojat manque me percuter dès que j'entre. Ses yeux bruns sont écarquillés, son visage abîmé est tout pâle.

– Par la grâce divine, vous êtes de retour.

Une poussée d'adrénaline me submerge, mes piquants sont sur le point de me transpercer le dos.

– Qu'est-ce qui ne va pas ?

– C'est Dame Auren.

La panique me poignarde le cœur. Je savais que je n'aurais pas dû partir.

– Elle est réveillée ? je lui demande en me dirigeant déjà vers le couloir.

– Non, pas elle, lance-t-il à ma suite, ce qui m'interrompt dans mon élan pour le dévisager d'un air féroce. Son or.

CHAPITRE 11

REINE KAILA

Au cœur de la ville de Ranhold, il y a un bâtiment d'un blanc étincelant, avec un portique de deux étages. Les piliers ont l'épaisseur des arbres, solides et prétentieux, bien que l'édifice lui-même ne soit pas aussi impressionnant. C'est ici que se déroulent les processions funéraires de tous les monarques du Cinquième Royaume, et c'est pourquoi je me trouve au deuxième étage avec mon frère, surplombant l'assemblée en contrebas.

De ma place sur le balcon à colonnes, j'ai une vue spectaculaire sur la ville, ainsi que sur les tourelles du château, juste derrière le mur d'enceinte. Au rez-de-chaussée, les conseillers du Cinquième Royaume procèdent aux rites funéraires de feu le prince Niven.

Tous les habitants de la ville se sont rassemblés en masse pour assister à la cérémonie, mais la plupart d'entre eux ne peuvent rien voir, ils sont trop éloignés. Pourtant, ils sont venus, leurs silhouettes emmitouflées sous des monticules de tapisseries pourpres, sur lesquelles sont brodés des glaçons dentelés – ces emblèmes du Cinquième –, se dressent comme des tentes dans les rues.

Je ne crois pas qu'ils se rendent même compte de la symbolique des écussons royaux qui les projettent ainsi dans l'ombre.

À côté de moi, je sens mon frère frissonner.

– Pourquoi est-ce que les habitants du Cinquième Royaume doivent célébrer leurs rites funéraires en extérieur ? siffle-t-il entre ses dents, qu'il garde bien serrées pour les empêcher de claquer.

– Je crois que nous sommes tout simplement moins habitués au climat d'ici.

Il me regarde du coin de l'œil.

– Et pourtant, tu restes assise, sans le moindre frisson.

Bien au contraire, ma peau est parcourue de frissons malgré les couches épaisses de ma robe et de ma cape, mais jamais je ne me laisserais aller à frissonner en public. Même un geste aussi anodin que celui-ci pourrait être pris pour un signe de faiblesse chez une reine veuve.

En regardant à gauche, je croise le regard de plusieurs nobles du Cinquième. L'une d'entre eux fait mine de se tamponner les yeux avec son mouchoir dès qu'elle entend sonner la cloche de la cérémonie. Il y a six rangées de bancs, tous pleins, où les nobles se sont assis pour assister au déroulé de la procession pour laquelle le corps du prince Niven a été déposé sur un sarcophage.

Mais à quelques places de nous, Hagan Fulke est lui aussi assis au premier rang. Âgé d'à peine vingt ans, avec son visage rondouillard et ses cheveux blond délavé, ce garçon n'arrête pas de tirer sur le devant de son col haut, manifestement peu habitué à porter des vêtements aussi formels. Même s'il ne paie pas de mine, c'est lui le plus proche parent du défunt roi et l'héritier du trône.

Enfin, il l'est *maintenant.*

Nous avons d'abord dû nous débarrasser de son père, le cousin du roi, mais cela n'a pas été très difficile. D'après les rapports de Manu, il s'agissait d'un vieil homme borné et inflexible. Ce n'était pas un bon candidat pour nous.

Son fils, en revanche, est influençable. Timide. Sans beaucoup de moyens ni de perspectives, il est prêt à s'agenouiller et à faire tout ce que nous lui suggérons si nous le soutenons pour devenir roi. C'est l'héritier idéal à modeler et à guider pour qu'il œuvre dans le meilleur intérêt du Cinquième et du Troisième, et il possède suffisamment de magie pour justifier le port d'une couronne.

Sa magie de la peau impénétrable lui sera utile, car il semble franchement assez facile de s'en débarrasser. Son pouvoir magique lui sauvera probablement la vie une fois ou deux, lorsqu'il sera monté sur le trône.

Le visage déjà pâle de Hagan blêmit légèrement et, malgré ma répugnance, je suis son regard en direction du prince Niven. La vue du prince mort me donne des frissons de dégoût. Cela fait cinq jours qu'il est tombé en tas dans sa propre salle de bal, étouffé par le poison. Son corps n'avait pas fière allure, et c'est encore pire aujourd'hui.

– Si tu exposes mon corps comme ça après ma mort, je reviendrai te hanter, je chuchote.

Manu continue de regarder devant lui comme si de rien n'était, en gardant le même air faussement affligé que moi.

– Ma chère sœur, tu devrais savoir que je ne te laisserai jamais avoir une apparence aussi criarde. Je te montrerai habillée et éblouissante de beauté afin que tu puisses gagner encore plus d'admirateurs et d'amour, même après la mort.

Les commissures de mes lèvres menacent de se retrousser, car je sais qu'il pense chacun des mots qu'il vient de prononcer.

– C'est pour cela que c'est en toi que j'ai le plus confiance au monde.

Nous sommes les seuls sur le portique à ne pas porter de violet. Nous portons, ainsi que Keon, la traditionnelle tenue de cérémonie crème et bleue du Troisième Royaume. Mes cheveux noirs sont relevés dans des rouleaux argentés tandis que ceux de mon frère pendent dans son dos comme une rivière de minuit lisse, tout aussi épaisse et brillante que ma propre chevelure.

– Pauvre prince Niven, je m'exclame, suffisamment fort pour que les gens derrière nous l'entendent.

Plusieurs d'entre eux hochent la tête en le répétant à voix basse. Il est étonnant de constater que ce sont les mêmes personnes qui chuchotaient et se moquaient du petit prince gâté qui prétendent aujourd'hui le pleurer. Il faut dire que la mort réussit toujours à susciter une adoration et une loyauté déplacées. Mais le meurtre ? Il s'agit là d'un degré de fanatisme totalement différent.

Il y a deux choses que j'ai apprises pendant mon séjour au Cinquième Royaume. Premièrement, il y fait toujours froid. Et deuxièmement, les habitants de Ranhold n'aiment rien tant que se réchauffer en répandant des ragots. C'est un bon moyen de garder son esprit en éveil.

Pour moi, la reine des chuchotements, c'est on ne peut plus pratique.

Les rumeurs de cette nuit fatidique ont couru dans tout le royaume. L'animal de compagnie doré a trompé le cœur de Midas et lui a volé son pouvoir. Quand il lui a annoncé ses fiançailles, elle est devenue folle de rage et a utilisé sa magie contre lui avant de séduire le Roi Putride pour qu'il l'aide à s'enfuir.

Malheureusement pour le pauvre Niven, sa mort a été éclipsée par des nouvelles bien plus juteuses. Comme l'annonce de la mort du roi du Sixième Royaume avec son cadavre doré et collé contre le mur de la salle de bal du château de Ranhold. Je dois bien reconnaître que tout cela est assez scandaleux.

Et puis, bien sûr, il y a les ragots sur Hagan Fulke. L'obscur parent qui n'aurait jamais pensé s'asseoir un jour sur un trône. Il est passé du statut de noble célibataire, qui n'intéressait personne, à celui d'homme sur le point d'être couronné roi. Il en a encore des étoiles dans les yeux, et ne semble même pas s'inquiéter de la mort de son père ou de celle du prince.

Pas alors qu'il devient le nouveau roi grâce à moi.

Mais les gens ne parlent pas que d'eux. Je suis aussi l'objet de nombreuses rumeurs.

Pour eux, je suis la reine au cœur brisé qui a perdu son fiancé et qui va prendre les devants et aider à recoller les morceaux d'une Highbell déchirée par les émeutes, en ramenant la stabilité dans le Sixième Royaume.

Cette histoire s'est propagée en ville à la vitesse d'un incendie. Je ne doute pas qu'à l'heure qu'il est, des milliers de messagers se sont dispersés d'ici sur tout le territoire d'Orea. Manu et moi avons confirmé, et maintenant, une fois les rites funéraires terminés, je vais pouvoir continuer à diriger les feux dans la direction que je souhaite. Tant qu'ils continueront à me voir d'un bon œil, je pourrai obtenir ce que je veux dans le Sixième Royaume et consolider mon alliance ici.

Une voix chantante résonne sur la procession, elle frappe mes oreilles comme une vague malvenue. Keon s'ébroue, il déteste sans doute autant que Manu et moi d'être obligé de rester assis ici.

Enfin, la dernière cloche sonne, et les conseillers du Cinquième Royaume enveloppent le corps du prince dans la même tapisserie violette que celle qui pavoise les rues. Ils l'emportent dans un chœur de ce chant affreux jusqu'à ce que les rites soient enfin terminés et que le corps du prince soit emmené pour être enterré, comme il se doit, dans la tombe à côté de son père.

Dans les rues, les gens ne se dispersent pas encore. Ils veulent assister à ce défilé macabre, car la plupart d'entre eux n'auront probablement jamais plus l'occasion de voir leurs rois, sans parler de ceux des royaumes voisins. Ils me regardent descendre du portique et traverser la place. Ils m'appellent par mon nom lorsque je passe devant le sarcophage vide pour me rendre à mon carrosse, dont les fanions bleus sont le seul élément perturbateur dans l'éventail infini des teintes pourpres du Cinquième Royaume.

Manu et Keon montent derrière moi. Le chemin de retour au château est laborieux, lent et cahoteux. Je garde une expression affable en me tournant vers la fenêtre, la main levée pour saluer les gens que nous croisons et qui crient mon nom. Ils veulent tous m'apercevoir. La plupart d'entre eux parlent de mon défunt mari, de sa mort subite, ce qui est amusant car je n'ai pas pensé à lui depuis que j'ai vu son corps dériver vers la mer.

C'est comme ça que je le préfère.

Enfin, une fois franchie l'enceinte du palais, j'abandonne mon expression placide en laissant retomber le rideau de la vitre du carrosse, avant de me rasseoir au fond de mon siège avec un soupir.

– Quelle horrible façon de rendre hommage à quelqu'un ! Je ne sais pas à quoi pensaient les gens du Cinquième en créant une cérémonie aussi ennuyeuse et grotesque. Leurs traditions sont bien inférieures aux nôtres.

– C'est le spectacle le plus barbant auquel j'aie dû assister de toute ma vie, confirme Manu en étirant ses jambes aussi loin que possible dans l'espace exigu du carrosse. Tu t'imagines décéder d'une mort horrible et très publique, uniquement pour que le royaume t'expose dans une mise en scène macabre afin que tout le monde puisse voir ton corps en décomposition ? Et pendant qu'ils se bousculent pour apercevoir ta dépouille, on s'ennuie à mourir en écoutant une bande de vieillards sonner des cloches et chanter des trucs inaudibles pendant trois heures d'affilée.

Il frémit.

– Leurs voix qui chantaient, c'était ça la véritable tragédie.

Keon lui jette un regard en coin, quant à moi, je laisse échapper un rire guttural.

– Alors, ma sœur, dit-il en reportant son attention sur moi, tu as entendu quelque chose d'intéressant ?

Il parle de mon pouvoir, bien entendu. Il sait très bien que chaque fois que je suis en public, ou même en privé, j'utilise ma magie. Je la laisse s'épanouir, comme une abeille en quête de pollen. Des voix bourdonnent en permanence dans ma tête, et je recueille celles que je veux, je les collecte pour ensuite les utiliser quand bon me semble.

– Rien que nous ne sachions déjà. Niven n'était aimé que parce qu'il était né prince et qu'il était encore jeune. Mais maintenant, tout a changé. Ils agissent comme s'il était un héritier prodigue, et ils ont facilement accepté le fait que Dame Auren ait pu manipuler Ravinger pour qu'il le tue, ou qu'elle l'ait empoisonné elle-même.

– Bien, dit Keon, dont la voix grave est toujours une octave plus basse que celle de mon frère. Même si je suppose que nous ne saurons jamais vraiment s'il a été empoisonné ou s'il a pourri. L'état de son corps…

Je ne peux m'empêcher de froncer le nez en me rappelant une fois de plus les zébrures grotesques qui parcouraient sa peau, ses yeux exorbités, sa bouche écumante…

– Oui, son cadavre n'était pas beau à voir, confirme Manu en tripotant les boutons argentés de son gilet.

Le tissu crème est merveilleusement brodé de vagues subtiles, le seul éclat de couleur vient de la cravate d'un bleu céruléen qu'il porte au cou.

Si seulement j'avais pu obtenir le carnet secret de Midas. Nous l'avons cherché partout dans ses appartements, en vain. Il est probablement caché sous sa chemise, doré comme le reste de son corps.

Inutile.

Pendant un moment, nous roulons en silence, mais même quand personne ne parle, j'écoute toujours les murmures que mon pouvoir a emmagasinés dans mon esprit.

– Tu as préparé Hagan ? je demande à Manu.

– Bien sûr. Nous avons répété le couronnement de nombreuses fois. Il sait ce qu'il doit faire.

– Parfait.

Tout se met en place.

Tous nos plans vont se dérouler sans accroc. Nous alimentons l'information, je surveille les rumeurs, nous avons choisi l'héritier, et bientôt le Cinquième Royaume sera sous ma coupe. Je pourrai me concentrer sur le Sixième. Sans monarque pour le gouverner, le royaume s'est déchiré. La ville de Highbell a été mise à sac, tous les nobles ont fui. Il faut que j'y aille vite, avant que des gens qui détiennent de la magie ne tentent de s'emparer du trône. Je suis surprise qu'ils ne l'aient pas encore fait.

Lorsque le carrosse s'arrête, j'arrange mes jupes juste avant que le valet de pied n'ouvre la portière pour nous faire descendre. Aussitôt face au château, mon regard se porte sur la façade que les éclaboussures d'or solidifié entachent encore. Les charpentiers ont dû travailler nuit et jour pour installer un nouveau jeu de portes à l'entrée et enlever les anciennes, incroyablement lourdes, en les découpant en morceaux. Les nouvelles portes semblent légères et déplacées au milieu des vieilles pierres grises, d'autant que l'or s'est frayé un chemin, ses vrilles se sont accrochées aux murs et aux marches d'entrée du château.

Une fois à l'intérieur, je monte dans ma chambre pour me changer. Mes servantes me font enfiler rapidement une robe de soie au décolleté carré bas au niveau de la poitrine, perlée de cristaux le long des manches. Une fois prête pour le dîner officiel, je retrouve Manu et Keon dans le hall, tous deux vêtus de nouvelles tenues.

– Tu es prête ? me chuchote Manu.

– Oui.

J'avance à grands pas, les épaules rejetées en arrière, un sourire gracieux aux lèvres. Je passe devant les drapeaux violets suspendus aux chevrons, l'étoile à dix branches qui scintille au plafond de l'entrée. À mon arrivée dans la salle à manger, je suis accueillie par l'odeur des plats sucrés et le son des voix nasillardes.

Lorsque nous entrons tous les trois, les conversations s'interrompent et tout le monde s'incline devant moi. Comme je suis désormais la personne la plus haut placée de Ranhold, jusqu'à ce que Hagan soit couronné, je prends place en bout de table, avec Manu et Keon assis à ma gauche et Hagan à ma droite.

Je passe l'heure qui suit à encourager le futur roi d'un signe de tête, à écouter les conseillers raconter les rites funéraires qu'ils ont accomplis aujourd'hui pour le prince et à entendre d'interminables histoires sur Niven lorsqu'il était un bambin qui piquait des crises dans les écuries. Je me soumets à toutes les conversations, je bois leur vin sirupeux et j'avale leur nourriture trop sucrée, toujours avec des plaisanteries au bout de la langue ou un sourire sur le visage.

Lorsque les assiettes sont enfin débarrassées, je me lève.

L'un après l'autre, les conseillers qui m'entourent le remarquent et peu à peu toute la salle redevient silencieuse. Même les serviteurs qui débarrassent les tables s'immobilisent, interrompant leur travail. Les mains jointes devant moi, je scrute le visage de chaque homme le long de la table. Il n'y a pas une seule femme parmi les conseillers du Cinquième Royaume.

– J'aimerais prendre un moment pour exprimer ma gratitude d'avoir pu assister aux funérailles du défunt prince. Je crois que son esprit a été honoré comme il se doit par vous tous.

Les têtes s'inclinent en signe d'accord, la fierté gonfle leurs poitrines pompeuses.

– Maintenant qu'il a été enterré avec tout le respect qui lui est dû, nous pourrons couronner dès demain le nouvel héritier, Hagan Fulke, je déclare en lui tendant la main, et je vois ses joues s'empourprer. Je sais que vous apporterez de la stabilité dans le Cinquième Royaume, et tant que je régnerai, le Troisième Royaume sera votre fidèle allié.

Une salve d'applaudissements se fait entendre, les conseillers me rendent hommage, ils sont déjà en train de flatter Hagan.

– Dans cette pièce où le prince était assis, le roi Midas avait changé cette table en or.

Je laisse mes doigts effleurer le plateau de verre en me rappelant comment l'or s'y était répandu comme un liquide jusqu'à étinceler et se solidifier. Mais cet or, comme tous les autres éléments du château, a disparu cette nuit-là en se fondant dans la salle de bal pour attiser une vengeance.

Je lève les yeux en prenant un air triste et je poursuis, en appréciant la façon dont certains sursautent devant la dureté de mes paroles :

– Deux monarques ont été sauvagement assassinés. Tous deux ont été tués par une personne à qui ils faisaient confiance. Le prince bien-aimé, comme le roi Midas, qui a été trahi par sa propre favorite. À cause de cette nuit tragique, j'ai perdu mon fiancé.

Je laisse ma lèvre trembloter. Je laisse mes yeux briller. J'ai capté l'attention de tout le monde, la salle est si silencieuse qu'on pourrait entendre une épingle tomber par terre.

– Plus que jamais, il est important de nous unir. De soutenir l'ascension de Hagan, et que le reste d'Orea se dresse contre la traîtresse dorée.

Je vois Hagan hocher la tête avec emphase, essayant d'adopter une posture royale, bien qu'il soit encore trop crispé pour paraître naturel.

– Dame Auren a fui le royaume pour tenter de manipuler le Roi Putride comme elle l'a fait avec le roi Midas. C'est pourquoi j'en appelle à un Conflux royal.

Ma déclaration fait l'effet d'un choc, qui se propage dans la salle.

J'appuie mes mains sur la table en les regardant droit dans les yeux, les uns après les autres.

– Il est temps que Dame Auren réponde de ses crimes.

CHAPITRE 12

SLADE

Parfois, lorsque l'adrénaline vous envahit, vous réagissez sans réfléchir. C'est une force qui prend le dessus, et il n'y a pas d'autre possibilité que d'agir.

J'ignore donc si j'ai répondu quelque chose quand Hojat m'a annoncé que l'or d'Auren s'était réveillé. Je ne me souviens même pas d'avoir couru dans le couloir jusqu'à ma chambre.

Mais dès que je franchis le seuil et que je me retrouve face à face avec ce qu'il y a à l'intérieur, tout mon corps se met à trembler.

Les couvertures ne sont plus noires, de même pour les fourrures brunes. En fait, je ne les vois plus du tout. Le lit est maintenant recouvert d'une piscine d'or liquide, et le corps inerte d'Auren flotte au centre comme un nénuphar sur un étang. Son pouvoir jaillit en petits ruisseaux qui s'écoulent lentement en perlant contre sa peau et en la couvrant de gouttes de rosée dorées. L'or suinte de tous ses pores, imprégnant ses collants et sa chemise d'emprunt. Il s'amoncelle sur le lit telle une flaque d'eau.

Ryatt est sur le côté, il lève les mains dès qu'il entend le grognement qui s'échappe de ma gorge.

– *Qu'est-ce qui s'est passé ?*

– Je n'en sais rien. Je la surveillais comme tu me l'as demandé, et tout d'un coup elle s'est mise à répandre de l'or partout, sans que je puisse la réveiller.

Je m'approche d'elle en détaillant sa silhouette du regard.

– Auren.

Ma voix puissante ne la fait pas réagir.

– Auren, tu m'entends ?

L'or continue de s'écouler, aussi calmement que l'expression qu'affiche son visage.

Le lit finit par perdre la bataille contre ce flot lent mais constant. Le liquide métallique commence à déborder et à couler sur le sol. Il ne dore rien, mais se déverse partout comme l'eau d'un toit qui fuit. Mes mains planent au-dessus d'elle tandis que je l'appelle, encore et encore.

– Vous ne pouvez pas la toucher, Sire, me lance Hojat depuis l'embrasure de la porte, sans oser s'approcher davantage.

Apparemment, même mon imperturbable médecin sait qu'il faut craindre sa magie.

– Merde.

Le fait de ne pas pouvoir la toucher me frustre énormément.

Je me précipite vers la porte, Hojat recule d'un bond pendant que je m'élance dans le couloir. J'arrive dans la première chambre à côté de la mienne, celle de Ryatt, et je vide son lit de tout ce qui s'y trouve avant de revenir en courant vers Auren.

– Qu'est-ce que tu fais ? me demande-t-il.

– Je dois la faire sortir d'ici et l'éloigner pour éviter qu'elle ne dore tout le village, j'explique en jetant les couvertures par terre avant d'envelopper mes bras avec les deux plus épaisses.

Même avec mes gants, c'est risqué, mais l'or ne semble pas vouloir attaquer. Il ne transforme rien de solide, ne dore pas le tissu du lit. Il se contente de s'écouler d'elle et de la maintenir à flot.

Mais cela peut changer à tout moment. Elle pourrait commencer à s'agiter, à ruer dans les brancards, à attaquer.

J'aboie un « Ryatt », et l'instant d'après il est à mes côtés.

Comme s'il avait lu dans mes pensées, il attrape une couverture et en couvre ses bras comme moi.

– Prêt ? me demande-t-il.

Dès que je lui fais un signe de tête, il se dirige vers Auren.

Je le préviens :

– Même avec tes gants et tes manches, tu dois faire attention. J'ignore si l'or va réagir.

En toute confiance, il fait rouler le corps d'Auren avec précaution, tout en prenant soin de maintenir la couche de tissu protectrice entre eux. Quand il la déplace, le liquide qui s'accumulait autour d'elle se met à couler sur le côté du lit.

– Attention ! s'écrie alors Digby depuis l'embrasure de la porte, en se précipitant avec une autre couverture pour la jeter sur le liquide qui se répand au sol.

Il en faut plus pour décourager Ryatt, même lorsque la matière visqueuse éclabousse ses bottes. Il parvient à la retourner suffisamment pour que son corps ne soit plus plongé dans l'or, et aussitôt, j'interviens. En m'aidant des couches de couvertures superposées, je prends Auren dans mes bras. Une partie de l'or semble ne pas vouloir se séparer d'elle et reste collée à son corps inerte comme du miel sur un bâton.

– Sire…

La voix inquiète d'Hojat s'interrompt lorsque Digby se met à envelopper Auren avec une autre couverture pour faire bonne mesure, jusqu'à ce que l'on ne distingue plus que son visage perlé de sueur dorée.

Ne laissant pas le temps à l'or de réagir, je me précipite hors de la chambre et j'emprunte le couloir, tandis que Digby boite en essayant de me suivre.

– Où comptes-tu aller ?

– Le plus loin possible.

Lorsque j'arrive à la porte d'entrée, Hojat est déjà là qui me l'ouvre d'un coup sec.

– Qu'est-ce que tu veux qu'on fasse ? crie Ryatt derrière moi.

– Gardez un œil sur l'or. S'il commence à se répandre, sortez de la Grotte et évacuez les villageois. Ce ne sera pas sûr si elle ne peut pas le retirer.

– Ce ne sera pas sûr pour toi non plus, lance-t-il, mais je n'ai pas le temps de lui répondre.

Je sors de la maison à toute vitesse et j'entends la porte qui se referme derrière moi.

Je me précipite dans la tempête, hésitant pendant une fraction de seconde sur la direction à prendre, avant de tourner à droite. Cette fois-ci, je ne vais pas au Perchoir. L'or commence déjà à imprégner les couvertures, je ne peux pas risquer de la faire monter sur Argo. Non seulement sa magie pourrait soudainement s'en prendre à lui, mais le pire endroit où se trouver si cela venait à arriver, c'est dans le ciel, où une chute pourrait tous nous tuer.

– Auren, réveille-toi.

Le crépuscule s'agrippe au ciel aussi fermement que je m'agrippe à elle. Je fais de mon mieux pour la garder bien serrée contre mon torse, en luttant sous les assauts du vent et de la neige. Une nouvelle ligne de sueur dorée macule ses sourcils, et la panique m'enserre la gorge.

– Écoute ma voix. Tu dois m'écouter et te réveiller.

Peut-être est-ce le vent qui hurle, mais je jure que j'entends un soupir.

– Auren ?

Cette fois, je sais que je ne délire pas, parce que je *sens* un gémissement vibrer dans sa poitrine. Il semble douloureux et épuisé, et ses sourcils se froncent dans la plus petite des grimaces.

Mon cœur bondit dans ma poitrine, j'en ai le souffle coupé. Depuis qu'elle s'est effondrée, elle n'a pas émis le moindre son ni eu la moindre expression.

Je remonte la pente en courant et contourne le Perchoir, puis je passe un groupe d'arbres décharnés. C'est ici que le chemin empierré s'arrête et, avec lui, le déneigement à la pelle. À grandes enjambées laborieuses, je me fraye un chemin dans un mètre de neige.

–Essaie de te réveiller, Auren.

Chaque mètre de distance que je parviens à mettre entre nous et le village peut être une question de vie ou de mort. Je n'ai aucune idée de ce qui se passera si son or se réveille complètement, mais j'ai l'impression que ce goutte-à-goutte régulier n'est qu'un début.

Ma poitrine se soulève violemment sous l'effort que représente cette course dans la neige épaisse, et à plusieurs reprises, je manque basculer. C'est par la seule force de ma volonté que je parviens à la retenir et à continuer d'avancer. Chaque seconde qui passe alourdit les couvertures, je sens le poids épais de l'or qui s'infiltre de plus en plus dans le tissu. Et c'est *très* lourd.

Le vent sifflant me gèle les oreilles et la neige qui me cingle le visage m'empêche presque de voir, mais j'arrive finalement au détour du chemin, juste au moment où son or commence à se déverser, n'étant plus assez contenu par les nombreuses couches.

Des flots s'en échappent, ils éclaboussent la neige et Auren se met à trembler. Ses gémissements de douleur sont constants à présent, tout comme les frissons qui secouent son corps, mais j'ai l'impression que le froid n'en est pas la cause.

Lorsque j'ajuste ma prise, mes mains gantées ressortent poisseuses. L'or ne s'écoule plus simplement comme de l'huile mais s'imprègne dans le tissu, il en dore chaque fibre. J'ignore si la nuit est encore loin. Le ciel s'assombrit, mais pas assez vite.

–Putain.

Lorsque j'atteins enfin la crevasse creusée dans le flanc de la montagne, je plonge presque pour y entrer. Une fois que nous sommes cachés dans ses profondeurs fluorescentes, à l'abri de la tempête, je m'agenouille et dépose Auren sur le sol rocailleux.

Avec mes gants maculés d'or, je retire les couches de couvertures et aussitôt son corps se remet à trembler. De l'or épais et sirupeux se répand sur le sol de la grotte. Ce n'est plus un goutte-à-goutte lent et régulier. Ce sont de véritables flots. L'or s'écoule d'elle en torrents, il claque et tâtonne comme s'il cherchait quelqu'un à mutiler. Il imprègne mon pantalon au niveau des genoux tandis qu'une partie de la coulée se faufile vers l'entrée de la grotte.

Je me redresse pour essayer de la maintenir fermement tandis que son corps se débat et que la peur m'oppresse. Si elle ne se réveille pas, si la nuit ne l'arrête pas et que son or atteint le village…

Mon gant se colle contre sa joue lorsque je lui caresse le visage.

– Réveille-toi, Chardonneret. Tu *dois* te réveiller !

Son pouvoir s'intensifie, son aura devient erratique et la panique me submerge tant que je pourrais, moi aussi, me mettre à trembler.

– Je ne vais pas te putréfier à nouveau, tu m'entends ? Je ne peux pas le faire, putain. *Alors réveille-toi !*

Ses lèvres s'entrouvrent et laissent échapper un cri qui résonne à travers toute la cavité. L'or s'agite en réponse, il grimpe le long des parois, masquant ainsi la faible fluorescence des veines bleues incrustées dans la roche.

Pourtant, la force de son cri et le déluge de son pouvoir font que son aura s'illumine, comme elle ne l'a pas fait depuis des jours. Je dois plisser les yeux pour ne pas être ébloui, mais elle vacille à nouveau jusqu'à presque s'éteindre et mon cœur s'arrête de battre dans ma poitrine, bloquant le moindre souffle qui aurait pu franchir mes lèvres.

Son or s'agite, se précipite vers elle comme s'il voulait l'envelopper entièrement pour que rien d'autre ne puisse l'atteindre.

– Auren ! je hurle en la secouant par les épaules. *Réveille. Toi !*

Et là, si soudainement que je recule, ses yeux s'ouvrent d'un seul coup.

Ma voix n'est plus qu'un murmure.

–*Auren.*

Je vois ses pupilles se dilater. Je vois les profondeurs dorées de ses iris se mettre à scintiller. Autour d'elle, l'or s'arrête. Il s'arrête de goutter. Il s'arrête de couler. Peut-être que la nuit est tombée et que l'or m'observe à présent, aussi attentivement qu'elle.

Mon pouls bat dans mes tempes, mais je n'ose pas bouger. Une intuition plus profonde m'intime de rester immobile.

–Chardonneret ? je demande.

Mais je le sais déjà. Je peux le voir au fond de ses yeux.

Ce n'est pas tout à fait Auren qui me regarde.

Tout ce que j'ai le temps de faire, c'est d'inspirer un grand coup. Car dans la seconde qui suit, elle passe à l'attaque.

Chapitre 13

Slade

D'immenses vrilles d'or liquide s'élancent, s'enroulent comme des cordes autour de moi et me projettent au loin. Je m'écrase contre la paroi déchiquetée de la grotte, si violemment que je vois trente-six chandelles. J'atterris sur le flanc, le souffle coupé pendant un instant, et ce n'est que grâce à mes innombrables heures d'entraînement que je me relève d'un bond.

Un sentiment de déjà-vu m'envahit. Six mètres plus loin, Auren se tient debout, une immense vague dressée derrière elle comme une crête dorée. Sa respiration est haletante, elle serre ses mains dégoulinantes de part et d'autre de son corps tandis qu'un éclat particulier brille dans ses yeux d'or.

–Auren.

J'essaie de faire un pas en avant, mais aussitôt un grognement s'échappe de sa gorge. Je l'observe attentivement, je l'évalue. Je fais un pas, elle tend la main et projette vers moi une corde gluante semblable à un fouet. Mais elle n'entre pas en contact avec moi. Ce n'était qu'un avertissement.

Mes lèvres esquissent un sourire narquois et ses yeux frémissent, pleins de méfiance.

Oh, Chardonneret, je te vois.

–Alors, tu t'es enfin réveillée, je lui dis avec désinvolture en regardant à peine le fouet d'or qui plane dans les airs, prêt à frapper à tout moment. Tu n'es pas du matin ?

Un autre grognement la fait grincer des dents.

–Je pense que tu ne l'es pas. Ce n'est pas grave, Ryatt est pire encore, j'ajoute en jetant un coup d'œil vers l'entrée de la grotte qui s'assombrit. Ça n'a plus d'importance parce qu'il fait nuit, maintenant.

À pas lents et mesurés, je me décale vers la gauche, en commençant à tourner autour d'elle. Je m'efforce de conserver la même distance entre nous, mais elle se déplace avec moi, elle s'habitue au mouvement. Elle ne produit plus d'or à présent, mais celui qu'elle a déjà fait sortir s'est soudé autour d'elle, les éclaboussures se sont rassemblées dans une synchronisation parfaite.

Son or reflète ses mouvements, s'étire derrière elle, sa surface ondule autant qu'une vague de l'océan. Mon attention se reporte sur elle et sur son aura qui scintille autour de sa silhouette.

–Tu as dormi pendant des jours, tu le savais? je lui demande sur le ton de la conversation. Allongée sur un lit, sans te réveiller, sans manger. En fait, je suis prêt à parier que tu te sens sans doute un peu faible.

Dès que je prononce le mot *faible,* sa colère éclate à travers son or qu'elle propulse à toute vitesse vers moi. Mais cette fois, j'y suis préparé et j'arrive à esquiver le fouet visqueux avant qu'il ne me frappe. Derrière moi, il s'écrase contre la roche en y imprégnant une trace d'éclaboussure.

J'émets un petit sifflement désapprobateur.

–Ce n'était pas très gentil.

Son visage se crispe en laissant apparaître un rictus furieux.

–Oh, je vois, je dis nonchalamment en ôtant mon manteau taché et en le laissant tomber par terre avant de retrousser lentement mes manches. Tu ne veux pas être gentille. Tu veux te *battre.*

Mon corps se métamorphose en un instant. Des pointes noires jaillissent de mes avant-bras, s'incurvent le long de ma colonne vertébrale et bordent mes sourcils. Je passe la langue sur mes crocs apparents. Elle observe ma transformation avec une attention soutenue, à l'instar d'une bête sauvage qui jaugerait un autre prédateur. Avec mes oreilles pointues et les écailles grises qui se découpent sur les os de mes pommettes, le sourire que je lui adresse est purement fae.

Sa poitrine se soulève et tout son corps se tend, comme une corde trop serrée. Elle n'écoutera pas de paroles apaisantes pour tenter de la faire revenir à elle. Non, ce dont elle a besoin, c'est de *craquer.*

C'est pourquoi je lève la main en lui faisant signe de s'approcher.

–Tu veux te battre, alors bats-toi contre moi.

C'est la seule invitation dont elle avait besoin.

Auren écarte les bras, et derrière elle la vague dorée se divise. Elle frappe ensuite ses mains l'une contre l'autre, et l'or suit ses mouvements, mais je tombe à genoux et roule au sol avant qu'il puisse me percuter. Sa concentration est bonne. Elle ne s'épuise pas comme au château de Ranhold et son aura reste stable, même si elle n'est pas tout à fait elle-même.

Mais je connais une chose ou deux sur les natures doubles.

– C'est tout ce que tu as dans le ventre ? je la nargue en me relevant d'un bond.

Elle se retourne pour me faire face, le regard flamboyant. L'or bouge avec elle, balayant ses cheveux en arrière quand il reprend sa forme de vague pour se tenir en position de prédateur à côté d'elle. D'un coup de poing, elle l'envoie vers moi en essayant de me réduire en bouillie. Je m'éloigne d'un bond en recevant tout de même quelques éclaboussures. Je vois ses yeux briller, sa mâchoire se serrer, et je souris en retour.

Elle m'envoie des vagues, encore, encore et encore. Mais en plus d'être rapide, j'ai l'avantage de bien la connaître.

Je devine chacun de ses mouvements avant qu'elle ne les fasse, ce qui me donne le temps de parfaitement anticiper ses attaques et d'esquiver son or avant qu'il ne me percute.

Chaque fois qu'elle tente de me coincer, je m'échappe et lui tourne autour en riant. L'or ne me lâche pas d'une semelle, il cogne contre le sol, se dresse en formant des arcs de cercle et se tord au gré de mes mouvements. Son irritation se lit clairement au froncement de ses sourcils, à la façon dont ses yeux clignent à peine. Mais elle est tellement concentrée, tellement magnifique, quand elle manie son pouvoir sans effort.

J'esquive un autre jet d'or et j'essuie le liquide métallique qui a atterri sur ma joue avec un sourire.

–Il faut que tu sois plus rapide que ça si tu veux frapper, je la nargue.

Elle pousse un cri de frustration et change de tactique. Cette fois, elle sépare sa vague étincelante en une centaine de cordes différentes et les envoie vers moi comme un mur de fouets. Quand je les évite, elle parvient à déplacer une corde vers le bas pour me frapper à l'estomac et m'écraser contre la roche.

Je grogne au moment de l'impact en levant les yeux pour voir sa réaction. La satisfaction se lit sur son visage, mais lorsqu'elle voit que je me relève avec un sourire en coin, elle se rembrunit aussitôt.

–C'était mieux, Chardonneret. Mais pourquoi ne laisses-tu pas tomber l'or pour me frapper comme tu veux ?

Elle cligne des yeux, décontenancée, puis ses lèvres se pincent de colère. Sur un claquement de doigts, l'or perd immédiatement sa forme et s'effondre en trempant la semelle de mes bottes. Instantanément, il durcit, et bien qu'il ne fasse qu'un centimètre d'épaisseur autour de mes pieds, c'est suffisant pour me clouer sur place.

Elle est maligne.

Maintenant que je suis à sa merci, elle s'approche en roulant des hanches, visiblement satisfaite. Quand elle s'arrête devant moi, je discerne une lueur dans ses yeux. N'importe qui d'autre à ma place serait probablement en train de faire dans son pantalon. Ou au moins d'essayer d'enlever ses bottes et de s'enfuir. Mais moi ? Je suis juste excité. Et je reste là où je suis.

–Tu es splendide quand tu es déstabilisée, je déclare.

Et je colle mes lèvres aux siennes.

Sa bouche est chaude et souple, des gouttelettes dorées perlent le long de ses commissures et je ne peux me retenir d'y passer ma langue pour y goûter. J'ai à peine le temps de la sentir contre moi qu'elle me repousse. L'or solidifié redevient liquide. Sa force me fait reculer et je le sens qui éclabousse mes tibias.

Elle halète, l'air encore plus en colère qu'avant. Ses yeux dorés étincellent quand elle porte ses doigts à ses lèvres. Pendant un moment, elle se contente de me regarder, furieuse. L'or continue à onduler à nos pieds.

Allez, Chardonneret.

Mon corps est détendu, mais je reste sur mes appuis, me préparant à recevoir un autre coup de sa part. Lorsqu'elle laisse retomber sa main, mon regard se pose sur l'or. Je m'attends à ce qu'il m'attaque.

Voilà pourquoi je suis complètement pris au dépourvu lorsque c'est *elle* qui se rue sur moi. Je me crispe au moment où son corps heurte le mien en me forçant à reculer d'un pas pour rester debout.

Il me suffit d'un battement de cœur pour comprendre qu'il s'agit d'une attaque d'un tout autre genre. Elle n'essaie plus de me frapper. Elle essaie de me *dévorer*.

Mes lèvres s'entrouvrent sous l'assaut téméraire de sa bouche et mes mains descendent pour agripper ses cuisses qui s'enroulent autour de ma taille. Cette fois, au lieu de me repousser, elle glisse ses mains dans mes cheveux, me rapproche, exige davantage. Quand ma langue glisse contre la sienne, elle gémit, non pas de douleur ou d'irritation, mais de pur plaisir.

Putain, c'est sexy.

Lorsqu'elle se met à mordiller ma lèvre inférieure assez fort pour la fendre, je recule en croisant son regard provocateur. Elle tente de prolonger notre baiser, mais je lève une main et la passe dans ses cheveux en les tirant fermement pour la maintenir en place, sans lui faire mal pour autant. Elle me répond par un grognement, ce qui me fait sourire.

– Viens jouer, Chardonneret, et je t'embrasserai autant qu'il te plaira.

Elle me lance un regard fougueux et, l'instant d'après, elle est debout et je suis coincé contre la paroi de la grotte par son or. Il n'est pas assez liquide pour s'infiltrer dans mes vêtements, mais suffisamment épais pour entraver mes mouvements. Elle se dresse devant moi en affichant un air victorieux. Je suis un insecte pris au piège dans une toile d'araignée.

– Très bien, je la complimente.

Elle sourit, satisfaite, en posant une main sur mon cou. Ses traînées d'or s'étalent sur moi partout où elle me touche – comme si elle me marquait, ce que ma nature fae apprécie vraiment beaucoup.

Après avoir effleuré les pointes au-dessus de mes sourcils, elle se penche et approche sa bouche de mon cou. Je dois réfréner un gémissement.

– Reviens, Chardonneret.

Une main délicate et chaude se pose sur ma joue ; elle m'incite à tourner la tête pour que je la regarde.

– Reviens, bébé, je murmure en prenant son visage en coupe et en laissant mon pouce caresser sa joue. Reviens-moi.

Quelque chose scintille dans ses prunelles. Comme des points de lumière étincelants. Puis elle cligne des yeux et son expression se transforme soudain.

Un pur soulagement me saisit, comme un coup de poing en pleine poitrine.

– Te voilà.

Elle retient son souffle. Ses lèvres s'entrouvrent et je vois ses yeux se fixer sur moi, puis elle murmure : « *Slade* ».

– Je suis là. Tu es là.

Elle prend une profonde inspiration avant de fondre sur mes lèvres. Son emprise sur la magie semble alors se désintégrer d'un seul coup, et celle-ci dégouline sur le sol en nous aspergeant tous les deux.

Mais elle ne semble même pas s'en rendre compte. Elle est trop occupée à essayer de grimper sur moi, comme si elle ne supportait pas qu'il puisse y avoir une distance entre nous. Je laisse les piquants de mes bras s'enfoncer sous ma peau, mais le reste de mon corps s'enflamme. Toute mon inquiétude et ma frayeur se diluent dans l'or qui s'accumule à nos pieds, remplacées par le désir charnel.

Parce qu'elle s'est réveillée. Elle est vivante. Elle est chaude, se tortille et se presse contre moi.

Merci putain.

Ses lèvres s'éloignent légèrement, juste assez pour qu'elle reprenne son souffle.

– J'ai besoin…

– De quoi as-tu besoin, Auren ? je demande en laissant mes crocs mordiller sa gorge.

Ses mains s'accrochent à mon cou, ses jambes s'enroulent autour de moi tandis que je maintiens fermement ses fesses en les pressant.

– De toi, s'il te plaît. J'en ai besoin. J'en ai besoin *maintenant.*

Ses mains glissent sur les lacets de mon pantalon, qu'elle s'empresse de défaire. C'est tellement différent de notre première fois, quand elle était encore timide et incertaine. Mais toutes ces pensées s'évanouissent lorsque sa main s'empare de ma longueur.

– *Putain.*

Elle me caresse de haut en bas, frénétiquement et rapidement, comme si elle avait désespérément envie de moi.

– J'ai besoin que tu me fasses ressentir, dit-elle.

Je ne pense plus qu'à plonger en elle pour lui donner exactement ce dont elle a besoin.

Je la fais redescendre, ce qui remue l'or à nos pieds.

– Qu'est-ce que tu fais ? grogne-t-elle en signe de protestation.

Je saisis sa mâchoire, inclinant sa tête pour qu'elle me regarde. Sans dire un mot, je tends l'autre main et fais glisser ses bas le long de ses jambes. Sa chemise d'emprunt la couvre à peine.

Elle halète, mais lorsque je commence à caresser son intimité, le son se transforme en gémissement.

– S'il te plaît…

– Tu me supplies, bébé.

– Je sais ! s'écrie-t-elle, la tête penchée en arrière, alors que je passe mon pouce sur son clitoris.

Je me penche en avant et lui lèche le cou, ce qui la fait frissonner.

– J'aime ça.

Les mains posées sur ses fesses, je la soulève à nouveau et la sensation de sa touffeur nue contre mon sexe me fait grincer des dents de plaisir.

– Frotte-toi sur moi. Frotte cette chatte trempée sur ma queue.

Elle fait exactement ce que je lui dis, ses hanches se balancent sur moi et m'enduisent de son jus.

– C'est ça, je ronronne. Juste comme ça…

– Slade…

Sa voix cristalline semble s'adresser directement à ma bite, et je n'attends pas une seconde de plus pour me fondre en elle. Je bouge mes hanches et elle s'ajuste pour se positionner contre mon gland.

Je reste immobile en la regardant dans les yeux pendant qu'elle tremble sur moi.

– Dépêche-toi, me supplie-t-elle.

Je pousse mes hanches vers l'avant et m'enfonce en elle jusqu'à la garde.

Le corps d'Auren s'accroche à moi, à l'intérieur comme à l'extérieur. Ses doigts se crispent dans ma nuque, son vagin se resserre.

En lui tenant les fesses, je la soulève puis la ramène avec force, lui arrachant un cri de joie.

– C'est ce dont tu avais besoin, Auren ? je lui demande en la soulevant avant de la faire retomber une fois de plus.

Mes bras se contractent à chaque mouvement, mes piquants veulent me transpercer la peau.

– Plus fort.

Son cri essoufflé me bouleverse et je n'ai plus qu'une envie, c'est de lui obéir. Je me mets à l'empaler si fort sur ma queue que tout son corps se tend. Elle est entièrement à ma merci.

– Plus fort, gémit-elle au moment où sa tête bascule sur mon épaule.

Elle me mordille en me faisant bander de façon démesurée. J'y vais plus fort, plus vite, je donne tout ce que j'ai.

– Plus fort, répète-t-elle encore et encore.

Et *encore.*

Je penche la tête en arrière et j'observe la sueur qui inonde son visage, ses lèvres entrouvertes.

Mais je discerne quelque chose d'autre au fond de ses yeux sauvages. Quelque chose qui me fait marquer une pause.

– Non ! Continue, s'exclame-t-elle en me griffant le cou et en tirant sur mes cheveux. Vas-y plus fort. Si fort que ça fait mal. J'ai besoin d'avoir mal.

Mes hanches cessent de pousser, mes bras cessent de remuer. Je libère une main pour l'attraper par les cheveux et j'attire son visage vers le mien. Elle émet un sifflement qui se transforme en gémissement.

– Tu as besoin de ça ? je lui demande en plaquant mes hanches contre les siennes et en gardant mes doigts dans ses cheveux pour qu'elle me regarde dans les yeux. Tu as besoin d'être punie ?

Elle déglutit et son regard s'illumine.

– Oui...

Je m'enfonce en elle si lentement que ses yeux se révulsent.

– Eh bien, tu sais quoi ? je murmure en rapprochant suffisamment ses lèvres des miennes pour pouvoir aspirer son haleine. Tu ne mérites pas d'être punie, Auren.

Elle se raidit dans mes bras, les yeux exorbités.

– Je te vois, je lui dis en relâchant lentement ses cheveux et en glissant ma main entre nous pour caresser son clitoris. Tu as besoin d'une échappatoire ? Tu as besoin que je te fasse du bien ? Ça, je peux le faire, putain.

Je ponctue mes paroles en frottant mes doigts contre elle, ce qui la fait trembler et se mordre les lèvres.

– Écoute-moi, je lui ordonne, et ses yeux larmoyants s'accrochent aux miens. Tu ne mérites pas d'être punie pour *quoi que ce soit*. Au contraire, tu mérites une *récompense*.

Elle laisse échapper un sanglot silencieux, mais son regard parle pour elle.

– Je vais m'enfoncer si profondément en toi que tout ce que tu ressentiras, ce sera le plaisir de comprendre à quel point tu es sublime quand tu te consumes pour moi. Mais il n'y aura aucune punition.

Une larme dorée perle au coin de sa paupière et tombe sur ma poitrine, elle imprègne le tissu de ma chemise.

Avant qu'elle puisse protester, je nous assieds tous les deux par terre et je m'allonge sous elle. Dans cette position, c'est elle qui commande.

– Je vais te pincer le clitoris à t'en faire hurler et te prouver que tu es une déesse qui mérite de prendre son pied, je grogne. Maintenant, chevauche-moi.

Ses paumes se pressent contre mon torse et avec un regard furieux, elle commence à soulever son corps et à s'abattre sur moi avec force et rapidité. Son rythme est implacable, elle est très concentrée. Pendant ce temps, je me contente de titiller ses terminaisons nerveuses en la caressant lentement.

J'attends.

J'attends.

Une autre larme de frustration jaillit de sa paupière et elle me fixe, les joues rougies par la colère.

– Baise-moi, dit-elle.

– Je le ferai dès qu'il s'agira de plaisir et pas de punition.

Elle me frappe violemment sur le torse.

– J'ai besoin d'être punie ! rugit-elle, la poitrine gonflée, l'aura enflammée.

– Pourquoi.

Ce n'est pas une question, c'est une demande.

Elle se rembrunit.

– Parce que je… je…

Je me redresse tellement vite qu'elle en a le souffle coupé.

– Je vais te dire ce que tu as fait. Tu t'es enfin libérée et tu as *vaincu.*

Elle me regarde comme si j'étais sa bouée de sauvetage. Comme si j'étais son unique espoir de ne pas être mise en lambeaux. Mais je la secouerai toujours. Je lui rappellerai toujours qui elle est.

Parce que je vois clair en elle. Depuis le début.

J'enroule une main autour de sa gorge pendant que l'autre continue de caresser son sexe humide. Je resserre ma prise afin d'entraver légèrement sa respiration pour lui procurer plus de plaisir. Sa poitrine se soulève plus rapidement, ses pupilles se dilatent.

– La seule chose pour laquelle je pourrais te punir, c'est la façon dont tu as essayé de m'abandonner.

Son pouls cogne dans ses veines et elle émet un petit bruit tremblotant. Je resserre ma prise en lui donnant un coup de bassin, ce qui la fait frissonner et gémir.

– Tu n'abandonneras plus jamais comme ça, n'est-ce pas, bébé ? Tu ne te laisseras plus submerger par ton pouvoir. (Je pousse à nouveau, ses hanches se soulèvent et elle halète en prononçant mon nom.) Tu te souviendras de qui tu es et de la puissance que tu as, et–tu–ne–céderas–plus–jamais.

Chaque mot est un nouvel assaut, chaque lettre une caresse plus rapide sur son clitoris.

– Dis-le ! j'exige en grognant contre son oreille.

Je veux la consumer. Graver mes paroles dans son esprit et m'enfoncer en elle si profondément qu'elle me sentira pour toujours.

– Je ne céderai plus jamais ! s'écrie-t-elle. Slade, *s'il te plaît.*

C'est si bon de l'entendre le dire.

Mes doigts s'enhardissent et j'accélère le rythme. Mes hanches frappent encore et encore, elles lui font pousser un cri qui résonne dans toute la grotte.

– Lâche-toi, bébé. Prends ton plaisir sur ma queue et *inonde-moi* avec.

Son orgasme semble imploser.

Je la sens se contracter sur mon sexe érigé et mes poussées se font saccadées. Elle crie mon nom en tremblant de tous ses membres, m'entraînant au bord du gouffre.

Je me répands en elle en jouissant si fort que je suis surpris de ne pas m'évanouir. Mais je ne retire pas ma main avant d'avoir arraché une dernière vague de plaisir à son corps exultant. Pas avant qu'elle ne s'effondre contre mon torse, encore toute secouée des effets de l'orgasme.

C'est seulement à ce moment-là que je déplace ma main et commence à lui caresser le bras. Lentement, doucement, du bout des doigts. Nous restons assis là pendant de longues minutes, et je ne la presse pas. Je ne la bouge pas. Ma queue ne s'en plaint pas, et moi non plus. J'aimerais que nous puissions rester dans cette grotte, j'aimerais pouvoir la garder en sécurité sur mes genoux. Mais la réalité s'impose à moi.

Son corps chaud et souple se raidit, je sens qu'elle se met à tergiverser. Elle lève la tête de mon épaule pour balayer du regard l'obscurité de la caverne presque entièrement recouverte d'or.

– Slade… gémit-elle, mais cette fois, ce n'est pas un cri de plaisir.

C'est un cri de peur.

– Tout va bien, Auren, je la rassure, mais elle est déjà en train de s'éloigner de moi et de ramasser ses collants au sol.

Je remonte mon pantalon à la hâte, je noue les lacets tout en la regardant tourner en rond en découvrant la grotte. Elle n'arrête pas de secouer la tête, le regard fou, les doigts plongés dans ses cheveux. Je ne sais pas si sa réaction est due au choc de se retrouver dans cet endroit inconnu, mais la douleur dans ses yeux alors que la réalité s'effondre autour d'elle me donne envie de rugir, de la *protéger*.

Elle trébuche, les yeux écarquillés, et pose une main sur sa gorge, juste au-dessus de sa fine cicatrice. Elle fixe l'or sur le sol, comme s'il s'agissait du mal absolu. Et lorsque le métal chatoyant se met à bouger, à se rapprocher d'elle, elle recule en poussant un cri.

– *Non, non, non, non, non !*

– Auren.

Elle est paniquée, sa tête tremble sans arrêt. Pour la première fois depuis son réveil, l'inquiétude me gagne. Quand elle m'a attaqué tout à l'heure, j'étais persuadé qu'elle allait finir par sortir de cet état et revenir vers moi. J'avais confiance en sa capacité à contrôler sa magie.

Mais maintenant…

Sa respiration s'accélère, comme si elle avait beau inspirer, elle n'arrivait pas à inhaler assez d'air.

– Auren, regarde-moi.

Elle tourne sur elle-même, l'air complètement perdue.

– Je ne sais pas… Où suis-je ? Je ne peux pas laisser avancer l'or. J'ai besoin qu'il soit loin de moi ! Il faut que ça s'arrête !

J'avance à grands pas pour la rejoindre, mais le bruit de mes bottes qui éclaboussent l'or fondu la fait sursauter.

– Tout va bien, je lui répète, mais elle ne m'entend pas.

– Qu'est-ce que j'ai fait, Slade ?

Son bras frôle la paroi de la grotte, les taches dorées qui s'y trouvent se collent à sa manche comme du sirop. Elle s'en détache et se recroqueville contre la roche en tremblant de tout son corps.

– Oh Seigneur, souffle-t-elle, une main sur la bouche en signe d'horreur. Qu'est-ce que j'ai fait ?

Sa question n'est plus qu'un murmure chevrotant. Je me glisse devant elle et je l'attrape par les bras.

– Regarde-moi.

Elle tente de se dégager, mais je la tiens fermement.

– Auren, *regarde-moi*.

Elle me dévisage, ses pupilles s'élargissent de peur, son pouls s'accélère.

– Qu'est-ce que j'ai fait…

– Respire avec moi.

J'inspire profondément, puis je pince légèrement les lèvres pour expirer. Je recommence jusqu'à ce qu'elle se mette à m'imiter. Au début, ses respirations sont trop rapides, ses yeux trop fous, mais progressivement, elle se calme assez pour ne plus hyperventiler.

Au fur et à mesure que sa panique s'estompe, son or s'immobilise. Je me rends compte qu'elle se libère de son emprise parce qu'il ne semble plus vivant. Ce n'est plus qu'un liquide qui sèche sur le sol.

– C'est bien, je l'encourage en lui caressant les bras. Tu t'en sors très bien. Continue à respirer.

Elle laisse échapper un soupir douloureux et lève ses yeux larmoyants vers les miens, comme si elle me voyait pour la première fois.

– Slade.

– Je suis là, bébé.

J'ai le cœur serré. Je suis profondément heureux qu'elle soit réveillée, qu'elle soit elle-même, mais je ne veux pas qu'elle ait peur, qu'elle soit désespérée.

Son regard se porte sur les traces d'or qui maculent les parois de la grotte, sur les flaques qui se solidifient.

– Grand Divin.

Je les regarde – ses souvenirs – alors qu'ils semblent se mettre en place les uns après les autres. Une foule d'expressions traversent son visage, mais la seule chose que je puisse faire, c'est de me préparer en attendant l'assaut. Des reproches. De la haine. De la culpabilité.

Je pense que c'est ça qui me blessera le plus profondément. Pas qu'elle m'en veuille ni même qu'elle me déteste pour l'avoir putréfiée, car je le mérite.

Mais la culpabilité ? Qu'elle se sente coupable d'avoir tué Midas, c'est *ça* qui va me tuer.

Je ne sais pas combien de secondes s'écoulent pendant qu'elle se remémore ce qui s'est passé, mais finalement, ses yeux plongent à nouveau dans les miens et mon cœur manque se briser lorsque les larmes s'y accumulent.

– Comment ? murmure-t-elle. J'ai senti mon pouvoir me quitter quand le soleil s'est couché. Cela n'aurait pas dû être possible, mais je… (Elle s'étrangle.) Quelque chose s'est ouvert en moi.

– Et c'était absolument fabuleux.

Elle tressaille.

– Comment peux-tu dire ça ? demande-t-elle d'une voix fêlée. Je suis devenue un *monstre.*

Mais je secoue la tête et caresse ses joues humides avec mes pouces.

– Non, ma chérie. Pas un monstre. Une *fae.*

Chapitre 14

Auren

U*ne fae.*

Dès qu'il prononce ce mot, je comprends que c'est vrai. Je sais qu'il s'agit de cette bête à l'intérieur de ma poitrine, celle qui, même maintenant, est à l'affût avec ses serres qui agrippent les barreaux de mes côtes.

Je détaille l'étrange caverne remplie d'ombres, et cette emprise se resserre. Partout, l'or y est éparpillé en taches désordonnées, la majeure partie est figée dans des flaques au sol. Quand je les regarde, la seule chose qui me vient à l'esprit, c'est la façon dont la fae en moi a pris le dessus. Comment elle m'a volé les rênes en me les arrachant des mains.

Et avec ça…

Grand Divin, *les bruits.*

Dans la grotte, chaque éclat d'or correspond à un éclat qui se répandait à l'intérieur du château. Dans chaque reflet qui m'est renvoyé, je me retrouve face à cette version sauvage de moi-même qui déchiquette des gens et tue sans pitié.

Il y avait tellement de bruits d'éclaboussures et de fracas, mais ce qui résonne plus encore à mes oreilles, ce sont les cris.

Il n'y a eu qu'une seule autre fois où mon or a agi de la sorte. Une seule, et je m'étais juré que cela n'arriverait plus jamais.

Mais c'est arrivé.

Lorsque je recule d'un pas, mon talon trempe dans le liquide gluant et je m'en éloigne en tressaillant. Il essaie de remonter le long de ma jambe, de reprendre vie et de réagir à mes émotions et à mes mouvements, mais je le repousse d'un coup de pied. Les poings serrés, j'érige des barrières mentales pour couper l'or. Enfermer la bête fae. Pour que ces choses ne puissent plus m'envahir.

Je ne les laisserai pas faire.

Je suis parcourue d'un frisson et je me sens soudain incroyablement lourde, comme si les murs que je venais d'ériger à l'intérieur de ma poitrine me pesaient, broyaient mes os et cimentaient mes pieds.

–Auren ?

En me retournant, je le dévisage avec tout ce poids encombrant qui pèse sur mon regard.

–Où sont mes gants ? J'ai besoin de me couvrir les mains.

Il hésite, puis enlève les siens et s'approche à grands pas pour me les tendre. Je ne peux m'empêcher de grimacer quand je remarque à quel point ils sont tachés et quand j'entends le claquement de ses bottes sur les flaques qui durcissent.

–Merci, je murmure.

Je n'arrive pas à le regarder. Je suis trop gênée par la façon dont je lui ai sauté dessus, par la façon dont j'ai admis que je voulais être punie pour ce que j'ai fait. Je me suis servie de lui pour ne pas avoir à réfléchir, pour ressentir la douleur que j'ai fait subir aux autres.

–Auren, dit-il fermement, et malgré la lourdeur de mes paupières, je lève les yeux vers lui. Ce que nous venons de faire n'a rien de honteux. Tu n'as pas à te sentir gênée.

Je me moque et secoue la tête en enfilant ses gants, me sentant un peu mieux d'avoir les mains couvertes.

– C'est vrai, poursuit-il en capturant mon regard, tu es une fae, tout comme moi, ce qui signifie que nous allons avoir des pulsions sauvages et délirantes. Comme se battre, ou baiser. Ces deux-là vont de pair.

Ses mots crus me font rougir, puis je deviens brûlante lorsqu'il glisse prudemment une main sur ma nuque. Ses cheveux sont tout ébouriffés par mes doigts qui les ont tirés, certaines mèches sont tachées par l'or qui a aussi coulé sur ses joues et brille sur ses lèvres. Quelque chose en moi a envie de ronronner en voyant toutes les marques que je lui ai faites.

– C'est tout à fait naturel, ajoute-t-il d'une voix chaude et extrêmement sexy. Et pour ma part, j'adore voir ta nature fae s'exprimer davantage.

Je laisse échapper un sourire tremblotant.

– Je ne dois pas être si fae que ça, vu ce que j'ai, je rétorque en désignant le bout arrondi de mes oreilles.

– J'ai les mêmes, me fait remarquer Slade, et comme pour le prouver, il se transforme.

Ses piquants se rétractent sous sa peau, emportant avec eux les brins de son aura et l'éclat des écailles sur sa joue. Lorsque ses yeux redeviennent verts et que ses oreilles ne sont plus pointues, il se met à les tapoter.

– Bien que les miennes soient arrondies sous cette forme parce que je ne suis qu'à moitié fae, révèle-t-il.

– Vraiment ? je m'étonne. Peut-être que je ne suis qu'à moitié fae, moi aussi. Je ne me souviens pas assez bien de mes parents pour le savoir.

– C'est possible.

Je suis soulagée que nous ayons changé de sujet, mais maintenant que la réalité reprend ses droits, il y en a une centaine d'autres qui surgissent dans mon esprit. Des sujets auxquels je ne veux pas encore penser. Je serre mes bras autour de ma poitrine, je me sens soudain incroyablement fatiguée.

Dès qu'il remarque que je frissonne, Slade me prend par la main.

– Retournons à la Grotte où tu pourras te reposer.

Je n'ai même pas l'énergie suffisante pour lui demander ce qu'est la Grotte. Je le laisse simplement me couvrir de couvertures tachées d'or dans lesquelles il insiste pour m'envelopper. Une fois sûr que je suis bien emmitouflée, il me porte hors de la caverne et une tempête de neige s'abat sur nous.

Mon esprit s'enfonce un peu dans le froid, je me ratatine devant ce ciel morne et glacial. Sans l'abri de la grotte, le vent hurlant dont j'avais sous-estimé la violence nous fouette si fort que je suis étonnée que Slade ne soit pas renversé.

La nuit semble être tombée, et elle est parsemée de flocons de neige qui tourbillonnent autour de nous. Ce n'est pas une chute de neige douce et silencieuse, loin de là. Heureusement, il m'a tellement couverte que seule une partie de mon visage est exposée à l'air libre. Mais je me sens tout de même gelée dès la première minute passée dehors.

Pourtant, malgré ces conditions loin d'être idéales, je me laisse sombrer dans un demi-sommeil. Je me blottis dans les bras de Slade, bercée par sa démarche régulière. Un soupir franchit mes lèvres lorsque je ferme les yeux, et je fais le vide dans mes souvenirs.

Parce que je ne veux pas y penser. Je ne veux pas les affronter.

Pas encore.

Pour l'instant, je veux juste sentir ses bras autour de moi et ignorer tout le reste.

J'ai dû m'assoupir plus que je n'en avais l'intention, car je suis réveillée par un bourdonnement de voix familières. Je comprends instantanément que je ne suis plus dehors dans le froid, parce qu'une douce chaleur m'enveloppe et le bruit du vent a disparu.

–… Laisse-la dormir. Il est tard.

C'est la voix de Slade. Je prends conscience que même si nous sommes maintenant à l'intérieur et qu'il ne me porte plus dans le blizzard, il me tient toujours. C'est comme s'il ne voulait pas me laisser partir.

Mon cœur se brise un peu à ce moment-là.

J'entends quelqu'un qui se moque.

–Je me fiche qu'il soit tard, elle a besoin de manger. Elle dort depuis quatre jours. Ça suffit. Boucles d'Or, ça suffit. Réveille-toi !

J'entrouvre les paupières lorsque je reconnais la voix de Lu, mes yeux papillonnent vers un plafond en bois lisse avant que mon regard ne se reporte sur le visage de Slade. Il soupire en voyant que je suis réveillée.

–Ça a fonctionné ? demande Lu, une seconde avant que son visage n'apparaisse au-dessus de moi.

–Bien sûr que ça a fonctionné, ce n'est pas comme si tu étais restée silencieuse, répond-il.

Elle sourit quand je lève les yeux vers elle.

–C'est ça. Arrête de jouer les paresseuses.

Slade fait un bruit d'avertissement, mais je sens mes lèvres esquisser un sourire.

–Je suis dans cette baraque avec cinq types, et ils me rendent folle, me dit-elle. J'ai besoin de quelqu'un qui m'aide à les supporter.

–C'est avec moi que Dorette devrait compatir, s'écrie Judd à l'autre bout de la pièce. Tu as été méchante.

Lu se retourne.

–Te battre aux cartes à plate couture chaque soir ne fait pas de moi une méchante. Ça me rend supérieure.

–Oui, mais voler du vin *fait* de toi une méchante.

Elle renifle.

–Je ne sais pas de quoi tu parles.

Avec l'aide de Slade, je me redresse, mais il me garde assise sur ses genoux dans un énorme fauteuil.

Je jette un coup d'œil curieux autour de moi, pour découvrir cet espace qui ne m'est pas familier. Il fait sombre, à l'exception d'une cheminée en briques dont l'âtre surélevé projette la lueur d'un feu de bois. Le reste des murs est constitué de panneaux de bois, aux teintes riches et lustrées. Outre le siège vert sapin sur lequel nous sommes assis, il y a un canapé assorti à notre droite et un autre fauteuil en face de nous. Au centre de la pièce se trouve une table en bois sous laquelle est posé un épais tapis de fourrure blanche.

Il y a aussi des manteaux suspendus à des crochets près de la cheminée et cinq paires de bottes alignées à côté. Une odeur savoureuse s'échappe de la porte ouverte qui mène à la cuisine et, en tournant la tête, j'aperçois ce qui ressemble à la porte d'entrée. Cet endroit est chaleureux et je me détends automatiquement en constatant qu'il n'y a que Judd et Lu dans la pièce avec Slade et moi.

Lorsque je tourne la tête vers Lu, mon regard s'arrête sur l'unique fenêtre en face de moi. En fronçant les sourcils, je penche la tête et jette un coup d'œil à l'extérieur. Au début, je pense que le halo bleu doit provenir des étoiles, bien que je ne les aie jamais vues dans cet état. Mais plus je l'étudie, plus je me rends compte que ce n'est pas ça. Je distingue des ombres proches, comme s'il y avait une maison avec un éclairage étrange à côté, mais ça ne correspond pas non plus à ce que je vois.

– Où sommes-nous ?

Ma voix est légèrement fêlée. Slade garde une main sur ma hanche, il caresse lentement l'étoffe de mes vêtements avec son pouce tandis que mon flanc repose contre son torse.

– Bienvenue dans la Grotte ! s'exclame Judd en écartant les bras.

Lu s'installe sur le canapé à côté de lui et replie ses pieds sous elle, même si je ne sais pas comment elle arrive à faire ça vu qu'elle porte de gigantesques pantoufles.

– C'est quoi la Grotte ?

Lu et Judd interrogent Slade du regard, comme s'ils ne savaient pas quoi répondre. Je pensais que ce serait une question facile, mais vu l'hésitation qui s'est installée dans la pièce, je crois bien m'être trompée. Un soupçon d'angoisse recommence à me tordre le ventre, et c'est la dernière chose que je souhaite. Je tourne la tête vers Slade.

J'ai enfin l'occasion de bien le regarder, et le spectacle qu'il offre ne fait qu'augmenter mon inquiétude. Il a des cernes sous les yeux et sa barbe de trois jours s'est transformée en un début de barbe épaisse. Il y a une tension sur son front qu'il ne parvient pas à me cacher, et il porte toujours ses vêtements froissés et tachés d'or.

Ses yeux se font tendres quand il les pose sur moi.

– La Grotte est notre maison dans le village de Drollard.

– D'accord… et où se trouve le village de Drollard ? Sommes-nous toujours dans le Cinquième Royaume ?

Judd sourit et rejette ses bras en arrière en étirant ses jambes devant lui.

– C'est une question intéressante, tu vois, parce que *c'était* dans le Cinquième Royaume, mais maintenant ça ne l'est plus. Et techniquement, le village de Drollard n'existe pas. Les gens qui y vivent non plus.

Mon esprit s'embrouille.

– Euh… Quoi ?

Slade lui lance un regard impatient avant de reporter son attention sur moi.

– Nous t'expliquerons tout cela plus tard. Comment te sens-tu ?

Ce n'est pas de ça dont j'ai envie de parler. Pas du tout.

Ignorant sa question, je repousse les couvertures qui m'enveloppent encore. Maintenant que je suis réveillée, il fait une chaleur étouffante sous toutes ces couches. Comme Slade a légèrement relâché son étreinte, j'en profite pour me lever. Mes pieds nus s'enfoncent dans le doux tapis en fourrure et je traverse la pièce pour rejoindre la fenêtre. Je regarde dehors en plissant les yeux devant le tourbillon de lumière bleue.

– Qu'est-ce que c'est que ça ? C'est presque comme si on était…

– Dans une maison construite à l'intérieur d'une grotte ? Oui, c'est bien le cas, me confirme Lu.

– Et ça brille, ajoute Judd.

Je hausse les sourcils, stupéfaite.

– Waouh ! C'est joli.

– Auren ?

Slade prononce mon nom avec une certaine timidité, mais ça me crispe. Au lieu de lui répondre, je me tourne vers Judd. C'est une valeur sûre.

– À quel genre de jeu de cartes avez-vous joué ?

Je comprends qu'il voit clair dans *mon* jeu, surtout quand son regard se dirige vers Slade une fraction de seconde avant de me répondre. Pourtant, il ne laisse rien paraître.

– Oh, tu ne veux pas savoir, Dorette. Lu triche.

– Je ne triche pas ! proteste-t-elle, indignée. Ce n'est pas ma faute si tu ne tiens pas l'alcool et que tu fais des paris débiles.

Il roule des yeux.

– Tu vois ? Elle est méchante.

Un petit rire m'échappe, mais il est vite effacé quand j'entends « Auren ».

Je plaque un sourire sur mon visage et me tourne à nouveau vers Slade, mais mon ventre se serre lorsqu'il se lève lentement.

– Oui ?

– Je t'ai demandé comment tu te sentais, dit-il prudemment.

Ses yeux ont la couleur des prairies en été.

Je sens que Judd et Lu m'observent, et mon visage se met à me brûler.

– Je vais bien.

Les secondes défilent. Le pendule du temps oscille entre Slade et moi tandis que nous nous dévisageons.

Il veut parler. Je perçois parfaitement les paroles angoissées qu'il réprime. Je peux voir les émotions qu'il est prêt à affronter. Mais lorsque j'ai repris conscience dans cette autre grotte, ces mêmes émotions étaient bien trop dévorantes. Les souvenirs trop douloureux. Je n'ai pas seulement érigé des murs contre mon or ou ma nature de fae. J'ai barricadé tout le reste.

– Je ne suis pas prête.

Mes lèvres se protègent contre cette vérité, elles se ferment dès que je l'ai prononcée, sur la défensive. Je ne suis pas prête.

Je ne peux pas me replonger là-dedans. Parce que si je le fais, je vais devoir réfléchir, traiter et ressentir. Et je ne veux pas ressentir, pas encore. L'horloge peut décompter les minutes autant qu'elle veut, je ne céderai pas pour autant.

Il est évident que Slade ne veut pas céder non plus, mais je suis sauvée de ce qu'il allait me dire quand une nouvelle personne entre dans la pièce. Un homme qui ressemble à Slade à s'y méprendre.

Le Faux Rip.

Chapitre 15

Auren

C'est seulement la deuxième fois que je le vois sans l'armure ni le casque qu'il portait en permanence quand il se faisait passer pour Rip. C'est un peu choquant. Il ressemble tellement à Slade que je ne peux m'empêcher de le fixer en essayant de repérer d'infimes différences.

Il entre en portant une caisse en bois qui semble déborder de sacs, de bouteilles et de légumes-racines. Il s'arrête juste à l'entrée de la pièce, avant de poser les yeux sur moi.

– Ça fait plaisir de te voir sans cette flaque sous toi.

Je cligne des yeux.

Est-ce qu'il vient de dire que je m'étais fait pipi dessus ?

Je tourne la tête pour voir si Judd est en train de sourire. Il aurait éclaté de rire si c'était le cas. Mais il garde un visage neutre. J'espère que c'est bon signe.

– Pardon ?

– Ton or, explique-t-il lentement. Quand tu as commencé à revenir à toi, il jaillissait dans tous les sens.

Oh.

Une gêne s'installe, car je dois passer de l'éventualité de m'être pissé dessus à la constatation qu'il parle très ouvertement de mon pouvoir magique. Le fait qu'il ait mentionné avec autant de désinvolture le spectacle de l'or qui s'écoulait de moi est franchement déconcertant et je n'arrive pas à me faire à cette nouvelle version de la normalité. C'est devenu pour moi une seconde nature de dissimuler mon pouvoir, de cacher mon toucher d'or, alors cela me paraît presque… mal venu.

– Désolée, je réponds un peu gênée, et je me mets à me tortiller sur place. Euh… puisqu'on en parle, où sont les toilettes ?

Il fronce les sourcils.

– On parlait de ça ?

Je sens la chaleur envahir mes joues.

– Oh. Non. Non, on n'en parlait pas ! je bafouille en cherchant Lu du regard dans l'espoir qu'elle ait pitié de moi. Les toilettes ?

– Suis-moi, Dorette, me dit-elle en se levant pour me conduire hors de la pièce.

Ses pantoufles sont vraiment très grandes et très fourrées. Je suis surprise que son pas soit toujours aussi léger.

Elle me guide jusqu'à une porte au bout du couloir.

– C'est ma chambre, la salle de bains est juste là. Prends aussi des vêtements propres dans ma penderie, j'en ai mis une pile de côté pour toi.

Je la remercie chaleureusement et me dépêche d'y entrer pour faire mes besoins et me laver du mieux que je peux. Puis j'enlève mes vêtements abîmés et maculés d'or, comme s'ils avaient séché avec de la peinture étalée dessus. Mais dès que je retire ma chemise en la passant par-dessus mes épaules, je me tétanise. Une douleur aiguë me transperce la colonne vertébrale.

Je m'arrête.

Je reprends ma respiration.

J'érige mes barrières mentales, si vite que ça me fait tourner la tête.

Je ne vais pas m'aventurer sur ce terrain-là. *Hors de question.*

Avec une détermination d'acier, je ramasse avec précaution une chemise trop grande que j'enfile, puis une nouvelle paire de collants épais. Et en respirant profondément, je consolide mes murailles.

Dans un souffle, je me force à desserrer les dents, à relâcher mes bras le long de mon corps. Une fois que j'ai repris le contrôle, je quitte la chambre pour rejoindre le salon principal. Aussitôt, les murmures se taisent, tous se tournent vers moi.

– Ça va mieux ? me demande Lu, assise sur le canapé à côté de Judd.

– Beaucoup mieux, je réponds en restant dans l'embrasure de la porte.

Tous les autres se sont murés dans le silence, et je remarque la façon dont ils jettent des regards interrogateurs à Slade.

– D'accord… lance alors son frère en se balançant d'un pied sur l'autre. Bon. Comme je le disais, je suis allé me ravitailler à la cave parce que je sais qu'aucun d'entre vous n'a dîné. Mais ce n'est pas mon tour de cuisiner, donc il va falloir que l'un de vous s'en occupe.

Judd se lève du canapé pour prendre la relève, mais je me précipite en le devançant :

– Je m'en charge !

Tout le monde me dévisage, mais je fais semblant de ne pas m'en apercevoir en me dirigeant vers la porte.

– Je ne parlais pas de toi, me dit le Faux Rip.

– J'ai faim et je veux mettre la main à la pâte, je lui lance par-dessus mon épaule.

– Auren… commence Slade, mais je ne l'écoute pas.

Dès que j'entre dans la cuisine, j'entends des chuchotements derrière moi, mais je les ignore et me mets à observer les lieux. C'est aussi accueillant que le salon, sauf qu'au lieu d'être lambrissés, les trois premiers murs sont blancs et lisses et le quatrième est en briques comme la cheminée. C'est devant ce mur de briques que trône un poêle en fonte, dont la grille rougeoie légèrement à cause des braises et de la plaque de cuisson qui se trouve juste au-dessus. Sur la droite, il y a une table ronde et noire entourée de bancs arrondis et sur le reste des murs, des étagères sont suspendues, remplies d'ustensiles de cuisine, avec des comptoirs en bois juste en dessous.

J'entends des bruits de pas et je me retourne pour découvrir le frère de Slade. Il se dirige vers une petite porte située derrière la table, que je suppose être le garde-manger, où il dépose sa caisse. Je l'entends farfouiller avant qu'il ne réapparaisse l'instant d'après.

Nous nous faisons face maladroitement, puis il prend la parole :

– Je crois que je n'ai jamais eu l'occasion de me présenter correctement. Je m'appelle Ryatt. Ravi de faire officiellement ta connaissance.

Il se gratte l'arrière de la tête. Il a les mêmes cheveux noirs que Slade.

– Vous vous ressemblez vraiment beaucoup tous les deux.

– Ouais, j'ai déjà entendu ça une fois ou deux.

J'ai l'impression qu'il y a une pointe d'amertume dans sa réponse, mais je ne le connais pas assez pour en être certaine.

– Je vais m'atteler à la préparation du dîner, je lui dis avant de me diriger vers le garde-manger.

Il est plus grand que je ne le pensais, avec des placards et des étagères. Il y a toutes sortes d'ingrédients entassés dans des bouteilles et des sacs, et ce qui semble être des lanières de viande séchée suspendues à une grille de séchage.

Je fais le tour de la pièce, en essayant de trouver une idée. Mais je me rappelle soudain que je ne sais absolument pas cuisiner.

– Bon sang, je marmonne.

J'étais tellement pressée d'échapper à la conversation que je n'ai même pas pensé à la suite. Mais est-ce vraiment si difficile que ça ?

En déchiffrant les étiquettes de récipients divers et variés, je parviens à dégotter du riz et des pois secs, ainsi que des œufs. C'est un bon repas, ça, pas vrai ?

J'attrape les ingrédients et je sors, mais quand je remarque une bouteille de vin sur le meuble juste devant la porte, je ne résiste pas à l'envie de la prendre.

Je vais en avoir besoin.

Une fois revenue dans la cuisine, je m'aperçois que Ryatt n'est plus là et je pousse un soupir de soulagement. Je vais enfin pouvoir être seule un moment. Un moment pendant lequel je n'ai pas à faire semblant, je n'ai pas à parler.

En posant le tout sur le plan de travail, je détaille les pots d'épices sur les étagères au-dessus, mais ils ne sont pas étiquetés et je n'en reconnais aucun.

– Tu veux de l'aide ?

La voix de Judd me fait sursauter. Je plaque un sourire sur mon visage avant de lui faire face.

– Non merci. Je gère.

Il me fixe de ses yeux noisette pendant un bon moment, puis il hoche la tête et repart. D'autres chuchotements éclatent dans le salon, et je peux entendre le grondement de Slade juste avant que la voix plus douce de Lu ne lui réponde :

– Laisse-lui un peu de temps.

Oui. Du temps. C'est exactement ce dont j'ai besoin. Plus je peux avoir de temps, mieux c'est.

Je passe l'heure suivante à courir dans tous les sens pour essayer de concocter quelque chose de comestible.

Ce n'est pas un franc succès.

Le bon côté des choses, c'est que le vin est fantastique. Non seulement il a bon goût mais il apaise mon anxiété. Et comme je ne suis qu'arêtes et pointes acérées et qu'il suffirait d'une pensée parasite pour que je me cogne contre l'une d'elles et que j'explose, j'ai bien besoin d'un petit remontant.

Lorsqu'enfin je dépose les assiettes sur la table, la cuisine est remplie de vapeur et de fumée, et je suis légèrement ivre.

C'est charmant.

– Le dîner est prêt ! je crie.

Tout le monde entre. Vite. On dirait qu'ils ont passé tout ce temps à attendre derrière la porte.

Slade tire galamment un des bancs pour deux et m'invite à m'asseoir. Je lui souris en retour, et il s'installe à côté de moi. Nos cuisses se frôlent. Cela peut paraître stupide d'en être émoustillée, étant donné que nous avons fait des choses bien plus intimes que de nous toucher les cuisses, mais mon ventre se met quand même à papillonner.

– Alors, demande Judd en se frottant les mains, qu'y a-t-il au menu ?

Je soulève le couvercle du plat principal en souriant.

– Du riz !

Les quatre paires d'yeux se mettent à fixer le contenu du plat. Après un long moment de silence, Lu se lance :

– Pourquoi est-il vert ?

– Oh, ce sont les pois. Ils ont fondu.

Je mélange le riz en le remuant avec une grosse cuillère. Il est plus collant que du miel. Je commence à remplir les assiettes, mais quand j'essaie de donner une troisième cuillerée à Ryatt, il lève la main pour stopper mon geste :

– Ça me suffit.

Je sors ensuite une demi-douzaine d'œufs, mais ça sent bizarre. Judd fronce le nez.

– Quel genre d'épices as-tu mis là-dedans ?

– Je n'en ai aucune idée, je lui réponds honnêtement avant d'en déposer un dans son assiette.

Après avoir servi tout le monde, moi y compris, je lève ma fourchette mais je remarque très vite que je suis la seule. Dès qu'il s'aperçoit que j'attends que les autres fassent de même, Slade se racle la gorge et ils prennent tous leur fourchette. Slade est le premier à prendre un peu de riz. En souriant toujours, je suis son exemple.

Des regrets. Instantanés, immédiats, fermes *– non, gluants –* des regrets gluants.

– Oh bon sang, je grommelle avec une énorme bouchée de pâte collante dans la bouche, parce que c'est mauvais.

Vraiment mauvais. Ça ne ressemble même pas à du riz. Plutôt à du porridge trop cuit. Les épices entrent en concurrence les unes contre les autres, et allez savoir pourquoi, il y a des parties absolument bouillantes et d'autres qui sont très froides, avec de petits grains durs qui semblent ne pas avoir cuit du tout.

Je ne sais pas comment je parviens à avaler cette bouchée. Honnêtement, la couleur verte était le moindre de nos soucis.

L'embarras empourpre mes joues tandis que les autres font des grimaces.

– C'est mauvais, je soupire.

– C'est *vraiment*…

Ryatt s'arrête en plein milieu de sa phrase et adresse à Slade une grimace de l'autre côté de la table.

– Bon, termine-t-il en me regardant. C'est vraiment bon.

– Vraiment ?

Judd et Lu hochent la tête à l'unisson, mais je remarque qu'ils mâchent et remâchent encore.

À côté de moi, Slade déglutit. C'est bien la preuve que cette tambouille est vraiment collante parce que je peux entendre sa gorge qui lutte pour parvenir à la faire descendre.

– Essaie les œufs ? je lui propose.

– Mm-hmm, répond-il, et tout le monde le regarde prendre une cuillerée géante et la fourrer dans sa bouche.

Leurs yeux s'écarquillent comme s'il était en train d'accomplir un exploit incroyable. Je soupire en reposant ma fourchette.

– C'est bon, vous pouvez tous arrêter de faire semblant.

– Putain, merci ! s'écrie Judd en recrachant sa bouchée dans sa serviette en tissu. Ma langue est complètement barbouillée.

Lu ricane.

– J'ai déjà entendu des femmes te faire cette même critique.

Judd lui balance sa serviette à la figure, mais elle parvient à la rattraper avec sa fourchette avant qu'elle ne lui retombe dessus. Je me racle la gorge.

– Je ferais sans doute mieux d'avouer que je ne sais pas vraiment cuisiner…

– Ah bon ? rétorque Ryatt.

–Qui veut du vin ? je demande pour changer de sujet.

Tout le monde répond en même temps et je me lève pour aller chercher la bouteille sur le comptoir de la cuisine quand, soudain, je sens mon dos se tordre de douleur.

Je me tétanise.

Mon souffle se raréfie.

Et l'agonie, incandescente, brûlante, se déverse sur mes pensées et s'écoule le long de ma colonne vertébrale.

Cela me fait beaucoup plus mal qu'à toi.

C'est toi la responsable.

Tu t'es fait ça à toi-même.

Je ne peux pas. Je ne peux pas. Je ne peux pas.

Déesses, je vous en supplie…

Mes paupières se ferment, je m'efforce de respirer malgré la douleur. Je n'y penserai pas. Je ne le ferai pas. Je dresse un autre mur, très haut, pour bloquer toute la souffrance qui m'entaille le dos.

–Auren ?

Slade me dévisage. Je rouvre les yeux en prenant conscience que je me suis arrêtée en plein milieu de mon geste, une jambe par-dessus le banc. Alors, je plaque à nouveau cet horrible sourire sur mon visage :

–Je me suis juste cogné l'orteil, je mens avant de faire passer mon autre jambe –avec précaution cette fois-ci– et de me diriger vers le comptoir.

Je souffle en tremblant, le dos tourné vers la table afin que personne ne puisse voir mon visage. La douleur me tiraille comme si elle essayait d'atteindre les profondeurs de mon être, mais c'est bien la dernière chose que j'ai envie de sentir.

J'expire violemment une fois de plus et me retourne, la bouteille à la main. Lu a déjà apporté les verres, elle dépose les deux derniers devant elle et Judd quand je commence à verser le vin. Il n'y en a pas assez pour tout le monde, d'autant que je me suis bien servie tout à l'heure, mais c'est déjà ça.

Pourtant, même avec la distraction du repas, la bonne humeur que je tente d'afficher menace d'imploser. Je suis sur le fil du rasoir, j'essaie de ne pas tomber, de ne pas me couper, mais je sais pertinemment que je ne peux pas rester debout indéfiniment – peu importe la raideur avec laquelle je me rassieds à table.

À mes côtés, Slade aussi est tendu et les autres me surveillent, bien qu'ils fassent tout pour ne pas le montrer. J'attrape mon verre, je le serre fort en fixant le liquide rouge foncé.

– Auren.

– Pas ce soir, je réponds en avalant une gorgée de vin sans le regarder.

Je ne suis pas prête. J'ai besoin de plus de temps. Pas ce soir.

Je garde ces mots contre mon cœur, comme le ferait un mendiant avec ses pièces de monnaie. Je m'y raccroche parce que je sais qu'ils vont m'offrir un léger sursis pendant un petit moment, jusqu'à ce que j'aie à nouveau les mains vides.

– Ce soir, j'ai juste envie d'être avec vous.

Quand je balaie du regard la table à présent silencieuse, plus personne ne fait semblant de ne pas me jauger et je retiens ma respiration avec anxiété jusqu'à ce que Judd se lève.

– Bon, très bien, dit-il en hochant la tête. Il va nous falloir plus de vin.

Il se rend au garde-manger et en ressort avec deux bouteilles, du pain et de la confiture.

– Voilà un truc un peu plus comestible, affirme-t-il en me faisant un clin d'œil.

Je laisse échapper un rire chevrotant et commence à me détendre lorsqu'ils se mettent tous à boire, à parler et à manger. Je me joins à la fête, ce qui me détend encore un peu plus.

Et pendant un moment, c'est tout ce qu'il y a, c'est tout ce qui compte. Je serre fort mes mots pour rester en équilibre sur le fil du rasoir, et pour l'instant, ça marche. Pour l'instant, je n'ai pas besoin de réfléchir, d'assimiler ni de parler. Je n'ai pas à faire face à la réalité.

Pour l'instant.

CHAPITRE 16

AUREN

Je ne me réveille pas réellement, c'est plutôt comme si un marteau me frappait le crâne si fort qu'il me faisait reprendre conscience malgré moi.

J'ai les seins écrasés contre le matelas parce que je suis couchée sur le ventre et je sens la fourrure qui me chatouille la joue. Ouvrir l'œil n'est pas aussi douloureux que je l'avais imaginé car, heureusement, la pièce est plongée dans l'obscurité. Je suppose que posséder une maison dans une grotte offre certains avantages.

Je me retourne, mais le tiraillement que je sens dans mon dos me fait grimacer et je ne peux m'empêcher de gémir de douleur. Dans cette pièce calme, ce léger bruit paraît amplifié et quand je lève les yeux, mon cœur se serre.

Slade est assis sur une chaise à côté du lit, il me regarde.

Il a un livre sur les genoux, les pages sont ouvertes comme s'il ne le lisait pas vraiment. Ses jambes sont étendues devant lui, il a un coude replié et appuyé contre l'accoudoir, son index et son pouce soutiennent son menton. Je m'assieds en m'efforçant de gommer la grimace de mon visage, tout en remarquant immédiatement que rien n'a été doré. Ni les couvertures, ni l'oreiller, ni mes vêtements. Est-ce encore la nuit ?

– Combien de temps ai-je dormi ?

– Je ne sais pas exactement, me répond-il. Mais tu avais besoin de repos pour pouvoir cuver ton vin. De plus, ton corps se remet encore de ta perte d'énergie, entre autres choses.

Je grommelle parce que la « perte d'énergie » et les « autres choses » font clairement partie des *sujets que je ne veux pas aborder.*

– J'espérais que tu pourrais me faire visiter la grotte aujourd'hui, je lui dis en me levant et en examinant les lieux.

Les seules sources de lumière sont le feu qui ronronne et le bleu qui scintille juste derrière la fenêtre.

– Puis-je emprunter des chaussures ? Tu penses que Lu a une paire à me prêter ?

Comme il ne répond pas, je me risque à lui jeter un coup d'œil pour découvrir qu'il me fixe. La teinte verte de ses yeux s'est muée en quelque chose de puissant et attentif. Son examen silencieux me donne la chair de poule. Parce qu'en quelque sorte, même si je ne le connais pas depuis longtemps, il s'est montré capable de passer au crible ma carapace et de déceler des vérités que je croyais enfouies depuis longtemps.

– … C'est un non pour les chaussures ?

Il pose soigneusement son livre par terre et se lève. Du coup, je recule d'un pas. C'est une réaction instinctive parce que je ne veux pas qu'il s'approche. Je ne veux pas qu'il commence à fouiller en moi. Lorsqu'il me voit reculer, il s'interrompt, quelque chose d'inquiet surgit dans son regard en un éclair avant de disparaître.

Je déteste devoir faire ça, mettre de la distance entre nous. Mais la distance est la voie de l'évitement, et c'est la voie à laquelle je dois me tenir pour protéger mon équilibre mental.

Parce que s'il s'approche, il verra la vérité. Il verra que le sol sur lequel je me tiens est criblé de nids-de-poule et de bosses. Il verra la peur dans ma lèvre tremblante et la culpabilité dans mes yeux pendant que j'essaie de continuer à reculer. Il verra la réalité de la destruction qui m'entoure pendant que j'essaie désespérément de ne pas trébucher. Garder mes distances, c'est la seule chose qui me sépare du carnage qui s'accumule jusqu'à la hauteur de mes genoux.

Et Slade aussi s'en rend compte.

– Il faut qu'on parle.

Il prononce ces quatre mots tout simples et la chaleur irradie à l'arrière de mes yeux et me brûle le nez. Je secoue la tête pour la repousser, mais je n'y arrive pas. Je n'y arrive pas, parce que ça fait mal, parce que…

– Non.

Ce mot jaillit d'une gorge serrée, d'une langue qui cingle comme un fouet.

Il réagit en pinçant ses lèvres, et j'aperçois le sommet de ses racines qui remue sous le col de sa chemise.

– Je veux aller voir la grotte, j'affirme d'une voix plus forte cette fois.

Mais que vaut cette force quand elle n'est que factice ?

Après un long moment, Slade finit par acquiescer d'un hochement de tête.

– Très bien, Chardonneret. Je vais te montrer la grotte.

Un sentiment de soulagement vient s'ajouter à mon anxiété, tout en gardant de côté une partie de celle-ci pour plus tard.

– J'ai des bottes pour toi dans mon armoire, allons d'abord dans ma chambre.

Je regarde la pièce autour de moi, surprise.

– Ce n'est pas ici, ta chambre ?

– Pour l'instant, ton or y a élu domicile, du coup nous restons ici.

Mon or a fait *quoi* ? Mais c'est la seconde partie de sa réponse qui me frappe. *Nous restons ici. Nous.*

–Tu as dormi ici avec moi ?

Dire que je suis déconcertée est un euphémisme. L'idée qu'il puisse rester avec moi me rend étrangement vulnérable.

Il penche la tête.

–Où serais-je, si ce n'est pas avec toi ?

J'ai le souffle coupé et le cœur qui se serre.

–Mais le jour…

–Je me suis levé avant l'aube, me rassure-t-il.

Les ombres projetées dans la pièce accentuent les angles de son menton barbu.

–Ça te met mal à l'aise ?

Je baisse les yeux sur les fils rugueux de mes chaussettes épaisses. Elles ne sont pas dorées, elles non plus. Une soudaine sensation d'angoisse m'étreint.

–Non. Oui. Je ne sais pas.

Je dresse les oreilles dès qu'il fait un pas en avant. Mon corps désire aller à sa rencontre, se mouvoir à son approche parce que sa proximité a *toujours* été une force en soi. Une force qui a toujours eu du pouvoir sur moi.

Je sens la chaleur de son corps face à moi, les ombres projetées de celui-ci se mêlent aux miennes.

–Je t'ai revendiquée cette nuit-là à Ranhold, me dit-il sur un ton si brûlant qu'il attire mon regard.

Mon visage s'enflamme comme s'il était réellement en feu. Ses paroles font fondre la glace qui s'est accumulée dans ma tête.

–Et puis à ton tour, tu m'as revendiqué au beau milieu d'une salle de bal, afin que tout le monde puisse l'entendre. Tu ne t'en souviens pas ?

Des flashs.

Une foule de visages.

Des rangées de gardes en armure.

Des yeux cruels et furieux sous une couronne en or.

La chaleur d'un corps dans mon dos.

Et puis ma voix, claire et inébranlable.

Il est à moi.

Ce n'était pas seulement une revendication, c'était un *défi*. Comme si j'étais prête à détruire quiconque tenterait de me contredire ou de me l'enlever.

Est-ce que je me souviens ? Bien sûr que oui. Je me souviens de chacune de nos rencontres. J'ai quitté un bateau pirate et j'ai atterri à ses pieds dans la neige et, depuis, c'est comme si je n'arrêtais pas de tomber.

– Je veux aller visiter la grotte.

– Tu veux continuer à tout éviter, répond-il.

Je laisse échapper un rire douloureux.

– Et alors ? C'est mon droit. J'ai été contrôlée et possédée pendant plus de vingt ans de ma vie, je réplique, les yeux brillants. Alors, si j'ai envie d'éviter quelque chose et de visiter cette foutue grotte, c'est ce que je vais faire.

Le muscle de sa mâchoire tressaute, mais il n'argumente pas, n'essaie pas de me convaincre. Je lui en suis reconnaissante parce que j'ai les tempes qui battent, le dos qui se contracte, et j'ai besoin de sortir.

Je fais demi-tour, je me dirige vers la porte, mais au moment d'attraper la poignée, je m'arrête brusquement et j'écarte ma main en signe d'hésitation.

Je reste immobile un moment avant que Slade me rassure :

– Il fait nuit.

Parce qu'il lit en moi sans que j'aie besoin de dire quoi que ce soit. Il a en quelque sorte compris mon angoisse à l'idée de dorer toute cette satanée porte.

– Alors, je n'ai dormi que quelques heures, ou bien… ?

Ma question est suivie d'un temps mort, avant une autre question inexprimée.

– Non, tu as dormi toute la journée.

Mon regard se pose sur mes vêtements noirs et bruns et j'acquiesce d'un brusque signe de tête.

Je déglutis avec difficulté, tourne la poignée et sors dans le couloir. Il y fait aussi sombre que dans la chambre. Des appliques ornent les murs lambrissés. Elles sont taillées dans des cristaux bruts et clairs qui semblent avoir été extraits d'une mine pour être accrochés ici. Leurs réservoirs sont remplis d'une huile qui alimente leurs flammes vacillantes.

J'avance, mon ombre se projette le long des murs, mais la voix de Slade m'arrête.

–Tu auras besoin de ces chaussures, Auren.

Je me retourne pour le voir s'éloigner dans la direction opposée. Il disparaît derrière la dernière porte du couloir, puis réapparaît quelques secondes plus tard avec une paire de bottes et un manteau en cuir.

Lorsqu'il arrive à ma hauteur, je m'attends à ce qu'il me les tende. Mais il ne le fait pas.

J'écarquille les yeux quand il s'agenouille devant moi. Je le regarde prendre mon pied gauche, m'enfiler une botte, puis la lacer. Chaque mouvement habile de ses doigts me fascine, mon cœur bat si fort dans ma poitrine que je crains qu'il sente mon pouls jusque dans ma cheville.

Il repose mon pied et prend l'autre pour faire la même chose. Sa main agrippe mon mollet avec une confiance inébranlable. L'endroit qu'il a saisi me chauffe, et ma peau picote malgré la couche de vêtements qui nous sépare.

Il se relève, il est tellement près de moi à présent que je discerne chaque nuance dans ses yeux, depuis les taches verdoyantes de pâturages estivaux jusqu'aux ombres d'onyx qui se cachent juste derrière.

Sans dire un mot, il me contourne et, avec une douceur exacerbée, m'aide à enfiler le manteau. Il est beaucoup trop grand, mais il pend librement autour de mes épaules, il est chaud sans être oppressant.

Je sens son souffle dans mon cou, ses mains effleurent doucement le col pour s'assurer que ma peau est bien protégée du froid. Il se déplace avec révérence, ce sont ces moments d'intimité surprenante qui me consument.

J'ai toujours été traitée *comme* un trésor, mais avec Slade, je suis tout simplement chérie.

J'enfouis mon nez plus profondément dans le manteau pour pouvoir respirer son odeur. Une odeur de terre humide et d'écorce ensoleillée, la douceur d'un chocolat carbonisé par une riche amertume.

Presque à contrecœur, il ôte ses mains et je le sens plus que je ne l'entends faire un pas en arrière.

– Prête ?

Sur un signe de tête silencieux, je le suis jusqu'à la porte d'entrée. Le salon est vide, nous ne croisons donc personne. Slade ouvre la porte et s'efface pour me laisser passer la première.

Je lève les yeux en faisant mon premier pas, bouche bée devant les stalactites géantes qui pendent du plafond. La grotte elle-même est gigantesque, bien plus grande que je ne l'avais imaginée, avec tant d'anfractuosités, de crevasses et de fissures qu'il faudrait des années pour tout cartographier. Mais le plus fascinant, ce sont les veines bleues qui parcourent la roche, comme les vagues figées d'une mer incandescente.

Je passe sous une arche de stalactites dont les pointes sont mouillées par l'eau qui a coulé. Le sol lisse reflète la fluorescence céruléenne. Il m'est presque impossible de cligner des yeux car je ne veux rien rater d'un pareil endroit. Je me tourne en tous sens et reste aussi silencieuse que possible devant cette caverne qui semble si ancienne et si isolée – une merveille sacrée au milieu d'un village qui ne devrait pas exister.

– C'est magnifique, je murmure.

Slade vient se placer à mes côtés sans un bruit, mais je ne bouge pas.

– La lumière du jour qui manque à la Grotte est décuplée avec ceci.

J'acquiesce et laisse mes poumons s'imprégner de cet air qui paraît à la fois frais et usé par le temps.

– C'est paisible.

Je ne sais pas pendant combien de temps Slade et moi nous promenons ainsi, mais j'en savoure chaque instant. Tout, de l'obscurité de la caverne aux veines qui la parcourent, du mystère des crevasses infinies à la révélation brutale de chaque point d'accroche, tout me fait penser à lui. Il y a ici une profondeur qui semble insondable et intouchable, et mon unique désir, c'est de rester là, dans cette lueur ombrée.

Slade s'engage alors dans l'une des fissures fluorescentes les plus brillantes de la grotte. L'antre de la montagne brille si fort qu'il éclaire son visage et illumine ses yeux.

– Il faut qu'on discute, Chardonneret.

Ma poitrine se serre instantanément.

– Non.

Je fais mine de me détourner, mais il tend la main et m'arrête.

– Il faut qu'on en parle.

Je le repousse.

– Je veux rentrer.

Frustré, il secoue la tête.

– Tu veux préparer le dîner, tu veux voir la grotte, tu veux rentrer… Tu ne peux pas continuer à fuir comme ça, Auren.

– Je ne fuis pas.

– Si, et tu es plus forte que ça, affirme-t-il, tandis que le vert sombre de ses yeux est dissimulé par la lumière bleue.

– Oh, donc, à présent tu penses que je suis faible ?

Il passe une main sur son visage.

– Non, ce n'est pas ce que je dis, mais je…

– Je ne suis pas prête à en parler maintenant.

Son muscle zygomatique se remet à tressauter.

– Si. Nous allons en parler.

Ma colère est soudain si violente que je peux la sentir me brûler le dos de la langue.

– Vas-y, parle, mais moi je rentre.

Je tourne les talons et commence à m'éloigner en lui lançant par-dessus mon épaule :

– Tu peux me prendre pour une lâche autant que tu veux, mais je ne vais pas rester là pour te raconter à quel point j'ai merdé.

Je ne peux pas.

Pas encore.

Mon corps se met à trembler, pas de colère mais de peur. La peur d'affronter mes actes, la peur d'avoir si spectaculairement perdu le contrôle. J'ai l'impression d'être ivre morte et ne pas me souvenir de ce que j'ai fait à l'exception de bribes qui surgissent sans que je le veuille, sans qu'aucun de ces souvenirs ne soit agréable.

–Tu n'as pas merdé, lance Slade derrière moi. C'est moi qui l'ai fait.

Je me retourne sous la fine veine bleue de la roche :

–Si tu essaies de prétendre que tu étais responsable de mes actes, eh bien, tu peux t'épargner cet effort parce que c'est bien moi qui ai agi ainsi. Je me fiche de savoir si tu tentes de dire ça par noblesse d'âme ou parce que tu penses que ça m'aidera à apaiser ma culpabilité, mais…

Il me lance un regard torturé et s'écrie :

–Je *t'ai putréfiée*, d'accord ?

Non seulement ses paroles me coupent la chique mais elles pénètrent au plus profond de mon corps et me font vaciller. Ma bouche s'ouvre et se referme pendant que j'essaie d'assimiler ce qu'il vient de dire.

–Quoi ?

Il avance à grands pas, le bruit de ses bottes résonne sur la roche, l'air froid me colle au dos comme un témoin glacial. Quand il se retrouve face à moi, une partie de son visage est éclairée en bleu, l'autre est plongée dans l'ombre.

–Je t'ai putréfiée, répète-t-il, mais le fait de l'entendre à nouveau ne m'aide pas. De quoi est-ce que tu te souviens ?

Je fronce les sourcils, je secoue la tête en détournant mon regard, les yeux rivés sur les fissures de la grotte.

–Je…

De quoi est-ce que je me souviens ? Difficile à dire, puisque j'ai tout fait pour ne rien me remémorer.

Je me souviens que j'ai craqué. Je me souviens que j'ai soudain été envahie par une puissance pure et inébranlable. Je me souviens d'avoir tué. C'était si facile–je pense que c'est ce qui m'atteint le plus. Ça et l'impression que je n'étais plus tout à fait *moi-même*. Il y avait une bête en moi, affamée et furieuse, prête à dévorer le monde entier.

Mais avant que je puisse me déchaîner, quelqu'un s'est interposé.

À présent je revois la scène, des flashes, des fragments, comme des bouts de papier déchirés qui passent brièvement devant la lumière des bougies. La façon dont il m'a suppliée de laisser partir le pouvoir magique, la terreur qui me paralysait.

Je ne pouvais pas le faire. Je ne pouvais pas parce que, sans la bête, j'étais incapable de contrôler la magie. Je ne savais pas comment l'arrêter. La seule chose dont j'étais capable, c'était de me cramponner aux rênes en espérant que Slade pourrait sortir de là avant d'être écrasé. Mais, bien sûr, il ne l'a pas fait. Bien entendu, il a refusé de me quitter.

Le baiser cendré qu'il a déposé sur mes lèvres dorées, voilà la seule chose que j'ai sentie avant qu'une brise envahissante ne pénètre dans ma gorge. Et puis un murmure qui a résonné à mon oreille. *Pardonne-moi.*

Je repose les yeux sur Slade, il doit sentir que je me souviens parce qu'il hoche la tête.

– Tu m'as putréfiée ?

Des images surgissent dans ma tête, mais aucune d'elles n'est agréable. Des cadavres pourris de soldats abandonnés à la frontière du Sixième Royaume et leurs corps gonflés empestant dans la neige. Et puis les gardes de Midas qui m'empêchaient de sortir, Slade qui est entré et les a putréfiés sur place jusqu'à ce que leurs visages se ratatinent et que leurs cœurs se décomposent. Et une autre, lui marchant vers Ranhold en abandonnant à chacun de ses pas des racines de pourriture dans son sillage qui empoisonnaient le sol enneigé.

Étais-je comme l'un de ces cadavres émaciés ? Aux lèvres qui se décollent, aux organes qui se décomposent ? Je fixe ma peau comme si j'allais y voir une preuve, mais tout me semble normal.

– La pourriture n'était pas visible, m'explique-t-il, une fois de plus parfaitement en phase avec mes pensées et semblant même les anticiper.

Il a l'air angoissé.

– Tu étais… en train de mourir. (Les mots s'étranglent dans sa gorge, ses épaules ploient sous le poids de la faute.) Je ne savais pas quoi faire, mais je ne pouvais pas rester là et te laisser te vider de ton énergie. Alors j'ai utilisé mon pouvoir contre toi.

Je prends le temps de digérer ce qu'il dit, puis je secoue lentement la tête :

– Non. Tu as utilisé ton pouvoir *sur* moi, pas contre moi. Parce que tu as raison, j'étais en train de mourir.

Il tressaille, si subtilement que je m'en rends à peine compte.

– Je… Tu n'es pas en colère ?

Je fronce légèrement les sourcils.

– Pourquoi serais-je en colère ?

À présent, il a l'air totalement déconcerté.

– Je t'ai *putréfiée*, Auren. J'ai corrompu ton corps pour te placer dans un état de décomposition.

Je fronce le nez.

– Je me passerais volontiers de cette image.

– J'ai risqué ta vie, poursuit-il tandis que je prends conscience que ce sont ces mots-là qui tournent dans sa tête depuis qu'il a utilisé sa magie sur moi et qu'il se tourmente en se reprochant ce qu'il a fait. J'ai utilisé mon pouvoir contre toi, je t'ai maintenue dans cet état le temps de t'éloigner le plus possible de ton or, en risquant ta vie à chaque minute qui passait.

Il s'arrache les cheveux en jetant un coup d'œil dans l'obscurité comme s'il cherchait la trace de sa propre culpabilité dans les crevasses.

– Et si j'avais attendu trop longtemps ? Et si j'avais été incapable d'inverser le processus ?

– Tu t'en es voulu pendant tout ce temps.

Ce n'est pas une question. Je vois bien que c'est la vérité, je l'entends au ton de sa voix. Doucement, je lui prends la main et je la serre.

– Tu m'as sauvée, je lui murmure.

Il me lance un regard désespéré, comme s'il ne pouvait pas supporter de se détourner sous peine d'être happé par les ombres de la faute.

Il s'affaisse légèrement, la tête levée vers le plafond, et il pousse un soupir.

– Il y a autre chose.

– Quoi donc ?

Il baisse la tête vers moi.

– Quand j'ai inversé les effets de la pourriture et retiré mon pouvoir de ton corps… un fragment y est resté accroché.

Un fragment est resté.

J'écarquille les yeux et mon estomac se retourne.

– Comment ça, est resté ? (J'appuie une main contre ma poitrine comme pour essayer de le sentir.) Tu en es sûr ?

Il me fait un signe de tête laconique.

– Certain. Même maintenant, je peux le sentir, c'est ancré en toi. Peu importe le nombre de fois où j'ai essayé, ça ne veut pas sortir.

Un frisson me parcourt l'échine et je déglutis avec difficulté.

– Dois-je m'en inquiéter ?

– Non, me répond-il avec une telle assurance que j'ignore si c'est vrai ou si c'est simplement ce qu'il voudrait. Je t'ai observée un nombre de fois incalculable depuis, parfois pendant des heures, mais la pourriture n'a aucune action nocive. Elle est juste… là.

– Ça s'est déjà produit par le passé ?

– Jamais.

J'appuie toujours ma main sur mon sternum avant de la laisser retomber.

– Tu vas continuer à vérifier ? je le questionne, incapable de dissimuler une certaine inquiétude. Tu me diras si quelque chose change ?

– Je te le promets.

Je hoche lentement la tête, en essayant de m'habituer à ce fait nouveau malgré l'impression que je n'y parviendrai pas avant un certain temps.

– Je veux rentrer maintenant.

Slade semble vouloir ajouter quelque chose, mais il se retient.

– D'accord, Chardonneret.

Je le suis dans la grotte sans rien dire. En longeant ses murs de pierre, j'apprécie d'autant plus son havre ombreux et tous ses coins et recoins secrets que j'ai l'impression d'en avoir autant caché en moi.

Mais à un certain stade, même un havre de paix cesse d'être un refuge.

Alors, quand nous rentrons et que la porte se referme derrière moi, je ne devrais pas être surprise que le froid soudain me fasse frissonner. C'est un avertissement : le premier nœud de la corde que j'ai tenté d'ignorer a été dénoué et à présent tout en moi paraît plus lâche.

Instable.

Et j'ai l'impression que peu importe la force avec laquelle je tente de le reformer, tout ce qui est en moi va finir par se délier inexorablement.

CHAPITRE 17

AUREN

Ce pressentiment glaçant ne tarde pas à se concrétiser. J'ai à peine le temps d'ôter mes bottes devant la cheminée que j'entends quelqu'un qui arrive derrière moi. Je me crispe machinalement.

– Dame Auren.

Je me retourne, surprise.

– *Hojat ?*

Le médecin de l'armée porte des vêtements d'emprunt un peu trop grands pour lui et ses cheveux bruns sont plus longs que la dernière fois que je l'ai vu. La cicatrice sur sa paupière paraît plus prononcée à la lumière de l'âtre et sa peau est toute gercée.

– C'est bon de vous voir réveillée, me dit-il en arborant un doux sourire. Comment vous sentez-vous ?

Je lui réponds automatiquement.

– Je vais bien.

Il s'approche de moi en faisant un signe de tête à Slade en passant.

– Venez dans la chambre, s'il vous plaît, afin que je puisse vous examiner.

Tous mes muscles, des orteils à la nuque, se tendent.

– Non merci, vraiment.

Une grimace tord sa bouche brûlée.

– Ma Dame, je comprends, c'est délicat, mais c'est pour votre santé, et je dois…

– J'ai dit que j'allais *bien*.

Mes mains agrippent le manteau que je porte et le serrent autour de moi comme un bouclier. Même pour moi, ce *je vais bien* sonne comme un gros mensonge. Un déni évident, constitué d'atermoiements et d'ignorance feinte.

Hojat se tourne vers Slade et ils semblent communiquer en silence. Une profonde hésitation emplit la pièce, elle se heurte à moi comme une déferlante prête à me renverser.

– C'est impératif, Dame Auren, reprend Hojat avec précaution, et je déteste la pitié que je lis dans ses yeux car elle n'augure rien de bon pour moi. Vous ne voulez pas qu'une infection s'installe.

Il appuie sur les *t,* comme si sa langue voulait les faire plonger plus profondément, mais la seule chose qui me fait plonger un peu plus, c'est cette peur panique qui afflue en moi.

Je ne veux pas qu'il m'examine.

Je ne *peux* pas, tout simplement.

Parce que s'il le fait, je ne pourrai pas continuer à ignorer… ma condition.

Comme s'il comprenait que je cherche à l'ignorer, mon dos est soudain déchiré par une douleur aiguë, lancinante. J'ai un mal de chien à respirer normalement.

– Auren, Hojat sera très doux, me dit Slade qui ne comprend pas ma réaction.

Mais il n'y a rien de doux là-dedans. Ce qu'il me demande d'affronter, c'est de la haine et de la violence à l'état pur. Ce qu'il me demande, c'est d'assumer un profond traumatisme que je veux continuer à ignorer.

Il tente d'ouvrir le bouchon qui emprisonne mon angoisse pendant que j'essaie désespérément d'appuyer dessus de toutes mes forces.

Je viens d'apprendre que j'ai un fragment putride dans le corps, mais peut-être n'est-ce pas du tout de sa faute. Peut-être est-ce de la mienne. Peut-être est-ce à cause de ce qui m'est arrivé, de ce que j'ai fait, que cette pourriture est restée enracinée en moi.

– Je me fiche pas mal qu'il soit doux, je rétorque en me retournant pour renfiler mes bottes.

Je ne me donne même pas la peine de les lacer, j'ai juste besoin *de fuir*. Partir loin, dans les profondeurs de la caverne, là où les secrets restent cachés.

– Je retourne dehors.

– Auren…

– Il ne m'examinera pas et je retourne dans cette *putain* de grotte !

Je hurle à pleins poumons, les joues brûlantes de colère, embrasées par cette chaleur défensive – une chaleur à laquelle je me raccroche parce que je ne peux pas supporter de regarder en face la réalité glacée de ma perte.

Pourquoi ne peuvent-ils pas tout simplement laisser tomber ? Pourquoi sont-ils aussi horribles et insistants ? J'ai juste besoin de rester dans cette caverne. Parce que je ne peux pas, je ne *peux pas*…

– Ma Dame.

C'est à peine plus fort qu'un murmure.

Mais au son de cette voix rauque et sourde, tout en moi se fige brusquement et pesamment.

Je me retourne lentement et mon univers s'effondre devant l'homme qui se tient dans l'embrasure de la porte.

– *Digby.*

Il ne bouge pas. Ne parle pas.

Pendant une seconde, nous nous contentons de nous dévisager.

Il a été une tension permanente dans ma poitrine, une fuite dans mon cœur qui a été stoppée avec le reste. Je ne comprends même pas qu'il soit là. Dans les méandres caverneux de mon esprit, il était enfoui dans l'ombre pour que je n'aie pas à affronter le chagrin de sa perte. Mais le *voilà*. Je ne sais pas comment il s'en est sorti.

Les larmes qui emplissent mes yeux déforment ma vision. Je cligne furieusement des paupières en tentant de ne pas pleurer parce que j'ai besoin de le voir correctement, j'ai besoin de m'assurer qu'il va bien.

Mais il ne va pas bien.

Il est peut-être sain et sauf, mais il n'est pas indemne.

Son visage est couvert de traces de coups. Des ecchymoses de différentes couleurs, dont les nuances indiquent la gravité des hématomes sous-jacents. Ses yeux bruns ont un air hanté qu'ils n'avaient pas auparavant, sa barbe grise et ses cheveux sont tellement ébouriffés qu'ils ne ressemblent pas à ceux de mon gardien stoïque et si ordonné. Je remarque aussi la façon dont il s'appuie sur la porte, son bras en écharpe et le rembourrage de ses bandages sous sa chemise.

–Tu es ici! je m'écrie d'une voix qui fait penser que le sol tremble sous mes pieds. J'ai cru que… dans cette salle. Tu étais là, et j'ai juste… Je veux dire, j'avais tellement peur que je… *Est-ce que j'ai… ?*

Ma question reste en suspens, en équilibre sur le fil du rasoir.

L'ai-je blessé?

Ai-je fait du mal à une autre personne chère à mon cœur?

La tension se condense et monte dans ma poitrine, elle s'enroule autour de mes côtes, elle comprime mes poumons.

Digby fronce les sourcils comme s'il n'était pas sûr de comprendre ce que je veux dire par là, mais c'est Slade qui répond à sa place:

–Non, Auren. Tu ne lui as pas fait de mal, ni à aucun d'entre nous.

Je suis soulagée, mais je note la façon dont il a dit que je n'avais fait de mal à aucun d'entre nous. Il n'a pas dit que je n'avais blessé personne, parce que ce serait mentir.

– Ma Dame, s'écrie Digby, et je tourne mon regard vers lui. Laissez le soigneur s'occuper de vos blessures.

Je me tétanise, tout mon corps se met à trembler.

Il essaie de faire un pas, mais son visage se crispe en grimaçant. Hojat se précipite pour l'aider.

– Vous devriez vraiment rester au lit, Messire Digby…

Mon garde obstiné lève une main pour le repousser et boitille avec difficulté jusqu'à moi. Lorsqu'il s'arrête, nous sommes face à face et il reste là, à me regarder.

Sans un mot. Pas d'argument ni de raisonnement. Il n'en a pas besoin. Il y a tellement plus dans son regard larmoyant.

Le simple fait de le regarder à nouveau me serre le cœur, les souvenirs hurlent à mes oreilles.

Mademoiselle Auren.

Je vais te sauver.

Tenez-la.

Tu l'auras voulu, Auren.

Et puis, les cris.

Tout est là. Dans les fissures les plus profondes et les plus aiguës. Dans les abîmes les plus effrayants. Le bruit d'une épée qui fend l'air. L'explosion de la douleur. Une pièce qui tourne. Des bras rudes et puissants qui m'emprisonnent. Des taches dans ma vision. Des hurlements qui me déchirent la gorge. Le sifflement de cette lame qui s'abat encore et encore et *encore*.

Et il y a cet homme qui me fait face, qui regarde tout cela se rejouer en même temps que moi. Cette ombre hantée dans son regard est semblable à la mienne, car il était présent. Il a assisté à chaque seconde de mon calvaire. Nous étions tous deux les seuls dans cette pièce et, en vérité, je ne sais pas si l'un d'entre nous pourra jamais en sortir vraiment.

C'est tout le problème : le traumatisme corporel se manifeste instantanément par des fractures et des ecchymoses, des brûlures et du sang. Mais le traumatisme intérieur est plus difficile à percevoir. Il s'insinue dans votre esprit, vous empoisonne. Il peut vous frapper sans crier gare, vous fragiliser et vous anéantir. Il n'y a pas de marques visibles. Aucune, si ce n'est les ombres dans votre regard.

Depuis les recoins de ces ombres partagées, Digby finit par parler.

– Vous devez le laisser vous examiner, Ma Dame.

Personne d'autre que lui n'aurait été capable de faire ça. De briser ce mur que j'ai érigé autour de cette immense douleur. Il avait dû me permettre de garder mon épine dorsale bien droite car dès qu'il s'écroule, mes épaules font de même. Je souffre pendant que les briques de refus tombent à mes pieds en me montrant quel genre de ruine je suis vraiment. Et pourtant, il ne s'agit que d'un seul mur.

Comme je ne lui réponds pas, Digby m'adresse un regard plus ferme.

– Il faut le faire.

Au milieu de ces décombres inutiles et éparpillés, je n'ai plus rien qui puisse soutenir ma détermination. Pas face à un tel regard. Alors je déglutis et je réponds :

– D'accord.

Parce qu'il m'est impossible de lui dire non. Je ne peux pas le regarder droit dans les yeux et lui dire que *je vais bien*. Je pouvais le faire avec les autres, mais pas avec lui, pas alors que nous étions tous les deux coincés dans cette pièce.

Digby s'écarte, s'en remettant à Hojat.

– Par ici, Ma Dame, me dit le soigneur.

Mon engourdissement se dissipe par couches successives au fur et à mesure que j'avance dans le couloir. J'ai l'impression que des peaux mortes se détachent en laissant derrière moi des traces éparses.

Lorsque j'arrive dans la chambre où je me suis réveillée, je suis déjà à vif. Lorsque Hojat me couvre d'un drap pour que je puisse enlever ma chemise, tout mon corps se met à trembler. Lorsqu'il me fait m'allonger à plat ventre sur le lit, ma peau se couvre d'une sueur froide.

Slade reste à mes côtés, sa main agrippe la mienne, et je serre, je serre, parce que son contact est la seule chose qui soit stable face à ma crise de tremblements, mais je ne peux pas supporter l'idée qu'il les voie.

– Ne les regarde pas, je l'implore d'une voix suppliante.

Je ne sais pas s'il l'a déjà fait, mais je ne peux pas supporter qu'il regarde maintenant. Je ne supporte pas qu'il voie ce qui n'est plus là. Les blessures que ça m'a laissées.

Le muscle de sa mâchoire se crispe, mais il acquiesce. Ses yeux ne quittent pas les miens, ne descendent pas le long de ma colonne vertébrale.

Je tourne ma tête sur l'oreiller, et j'aperçois Digby, qui monte la garde à la porte comme il l'a fait toute ma vie. Le visage sombre, sans dire un mot.

Un de ces hommes me surveille, l'autre voit clair en moi, peu importe où je lui dis de regarder.

– Très bien, Dame Auren, je commence maintenant, me dit Hojat à voix basse.

Je me prépare, mais je ne serai jamais vraiment prête. La souffrance est chaude et intense, pleine d'amertume car j'ai essayé de l'ignorer, et prête à se déchaîner en guise de punition.

Au premier passage des mains d'Hojat qui commence à nettoyer doucement les plaies, ma colonne vertébrale se cambre sous l'effet de la douleur et j'inspire bruyamment.

Chaque coup de chiffon, chaque filet d'eau, l'odeur des plantes médicinales qui m'emplit les narines, je ressens tout avec une incroyable intensité. Mais je ressens aussi les douleurs fantômes de ce qui s'est passé dans cette pièce. Les éclairs d'agonie qui ont traversé ces parties de mon corps et m'ont laissée sanguinolente sur le sol, au milieu de lambeaux dorés.

C'est l'odeur des plantes teintée du souvenir métallique du sang.

C'est le froissement du tissu qu'il tamponne dans un bol rempli d'une mixture aqueuse qui se transforme en bruit du sang qui goutte.

Ce sont ses mouvements qui se confondent avec le glissement de l'épée.

C'est Digby qui me regarde comme il le faisait à l'époque.

Mais c'est la fenêtre qui me happe vraiment. Son verre sombre pourrait tout aussi bien être un miroir, tant il est réfléchissant. Et comme j'ai le visage tourné vers elle, je ne peux pas ne pas voir mon dos.

Il a l'air si *vide*. Si orphelin. En le découvrant ainsi, la réalité de ma perte me frappe de plein fouet comme jamais auparavant. Parce que je ne m'autorisais pas à y penser. Mais à présent, je ne peux plus l'ignorer. Parce qu'elle existe, comme ces lambeaux qui dépassent de mon dos et auxquels je ne peux plus m'accrocher.

Ils ont disparu.

Je ne peux plus sentir leur étreinte réconfortante autour de ma taille ni leurs gracieuses circonvolutions sur le sol. Je ne sens plus leur contact satiné avec ma peau ni leur poids stabilisant dans mon dos. Ils m'ont été enlevés, coupés comme une longueur de cheveux, et je souffre de leur perte. Tout ce qu'il en reste, ce sont deux rangées de moignons déchiquetés et palpitants qui s'effilochent dans le souvenir de ce qu'ils étaient autrefois.

Et c'est là, à ce moment précis, que des sanglots que j'ai refoulés franchissent enfin mes lèvres. Mon bouchon est arraché, il n'y a plus de déni possible, plus de « Je vais bien ». Il n'y a pas une seule grotte au monde assez profonde pour que je puisse m'y cacher.

Parce que j'ai dépassé le point de non-retour, et ce n'est pas seulement qu'il n'y a plus de retour possible, c'est que mon dos *n'existe* même plus.

Une violente émotion s'empare de moi, tellement forte que j'ai l'impression qu'elle jaillit de la maison et se répercute dans la grotte. Comme si elle pleurait avec moi.

Et tout, *tout,* se déverse. Comme d'une bouteille brisée dont le contenu a coulé par les fissures.

À vrai dire, je ne sais pas si je me sentirai à nouveau pleine, complète.

Je sanglote, je pleure, et ce n'est ni subtil ni silencieux, c'est un violent déchirement de deuil que j'extirpe et qui atterrit en un tas désordonné et douloureux. Mais pendant tout ce temps, Slade me serre la main et Digby veille sur moi.

Je suis peut-être vide, mais je ne suis pas seule.

Et ça compte.

CHAPITRE 18

AUREN

Quand on touche le fond, on le sent.

Vous vous effondrez, les murs s'effritent jusqu'à ce que vous tombiez en chute libre. Les sentiments que vous avez essayé de fuir se précipitent soudain en vous avec une force imparable, la pesanteur de vos pensées n'est plus qu'un plongeon, une punition.

Lorsque vous touchez le fond, l'atterrissage vous secoue jusqu'au plus profond de votre âme. Vous cognez fort, et cela fissure les fondations mêmes du monde. Le sol se délite sous vos pieds, les crevasses s'étirent en longueur et en largeur.

Et puis, il ne reste plus qu'un tas de décombres.

Mais je me rends compte d'une chose, alors que je suis couchée ici, entourée par la destruction qu'a causée ma chute. Les fissures qui se sont formées ne sont pas la preuve de ma ruine.

Elles forment des chemins.

Chaque crevasse en zigzag qui part de moi puis s'en éloigne me montre les différentes voies que je pourrais emprunter à partir d'ici.

Je suis allongée sur le lit, les mains d'Hojat soignent mon dos meurtri, des larmes coulent sur mon visage, même respirer me fait mal. Mais je suis aussi *dans* mon esprit, je fixe les brèches autour de moi, je vois où chacune d'entre elles mène. Car maintenant que je suis obligée de ressentir ce que je ne voulais pas ressentir, j'ai une décision à prendre.

Je peux choisir de végéter ici, au pied de la falaise, brisée et immobile. Je peux enrager, je peux m'apitoyer, je peux accuser, je peux me cacher. Je peux laisser les parties qui m'ont été arrachées me couper de tout le reste.

Ou bien je peux me relever, m'épousseter et regarder vers le haut. Je peux trouver un chemin qui me permettra de ne plus jamais tomber, de ne plus perdre aucune partie de moi-même. Je n'ai qu'à me tourner et avancer, un pas après l'autre.

C'est ce que je vais faire.

Je me laisse aller à pleurer jusqu'à ce que mes larmes se tarissent. Mais ce n'est plus déchaîné, turbulent. Non, c'est calme. Lent. Le genre de larmes qui coulent toutes seules. Il n'y a plus de hoquets ni de nez qui coule. Pas de lèvres pincées ou de sourcils froncés. C'est une souffrance silencieuse. Une blessure si profonde qu'elle ne se lit pas sur un visage. Les larmes s'échappent de mes yeux qui clignent lentement, tandis que je fixe mon reflet à travers la fenêtre et que je pleure vingt-quatre rubans qui m'ont été arrachés comme les pétales d'une fleur.

Lorsque Hojat a enfin terminé, qu'il a soigné toutes mes blessures, mon nez s'est depuis longtemps habitué à l'odeur âpre des plantes. Je ne sais pas s'il a fait quelque chose pour atténuer ma douleur ou si je suis simplement devenue insensible, mais je ne sens presque plus rien.

Il m'a également donné une nouvelle chemise trop grande, qu'il me fait porter à l'envers de sorte que les boutons se trouvent le long de ma colonne vertébrale, ce qui facilite les soins.

– Très bien, Dame Auren, dit-il à voix basse. C'est fini.

C'est fini, je me répète mentalement.

J'essuie ma dernière larme et je respire profondément.

–Merci, Hojat.

Ma voix n'est plus qu'un râle, mais le médecin l'entend car il me tapote doucement l'épaule.

–Il faudra que je vérifie les plaies chaque jour pendant un certain temps, jusqu'à ce que le processus de guérison s'accélère.

J'acquiesce. Je suis épuisée, la léthargie me gagne.

–Messire Digby, et si je m'occupais de vous à présent? lance alors le médecin.

Comme Digby ne répond pas, je tourne la tête vers lui. Il est toujours en sentinelle dans l'embrasure de la porte, je crois qu'il ne m'a pas quittée des yeux une seconde. Je remarque qu'il s'est appuyé contre le mur, que son bras est serré contre ses côtes et qu'une de ses jambes semble lui poser problème. Il n'ira pas sans y être invité, tout comme il ne s'est jamais éclipsé plus tôt que prévu lors de son tour de garde.

Je lui fais un signe de tête encourageant.

–À toi, Dig.

Il hésite un instant, puis il croise le regard de Slade. J'ignore comment ces deux hommes communiquent, mais Digby me jette un coup d'œil en hochant la tête, puis lui et Hojat sortent en refermant la porte derrière eux.

Dès qu'ils sont partis, je tente de me redresser et Slade est immédiatement là pour m'aider. Malgré tout le temps où j'ai dormi, mon corps est à nouveau épuisé, mais mon esprit est trop préoccupé pour sombrer dans le sommeil.

Je serre la chemise empruntée contre ma poitrine.

–Je peux me nettoyer un peu?

–Bien sûr.

Slade m'aide à me lever, puis me conduit à une salle de bains attenante. Elle est petite mais propre, avec une baignoire ronde, un lavabo, des toilettes et un meuble en bois.

–Je pourrais te remplir la baignoire, mais il faudrait que l'eau soit suffisamment basse pour ne pas mouiller tes bandages.

–Non, ce n'est pas grave. Je vais juste me nettoyer le mieux possible pour l'instant et je me laverai demain avant qu'il ne les change.

Slade hoche la tête et se dirige vers le meuble. Il en sort un petit tabouret. Comprenant ce qu'il me suggère, je me dirige vers lui et je m'assieds avec précaution. Je l'observe qui se déplace dans la pièce, méthodiquement, tranquillement et je me demande à quoi il pense. Mais je n'ai jamais réussi à lire dans ses pensées aussi bien que lui dans les miennes.

Il attrape un bol en verre sur le meuble, puis se dirige vers le lavabo. La cuvette qui s'y trouve est d'un bleu profond et le bois qui l'entoure est de la même couleur que le sol. Il verse un peu du contenu du bol dans la cuvette, puis tend la main pour ouvrir un robinet argenté fixé au mur. L'eau éclabousse la cuvette qui se remplit de petites bulles. Il attrape ensuite un chiffon sur une patère et le plonge dedans.

Je le regarde l'essorer. Ses avant-bras saillent sous les manches retroussées de sa chemise. Dans la faible lumière de la lanterne, le mouvement de torsion de ses mains me fascine. De là où je suis, je peux étudier son visage de profil et quelque chose me donne envie de le contempler.

Lorsqu'il se retourne et s'approche de moi, je tends la main pour prendre le chiffon, mais il me demande :

– Je peux ?

Prise au dépourvu, j'hésite. Laver quelqu'un, prendre soin de lui de cette façon, c'est intime – une intimité qui n'est pas liée à la sexualité. Je serre la chemise contre ma poitrine, j'essaie de savoir ce dont j'ai envie et il ne me presse pas. Il attend tout simplement ma réponse et je sais que si je refuse, il me passera le chiffon sans rechigner.

Mais je ne veux pas qu'il me le passe.

Je me lève en déglutissant et me penche en arrière pour déboutonner la chemise au niveau des épaules. Comme elle est grande, je parviens à enlever les manches l'une après l'autre et à la laisser tomber au sol. Malgré mes bandages, je me sens à découvert. Je tressaille, mes bras prêts à se lever pour me couvrir, mais Slade a toujours une longueur d'avance.

Il attrape mon poignet d'une main calleuse et m'encourage doucement à m'asseoir. Je m'exécute et il commence aussitôt à passer le chiffon sur la peau de mon bras avec la plus grande douceur. J'inspire un grand coup en frémissant à cause du froid.

Slade glousse.

– Désolé, j'aurais dû te prévenir.

Pourtant, sous ses caresses, ma peau ne reste pas froide bien longtemps. Comment le pourrait-elle ?

Il passe de l'eau et du savon sur mon bras tandis que sa main libre serre la mienne en faisant doucement bouger mon poignet d'avant en arrière. Il replie ensuite mes doigts pour en relâcher la tension avant de remonter lentement le long de mon autre bras.

Lorsqu'il a terminé, tout mon corps est souple et doux. Il porte son attention sur mes épaules, il les masse avec tendresse et minutie en prenant soin de ne pas s'approcher de mon dos pour ne pas me faire mal.

Cela n'a rien de sexuel, même si mes mamelons durcissent et que j'ai le souffle coupé à plusieurs reprises. Slade continue à soulager mon corps de son stress et de sa tension en prenant soin de tous mes muscles, l'un après l'autre.

Quand je l'aide à baisser mon pantalon, il s'agenouille à mes pieds et le mouvement lent du tissu sur ma peau me fait à nouveau languir. Et lorsqu'il enfonce ses doigts dans ma voûte plantaire, mes yeux manquent se révulser.

Ses soins délicats ont calmé le tumulte de mon esprit en m'aidant à y voir beaucoup plus clair pendant qu'il prenait le contrôle de mon corps.

Comme il le fait toujours.

Lorsque le chiffon vient se poser sur mon front et mes joues, je cligne des yeux vers lui. Nos regards se croisent et il effleure mon menton avec son pouce. Il laisse tomber le chiffon dans le bol, puis, toujours en me regardant, il fouille dans sa poche et me tend la main.

Là, dans sa paume, il y a un morceau de mon ruban. Celui que Midas avait noué autour de mes poignets.

Mes yeux s'emplissent de larmes, je tends timidement la main pour l'attraper. À l'instant précis où je touche le ruban satiné, un sanglot s'échappe de mes lèvres et des larmes se répandent sur mes joues.

Je sens un élancement sur un point précis de ma colonne vertébrale, comme si mon corps savait où se trouvait ce ruban. Comme s'il voulait le récupérer.

Pendant un long moment, je reste assise sans bouger, légèrement voûtée. Je fixe l'or terni du ruban inerte, je passe mon pouce sur l'extrémité en lambeaux encore tachée de sang.

Puis je lève la tête vers Slade qui est appuyé contre le mur.

–Je ne veux plus être faible.

Ma confession se situe sur un fil tendu entre ce que je suis et ce que je veux faire. C'est un équilibre précaire, mais je me redresse en me remémorant ses paroles.

Ne tombe pas.

Envole-toi.

Nous voici à nouveau transportés dans la bibliothèque. Sauf que, maintenant, j'ai perdu certaines parties de mon corps. Elles m'ont été enlevées. Les plaies de mon dos me font mal, mais ça ne fait que renforcer ma détermination. Je fais tourner le ruban dans ma main.

–Je ne veux plus jamais être faible.

Il accueille cette déclaration en silence, l'air très concentré. Je vois ses yeux vert sombre qui fixent un point juste à côté de mon visage, comme s'il observait mon aura. La sienne est invisible, les vapeurs noires qui enveloppent sa forme secrète sont cachées, tout comme ses pointes et ses écailles.

–Je veux pouvoir maîtriser ma propre force, physique *et* magique, je déclare d'une voix déjà essoufflée par l'effort qui m'attend.

Et bien qu'il ne sente plus rien, qu'il ne bouge plus, ne vive plus, le ruban m'apporte encore sa force.

J'attends. Ma respiration est irrégulière, j'ai l'impression de sentir les battements de mon cœur contre mes côtes. J'ignore ce que j'attends qu'il me réponde. Peut-être que je n'ai pas à m'inquiéter. À présent que je les ai, lui et les autres, dans mon camp.

Mais cela n'entame en rien ma détermination.

Je dois être forte pour moi-même. Parce que jamais je n'oublierai cette sensation d'être plaquée contre un mur pendant qu'on me mutilait. Jamais je n'oublierai ce sentiment d'impuissance totale.

Les changements naissent peut-être d'un traumatisme.

Une colère.

Une révélation.

Une bête.

Elle me fait peur. Je suis terrifiée par ce que j'ai fait cette nuit-là. Parce que je ne connais pas mon propre pouvoir. Mais c'est le problème depuis toujours, n'est-ce pas ?

Peut-être qu'aucun d'entre nous ne connaît vraiment sa force. Pas tant qu'on ne nous a pas attaqués. Mais le fait est que nous ne sommes pas forts *à cause* de notre traumatisme. Nous l'avons toujours été. Nous avions juste besoin de le découvrir par nous-mêmes.

Voilà pourquoi je plonge mes yeux dans ceux de Slade sans la moindre hésitation.

– Je veux devenir si forte que je n'aurai plus jamais à craindre qui que ce soit dans ce monde. Si j'en ai besoin, je veux pouvoir faire en sorte que tous me craignent. Et je veux que tu m'apprennes.

Le silence règne en maître.

Pendant un instant, je me demande si j'ai dépassé les bornes. Si je l'ai choqué.

L'inquiétude me donne envie de me ronger la lèvre inférieure.

Mais Slade se met à *sourire.*

Une foule d'émotions traverse son visage. La fierté. *L'excitation.*

C'est une réaction totalement fae, quelque chose de presque animal. Comme si sa bête vengeresse était prête à se dresser et à rugir aux côtés de la mienne. C'est contagieux, et peut-être un peu tordu, mais le voir réagir ainsi me fait sourire en retour.

Il s'approche et relève mon menton, puis il se penche jusqu'à frôler mes lèvres afin que je puisse sentir chacun de ses mots lorsqu'il murmure :

– Oh, Chardonneret. J'ai bien cru que tu ne me le demanderais jamais.

CHAPITRE 19

RISSA

La première fois que j'ai voyagé à travers le Cinquième Royaume avec l'armée, j'étais captive.

Les pouliches royales étaient gardées ensemble telles des cochons dans un enclos, surveillées nuit et jour. Notre tente était pleine à craquer, ce qui n'est jamais très agréable, et encore moins quand tout le monde a froid, est stressé et a peur.

J'avais bien cru qu'une des filles allait arracher les cheveux d'une autre ou en gifler certaines avant que nous arrivions enfin à Ranhold. Je devais constamment intervenir en essayant de gérer les sautes d'humeur et d'aider à résoudre les problèmes pour que personne ne s'étripe.

Cette fois, l'expérience du voyage est différente. Je ne suis pas captive, mais invitée à contrecœur et je ne partage pas une tente avec une douzaine de pouliches – seulement avec Polly. Mais je dois encore faire face à des accès de colère et si quelqu'un doit se faire arracher les yeux, ce sera moi.

Cela fait des semaines que nous avons quitté Ranhold et il est vraiment difficile de suivre un rythme aussi pénible.

Même si Polly et moi roulons en carrosse toute la journée, chaque soir, lorsque nous dressons le camp, je suis épuisée.

Mais mon épuisement n'est pas uniquement dû au voyage.

Je jette un coup d'œil à Polly, assise en tailleur sur son lit de camp. Elle frissonne devant les braises qui grésillent au centre de notre tente. Je lui donne dix minutes avant qu'elle se mette à crier qu'elle a de nouveau des bouffées de chaleur et commence à transpirer et à me réclamer des blocs de glace.

Elle est toujours en manque.

Les premiers jours, elle était en colère. Elle me criait dessus pour l'avoir éloignée de Ranhold, pleurait la mort de Midas, menaçait de s'enfuir et de rentrer par ses propres moyens. C'est seulement grâce au fait que ses éclats de colère sont de très courte durée que j'ai toujours pu la ramener à la tente avant qu'elle ne s'éloigne trop loin.

Elle me déteste.

Je la déteste de me détester.

Pourtant, je continue à prendre soin d'elle parce qu'elle est l'amie la plus proche que j'aie jamais eue. Ou du moins, celle que je connais depuis le plus longtemps.

Polly et moi avons reçu ensemble les contrats qui faisaient de nous les pouliches royales de Midas. Nous avons commencé en même temps, probablement choisies pour notre étonnante ressemblance. Très vite, nous avons décidé de nous allier pour conforter notre statut au château de Highbell. Nous nous sommes rendues désirables en tant que binôme, bien supérieures au reste des pouliches du harem. Nous avons joué de nos forces respectives, nous avons commméré, nous nous sommes soutenues l'une l'autre. Notre amitié était forte tant que nous vivions à Highbell.

Jusqu'à ce que ce ne soit plus le cas.

Il semble que les choses aient commencé à changer dès notre départ.

Peut-être que ça a changé cette nuit-là, sur le bateau des Red Raids. Peut-être que c'est moi qui ai changé cette nuit-là, sur le bateau des Red Raids.

Pouliche, c'est une profession que j'ai choisie. J'ai choisi le travail du sexe parce que j'étais belle mais que je n'avais pas de famille bien née ni d'argent pour me protéger. J'avais déjà été accostée par des hommes, alors pourquoi ne pas me servir de mes charmes pour acquérir du pouvoir sur eux? En exerçant ce métier, je pouvais les contrôler par le sexe.

Et j'étais douée pour ça.

Devenir une pouliche royale, c'est ce dont rêvent tant de travailleuses dans les bordels. Les contrats sont toujours très juteux, les clients riches et puissants, et beaucoup de pouliches dans cette position peuvent tout simplement se retirer à la fin de leur contrat avec une bourse bien remplie, et c'est tout.

Le problème, c'est qu'en cours de route, je n'ai plus voulu le faire.

La séduction, le flirt, le maquillage, la coiffure et les robes moulantes. J'en ai eu assez de devoir sourire, battre des cils et écarter les cuisses quand je n'étais pas d'humeur.

Je voulais quelque chose de différent. J'ai donc commencé à économiser l'argent que je gagnais lorsque les nobles et les visiteurs s'arrêtaient au château. J'ai commencé à travailler encore plus dur pour plaire, pour être la préférée afin de pouvoir remplir ma bourse au lieu de la dépenser en frivolités.

Lorsque nous avons quitté Highbell, j'ai pensé que Ranhold serait un nouveau départ.

Mais les Red Raids sont arrivés.

Le capitaine Fane est arrivé.

Auren est arrivée.

Chaque nuit, tandis que je m'occupe des poussées de fièvre de Polly, je repasse les événements depuis le moment où nous avons quitté Highbell jusqu'à la salle de bal, lorsque j'ai attrapé Polly et que j'ai décidé de m'enfuir. J'ai failli ne pas m'en sortir. Nous avons été stoppées dans le hall d'entrée par quelques gardes, mais une femme à la peau sombre et lisse qui arborait un motif de dague rasé sur son cuir chevelu m'a repérée. Elle m'a dit qu'Auren lui avait parlé de moi et que je devais rejoindre l'armée du Quatrième Royaume. Ensuite, elle a distrait les gardes et Polly et moi avons pu nous échapper.

J'ai l'impression d'être redevable à Auren, alors qu'avant c'était elle qui m'était redevable. Je ne sais pas si elle m'aidera à nouveau. Ou même si elle le peut. Car apparemment, elle a volé la magie de Midas devant tout le monde et l'a tué dans cette salle de bal que j'ai fuie.

Les hommes. Pourquoi les principaux événements de ma vie semblent-ils toujours tourner autour de la mort des hommes ? Il y a d'abord eu la mort de mon père, dont la perte m'a laissée très vulnérable et couverte de dettes. Et maintenant, celle de Midas qui a sonné l'heure de ma fuite.

Mais je peux affirmer avec certitude que c'est la mort du capitaine Fane qui a marqué un tournant. Parce que c'est à ce moment précis, sur le navire des Red Raids, que j'ai pris conscience que j'en avais fini avec cette vie-là.

J'ai déjà été agressée, blessée. En tant que pouliche, ce sont des choses qui arrivent, mais ce n'est pas une raison. Au fil des ans, il m'a fallu trouver des moyens de gérer les réactions, d'amener les hommes à se comporter d'une façon que je pouvais contrôler. Je n'ai pas pu le faire avec le capitaine Fane.

C'est à ce moment-là que j'ai décidé que j'en avais bel et bien *fini.*

Fini d'être une pouliche. Fini de jongler avec des hommes. Fini d'essayer de marcher sur cette ligne ténue entre impuissance et puissance quand il s'agit de sexe.

Est-ce qu'il hante mes nuits ? Non. À part les soirées où je m'occupe de Polly, je ne pense pas du tout à lui ni aux autres mauvaises rencontres que j'ai faites. Parce que je refuse de leur en donner plus qu'ils n'en ont déjà pris ou que je n'en ai déjà donné.

Ils ont eu mon corps, et alors ? Des centaines d'autres peuvent en dire autant. Mais ils n'auront pas mon esprit. Je ne le leur céderai pas.

Y compris le capitaine Fane, dont le phallus doré est probablement enfoui sous une centaine de mètres de neige, quelque part dans les Barrens.

Je dois admettre que cette vision me fait sourire.

–J'ai chaud!

Polly s'éloigne brusquement des braises et commence à s'éventer. Je me lève de mon grabat, les yeux brûlants de fatigue, pour me traîner en direction de l'entrée de la tente.

Je ne me donne pas la peine de sortir, avec mes bas qui foulent la fourrure étalée sur le sol. Je me contente d'attraper le seau et le chiffon et de ramasser un peu de neige à l'extérieur. La neige ne manque jamais, mais chaque soir, je remarque que quelqu'un est venu dégager l'espace devant l'entrée de notre tente.

Pas besoin de me demander qui c'est.

Il n'y a qu'un seul homme qui soit assez grand dans cette armée pour correspondre à la silhouette que j'aperçois lorsqu'il s'acquitte de cette tâche. Le capitaine enfonce sa pelle sous d'énormes tas de neige qu'il tasse ensuite contre les parois de la tente pour l'isoler et la stabiliser.

Il le fait chaque soir. Il nous dépose également de la nourriture et s'assure que nous ayons suffisamment de charbon de bois. Et jamais, pas une seule fois, il ne m'a fait la moindre proposition. Il n'a rien exigé en retour.

Je ne sais pas trop quoi en penser.

Je referme le rabat de la tente, puis retourne vers Polly en mouillant le chiffon. Je m'agenouille devant elle et je le passe doucement sur son front en sueur.

Elle gémit, se serre le ventre et s'humecte les lèvres.

–Tu me tues, me lance-t-elle sur un ton accusateur.

Je marque une pause dans mes soins. À vrai dire, Polly n'a pas dit grand-chose. Pas depuis les premiers jours où elle hurlait et s'emportait contre moi. À part s'exclamer qu'elle se sentait vraiment mal, elle est restée silencieuse.

Quelque chose s'est brisé entre nous, mais je sais qu'une fois que son corps aura récupéré, qu'elle ne sera plus en manque de rosée, elle se sentira mieux. Elle redeviendra elle-même. Nous pourrons retrouver notre ancienne amitié.

J'ignore pourquoi ce processus prend autant de temps. Je ne m'attendais pas à ce qu'elle soit aussi malade, pendant si longtemps. Elle vomit presque chaque fois que j'essaie de la nourrir, elle ne garde que les plus petits morceaux de pain et un peu d'eau, ainsi que les herbes médicinales que le guérisseur de l'armée nous a apportées. Elle a perdu du poids, sa peau est grise et pâle et elle a des cernes profonds sous les yeux qui semblent s'accentuer de jour en jour, bien qu'elle passe la plus grande partie du temps à dormir d'un sommeil agité.

Je voudrais tant qu'elle aille mieux, qu'elle se rende compte que je l'ai éloignée de Ranhold pour lui venir en aide. Cette tension entre nous, c'est à cause de la drogue. Une fois qu'elle ne sera plus sous son emprise, elle comprendra que je fais tout ça pour la sauver.

– Tu fais couler de la neige sur ma robe, siffle-t-elle.

– Désolée.

Je commence à lui tamponner la nuque, mais elle recule brusquement. Je repose le chiffon, j'attrape la petite marmite suspendue au-dessus des braises et j'en renverse le contenu dans un bol en fer-blanc.

– Et si tu essayais de boire un peu de bouillon ?

– Je ne veux pas, me dit-elle, les yeux fermés, tout en mâchonnant sa lèvre inférieure.

C'est un tic nerveux dû au manque. Elle le fait si souvent qu'elle s'est arraché la peau, sa bouche est gonflée et à vif. C'est la même chose avec ses cuticules. Le médecin de l'armée m'a apporté une crème à appliquer dessus, mais elle m'en empêche. Je dois attendre qu'elle soit profondément endormie pour pouvoir le faire.

– Allez, juste un peu…

Polly détourne à nouveau le visage et s'allonge sur sa paillasse.

– Va-t'en.

Sa réaction me blesse, mais je surmonte mon chagrin. Elle n'est pas responsable de ses actes.

– D'accord, je sors vider le pot de chambre. Je ne m'absenterai pas trop longtemps.

Elle ne me répond pas, mais se remet à frissonner. Je remonte doucement une fourrure pour la couvrir au moment précis où elle ferme les yeux.

Ensuite, j'ajuste la chemise trop grande qu'on m'a donnée, j'enfile mes bottes puis le manteau du capitaine et des gants, avant de récupérer le pot de chambre et me diriger vers l'extérieur.

À peine ai-je quitté la tente qu'une montagne géante se dresse devant moi, si proche que je manque la percuter.

– Fais attention ! j'aboie en essayant de stabiliser le seau pour éviter qu'il ne m'éclabousse.

Je n'ai qu'un seul vêtement à disposition et j'aime bien porter cette chemise. Je me refuse à demander si c'est la sienne. Je le sais déjà.

Une fois le liquide à l'abri, je lève la tête et je lance un regard noir à cet intrus.

– Qu'est-ce que tu veux ?

Le capitaine Osrik hausse un épais sourcil brun et broussailleux. Honnêtement, il n'y a pas une seule partie de son corps qui soit imberbe. Sa barbe est si longue que je pourrais la tresser, ses cheveux sont étalés sur ses épaules et d'après ce que je devine de ses poignets sous ses manches, eux aussi sont poilus.

Je *sais* que c'est un de ces hommes qui ont des poils sur le torse, voilà tout. Les étalons dans les harems doivent s'épiler à la cire pour s'en débarrasser. Je paierais cher pour que quelqu'un ligote le capitaine et l'épile entièrement, bande après bande.

– Tu me mates encore, Yellow Bell.

Mon regard quitte ses mains pour remonter vers son visage. Je sautille d'un pied sur l'autre, troublée.

– Je ne te mate pas, je suis simplement étonnée de voir quel géant poilu tu fais, je rétorque avec une moue dégoûtée.

– Si tu veux voir mes poils, tu n'as qu'à le demander.

Je ne comprends pas pourquoi j'imagine soudain les poils qu'il a à l'aine. Je ne veux pas y penser. Son aine ne m'intéresse pas. Pas le moins du monde.

Je lui fais les gros yeux et je commence à m'éloigner, mais ce lourdaud casse-pieds se met à me suivre.

– Qu'est-ce que tu veux ? je me répète.

– Je t'ai apporté de quoi manger, dit-il en essayant de me passer un paquet enveloppé dans un morceau de tissu.

– Tu nous as déjà laissé de la soupe plus tôt et j'ai les mains occupées pour le moment.

– Qu'est-ce que c'est ?

Je sens une légère rougeur monter dans mon cou.

– Qu'est-ce que tu crois que c'est ? C'est notre…

Je m'interromps, ne voulant pas le dire à voix haute.

Le rustre se penche et observe le contenu du seau à ma grande horreur.

– Oh, pourquoi ne pas l'avoir dit plus tôt ? (Il regarde derrière lui.) Himinn, aboie-t-il, et voilà qu'un soldat rougeaud surgit de nulle part.

– Oui, Capitaine ?

Le capitaine Osrik m'arrache le pot de chambre des mains avant que je puisse l'en empêcher. Il le tend au jeune homme.

– Prends ça et va le nettoyer. Puis remets-le dans la tente de Dame Rissa.

Le visage du soldat s'illumine comme s'il s'agissait d'un grand honneur.

– Tout de suite, Capitaine !

Dès qu'il a disparu, je lance au capitaine un regard noir.

– Pourquoi lui as-tu demandé de faire une chose pareille ? Maintenant, un soldat inconnu s'occupe de nos… déjections.

Il rit et essaie à nouveau de me tendre la nourriture.

– La pisse et la merde ne sont pas des choses dont il faut avoir honte et, crois-moi, Himinn va être excité pour le reste de la nuit de s'être vu confier cette tâche. Maintenant, prends cette nourriture, femme.

–Je m'appelle Rissa, je lui rétorque d'un ton acerbe, mais j'arrache mes gants que je glisse dans ma poche et je prends la nourriture, parce que je n'ai pas encore mangé ce soir et que je suis affamée.

Quand j'entrouvre le petit bout de tissu, je découvre une miche de pain avec de la viande à l'intérieur.

–Viens, Rissa, me dit-il alors, viens t'asseoir près du feu pour manger ton sandwich et boire du vin.

–Non, je vais manger dans ma tente. Je dois garder un œil sur Polly.

–Elle ne dort pas?

J'hésite un instant de trop, car il se met à sourire.

–C'est bien ce que je pensais. Viens prendre l'air et t'asseoir avec moi, femme. Tu pourras toujours entendre Polly piquer une crise à ton retour.

La plupart du temps, je me suis tenue à l'écart, j'ai ignoré le capitaine le plus possible, mais il est toujours dans les parages. Je le vois chevaucher à côté de notre carrosse, cinglé par le vent et la neige, sans jamais paraître s'en émouvoir. Chaque fois que je m'aventure à l'extérieur de ma tente, je le trouve auprès du feu du cuisinier, en train de discuter avec des soldats ou de se promener dans le camp. Je le vois qui s'occupe de nos besoins sans jamais faire irruption. Et même si j'essaie de l'éviter, je continue... à le regarder.

Je ne sais même pas pourquoi. Franchement, c'est idiot. C'est un géant grossier, rustaud et mal dégrossi. Pas du tout mon genre.

D'abord, c'est un homme et je me suis juré de les éviter pour le moment. Peut-être même pour toujours. Je n'en ai pas trouvé un seul qui vaille vraiment la peine.

J'ignore pourquoi je me mets à le suivre jusqu'au feu. Peut-être ai-je vraiment besoin de faire une pause, au vu de l'animosité qui règne en permanence dans la tente.

Mais lorsque le capitaine me conduit à une tente installée juste en face de la mienne, je m'arrête.

–Tu... pourquoi ta tente est-elle si proche de la mienne?

Il y plonge un moment, en ressort avec une fourrure, puis attrape deux seaux. Il les renverse tous les deux et les place devant le petit feu qu'il entretient. Il termine son installation en posant la fourrure sur l'un des seaux renversés.

– Voilà, assieds-toi là.

Je prétends lui obéir à cause du feu. Cela n'a rien à voir avec la façon dont mon estomac se contracte en l'entendant me lancer cet ordre bourru. Rien à voir non plus avec la façon dont son pantalon de cuir moule ses cuisses. Pas du tout.

Pourtant, dès que je m'assieds et que je me penche pour profiter de la chaleur des flammes, je ne peux m'empêcher de laisser échapper un soupir d'aise. Je me mets à grignoter le sandwich, et bien qu'il soit froid et que la croûte soit trop dure, c'est si bon que je pourrais en manger toute une assiette.

J'ai terminé et je me lèche les doigts avant même de réaliser ce que je fais. Bien entendu, il s'en rend compte. Rien ne semble lui échapper.

– C'est bon de te voir manger pour de vrai, Yellow Bell.

– Quand vas-tu arrêter de me donner ce surnom ridicule ?

Il me tend une outre.

– Oh, je crois qu'il va te coller à la peau.

En soupirant, j'incline l'outre et j'avale une grande gorgée qui me fait cracher et tousser si fort que je manque la laisser tomber.

– Qu'est-ce que c'est… que ça ?

– Du vin chaud, dit-il en haussant les épaules. Ça te réchauffera les os.

– Je croyais que c'était de l'eau.

– C'est bien meilleur.

Il me la prend des mains pour en boire une gorgée et j'ignore pourquoi, le regarder boire après moi me donne envie de me tortiller. Tout comme la façon dont sa langue fait bouger son piercing en bois sur sa lèvre inférieure.

– Alors, commence-t-il en étendant ses jambes pour que ses bottes atteignent presque le foyer.

Je suis heureuse que pour une fois, il ne neige pas ce soir. Une fois sortie du Cinquième Royaume, jamais je ne retournerai dans le froid glacial.

– Comment va ton amie ?

– Elle va bien.

Je lui réponds sans réfléchir, comme je l'ai déjà fait les trois autres fois où il m'a posé la question. Bien que je soupçonne que ce soit lui qui envoie le médecin nous ausculter tous les deux jours. Du coup, ma réponse ne signifie probablement pas grand-chose.

– Ça va aller, je me corrige.

Le capitaine hoche la tête.

– J'ai vu beaucoup de soldats décrocher. Ce n'est pas facile de jouer les infirmières pendant une désintox.

– C'est mon amie.

– Vraiment ?

Je me raidis.

– Qu'est-ce que tu sous-entends ?

Il hausse une épaule massive et j'essaie de ne pas le regarder quand il croise ses bras devant lui en faisant gonfler ses muscles. Je n'aurais pas dû accepter son manteau. Son corps ne serait pas aussi visible.

– C'est juste une question.

– Est-ce à cause de ce discours *déloyal* à propos d'Auren ? Tu veux encore me juger ? je crache, sur la défensive.

Il hausse ses épais sourcils.

– Garde ton poison pour toi, Yellow Bell, je ne te juge pas. Il me semble juste que ton amie n'est pas très amicale avec toi.

– Comment le sais-tu ?

Il me jette un regard pénétrant.

– Les toiles des tentes sont minces.

L'embarras m'échauffe le visage.

– Elle ne se sent pas bien, c'est tout.

– Hum.

Je fais mine de me lever, mais il me tapote le tibia pour me retenir, ce qui me fait hésiter.

– Rassieds-toi, Rissa.

Mes fesses retombent sur le seau. Entendre le timbre rauque de sa voix prononcer mon nom me procure d'étranges frissons dans le dos.

Qu'est-ce qui ne va pas chez moi ?

Je refuse absolument d'être attirée par cet homme. *Je refuse.* J'ai côtoyé d'innombrables hommes splendides – des hommes qui ressemblaient à des sculptures tellement ils étaient beaux. Des hommes qui… se lavaient régulièrement. Alors pourquoi, chaque fois que je quitte ma tente, mes yeux sont attirés par *lui* ?

Ça n'a aucun sens.

Il est violent et grossier, je ne devrais pas penser à lui du tout. Pourtant, j'y pense. Je n'ai pas arrêté de songer à cette première nuit, quand il a affirmé qu'un peu de dégoût améliorait les choses.

Je ne peux pas nier qu'il y a une certaine tension entre nous, comme si un éclair était prisonnier dans un nuage. Et je suis… curieuse. Curieuse de savoir ce qui arriverait si on s'affrontait.

Ça pourrait être une tempête parfaite.

Avec toute cette colère et cette inquiétude qui grondent en moi, l'idée que je puisse m'en prendre à lui me paraît sublime. Nous pourrions nous unir dans de violents ébats durant lesquels je ne me retiendrais pas. Où je n'aurais pas à jouer la séductrice parfaite, ni la plus belle. Où je pourrais prendre au lieu de donner, le faire *me* donner du plaisir. C'est le seul homme avec qui je pense pouvoir être vraiment moi-même, et c'est pourquoi je ne peux pas m'arrêter de penser à lui. Ce n'est pas un client.

– Quel est ton plan ? me demande-t-il alors en me tirant de mes pensées délirantes. Quand nous arriverons au Quatrième Royaume.

– Partir, je réponds rapidement, parce que je dois garder cet objectif en tête.

Je ne peux pas le laisser, ni lui ni personne d'autre, me faire abandonner mes plans.

– J'irai chercher l'or qu'Auren m'a promis, puis je partirai par le premier navire que je pourrai m'offrir vers la ville la plus éloignée possible. Peut-être vers les déserts du Deuxième Royaume, puisque c'est à peu près à l'opposé du Cinquième Royaume.

Il hoche la tête.

– Et tu feras quoi là-bas ?

– Je ferai ce que je veux. C'est-à-dire rien du tout.

– Tu ne veux plus être une pouliche ?

Je ferme les yeux.

– Non.

L'espace d'un instant, il y a comme une accalmie entre nous. Je n'entends plus que le feu qui crépite et la gorgée de vin qu'il avale.

– Tu pourrais rester.

– Pardon ?

– Au Quatrième Royaume. Tu pourrais y rester.

– Pourquoi est-ce que j'y resterais ?

– Il n'y neige que près de la frontière, dans les montagnes, pas dans la capitale. En plus, je serai là. Et Dorette aussi.

– Et tu penses que ce sont des raisons suffisantes ?

Je lui pose la question de façon très catégorique. Il se contente de hausser les épaules.

– Peut-être. Si tu acceptes qu'elles le soient.

J'ouvre la bouche pour lui lancer quelques répliques grossières, mais pour une raison que j'ignore, je m'arrête et secoue la tête.

– Tu m'as fait remarquer toi-même que j'avais fait du chantage et que j'avais utilisé Auren. Pourquoi me suggères-tu de rester à présent ?

– Il me semble que tu dois faire face à une femme qui t'empêche d'avancer et qui ne veut rien avoir à faire avec toi… et à une autre femme qui n'a rien fait d'autre que d'essayer d'être là pour toi et que tu t'obstines à piétiner. Je pensais simplement que tu pourrais envisager une autre voie.

La colère est ma réaction naturelle, mais cette fois-ci, elle mijote sous une surface de tristesse. Ce sentiment de tristesse, c'est comme une gifle en pleine figure, ça me fait tellement peur que je me mets à paniquer en sentant mes yeux qui me piquent, pas à cause de la fatigue mais à cause de *l'émotion*. J'essaie de ravaler mes larmes parce que j'ai horreur de pleurer.

– Hé !

Je détourne la tête. Je refuse de le regarder. Je déteste me sentir aussi vulnérable. Mais bien entendu, le barbare ne lâche pas l'affaire. Je le sens qui se lève et vient se placer face à moi. Il m'attrape par le menton et lève mon visage pour pouvoir le regarder. Il fronce les sourcils, il écarquille ses yeux d'un brun terreux dans lesquels brille une lueur permanente.

– Qu'est-ce qui ne va pas ?

– Rien.

– Arrête ces conneries. Qu'est-ce qui ne va pas ?

Je devrais secouer la tête pour qu'il me lâche. Je devrais me lever et le repousser. Mais au lieu de ça, je me penche vers lui et il essuie une larme sur ma joue. Son contact déclenche une série de picotements sur ma peau, comme si j'étais une vierge innocente. C'est ridicule.

– Ça n'aura pas d'importance si je m'en vais, je dis d'une voix qui sonne bien trop fragile à mon goût.

Qu'est-ce qui me remue tant chez cet homme ? Son regard se fait plus tendre. Je ne savais même pas qu'il était capable d'un tel regard, et j'ignore pourquoi il me l'offre, à moi.

– Pour moi, ça aurait de l'importance, Yellow Bell.

Je déglutis bruyamment.

– Pourquoi ?

Pourquoi t'en soucier ? Pourquoi est-ce que je continue à te regarder ? Pourquoi essaies-tu de m'aider ? Pourquoi mon cœur bat-il plus vite chaque fois que tu es près de moi ?

– J'aime bien ton petit côté piquant, dit-il avec un sourire narquois. J'ai toujours eu envie d'y goûter.

La vision de lui en train de me mordre, de grignoter ma peau, surgit soudain dans mon esprit d'une manière beaucoup trop réaliste.

– J'ai un plan et tu n'en fais pas partie.

Je parviens enfin à trouver la force de reculer et de me relever. Bien entendu, lui ne recule pas, ne me laisse pas de place. À présent que nous sommes tous les deux debout, il est si proche que son corps frôle le mien. Je dois incliner ma tête en arrière tellement il est ridiculement grand. Malgré le manteau épais que je porte, je peux sentir sa chaleur qui irradie sur ma peau.

– Change ton plan, murmure-t-il et ses yeux se posent sur mes lèvres.

Je retiens mon souffle, mais je le repousse et je lance en ricanant :

– Les hommes veulent juste conquérir. Je ne joue pas les difficiles pour te faire réagir. Je ne veux pas de toi, Capitaine.

Au lieu de s'énerver, il me fait un sourire en coin qui me donnerait presque envie de recroqueviller mes orteils.

– Tu ne veux pas de moi ?

– Exactement.

– Alors… tu ne t'assois pas en pleine nuit sur ta paillasse en songeant à te disputer avec moi uniquement pour qu'on se chauffe, et pouvoir ensuite glisser tes longues jambes autour de mes hanches et me baiser jusqu'à l'extase ?

Mon pouls s'accélère. Tout ce qu'il vient de dire se transforme dans ma tête en images crues qui font palpiter mon sexe.

Je ne peux le nier. Je ne peux pas, parce que je respire bien trop fort et je sais que je rougis. Et je comprends soudain que je ne *veux* pas le nier.

Comment diable ai-je pu craquer aussi vite ?

Alors je fais la chose la plus stupide que j'aie jamais faite.

Je me penche et je *l'embrasse*.

Je plonge dans sa bouche comme si elle renfermait le divin nectar. Il est tellement choqué par mon geste qu'il reste d'abord sans réaction, mais très vite ses énormes mains se posent sur ma taille. J'ai l'impression qu'ainsi, elle est encore plus étroite. Les poils de sa barbe me piquent les joues, mais ce n'est ni irritant ni désagréable, il se frotte tout simplement contre ma peau, ce qui me fait apprécier encore plus son contact. Je mordille son piercing, je lui lèche la langue, je l'embrasse comme je n'ai jamais embrassé personne.

Parce que ce n'est pas pour mon travail. Ce n'est pas pour de l'argent. Je n'essaie pas de séduire ni de jouer la comédie. Je l'embrasse simplement parce que je voulais savoir… je voulais voir.

Je recule, haletante, le regard fiévreux, en me demandant comment diable je peux être aussi stupide.

– C'était une erreur, je soupire.

Il rit, mais ne lâche pas ma taille. Il me retient. Il est beaucoup plus doux que je ne l'aurais cru. Du coup, je me demande quel genre d'amant il est vraiment. Du genre violent ou tendre ?

– C'était une putain de super erreur. On devrait la refaire un jour.

Je m'écarte prestement et je trébuche sur le seau, mais il m'attrape par le bras pour m'empêcher de tomber.

– Tu quittes déjà le feu ? me taquine-t-il de sa voix rocailleuse.

– J'ai assez chaud comme ça.

Il éclate de rire et je rougis encore plus fort.

Je m'éloigne en me donnant des claques mentales, mais il me lance :

– Quand tu seras décidée à commettre une autre erreur, tu sais où est ma tente. Juste à côté de la tienne.

Quel crétin.

Quelle *crétine* je fais.

Je me précipite dans ma tente et me jette sur ma paillasse, les mains pressées sur mes joues brûlantes. Mes lèvres me picotent. Mon cœur bat la chamade. Mon sexe palpite encore.

C'était une erreur stupide, horrible, ridicule.

Et pourtant, je ne pense qu'à une seule chose : *on devrait la refaire un jour.*

Chapitre 20
Auren

La caverne de la Grotte contient plus de crevasses secrètes que je ne pouvais imaginer.

En ce moment même, je me trouve dans l'une d'entre elles, que Judd surnomme affectueusement *les Dents*. Judd et moi nous sommes introduits au cœur d'une fissure déchiquetée, située dans la paroi rocheuse de la caverne, et après un court passage très étroit, nous avons débouché sur une nouvelle grotte. C'est là que le Courroux vient s'entraîner.

Elle n'est pas extrêmement large, mais il y a beaucoup d'espace et les veines fluorescentes qui traversent les murs et le plafond y sont si abondantes que toute la zone brille. Le sol a été recouvert d'épaisses couches de foin à moitié gelé qui craque sous mes pas. Il y a trois coffres en bois empilés sur le côté qui, d'après Judd, renferment les armes d'entraînement.

Je n'ai pas encore le droit de les utiliser.

Quand nous sommes arrivés ici, il a souri en tournant sur lui-même, les bras en l'air, avec ses cheveux habituellement jaunes qui viraient au bleu lumineux, tout comme sa peau bronzée et les cuirs de l'armée qui moulaient son corps svelte.

– Bienvenue aux Dents, la bouche de la montagne, là où tu vas être mâchée et recrachée.

Il avait l'air tout excité.

Au plafond, les stalactites étaient parfaitement alignées comme des dents acérées prêtes à faire exactement ce qu'il prétendait.

J'espérais qu'il exagérait.

Il n'exagérait pas.

J'ai vraiment l'impression de me faire bouffer ici, bien que ce ne soit pas sa faute.

Pendant la première demi-heure, il s'est contenté de me montrer quelques positions. Il m'a expliqué comment supporter mon poids, comment garder une bonne posture, comment me tenir, et pourquoi.

Des trucs simples.

Des connaissances basiques, faciles, pour que je puisse apprendre en partant de zéro.

J'ai vite remarqué qu'il y avait un problème. Il n'arrêtait pas de me dire que je penchais d'un côté ou de l'autre et que je devais corriger ma position. Au début, je n'y ai pas prêté attention. Je pensais que j'étais encore un peu faible et que je n'avais pas récupéré après tous les jours passés au lit. Je devais juste m'échauffer.

Mais maintenant, alors que je penche à gauche encore et *encore*, la réalité m'apparaît, dure et pesante, comme si des briques s'entassaient dans mon ventre. Je dévisage Judd et j'ai l'impression que ma température interne chute, que le froid m'emplit les veines.

– Dorette ?

Ses lèvres bougent, mais je ne peux pas me concentrer sur ce qu'il dit. Je ne peux pas l'entendre de toute façon, tellement mon cœur bat fort.

Judd fait un pas en avant, ses sourcils blonds froncés.

– De l'eau, je croasse avant de tituber en direction des caisses.

J'attrape une des outres qu'il a apportées, je la lève jusqu'à mes lèvres et je me verse une bonne rasade, comme si le liquide glacé allait m'aider à oublier ma soudaine prise de conscience.

Ce n'est pas le cas.

J'avale, je sens l'eau atterrir dans mon estomac, c'est comme si j'avais plongé dans un lac en buvant la tasse.

Judd en boit une gorgée.

– Je sais que cela semble rudimentaire, mais c'est vraiment important. Tout le reste dépend de bases solides et stables.

Je l'observe du coin de l'œil. Pense-t-il vraiment que toutes mes difficultés et mes faux pas sont dus à la distraction parce que je pense que ce n'est pas important ?

– Je te fais confiance, je lui dis honnêtement. Je sais que tout ce que toi et les autres allez m'apprendre, c'est ce que je dois savoir.

Il hoche la tête, puis s'interrompt comme s'il revenait sur sa décision.

– Sauf peut-être Ryatt. Il serait capable de t'apprendre un truc simplement pour te battre.

Je ne peux m'empêcher de sourire.

– C'est bon à savoir.

– Alors, pourquoi est-ce que tu veux faire ça ?

– M'entraîner ? je lui demande avec un froncement de sourcils.

– Oui. Rip m'a dit que tu voulais t'entraîner, mais je veux que tu me dises pourquoi.

Pourquoi.

Le *pourquoi* m'a obnubilée dès l'instant où je me suis réveillée. Même avant. Peut-être que le *pourquoi* a commencé à prendre forme quand j'ai rencontré Judd et les autres, lorsque j'ai pénétré dans ce cercle de combat avec eux et que j'ai réalisé qu'il était possible d'être capable d'en faire *plus*.

Je lève les yeux vers lui et je le fixe.

– Toute ma vie, j'ai été un objet pour les autres. Un objet qu'ils pouvaient posséder, un objet qu'ils pouvaient utiliser.

Mon honnêteté brutale rend mon ton monocorde, sans qu'aucune hésitation ne vienne dissimiler cette vérité pure et simple.

–Mais je ne suis pas un objet.

Son expression habituellement amusée se fait plus intense.

–Non, tu n'en es pas un.

–La prochaine fois que quelqu'un voudra essayer de m'utiliser, de me contrôler, je veux être prête. Je veux pouvoir écraser ceux qui voudraient me garder sous leur coupe.

Un éclat qui ressemble à de la fierté se met à scintiller dans ses yeux noisette.

–Ça me paraît bien, Dorette.

Ça me paraît bien, à moi aussi.

Il reprend poliment une gorgée d'eau, je sais qu'il ne boit que parce que moi aussi je bois. Ce n'est pas comme s'il dépensait beaucoup d'énergie, alors que je n'ai même pas encore intégré les différentes postures.

–On y retourne?

Je hoche la tête, je repose l'outre. En glissant ma main dans ma poche, je le suis au milieu de la grotte. Pendant un moment, je laisse mes doigts caresser la longueur de satin enroulée qui y est enfouie avant de ressortir ma main.

–Très bien, position défensive de base. Pied gauche vers l'avant. Rentre un peu l'épaule vers l'arrière. Je veux que le coude vers l'avant protège ta ligne médiane.

J'essaie de suivre toutes ses indications et pendant un moment, j'y arrive bien, comme si notre conversation et ma détermination m'avaient aidée à me stabiliser. Mais quand il faut bouger mon corps plus vite, je vacille à nouveau.

Une bouffée de chaleur causée par l'embarras m'envahit, mais je continue à faire comme si tout allait bien.

–Pied gauche en avant, pied droit en arrière, me dit Judd en me tournant autour pour étudier ma position. Bien. Maintenant, tourne-toi, comme si quelqu'un arrivait dans ton dos.

J'essaie. Vraiment.

Dès que je commence à tourner, mon poids bascule, ma colonne vertébrale vrille tandis que mes pieds tentent de corriger mon mouvement et de me maintenir debout.

– Je suis désolée. Laisse-moi réessayer.

Judd ne refuse pas, il ne se moque pas de moi non plus.

– Ta posture est encore mauvaise, me dit-il en venant frapper mon épaule droite. Redresse-toi et baisse-moi ce talon.

J'enfonce mon talon dans le sol, en faisant craquer des tiges de foin sous mon pied. Je rejette mes épaules en arrière pour la énième fois en gainant mon corps en silence.

– Détends tes doigts, me dit Judd lorsqu'il remarque que je serre les poings.

À contrecœur, je relâche mes doigts en secouant légèrement mes mains.

– Tu es prête ? me demande-t-il. Si tes blessures…

Je le coupe :

– Plus rien ne saigne, Hojat m'a bandée et m'a dit que je pouvais y aller. J'ai du mal à m'habituer à ces bottes, c'est tout. Je pense qu'elles sont trop grandes.

Je ne sais pas s'il se rend compte que je lui raconte des craques, mais il hoche la tête.

– D'accord, plante bien tes pieds dans le sol. Voilà, comme ça. Cette fois, je veux que tu te déplaces à gauche, en levant le bras pour te défendre. Prête ? Trois, deux, vas-y.

Peu importe que j'essaie de garder mes pieds plantés au sol. Dès que je tente d'effectuer la plus simple manœuvre de contrôle, je m'aperçois que je n'en ai aucun. Comme toutes les fois précédentes, je perds l'équilibre. Un de mes pieds se soulève avant que je puisse l'en empêcher et me fait flancher.

Judd fronce les sourcils et regarde mes chaussures.

– Tu veux essayer sans les bottes ?

La frustration bout en moi, la chaleur de celle-ci éclabousse mes yeux.

– Non. Laisse-moi réessayer.

Il hésite.

– Quelque chose ne va pas ?

– Pas du tout, je rétorque avec une fausse assurance. Je suis probablement ta pire élève parce que je n'ai jamais été formée auparavant.

– Tu étais mauvaise dans le cercle de combat, mais pas autant que ça.

Je lui lance un regard noir.

– Merci bien.

– Tu vois ce que je veux dire. Tu veux t'arrêter pour ce soir ?

– Continue juste à me dire quels mouvements je dois faire.

Mon entêtement me monte à la tête. Il guide mes mouvements, me pousse à essayer encore et encore, mais même ma détermination obstinée ne m'aide pas. Je n'ai pas plus d'équilibre pour autant.

Mon hésitation ne fait qu'empirer et aucun des efforts que je fais pour la cacher ou inventer des mensonges stupides ne peut la dissimuler.

J'échoue.

C'est le premier jour, et *j'échoue* déjà.

Et pourtant, je dois le faire. Il faut que j'apprenne à être forte. Mais je n'arrive même pas à me tourner sans vaciller, putain, et…

Empêtrée dans ma frustration croissante, j'essaie de pivoter trop rapidement. Je suis complètement déséquilibrée, comme une toupie qui n'arrive pas à rester en place et, cette fois, mes pieds ne parviennent pas me rattraper.

Je m'écrase violemment sur le sol. Les brins de foin glacé transpercent mon manteau et me piquent la peau. Ils percent ma confiance jusqu'à ce qu'elle se dégonfle.

Je me mets à genoux et je reste là sans bouger. Le regard un peu vague, je fixe le foin brisé et sale. Son odeur m'emplit les narines, la fluorescence le teinte en bleu.

– Merde, je râle, très irritée.

Je suis furieuse contre les lacunes dont fait preuve mon corps.

– Ça va, Dorette. Nous tombons tous, autant que nous sommes, m'affirme Judd.

Son optimisme amical ne fait qu'empirer les choses.

– Ça ne va pas. Je ne serai jamais *prête* si je ne peux même pas prendre une *putain de position*, j'aboie.

– Auren.

Je lève la tête au son de la voix de Slade. Il est debout, juste à l'entrée de la fissure. La honte me saisit et mon cœur s'arrête de battre. En regardant ailleurs, je pousse sur mes pieds, mais même ainsi, je vacille légèrement vers la droite. Je suis désorientée. Déséquilibrée. Je me sens faible et bancale, comme un poulain nouveau-né.

Je déteste ça.

Les pas de Slade font craquer le foin lorsqu'il s'approche de moi jusqu'à arriver à ma hauteur.

– Je croyais que tu allais y aller mollo jusqu'à ce qu'Hojat te donne son accord pour en faire plus ? demande-t-il à Judd.

– Nous sommes…

Judd s'interrompt et je déclare, la mâchoire serrée :

– Il n'essaie pas de me faire faire un enchaînement trop difficile ! Je n'y arrive tout simplement pas.

J'admets ma faiblesse avec un véritable dégoût. Je passe une main dans mes cheveux, mes doigts s'emmêlent dans les brins d'or qui sont sortis de ma tresse.

– C'est ma première séance, et j'échoue déjà. C'est pathétique, non ?

– Ce n'est pas pathétique.

J'éclate d'un rire affreux, arraché au centre de ma poitrine.

– Je n'arrive même pas à *tenir sur mes jambes*, je m'emporte.

Je ne m'adresse pas à lui ni à Judd, mais à moi-même.

– Parce que je continue à perdre l'équilibre. Parce que je l'ai laissé… je l'ai laissé…

Je m'étrangle comme si un poing me serrait la gorge.

Je l'ai laissé faire.

Pendant dix putains d'années, je l'ai *laissé faire.*

Je l'ai laissé me faire taire. Me commander. Me tromper. Me mettre en cage. Me blesser.

Je l'ai laissé me droguer et m'acculer contre ce mur froid, je l'ai laissé me voler une *autre* partie de moi que je ne récupérerai jamais.

La compréhension gagne le regard de Slade, comme de la brume sur un champ ombragé.

–Tes rubans.

Tous les deux échangent un regard et je sais ce que signifie leur expression, parce que c'est aussi la mienne. La reconnaissance précise de ce que j'ai perdu.

Je n'avais jamais remarqué à quel point mes rubans étaient importants pour mon équilibre. Je dois tout réapprendre sans leur présence réconfortante.

Mais ce n'est pas seulement ça.

Leur poids a disparu, c'est vrai, mais ils étaient bien plus que des bandes satinées qui pendaient dans mon dos. La façon qu'ils avaient de traîner derrière moi me manque. Ça me manque de ne plus pouvoir les soulever pour m'aider à me coiffer ou à les enrouler autour de ma taille comme une armure. Je regrette la façon dont ils serpentaient autour de la jambe de Slade.

Ils me soutenaient. Me défendaient. Ils étaient mes instincts. Ma pulsion inconsciente et mes sentiments. Ils m'augmentaient. Et sans eux, je suis moins. Moins stable, moins sûre, moins libre.

On ne remarque jamais ce qui nous maintient en équilibre jusqu'à ce qu'on réalise qu'on ne se tient plus droit.

Je prenais mes rubans pour acquis. Pendant des années, je les ai détestés, je les ai cachés, j'ai prétendu qu'ils ne faisaient pas partie de moi. Ce n'est qu'au moment où j'ai atterri dans l'armée du Quatrième Royaume, que je les ai vraiment laissés respirer, que je me suis *permis* de respirer. C'était juste une inspiration, mais qui m'a conduite à aspirer une énorme quantité d'air.

Je me demande si c'est ce que ressent un oiseau à qui on a coupé les ailes.

Je ne comprenais pas, jusqu'à ce qu'ils aient disparu, à quel point ils étaient importants pour moi. Ils étaient une extension de moi-même, ils étaient mon cœur grand ouvert. Et, à présent, ils m'ont été arrachés. J'essaie déjà de surmonter ma perte, mais je n'avais encore jamais envisagé cet autre aspect.

Ce n'est pas seulement mon équilibre que j'ai perdu.

– Je l'ai laissé me faire entrer dans ce personnage et je ne m'en suis rendu compte que trop tard.

La fureur m'emplit les yeux, une chaleur rougeoyante, brûlante comme de l'acide, coule sur ma joue. Dans ma poche, le ruban pèse une tonne.

– Comment suis-je censée m'entraîner à devenir forte si je ne peux même pas tenir debout ?

Slade serre les poings comme s'il envisageait de tordre le cou de Midas.

– Tu possédais ces rubans depuis une décennie, Auren. Il est logique que tu doives t'adapter à leur absence.

Je le regarde fixement.

– Ne fais pas ça.

– Ne fais pas quoi ?

– Ne me calme pas. Ne reste pas planté là, confiant et plein d'encouragements.

– Tu préfères que je sois sceptique et méprisant ?

La colère monte en moi comme la marée, mais je la repousse et commence à m'éloigner. Mais je ne fais que quelques pas avant que Judd surgisse devant moi.

– Tu crois que tu vas abandonner comme ça, Dorette ?

– Je n'abandonne pas, je siffle entre mes dents. Je fais juste une pause avant d'essayer de cogner sur ton royal commandant.

Il renifle.

– Même si j'adorerais assister à un tel spectacle, Hojat a ordonné que tu ne cognes sur rien pour l'instant, donc nous allons garder cela pour un autre jour. Mais tu m'as dit que tu voulais t'entraîner, alors je te forme. Je crains que tu sois coincée aux Dents jusqu'à nouvel ordre.

– Tu viens juste de me demander si je voulais arrêter.

– Oui, et tu as répondu non.

Un soupir frustré s'échappe de mes lèvres.

– Je ne peux même pas me retourner sans perdre l'équilibre, Judd. Comment vas-tu m'entraîner ?

Il me lance un regard critique.

– Eh bien, si tu m'avais simplement expliqué ce que tu éprouvais, j'aurais été en mesure d'en tenir compte et de revoir ma stratégie. Maintenant que je sais que tu dois t'adapter à la perte de tes rubans, nous allons reprendre cette formation d'une façon différente.

– Tu penses que cela m'aidera ? je demande d'un air dubitatif.

– Dorette, ne blesse pas mon honneur, me répond-il en posant une main sur son cœur. Je suis un excellent formateur.

– Qui t'a dit ça ?

Il fronce les sourcils.

– Je suis sûr que quelqu'un l'a déjà mentionné.

Je me surprends à rire. Il a suffi de quelques mots pour que la frustration remplace ma colère.

– Pourquoi ne pas m'avoir expliqué les choses, tout simplement ? ajoute-t-il avec curiosité.

Je hausse les épaules.

– On n'est pas censé admettre ses faiblesses, pas vrai ? Même moi, je le sais.

– Ce n'est pas une faiblesse, Dorette, contredit-il en secouant la tête. Et ne mens pas à ton entraîneur. Quand je te demande ce qui ne va pas, je m'attends à ce que tu me dises la vérité.

Je regarde par-dessus mon épaule en m'attendant à ce que Slade soit toujours là, mais il est maintenant posé à côté des caisses de bois. La hanche appuyée contre l'une d'elles, il nous observe. Sa simple présence me serre la poitrine. Il était si fier quand je lui ai annoncé que je voulais m'entraîner. La dernière chose que je désirais, c'était qu'il me voie patauger.

– D'accord, pose ton cul par terre.

Je me retourne vers Judd.

– Excuse-moi ?

– Tu m'as parfaitement entendu, dit-il avant de s'asseoir devant moi.

Je fais de même en remuant un peu les fesses lorsque je sens des tiges de foin à travers mon pantalon.

– Nous allons commencer par quelques étirements. Tu vas y aller doucement et tu vas me dire quand certains mouvements te font mal, ou si tu commences à te sentir décentrée. Ensuite, nous essaierons quelques postures à partir de là.

– Assis ?

– Oui. Tu vas devoir réapprendre à t'équilibrer et à bouger sans l'aide de tes rubans. Donc pour l'instant, je te garde sur ton cul pour que tu arrêtes de paniquer et de tomber. En plus, Rip sera furieux si tu es couverte de bleus. Maintenant tais-toi, arrête de penser que tu n'y arrives pas et reprenons cet entraînement, étape par étape.

Mes lèvres esquissent un sourire. Et juste comme ça, je sens le dernier nœud de tension quitter mes épaules.

– Tu es *sûr* qu'on dit de toi que tu es un bon entraîneur ?

– Je paraphrase.

Je hoche la tête en riant.

– Me voilà rassurée ! Il est donc temps de passer aux choses sérieuses.

Judd me décoche un sourire.

– Bravo, ma poulette.

CHAPITRE 21

AUREN

Il y a une lueur, celle d'une lame dorée. Une lame que j'ai dorée de mes propres mains. Tout le reste a viré au gris et blanc, même le roi Fulke qui me plaque contre son torse avec ce poignard qui m'entaille le cou.

Je crie, je me débats, mais le tranchant de la lame s'enfonce davantage encore, elle me transperce et fait couler le sang jusqu'à ma poitrine. Pourtant, quand le roi se penche contre mon oreille, ce n'est pas la voix de Fulke que j'entends. Ce n'est pas son corps grassouillet que je sens dans mon dos. C'est un visage impeccablement rasé, des manches dorées et des yeux couleur de caroube. C'est de la tromperie, de l'abus et des rênes en or qu'il tient dans ses mains. Les rênes qu'il a attachées autour de mon poignet pour m'immobiliser. Pour me garder là où il me veut.

« *Si je ne peux pas l'avoir, personne ne l'aura.* »

Sa voix est ignoble contre mon oreille, elle ronronne en m'agressant, elle tente de m'annihiler, comme ses paroles l'ont toujours fait.

Nous voilà revenus à Ranhold, il y a tellement d'or dans la pièce que c'en est aveuglant. C'est comme si l'or *m'observait* pendant que je le regarde, *lui*. Nous sommes là, coincés au milieu de la salle de bal, en train de revivre tout ça.

Slade est en face de moi avec son Courroux, tandis que *le mien* brûle dans mon ventre, tel un magma prêt à jaillir.

« *Utilise tes rubans.*

– *Oh, elle ne te l'a pas dit ? Elle a perdu ce privilège.* »

La lame change à présent, et je ne suis plus plaquée contre Midas, mais contre un mur. Ce ne sont plus des rênes dorées qui sont attachées autour de mon poignet mais mon ruban.

Et puis, il y a le son de l'épée qui s'abaisse. Ce n'est pas un simple filet d'air ni un sifflement léger. Ça éclate. Comme un corps que l'on jette par la fenêtre ou un poing qui s'écrase sur un miroir.

Ou l'explosion d'une âme.

Avec elle vient la douleur.

La douleur, et la douleur, et à nouveau la douleur. La douleur tandis que je me brise en mille morceaux. Des morceaux qui ressemblent à des bandes de satin effilochées et ensanglantées sur le sol.

« *Cela me fait beaucoup plus mal qu'à toi.* »

Je ne peux pas entendre mes cris. Je ne peux pas m'entendre gémir, ni supplier, ni pleurer. C'est juste un craquement sans fin de verre cristallin.

Et puis, soudain, c'est fini. La sidération dans le silence assourdissant, je suis cernée par des poignards, des rubans et des éclats à mes pieds.

Brisée. Je me sens totalement brisée.

« *Tu t'es fait ça à toi-même.* »

Je me contente de fixer les éclats de miroir, j'y vois mon visage en mille morceaux différents. J'y vois mes rubans en mille autres.

Je le vois.

Je l'entends.

Encore et encore.

« *Ne me désobéis plus, Précieuse.*
Si je ne peux pas l'avoir, personne ne l'aura.
Cela me fait beaucoup plus mal qu'à toi.
Tu t'es fait ça à toi-même. »

Mon reflet dans ces miroirs me dévoile toutes sortes d'émotions. Jugement, déception, pitié, colère, engourdissement, angoisse. Mes visages brisés m'entourent tandis que je me laisse tomber par terre et que je me mets à fouiller dans les tessons avec un désespoir frénétique.

Je tente d'attraper les rubans, mais les miroirs rendent les choses confuses, et au moment où je parviens presque à saisir les bandes de satin, mes mains heurtent le verre. Je me coupe les paumes, les doigts, je m'ouvre les genoux.

Pourtant, j'insiste désespérément. Mes larmes et mon sang coulent simultanément tandis que les rubans sectionnés m'échappent en permanence. Mais je ne peux pas abandonner.

J'ai besoin de les récupérer.

J'ai besoin de les récupérer. J'ai besoin de les récupérer. J'ai besoin de les récupérer.

Ma main est ensanglantée, mutilée, je n'arrive pas à attraper un seul bout de ruban. Et voilà que je commence à couler. On me ligote les chevilles et on me traîne, du coup le verre m'entaille le ventre, les bras, la poitrine.

J'ai beau essayer de remonter la pente, je suis tirée vers le bas, entraînée par un million de morceaux de moi-même qui se sont brisés, emmêlés dans des longueurs de rubans que je ne récupérerai jamais.

Et un seul poignard doré, plus tranchant que tous les autres, s'enfonce dans ma gorge.

« *Tu t'es fait ça à toi-même.* »

Mes yeux se rouvrent, mes paupières sont ourlées de larmes. Ma main est déjà sur ma gorge, elle vérifie frénétiquement la présence de sang qui n'est pas là. Je halète à plusieurs reprises, en m'asseyant dans le lit qui par ailleurs est vide. Je tremble de partout, je suis couverte de sueur, je repousse les couvertures, car j'ai l'impression que les murs se referment sur moi.

Je fais les cent pas dans la pièce.

Mon dos est meurtri et douloureux, comme si ce rêve lui avait implanté une douleur fantôme. Avec un autre élancement particulièrement désagréable, j'attrape la lanterne sur la table de chevet et passe par la salle de bains avant de me diriger vers la penderie. J'accroche la lanterne à la poignée de porte, puis je soulève ma chemise, debout devant le miroir en pied.

Lorsqu'un autre pic de douleur me vrille le bas du dos, je me retourne et je soulève soigneusement le bandage fait par Hojat.

Ma respiration est de plus en plus saccadée, elle grince presque dans ma gorge en signe de protestation. Et quand j'observe mon reflet par-dessus mon épaule en fixant l'endroit qui me fait mal, cette fois je ne peux *m'empêcher* de pousser un petit cri.

Tout en bas de ma colonne, une paire de mes rubans me tient plus qu'à un fil. Comme une peau qui commence à peler, laissée en place pour durcir et se flétrir. Mes doigts les effleurent à peine, mais ce léger frôlement suffit à les faire tomber tous les deux.

Juste comme ça.

Telles des feuilles brunies sur une tige, mortes et cassantes, ils tombent. Ils se balancent en apesanteur avant d'atterrir sur le tapis, ces deux pauvres morceaux de rubans rétrécis et décharnés qui ont perdu tout leur éclat.

Mes yeux brûlent quand je les regarde et ils s'emplissent de larmes quand j'appuie mes doigts sur les marques dans mon dos. Il ne reste plus rien d'autre que de fines égratignures de chaque côté de ma colonne vertébrale.

Comme si mes rubans n'avaient jamais existé.

Je bloque mes sanglots en portant une main à ma bouche et les étouffe en plongeant contre le mur du placard pour enfouir mon visage dans le manteau de rechange qui y est accroché.

Mes rubans vont s'effriter comme ça, un par un, jusqu'à ce que mon dos soit nu et qu'il ne reste plus rien.

Je pense qu'une partie de moi croyait encore qu'ils allaient guérir. Repousser. Mais tout espoir s'est évanoui, il a fané avec les morceaux qui s'étalent à mes pieds.

Voilà, c'est tout. C'est tout.

Ils sont partis et je ne les récupérerai pas.

Je dois faire avec.

Je respire contre le manteau en essayant d'exhaler ce deuil qui s'est gravé trop profondément en moi pour pouvoir m'en débarrasser. Alors, quand je parviens à me remettre d'aplomb, j'essuie les larmes qui ont coulé sur mes joues, puis je replace méthodiquement mes bandages et j'abaisse ma chemise.

Je ramasse les bouts desséchés et désintégrés. Je les prends soigneusement dans ma paume. Mon deuil se mêle à ma colère qu'il attise.

Avec un soupir étouffé, j'attrape la lanterne et regagne ma chambre. Je dépose les petits bouts de rubans sur la table de chevet. Je n'ai plus aucune chance de me rendormir à présent.

En passant devant le feu de cheminée, je quitte la chambre et je m'engage dans le couloir sombre. Mes pieds accélèrent comme s'ils voulaient se mettre à courir. Quand j'arrive au salon, les flammes de la cheminée brûlent un peu plus fort, et un coup d'œil à l'horloge posée sur le manteau m'indique que nous ne sommes qu'en début de soirée, bien que la maison soit silencieuse.

Un mouvement venant de la cuisine attire mon attention, et mon regard se pose sur un homme assis tout seul à table, une tasse serrée dans les mains et une bouteille posée devant lui. Je m'arrête un court instant avant d'aller m'asseoir en face de lui.

Digby lève la tête, il pose sur moi ses yeux couleur d'écorce. Pendant un moment, nous nous regardons. Sans barreaux entre nous. Sans un roi qui n'avait rien à faire avec une couronne. Sans règles ni attentes. Nous nous regardons comme deux personnes encore choquées au plus haut point par ce qu'elles ont vécu.

Je ne sais pas ce que Digby peut lire dans mes yeux, mais je sais ce que je vois dans les siens. Je vois d'innombrables heures de torture. D'emprisonnement. De châtiment. Je vois un sentiment de culpabilité, de profondes blessures et des regrets. Je crois que c'est ce qui me fait le plus mal. De pouvoir voir, malgré tout ce qui lui est arrivé, qu'il souffre ici, pour *moi*. Pour ce que j'ai enduré et ce qu'il a été forcé de regarder.

– C'était vous qui aviez le pouvoir.

Je lui souris en tremblant.

– J'imagine que ça a été un grand choc quand tu m'as vue à Ranhold. Ça t'a probablement semblé absurde quand tu as su tout ce que je suis capable de faire et combien je l'ai laissé me marcher dessus pendant tant d'années. Tu dois penser que je suis très stupide et très faible.

Il secoue la tête avec véhémence.

– Même les personnes les plus puissantes peuvent se sentir impuissantes. C'est en découvrant sa force, même quand on croit ne pas en avoir, que l'on devient une force véritable. Personne n'a fait de vous ce que vous êtes, Ma Dame. Vous avez toujours été forte. Vous n'aviez qu'à vous le prouver.

Je déglutis difficilement, en tentant de chasser ce rêve affreux. Je peux encore sentir ce qu'il reste de mes rubans tomber de mon dos comme des pétales qui se détachent d'une fleur.

– Je regrette d'avoir attendu si longtemps.

– Et moi, j'aurais tant voulu pouvoir empêcher ce salaud de vous blesser. J'aurais dû être là pour vous. J'aurais dû vous protéger de ce qui s'est passé.

D'une main tremblante, je tends le bras pour attraper ses doigts encore posés autour de la tasse.

– Ce n'est pas ta faute, Dig.

Ces paroles que je chuchote dans un murmure rauque ne sont que la plus pure des vérités.

Et son visage… se déforme.

L'épuisement lancinant et les blessures invalidantes sont comme un poing qui écrase le parchemin de ses expressions.

Et voilà que mon garde stoïque, stable et impénétrable, se met à pleurer.

Ici même, à la table, la douleur le submerge en vagues indésirables. Son autre main couvre son visage, comme s'il voulait essayer de museler son chagrin. Ses doigts sont meurtris, son auriculaire complètement noir forme un angle bizarre, ayant définitivement perdu sa bataille contre les engelures, tout comme lui a perdu la bataille contre son caractère imperturbable.

Assister à une telle scène me fait monter les larmes aux yeux; voir quelqu'un d'aussi indomptable s'effondrer d'un seul coup est un véritable choc. Ça exacerbe toutes mes émotions.

Lorsqu'il baisse sa main, le visage de Digby est bouffi et tacheté, ses lèvres craquelées et son corps plus affaissé que jamais.

–Je suis désolé, dit-il dans un souffle en essayant de se reprendre. Je suis désolé.

–Regarde-moi, Digby, je le supplie, et ses yeux humides se lèvent. Ce n'était pas ta faute. Rien de tout ce qui est arrivé n'est de ta faute.

–J'étais censé vous protéger.

Mes doigts serrent les siens.

–Tu l'as fait, j'insiste. Tu l'as toujours fait.

Il prend une autre inspiration, une inspiration qu'il puise au plus profond des décombres. Il s'essuie les yeux.

–Je suis fier de vous. Pour ce que vous avez fait.

Et il le pense.

Je retire ma main.

–Tu as été un garde de Highbell pendant longtemps.

Digby fait un signe dédaigneux de la main:

–J'aurais pu prendre ma retraite il y a des années. (Surprise, je hausse les sourcils.) Je suis resté pour vous.

La stupeur m'étreint la poitrine, elle se fracasse en vagues chaudes contre mon cœur.

–C'est vrai?

Il acquiesce en passant une main dans son épaisse barbe grise.

–Vous aviez besoin de quelqu'un pour surveiller vos arrières. Je ne faisais confiance à personne d'autre pour le faire. (Sa bouche se tord de dégoût.) J'aurais dû vous laisser sortir de cette saleté de cage. J'y ai pensé. Plusieurs fois. Mais j'aurais dû le faire, putain.

– Si tu avais agi ainsi, tu aurais été torturé et tué. Ta tête aurait atterri sur une pique que j'aurais été obligée de dorer.

– Ou je vous aurais sortie de là, répond-il obstinément. Je vous aurais libérée. C'est ça qui compte.

Le fait qu'il y ait songé en dit long.

Il soulève sa tasse, prend une longue gorgée de son breuvage, et déclare :

– Midas voulait que vous voyagiez dans son carrosse jusqu'au Cinquième Royaume, vous savez.

– Vraiment ?

Digby hoche lentement la tête, les yeux baissés sur sa tasse :

– C'est moi qui ai suggéré qu'il serait plus judicieux que vous voyagiez séparément, au cas où quelque chose arriverait au convoi royal. Je l'ai convaincu qu'il devait évaluer la situation à Ranhold avant de vous faire venir. Pour s'assurer que vous y seriez en sécurité. Je lui ai promis de vous protéger jusqu'au Cinquième Royaume. Que vous seriez en sécurité avec les autres pouliches.

Son visage est à nouveau troublé, le front plissé par ses réflexions, tandis que je m'affaisse sur mon siège en tentant d'assimiler ce qu'il vient de m'apprendre.

– Mais en réalité, je savais surtout qu'après ce qui s'était passé avec le roi Fulke, vous aviez besoin de vous éloigner un moment de ce salaud. Il vous a toujours tenue si étroitement serrée dans son poing. (Et sa propre main se recroqueville comme s'il imaginait la poigne de Midas qui se resserrait autour de moi.) Mais j'ai bien failli vous laisser vous faire kidnapper par ces satanés pirates des neiges.

Mon cerveau turbine pour analyser cette information. J'ignorais totalement que la culpabilité de Digby était aussi profonde.

– Si tu n'avais pas été là, je ne serais peut-être jamais sortie de cette cage. Ce voyage a été le déclencheur de tout ça, je le rassure. Et tu as parfaitement raison, j'avais besoin de prendre de la distance. C'était mon premier avant-goût de liberté depuis très longtemps et si ce n'était pas arrivé, je n'aurais pas rencontré Rip cette nuit-là. Je n'aurais pas commencé à remettre en question… *toute mon existence.* (Je secoue la tête, le cœur serré.) Tu ne peux pas continuer à t'en vouloir, Digby. Parce que toutes les choses horribles qui me sont arrivées m'ont conduite ici.

Digby me regarde fixement, et je lui laisse voir la vérité sur mon visage. Pour qu'il sache que je pense vraiment tout ce que je viens de lui dire.

– Et je suis contente d'être là, Dig, j'ajoute dans un murmure. Malgré tout, je suis contente d'être ici avec toi.

Il déglutit difficilement, ses yeux deviennent vitreux juste avant qu'il ne se mette à renifler. Nous avons traversé la même chose, nous sommes tous les deux témoins du périple qui nous a amenés jusqu'ici. Je prends donc une profonde inspiration, et je fais fi de ma douleur. Parce que nous ne sommes plus là-bas. Nous sommes ici.

Et je veux en profiter au maximum.

Je prends la bouteille et je verse un peu plus de vin dans son verre.

– Dis-moi, que dirais-tu de jouer enfin à ce jeu d'alcool ?

Il me regarde en clignant des yeux, et laisse échapper un rire étouffé.

– Très bien, Dame Auren. Vous allez pouvoir l'avoir, votre jeu d'alcool.

Mes lèvres se retroussent et je lève la bouteille pour porter un toast.

– Le roi est mort !

Il esquisse un sourire, si rare chez lui que je ne suis pas certaine d'en avoir déjà vu.

– Cet enfoiré de roi est mort. Et puissiez-vous botter le cul de tous ceux qui tenteront à nouveau de vous faire du mal !

Je pense que c'est la meilleure façon de commencer la partie. Je fais tinter la bouteille contre sa tasse :

– Je suis bien d'accord.

CHAPITRE 22
REINE MALINA

L'homme assis en face de moi est poli et posé, comme s'il avait passé toute sa vie à la cour royale. En réalité, c'est un nomade sans racines. Il a voyagé dans tout Orea en faisant des petits métiers, en aidant les pauvres, en chassant les voleurs et les pillards.

Je ne sais pas pourquoi il a décidé de venir dans ce coin glacé. Mais il est venu à Highbell, et quand je l'ai vu à la cour pour la première fois, nos regards se sont croisés. Il est resté depuis, mais je n'arrive toujours pas à le comprendre. Il semble être tombé du ciel.

– Vous êtes très belle.

Mes lèvres se courbent devant ce compliment.

– Je sais.

Je suis certaine que ma réponse le prend au dépourvu parce que ses yeux bruns s'écarquillent une fraction de seconde avant qu'il laisse échapper un petit rire.

Mais c'est vrai. Je sais que je suis belle. Toute personne jolie qui prétendrait le contraire est une menteuse. Parfois, c'est pour chercher des compliments. Mais le plus souvent, c'est parce que la société – les hommes, en particulier – nous a appris qu'il fallait minimiser notre beauté, pour la laisser être déterminée par les autres. Pour paraître humble. Mais je n'ai pas besoin d'être humble.

Je suis une princesse.

Bien sûr, être une princesse a aussi ses inconvénients. En ce moment, par exemple. Au lieu de pouvoir avoir cette conversation en privé, je dois l'avoir en public. Trois de mes dames d'honneur brodent près de la fenêtre, et je peux dire qu'elles sont plus intéressées par ce qu'elles entendent que par l'avancée de leur ouvrage. J'ai bien envie de marcher jusqu'à la cheminée afin de jeter leurs cerceaux dans les flammes, et de les laisser geindre. Pourtant, ma mère m'a appris à me contrôler en toutes circonstances. La mauvaise humeur, les explosions de colère ou les emportements ne sont jamais les bienvenus.

Le châtiment est bien meilleur quand il se mange froid.

– Vous m'avez dit que vous aviez fréquenté des théâtres lors de vos voyages dans les autres royaumes, je poursuis, les yeux tournés vers lui. Je suis certaine que vous avez rencontré beaucoup de belles femmes.

Il penche la tête comme s'il réfléchissait, laisse courir une main sur le fil d'or de son col.

– Aucune ne vous égale.

Ça aussi, je le sais. Il n'y a pas une seule famille royale dont les héritiers naissent avec des cheveux blancs comme neige – c'est un trait des Colier. On m'a chanté des sonnets, des artistes ont peint mon portrait comme une rose blanche poussant dans la neige de Highbell. Depuis que je suis toute petite, on me loue pour ma beauté unique.

On m'a également souvent demandée en mariage, mais cette fois-ci, c'est différent.

Cette fois, l'homme assis en face de moi a charmé mon père. Et il n'y a que deux choses qui peuvent charmer mon père : le pouvoir et la richesse.

Il se trouve que Tyndall Midas possède les deux.

En me penchant en avant, j'attrape la théière posée sur la table devant nous, et verse plus de thé avant d'en prendre une gorgée. Il fait encore chaud, malgré le fait que nous soyons assis à bavarder depuis une heure.

–Alors, est-ce quelque chose que vous aimez faire ici ? Aller au théâtre en ville ? me demande Tyndall.

Après avoir bu une nouvelle gorgée, je repose la tasse sur la table en verre. Je peux voir nos jambes en dessous, les miennes enveloppées dans les jupons de ma robe blanche et les siennes dans son pantalon marron. Les boucles de ses bottes sont en or massif.

–Je n'apprécie peut-être pas les représentations théâtrales autant que je le devrais, j'admets.

Il incline légèrement la tête, les flammes de la cheminée projettent une ombre orangée sur ses cheveux dorés.

–Et pourquoi cela ? Je croyais que la plupart des jeunes femmes aimaient assister à des pièces de théâtre.

Je lui réponds en passant une main dans mes cheveux qui ont glissé sur mon épaule :

–Mais c'est bien de ça qu'il s'agit, n'est-ce pas ? Un spectacle. Et je vois déjà assez de gens à la cour qui jouent la comédie comme sur une scène de théâtre.

–Je suppose que je ne vous demanderai pas d'y assister avec moi, alors.

Un large sourire vient illuminer le visage de Tyndall. Je dois admettre que cela me donne des papillons dans le ventre. Je ne suis pas du genre à me laisser charmer facilement. Encore une séquelle de l'adulation de la cour. Mais là, c'est différent. Je ne déteste pas ses attentions. D'abord, il n'est pas de ce royaume, et par conséquent, il a quelque chose de nouveau. D'autre part, quand il me regarde, j'ai l'impression qu'il s'intéresse vraiment à moi.

Contrairement aux autres prétendants, il ne rencontre pas constamment mon père. Il préfère concentrer toute son attention sur moi.

Je m'empresse de répondre :

–Bien au contraire. J'ai l'impression que je ne serai pas aussi ennuyée avec vous que je le suis lorsque j'y vais avec mes dames de compagnie.

Quand il sourit à nouveau, je constate que mes lèvres se retroussent aussi. Le mouvement me fait mal aux joues. Je ne souris pas souvent. Je ne suis pas du genre à faire de faux sourires ou à minauder. Je souris seulement quand la personne ou le moment le justifient vraiment.

C'est ce que l'on ressent quand on tombe amoureux?

L'envie de sourire, les papillons dans le ventre? Je n'ai personne à qui le demander. Pas à ma mère morte et enterrée, et certainement pas à mon père, qui ne m'adresse la parole que de l'autre côté d'une table à manger formelle ou pendant une cérémonie à la cour. Et je préférerais m'arracher la langue plutôt que de poser la question à mes minaudières de dames de compagnie.

Je suppose que le théâtre aura du bon, après tout. Les histoires d'amour qu'on y joue sont les seuls exemples auxquels je peux me référer.

–Vous feriez un très bon premier rôle, je déclare en balayant sa silhouette du regard.

–Eh bien, il semblerait que j'aie de nombreuses occasions de jouer la comédie à la cour.

Je laisse échapper un petit rire.

–J'ai hâte d'y assister. En fait, vous allez nous offrir un spectacle, si j'ai bien compris?

–En effet. Si tout se passe bien, je présenterai à votre cour un spectacle de magie.

–Je dois admettre que je suis particulièrement excitée de le voir. D'après ce que mon père m'a dit, votre magie est fascinante.

–Je vais dorer quelque chose juste pour vous, me dit-il avec un clin d'œil.

Mon cœur s'emballe.

–J'aimerais beaucoup.

Son sourire s'adoucit, mais quand je tends la main pour attraper ma tasse de thé à nouveau, il s'en empare. Un souffle s'échappe de mes lèvres face à un geste d'une telle audace et mes yeux se tournent vers la droite pour voir si mes dames de compagnie l'ont remarqué, mais fort heureusement, elles gardent la tête baissée sur leurs travaux d'aiguille.

– Votre main est très froide, susurre-t-il alors que son pouce effleure ma peau.

– Elles sont toujours comme ça. (Je suis gênée d'entendre à quel point j'ai la voix qui tremble.) Tout est froid dans ce royaume. Y compris sa princesse.

Il sourit, les yeux fixés sur ma peau pâle, pendant que j'en profite pour détailler ses traits. Il est beau, cela ne fait aucun doute. Avec son visage rasé de près, ses sourcils arqués et son expression pleine de charme. Pas étonnant que je retienne mon souffle quand il pose son regard sur moi.

L'espace d'un instant, je me perds dans la profondeur de ses iris et je me demande s'il se perd également dans les miens. J'ai entendu certains hommes dire que le bleu pâle de mes yeux était déconcertant. Pourtant, quand il me fixe avec une telle intensité… je ne pense pas qu'il soit troublé.

Non, il me regarde comme s'il songeait à faire des choses bien trop inappropriées à l'heure du thé.

– Puis-je vous poser une question, Princesse ? ronronne-t-il en me faisant frissonner.

– Bien sûr.

– Si je vous demandais votre main, accepteriez-vous ?

Mes yeux s'écarquillent. Je sais que mon père et lui en ont déjà discuté. Ce sont toujours les hommes qui décident, surtout lorsqu'il s'agit de la famille royale, et encore plus quand il s'agit d'une princesse sans pouvoir.

– Vous me demandez mon avis ?

L'idée est ridicule. Aucun des prétendants ne m'a jamais demandé si je voulais l'épouser. Le fait qu'il me pose la question est un peu ahurissant.

– Tout à fait, répond-il.

– C'est l'opinion de mon père qui compte. (Il y a une pointe d'amertume dans ma voix qui pince comme des fourmis rouges.) Vous avez un pouvoir et une richesse incroyables qui pourraient restaurer la gloire et la stabilité du Sixième Royaume.

– Oui, dit-il lentement. Mais je ne m'adresse pas à votre père ou à votre royaume. Je m'adresse à vous.

Surprise, je cligne des yeux et mon dos vient cogner le dossier de ma chaise.

–Si vous ne voulez pas, dites-le-moi tout de suite, poursuit-il, les yeux dans les yeux, pendant que sa main tient encore la mienne avec une chaleur qui m'est si étrangère. Je ne m'opposerai pas à votre volonté. Cela vous rendrait-il heureuse de m'épouser, Princesse?

Sa sincérité coule dans mon estomac comme le miel d'une cuillère. C'est lent et doux, ça me donne envie de me pencher en avant et de la savourer.

C'est sûrement comme ça que ça se passe. C'est ce que doivent raconter toutes ces pièces de théâtre à l'eau de rose.

–J'en serais heureuse, je réponds finalement à voix basse, bien que ce mot…

Je ne suis pas sûre de vraiment savoir ce que signifie être heureuse. Je n'ai pas été heureuse depuis que ma mère est décédée, il y a des années. Mais j'aimerais l'être à nouveau.

J'aimerais avoir un mari que j'apprécie vraiment. Qui m'aime vraiment. J'aimerais avoir le contrôle sur ma vie et ne pas être constamment rejetée par mon père pour être née sans magie. S'il n'y avait pas eu mes cheveux blancs des Colier, je soupçonne qu'il aurait essayé de me renier il y a des années.

Je ne me rends même pas compte qu'une larme a coulé sur ma joue jusqu'à ce que Tyndall lâche ma main pour l'essuyer.

Jamais un homme ne m'a touché la joue. Jamais mon propre père n'y a déposé un baiser lorsque j'étais jeune. C'est peut-être pour cela que ce contact m'apparaît si intime. Peut-être que je suis tellement affamée et effrayée par son geste que c'est la raison pour laquelle je me fige.

–Pas de ça, dit-il doucement, et je ne sais pas si j'ai envie de pleurer ou de sourire, mais il a réussi à me faire faire les deux en une heure à peine, alors que j'en ai été privée pendant si longtemps.

Je m'émerveille de la sensation de sa main contre ma joue. Je m'émerveille de voir comment, pour la première fois de ma vie, j'en ai vraiment envie.

Mais cet instant de grâce est interrompu par le coup sec d'un raclement de gorge. Tout à coup, je me rappelle que nous ne sommes pas seuls et je m'éloigne vite de lui en jetant un coup d'œil à mes dames de compagnie. Elles me dévisagent toutes d'un air désapprobateur. Pourtant, leur réprimande ne sonne pas tout à fait vraie. Pas avec la lueur d'excitation que je discerne dans leurs pupilles maintenant qu'elles ont une rumeur à diffuser dans tout le château.

Comme je les déteste.

Je me racle la gorge, puis je prends un moment pour retrouver mon calme en passant mes mains sur ma jupe. Pourtant, ce n'est pas le tissu que je sens, c'est son toucher, la façon dont sa main a enserré ma paume. Sa chaleur qui s'est infiltrée dans ma peau. La trace de la larme qu'il a essuyée du bout des doigts.

–Princesse... commence Tyndall, mais il est également interrompu.

La porte du salon s'ouvre, et mon garde principal entre en s'inclinant.

–Pardon, Votre Altesse, mais votre père a demandé à voir Messire.

J'essaie de ne pas laisser transparaître ma déception lorsque nous nous levons.

–Bien sûr, j'acquiesce en me dirigeant vers la porte. Je me joins à vous.

Mais le garde secoue la tête.

–Le roi Colier a été précis. Il veut rencontrer ce gentilhomme en tête à tête.

Je me raidis, la frustration me fait pincer les lèvres. En passant derrière moi, Tyndall effleure mon dos d'un geste léger mais réconfortant.

–Tout va bien, Princesse. Je vais m'entretenir avec votre père, puis nous pourrons nous rendre au théâtre, d'accord?

Je hoche la tête d'un air guindé.

–J'en serais ravie.

Il s'incline avec élégance avant de quitter la pièce. Le garde se retire à nouveau, tandis que je retourne à table siroter mon thé qui est maintenant froid, bien que je ne le remarque pas vraiment.

Aux yeux de mon père, je ne suis toujours rien d'autre qu'un accessoire – un accessoire inadéquat. Pourtant, chaque fois qu'il a essayé de me marier, il a échoué parce qu'il exigeait un prix exorbitant. Après tout, il sait qu'en me mariant, il cède aussi son royaume. Et son royaume est dans une situation désespérée, tellement couvert de dettes qu'il faudrait une montagne de pièces d'or pour les couvrir. Heureusement pour lui, c'est exactement ce que possède Tyndall.

Je dévie mon attention sur les chuchotements de mes dames de compagnie. Les poils de ma nuque se dressent comme ceux d'un chat hérissé.

« Sortez d'ici. Cessez donc vos bavardages stupides ! »

Voilà ce que j'ai envie de dire. C'est ce que je ferais si j'étais reine.

Si ce contrat de mariage se concrétise, je pourrai avoir un mari qui m'aimera. Je pourrai exercer un certain pouvoir dans mon propre royaume, même si je ne possède pas de pouvoir magique.

Je peux obtenir ce contrôle. Je peux être heureuse. Je peux avoir un enfant et élever un autre héritier Colier digne du trône, qui aura assez de pouvoir magique pour le conserver.

Tyndall Midas semble être la réponse adéquate à mes espoirs non exprimés. Donc, je ferme les yeux, en décidant de les faire entendre.

Grand Divin, entends mes prières…

Je me réveille en sursaut.

Mes yeux sont écarquillés, mes oreilles palpitent de ma propre supplique chuchotée dans ma tête, comme un écho éternel. Même ma joue semble brûlée par cet ancien contact avec Tyndall, comme si c'était il y a quelques instants, et pas des années.

Une idiote.

J'étais une idiote naïve et ignorante.

Une vive amertume me brûle la langue comme des morceaux de glace que j'essaie d'avaler. Ce rêve était une parfaite réplique, comme si ce souvenir avait été arraché à ma conscience et se rejouait derrière mes yeux fatigués.

Pourquoi est-ce que mon cerveau me tourmente avec ça en ce moment, je n'en ai pas la moindre idée.

Probablement parce que je suis coincée à l'arrière d'une charrette en bois, avec mon manteau en guise de couverture, et un flanc de colline comme seul abri. Comment se fait-il que lorsque vous êtes physiquement vulnérable, votre esprit décide de l'être aussi ?

Je me redresse avec des mouvements raides à cause de mon énervement. L'abri que constitue le sommet de la colline enneigée est dérisoire et risible, mais il permet de maintenir le vent à distance. Ce qu'il ne retient pas, en revanche, ce sont les souvenirs qui ne cessent de sauter dans mon esprit, comme des ressorts cassés traversent un matelas pour me transpercer sans crier gare.

Les moments passés avec Tyndall se répètent en boucle dans mon sommeil. Mais quand je suis réveillée, je vois Jeo. Je vois mon étalon couvert de taches de rousseur se faire poignarder dans la neige, le torse maculé de son sang aussi rouge que ses cheveux. Je vois l'homme de l'ombre déformant l'obscurité et la lumière, me fixant sous sa capuche et me pointant du doigt comme la mort incarnée venue me traquer.

Mon corps frissonne involontairement, mais ce n'est pas à cause du froid. Le froid ne semble même pas m'atteindre.

– Ma reine ?

En me déplaçant, j'érige une barrière pour contenir ces souvenirs et je me penche sur le chariot. Je vois Sir Pruinn étendu par terre avec les chevaux, leurs couvertures de selle étalées sous eux comme une mince couche protectrice contre la neige.

Malgré notre dur voyage, il n'a pas l'air grognon. Ses vêtements sur-mesure ne sont toujours pas froissés, ses bottes restent brillantes et sa mâchoire est bien rasée, même si je ne sais pas quand il a eu le temps de le faire. Sa peau ne semble même pas gercée par le froid auquel nos visages doivent faire face en permanence.

– Je souhaite me mettre en marche pour la journée, Sir Pruinn.

Il était appuyé contre l'un des chevaux pour profiter de sa chaleur, mais il se redresse, la tête inclinée vers le haut comme s'il avait besoin de confirmer qu'il fait encore nuit.

– Ce n'est pas encore l'aube.

– Nous n'en sommes pas loin, je réponds avant de me retourner et d'attraper mon manteau pour l'enfiler.

La gourde que Pruinn m'a donnée tombe de ses plis et heurte les lattes de bois.

– L'eau a gelé.

Je l'entends soupirer, mais il se lève enfin. Il s'étire légèrement avant de venir la récupérer. Ce faisant, il effleure mes doigts, et ses sourcils sombres et très arqués se soulèvent.

– Ma reine, vous devriez vraiment envisager de ne plus dormir sur la charrette. Les chevaux offrent de la chaleur…

– Et ils offrent aussi leur puanteur, je rétorque en le coupant.

– Oui, mais…

– La charrette me convient, Sir Pruinn, je lui dis d'un air sévère. Ce qui ne me convient pas, c'est de perdre du temps.

Sans attendre de réponse, je saute de la charrette et me traîne dans la neige pour faire ma toilette du matin. C'est tout sauf civilisé d'être ainsi exposée et forcée de s'accroupir comme un animal, avec la neige en guise de lavabo.

Quand j'ai fini, je reviens vers Pruinn qui a déjà attelé et nourri les chevaux. Heureusement pour nous, le fond de la charrette était rempli de bottes de foin et de quelques caisses de nourriture. Mais en dépit du rationnement que nous nous sommes imposé, notre stock a déjà diminué de moitié.

Nous n'avons pas discuté de ce qui se passera si les chevaux viennent à manquer de foin et ne peuvent plus nous transporter, ni de ce qui se produira une fois que nos propres réserves seront épuisées. Je ne suis pas sûre de vouloir le savoir.

Je m'approche alors qu'il finit de s'occuper des animaux. Le ciel s'assombrit, un voile terne le recouvre. On dirait que même les nuages se sentent de trop ce matin.

– Combien de nuits vais-je encore devoir faire face aux éléments du Sixième Royaume ?

Il fouille dans son sac à bandoulière et en sort une pochette familière. Après avoir cherché à l'intérieur, il me tend une barre d'avoine. Cette barre, plus la viande séchée et les fruits secs, constitue l'essentiel de nos repas, avec de la neige fondue comme eau.

– Étant donné que nous partons très tôt, nous devrions en avoir fini demain.

Ma main retombe, la barre d'avoine et la soif sont oubliées.

– Nous serons à l'abri des intempéries demain ? je demande sur un ton plein d'espoir.

Il n'y a pas de villes ni de villages par ici, j'en suis certaine, mais peut-être qu'un marchand ambulant de sa trempe connaît une maison isolée quelque part ? Un endroit où on peut dormir au chaud et être nourri avec autre chose que de simples rations de voyage ?

Mais Sir Pruinn secoue la tête en rabattant la capuche de son manteau sur ses cheveux blonds coupés ras, juste au moment où il recommence à neiger.

– Pas les intempéries. Nous sortirons du Sixième Royaume.

Cela m'étonne.

– Déjà ?

– Vous vous souvenez de la carte ? me demande-t-il en souriant.

Ses yeux gris scintillent presque.

Je me hérisse, parce qu'il parle de la carte qui est censée me montrer comment atteindre mon désir le plus cher.

– Elle m'a montré un raccourci.

– Je vois.

– Je pensais que cela vous rendrait heureuse, ma reine.

« *Cela vous rendrait-il heureuse, Princesse ?* »

Je grince des dents suffisamment fort pour évacuer le souvenir des paroles de Tyndall, puis je m'installe dans la charrette pour une nouvelle journée de voyage sans fin. Vers quoi ? Je n'en ai pas la moindre idée.

Peut-être que ce voyage n'est qu'un leurre et que Sir Loth Pruinn, l'étrange mais magnétique marchand ambulant, n'est rien d'autre qu'un imposteur. Peut-être qu'il me conduit vers le Septième Royaume en ruine, où il me jettera au bout du monde.

J'en serais heureuse.

Quelle idiote.

Idiote naïve et ignorante.

CHAPITRE 23

AUREN

Une semaine entière s'est écoulée. Sept jours d'entraînement. Je dors jusqu'au crépuscule, Slade, lui, a déjà disparu à mon réveil, puis je m'habille et je viens ici m'entraîner avec Judd jusqu'à ce que j'aie envie de m'évanouir. Ensuite, je me lave du mieux que je peux sans mouiller mes bandages et je rejoins tout le monde pour dîner.

Je ne cuisine plus. Je pense que nous sommes tous d'accord pour dire que c'est mieux ainsi.

Après le dîner, je joue aux cartes avec les autres pendant qu'Hojat lit ou prépare une nouvelle potion à tester sur Digby ou moi-même. La tempête n'a toujours pas cessé. Je l'entends souffler à travers l'entrée de la caverne à toute heure, faisant rage contre l'abri de la Grotte.

Et moi, je reste debout bien après que tout le monde est allé se coucher, je ne m'endors pas avant l'aube. Je ne me fais pas assez confiance pour me lever avec le soleil. Mais… je n'ai plus rien doré. Pas une seule fois. Pas même quand je me suis endormie dans le lit. Mes vêtements sont de la même couleur brune et noire qu'avant, les couvertures et les fourrures n'ont pas été altérées par mon pouvoir.

Je ne sais pas ce que cela signifie, mais je m'inquiète sans rien dire en évitant le sujet à tout prix.

Quand je me suis réveillée dans cette grotte et que j'ai senti le pouvoir me traverser, j'avais juste besoin qu'il s'arrête. Qu'il soit contenu. Parce qu'on ne peut pas faire confiance à mon or. Surtout depuis qu'il a révélé cette facette insoupçonnée et que j'ai découvert que j'ignorais beaucoup de mes capacités.

Maintenant… maintenant, j'ai l'impression qu'il est complètement brisé. Comme si tout ce que j'ai fait à Ranhold cette nuit-là avait irrémédiablement modifié ma magie.

Mais pour l'instant, je vais me contenter de me renforcer physiquement. Je dors donc le jour au lieu de m'inquiéter de la raison pour laquelle mon toucher d'or semble s'être tari.

– Tu regardes encore tes pieds.

La voix de Judd me fait sursauter.

– Désolée.

– Tu ne dois pas avoir les yeux plantés dans le sol, me dit-il. Ou la poutre. Maintenant, fais trois pas en avant. Regarde loin devant.

Je me mords la lèvre, en luttant contre mon désir instinctif de regarder vers le bas. La poutre en bois sous mes pieds doit mesurer au moins trois mètres de long. Quand je suis entrée dans les Dents hier, elle m'attendait au milieu de la pièce.

Je ne peux même pas imaginer à quel point elle doit être lourde. Quand j'ai posé la question à Judd, il m'a dit que Slade et Ryatt l'avaient apportée plus tôt pour moi. Je suis un peu déçue de ne pas les avoir vus faire.

Depuis deux jours, je ne fais que ces exercices de poutre. Ça me force à réapprendre l'équilibre. Je suis tombée plus de fois que je ne peux les compter. J'ai mal aux jambes, j'ai l'impression de m'être brûlé la voûte plantaire, et même mes orteils sont douloureux. Mais je n'abandonne pas.

– Un, compte Judd quand je place un pied devant l'autre. Deux, trois… Bien.

Il longe la poutre à côté de moi, la lumière bleue de la mâchoire des Dents étire son ombre derrière lui.

– Maintenant, je veux que tu fasses demi-tour et trois pas dans l'autre sens.

– Vraiment ? je gémis.

Judd se met à rire.

– Allez, Dorette ! m'encourage-t-il.

Il m'a fait faire ce mouvement tellement de fois, et je perds encore mon équilibre. Mon corps veut toujours s'appuyer sur les rubans qui ne sont plus là. Je me force pourtant à tourner mon pied arrière et à faire un tour sur moi-même… pour finalement tomber de la poutre et atterrir dans le foin qui recouvre le sol.

Ce n'est pas très agréable.

Je laisse échapper un grognement de frustration, frappe ma main contre la poutre et je m'énerve encore plus lorsque de minuscules échardes s'y plantent. J'arrache mon gant et le jette par terre.

– Encore une fois.

Je lance un regard à Judd.

– Je te déteste.

– Il faut apprendre à marcher avant de pouvoir courir, Dorette. Ou dans ton cas, il faut trouver son équilibre pour pouvoir arrêter de tomber sur le cul.

– Merci de me gratifier de cette sagesse.

Il époussette l'épaule de son manteau noir.

– À ton service.

Je remonte sur la poutre en tentant d'ignorer mes pieds palpitants et mes chevilles douloureuses, mes bras se soulèvent automatiquement pour stabiliser ma posture. Les muscles de mes jambes se contractent afin de me maintenir en place.

– Avance jusqu'au bout.

J'acquiesce et j'avance lentement, mais mes yeux se baissent pour vérifier que je ne suis pas sur le point de me jeter dans le vide.

– Je t'ai vue. Pas de coup d'œil.

Je jure que cet homme a la capacité étrange de savoir ce que je regarde. Je lève les yeux et je garde l'autre bout de la grotte en ligne de mire.

– Ne réfléchis pas trop. Voilà… Maintenant, arrête-toi et fais demi-tour.

Je le fais sans réfléchir, en tournant sur la pointe de mon pied… et je ne tombe pas. Au contraire, mon autre pied se positionne parfaitement devant celui que je viens de faire pivoter, et avant même de m'en rendre compte, je me retrouve dans l'autre sens.

J'écarquille les yeux et un grand sourire se dessine sur mon visage.

– J'ai réussi !

– Très bien ! s'exclame-t-il en applaudissant. Maintenant, faisons-le dix fois de plus.

Mon sourire s'efface.

– Ne devrions-nous pas plutôt finir sur une bonne note ?

– Bien essayé, dit-il en avançant pour se mettre parallèlement à moi. Maintenant que nous savons que tu peux y arriver, il faut que tu te perfectionnes.

Judd ne plaisantait pas en disant que je devais répéter l'enchaînement dix fois. Je le fais probablement une quarantaine de fois en tout, parce qu'il s'arrête de compter quand je tombe, vacille ou trébuche.

L'abruti.

Je finis par m'effondrer au sol, les genoux repliés devant moi et les coudes appuyés dessus. Je suis couverte de sueur et d'échardes, et mes pieds me font un mal de chien.

– J'ai l'impression que mes chevilles vont me trouer la peau.

– Tu t'es bien débrouillée, me félicite Judd en me passant de l'eau.

J'en bois de grandes lampées, sans même me soucier que le breuvage déborde de mes lèvres et qu'un filet s'écoule le long de mon menton. Une fois que je suis désaltérée, je lui dis :

– Merci de m'avoir encouragée à repousser mes limites, Judd.

– Tout le plaisir est pour moi. Et n'oublie pas de prendre de la neige et de l'utiliser pour refroidir tes pieds et tes jambes. Parce que demain, nous ferons plus de travail sur la poutre.

Je gémis en frottant mon mollet qui a des spasmes.

– Je déteste la neige.

– Mais ça aide.

– C'est vrai, je concède.

Non seulement Hojat m'aide à refroidir mes muscles endoloris mais il place aussi des blocs de neige dans mon dos. Même si je déteste ça, ça m'a beaucoup aidée.

– Prête ?

J'acquiesce et quand je prends la main de Judd pour qu'il m'aide à me relever, je ne bronche même pas.

Je commence déjà à m'habituer à ce qu'on me touche. C'est étrange de voir à quel point les choses ont changé en si peu de temps.

Ensemble, nous passons l'entrée déchiquetée des Dents pour déboucher dans la cavité principale de la Grotte. Aussitôt, j'aperçois une silhouette qui se dirige vers nous, et même si mes yeux ne s'ajustent pas tout de suite, mon corps sait parfaitement de qui il s'agit.

Quand Slade est assez proche pour que je puisse distinguer les lignes ombragées de son visage, l'attention qu'il me porte fait battre mon cœur de façon irrationnelle.

– Tu boites, dit-il en guise de salut, en s'arrêtant devant nous.

– Ça va, j'ai juste mal aux pieds.

– Je lui ai dit de mettre de la glace dessus, ajoute Judd. Mais elle s'est bien débrouillée aujourd'hui. Son équilibre s'est déjà amélioré. Elle est prête à passer au niveau supérieur dès que son dos se portera mieux.

Slade hoche la tête, et je vois à son expression qu'il approuve.

– J'aimerais t'emmener quelque part, si tu veux bien.

Mes sourcils s'arquent de surprise et mon pouls s'accélère. J'avais l'impression qu'il m'évitait. Nous dînons ensemble avec les autres, mais il part toujours faire je-ne-sais-quoi pendant que je m'endors toute seule, et que je me réveille de la même façon.

Seuls le feu toujours bien entretenu et l'oreiller constamment enfoncé de son côté du lit m'indiquent qu'il est bel et bien resté avec moi. Je ne peux pas vraiment lui en vouloir, c'est moi qui dors toute la journée.

– Ce sera quelque chose de relaxant, je te le promets, ajoute-t-il en percevant mon hésitation.

– D'accord.

J'accepte, mais je m'en veux de lui donner l'impression qu'il doit me convaincre. Il se sent encore très coupable de toute cette histoire de putréfaction.

– Ça me tente bien.

Un éclair de soulagement passe dans ses yeux, juste avant que Judd ne nous tape sur les épaules.

– Amusez-vous bien, tous les deux. Je vais voir si Lu veut faire une partie de cartes avec moi. Elle m'a encore piqué tout mon argent hier soir, lance-t-il en s'éloignant.

Je lève les yeux sur Slade, consciente que nous sommes seuls. Nous n'avons jamais été seuls, pas vraiment. Pas depuis que je me suis réveillée dans cette grotte et que je lui ai pratiquement sauté dessus.

En me raclant la gorge, je lui demande :

– Où allons-nous ?

– Tu verras.

Puis il se retourne et s'agenouille devant moi.

– Monte.

– Quoi ? je m'exclame, interloquée.

– J'ai bien vu ta grimace chaque fois que tu fais un pas. Je peux te porter sans te faire mal au dos. Alors, monte.

Mes pieds prennent position, mais ce simple mouvement suffit à faire souffrir ma voûte plantaire.

– Tu es sûr ?

Il me regarde par-dessus son épaule.

– Suis-je sûr que je veux que ton corps soit appuyé contre le mien pendant que je te porte pour que tu n'aies pas mal ?

Tout à fait.

Je ne peux m'empêcher de ressentir un petit frisson devant la façon dont il me regarde.

– Alors j'accepte.

Timidement, je passe mes bras autour de son cou et il me soulève instantanément, mes cuisses enserrant ses hanches. Cette posture me fait immédiatement penser à la fois dernière, quand mes jambes se sont enroulées autour de lui. À la différence près que je lui faisais l'amour en souhaitant désespérément ne plus penser à rien, être punie et en jouir, alors que mon monde s'écroulait autour de moi.

Slade m'ajuste sur son dos en se redressant, ses mains puissantes agrippent mes cuisses. Sous son contact, mon pantalon n'est plus une barrière, je peux le sentir enflammer la peau de mes jambes, qui se met à me picoter.

– Tu es sûr que ça va ? je répète, étant donné que je ne suis pas un poids plume.

Ses doigts s'enfoncent dans mes cuisses, et un rire suave gronde contre ma poitrine.

– Plus que bien, et je crois que je te l'ai prouvé l'autre jour, n'est-ce pas ?

Je n'ai pas besoin d'un miroir pour savoir que mes joues s'enflamment d'un fard doré.

Il avance dans la direction opposée à celle qu'a empruntée Judd, loin de la maison. Ses pas sont réguliers, son contact fort, mais je ne peux pas m'empêcher d'avoir les nerfs à fleur de peau.

– Détends-toi, Auren.

C'est comme si j'attendais inconsciemment cet ordre, parce que dès qu'il l'a prononcé, je suis capable de desserrer l'étau qui enserrait ma nervosité. Lentement, je laisse mon corps se détendre, mes seins se pressent contre son dos musclé, ma joue repose sur son épaule. Je m'en délecte en silence. Ce sentiment est encore très nouveau pour moi.

Je ne me suis jamais sentie aussi en sécurité que quand il me tient dans ses bras. Quand mon corps est contre le sien.

Ce n'est pas une sécurité assortie de conditions.

Ce n'est pas un confort assorti de conditions non plus.

Il me tient comme s'il ne voulait rien d'autre en retour, et cette réalité m'est tellement étrangère que je m'étonne encore que ça m'arrive à moi.

– Tes pensées sont terriblement bruyantes, lâche-t-il.

Je lève les yeux sur les filaments bleus qui s'amincissent le long du plafond.

– Je vais essayer de faire moins de bruit.

– Au contraire, je veux que tu les exprimes.

– Je me disais… que c'est encore très récent, nous deux. Qu'il y a tant de choses que nous ignorons l'un de l'autre.

Il ne répond pas tout de suite, laissant plutôt ses pensées se diffuser dans l'air.

– C'est vrai, finit-il par répondre. Je suppose que nous avons tous les deux appris à très bien garder les secrets.

Je laisse échapper un petit rire.

– C'est un euphémisme.

– Mais je crois que c'est ce que j'attends avec le plus d'envie, avoue-t-il, et sa voix devient sensuellement grave. Je te décortique, couche par couche. J'apprends à te connaître en profondeur.

Ses mains serrent mes cuisses, et même s'il n'évoque rien de sexuel, mon corps réagit comme si c'était le cas, mon esprit l'imagine en train de me déshabiller et de me mettre à nu d'une manière complètement différente.

– J'ai hâte de découvrir toutes les facettes que tu vas me révéler.

Je déglutis bruyamment, en essayant sans y parvenir d'empêcher la chaleur de s'accumuler dans mon bas-ventre.

– J'ai hâte de faire de même avec toi.

Il tourne la tête sur le côté pour me regarder par-dessus son épaule.

– Bien.

Ses paroles accélèrent le rythme de mon pouls. Il est revigorant et vulnérable, si effrayant et pourtant si excitant.

Je ne sais pas si je l'ai évité ou s'il m'a évitée depuis que je me suis réveillée, ou si c'est une combinaison des deux, mais tout cela semble tellement compliqué comparé à ce moment de calme dans l'obscurité.

– Où allons-nous ? je lui demande encore.

– Quelle impatience !

Je lève les yeux au plafond.

– Comme si tu me laissais te conduire quelque part sans te dire où c'est.

– Oh, Chardonneret, je suis prêt à te suivre jusqu'au bout du monde et à plonger dans le vide d'une simple pichenette de ton doigt.

Mon estomac fait un bond.

– Oh !

– Oh, en effet.

Il continue à avancer dans la grotte et tourne à gauche.

– On y est presque.

Je découvre alors ce qui ressemble à un cul-de-sac mais qui est en fait une enclave bloquée par une courte paroi rocheuse. Dès que Slade l'a contournée, il y a une… odeur.

Je fronce le nez.

– Est-ce que tu viens de…

– De quoi ?

Grand Divin. C'est fort. Je dois réprimer l'envie de me boucher le nez.

Je me racle la gorge à la place.

– Je ne peux m'empêcher de constater que ça sent mauvais. Très mauvais. Tout à coup.

Il hurle de rire.

– Cette odeur ne vient pas de moi, je t'assure. Bien que je sois un peu inquiet que tu puisses penser que je pourrais produire quelque chose d'aussi… âcre.

– J'étais inquiète aussi, crois-moi.

L'odeur se répand dans l'air, mais je prends alors conscience que l'atmosphère est humide et qu'il y a un bruit de bulles de plus en plus fort.

– Voici le coupable, me dit Slade en tournant à nouveau.

À cet instant, je découvre une petite grotte pleine de vapeur. L'humidité colle instantanément à ma peau et à mes vêtements, et le doux bruit des bulles attire mon regard vers le bassin d'eau qui se trouve juste devant nous.

– J'ai choisi cette caverne pour y construire la Grotte parce qu'elle était assez grande pour accueillir à la fois une maison et une zone d'entraînement, mais cette source d'eau chaude privée était un avantage indéniable.

– C'est la seule ?

– Ici, oui. Mais il y en a d'autres plus loin. Les villageois du coin vont à la source qui se situe à l'intérieur de la montagne. C'est beaucoup plus grand et il y en a deux ou trois plus petites qui sont séparées, pour plus d'intimité.

– Incroyable !

Même si le bassin est probablement aussi long que le lit de Slade, tout ici est confortable et intime.

Je me suis tellement habituée à l'air froid que je fonds presque dans cette vapeur chaude.

Dès que Slade me pose, je détaille autour de moi l'espace qui brille doucement.

– C'est tellement joli.

Les veines fluorescentes qui lézardent les murs et le plafond légèrement bombés se reflètent dans l'eau en dessous, le bleu s'accrochant à l'atmosphère brumeuse.

Quand je m'approche, la roche sous mes bottes se gorge d'humidité. La source d'eau chaude se trouve au milieu de la grotte, et il y a une courte zone de roches surélevées qui forment une banquette tout autour. L'eau est en mouvement constant grâce aux légères bulles qui s'élèvent en son centre.

En m'agenouillant, j'y plonge un doigt et je ronronne pratiquement sous l'effet de la chaleur.

Au bruit que j'entends derrière moi, je me retourne pour assister au spectacle de Slade qui se débarrasse de son manteau et le pose sur un rocher qui émerge du sol.

Quand je le vois ensuite enlever sa chemise, mes yeux s'ouvrent comme des soucoupes. Son corps ne manque jamais de faire grimper ma température. Tous ces muscles parfaitement ciselés, ces racines qui se faufilent sous sa peau pâle et s'enroulent autour de ses pectoraux, remontant le long de sa clavicule et de ses épaules. Il est si incroyablement, si magnifiquement fae.

– J'ai pensé que tu méritais une récompense pour t'être entraînée si dur, lance-t-il d'un air narquois en interrompant ma contemplation.

Tout excitée, je cligne des yeux vers la source chaude.

– On y va ?

Son sourire brille dans la pénombre.

– Je ne t'aurais pas fait venir jusqu'ici juste pour te taquiner. Je sais que ton dos n'est plus bandé, mais Hojat a dit qu'il n'était pas encore tout à fait prêt pour un bain. Mais j'ai pensé que nous pourrions quand même tremper nos pieds et nos jambes ensemble.

– Grand Divin, oui.

Je crois que je vais pleurer de joie au nom de mes pauvres pieds endoloris.

– Mais... pourquoi as-tu enlevé ta chemise si nous trempons seulement nos pieds ?

– Ne t'inquiète pas, tu ne vas pas plonger dans l'eau, pas avant que ton dos ne soit complètement guéri. Mais même ainsi, nous devrons nous déshabiller, sinon nos vêtements seront trempés près de la source chaude. La vapeur est très épaisse.

Mon regard se porte sur la piscine bouillonnante. Il a raison, je peux voir à quel point la vapeur est dense, mais cela ne m'empêche pas de paniquer.

– Je te promets que la vapeur sera agréable.

Mon cœur bat contre mes côtes.

– J'ai encore mal, je dis à brûle-pourpoint.

– Je serai un parfait gentleman, m'assure-t-il. Je veux seulement prendre soin de toi, t'aider à te détendre. Rien de plus. Et je t'ai déjà vue nue. Il n'y a pas la moindre parcelle de ta peau que je n'ai pas touchée.

Une chaleur qui n'a rien à voir avec les sources d'eau chaude monte en moi. Mais elle est tempérée par une pointe de détresse.

Je n'ai plus de bandages. Si j'enlève ma chemise, il verra tout. Les horribles ecchymoses. Les bouts froissés et effilochés. La ruine qu'est devenu mon dos.

Et je ne peux toujours pas le supporter.

Je ne sais pas à quel moment il s'est déplacé derrière moi, mais sa voix douce me fait sursauter.

– Laisse-moi faire.

Ses doigts effleurent ma nuque, à l'endroit du premier bouton, et je sens la chaleur de son souffle contre ma peau bien plus que la vapeur dans l'air.

Je me fige, mes doigts agrippent mon col tandis que mes émotions se mélangent et s'embrouillent, comme les pièces d'un puzzle qu'on remue.

– Non, je finis par dire en m'éloignant d'un pas. Je vais garder ma chemise.

Il revient dans mon champ de vision, mais je ne croise pas son regard. Le silence entre nous est pareil à de la vase, dont les eaux troubles sont alambiquées et déroutantes. Mais même dans le silence, je sais qu'il entend. Je sais qu'il écoute ce que je ne dis pas.

Ne regarde pas. Je ne veux pas que tu voies.

– D'accord, finit par dire Slade sur un ton très calme.

Je l'entends se diriger vers la source chaude, et un bruissement de vêtements m'indique le moment précis où il baisse son pantalon. Je sens mes joues déjà chaudes s'empourprer davantage.

Je lève les yeux pour voir son corps complètement nu, le dos tourné vers moi. Je n'ai jamais eu l'occasion de l'apprécier sous cet angle. Je le regarde entrer dans la source chaude, la vapeur l'enveloppe presque complètement. Mais cela ne camoufle en aucun cas le bombé de ses fesses quand il se penche pour s'immerger dans l'eau, avant que le bas de son corps ne disparaisse sous la surface.

Il reste près du bord, évitant le centre bouillonnant, et le reste de son corps disparaît pendant une seconde lorsqu'il plonge sous l'eau. Quand il remonte, il secoue les mèches trempées de son visage, et le mouvement est si incroyablement sexy que, malgré l'humidité dans l'air, j'en ai la bouche sèche. Slade est taillé tout en muscles, durs et sculptés, c'est un bloc de force et de beauté masculine.

Et à cet instant, je ne me sens pas à la hauteur. Je transpire à cause de l'entraînement, mes cheveux sont tout emmêlés, ma peau est parsemée de gouttes de sueur, et mon dos…

Plus que quiconque, Slade adorait mes rubans. Et maintenant qu'ils ont disparu, je me sens si… incomplète. Inadéquate. Je ne sais pas si je pourrai un jour ne plus ressentir ça.

– Tu viens ? me demande-t-il.

En hochant la tête, je retire mes bottes, puis mon pantalon et mes chaussettes, que j'abandonne en tas sur une pierre saillante. La chemise flotte sur mes cuisses, et je m'approche, enveloppée par la vapeur, les yeux rivés sur l'eau et sur sa peau qui rosit.

– Comment se fait-il que tu ne te sois pas ébouillanté vivant ?

– Les bulles sont dues à l'eau chaude qui remonte constamment pour circuler, mais le débit est assez lent. Il n'est pas trop chaud, je te le promets.

Il doit y avoir une sorte de plateforme rocheuse à l'intérieur de la source, parce qu'il s'assied, face à moi. Il étend ses bras de chaque côté, les mains posées à même le sol. Ce geste met en valeur sa musculature, ses lignes de pouvoir sont à peine visibles lorsqu'elles s'enroulent autour de ses épaules.

– Viens par ici, me dit-il en tapotant le rocher immergé. Tu peux t'asseoir et laisser tremper tes jambes.

Je hoche la tête, mes pieds nus glissent sur le sol lisse et chaud. Je m'arrête juste à côté de lui et m'installe avec précaution sur le rebord de la source chaude. La vapeur nous enveloppe tous les deux si intensément que le reste de la grotte disparaît presque. Nous baignons dans une lueur d'un bleu translucide.

Je plonge un pied dans l'eau et je gémis de plaisir sous l'effet de cette chaleur délicieuse. Sans perdre plus de temps, j'y trempe l'autre pied en laissant mes jambes s'étendre jusqu'à ce que l'eau chaude recouvre mes mollets.

– Par les déesses, je soupire en savourant la chaleur. Que c'est agréable.

– Je savais que tu apprécierais.

– Ça compense la puanteur.

Il éclate de rire et ce son suffit à me faire recroqueviller les orteils dans l'eau. Je commence lentement à me détendre, mes doigts tirent doucement sur l'ourlet de ma chemise qui repose sur le haut de mes cuisses. Le tissu est déjà humide, il colle à mes seins tandis que l'épaisse vapeur s'accroche à ma peau, me donnant chaud partout.

– Tu es sûr que la vapeur n'est pas dangereuse ? je demande nerveusement, car mon dos me démange légèrement.

Slade acquiesce.

– Hojat m'a assuré qu'elle ne pose aucun problème.

Laissant échapper un soupir de soulagement, j'apprécie la sensation de l'eau bouillonnante sous mes pieds endoloris, pendant que mes yeux parcourent les parties visibles de son corps.

– Tes racines… elles sont habituellement réparties sur une plus grande partie de ton corps.

Il baisse les yeux sur ton torse comme pour voir ce que je vois.

– Elles ne sont pas aussi prononcées une fois que j'ai expulsé de la magie.

Avec ses bras libres et nus, les lignes de son pouvoir ressemblent à des brins d'herbe noirs qui ondulent légèrement sous l'effet de la brise.

– Tu dois faire ça souvent ?

– J'ai appris à la retenir pendant de longues périodes.

Je fronce les sourcils.

– Ce doit être douloureux.

– Ça peut l'être, admet-il. Mais j'ai appris à me contrôler il y a longtemps, cela consiste en partie à savoir quand se retenir… et quand lâcher prise.

Ses yeux me fixent et je sais qu'il est en train d'orienter la conversation sur moi. Mais je ne veux pas en arriver là.

Pas encore.

– Slade.

– Nous devons en parler, dit-il fermement.

Les souvenirs de cette nuit à Ranhold commencent à m'envahir autant que la vapeur d'eau. La puissance que j'ai ressentie était indescriptible. Elle semblait nourrir quelque chose de sombre en moi, qui ne demandait qu'à se multiplier et croître. Avoir l'impression que sa magie est soudainement incontrôlable et étrangère peut être terrifiant en soi, mais ce n'était pas seulement la magie le problème. C'était moi. J'ai perdu le contrôle.

Exactement comme je l'avais fait à Carnith.

Je m'étais juré de garder mon pouvoir sous contrôle, mais j'ai échoué, une fois de plus. J'ai l'impression d'avoir à nouveau quinze ans, avec une magie toute nouvelle qui coule de mes doigts tremblants et aucune idée de comment la gérer.

– C'est donc ça ? je lâche. (Ma voix se fait tranchante, mes iris dorés le transpercent.) Tu m'as fait venir ici uniquement pour me forcer à parler ?

Les épaules de Slade se crispent et il baisse lentement ses bras dans l'eau.

– Je ne te forcerai jamais à faire quoi que ce soit, rétorque-t-il. Tu devrais le savoir.

Sa voix s'est assombrie, semblable aux bords flétris d'une feuille qui se recourbe et noircit sous l'effet d'une brûlure.

– Eh bien, il semblerait que ce ne soit pas tout à fait vrai, je réplique, les mots s'envolant de ma bouche sans que je puisse les retenir. Je ne me souviens pas t'avoir demandé de me putréfier.

La tension entre nous est palpable. Mon pouls s'emballe. Je dois réprimer l'envie de poser une main sur ma poitrine, comme si je craignais que la pourriture ne s'anime parce que j'en ai parlé.

Slade se penche légèrement en avant, la vapeur s'enroule entre nous comme des spectres sinueux, et j'aimerais ne pas avoir dit ça. J'aimerais pouvoir reprendre mes mots et les avaler. Parce que je ne lui en veux pas. Je n'ai pas de ressentiment à son égard. Au contraire, je lui suis pleinement reconnaissante, alors je ne sais pas pourquoi j'ai dit ça, si ce n'est pour me défouler.

–Tu as raison, dit-il, et malgré la chaleur de la grotte, un frisson me parcourt le dos. Mais je vais te dire ceci, Chardonneret, et tu vas l'entendre. Quand il s'agira de *ta vie*, de choisir une option entre toi vivante et toi mourante, j'interviendrai toujours. Je choisirai toujours de faire ce qu'il faut pour que tu restes en vie.

J'inspire violemment.

–Je déteste me servir de mon pouvoir contre toi, mais ne confonds pas ma culpabilité avec des regrets, car tu te tromperais lourdement. Je le referais sans hésiter.

Son regard est trop intense, ses paroles trop percutantes. Je baisse les yeux, ma propre culpabilité bouillonne autant que l'eau chaude.

–Je suis désolée. Je ne sais pas pourquoi j'ai dit ça. Je ne t'en veux pas du tout. Si j'avais été à ta place, j'aurais fait la même chose. Je suis heureuse que tu aies réussi à m'arrêter. Je ne serais pas ici en ce moment si tu n'étais pas intervenu. Je te serai toujours redevable.

Il ne dit rien au début, et je crains de l'avoir réellement bouleversé, mais je sens soudain sa main qui soulève ma jambe. Je sursaute, parce que je ne l'ai ni entendu ni vu bouger, mais maintenant il est juste en face de moi, debout dans l'eau, ses doigts habiles et forts massent la voûte endolorie de mon pied.

Nos regards se croisent pendant qu'il appuie sur chaque zone douloureuse, que ses pouces décrivent des cercles et que ses mains malaxent mon pied de haut en bas.

–Tu n'es redevable à personne, Chardonneret, encore moins à moi, murmure-t-il en continuant à relâcher la tension et la douleur, comme si la vraie magie se trouvait dans son toucher. Tu n'as pas de prix. Tu vaux plus que de l'or. Et le monde te doit bien plus que ce qu'il t'a donné.

Je crois qu'une larme est sur le point de s'échapper, mais je fais comme si c'était de la vapeur.

Après ça, Slade et moi restons silencieux. Il me masse les pieds jusqu'à ce que je ne puisse plus réprimer mes gémissements, jusqu'à ce que mes voûtes plantaires ne se sentent plus tendues et endolories. Puis ses mains expertes remontent jusqu'à mes mollets, son toucher ferme appuie sur les nœuds, frotte chaque partie sensible. Parce que c'est ce qu'il fait toujours. Il déniche chaque fragment douloureux en moi et m'aide à le surmonter.

Même quand je n'en ai pas envie.

Chapitre 24

Slade

L'orage s'est enfin calmé.

Le ciel est meurtri, avec des nuages noirs et bleus qui s'accrochent à l'horizon alors que la nuit commence à céder.

Avec elle, la tempête a finalement cessé de souffler, et tout ce qu'il reste du blizzard de ces derniers jours est ce qu'il a déversé sur le sol. Presque deux mètres de neige recouvrent maintenant Drollard, bien que les villageois aient veillé à déblayer constamment les chemins et les façades des maisons, tandis que les restanques à flanc de montagne ont empêché une partie des chutes de neige de s'accumuler. Le village de Drollard se sent encore plus à l'abri du monde extérieur.

Je traverse le village à grandes enjambées, les mains enfouies dans mes poches, et si je ne glisse pas sur le chemin gelé, c'est uniquement grâce au sel et au sable qui y ont été éparpillés comme des graines pour oiseaux.

Je passe devant les maisons à toit incliné, mais tout est calme et tranquille, l'aube n'est pas encore là. La fumée s'échappe des cheminées et souffle contre le surplomb de la montagne, pour se dissiper dans le ciel.

Le pavillon est vide, à l'exception des charrettes que les villageois utilisent pour se ravitailler chaque fois qu'ils reçoivent une cargaison. Quelques arbres arthritiques s'agrippent au sol, leurs membres noueux et leurs branches tordues retiennent des touffes d'aiguilles et de neige.

Juste derrière, le pavillon est couvert par le surplomb de la montagne, et c'est ici, derrière des piles de bois de chauffage, derrière le foyer en pierre, que se trouve la porte de la cave. J'y jette un coup d'œil, mais à part une grande pièce remplie de provisions et un seul garde perclus de froid, il n'y a personne. Il me fait un signe de tête quand je passe et je disparais ensuite dans une fissure dans la montagne, là où les murs ont été creusés pour permettre le passage d'une personne.

Le chemin fissuré est long et déchiqueté, et pendant un moment, je marche complètement à l'aveugle, aucune lumière ne pouvant pénétrer dans cette misérable brèche. Quand j'arrive enfin au bout, la montagne, est un peu plus généreuse. Quelques lignes bleues parsèment les parois de la grotte, projetant de pâles lueurs.

Bien que je sois à l'abri des intempéries, il fait plus froid à l'intérieur. Le genre de froid stagnant et inerte, celui qui ne part jamais. Pourtant, malgré cela, je me sens de plus en plus réchauffé à mesure que je m'approche de la porte de fer encastrée dans la roche ombragée. Lorsque mes pas m'amènent devant la fenêtre grillagée pour que je puisse regarder à l'intérieur, le froid ne se distingue plus que par la buée qui s'échappe de ma bouche lorsque j'expire.

– Depuis combien de temps es-tu de retour ?

Je ne me retourne pas en posant cette question – j'ai senti sa présence dès que je suis entré.

Ryatt est assis là. Sa silhouette ombragée bloque la lumière de la lanterne suspendue à côté de lui, dont la flamme orangée est alimentée par le charbon de nos mines.

– Quelques heures, répond-il brutalement, ce qui me pousse enfin à me tourner vers lui.

– Il n'y en a qu'un.

Mon ton sous-entend une question.

Il se gratte l'arrière du crâne en ébouriffant ses cheveux noirs. Il préfère garder les siens plus longs que les miens, et râle toujours quand il doit se faire passer pour Rip et les couper.

– Tu m'avais dit qu'il t'en fallait un pour l'interroger.

Je le corrige :

– J'ai dit que j'avais besoin d'*au moins* une personne à interroger.

Il n'a pas l'air le moins du monde contrit.

– Si tu les voulais tous en vie, tu aurais dû envoyer Judd. Tu savais très bien que je n'allais pas laisser tous les rats de Midas revenir ici. Tu as eu ce que tu voulais, me dit-il en penchant sa tête vers la cellule. J'ai eu ce que je voulais avec les autres. D'autant plus qu'ils ont fait en sorte que ce soit vraiment difficile de les trouver.

– Combien étaient-ils ?

– Quatre. La chance, c'est que mon Aile-branche a repéré le leur. C'est comme ça que je les ai finalement trouvés, planqués derrière une colline non loin d'ici. Dès qu'ils ont appris que tu étais arrivé, ils se sont enfuis en détalant comme des rats, mais la tempête a eu raison d'eux et les a cloués au sol.

Au moins, la tempête a servi à quelque chose. Ryatt et moi étions à leur recherche depuis des jours, et je commençais à m'inquiéter de ne pas mettre la main sur eux.

– Tu as eu la satisfaction de tuer les trois autres, je suppose ?

Ryatt éclate d'un rire malicieux.

– Ils s'accordaient mieux au paysage morts que vivants.

J'acquiesce en fixant à nouveau la porte grillagée, où je vois un tas humain pitoyable affalé contre le sol, grelottant dans son manteau doré. Je me demande combien de jours Auren a passé à dorer des merdes comme ça. Combien d'énergie, de temps et de force elle a dû consacrer à conforter la réputation et l'ego de Midas. Rien que d'y penser, la colère me saisit.

–Tu t'es levé tôt, dit Ryatt, le visage tourné vers moi, la moitié nimbée de bleu, l'autre complètement dans l'ombre.

Je ne réponds rien et m'assieds sur le tonneau, juste en face de lui. La vérité, c'est que j'ai encore du mal à trouver le sommeil. Auren ne veut pas dormir la nuit, et je passe à peine quelques heures à me retourner dans mon lit avant de l'abandonner à l'aube, juste au moment où elle se glisse à l'intérieur.

Mon frère fait un bruit de gorge.

–Elle ne se lève toujours pas pendant la journée?

–Elle s'adapte.

–Vraiment?

–Qu'est-ce que tu sous-entends, bordel?

Ryatt hausse les épaules.

–Je vois bien la tronche qu'elle tire dès que quelqu'un parle de l'or. Ça la terrifie.

–C'est faux.

Je m'énerve tellement que je serre les dents.

–Si tu le dis.

–Pourquoi es-tu si inquiet?

–Pourquoi ne l'es-tu pas? réplique Ryatt. Nous l'avons tous vue cette nuit-là. Elle a beau ressembler à une montagne paisible, en réalité c'est un volcan prêt à entrer en éruption. Et quand elle le fait, ce n'est pas un petit truc de rien du tout.

–Elle va bien.

Ryatt ne laisse pas tomber pour autant. Non pas que je m'attende à ce qu'il le fasse. La moitié de sa personnalité est en train de se disputer avec moi.

–Elle a peur de son propre pouvoir, et à juste titre. Mais la peur est une chose dangereuse lorsqu'il s'agit de magie. Tu devrais le savoir mieux que quiconque.

Nous nous dévisageons à travers l'allée étroite, de part et d'autre du couloir fissuré. Des traînées bleues s'étendent derrière lui, l'éclaboussant de leur lumière, tandis que les lampes vacillantes contrebalancent leur éclat.

– Il lui faut du temps.

– Et de combien de temps disposes-tu ?

Je passe une main dans mes cheveux en tirant sur les pointes.

– Aussi longtemps qu'elle en aura besoin, merde.

Il secoue la tête, l'air mécontent, contrarié.

– Tu es peut-être un roi, mais même toi, tu ne peux pas te permettre ça. En plus, tu détestes cet endroit.

– Je ne déteste pas cet endroit.

Ryatt lève les yeux au ciel.

– Bien sûr que non ! C'est pour ça que tu n'y viens que quand c'est absolument nécessaire.

J'ai l'impression que mes molaires vont se fissurer tellement je les serre.

– J'ai un royaume à diriger.

– Peut-être. Mais avant cela, tu avais ce village à protéger, se moque-t-il.

Je me penche, les coudes sur mes genoux.

– Tu ne sais même pas la moitié de ce que j'ai fait pour le protéger. De ce que j'ai sacrifié.

Ryatt me lance un regard qui rivalise probablement avec le mien.

– Tu veux vraiment parler de sacrifices, mon frère ? Parce que j'ai renoncé à toute identité pour servir la tienne.

Parfois, le gouffre entre nous paraît insurmontable. Comme maintenant, alors que nous sommes tellement en désaccord que le fossé entre son camp et le mien ne peut être comblé.

– Tu es allé lui rendre visite, au moins ? me demande-t-il.

Ma colonne vertébrale se crispe.

– Ne pose pas de questions dont tu connais déjà les réponses. Le son de ta voix n'est pas franchement apaisant.

Il ignore mon trait d'esprit.

– J'aurais dû m'en douter.

– J'ai été un peu occupé, Ryatt.

– C'est exact. (Il se lève, l'air dédaigneux.) Eh bien, essayez peut-être de l'intégrer à votre emploi du temps, Votre Majesté.

Il se penche jusqu'à la taille pour me faire une révérence moqueuse avant de s'éloigner à grands pas. Je le regarde s'en aller, le dos raide, la démarche lourde de colère.

C'est difficile de faire le lien entre cet homme et celui d'une époque *révolue*, celle où il était plus petit que moi d'une vingtaine de centimètres, quand il était un petit bonhomme maigrichon avec des cheveux noirs tout ébouriffés et de la confiture autour de la bouche.

Je ne pouvais pas m'éloigner à l'époque. Il me suivait en permanence et essayait de s'accrocher à mon bras, nous attachant l'un à l'autre avec un sourire espiègle. Il ne me lançait pas de regards furieux. Nous recherchions le jeu et l'aventure au lieu de nous éviter comme nous le faisons aujourd'hui.

Ma colère se dissipe dans le soupir que je pousse dans l'air froid.

Je m'adosse au mur de la grotte, et je sens mes piquants qui menacent de sortir.

Comme si mes souvenirs étaient trop proches, une ancienne voix accusatrice se met à résonner dans ma tête. « *Contrôle-toi, Slade. Es-tu un vulgaire fae pour lâcher prise aussi facilement ? Ou vas-tu être digne du sang qui coule dans tes veines putrides ? Rentre-moi ces pointes, ou je les épingle au mur du domaine et je te laisse pendre jusqu'à ce que tu apprennes à te contrôler.* »

Peut-être est-ce la mémoire musculaire des innombrables jours que j'ai passés à recevoir des ordres de ce genre, mais mes piquants se rétractent, la peau sur mes bras ne se gonfle plus sous la menace de leur présence.

Le contrôle.

C'est la première chose qu'il m'a inculquée dès que j'ai commencé à me transformer. La plupart des faes ont entre quinze et seize ans lorsque leur magie se manifeste.

Je n'ai pas eu autant de temps.

Je me souviens encore des démangeaisons. La façon dont je passais mes ongles sur mes avant-bras ou dont j'essayais d'atteindre ma colonne vertébrale. Je m'assimilais à un ours dans les bois qui a besoin de se gratter contre l'écorce d'un arbre.

Chaque fois que mes piquants sortaient, ils me déchiraient la peau, et le sang s'écoulait des entailles qu'ils me faisaient.

Pendant toute une année, j'ai saigné dès qu'ils apparaissaient, jusqu'à ce que le pourpre imbibe chacune de mes manches, que le dos de mes chemises soit taché d'une ligne ensanglantée, tandis que d'autres gouttes de sang dégoulinaient dans mes sourcils.

Le pire, c'est le regard qu'il me lançait, couplé à sa voix tranchante. J'ai appris à retenir mes piquants, à ne les faire sortir que quand je le voulais. J'ai même arrêté de tressaillir quand ils me trouaient la peau. Et au final, j'ai même arrêté de saigner. Comme si même mon sang avait peur de se montrer à mon père.

– Te voilà.

Je jette un coup d'œil à Lu qui s'est glissée à l'intérieur, mais elle n'est pas seule. Il y a un faucon messager sur son épaule, et aucun des deux n'a l'air ravi de cette situation.

– Cet imbécile de piaf vient d'arriver. Il s'est dirigé droit vers la porte d'entrée et a commencé à la frapper comme si son bec était un heurtoir. (Elle penche la tête vers l'oiseau, mais quand il fait mine de lui donner un coup de bec, elle le repousse.) Il ne laisse personne récupérer le message. Je ne peux même pas procéder à un échange, m'explique-t-elle en tendant sa paume où attend une poignée de viande séchée.

Le faucon émet un bruit de mépris, ce son rauque s'accompagne d'une brusque crispation de ses serres dans l'épaule de Lu.

Elle grimace et lui lance un regard noir.

– Tu vois ce que je veux dire ?

Je me lève pour m'approcher, et l'oiseau saute immédiatement de son épaule pour se poser sur mon bras et tendre sa patte.

– Bonne fille, je chantonne en passant un doigt sur le côté de son cou.

L'oiseau ferme son bec et cligne des yeux tandis que j'attrape le tube en argent attaché à sa patte et que j'en retire le parchemin roulé qu'il contient.

Je parcours le message, et je n'en suis qu'à la moitié lorsque mes doigts commencent à se crisper sur le papier. Quand j'arrive à la fin, je le froisse, tout mon corps est tendu.

– Qu'est-ce qui ne va pas ?

Au lieu de répondre, je passe directement la lettre à Lu, et j'observe son visage qui se rembrunit autant que le mien.

– Les chiens !

Sa main retombe en serrant toujours la missive froissée. Elle me regarde.

– La reine Kaila n'a pas perdu de temps.

– Non. En effet.

Lu me fixe en silence pendant un moment.

– Que doit-on faire ?

Ce n'est pas vraiment une surprise, mais je pensais que nous aurions un peu plus de temps. Parce que c'est ce dont Auren a besoin. De temps.

Le temps de se remettre sur pied. De s'habituer à la perte de ses rubans. De reprendre confiance en elle. Pour être prête à affronter le monde et sa magie. Elle vient de tuer son ravisseur manipulateur, de découvrir une nouvelle facette de son pouvoir, de frôler la mort et de quitter tout ce qu'elle connaissait. Elle a besoin de respirer.

– Rien, je réponds enfin.

Les sourcils noirs de Lu se soulèvent.

– Rien ?

Je secoue la tête.

– C'est une tactique destinée à nous intimider. Ça ne marchera pas.

– Mais s'ils arrivent au Quatrième Royaume ?

– La reine Kaila doit faire face à deux royaumes vides et à des landes gelées entre nous.

– Mais les autres monarques…

– Ils peuvent me sucer la bite !

Elle lève les yeux au ciel.

– Même si je suis certain qu'ils apprécieraient l'invitation, ça demeure un problème.

– Il y a un océan de distance entre eux et nous, je lui fais remarquer. Nous avons le temps.

– Si tu le dis.

Ma peau me fait mal, et ce n'est pas parce que les griffes du faucon me serrent le bras.

– Je maîtrise la situation.

Je le fais toujours.

– D'accord.

Elle hoche la tête avant de jeter un coup d'œil par-dessus mon épaule, sur la porte de la cellule.

– Je suppose que Ryatt les a finalement trouvés ?

– En effet.

Je récupère la viande séchée de Lu et je la donne au faucon. L'oiseau pose sa tête dans mon cou en signe de remerciement avant de se retourner et de s'envoler, il sort de la grotte en zigzaguant et en poussant un cri lorsqu'il s'élève haut dans le ciel.

Lu secoue la tête.

– Tu as envoûté tous ces foutus oiseaux ainsi que les Ailes-branches.

– Que répondre à ça ? Je suis tout simplement sympathique.

Elle renifle, et notre attention à tous les deux est attirée par la quinte de toux qui s'échappe de la cellule.

– On dirait qu'il est réveillé, dit-elle, et l'adrénaline a déjà commencé à s'enrouler autour de mes membres comme des cordes soyeuses. Tu veux que je reste ?

Je secoue la tête, enlève mon manteau et retrousse mes manches.

– Non. Je vais avoir une petite conversation avec l'espion de Midas.

Lu hoche la tête et me laisse faire. Dès qu'elle est partie, je m'approche de la porte, je jette un coup d'œil à l'intérieur où le pitoyable tas est maintenant un homme assis, les yeux écarquillés de peur lorsqu'il découvre mon visage.

Je glisse une clé dans la serrure en fer, et la porte claque derrière moi si fort que l'homme tressaille.

Et tout, la fatigue, la dispute avec Ryatt, l'inquiétude d'Auren, le contenu de la lettre, tout se mélange en une mixture coagulée et acide, prête à bouillonner et à brûler. Heureusement pour moi, j'ai le candidat idéal pour me défouler.

Je lance à l'homme un vilain sourire, en sentant ma pourriture se tordre contre mon torse et descendre le long de mes bras. Il tremble de tous ses membres, le visage livide, les yeux fous d'angoisse.

– Je ne crois pas que nous ayons été correctement présentés. Je suis le Roi Putride et tu es sur mon territoire.

L'homme qui se pisse dessus sentira bien plus mauvais quand j'en aurai fini avec lui.

Je me rapproche, laissant la pourriture s'échapper de mes pas et ramper le long des murs comme des cordes menaçant de lui faire un nœud coulant.

– Maintenant, je veux savoir tout ce que vous avez rapporté à Midas, et tout ce qu'il vous a demandé de chercher.

L'homme déglutit, sa pomme d'Adam ondule de peur.

– Et… si je le fais, vous me laisserez partir ?

J'éclate d'un rire sonore. Le bruit le fait sursauter, puis sa bouche s'ouvre en grand sous le choc quand je lui assène ma magie en faisant pourrir la rangée inférieure de ses dents depuis ses gencives. L'émail brunit et s'effrite jusqu'à ce qu'elles tombent et se désintègrent sur le sol.

– Oh, non. Tu ne sortiras pas vivant de cette pièce. Mais c'est à toi de décider comment je laisserai ma pourriture jouer avec toi.

C'est drôle de voir à quelle vitesse il se met à parler. Ou plutôt, à zozoter.

Il ne m'apprend rien que je ne savais déjà, mais le fait de faire subir un châtiment améliore mon humeur sombre. Seulement un peu. Mais ça m'aide.

Lorsque je quitte les lieux quelques heures plus tard, avec le soleil haut dans le ciel et le goût de la pourriture sucrée et de la cendre froide au fond de la gorge, je devrais être soulagé que nous ayons pu capturer tous les espions de Midas et les expédier dans une tombe gelée.

Mais je ne ressens aucun soulagement, et le peuple de Midas n'a plus d'importance.

C'est le reste d'Orea qui m'inquiète à présent.

Chapitre 25
Slade

À 15 ans

Il y a un festival aujourd'hui en ville, c'est une célébration du solstice d'hiver. Je le sais parce que nous sommes passés devant en allant vers les collines. Il y avait déjà des danses dans les rues de la ville, des lumières bleues flottaient dans l'air grâce à la magie. Ce soir, après le coucher du soleil, les participants offriront des sacrifices aux étoiles froides et joueront de la musique à la lune.

Je suis passé devant sur mon cheval, et jamais je n'ai été aussi proche de l'une des fêtes de la ville. Mon père a insisté toute sa vie sur l'importance de rester à l'écart des autres, de se tenir au-dessus d'eux.

– Sors ta tête des nuages, gronde mon père, ce qui attire mon attention sur lui.

– Elle n'était pas dans les nuages, je rétorque. Elle était bien au sol… en ville.

Il hausse un épais sourcil brun, son crâne chauve est si brillant qu'il peut être aveuglant lorsque le soleil le frappe sous certains angles.

– Tu te relâches. Remets la pourriture là où il faut.

Je baisse les yeux sur la terre à mes pieds et je grimace en constatant qu'il a raison – la décomposition s'est propagée au-delà du cercle qu'il a tracé dans le sol autour de moi.

Quand nous avons commencé ces exercices, il n'y avait pas de cercle. Il me faisait venir ici, et ma pourriture explosait, anéantissant tout ce qui se trouvait à sa portée. C'était incontrôlable. Destructeur.

Progressivement, j'ai appris à la freiner. À ne pourrir que le sol, à lui faire éviter un arbre, puis un lac.

Ça m'a pris beaucoup de temps et d'innombrables heures d'entraînement, mais aujourd'hui j'ai réussi à suivre le contour du petit cercle autour de moi, dont la ligne touche le bout de ma chaussure. Il faut beaucoup de volonté pour contenir la putréfaction sur une si petite surface.

Certains faes doivent s'entraîner pour étendre leur pouvoir. Pas moi. Mon pouvoir a toujours voulu sortir de moi. C'est le confinement et le contrôle qui m'ont demandé des années de pratique.

Quand j'ai compris ce que ma magie faisait réellement, j'ai pris peur. J'étais un danger pour tout le monde, j'étais terrifié par mon pouvoir. Quand mon père a compris que j'avais peur, il m'a traîné hors de la maison. Il m'a fait traverser la ville grouillante de faes. Il m'a dit que je devais impérativement me contrôler, sous peine d'avoir leur mort sur la conscience. J'ai vomi deux fois pendant cet exercice et j'ai putréfié une rue entière, mais je n'ai tué personne. Pas cette fois-là.

Il adore me forcer à m'entraîner en faisant fi des conséquences. Il dit que sinon, ce n'est pas réel. J'ai donc dû apprendre très vite, mais cela ne s'est pas fait sans mises en situation très concrètes.

Les gens qui font la fête en ville ne voudraient pas de ma présence, même si j'étais autorisé à y aller. C'est ce qui arrive lorsque vous putréfiez quelqu'un sous leurs yeux. Même si j'ai réussi à faire marche arrière, à faire en sorte que le fae reste en vie, la ville n'a jamais oublié.

Mon père est peut-être connu sous le nom du Destructeur, mais moi je suis le Putride.

Le fait que je ne puisse jamais cacher qui je suis n'aide pas. Je peux peut-être dissimuler mes piquants, mais les veines putrides qui s'étendent le long de mes bras et de mon cou me le rappellent constamment.

– Concentre-toi, aboie mon père, les bras croisés dans le dos alors qu'il marche à l'extérieur de mon cercle.

– C'est ce que je fais.

Je serre les dents, tandis que les lignes de pourriture se tortillent sous mes pieds. L'herbe est morte, le sol est devenu sec et dur, tout ce qui vivait en dessous s'est ratatiné et est mort.

Le reste du paysage se transforme doucement avec l'arrivée de l'hiver, mais même ainsi, les collines ont encore des plaques d'herbe, les arbres retiennent leurs dernières feuilles. Si ma pourriture devait se répandre, il n'y aurait rien de doux. Il n'y aurait pas de progression naturelle de la vie à la mort, ni le cycle de la renaissance de la nature.

Il y aurait juste un fléau.

Avec son pied, mon père trace un autre cercle, plus large que le précédent, autour de mon corps.

– Dirige la pourriture entre les deux.

En hochant la tête, je me concentre et je regarde mes pieds tandis que j'éloigne la pourriture de moi. Je la repousse de l'autre côté de la ligne. La sueur perle sur mon front tandis que je m'efforce de la contenir.

Mon père approuve d'un signe de tête. À un autre moment de ma vie, j'en aurais été ravi. Mais j'ai dépassé ce stade depuis longtemps.

Je le déteste à présent.

Même si je ne l'ai jamais vu frapper ma mère depuis ce jour, il y a sept ans, je m'en souviens encore.

Ma belle, gentille et courageuse mère, arrachée à son monde et méprisée par tous les faes, doit supporter un tyran et parvient malgré tout à aimer ses fils. Pour trouver des moments où sourire.

Je m'entraîne pour elle. Pas pour lui.

Je m'entraîne pour être capable de l'éloigner de lui. Pour que je puisse l'amener quelque part dans Annwyn où personne n'a entendu parler du Destructeur. Où personne ne déteste les Oréens.

Où nous pourrons être heureux et libres. Mais pour cela, je dois apprendre à être fort. Et qui de mieux pour me l'enseigner que l'adversaire que je veux battre ?

– Retiens-la à l'arrière, Slade.

Je regarde par-dessus mon épaule pour voir où ça a glissé, mais il claque des doigts.

– Regarde devant toi. Tu n'as pas besoin de voir pour savoir où elle est.

Mes dents grincent. Mais au lieu d'ouvrir la bouche et de dire quelque chose qui va l'énerver, je ferme les yeux et sens mon pouvoir. Même si ma magie est externe, j'ai appris que je pouvais la sentir intérieurement. Les veines putrides sous ma peau sont les mêmes que les lignes putrides que j'enfonce dans le sol. Mais même si je peux la sentir, ça ne veut pas dire qu'elle veuille toujours m'écouter.

Mon père dessine un autre cercle, puis un autre et un autre encore. Il me fait faire toutes sortes de choses que je n'ai jamais essayées auparavant, comme diriger la moitié de la pourriture dans une section, et l'autre moitié ailleurs, chacune se propageant dans des directions opposées. L'herbe autrefois luxuriante devient sèche et morte, avec des crevasses profondes qui apparaissent dans le sol. Malgré l'air frais, je commence à transpirer, mon corps tremble sous l'effet de l'effort physique et mental.

– Tu te relâches, soupire-t-il. Contrôle-toi, Slade. Es-tu un vulgaire fae pour lâcher prise aussi facilement ? Ou vas-tu être digne du sang qui coule dans tes veines putrides ?

– Ça fait des heures qu'on est là-dessus, je réponds en faisant bien attention de garder un ton neutre.

Le soleil se couche, et le fait d'être ici sans lumière rend tout plus difficile.

– Je suis fatigué.

Mon père se moque de ma réponse. Il a beau être âgé de centaines d'années, être bien plus vieux que ma mère, les seules rides qui marquent son visage sont celles causées par ses froncements de sourcils et ses grimaces.

– Tu es fatigué ! se moque-t-il presque en crachant.

Mon estomac se serre, parce que je sais ce qui va arriver. Dans l'instant qui suit, il claque des doigts devant moi, et le sol tremble, se fend, se brise.

Je trébuche, en manquant m'écraser quand les secousses se calment. Le sol se brise en cercles parfaits, là où il a tracé les lignes. Des crevasses m'entourent, faisant croire qu'elles pourraient se briser jusqu'au cœur du monde en s'effondrant sous mes pieds.

Mais il n'a pas terminé sa démonstration.

D'un autre claquement de doigts, il fait se briser en deux l'arbre qui se trouve juste derrière nous, l'énorme tronc craque comme une brindille et tombe avec fracas.

Le sol s'arrête à peine de trembler qu'il lève encore sa main.

Snap.

Le son est extrêmement fort, mais je ne me rends pas compte qu'il ne vient pas seulement de lui mais aussi de moi. Juste comme ça, il a brisé l'os de mon doigt exactement comme il l'a fait avec l'arbre.

Je pousse un cri, et je tombe à genoux dans un nuage de poussière en pressant ma main brûlante de douleur. Mon père me jauge d'un air stoïque pendant que j'essaie de ne pas vomir.

Tous les piquants sont sortis de mon corps en déchirant ma chemise, mais au moins ils ne me font plus saigner. Je le regarde depuis le sol, tremblant de douleur, mais je ne dis rien. Rien. Parce que je ne demanderai pas. Je ne supplierai pas.

Il me laisse dans ce flou angoissant pendant de longues secondes, puis il fait claquer à nouveau ses doigts, ce qui me fait tressaillir. Mais aussi vite que le bruit, la fracture de mon os a disparu. Tout comme celle de l'arbre. Et celles sur le sol.

Je vois ses yeux examiner mon visage avec une expression indéchiffrable. Il les baisse et me saisit le menton. Ses doigts sont encore plus froids que le pouvoir qui coule dans mes veines. Il tourne brutalement ma tête sur le côté et se met à gratter ma pommette.

–Intéressant, murmure-t-il avant de me relâcher.

Il me regarde avec une grande satisfaction. Je n'aime pas du tout ça.

– Quoi ? je demande en levant ma main pour effleurer cette zone qui me démange étrangement.

Je ne le fais pas avec mon doigt fragilisé. L'os n'est peut-être plus cassé, mais mes nerfs hurlent encore, laissant échapper des vagues de douleur confuse.

Au lieu de me répondre, il lance :

– Contrôle-toi. Mon père me l'a appris, je te l'apprends à mon tour, et tu n'échoueras pas.

Je déglutis difficilement, mais toute la pourriture dans mes veines s'est éteinte, toutes les lignes dans le sol se sont ratatinées.

– Maintenant, rentre-moi ces pointes, ou je les épingle au mur du domaine et je te laisse pendre jusqu'à ce que tu apprennes à te contrôler.

Je serre les dents.

Je serre mon poing au doigt endolori.

Je sens le sang couler de mon arcade sourcilière.

Je fixe le Destructeur, je le déteste.

Un jour, me dis-je, un jour, je te briserai.

Mais en attendant, je vais apprendre à me maîtriser.

CHAPITRE 26

AUREN

Quelqu'un me secoue.

Un coup dans le bras alors que j'essaie de dormir.

Je ne *veux pas* qu'on me secoue quand j'essaie de dormir. Voilà exactement ce que je dis, mais je ne fais que marmonner parce que j'ai la figure enfoncée dans l'oreiller.

C'est un rire qui me répond. Je plisse les yeux, intriguée. Slade est debout à côté du lit, mais je ne trouve pas la main qui m'a secouée. Il est malin.

– Il fait déjà nuit ? je demande en grognant et en étirant mes jambes pour m'asseoir.

– Non, il est à peu près midi.

Je tourne la tête vers lui juste au moment où je m'apprête à poser mes pieds par terre.

– Oh tant mieux, j'ai encore du temps alors.

Je commence à me rallonger. Une main sur mon bras me retient.

– En fait, j'aimerais que tu te lèves maintenant.

Je m'arrête et je lève les yeux.

–Pour quoi faire ?

–Pour t'entraîner.

Je fronce les sourcils.

–Je m'entraîne avec Judd le soir.

Son expression est indéchiffrable.

–Aujourd'hui, tu ne t'entraînes pas avec Judd.

Je le fixe, nos regards se croisent.

–Je m'entraîne avec toi.

Ce n'est pas une question, mais il hoche la tête en signe d'acquiescement et la mienne se met à trembler.

–Je ne peux pas, pas encore.

Il hausse un sourcil.

–Pourquoi pas ?

Les excuses s'accumulent au fond de ma gorge comme un barrage nouvellement érigé, jusqu'à ce que je sois complètement sèche. Je résiste par automatisme, mon anxiété se heurte à mon mur protecteur. Mais alors, mes paroles pleines de détermination me reviennent à l'oreille.

La prochaine fois que quelqu'un voudra se servir de moi, me contrôler, je veux être prête.

Voilà ce que j'ai dit à Judd.

Je veux maîtriser ma force physique et ma magie.

Voilà ce que j'ai dit à Slade.

Je ne peux pas y arriver si je n'apprends pas à contrôler ma magie. Je déglutis avec peine en tentant d'endiguer la peur qui m'envahit.

–D'accord.

La fierté se lit sur son visage.

–Prépare-toi, et on y va.

À mesure que je m'éloigne, mes nerfs se tendent. Ils se tordent autour de mes os, s'enroulent dans ma poitrine, tissés si profondément dans tout mon organisme que chacun de mes pas est raide d'appréhension.

C'est la première fois que je sors de la Grotte. Lorsque nous pénétrons dans la lumière voilée du jour, mes yeux se mettent à me piquer. Je dois me protéger avec la main pour pouvoir contempler le paysage hivernal. L'entrée de la caverne a été dégagée à la pelle et il ne reste plus qu'un petit sentier empierré visible sous une couche de sable et de sel.

– Par ici.

Je suis Slade, et nous empruntons sur la droite un autre sentier déneigé. Bien que l'orage soit passé, le ciel est encore couvert de nuages et un léger vent me pique les joues. Cette bande de terre de Deadwell possède un rivage enneigé et une marée montante de montagnes. L'une d'elles penche légèrement comme une déferlante, il y a une avancée qui dépasse et nous maintient perpétuellement à l'ombre.

Je serre mes bras autour de moi tandis que nous empruntons un sentier qui grimpe en pente douce le long de la montagne.

– Nous y sommes presque, me dit Slade lorsqu'il remarque que je me mets à respirer plus fort. C'est assez loin de tout.

Cela me rassure un peu, mais je suis bien trop nerveuse à propos de l'entraînement pour me sentir sereine. Nous pourrions marcher jusqu'au sommet de cette montagne, je ne suis pas certaine que ce serait suffisamment loin.

Il me donne un coup de coude dans le bras.

– Ça va aller, Auren.

J'apprécie sa tentative de réconfort, mais je n'en suis pas si sûre.

– Tu m'as vue dans la salle de bal, je lui dis plus violemment que je ne le voudrais.

– C'est vrai. Et cela m'a prouvé à quel point tu es incroyablement puissante et forte. Ce qui veut dire que tu peux parfaitement maîtriser ton pouvoir.

En serrant les dents, je garde les yeux rivés au sol tandis que mon angoisse augmente encore.

– Fais attention où tu mets les pieds. Le chemin est un peu plus raide à partir d'ici.

Les congères sont plus hautes et on ne distingue plus le sentier, mais la neige est moins épaisse qu'à notre gauche. Nous n'avons fait que quelques pas de plus quand quelqu'un s'écrie derrière nous : « Votre Majesté ! »

On se détourne immédiatement pour voir un homme qui avance à toute allure. Il porte un épais manteau dont le col en fourrure épaisse lui remonte jusqu'à la gorge, et sur son bras un grand faucon messager au poitrail parsemé de taches brunes et blanches.

– Je crois que c'est pour vous, Sire.

L'homme me regarde, il écarquille les yeux. J'essaie de lui faire un sourire, mais il détourne rapidement le regard.

Dès que Slade le touche, l'oiseau émet une sorte de ronronnement strident avant de lui tendre la patte. Slade lui caresse le cou et prend le tube qu'il lui tend. Puis il déroule le parchemin et le lit à toute vitesse. Il s'est légèrement détourné mais, de profil, je le vois froncer les sourcils. Je m'approche, gagnée par un sentiment de malaise.

– Qu'est-ce qui ne va pas ? je lui demande, une fois derrière lui.

Ses épaules se crispent, juste un instant.

– Rien, dit-il avant de glisser la missive dans sa poche.

Il s'adresse à nouveau à l'homme, tout en donnant une autre caresse à l'oiseau.

– Merci, Selby.

– De rien, répond celui-ci. Que dois-je faire du faucon ?

– Emmène-le se reposer au Perchoir. Je n'ai plus besoin de lui.

L'homme hoche la tête, puis fait demi-tour avec l'oiseau et disparaît sur la pente.

– Tout va bien ? je lui demande encore.

– Bien entendu, répond-il du tac au tac. On y va ?

Et il se remet à avancer avant que je puisse dire quoi que ce soit. J'hésite un instant, je meurs d'envie d'assouvir ma curiosité, de lui demander sans détour ce que contenait cette lettre, mais je me retiens quand une pensée surgit à mon esprit.

Ai-je seulement le droit de lui demander une chose pareille ?

Il m'aurait sûrement donné de lui-même les informations, s'il avait voulu que j'en aie connaissance. Je ne devrais pas me sentir blessée pour autant.

Il doit probablement recevoir et envoyer de nombreuses lettres tous les jours, ça fait partie de son rôle de roi. Je ne devrais pas être si sensible à ce sujet. Comme nous nous le sommes déjà dit, nous avons encore beaucoup à faire pour éplucher toutes les couches de l'autre.

Je le suis, les yeux rivés dans son dos, en essayant d'ignorer ces inquiétudes qui m'assaillent. Après tout, c'est un roi, et je l'oublie en permanence. C'est un roi, et moi je suis...

Moi je suis sur le point d'échouer lamentablement à utiliser ma magie.

C'est là que réside le cœur de mes angoisses. Je n'ai rien dit à personne, je ne me suis même pas autorisée à regarder les choses en face. Mais le fait est que mon or ne fonctionne pas correctement. En outre, je m'en suis servie pour assassiner des gens à droite, à gauche, sans la moindre hésitation.

Et si jamais je recommençais ?

Lorsque Slade me fait enfin quitter le sentier pour entrer dans une grotte, je suis tellement plongée dans mes pensées que je ne remarque rien, avant de poser le pied sur le sol taché d'or.

Je respire à fond tout en observant la grotte d'un bout à l'autre. Je la reconnais immédiatement. C'est là où je me suis réveillée la première fois. Là où, à peine avais-je cligné des yeux, j'étais déjà en mouvement. Le pouvoir magique coulait déjà dans mes veines.

Je prends soudain conscience que je suis en train de fixer l'or durci qui a éclaboussé les parois et le sol en se perdant dans ses crevasses peu profondes, pendant que Slade m'observe.

En clignant des yeux, je me secoue et j'adopte une expression indifférente.

– On va s'entraîner ici ? je le questionne, et bien que je tente de paraître calme, ma voix me semble alourdie par le poids de tout ce que cela implique.

Slade continue de m'observer un moment avant de baisser la tête.

– En effet, me dit-il, et son ton reflète quelque chose que je ne parviens pas à saisir.

Ces nerfs tendus, ces cordes enroulées auxquelles je suis attachée, se tendent, me serrent la gorge, si fort que j'ai du mal à déglutir.

Il s'éloigne de quelques mètres et s'agenouille à l'endroit où une vague d'or s'est figée. Il passe un doigt sur sa crête durcie.

Je ne sais pas pourquoi, mais je me mets à frissonner.

Il fronce les sourcils.

– Tu as froid ?

– Non.

Il se relève et enlève son manteau, mais au moment où je veux réaffirmer que je n'ai pas froid, il le pose sur le sol.

– Viens t'asseoir.

J'hésite un instant, mais mes jambes me conduisent jusqu'à lui. Je me laisse tomber sur son manteau en les repliant sous moi.

Il s'assoit aussi et même si soixante centimètres nous séparent l'un de l'autre, cette distance me semble insignifiante. La présence de Slade, l'attention qu'il me porte ont toujours consumé l'espace entre nous.

– Il fait jour, lance-t-il en faisant un geste vers l'entrée de la grotte où la lumière du jour pénètre encore. Tu n'as jamais réussi à contrôler ton pouvoir pendant la journée, n'est-ce pas ?

– C'est exact. En temps normal, dès que quelque chose touche ma peau pendant la journée, mon or se met à jaillir. (Mes yeux se posent sur le pantalon et les gants noirs qui recouvrent mon corps.) Mais depuis que je me suis réveillée, c'est différent. Je n'ai rien transformé en or.

– Qu'est-ce que tu ressens ?

L'inquiétude m'assaille et je lève la main comme si je pouvais voir ce qui se cache à l'intérieur, tandis que les souvenirs de cette nuit-là à Ranhold me reviennent, scène après scène.

Vite, je glisse ma main sous ma jambe.
–Rien. Je ne ressens rien.
–Essaie de dorer le rocher.
Avec prudence, je retire mon gant et je pose ma paume sur la pierre qui saille juste à ma gauche. Ce devrait être instantané. L'or devrait immédiatement sortir de moi.
Mais ce n'est pas le cas.
Slade penche la tête.
–Tu essaies?
Je lève les yeux en l'air.
–Qu'est-ce que tu crois? Oui, j'essaie.
–Tu en es sûre? Parce que tu dis que ton toucher d'or a toujours été incontrôlable pendant la journée, pourtant tu pouvais le canaliser dans une certaine mesure.
–De quoi est-ce que tu parles? Bien sûr que non.
–Si, tu l'as déjà fait, argumente-t-il. Tu pouvais dorer des objets pour qu'ils soient seulement recouverts d'or. Ou bien les transformer en or massif. Rappelle-toi le manteau que tu portais? Tu avais réussi à contrôler ta magie de façon à dorer uniquement sa doublure intérieure. C'était bien toi qui la contrôlais.
Je cligne des yeux.
–Je… je n'y avais jamais pensé.
–Tu as toujours eu le contrôle. Il suffit que tu apprennes à t'en servir. Je pense que tu as peur. Je pense que tu te retiens, et que c'est *pour ça* que ton or ne vient pas. Parce que tu le bloques.
La colère inonde mes veines et me trouble l'esprit.
–Pas du tout!
–Auren… (Peu importe qu'il soit toujours aussi calme, ce ton m'ébranle jusqu'à la moelle.) Je te connais.
–Peut-être pas, je rétorque avec plus de virulence que je n'en avais l'intention.
Je suis toute raide, aussi froide que l'or gelé. Je me tends en me préparant au retour de bâton, au combat.
Mais ça ne vient pas.

Slade se contente de m'observer avec ce regard vert infaillible, ce visage impassible.

– Peut-être que tu as tort, je poursuis en voulant briser cette expression fermée, cette vision qu'il a, et lui montrer la pourriture qui se cache en moi.

Lui prouver que ce n'est pas lui qui l'a mise là.

– Des bribes et des questions sans réponse, voilà tout ce que nous avons. Alors, ne reste pas assis là avec ton air supérieur à faire comme si tu savais tout, parce que *ce n'est pas le cas*.

Moi-même, je ne me connais pas entièrement.

Et c'est ça, l'écharde qui est plantée dans ma poitrine et que je suis incapable d'arracher.

Ma magie a changé, à un point tel que j'en suis terrifiée. Mes rubans ont disparu. Comme des feuilles arrachées à une vigne. Et je…

– Je ne suis plus la même personne que lorsque je suis entrée à Ranhold.

– C'est vrai, concède-t-il. Mais je te connais quand même.

Je laisse échapper un petit rire hésitant.

– Es-tu sûr de…

– Parlons de cette nuit-là.

Mes mots se bloquent dans ma gorge. Mon cœur aussi.

– Nous n'avons pas besoin de parler de cette nuit-là. Nous y étions tous les deux.

Il a soudain un regard triste, frustré.

– Parle-moi, Auren.

– Que veux-tu que je dise ?

Je suis debout avant même d'avoir réalisé que j'ai bougé.

– Regarde ça. (Je fais un geste circulaire, vers tout cet or qui ne me ressemble pas.) Tout ceci n'a aucun sens. Cette nuit à Ranhold n'a aucun sens. Mon or ne fonctionne pas correctement, et ce que j'ai fait cette nuit-là… je n'aurais jamais dû être capable de faire ça.

– Et qu'as-tu fait ? insiste-t-il.

Je serre les poings parce que je…

–J'ai *tué*.

C'est ce que personne n'ose avouer. Ce que je n'ai pas été capable d'affronter.

–Comment ai-je pu *faire* une chose pareille ? J'ai senti mon pouvoir me quitter lorsque le soleil s'est couché, j'explique, tout en me mettant à faire les cent pas en contournant les flaques d'or solidifiées. Je n'aurais pas dû réussir à me servir encore de ma magie, mais ça… (Je m'arrête en fixant le sol.) Il y avait quelque chose en moi qui s'est tout bonnement ouvert.

–Il fallait que ça arrive.

J'ai la tête qui tremble, ma voix se brise et ma colère avec. Parce que je ne suis pas en colère contre lui. Je suis en colère contre moi. Et il est plus facile de garder cette amertume que de ressentir quoi que ce soit d'autre, parce que je ne sais pas comment naviguer dans l'océan de mes émotions. Il est sombre, terrifiant et dangereux, et quand j'essaie de le traverser, je me sens perdue.

Je déteste mon ton hargneux. Je déteste ma première réaction qui consiste à tenter de le repousser à cause de mes craintes, comme si j'allais le perdre de toute façon.

–Je suis désolée, je finis par lui dire, enfin sincère.

Je baisse la garde, j'abandonne ce ton vindicatif qu'il ne mérite pas et je lui dis la vérité.

–Je suis devenue une bête féroce. J'ai tué beaucoup de gens cette nuit-là, et je pourrais fort bien recommencer. Et si je devenais entièrement une fae ? Et si je perdais le contrôle en dorant tout Deadwell, et que tu ne puisses pas m'arrêter ? Je me souviens de ce que j'ai fait ce soir-là, tout comme je me souviens de ce qui s'est passé avant. Quand j'étais sur la mezzanine. Comme j'étais confuse et impuissante. Je me sentais en colère et seule, et puis finalement, je t'ai trouvé…

Les yeux de Slade sont une nuit vide et sans étoiles.

–Je veux que tu me le demandes, Auren.

Confuse, je fronce les sourcils.

–Que je te demande quoi, au juste ?

–Je veux que tu me poses ces questions que tu te poses depuis ton réveil. Je mérite de les entendre. Tu mérites de les exprimer. Une en particulier. Alors *demande-moi*.

Son regard est sombre, son ton se fait plus dur. Mais ce n'est pas à cause du combat que j'essayais de mener. Il ne transpire pas la colère… mais *l'angoisse*.

J'en perds mon souffle. Parce que je comprends immédiatement ce à quoi il fait allusion.

Il y a bel et bien une question qui est gravée dans ma tête. J'ai porté son goût de cendre sur ma langue, j'ai senti sa présence s'insinuer dans ma gorge.

Tout entre nous devient si *lourd*. Si tendu. C'est un saut dans le vide, sans matelas moelleux pour amortir la chute. Plus je me tais, plus la détresse se lit sur le visage de Slade. Mais la question continue de me brûler. Elle enfume ma tête, enflamme mon cerveau.

–Demande. Moi.

Une larme. Une larme coule, si chaude que je ne serais pas étonnée qu'elle fume sur ma joue.

Mais je demande.

En le regardant dans les yeux, ma propre angoisse rejoignant la sienne, je lui pose la seule question que je ne voulais pas lui poser.

–Où étais-tu ?

Quand j'ai été droguée.

Quand on m'a poussée dans cette cellule avec Digby.

Quand mes rubans ont été tranchés en même temps que mon âme.

Quand je me suis retrouvée sur cette mezzanine, confuse et perdue.

–Je pensais que tu allais venir, mais tu n'es pas venu.

Ma voix est étouffée, balbutiante, et chaque mot que je prononce le fait tressaillir.

–Alors, où étais-tu ?

CHAPITRE 27
SLADE

— *Où étais-tu ?*

C'est la façon dont elle le dit. Sur ce son si ténu que n'importe qui d'autre le manquerait. Mais pas moi.

Quand il s'agit d'Auren, je me fais un devoir de tout remarquer.

Je l'entends donc – la douleur. Et je sais qu'en l'incitant à poser cette question, je la fais replonger dans cette nuit-là. Une nuit à laquelle elle ne veut pas penser et encore moins en parler. Mais il le faut pourtant.

Elle me regarde fixement, ses yeux dorés brillent presque autant que les stries bleues qui lézardent les parois rocheuses.

– Je pensais que tu allais venir, me dit-elle et cet aveu saigne comme une blessure sur sa langue. Mais tu n'es pas venu.

J'ai déjà été battu. Poignardé. On m'a maintenu la tête sous l'eau jusqu'à ce que mes poumons brûlent. J'ai été déchiré par la violence de mon pouvoir, au point d'avoir l'impression d'être écorché vif.

Mais rien de tout cela n'est aussi douloureux que d'entendre ces mots dans la bouche d'Auren.

C'est une chose physique, cette culpabilité. Mais la culpabilité n'est pas un mot assez fort pour décrire ce que je ressens, tout ce que je porte en moi.

Comme si ça ne suffisait pas de l'avoir *putréfiée,* je l'ai laissée tomber. Et d'une certaine façon, c'est bien pire.

Toute sa vie, les gens l'ont laissée tomber. À maintes reprises, elle leur a fait confiance et ils l'ont abandonnée. Et la nuit où elle avait besoin de moi, c'est exactement ce que j'ai fait.

Je l'ai laissée tomber.

Mon esprit revient à cette nuit. Celle avant que tout n'explose. Elle a quitté ma tente avec un sourire mutin plaqué sur ses lèvres pulpeuses et tout ce que je désirais, c'était la ramener à l'intérieur et la dévorer à nouveau.

J'aurais aimé l'avoir fait.

Si seulement je lui avais pris la main et lui avais demandé de rester. Si seulement je ne l'avais pas laissée retourner dans ce château.

Quand Hojat s'est occupé d'elle, et que j'ai vu l'état de son dos…

Une crampe violente me frappe en plein sternum. Ses rubans. Ses charmants rubans, uniques, magnifiques. Disparus. Arrachés. Laissés à l'état de ruines effilochées et sanglantes.

Je crois que je ne pourrai jamais oublier cette vision.

Pas étonnant qu'elle ne supporte pas que je la regarde.

–Alors, où étais-tu? me demande-t-elle, et même si j'ai insisté pour qu'elle le fasse, je ne peux m'empêcher de sursauter.

–J'ai merdé. De toutes les façons possibles.

Les scénarios se succèdent dans ma tête. Si seulement j'avais fait *une seule* chose différemment, j'aurais peut-être pu empêcher ce désastre.

–Lu m'a dit que la reine Kaila vous avait entendues lorsqu'elle te raccompagnait. Elle a rebroussé chemin après le départ de la reine, mais elle a dû contourner d'innombrables gardes. Le temps qu'elle arrive à ta chambre, tu dormais déjà. Elle a attendu dans les couloirs jusqu'à l'aube, puis elle a vu que tu allais dorer pour Midas. Elle est restée dans les parages pour s'assurer que tout allait bien avant de revenir au camp et de me raconter ce qui s'était passé. Je lui ai ordonné de dormir d'abord, parce qu'elle était sur le point de s'écrouler. Je savais qu'elle avait besoin de repos avant de partir à la recherche de Digby. J'ai envoyé Judd à sa place, mais il n'a rien trouvé.

Auren m'écoute attentivement, c'est comme si je pouvais voir son esprit fusionner sa chronologie avec la mienne.

– J'ai essayé de prévenir Mist, la pouliche qui porte le bébé de Midas, m'explique-t-elle. J'ai essayé de la mettre en garde contre la reine Kaila, mais elle n'a pas voulu m'écouter. Et j'allais tenter de faire le mur pour te raconter ce qui s'était passé quand Midas est arrivé. Il voulait que j'utilise ma magie. Alors j'ai passé un marché avec lui.

Je devine immédiatement.

– Digby.

Elle hoche la tête.

– J'ai été idiote.

– Non, c'est Midas qui était un monstre.

Elle baisse les yeux.

– J'ai utilisé ma magie toute la journée. J'ai cru qu'il allait me laisser récupérer Digby. C'est un parfait exemple d'imbécillité.

Je déteste cette amertume dans son ton parce qu'elle est dirigée *contre elle.*

– Auren…

– Continue, me coupe-t-elle.

Je ravale ma question en hochant la tête. Si elle veut que je poursuive mon récit, alors je vais le faire :

– Le soir où nous devions nous retrouver à la bibliothèque, je suis passé par la porte principale de Ranhold pour m'introduire dans le château. Lu m'accompagnait, elle était prête à chercher Digby.

Je me force à entrer directement dans le vif du sujet, sans détour, sans pauses. Parce que même si je ne les ai pas formulés à voix haute, dans ma tête, j'ai passé en revue les événements qui m'ont conduit à la découverte d'Auren trop souvent pour pouvoir les compter.

– Ryatt était censé nous attendre là-bas, mais il n'est jamais venu. Nous n'avons pas trop réfléchi, parce que son retard n'avait rien d'inhabituel. Nous sommes entrés, mais au lieu d'aller chacun de notre côté, nous sommes tombés sur Midas.

– Que voulait-il ?

Ma mâchoire tressaute et je grince des dents.

– Il m'a embarqué dans une de ses foutues *réunions*. Pour me faire perdre du temps. Je ne le savais pas à ce moment-là. Ce que je ne savais pas non plus, c'est qu'il y avait des problèmes avec les villageois qui s'approchaient trop du camp de notre armée, et que Judd et Osrik s'en occupaient. Pendant ce temps, Lu ne parvenait pas à retrouver Digby, et ensuite j'ai appris que Midas avait emprisonné Ryatt.

– Il l'avait arrêté ?

– Je ne l'ai découvert que plus tard.

Elle semble subitement comprendre :

– Ryatt a été emprisonné à cause de moi. Parce que Midas pensait que lui et moi…

– Il a expliqué à Ryatt qu'il avait touché à tort ce qui ne lui appartenait pas, je lui explique avant de reprendre le fil de mon récit. Quand nous sommes sortis de cette réunion totalement inutile sur notre alliance factice et nos accords commerciaux, il était très tard et avec le bal qui avait lieu le lendemain, le palais était en pleine effervescence. Il y avait des domestiques et des gardes partout. Cela a pris un certain temps de les semer et nous avons d'abord dû monter dans ma chambre. Ensuite, Lu a enfin pu partir à la recherche de Digby pendant que je me dirigeais vers la bibliothèque. Je savais que tu n'y serais plus, il était déjà trop tard, mais j'ai cherché un mot ou une preuve quelconque de ton passage.

Je l'entends déglutir.

–Je n'en ai pas trouvé.

Et je me tais, à bout de nerfs. Parce que j'ai déjà reconstitué les faits un nombre incalculable de fois dans ma tête, mais à présent je vais pouvoir entendre l'histoire racontée de son point de vue.

–Je n'ai jamais pu me rendre à la bibliothèque, m'explique-t-elle à voix basse et, lorsqu'elle relève la tête, son regard est lointain, il est retourné à Ranhold.

Je poursuis donc :

–J'ai essayé de rejoindre tes appartements, mais il y avait trop de gardes. Je ne voulais pas alerter Midas. Je savais déjà que la situation était précaire avec la reine Kaila.

–De toute façon, je n'y étais pas, me répond-elle. Ou peut-être que j'y étais, je n'en ai aucune idée. Si je reconstitue la chronologie des faits, Midas avait déjà…

Sa voix s'étrangle et elle est obligée de se racler la gorge pour pouvoir prononcer la suite.

–C'était déjà arrivé. Peut-être que j'étais déjà retournée dans ma chambre, je ne sais pas vraiment. J'étais plutôt confuse.

J'ai l'impression que mes côtes sont soudées ensemble. Il m'est impossible de respirer.

–Je n'ai pas écouté mon putain d'instinct ! j'enrage, ivre de colère envers moi-même. J'ai essayé de te revoir. Je *sentais* bien que quelque chose n'allait pas, mais Midas m'a trop distrait. Avant que je puisse aller dans ta chambre, il nous a tous convoqués à d'autres maudites réunions avant le début du bal. Il m'a tellement pris la tête que je n'ai même pas compris ce qui se tramait. C'est seulement quand Lu est arrivée et m'a fait signe que j'ai su qu'elle l'avait trouvé.

–Digby ?

–Non, Ryatt. Lu cherchait Digby, mais elle est tombée sur mon frère dans une cellule. Ryatt lui a dit qu'il avait vu Digby être embarqué par un autre groupe de gardes. Nous avons dû attendre que le bal commence pour qu'elle puisse faire évader Ryatt et pendant qu'elle distrayait les gardes, Ryatt a libéré Digby.

Auren intègre toutes ces informations en hochant lentement la tête.

–Tu vas me dire ce qui s'est passé ? je parviens à lui demander, même si je déteste la douleur que cela lui cause.

–Il m'a droguée.

En entendant ces paroles, j'ouvre de grands yeux. J'ai l'impression que ma poitrine se fend en deux.

–Putain, il a fait quoi ?!

Elle s'interrompt face au sentiment d'horreur qui bouillonne dans ma voix. Son regard se pose sur l'endroit où mes piquants viennent de déchirer ma chemise comme les crocs noirs d'une bête furieuse.

–Comme je te l'ai déjà dit, j'ai été idiote, poursuit-elle en haussant une épaule. Je l'ai laissé me conduire dans le palais, et il m'a menée à Digby. C'est la seule chose honnête qu'il n'ait jamais faite. (Des larmes commencent à dévaler ses joues, la douleur lui fait plisser le front.) Il avait été roué de coups. J'ai d'abord cru qu'il était mort. Et j'étais *furieuse*. Je voulais faire mal à Midas. Le faire souffrir autant que Digby avait souffert. Mais ensuite il m'a plaquée contre le mur et il… il…

Ma poitrine se fend davantage.

–Auren…

–Il a tranché mes rubans. Un par un. J'ai *tout* senti. (Elle essaie de retenir ses larmes, mais les sanglots lui serrent la gorge.) Ça m'a fait mal. *Tellement* mal.

Où étais-tu ?

Je ne l'ai pas seulement laissée tomber. J'ai permis qu'on la détruise, putain.

–Après cela, je me suis évanouie à cause de la douleur ou de la rosée, ou à cause des deux. Je me suis réveillée mais brièvement, et la fois suivante, on m'a donné encore plus de rosée. Je ne me souviens pas de tout ce qui s'est passé après ça. Juste des bribes de souvenirs.

J'ai mal aux dents à cause de mes canines aiguisées qui se sont enfoncées dans ma mâchoire, et mes joues me démangent à cause des écailles qui les ornent à présent. Toute la journée qui a précédé le bal, j'ai eu l'impression qu'on me labourait l'estomac. Et puis, comme attiré par un aimant, j'ai levé les yeux vers elle pendant le bal. Là-haut, sur le balcon. Et même si je ne savais encore rien de tout cela, même s'il y avait des centaines de personnes entre nous, je pouvais *sentir* sa détresse. Je pouvais le voir à son aura erratique et agitée.

Je pensais que tu allais venir, mais tu n'es pas venu.

J'aurais dû immédiatement anéantir toute cette foutue salle de bal.

La haine que je ressens envers moi-même est si intense que mes piquants palpitent le long de ma colonne vertébrale comme s'ils voulaient me couper en deux.

Auren inspire un grand coup, et pendant un instant je crois qu'elle reprend juste son souffle, mais quand je m'aperçois qu'elle baisse les yeux, je suis son regard jusqu'à mon bras. Mon bras où mes piquants pulsent et où des ruisseaux de sang s'écoulent à travers ma peau déchirée.

Je suppose que cela explique pourquoi j'ai l'impression qu'on me mord le dos, bien que ce ne soit *rien* comparé à la douleur que je ressens dans la poitrine.

– Je n'avais jamais vu cela avant.

– Ça ne m'arrive jamais. Pas depuis très longtemps.

Quand je lève la tête pour la regarder à nouveau, le ruisseau scintillant de ses larmes sèche sur ses joues. Des larmes qui n'auraient jamais dû s'y trouver. Pas si j'avais fait mon devoir en la protégeant comme je lui avais promis.

Le dégoût me consume. Je serre les poings.

– Où j'étais ? je soupire, les yeux à nouveau plongés dans les siens. *Je n'étais pas là, putain.*

Je n'y étais pas.

Pendant qu'elle se vidait de sa magie.

Pendant qu'elle était *droguée*.

Pendant qu'elle se retrouvait face à un Digby roué de coups et ensanglanté.

Pendant qu'elle était plaquée contre le mur et mutilée.

Et pourtant, elle est descendue de cette mezzanine, elle s'est frayé un chemin à travers la foule et elle s'est tenue devant moi pour affronter Midas, en prenant mon parti devant tout le monde, en semblant être prête à combattre le monde entier pour me protéger.

Et moi…

Je n'étais pas là, putain.

Chapitre 28

Auren

Je suis assise sur un épais manteau, la pâle lumière du jour filtre derrière moi, et la seule chose que je suis capable de faire, c'est de fixer l'homme qui se tient face à moi.

Il personnifie l'angoisse.

Il se passe une main dans les cheveux en tirant sur ses mèches noires tandis que son visage se tord dans une expression douloureuse.

Je n'étais pas là, putain.

Rien qu'à la façon dont il l'a dit, c'est comme s'il s'était cogné l'intérieur du crâne à coups de poing et que ça résonnait dans son cerveau, encore et encore, comme un écho malveillant.

Je ne peux m'empêcher de baisser les yeux sur ses bras, là où ses piquants ont transpercé sa peau en la faisant saigner. Je n'ai jamais vu un tel phénomène se produire les autres fois où il s'est transformé. Mais je sais qu'il ne s'agit pas d'une simple métamorphose. Lorsqu'il a écouté mon récit, ses piquants sont sortis avec une grande violence. La magie, associée à sa transformation habituellement inoffensive, n'a pas pu suivre le rythme effréné de ses émotions furieuses.

Mais le voir de nouveau sous sa forme de Rip me fait frissonner. En fait, il m'a *manqué.* C'est cette version de lui que j'ai connue en premier. La version de lui en laquelle j'avais confiance et dont je me languissais.

Des yeux noirs torturés se lèvent vers moi et je tressaille en voyant son aura qui pulse autour de son corps. Elle s'agite comme une ombre exaspérée, un nuage de tourments denses. Mais ce n'est pas un mensonge. Ce n'est pas une manœuvre ni une tactique. Il ne s'est pas transformé dans un but précis, ou pour me manipuler. En fait, il fait de gros efforts pour *ne pas* montrer ses émotions.

En le voyant ainsi, je me demande comment j'ai pu regarder Midas dans les yeux et croire à un seul mot qui sortait de sa bouche. Chaque fois qu'il exprimait une émotion autre que la colère, c'était pour me manipuler.

– Une excuse est un mot insultant et superficiel, déclare Slade. Je déteste l'idée de n'avoir que ce mot minable à t'offrir. Être désolé, ce n'est pas suffisant.

Il secoue la tête, les épaules crispées, bien que je doute fort que ça ait quoi que ce soit à voir avec les piquants qui lui ont déchiré le dos.

– Je t'ai complètement laissée tomber. Tu devrais me détester pour ça. Tu ne devrais jamais pouvoir me pardonner. Mais je suis une merde égoïste et je vais quand même essayer de mériter ton pardon.

Mériter. Pas demander que je le lui accorde.

C'est si incroyablement étranger et déroutant.

– Rip…

– Si j'avais agi différemment, la suite aurait pu être évitée. J'aurais dû savoir que quelque chose n'allait pas quand Midas m'a retenu. J'aurais dû aller directement dans ta chambre pour vérifier que tu allais bien. Je n'aurais jamais dû te laisser quitter le camp. J'aurais dû te trouver dans cette cellule et te sauver avant qu'il puisse te faire du mal.

–Mais, Rip…

–J'aurais dû putréfier toute cette maudite salle de bal sur-le-champ, sans penser aux éventuelles conséquences, parce que je l'ai laissé te faire du *mal*. Je suis resté là. Je suis resté là pendant qu'il menaçait de te tuer. Tu devrais me détester pour toujours, me blâmer, parce que j'ai échoué…

–Rip!

Ma voix claque comme un fouet en le coupant dans son élan. Il sursaute et braque ses yeux noirs sur moi. Une fois certaine de retenir son attention, je poursuis:

–Ce n'est pas ce que je veux.

Il secoue la tête, la mâchoire crispée.

–Je sais que tu ne voulais pas que je pourrisse tout le monde. Même après tout ce que tu venais de vivre, tu es quand même descendue pour me protéger.

Il se moque de lui-même, comme s'il ne méritait pas mon soutien.

–Ce n'est pas ce que je veux dire. Je suis *contente* que tu ne sois pas intervenu.

Il se cabre comme si je l'avais choqué.

–Quoi?

Mon hochement de tête est lent mais définitif.

–Je suis heureuse que tu ne sois pas intervenu.

Je lis la confusion sur son visage.

–Comment aurais-tu pu *ne pas* vouloir que j'intervienne? Je t'ai abandonnée…

–Eh bien non, tu vois? Le problème, c'est que je me suis abandonnée moi-même.

Ses lèvres se pincent et un silence pesant s'installe.

–Je mentirais en disant que je ne voulais pas que tu interviennes et que tu me sauves sur le moment, mais avec le recul, je suis contente que tu ne l'aies pas fait.

Il prend une grande bouffée d'air, visiblement perturbé par mes propos.

–Tu ne m'as pas abandonnée. C'était de ma faute. Pendant tant d'années. Est-ce que ça aurait été plus facile et plus indolore si tu étais intervenu ? Oui. Mais la vérité, c'est que j'avais besoin de cette goutte d'eau pour faire déborder le vase. Je ne le regrette pas, parce que j'avais besoin de craquer. Je devais trouver ma limite.

Je l'avais évitée toute ma vie.

Et ce fut déchirant, douloureux et abrupt, mais au moins je l'ai trouvée.

– Mais j'aurais dû…

– Non ! je le coupe. J'avais besoin de me libérer moi-même. Que personne ne vienne à mon secours. Que personne ne se batte pour moi. Il fallait que ce soit moi. Tu comprends ?

Les émotions se bousculent sur son visage. Je constate qu'il pense encore qu'il a échoué, qu'il se déteste toujours pour ne pas avoir été là. Et je comprends ça. Je le comprends. Mais…

Je croise son regard pour qu'il puisse lire la vérité dans le mien.

– Je devais me sauver toute seule.

Il semble ruminer quelque chose.

– Et tu l'as fait. Tu l'as fait, *putain*, lâche-t-il, et la fierté irradie dans chaque mot qu'il prononce. Mais j'ai horreur que tu te sentes coupable. Midas a eu ce qu'il méritait. C'était lui le vrai monstre, pas toi. Si tu veux blâmer quelqu'un pour sa mort, tu peux me blâmer moi, parce que j'aurais dû tuer ce bâtard avant qu'il te fasse du mal. Mais je ne peux pas supporter que tu regrettes…

– Attends une minute, je l'interromps en levant la main.

Il s'arrête, les yeux fixés sur mon visage.

Et soudain, je prends conscience que c'est la dernière chose contre laquelle il a dû se battre, ce à quoi il pensait tout ce temps. C'est le récit qu'il se murmure à l'oreille. J'ai lutté pour repousser les réminiscences de cette nuit-là, la vérité à propos de mes rubans, ma magie dévoyée, pendant qu'il se débattait tout seul.

Je le regarde droit dans les yeux.

– Je veux que tu m'écoutes très attentivement.

Il se raidit comme s'il s'attendait au pire.

– J'emmerde Midas.

Surpris, il cligne des yeux.

– Quoi ?

– Tu m'as très bien entendue. J'emmerde. Midas.

Grand Divin, que ça fait du bien de le dire !

Il secoue la tête comme s'il essayait de comprendre, comme s'il n'arrivait pas à croire ce qu'il entendait.

– Ma culpabilité concerne les innocents qui ont été pris dans ce déchaînement de fureur. Mon incertitude concerne ma magie. Mais Midas ? Non. Je suis contente de l'avoir tué, je poursuis sur un ton ferme et déterminé. La seule chose que je regrette, c'est de ne pas l'avoir fait plus tôt.

Il continue à me dévisager, comme s'il attendait à voir un mensonge se fissurer. Mais il n'en trouvera pas, parce que je pense chaque mot que je viens de prononcer.

– Tu es vraiment contente ? me demande-t-il prudemment.

– Oui. Et soulagée, aussi. Je n'ai jamais ressenti pareil soulagement auparavant. C'est tout simplement… fini.

– Qu'est-ce qui est fini ?

– La cage.

Il ne me demande pas d'expliciter, je vois à son expression qu'il comprend parfaitement ce que je veux dire.

– Je suis encore en train de digérer.

– Sa mort ?

– Non. La profondeur de l'emprise qu'il exerçait sur mes pensées. Mes décisions. Ma vie. Même aujourd'hui, je reste à l'écart des gens pas seulement à cause de mon pouvoir mais parce qu'il n'a jamais voulu qu'on me touche. Je voyais les choses d'une certaine façon et il me disait que je les voyais mal. Je ressentais quelque chose ; il me convainquait que j'étais folle ou que je réagissais de manière excessive.

Tout se bouscule. Tant de petits moments. Des moments où j'étais bien trop aveugle pour percevoir les choses correctement. Trop effrayée par des mensonges dissimulés dans un château en or massif. Je lui explique :

– *C'est tout ça.* Les petites choses. À quel point j'étais devenue soumise. Comment j'ai été foulée aux pieds. Je n'étais rien d'autre qu'un instrument pour lui. Un moyen de parvenir à ses fins, et j'ai pavé son chemin d'or. Encore aujourd'hui, je crains de ne jamais pouvoir me débarrasser de lui. J'ai peur qu'il me piétine encore. Et si je ne guérissais jamais vraiment de toutes ses manipulations ? Et si les dommages qu'il m'a causés ne pouvaient pas être réparés ?

Il réfléchit un long moment avant de me répondre :

– Le traumatisme que tu as subi prendra du temps à cicatriser, et tu vas devoir savoir quand faire preuve de bienveillance envers toi-même et quand t'endurcir. Mais si tu doutes, écoute ta voix intérieure. Tant que c'est la tienne et pas la sienne, tu sais que tu es en train de battre ce salaud.

Battre ce salaud.

J'aime bien l'idée.

– Pour être honnête, je me préparais à me sentir coupable, à ce que les regrets se frayent un chemin jusqu'à moi. Midas a manipulé mes émotions pendant si longtemps que je m'attendais réellement à ce que des effets secondaires se fassent sentir. Mais ce qu'il m'a fait…

Je me racle la gorge et détourne le regard en glissant une main dans la poche de mon manteau.

Mes doigts entortillent le morceau de mon ruban, le tissu satiné qui s'enroule autour de ma main me transmet de la force.

– Je n'éprouve pas de remords. Je suis juste en colère. En colère d'avoir laissé cette situation intolérable durer aussi longtemps, de l'avoir laissé me prendre tant de choses. Je suis en colère contre tous ceux qui m'ont fait du mal ou se sont servis de moi. Et je suis en colère de ne pas avoir trouvé plus tôt comment me sauver. Je ne sais pas ce que je vais faire avec tout ce que j'ai en moi, mais je n'ai plus peur. Je ne ressens ni culpabilité ni regrets. Je ne ressens que de la colère.

Rip se met à sourire.

– Bien. Alors utilise ta rage pour fortifier ton courage.

J'aspire une grande bouffée d'air. En l'entendant, la bête fae qui m'habite se met quasiment à ronronner.

– La colère peut provoquer bien des choses, poursuit-il en passant son pouce sur les pointes acérées de ses piquants. Elle peut t'entraîner vers le bas, te rendre amère. Mais si tu l'utilises à bon escient, elle peut devenir un tremplin pour ta détermination.

– On dirait que tu parles d'expérience.

– C'est vrai. J'ai appris à utiliser ma propre rage à mon avantage.

L'idée que cette immense colère, qui s'est incrustée dans tous les recoins de mon être, puisse être mise à profit m'intrigue.

– Tu ne vas donc pas me conseiller de lâcher prise ? De surmonter ma fureur et de passer à autre chose ?

– Absolument pas. Je vais t'apprendre à t'en servir.

Chapitre 29
Auren

Je ne veux pas m'enliser dans la colère, me laisser entraîner par elle, me transformer en une personne amère et misérable. Mais utiliser ma rage autrement ? Pour me renforcer ? Alors ça, c'est quelque chose qui me convient.

J'ai toujours été passive dans la vie. Je pense qu'on confond souvent la passivité avec la faiblesse. En réalité, il s'agit simplement d'une façon différente de faire face. De survivre. Face aux situations auxquelles j'ai été confrontée, la façon la plus sûre de réagir, c'était de les supporter. De laisser les choses s'apaiser. De faire plaisir. Pour maintenir la paix. De contrôler constamment mes réactions, mes pensées et mes émotions afin d'apaiser le tyran dans l'espoir de subir moins d'abus.

Donc, dès mon plus jeune âge, j'ai appris que ma colère n'était pas sans danger. Ensuite, j'ai appris qu'elle était irrationnelle. Puis j'ai appris que j'avais tout simplement tort. J'avais toujours tort.

Eh merde!

Mon esprit, maudits soient les dieux, a été déformé pour servir les aspirations de quelqu'un d'autre!

Les abus ont été déclinés en différentes nuances de gris. Certains étaient plus sombres et plus visibles que d'autres. Je n'ai probablement pas encore remarqué certains d'entre eux. Ma guérison ne s'opérera pas du jour au lendemain.

Mais… je suis libre à présent. Vraiment libre. Pour la première fois en vingt ans, j'ai la possibilité de décider qui je vais être et comment je vais être. Et je ne veux pas gâcher cette opportunité à cause de lui. Je veux contrer les effets de ce qu'il m'a fait subir, aussi méticuleusement que lui m'a amputée.

Donc, si je peux apprendre à utiliser ma colère de façon à progresser plutôt que de me maintenir dans cet état, attachée à mon passé douloureux… eh bien, je ne vais pas hésiter.

Je lève les yeux vers Slade, forte d'une détermination nouvelle.

–Je veux que tu m'apprennes à bien me servir de ma colère. Mais la vérité reste que mon or ne fonctionne pas correctement.

Tout en haussant les épaules, je scrute mes mains.

–Je me revois en train d'utiliser mon or comme cette bête –cette part fae en moi–, mais je ne parviens pas à le convoquer. Je ne le contrôle pas sous cette forme. Et à présent, ça ne fonctionne plus du tout.

Mon toucher d'or ne m'avait jamais demandé beaucoup d'effort. En fait, c'était tout le contraire. Je devais me montrer prudente, veiller à ce qu'il ne jaillisse pas de partout.

Lorsque je me suis déchaînée dans cette salle de bal, ça aurait pu être cataclysmique. J'ai de la chance que Slade m'ait arrêtée comme il l'a fait, parce que mon esprit rationnel n'avait plus aucun contrôle. J'aurais pu tuer Slade, ou son Courroux, ou Digby. Mon or aurait pu s'infiltrer dans le reste du château, puis descendre en ville et tuer des innocents.

–On ne peut pas faire confiance à mon or. On ne peut pas me faire confiance.

Je prononce enfin ces mots à haute voix, ceux-là mêmes qui me nouaient le ventre, mais que je ravalais en permanence.

Slade fronce les sourcils.

–Tu t'es défendue pendant que ta magie se déployait d'une façon que tu n'avais jamais eu à utiliser auparavant. Ce n'est pas une mauvaise chose, Auren.

Je ne sais pas comment il peut dire cela. Mais bon, lui, il putrifie les gens. Il n'est probablement pas le meilleur juge du bien et du mal.

–Quoi qu'il en soit, je n'ai rien doré, je rétorque en tripotant mes vêtements. Pas le moindre objet depuis que je me suis réveillée. Mon toucher d'or s'est toujours manifesté. *Toujours*. Si le soleil se levait, mon or jaillissait, que je le veuille ou non. Mais depuis que je me suis réveillée… plus rien.

Il me contemple sans rien dire pendant un moment.

–Ton aura a l'air puissante. Mais une magie physique comme la nôtre peut être délicate. C'est pourquoi l'entraînement est si important.

–Je crois que ma magie est brisée, je lui avoue avec peine. Je pense que lorsque j'ai convoqué l'or ce fameux soir, quand j'ai craqué et que ma nature fae est apparue, j'ai fait quelque chose que je ne suis pas censée pouvoir faire. Je l'ai en quelque sorte corrompue et, depuis, elle ne fonctionne pas bien. Du moins, pas sans que je devienne complètement une fae et je ne peux pas continuer à me laisser aller comme ça. Car ce que j'ai fait…

Ma voix se brise. Ma langue est comme desséchée par ces souvenirs qui me tourmentent. Je vois des scènes qui défilent dans ma tête. L'afflux de pouvoir que j'ai invoqué. Les choses que j'ai détruites.

Les gens que j'ai tués.

J'entends aussi les cris.

À cause de ce que j'ai fait. Parce que j'ai perdu le contrôle.

Regarde ce que tu as fait.

Cette voix surgit dans ma tête comme un sifflement strident. Le souffle de l'explosion retentit à mes oreilles comme une gifle.

Regarde ce que tu as fait.

Je recule brusquement, comme si la personne qui a prononcé ces mots se tenait devant moi plutôt que dans ma tête.

– Auren ?

Mes yeux se posent sur Slade, sur les plis inquiets qui se sont formés entre ses sourcils.

– Que s'est-il passé ? Où es-tu allée ?

– Rien. Nulle part.

Il plisse les paupières. Me dévisage. M'observe comme s'il ne regardait pas seulement mes yeux mais quelque chose à travers eux. Comme s'il regardait dans ma tête, là où ces souvenirs tourbillonnent.

– Je vois.

– Tu vois quoi ?

Il se penche vers moi.

– Tu sais ce que je pense ? dit-il au lieu de me répondre. Je pense que tu as expliqué pourquoi ton or ne fonctionne pas.

– De quoi parles-tu ?

– Tu as dit qu'on ne peut pas vous faire confiance, à toi et à ton or.

– Parce que c'est vrai.

Il lève le doigt et le pointe vers moi.

– Et ceci explique cela. Parce que nos émotions sont liées à notre pouvoir, Auren. Cela inclut la crainte de notre propre magie.

Mon pouls s'accélère. Je me fais peut-être des idées, mais je jurerais que son regard descend vers la veine de mon cou comme s'il m'observait *d'aussi près* que ça.

– Tu as peur de ce que tu as fait à Ranhold, dit-il.

Mon cœur se met à cogner contre mes côtes, mes yeux en oublient de ciller.

– Bien sûr que oui.

Il s'approche et j'ai envie de m'écarter, de lever une main devant mon visage pour qu'il ne puisse pas lire en moi aussi profondément.

Je me sens soudain remplie d'agressivité.

– Je n'aurais pas dû être capable de faire appel à l'or de cette façon, mais c'est le cas, et à cause de ça, j'ai tué des gens. J'ai perdu le contrôle.

– Tu n'as pas seulement peur de ce que tu as fait cette nuit-là. Tu as aussi peur de ton or, je me trompe ?

Sa question me frappe de plein fouet. Il n'a même pas besoin que je lui réponde.

– Tu ne peux pas craindre ton propre pouvoir, Auren. Je sais que tu as essayé de le cacher et de le réprimer toute ta vie, mais...

– Je peinais déjà à le maîtriser avant, et maintenant je devrais m'inquiéter de me transformer en une espèce de fae bestiale ? Je n'ai même plus le sursis que m'offrait la nuit ?

Je laisse échapper un soupir moqueur.

– Je *dois* en avoir peur, Rip. Parce que lorsque je perds le contrôle comme je l'ai fait à Ranhold, et comme je l'ai fait à...

Je me tais, les yeux écarquillés.

– Comme tu l'as fait où ?

Non.

Je ne veux pas y penser.

Je ne m'autorise *jamais* à y penser.

– Tu avais déjà perdu le contrôle, Auren ? me demande-t-il à voix basse.

Je serre les dents. Une chaleur incontrôlée s'empare de moi.

– Je ne veux pas parler de ça ! je m'écrie en me levant d'un bond. Ça n'a rien à voir avec notre discussion.

Avant même que j'aie pu faire trois pas, il est sur moi. Sa main saisit mon bras et me force à le regarder. Je déteste son froncement de sourcils, parce que ça ne fait qu'aggraver mon cas.

– Ma magie est brisée. C'est tout, je répète obstinément.

L'adrénaline coule dans mes veines, mes membres me picotent, ma respiration s'accélère comme si mon instinct me poussait à fuir. Mais Slade ne lâche pas prise. Je suis coincée, incapable d'éviter cette conversation.

– Non. Ta magie n'est pas perdue, Auren. Tu as plus de capacités que jamais, mais tu la bloques.

Je sens mes épaules se crisper.

– Il t'est arrivé quelque chose, n'est-ce pas ? murmure-t-il. Tu as déjà perdu le contrôle de ta magie avant, et il s'est passé quelque chose de grave. Alors, les événements de Ranhold ont aussi fait remonter ces souvenirs à la surface.

Ma poitrine se lève et s'abaisse à toute vitesse, mais j'ai l'impression de ne pas parvenir à respirer.

– Respire, bébé, dit doucement Slade qui se sert maintenant de ses deux mains pour me frotter les bras de haut en bas dans des mouvements apaisants. Dis-moi ce qui s'est passé.

Ma tête tremble, ma joue est traversée par une ligne humide.

– Non.

Ce n'est pas une réponse obstinée. C'est une supplique, pour qu'il laisse tomber. Mais il a beau me regarder avec sympathie, il ne cède pas. Ce salaud ne cède jamais.

– Dis-moi.

Mon esprit est un champ de bataille, j'entends encore ces cris, je me vois encore perdre le contrôle. Hier et maintenant, ici et là.

Regarde ce que tu as fait.

Je ferme les yeux. Mais ce seul mot, celui que j'ai essayé d'enfouir au plus profond de moi, ressurgit. Comme un morceau de plafond fissuré qui finit par céder et qui atterrit au sol avec fracas, dans une fêlure existentielle.

– Carnith.

Le mot sonne comme une gifle retentissante. Sans crier gare, sans mon consentement. J'aimerais pouvoir le dissimuler dans les recoins les plus sombres, faire disparaître ce son qui résonne entre nous. Je n'aurais pas dû le laisser sortir. J'aurais dû prendre les souvenirs de ce qui s'est passé à Ranhold et les ranger ensemble.

– Que s'est-il passé à Carnith, Auren ?

Je ne bouge plus. Comme des cordes chantantes d'une harpe soudain pincées entre des doigts qui étouffent leur son.

– Je ne veux pas parler de Carnith.

– Je pense que nous devrions, réplique-t-il. Je pense que ce qui s'est produit à Ranhold a ravivé le traumatisme que tu as vécu à Carnith, et je pense que ce sont ces deux événements qui musellent ta magie.

– On ne peut pas se fier à ma magie.

– C'était un nouvel aspect de ton pouvoir que tu n'avais jamais utilisé auparavant. Il faut de la pratique. Tu vas le maîtriser.

– Ou alors, je tuerai tout le monde. Comme j'ai failli le faire à Ranhold. Comme je l'ai fait à…

– Carnith.

Slade finit ma phrase pour moi. Mon cœur bat si fort que je suis surprise qu'il ne me déchire pas les veines.

– Dis-le-moi, insiste-t-il d'une voix douce, le regard tendre.

Comme si, quoi que je puisse lui révéler, il ne pourrait pas me juger.

Il *devrait* me juger, pourtant.

– Je n'en ai jamais parlé, j'admets dans un murmure.

Ses pouces effleurent mes joues.

– Je veux tout connaître de ton passé, tu te rappelles ? Tes souvenirs, tes pensées. Raconte-moi, Auren. Je veux t'aider.

Comment puis-je lui refuser ? Il est là. Il ne s'éloignera pas, peu importe combien j'insiste. Même si je ne le mérite pas. Depuis le tout début, il a toujours lu en moi.

Je pense que le temps est venu de lui révéler ce que j'ai vraiment fait.

CHAPITRE 30

AUREN

J'ai eu de la chance.

Je n'arrêtais pas d'y penser, encore et encore. J'avais échappé au port de Derfort. À Zakir. À Barden East. À cette fille peinte que j'étais alors, la pouliche la plus chère du port.

Je me suis enfuie en sautant au hasard dans un bateau inconnu, commandé par une femme sans état d'âme. La capitaine Mara a tenu parole. Elle m'a prise à bord et j'ai gagné ma place sur son navire en frottant chaque jour le pont taché de sel, en enroulant les cordages, en vidant les pots de chambre et en épluchant les légumes.

Mais cela ne me dérangeait pas du tout. Parce que cela signifiait la liberté. Cela signifiait l'évasion.

J'ai eu de la chance.

Même si je dormais dans un hamac avec des mains couvertes d'ampoules boursouflées et un estomac chaviré, j'étais bien plus heureuse là-bas que pendant tout le temps que j'avais passé à Derfort. Et après des semaines de navigation, quand mes ampoules ont commencé à devenir des callosités et que mon estomac a appris à ne plus se soulever à chaque grosse vague, nous avons atteint le Deuxième Royaume.

La capitaine Mara m'a fait monter sur une chaloupe et m'a conduite jusqu'aux quais. Elle m'a même offert une pièce, que j'ai ajoutée à celles que je gardais précieusement dans ma bourse cousue dans ma robe. Elle s'est avancée devant moi sur ce quai, ou le cri des mouettes rivalisait avec celui des marins, et elle a glissé la pièce dans la poche de la chemise qu'elle m'avait donnée, en me disant ceci :

–Tu n'as vraiment pas le pied marin. Il vaut mieux que tu restes sur la terre ferme, d'accord, petite fille en or ?

Puis elle est partie, la pipe à la bouche, en hurlant déjà ses ordres à son équipage au beau milieu de l'agitation ambiante.

Et moi… j'étais dans le Deuxième Royaume, où le sable est blanc et le soleil brûle, sans le moindre nuage à l'horizon pour déverser sur la ville une pluie aux odeurs de poisson. C'était tellement différent de Derfort. Mais c'était toujours un port et je n'avais aucune envie de rester dans l'un d'eux.

J'ai donc réussi à voyager en compagnie d'une famille dans une charrette, et j'ai eu de la chance car ils étaient contents de m'emmener avec eux si cela leur permettait d'avoir un peu plus d'argent en poche. Ils avaient deux jeunes enfants, dont je me suis occupée, et je n'ai pas eu à m'inquiéter en fermant les yeux chaque soir.

Quand j'ai quitté ces gens, je suis tombée sur un trio de sœurs avec qui j'ai continué ma route, et ainsi de suite. La chance m'accompagnait de ville en ville, je trouvais à chaque fois des femmes avec qui voyager. On me regardait, on chuchotait, on venait même me demander pourquoi j'avais peint ma peau, mais à part ça, on me laissait tranquille et, à la première occasion, j'ai pris soin d'acheter un manteau avec une grande capuche.

Plus je m'aventurais dans le désert, plus le paysage s'asséchait. Les plages et les palmiers ont vite été remplacés par des serpents de sable et des cactus. Mais j'ai continué à avancer en m'efforçant de m'éloigner le plus possible de la mer. Tant que j'étais près de l'océan, j'avais l'impression d'être toujours proche de Zakir West et de Barden East.

Ma chance a commencé à me fuir en même temps que mon argent. Plus je m'éloignais du port, plus les gens se méfiaient de cette étrange fille dorée qui voyageait avec eux. Je devais payer toujours plus cher pour qu'ils acceptent de me prendre avec eux, et encore, seulement s'ils daignaient m'adresser la parole. Plus je m'enfonçais dans les terres, plus le paysage désertique et la chaleur devenaient intenses.

Je trouvais déjà qu'il faisait chaud près des côtes, mais au moins il y avait une brise marine transportée depuis la plage. Ici, le soleil était implacable, le vent brûlant. Malgré l'apparence délicate des dunes soyeuses et douces, le sable semblait pouvoir brûler la semelle de mes chaussures. L'eau était si chère qu'une seule fleur coupée sur un figuier de barbarie représentait toutes mes réserves d'eau *et* de nourriture.

Et pourtant, *j'aimais* le soleil. Je pouvais lever la tête et avoir l'impression que la chaleur pénétrait dans mes pores, nettoyant chacune des années fétides que j'avais passées sous la pluie de Derfort.

Mais dans le désert, si le soleil brûle le jour, la nuit les températures chutent. J'avais superposé chaque pauvre pièce de vêtement que je possédais, mais ces simples étoffes ne faisaient pas le poids face au froid qui me saisissait chaque fois que le soleil se couchait.

Sur un terrain aussi désolé, il n'y avait rien pour retenir la chaleur, rien pour couper le vent, et les lieux semblaient complètement différents dès que le soleil disparaissait. Plus d'une fois, j'ai été tirée de mon sommeil à cause des scorpions rampant sur ma peau ou des serpents de sable glissant dans mes cheveux. Je me réveillais aussi en sursaut quand des coyotes jappaient frénétiquement alors qu'ils venaient pour tuer, ou quand d'autres voyageurs hurlaient d'une façon qui me poussait à rester à l'écart.

Et puis, le problème, c'était mon dos.

J'ai d'abord cru à un coup de soleil. Ses rayons puissants avaient dû traverser ma chemise et brûler ma colonne vertébrale sur toute sa longueur. Ça me démangeait, et ma peau qui pelait couche après couche était à vif.

Après les démangeaisons, la douleur est apparue. Elle partait d'entre mes omoplates et descendait jusqu'au bas de mon dos. La douleur, d'abord intermittente, est devenue constante. À tel point que je ne pouvais même pas m'allonger sur le dos pour dormir ni marcher sans grimacer. Et pendant que ma peau continuait à peler, à me gratter et à me faire mal, je devais continuer à avancer. Essayer d'ignorer la douleur autant que possible, même si je m'effondrais généralement en tas souffreteux le soir, lorsqu'enfin nous bivouaquions.

Lorsque le soleil se couchait, j'éprouvais un réel soulagement. Le ciel nocturne était si clair, sa face sombre parsemée d'étoiles. La nuit, je pouvais oublier la douleur et me rappeler que j'étais libre.

Libérée du port de Derfort. Libérée de Zakir. De ce qui se passait à La Solitude.

Mais je n'avais aucune idée de ce que j'étais censée faire. La seule chose à laquelle j'avais pensé, c'était fuir. J'étais allée aussi loin que possible. J'avais traversé une mer et quitté le rivage pour errer dans les dunes couleur de cendre, en sentant ma peau se décoller sous les rayons du soleil.

Je savais que je devais trouver un endroit où m'arrêter, mais dans chaque village où j'arrivais, les gens faisaient preuve de méfiance. Je n'étais pas la bienvenue. J'ai donc continué. Je me suis réellement rendu compte de la gravité de ma situation lorsque je me suis couchée à l'arrière d'un magasin en grelottant de partout. Mon estomac criait famine, j'avais la bouche desséchée, une couche de sable s'était déposée sur ma peau et mes cheveux.

Je ne connaissais personne, je n'avais plus rien. J'avais dépensé ma dernière pièce pour remplir mon outre d'eau et acheter un sac de noix et de dattes. J'étais fatiguée. J'avais peur. Je ne m'étais jamais sentie aussi seule.

Et c'est là que j'ai trouvé Milly. Ou plutôt, que Milly m'a trouvée.

Elle m'a réveillée d'un coup de canne. Elle m'a fixée d'un œil laiteux et m'a dit de venir avec elle.

J'allais m'enfuir. Je savais qu'il ne fallait pas faire confiance, surtout quand on ne possède ni argent ni objet à troquer pour sa sécurité. Mais même si elle était borgne, Milly a dû voir mon expression, parce qu'elle m'a dit :

– Sauve-toi si tu veux, mais j'ai un lapin dans la cuisine et de l'eau dans le puits. Je n'ai pas de bâtiment contre lequel dormir, mais je suis sûre qu'un lit fera l'affaire.

Je suis restée figée sur place, stupéfaite, à fixer l'éclat argenté de ses cheveux et la façon dont ses épaules s'abaissaient de telle sorte que son corps prenait la forme d'une théière, avec son coude replié, appuyé sur sa canne comme une anse.

– Comment ça ? ai-je demandé en repoussant mes cheveux emmêlés de mon visage tout en la regardant, mes genoux repliés et mes bottes usées cachées sous ma robe.

– Quel âge as-tu, ma fille ?

– Quinze ans.

– Hmm. (Elle s'appuyait plus fort sur sa canne, les joues de son visage ridé formaient des C de chaque côté.) Tu as enfreint une loi ? Volé quelque chose ?

J'ai secoué la tête pendant qu'elle me détaillait.

– Alors ça me convient. Allons-y.

Je l'ai dévisagée, bouche bée, en tentant d'imaginer toutes les façons dont elle pourrait me piéger. Mais avant même que je puisse comprendre quoi que ce soit, elle s'est retournée et s'est mise à s'éloigner en boitant. Ses jupes tournoyaient sur ses mollets, ses cheveux argentés étaient nattés en une tresse serrée.

Comme je ne bougeais pas, elle m'a jeté un coup d'œil par-dessus son épaule.

– Eh bien ? Tu vas rester plantée dans la rue toute la nuit et te faire bouffer par des vautours ? Ou est-ce que tu te décides à me suivre ? Parce que j'ai une mauvaise hanche et une patience bien pire encore.

J'aimerais pouvoir dire que c'est mon instinct qui m'a dit que je pouvais faire confiance à Milly et que c'est pour ça que je l'ai suivie, mais en vérité, je voulais vraiment ce lapin et boire de l'eau.

Milly me conduisit à une mule attelée à une charrette dans la rue sombre, et je me suis assise à côté d'elle pendant qu'elle prenait les rênes. Quand nous avons laissé derrière nous le village et ses habitations, la mule nous a guidées. Ses sabots fatigués s'enfonçaient dans le sable, seul un petit croissant de lune éclairait notre chemin.

Trente minutes plus tard, alors que j'étais sur le point de tomber d'épuisement et que tout mon dos hurlait de douleur, les premières traces de Carnith apparurent.

La plupart des villages et des villes que j'avais traversés possédaient des oasis ou des rivières, bien souvent asséchées, et Carnith n'était pas différent. C'était un village pittoresque entouré d'une petite oasis avec des palmiers-dattiers qui croissaient autour de l'eau.

Le foyer de Milly se trouvait non loin du centre. Toutes les habitations étaient nichées entre les dunes et on distinguait vaguement une montagne au loin dans le paysage nocturne. Toutes étaient rondes et basses, comme si elles avaient été moulées dans de l'argile et cuites au soleil. La sienne était un peu en retrait des autres, elle était entourée par une petite clôture en argile. Le toit de tôle légèrement pentu brillait d'un éclat argenté quand elle a fait passer la mule par le portail, pour se rendre dans une petite étable dont le sol était jonché de paille et où une auge et une stalle étaient visibles à travers l'arche.

Encore méfiante, j'ai attendu devant en la regardant descendre de la charrette.

– Eh bien, ne te contente pas de regarder, ma fille. Viens ici. Tu vas apprendre à dételer Sal, à la nourrir, lui donner à boire et la brosser. Demain, quand j'irai faire mes livraisons, tu apprendras à l'atteler. (Elle m'a regardée, un sourcil levé plus haut que l'autre.) Tu apprendras à la monter, aussi.

J'étais incapable de faire autre chose que de fixer cette étrange femme, les yeux écarquillés, pendant qu'elle et la mule semblaient me jauger d'un air narquois.

J'ai donc appris à dételer Sal. Et à la brosser. La nourrir. Lui donner à boire.

Quand j'ai eu fini, Milly m'a donné de l'eau fraîche de son puits. Elle avait un goût de terre et de croquant. J'aurais pu boire indéfiniment, mais elle m'a à nouveau frappée avec sa canne et m'a dit que ça suffisait parce qu'elle ne voulait pas que je vomisse partout dans son jardin.

Puis je l'ai aidée à préparer le lapin pour le dîner. Je ne pouvais pas m'empêcher de saliver. Elle m'a observée pendant que je mangeais près du feu, et m'a dit :

– Eh bien, on peut dire que tu brilles.

Et c'est tout. Ça n'avait pas l'air de l'inquiéter que je sois dorée, elle n'avait même pas l'air surprise, comme si elle avait vu tellement de choses au cours de sa longue vie que plus rien ne la gênait.

Après que j'ai eu mangé à ma faim, elle a écarté une tenture suspendue à une porte et m'a montré une pièce avec un petit lit de paille et une fenêtre carrée en me disant de me reposer.

Je n'ai pas fermé l'œil cette nuit-là, j'étais bien trop méfiante, trop nerveuse. Je me demandais encore ce qu'elle allait faire, parce que d'après mon expérience, les gens ne vous aident pas, ils ne vous donnent rien gratuitement.

Mais Milly l'a fait.

Alors je suis restée cette nuit-là et la suivante, et la suivante encore, jusqu'à ce que je réussisse à m'endormir, et ma méfiance s'est transformée en gratitude.

Malgré son âge avancé et sa cécité partielle, j'ai vite compris que Milly avait la vie dure. Elle travaillait de l'aube au crépuscule et parfois même plus tard, quand elle avait des livraisons à faire ou des marchés à visiter.

L'arrière de sa maison était recouvert de fleurs sauvages du désert et de palettes en bois sur lesquelles étaient installées des ruches. Elle m'a appris comment récolter les rayons de miel.

Comment faire de la gelée de figues de barbarie. Comment coudre mes propres vêtements, poser des pièges pour le petit gibier, faire un feu, monter Sal.

Avec le temps, ma gratitude s'est transformée en affection. Milly était une dure à cuire qui avait la langue bien pendue, mais elle était gentille. Elle m'a appris à être autonome, elle m'a offert un toit, de la nourriture et de l'eau, et en retour, je me suis mise à l'aider autant que je le pouvais.

Pendant un temps, tout s'est bien passé. Nous vivions ensemble dans cette petite hutte d'argile et j'étais satisfaite. Milly était la première personne que j'ai aimée à Orea. Elle était comme la grand-mère que je n'avais jamais connue. Brusque, usée par le temps et exigeante sur la façon de faire les choses et de les faire correctement. Mais elle avait aussi un côté plus tendre. Comme quand, ce premier matin, elle a regardé les cernes sous mes yeux et m'a dit que nous avions une journée de repos. Comme quand, avec ses doigts noués et ses mains pleines d'arthrose, elle a brossé mes cheveux mouillés et désespérément emmêlés. Comme quand, alors qu'elle était en train de me peigner et qu'elle m'a vue tressaillir, elle a voulu savoir ce qui n'allait pas dans mon dos.

Elle m'avait trouvée en train de dormir à la belle étoile et m'a ramenée chez elle. Elle a vu ma peau dorée et a haussé les épaules. Et puis, alors qu'elle s'occupait de mon dos à vif qui pelait, elle a découvert que des rubans en sortaient et n'a même pas sourcillé.

–Tu as des rubans qui poussent, m'a-t-elle dit.

C'était aussi simple que ça.

J'ai été prise de panique. Elle, elle était pragmatique.

–Mieux vaut ne pas les arracher. Je pense qu'ils sont censés être là.

Toujours aussi pragmatique, elle a soigné ma peau douloureuse tous les soirs et m'a conseillé de les laisser tranquilles, de ne pas m'en inquiéter. Parce que les gens avaient bien des poils qui poussaient sur tout le corps, ce n'était donc pas si étrange que ça. Elle m'a dit qu'elle avait des poils au menton plus longs que ce qui poussait dans mon dos, même si ça n'a pas été vrai très longtemps.

C'est son attitude impassible qui m'a empêchée de sombrer dans le désespoir. C'étaient les soins discrets qu'elle leur apportait tous les soirs qui me faisaient pleurer, tout comme la tolérance dont elle faisait preuve.

J'ai donc continué à travailler à ses côtés dans le jardin, à récurer les briques du puits, à m'occuper de Sal ou à l'aider à réparer, laver ou cuisiner, et j'étais contente, oui, mais j'étais aussi en sécurité. J'avais l'impression qu'en vivant avec Milly, à l'orée d'un petit village, au milieu d'un désert, j'étais enfin en sécurité.

Jusqu'à cette nuit où tout a changé.

Je me suis endormie comme d'habitude. Recroquevillée sur le côté, je regardais le tissu mince de la porte bouger dans le vent qui passait par la fenêtre ouverte. Le clair de lune entrait à flots, de la même couleur laiteuse que l'œil de Milly, et j'écoutais sa voix grave et rocailleuse pendant qu'elle chantait en cousant.

Son chant me rappelait ma mère.

Ce n'est que quelques heures plus tard, alors que l'aube venait à peine de poindre, que je me suis réveillée en sursaut. Je pense que c'est le bruit de la porte d'entrée qui s'est refermée ou peut-être juste un mouvement dans l'air. Je me suis redressée, le cœur battant déjà la chamade, avant que mon esprit ne saisisse pleinement le danger dont mon corps m'avertissait.

Et soudain, je les ai entendus. Les bruits de pas. Des pas trop lourds et réguliers pour être ceux de Milly qui boitait. Il y a eu le fracas de quelque chose qui tombe par terre, un fort reniflement, une respiration, une toux. Et c'est là que je me suis figée sur le lit. Parce que c'était un homme. Un homme qui avait dû entrer par effraction – un homme qui allait faire du mal à Milly, à moi, tout voler et nous violer.

Parce que c'est ça que les hommes font. Ils prennent, ils font du mal et personne ne les arrête jamais.

Mon dos me démangeait. Le bout de mes doigts me faisait mal. Mon cœur continuait à battre à tout rompre.

Je ne pouvais pas laisser Milly se faire attaquer. Elle était trop vieille, trop fragile, et sa langue bien pendue ne ferait qu'empirer les choses.

Il fallait que j'intervienne. Elle me protégeait, je devais donc lui rendre la pareille. Ce besoin de la protéger était dévorant. J'ai cherché dans la pièce tout ce qui pouvait me servir d'arme, puis j'ai rampé pour attraper ma botte par terre.

Accroupie contre le mur, j'observais le rideau qui claquait sur le seuil de la porte. Mon adrénaline grimpait en flèche. Je n'allais laisser personne faire du mal à Milly. Je n'allais laisser personne me faire du mal.

Mais quand les pas lourds ont commencé à se rapprocher, le bout de mes doigts s'est hérissé. Ils se sont mis à me piquer comme si de petites aiguilles s'y enfonçaient soudain et menaçaient de se briser.

Lorsque le rideau s'est brutalement écarté, j'ai bondi en avant et je lui ai asséné un coup de botte sur le visage. Il a poussé un juron et s'est jeté sur moi, l'air furieux, éclairé par le clair de lune. Il m'a poussée si fort que mon dos endolori a heurté le mur avec un craquement. Des étoiles ont éclaté devant mes yeux et, cette fois, c'est moi qui me suis mise à crier. Le son me paraissait comme amplifié dans la pénombre.

– Tu veux essayer de m'attaquer ? a crié l'homme enragé, et ses postillons ont atterri sur ma joue.

Son haleine sentait l'alcool.

– Je vais te montrer ce qui va se passer, ma fille !

Il ne m'a même pas frappée avec ses mains. Il a levé sa lourde besace et me l'a balancée dessus. Violemment. Je ne sais pas ce qu'il y avait là-dedans, mais j'ai eu l'impression qu'une enclume s'écrasait sur ma tête. Mon épaule. Mes côtes. Acculée contre le mur comme si je pouvais m'y enfoncer, j'ai essayé de lever les bras pour protéger ma tête pendant que l'homme grognait et me frappait.

Puis j'ai entendu Milly.

Elle était lente, mais après avoir passé plus d'une ou deux heures au lit, ses articulations douloureuses se raidissaient, ce qui aggravait encore la situation. Et pourtant, je l'ai entendue bouger précipitamment avec sa canne qui raclait le carrelage.

La panique m'a envahie. C'était une chose pour moi d'encaisser ce genre de coups, mais Milly ne pourrait pas le supporter. Ses os fragiles risquaient de se briser. J'ai entendu sa voix rauque appeler mon nom. J'ai entendu sa peur.

Cette peur a encore boosté ma poussée d'adrénaline. Elle l'a fait gonfler. Elle l'a fait craquer. Les extrémités de mes doigts se sont mises à me faire mal, à me brûler, puis à saigner.

J'ai senti le liquide couler le long de mes paumes, mais j'ai à peine prêté attention à ce sang bouillant qui coulait de mes doigts. Parce que Milly se rapprochait et que l'homme balançait son pied en arrière pour me flanquer un coup de pied. Je me suis jetée sur lui.

Comme un animal, j'ai rugi en lui sautant dessus. Je l'ai griffé. J'ai fait courir mes doigts ensanglantés sur son visage.

Pas Milly. Il n'allait pas faire de mal à Milly. Je n'allais pas le laisser entrer chez elle, lui voler son argent si durement gagné, et nous faire du mal.

L'homme a trébuché quand je l'ai attaqué, il a essayé de se dégager, mais j'ai plaqué mes mains sur sa tête et je l'ai poussé. Sur mes paumes, le sang a jailli et s'est répandu, mais j'étais bien trop frénétique pour m'en préoccuper.

Et puis, ses grognements se sont transformés en gargouillis. Ses doigts fouineurs ont lâché mon corps tandis que je griffais son visage.

Le sang qui coulait de mes mains m'a fait lâcher prise et j'ai atterri à nouveau sur le sol, mais mes pieds étaient également mouillés comme si je m'étais retrouvée debout dans une flaque de mon propre sang, ou peut-être était-ce le sien ? Mais ça n'avait pas de sens parce que je l'avais seulement griffé et bousculé et que lui m'avait frappée. Pourquoi y avait-il autant de sang ? Il pleuvait ? Le toit fuyait ? Mais pourquoi l'eau serait-elle si chaude ? Si épaisse ?

Mon esprit frénétique n'arrivait pas à trouver la moindre explication, mais l'air avait une odeur métallique de sang, et le liquide était chaud. Tellement chaud.

Milly est apparue sur le seuil de la porte. Les yeux écarquillés, la main crispée sur sa canne qu'elle brandissait comme une arme. Elle l'a levée, prête à frapper, mais elle s'est arrêtée net, son œil valide braqué sur l'homme.

– Felton ?

– Tu le connais ? ai-je demandé d'une voix qui m'a paru étrange.

Je me sentais bizarre.

– C'est mon frère. Il vient me rendre visite de temps en temps. Qu'est-ce que…

L'homme a fait un bruit étranglé, puis ses genoux ont heurté le sol. Il y a eu une éclaboussure lors de l'impact. J'ai reculé quand ça a atterri sur mon visage.

– Felton ! s'est écriée Milly, et j'ai compris.

J'ai compris que j'avais commis une erreur. Je l'ai su dès qu'elle a fait demi-tour à pas irréguliers, puis s'est éloignée rapidement pour revenir avec une lanterne à la main afin d'aider l'aube naissante à nous éclairer.

Quand la lumière a inondé la pièce, je n'ai rien compris.

Cette teinte ambrée qui baignait tout. Cet éclat reflété par la lanterne. L'homme était à genoux, il se tenait la gorge en faisant des bruits inquiétants. Mais il n'était pas marqué par des traînées rouges. Le sol n'était pas mouillé par la pluie. Mes doigts ne saignaient pas. Ce n'était pas la chaleur métallique du sang que je sentais.

C'était… *de l'or.*

La main de Milly s'est plaquée sur sa bouche. La canne qu'elle tenait est tombée par terre en nous éclaboussant. Elle avait l'air horrifiée.

– Felton !

Elle a poussé un cri quand il a émis un autre gargouillis. J'ai écarquillé les yeux quand elle a approché la lanterne de son visage. De l'or liquide avait coulé le long de ses joues, là où je l'avais griffé, et s'était massé autour de sa bouche.

Il essayait de tousser tandis que le liquide s'écoulait dans sa gorge, il tentait en vain d'éloigner le métal visqueux de son cou, qui le comprimait et l'étranglait.

– Qu'est-ce que tu as fait ? a hurlé Milly en nous dévisageant, l'un après l'autre. *Regarde ce que tu as fait !*

Il s'est débattu un moment encore, puis il est tombé à terre dans une éclaboussure.

Milly s'est mise à *gémir.*

Elle s'est ruée vers lui, mais le sol glissant l'a fait tomber. Je me suis précipitée pour la rattraper.

Je n'aurais pas dû.

Je n'aurais pas dû parce que dès que mes mains ont touché ses bras, l'or s'est répandu sur elle. Comme si c'était quelque chose de conscient, d'intentionnel, il s'est déplacé et s'est incrusté sur sa peau en tachant ses vêtements, en s'accumulant dans sa bouche.

Elle n'a même pas pu se débattre ni lutter comme l'homme l'avait fait. Et moi, j'étais en état de choc. Un choc total, épouvantable, en regardant cet or terrifiant attaquer si brutalement la seule personne que j'aimais.

J'ai essayé de l'enlever. J'ai essayé de l'arracher de sa bouche et de son cou, mais ça n'a fait qu'empirer les choses. Plus d'or encore dégoulinait de mes paumes, la recouvrait d'une pluie hostile.

J'ai fini par retirer mes mains. Je les regardais, je regardais l'or qui s'écoulait de plus en plus, sans que je ne puisse rien faire pour l'arrêter.

Qu'est-ce que tu as fait ?

J'ai tenté de nier la réalité, mais quand je me suis agenouillée à ses côtés et que j'ai compris que l'or les avait définitivement collés au sol, elle et son frère…

Je n'ai plus rien ressenti, mis à part la panique.

Je me suis relevée en glissant sur le carrelage mouillé et j'ai couru. J'ai crié. Pour qu'on m'aide, pour que quelqu'un intervienne, pour qu'un villageois la soigne, pour que tout cela ne soit qu'un cauchemar, malgré le soleil brûlant qui pointait à l'horizon.

Mais tandis que je criais, que je courais hors de sa maison et dans la cour, mon or m'accompagnait. Il suivait mes pas en mordant mes talons comme un chien sauvage.

La première personne qui est sortie de chez elle en entendant mes hurlements m'a jeté un regard et s'est arrêtée net. J'ai trébuché sur cet homme, je l'ai agrippé en le suppliant de me venir en aide, tandis que les larmes dévalaient mes joues. Des larmes qui n'étaient plus translucides, mais dorées, semblables au fluide qui s'échappait de mes mains.

Je n'aurais pas dû le toucher. Je n'aurais pas dû l'agripper. Parce que l'or s'est jeté sur lui aussi. Il est tombé, tout comme les deux autres. Il a atterri à mes pieds, pris de panique, il s'est mis à trembler violemment et il est mort devant mes yeux écarquillés, à cause d'un simple contact.

Des cris se sont élevés dans le village. D'autres personnes sont sorties. Je tremblais, je pleurais, je hurlais, et cette malédiction continuait à jaillir de moi par vagues, inondant mes pieds, mes mains, de plus en plus.

– Elle est maudite ! Elle est venue pour nous maudire !

– Il faut la brûler vive !

Non non non non non.

Ce jaillissement ininterrompu me brûlait déjà, et Milly…

Quand un groupe d'hommes s'est précipité sur moi avec des torches en feu, j'ai compris qu'ils allaient me faire du mal. Je savais que je le méritais. Mais j'avais besoin qu'ils entrent dans la maison. J'avais besoin d'eux pour aider Milly.

– Je vous en prie. Je vous en prie.

Ils se sont précipités sur moi, le regard enflammé, l'éclat des torches se reflétant sur l'or qui se rassemblait autour de moi. Dans un sursaut, terrorisée, j'ai tenté de faire demi-tour et de m'enfuir.

Mais pas mon or.

Il a jailli de moi, s'est déversé par la porte de Milly, s'est répandu dans la rue comme une crue soudaine engloutissant tout le village sur son passage.

Il n'a pas fallu bien longtemps pour que l'or inonde les habitations. Il s'est engouffré dans toutes les portes et les fenêtres, il est tombé des toits. Des hurlements ont déchiré l'air. Et puis, il n'y eut plus que des gargouillis étouffés et des bruits de pas qui s'interrompaient brusquement.

Ça aurait dû prendre plus longtemps d'assassiner tout un village.

J'étais en état de choc, à genoux sur la route en fusion, je clignais des yeux devant la destruction que j'avais causée. Il ne restait plus qu'une flaque à mes pieds, le village tout entier était éclaboussé et *dégoulinait.* La flamme des torches jonchant le sol se moquait de moi. Le soleil naissant m'accusait.

Qu'as-tu fait ?

L'or n'a pas séché avant que mes larmes se tarissent.

Et à ce moment-là, tout le monde était mort. Hommes, femmes, enfants.

Milly.

Même la pauvre Sal n'a pas été épargnée.

Mes paumes n'étaient plus qu'un amas d'or congelé et collant que j'ai dû frotter, et mes pieds étaient dans le même état. Je sentais encore les traces épaisses et sèches sur mes joues, alors que j'errais à travers le village. Il y avait des taches d'or partout, sur les visages, les poitrines, sur les portes et les fenêtres, comme des éclaboussures de sang.

J'ai tué *tout le monde* à Carnith.

Je ne sais pas à quel moment je me suis effondrée, mais quand je me suis réveillée, la nuit était de retour. Les ombres des morts dorés m'entouraient. Les maisons étaient bien trop silencieuses, pas une seule cheminée n'était allumée. J'ai couru de nouveau jusqu'à la maison de Milly en sanglotant, épuisée, en marchant sur les traînées d'or qui paraissaient aussi collantes que le miel que récoltait Milly.

Je savais que je ne pouvais plus rester là. Que je devais partir. J'ai enlevé mes vêtements trempés de sueur et je me suis lavée, j'ai enfilé une chemise et un pantalon propres, ainsi que mon manteau. J'ai trouvé la besace de Milly, je l'ai remplie d'autant de nourriture et d'eau qu'il m'était possible de transporter, et je me suis enfuie.

Je ne pouvais pas supporter de rester dans cette maison. Dans ce village. J'ai donc couru jusqu'au prochain. C'était aussi loin que mes pieds épuisés pouvaient me porter. Je me suis cachée dans une ruelle, incapable de dormir parce que tout ce que je voyais, c'était cette tache dorée qui brillait sur la bouche, sur la joue de Milly et sur son bon œil. Et le laiteux, intact, qui regardait devant lui, aveugle d'une manière complètement différente.

La nuit suivante, le village dans lequel je m'étais réfugiée a été pris d'assaut. Des hommes ont brandi des torches et des menaces. Je pensais qu'ils savaient ce que j'avais fait. Je pensais qu'ils m'avaient traquée pour pouvoir me tuer, qu'ils allaient punir ce village qui avait involontairement hébergé une fille maudite.

Bien sûr, je ne savais pas que c'était lui. Je ne savais pas que sur une intuition, il m'avait poursuivie à travers l'océan et qu'il avait trouvé Carnith, où son plan avait évolué. Il n'avait plus besoin de l'influence ou de la richesse que lui procurait sa position de parrain du crime de l'est de Derfort. Plus maintenant. Alors, il a abandonné son nom d'emprunt et a ordonné à ses sbires de réduire Carnith en cendres et d'enterrer l'or pour faire disparaître les preuves.

Puis il m'a retrouvée, et la moitié de ses hommes ont attaqué le village pour faire croire à un raid, tandis que l'autre moitié s'y précipitait pour sauver la situation. Peu après, il a fait assassiner sa propre troupe. Personne ne devait savoir qui il était ni d'où il venait.

Personne ne devait savoir quoi que ce soit à mon sujet.

Et je l'ai suivi. Avec des pouvoirs magiques qui venaient de s'exprimer et un cœur misérable et terrifié, je l'ai suivi comme s'il était mon sauveur. Mon protecteur. Sur ses conseils, j'ai appris à me servir de ma magie lorsqu'il m'a affirmé que nous n'avions plus d'argent. Pour lui, j'ai dû apprendre à l'utiliser, mais surtout à la dissimuler.

Quand j'étais arrivée au Deuxième Royaume, je m'étais dit que j'avais de la chance.

Mais c'étaient les villageois qui avaient raison.

J'étais maudite.

Chapitre 31

Reine Malina

Le froid devrait peut-être m'incommoder davantage, mais je crois que je me suis tout simplement engourdie.

Engourdie lorsque j'ai dû fuir mon château.

Engourdie lorsque j'ai dû fuir mon refuge.

Engourdie depuis que je fuis mon royaume.

Peut-être est-ce la raison pour laquelle je ne sens pas vraiment ce blizzard qui projette autour de nous des billes de glace, sous un ciel de gros nuages agités qui diffusent un épais brouillard neigeux.

Ou alors, c'est peut-être le choc.

J'ai perdu la notion du temps depuis que nous avons quitté le Sixième Royaume, depuis que nous sommes entrés dans ce territoire maudit, celui de l'ancien Septième Royaume.

Personne ne vient jamais par ici. D'une part, c'est interdit et d'autre part, c'est impossible d'y vivre. Il n'y a pas d'arbres, pas d'oiseaux qui volent au-dessus de nos têtes, comme si quelque chose avait été corrompu sur la terre et dans les airs.

Ou alors, il fait tout simplement trop froid.

Quand j'étais petite, on m'a enseigné des leçons d'histoire sur les monarques qui régnèrent ici jadis. Sur les grands progrès qu'ils accomplirent dans la quête de l'inconnu. Le royaume lui-même était autrefois intrigant. Avec ses immenses lacs gelés qui attiraient les foules. Des icebergs jaillissaient de l'eau glacée, comme les dents d'un serpent de mer géant qui viendrait mordre à travers la glace.

C'était un royaume formidable et, malgré son climat extrêmement rude, une ville prospère y avait vu le jour. C'était le cœur battant de l'union entre Orea et Annwyn, le portail entre les mondes frères qui permettait aux faes et aux Oréens de passer de l'un à l'autre.

Aujourd'hui, cet endroit est brisé.

S'il n'y avait pas eu Sir Pruinn, j'aurais fait demi-tour depuis longtemps en découvrant ce paysage éclaté et ravagé. Je peux maintenant affirmer avec certitude que les leçons qu'on m'a inculquées à propos de la destruction du Septième Royaume n'étaient pas exagérées. Les faes ont détruit cet endroit de telle sorte que personne n'a survécu. Pas une seule parcelle de *terre* n'a été épargnée, et elle ne s'en est toujours pas remise. Trois cents ans plus tard, rien ici ne montre le moindre signe de vie. Ce n'est pas seulement détruit, c'est... *anormal.* Parfois, j'ai l'impression de ressentir cette magie maléfique qui palpite dans cette brume grise en s'accrochant aux crevasses.

Tout autour de nous, il n'y a rien d'autre que des bandes de terre déchiquetées comme des couteaux à dents, là où une partie du sol s'est tout simplement effondrée. Comme si un énorme tremblement de terre avait secoué le royaume et l'avait brisé en mille morceaux. Il ne reste rien d'autre que cette plaine hostile, ce paysage de désespoir, à la fois sombre et vide.

Je garde les yeux fixés sur l'horizon pendant que Pruinn fait avancer la charrette. J'ai commis une fois l'erreur de regarder ces crevasses gorgées de tourbillons de brume, et cette vision m'a donné le vertige. Parce que dans ces énormes fissures, il n'y a rien, rien du tout. Pas même une ombre qui indiquerait que le centre de la terre se trouve en dessous. Il n'y a qu'un vide gris qui s'étend à l'infini. Comme si l'on pouvait tomber dedans et ne plus jamais cesser de chuter, car le drame qui s'est produit ici est né de la magie, pas de la nature. Ces crevasses dans le sol sont une anomalie créée par un pouvoir destructeur.

Et ça ne s'arrête jamais. Le paysage ne change pas, quel que soit le temps passé à voyager. Pruinn s'est servi de la carte pour nous guider. Il sait où traverser les différentes failles, quand braver les étroites bandes de terre. Jusqu'à présent, nous n'avons pas rencontré d'obstacle, mais j'en viens à souhaiter que ce soit le cas. J'aimerais que nous n'ayons pas d'autre choix que de rebrousser chemin.

Mais pour retourner vers quoi ?

C'est la question qui me tourmente le plus. Même si je n'ai absolument aucune confiance en la magie de ce charlatan de Pruinn, qui prétend que cette carte peut m'indiquer mon plus cher désir, dans quelle autre direction puis-je aller ?

Mon mari a envoyé un assassin pour me tuer. Mon peuple s'est rebellé contre moi. Plus rien ne m'attend au Sixième Royaume.

C'est peut-être pour ça que je suis engourdie.

Qui suis-je, si ce n'est Malina Colier, la reine du Sixième Royaume ?

Nous poursuivons donc notre périple.

Je ne sais même pas comment les chevaux résistent encore. Nous ne sommes pas dans un endroit où Pruinn peut trouver de la nourriture et je ne crois pas qu'il ait encore des balles de foin pour eux. Ce territoire n'est pas seulement désolé, comme certains coins du Sixième Royaume. Il est stérile. Vide. Effrayant.

Et pourtant, l'enthousiasme de Pruinn ne fait que croître.

– Nous n'allons rien trouver ici, lui ai-je dit à plusieurs reprises.

Ce à quoi il répond toujours :

– Faites confiance à la carte.

L'imbécile.

Je m'assoupis un moment, emmitouflée sous la capuche de mon manteau, bercée par le balancement de la charrette. J'ai cessé de craindre que les sabots d'un des chevaux ne glissent et nous fassent tomber dans l'abîme gris. À ce stade, je n'arrive même plus à trouver l'énergie nécessaire pour m'en inquiéter.

C'est peut-être cela mon plus cher désir : une fin sans fin.

Je suis tirée de mon sommeil quand la charrette s'arrête brusquement et que j'entends par bribes ce que me crie Pruinn dans le vent. Je me tourne vers lui pour comprendre pourquoi il s'est arrêté avant la tombée de la nuit, mais je me fige en voyant une forme vague se profiler devant nous.

Tout d'abord, je pense qu'il s'agit d'un de ces vieux icebergs dont j'ai entendu parler, mais c'est bien plus gros que ce que j'avais imaginé. Il est encastré dans une mer de neige blanche, ses pics dentelés sont aussi tranchants que des canines dressées vers le ciel. Il est asymétrique, comme s'il avait été brisé aux trois quarts et que seul un dernier morceau restait encore apparent.

Pourtant, en continuant à fixer cette chose à travers la brume grise, je me rends compte qu'elle n'a pas tout à fait la forme d'un iceberg.

C'est… un château.

En tout cas, ce qu'il en reste.

– Est-ce bien ce que je crois ? je demande, sans parvenir à détourner le regard de cet étonnant édifice.

Pruinn fait office de cocher, il tient les rênes lâches. Ses cheveux blonds et courts paraissent ternes dans la lumière lugubre du jour.

– C'est bien ça.

Je secoue la tête, incrédule.

– Comment est-ce possible ? Je croyais que le château avait été complètement détruit.

– Je suppose que non.

On m'a répété toute ma vie que la ville et le château avaient été engloutis par le vide magique. Pourtant, en découvrant la forme décrépite toujours debout, je prends conscience que ce n'est pas vrai du tout. Le Septième Royaume a beau avoir été brisé et détruit, il est toujours *là.* Comme un squelette partiellement préservé.

Pruinn nous fait avancer en direction des vestiges de ce qui fut jadis un palais immaculé. Lorsque nous sommes suffisamment proches pour distinguer les éraflures dans la pierre, j'aperçois également ce qui se trouve au-delà des ruines.

Tout à l'heure, ma vue m'a joué des tours, car ce n'est absolument pas un sol plat et gelé qui s'étend au loin.

Pendant notre voyage, j'avais cru voir des crevasses géantes, mais toutes ces crevasses n'étaient *rien,* comparées à ceci. Il ne s'agit pas d'une simple crevasse. Non, juste derrière le château, toute la terre a *disparu.*

C'est comme si un énorme morceau du sol avait tout bonnement été déchiré comme un morceau de parchemin et rejeté au loin. Des nuages de brume incolore dérivent contre le bord escarpé de la terre et au-delà, il n'y a plus rien. En bas, il n'y a rien.

Cette vision me donne la chair de poule, et j'ai l'impression soudaine et intense d'être observée. Du coin de l'œil, je vérifie les parages, mais je ne découvre aucune trace de pas dans la neige immaculée. C'est peut-être la magie qui me poursuit, comme si elle savait que la vie a osé franchir le vide.

Cette sensation étrange ne m'a toujours pas quittée lorsque Pruinn nous conduit jusque devant les ruines. La structure de l'édifice a été fossilisée par le gel qui a préservé les pierres abîmées. Je n'arrive pas à distinguer les fenêtres ni les balcons qui ont dû exister, mais la forme générale de la découpe du toit et des murs subsiste.

Pruinn saute de la banquette et contourne la charrette. Il me tend la main pour m'aider à en descendre.

– C'est ici que votre carte prend fin, Majesté, me dit-il avec un grand sourire. Partons donc à la découverte de votre plus cher désir.

Je ne sais comment, Pruinn réussit à dégotter une brèche qui nous permet de pénétrer *au cœur* des vestiges. Mais l'intérieur de ce qui fut autrefois un grand palais n'est plus qu'une caverne obscure, effondrée par endroits, aux décombres gelés.

C'est affreux, j'ai l'impression de marcher dans les entrailles d'une bête géante disparue depuis longtemps. Ici aussi la brume tourbillonne, si bien que la seule différence notable entre l'extérieur et l'intérieur, c'est l'écho sinistre de nos pas. En avançant, je ressens à nouveau cette sensation de picotement, comme si j'étais observée. Comme si le château lui-même me jaugeait et ne me trouvait pas à la hauteur.

Eh bien, je trouve qu'il n'est pas à la hauteur non plus.

–Je ne voudrais pas vous décevoir, Sir Pruinn, mais ceci n'est pas du tout mon plus cher désir.

Nous nous arrêtons au beau milieu de ce que je suppose être un immense hall d'entrée. Le plafond d'au moins neuf mètres de haut est à présent recouvert d'un givre couleur de cendre.

En me tournant vers lui, je serre les poings. J'en ai par-dessus la jambe de voyager, d'être tout le temps sale, et maintenant, la seule chose que j'attends avec impatience c'est... le voyage de retour.

–Je ne sais pas à quoi je pensais en vous laissant me traîner ici, je déclare sur un ton aussi cassant que les éclats de glace sous mes pieds. J'espère que vous êtes content. Vous venez de prouver que vous êtes un véritable imposteur et nous voici au bout du monde, sans la moindre raison.

Ma colère est glaciale.

–Ce n'est *pas du tout* mon plus cher désir, je poursuis en me retournant pour faire un geste en direction des ruines. Pourquoi m'avoir amenée dans un endroit pareil ? C'est une terre ravagée, détruite, qui n'a aucune chance de redevenir ce qu'elle était autrefois.

Moi non plus, je n'ai aucune chance de redevenir ce que j'ai été.

Je m'interromps en entendant quelqu'un se racler la gorge derrière moi.

– En fait, Majesté, c'est là que vous vous trompez.

Je me retourne, les yeux écarquillés, pour découvrir deux hommes debout devant moi.

La première chose qui me frappe, c'est qu'ils ne sont pas du tout à leur place dans ces gravats. Ils sont en effet impeccablement vêtus, comme s'ils n'étaient pas entourés de ruines, mais qu'ils s'apprêtaient à faire leur entrée dans une fête royale.

La deuxième chose que je remarque, c'est que ces hommes sont quasiment identiques. Une épaisse chevelure retombe sur leurs épaules, ils ont la même taille et la même posture. La seule différence que je discerne entre eux, c'est qu'ils ont tous les deux un grain de beauté au milieu de la joue, mais pas du même côté.

– Qui êtes-vous ? je m'écrie, surprise, en reculant d'un pas.

Cette sensation d'être observée revient en force, la brume qui s'enroule autour de moi me semble soudain plus dense.

– Je suis Friano, et voici mon frère jumeau, Fassa, me répond l'homme placé à gauche, comme son grain de beauté. Nous sommes heureux de faire votre connaissance, Reine Malina Colier.

Je jette un coup d'œil méfiant à Pruinn, mais celui-ci se contente de m'observer d'un air encourageant que j'aimerais pouvoir lui arracher.

– Comment savez-vous qui je suis, et que faites-vous ici ?

Friano sourit en dévoilant une rangée de dents parfaitement alignées.

– Vous êtes la reine du Sixième Royaume. Bien sûr que nous vous connaissons. Les récits sur la beauté de la Reine Froide sont parvenus jusqu'à nous.

– Vous voulez dire que vous *vivez* ici ?

Ils hochent tous les deux la tête à l'unisson, et cette fois c'est Fassa qui répond :

– Nous vivons ici, Votre Majesté.

– Comment est-ce possible ? Personne ne peut vivre ici. Cet endroit est complètement désolé.

– Ah, oui ! s'exclame Fassa. Mon frère, si tu pouvais… ?

– Bien sûr.

Friano lève alors un doigt et le fait tournoyer. Et soudain, comme une vague qui se propage autour de nous, le château *se transforme.*

Il suffit de quelques secondes pour que les ruines s'évaporent et que le château du Septième Royaume apparaisse, entièrement restauré. Avec des murs gris parfaitement lisses, des fenêtres d'un bleu éblouissant et du marbre noir poli sous nos pieds. Les ossements à nu de la caverne font place à un hall d'entrée élégant et plein de vie.

C'est comme si on avait remonté le temps pour réparer tous les dommages causés à cet endroit, en lui rendant sa gloire légitime.

Je ne peux que rester bouche bée devant un tel spectacle. Je n'en crois pas mes yeux.

– Comment… ?

– Nous vous attendions, Votre Majesté.

Je recule encore en les dévisageant, avant de poser mon regard sur Pruinn.

– Vous saviez qu'ils seraient là ? Qu'une telle chose se produirait ?

– Je savais que nous trouverions *quelque chose*, me répond-il avant de tapoter la poche de son manteau où je distingue un petit bout de la carte enroulée. Je fais toujours confiance à ma magie.

Stupéfaite, je me retourne vers les jumeaux. Mes mains retombent automatiquement sur ma robe toute froissée et tachée. Eux ont fière allure tandis que moi, je suis sale et négligée. Mes cheveux d'habitude parfaitement coiffés s'emmêlent dans ma nuque.

– Pourquoi m'attendiez-vous ?

Ils échangent un regard, et un sourire identique se dessine sur leurs visages.

– Parce que nous avons prié les dieux pour qu'un héritier légitime d'Orea nous aide à restaurer la gloire du Septième Royaume, et c'est vous qu'ils nous ont amenée.

Je bois ses paroles, un sursaut d'espoir fait trembler mon corps épuisé.

– De quoi parlez-vous ?

Fassa s'avance et saisit délicatement ma main, à la manière d'un noble qui voudrait me faire un baisemain pour s'attirer mes bonnes grâces. Toutefois, il ne la porte pas à sa bouche mais la garde pressée dans les siennes, qui me paraissent bien trop chaudes.

Ou peut-être est-ce moi qui ai trop froid.

– Vous êtes la réponse à nos prières, Votre Majesté. Vous êtes la reine dont ce territoire a besoin. Votre venue ici le prouve.

– Elle prouve *quoi* ?

– N'est-ce pas évident ? demande-t-il, avec ses yeux sombres qui pétillent d'espoir. Vous serez la reine qui va sauver le Septième Royaume.

CHAPITRE 32

AUREN

— Ça évolue bien, Ma Dame.

Hojat me tapote l'épaule pour m'indiquer que je peux m'asseoir, maintenant qu'il a fini de reboutonner ma chemise le long de ma colonne vertébrale.

– Combien de temps pensez-vous qu'il faudra encore appliquer ces pommades ? je lui demande en m'asseyant.

Je ne sens plus qu'une légère gêne dans le dos.

– Plus très longtemps, je pense. Vous guérissez vite.

– Extérieurement, peut-être, je murmure. Merci, Hojat.

Il m'observe du coin de l'œil, hésitant, puis il se tourne pour me faire face, la sacoche toujours pendue à l'épaule.

– Ma Dame, je vous ai rencontrée il y a peu, mais je vous connais à travers vos blessures, je crois.

Pendant un moment, je ne sais pas comment prendre ce commentaire, jusqu'à ce qu'il se mette à tapoter le côté gauche de son visage, là où sa peau abîmée ressemble à de la cire de bougie fondue, puis refroidie, qui se serait affaissée.

– Nous qui avons des cicatrices, nous savons. Nous voyons. Nous comprenons.

Il tapote ensuite son œil flétri.

– Il existe une douleur par-delà cela, pas vrai ?

Ma bouche devient toute sèche.

– En effet.

Il acquiesce en laissant retomber sa main.

– Je peux soigner votre corps, Ma Dame. Mais ni mes élixirs ni mes pommades ne soigneront votre esprit, je le crains. C'est à vous de le faire.

– Et vous, vous avez réussi ? À guérir votre esprit ?

Un sourire triste déforme sa bouche déjà tordue.

– J'aime à le croire, et j'aime à croire que vous réussirez, vous aussi.

Et il me tend une fleur de lotus séchée. Ses pétales d'un violet éclatant cerclé de jaune vif ressemblent à une sorte de créature marine venue des abysses.

– Pour mettre sous votre oreiller.

Je la prends en le regardant. Il continue de glisser des pivoines sous mon oreiller, comme lorsqu'il prenait soin de moi à l'armée. Je me souviens qu'à l'époque, il m'avait dit que là d'où il venait, cela portait chance de les cacher sous son oreiller quand on est malade.

Et ses mots m'évoquent des paroles plus anciennes.

Des pivoines pour la santé. Une branche de saule pour la chance. Des tiges de coton pour la prospérité. La feuille charnue d'un arbre de jade pour l'harmonie.

Et un lotus pour la résilience.

Je n'arrive pas à croire que je n'ai pas pensé à cette coïncidence plus tôt.

– Où avez-vous appris cette tradition ? je lui demande avec précaution.

– Ah, dit-il, et quelque chose d'indéchiffrable se met à briller dans ses yeux. Elle m'a été transmise. J'ai appris mon métier auprès d'un très bon guérisseur.

Un guérisseur. Pas un médecin.

« Médecin » est le terme commun à Orea. Mais *guérisseur*...

– Êtes-vous... Je veux dire, vous ne pouvez pas être, mais...

J'hésite, et soudain je le vois différemment. La façon dont il n'a jamais reculé devant mes rubans, mon pouvoir et tout ce qui a trait à Slade...

– D'où venez-vous exactement ?

– Mon accent n'est donc pas suffisamment révélateur ? me taquine-t-il en se tapotant le nez. Je suis né dans le Sud d'Orea. Mais j'ai vécu ici pendant un certain temps. C'est ici que j'ai été formé.

– Ici ? Vous voulez dire...

– Au village de Drollard, oui. Les températures y sont un peu plus fraîches que là où j'ai grandi, dit-il avec un sourire qui fait plisser ses cicatrices.

Jusqu'à présent, Slade ne m'a pas dit grand-chose de cet endroit. Je sais seulement qu'il existe sans réellement exister. Cette bande de terre désolée, voilà tout ce qu'il a obtenu lorsqu'il a décidé de ne pas déclarer la guerre.

Mais pourquoi ?

Pourquoi cet endroit ?

Qu'a-t-il de si important pour qu'il désire autant l'intégrer au Quatrième Royaume ?

C'est peut-être à cause de la pourriture. J'ai entendu dire que son pouvoir avait dépassé son territoire et s'était infiltré dans le Cinquième. Mais je ne peux m'empêcher de penser qu'il y a autre chose. Pourquoi vouloir cacher un village entier ?

Je me pose toutes sortes de questions, mais avant que je puisse questionner Hojat, il a déjà quitté la pièce et refermé la porte derrière lui. Mes yeux se posent sur la fleur de lotus, alors que des souvenirs à peine perceptibles tentent de remonter à la surface. Ils ne sont rien d'autre que de minuscules grains de poussière qui s'accrochent dans l'électricité statique.

Une branche de saule suspendue au-dessus de mon lit. Des pivoines retenues dans un ruban et glissées sous mon oreiller. Un réveil au milieu des morceaux écrasés, mes doigts qui effleurent les petits bouts séchés, leur parfum qui imprègne le tissu de mon oreiller.

Je dépose délicatement le présent sur le lit, et je sens une vague de nostalgie teintée de curiosité m'envahir.

Une fois debout je me rends à la salle de bains, je me lave les mains avant de peigner mes cheveux et de les tresser en une simple natte pour l'entraînement. Mais c'est alors que je constate que je n'ai plus aucun pantalon propre dans mon armoire. Slade devait m'en apporter d'autres, mais il a dû oublier.

J'hésite un instant, je me demande si je ne devrais pas rejoindre Judd sans me changer, mais j'ai vraiment besoin de porter un pantalon épais si je ne veux pas me blesser en tombant dans le foin. Prenant mon courage à deux mains, je quitte la pièce et me dirige vers la dernière porte, celle qui est tout au bout du couloir.

J'agrippe la poignée mais il me faut plusieurs secondes avant de trouver la force de la tourner. Une fois que c'est fait, je reste bloquée dans l'embrasure de la porte en fixant le lit.

L'or recouvre entièrement le matelas, de bas en haut, et fait peut-être un centimètre d'épaisseur au centre, là où il s'est accumulé. Le liquide s'est solidifié, il est immobile à présent. Je m'approche lentement du lit, les yeux rivés sur mon reflet doré.

Depuis que Slade m'a amenée à la grotte il y a quelques jours, et que je lui ai avoué tout ce qui s'est passé à Carnith, il a pris du recul. En parler nous a fait du bien à tous les deux, mais pour ce qui concerne ma magie, je ne suis pas encore prête. Je veux d'abord reprendre des forces et ensuite je me sentirai capable de m'attaquer à mon or.

Il a peut-être raison. Peut-être que c'est *moi* qui bloque mon pouvoir. Mais d'une certaine manière, c'est un soulagement. J'ai passé tant d'années à le laisser s'échapper de moi de façon incontrôlée. Si seulement j'avais craqué plus tôt et pris les choses en main pour le maîtriser, ma vie aurait été bien différente. Alors c'est peut-être égoïste, mais je ne suis pas prête à ce que cet entracte se termine. Je ne suis pas prête à libérer ma magie.

C'est pourquoi je refuse de toucher le métal doré qui recouvre le lit, de me connecter à lui. Je veux être moi, sans toucher d'or, un peu plus longtemps encore.

J'observe une dernière fois mon reflet avant de me détourner et d'aller dans l'armoire de Slade où, heureusement, je trouve un pantalon à enfiler. Je détourne mon regard du lit en sortant et pousse un soupir tremblotant en refermant la porte derrière moi.

– Ah te voilà, me lance Lu en s'approchant. Je te cherchais.

– Pour quelle raison ?

Elle s'arrête devant moi, vêtue de son éternel uniforme en cuir, mais pour une fois sans ses pantoufles.

– Comme la nuit est calme, je me suis dit que tu voudrais peut-être sortir te promener. Tu dois te sentir un peu claustrophobe à force d'être enfermée.

Je ne peux m'empêcher d'éclater de rire.

– J'ai vécu dans une cage pendant dix ans.

– Oh, c'est vrai.

Elle marque une pause, puis reprend :

– Enfin, ça te dirait de m'accompagner au pavillon ? Tu pourras y faire la connaissance des villageois.

J'hésite. La seule fois où j'ai quitté la Grotte, c'était quand Slade m'a emmenée dans l'autre grotte où nous avons discuté. Entre la maison et l'entraînement avec Judd, je n'ai pas cherché à sortir de cette caverne. Je m'y sens protégée, comme si le reste du monde ne pouvait pas m'atteindre. Tant que je reste ici, je n'ai pas à affronter quoi que ce soit, ni personne d'autre.

– Je ne peux pas. Je dois rejoindre Judd pour l'entraînement.

– Tu as travaillé dur, tu peux t'accorder un soir de repos.

Je plaque un sourire forcé sur mon visage.

– Non, je ne préfère pas. Je n'ai pas envie de décevoir Judd.

– Alors là, tu gagnes quelques points supplémentaires d'élève studieuse ! s'écrie Judd en apparaissant à l'autre bout du salon, ses cheveux moutarde au vent et le sourire aux lèvres.

Mais je pense que ça te ferait du bien d'aller te promener avec Lu. D'insister sur la *marche*. Tu as vraiment besoin de t'entraîner à ça, parce que tu es encore un peu nulle.

–Ah, ah, je réponds sèchement.

Il me fait un clin d'œil goguenard.

–Tu veux venir avec nous ? lui propose Lu.

–Nope, amusez-vous bien.

Elle lui jette un regard sceptique.

–N'y pense même pas.

–À quoi ? lui demande-t-il d'un air bien trop innocent pour être honnête.

–Si jamais tu entres dans ma chambre en mon absence, je le saurai.

–Tu le sauras ? rétorque-t-il, les yeux brillants.

–Bon sang, Judd, je n'ai pas volé ce foutu vin !

–Mmh, grommelle-t-il sur un ton pas du tout convaincu.

Il s'éloigne en direction de sa chambre, non sans lui donner un petit coup de coude au passage.

–Amuse-toi bien avec Boucles d'Or ce soir. Buvez un peu de vin à ma santé, car pour moi c'est impossible vu que notre tonneau *a disparu*.

Lu lève les yeux au ciel et Judd disparaît dans sa chambre avant que j'aie pu tenter de le convaincre que j'aimerais mieux m'entraîner.

–Donc... je chuchote en jetant un coup d'œil à Lu, c'est toi qui as volé le vin ?

–Évidemment. Prête ?

–Euh...

Elle arque un sourcil sombre.

–Tu n'es plus en cage, Dorette. Il faut bien que tu t'aventures dehors de temps en temps.

Elle a raison. Je sais qu'elle a raison. Je ne peux pas me cacher éternellement dans cette caverne. Mais si je craque à nouveau ? Et si la bête fae en moi se déchaîne et que j'inonde le village de mon or en tuant d'autres innocents ?

–Mon pouvoir...

– Tu vas y arriver. Et si ce n'est pas le cas, je suis sûre que je peux te distraire avec ma magie.

– Ta magie fonctionne comme ça ?

– Je n'en ai pas la moindre idée. Allons-y.

Je ne peux m'empêcher de laisser transparaître mon hésitation.

– D'accord.

Elle penche la tête, me fait signe de la suivre.

– Prends ton manteau, me dit-elle.

Je vais à la patère, je le décroche et je l'enfile. La chaleur du feu a imprégné le tissu qui dégage une délicieuse tiédeur.

– Comme il n'est pas très tard, il y a encore du monde au pavillon.

J'acquiesce en fermant le dernier bouton, puis j'enfile mes bottes. Lu remonte sa capuche sur son crâne rasé.

– Prête ?

– Il est trop tard pour aller s'entraîner ?

Elle me fait les gros yeux et me tire par le bras.

– Allez, viens, Dorette.

Ensemble, nous sortons de la maison et traversons la Grotte. À chaque pas que je fais, mon cœur bat un peu plus fort. Je pense en permanence au moment où Slade s'est avancé devant moi, quand j'ai finalement été libérée de l'emprise du pouvoir magique qui m'animait et que j'ai réalisé que j'avais tué des gens et inondé la pièce.

Dehors, la nuit est claire, la lune est pleine et brille sur la neige en donnant l'impression que tout étincelle. Pourtant, cela ne me procure aucun réconfort. Avant, la nuit m'offrait un répit. Avant, elle était *sûre*, elle m'indiquait le moment où je n'avais plus à m'inquiéter de ma magie ni du moindre contact sur ma peau. Mais à présent, je ne peux plus m'y fier.

– Tu vas y arriver, répète Lu pour m'encourager.

Je la suis lorsqu'elle bifurque à gauche. Nos pas crissent sur le sentier enneigé.

J'enfonce mes mains dans mes poches. Je cherche le ruban, je l'enroule autour de mes doigts comme si je les glissais dans la main d'un ami.

L'air est sec et glacial, il n'y a pas la moindre brise et chacune de mes expirations se condense en buée devant moi. Je relève ma capuche pour essayer d'empêcher le froid de me geler le visage et les oreilles, mais il s'infiltre quand même. Pourtant, respirer cet air frais a un effet thérapeutique. C'est seulement une fois qu'on l'a fait pénétrer dans ses poumons qu'on se rend compte à quel point on était mal fichu.

Je prends un moment pour détailler les alentours, la tête levée en direction des montagnes qui se profilent. Dans l'obscurité, elles ont l'air tordues et hachurées, traversées par des crevasses comme si un géant des temps anciens les avait taillées à la hache en plongeant sa lame dans la roche, encore et encore.

Nous nous trouvons en bas de la plus petite montagne qui semble toute recroquevillée, comme quelqu'un qui courberait l'échine pour se protéger du froid. Au-dessus de nous, le plateau naturel près de la base de la montagne se poursuit, il dissimule notre chemin dans son ombre. De maigres bouquets d'arbres parsèment la pente.

– Regarde, me lance Lu. Tu n'es pas en train de chier de l'or ni de balancer un oiseau en fusion enragé à la poursuite de tes ennemis, donc je pense que tu vas t'en sortir.

– Merci, je lâche sur un ton pince-sans-rire.

Elle me répond par un sourire et une tape sur l'épaule.

– Détends-toi, Dorette. Regarde le ciel et détends-toi.

Je lève les yeux.

– Les nuages le recouvrent en grande partie et le plateau de cette montagne fait le reste.

– Tu comprends ce que je veux dire.

– Bon… et maintenant ?

– Maintenant, je vais te faire visiter, me dit-elle en se tournant de l'autre côté, vers la plus haute montagne. Par là, c'est le Perchoir, le repaire des Ailes-branches. Tu vois le chemin qui serpente ? Il suffit de le suivre pour y accéder. Tu es passée devant quand Rip t'a emmenée t'entraîner l'autre jour.

–Y a-t-il beaucoup d'Ailes-branches ici ? je lui demande en évitant le sujet de l'entraînement.

Ces créatures sont rares de nos jours, et ne vivent plus à l'état sauvage. Les monarques sont les seuls à en posséder à Orea, ils s'en servent pour leur transport personnel et pour la guerre.

–Ici, nous en avons toujours trois, m'explique Lu. Mais en ce moment, il y en a davantage car les nôtres aussi sont en train d'y nicher.

Je hausse les sourcils.

–Tu en as un à toi ?

–Tous les membres du Courroux en ont un. Pourquoi, tu es jalouse ? me taquine-t-elle en souriant.

Je réprime un frisson en me souvenant de la façon dont la bête de la reine Kaila s'était jetée sur moi, avec ses crocs baveux et acérés qui grimaçaient dans sa gueule grande ouverte entourée de plumes humides.

–Non, pas du tout. Certainement pas.

–Hé, ils ne sont pas si méchants. Beaucoup de gens en ont peur, mais si on les dresse bien, ce sont de gros tendres.

–Je te crois sur parole.

Elle rit et pointe quelque chose du doigt, un peu plus haut.

–Après le Perchoir, il y a le Grain de Beauté. C'est l'un de nos miradors secrets, les soldats y montent la garde.

–Pourquoi est-ce qu'on l'appelle le Grain de Beauté ?

–Parce que ça ressemble à une excroissance à flanc de montagne. C'est une sacrée galère d'y monter. Il faut gravir une centaine de marches branlantes et très glissantes, et ensuite on est coincé dans un poste exigu avec, pour seule compagnie, une minuscule lanterne pour s'éclairer et une longue-vue.

–Ça a l'air super confortable.

Lu se retourne.

–Viens. Tu vois là-bas, c'est là que vivent les villageois. Leurs maisons sont collées les unes aux autres sous le replat de la montagne. Tout a été bâti en dessous pour que les

Ailes-branches ne puissent pas les repérer depuis le ciel, m'explique-t-elle.

Effectivement, j'aperçois alors des maisons, toutes légèrement différentes les unes des autres. Elles ont l'air d'avoir été taillées dans la montagne, avec leurs toits de pierre pentus et leurs portes en bois couvertes de givre. Chaque porte n'est qu'à quelques mètres de la suivante, et la plupart d'entre elles sont couvertes de vignes qui ont poussé le long de leur encadrement en pierre. Certaines sont chargées de baies à l'aspect rustique.

– Ces maisons paraissent bien petites.

– C'est trompeur.

Nous passons devant les premières habitations. Sur leurs toits, de minuscules cheminées en pierre crachent de la fumée. Mais au bout d'un moment, le chemin qui les longe descend légèrement et un grand espace s'ouvre devant nous, là où le col de la montagne est enfoncé.

– Voici le pavillon, m'explique Lu. C'est ici que les gens viennent traîner quand ils en ont marre d'être chez eux, ce qui est le cas en ce moment avec ce blizzard qui a duré si longtemps.

La moitié du pavillon est exposée, tandis que l'autre est nichée dans la montagne. Ici, le surplomb rocheux s'avance un peu, mais le grand feu qui brûle en dessous diffuse une lueur orangée. Je sens l'odeur de la viande qui cuit avant même de la voir, car j'ai les yeux braqués sur tous les villageois qui sont rassemblés autour. Certains sont debout près du feu, d'autres sont déjà attablés, la plupart ont un verre à la main ou de la nourriture dans la bouche. Cela me rappelle un peu la première fois que j'ai vu le camp de l'armée du Quatrième Royaume.

– Ils ne sont pas très nombreux, mais c'est à peu près la totalité de Drollard, m'annonce Lu alors que nous nous arrêtons sous des arbres, à l'extérieur du sol circulaire dallé qui a été aménagé pour le pavillon. Bon, allons chercher quelque chose à manger.

Je ne peux réprimer une grimace.

– Est-ce vraiment obligatoire ?

– Oui. Tout ce que tu as à faire, c'est aller là-bas, manger de la viande, boire du vin et rencontrer des gens.

Je me dandine sur place, le ventre noué.

– Faire de nouvelles rencontres, c'est rarement gratifiant.

– Tu parles comme un membre du Courroux, se moque-t-elle. Sauf peut-être Judd. Il est tellement amical que c'en est chiant.

Au-dessus de sa lèvre, son piercing en rubis scintille lorsqu'elle se tourne vers moi pour m'observer. Elle peut probablement lire mon appréhension sur mon visage parce qu'elle ajoute :

– Qu'est-ce que je t'ai dit, Dorette ?

Je soupire.

– Je vais y arriver.

– Et pas qu'un peu ! Maintenant, allons-y.

CHAPITRE 33

AUREN

Ça fait une heure.

Une heure que je prends racine contre la paroi de la grotte où je fais tapisserie. À quelques mètres de là, le feu brûle toujours aussi fort même si la viande qui y cuisait a été presque entièrement dévorée. Il ne reste plus que des os et des morceaux de graisse qui dégoulinent, en faisant siffler et étinceler les flammes.

Mes mains gantées sont toujours crispées autour de la coupe de vin que Lu m'a tendue. Je n'en ai bu que quelques gorgées. Je veille à garder les idées claires pour ne pas être prise au dépourvu si ma magie se réveille. Mais je n'ai encore rien senti.

Lentement, je suis parvenue à me détendre. C'est alors que j'ai remarqué que les habitants de Drollard étaient... étranges.

Pas parce qu'ils me dévisagent. J'y suis habituée. De plus, je pense que dans un aussi petit village toute nouvelle tête attire les regards, qu'elle soit en or ou pas.

Dès mon arrivée avec Lu, l'attention s'est portée sur moi. Les gens assis aux tables, ceux qui s'affairaient autour du foyer, ceux qui se trouvaient sous le surplomb de la montagne, ils se sont tous tournés vers moi pour me dévisager. Quelqu'un qui jouait d'un petit instrument à cordes posé sur ses genoux a même fait une fausse note, un grincement horrible.

Mais après que Lu m'a présentée à droite à gauche, ils ont semblé baisser la garde, leurs regards sidérés se sont mués en coups d'œil discrets. Ce n'est donc pas le fait de fixer un étranger ou d'être mal à l'aise en sa présence. C'est autre chose. Quelque chose sur quoi je n'arrive pas à mettre le doigt.

Lu et moi sommes assises sur une excroissance de roche, qui forme un banc parfait. Je me contente d'observer les gens et l'agitation autour de nous, pendant que Lu me raconte les petits potins du village, probablement pour combler le silence et rendre la situation moins gênante.

– Alors, tu te sens meurtrie par ton or ? finit-elle par demander. Tu ressens le besoin de te mettre à en pisser contre les murs ?

– Humm... non.

– Tu vois ? Tu t'en sors très bien.

En marmonnant, je remue un peu pour essayer de me mettre plus à mon aise, mais la pierre saillante griffe alors le bout coupé d'un de mes rubans. Je me redresse violemment en sifflant de douleur.

– Ça va ?

– Ça va, je réponds en serrant les dents.

Ses yeux bruns m'observent, mais sans pitié ni inquiétude.

– Ça fait mal ?

Je lui lance un regard incrédule. *Bien sûr que ça fait mal.*

– Oui.

Elle me prend au dépourvu en pointant un doigt vers mon visage :

– Mais ça veut dire que tu éprouves des sensations. Ça veut dire que tu es *en vie*.

Ce n'est pas la Lu décontractée et amicale qui parle. C'est la capitaine de la Quatrième Armée qui s'adresse à un soldat.

Je déglutis avec peine.

– Une partie de moi seulement.

Vingt-quatre rubans n'ont pas tenu le coup.

– Ce n'est pas grave, poursuit-elle sans l'ombre d'un doute, mais avec une lueur féroce dans le regard. Arrange-toi pour en faire la partie la plus forte.

Mes lèvres se retroussent, ses paroles calment ma colonne vertébrale, elles atténuent légèrement la douleur.

– C'est le plan.

Elle fait tinter son verre contre le mien.

– C'est un sacré bon plan, Dorette ! Le meilleur que tu aies jamais eu, je crois.

Je le pense aussi.

– Merci, Lu.

Elle ne me demande pas pourquoi. Elle sait.

– Je peux te demander quelque chose ? je lui dis en reportant mon attention sur les villageois.

– Vas-y.

Heureusement que nous sommes suffisamment éloignées des gens pour que nos voix ne portent pas jusqu'à eux.

– C'est... Quelque chose me paraît... bizarre.

Elle m'observe du coin de l'œil.

– C'était une question ?

– Je ne peux pas expliquer pourquoi, mais les gens d'ici ont quelque chose d'étrange.

Je m'attends à ce que Lu lève les yeux au ciel, fasse une blague, me reproche ma description complètement paranoïaque et franchement pas claire, mais elle n'en fait rien. Avec une expression indéchiffrable, elle se détourne et repose sa tête contre le mur derrière nous.

– Humm.

– Pourquoi ai-je l'impression que tu me caches quelque chose ?

– Probablement parce que je ne te dis rien.

Avant que je puisse commencer à argumenter, elle secoue la tête.

– Ce n'est pas à moi de le faire.

Je fais la moue.

– Slade, je pense à voix haute.

– Il avait une bonne raison de tout faire pour que Deadwell soit intégré à son royaume. Il y a une raison pour que l'avant-poste de la Quatrième Armée se trouve juste à la frontière, non loin d'ici. Il y a une raison pour laquelle ces gens peuvent te sembler... bizarres.

Sa réponse fait surgir une foule d'autres questions. Pourtant, s'il est une chose que je sais à propos de Lu, c'est qu'elle est incroyablement loyale envers Slade. Si elle dit que ce n'est pas à elle de m'en parler, je ne pourrai rien faire pour lui tirer les vers du nez.

– Il semblerait que Slade et moi, nous avons pas mal de choses à nous dire.

– Oui, il aime bien en rajouter dans le genre type silencieux qui broie du noir. C'est devenu une part essentielle de sa personnalité.

Un rire m'échappe et je secoue la tête en regardant à nouveau autour de moi. Quelques villageois ont salué Lu quand nous sommes arrivées, un autre nous a offert de la nourriture, mais pour la plupart, ils se sont contentés de nous laisser tranquilles. Au début j'étais ravie, mais maintenant je me demande pourquoi.

– Tu viens souvent ici ?

Elle hausse une épaule.

– Pas très souvent. Juste quand on a besoin de s'y arrêter pour parler à Ryatt ou pour aider à l'approvisionnement, ou parfois je viens avec Rip pour qu'il puisse... faire ce qu'il a à faire.

Je me rends bien compte que son explication est très vague.

– Et combien de personnes vivent ici ? Je n'ai pas vu beaucoup de maisons.

– Il y en a trente-deux. Sans compter la Grotte. Et dans ces maisons vivent cinquante-sept personnes.

– *Cinquante-sept?* J'ai assisté à des fêtes de pouliches qui comptaient plus de participants.

Cette remarque la fait rire.

– Avec un environnement aussi rude et un tel isolement, je suppose qu'il est logique que la population ne soit pas très nombreuse, je poursuis. Mais Hojat m'a dit qu'il était venu vivre ici. Comment cela s'est-il produit? j'insiste. Comment tous ces gens se sont-ils retrouvés dans un endroit qui n'existe pas?

Lu me dévisage longuement, puis boit une gorgée de vin au lieu de répondre.

– Ouais, ouais. Ce n'est pas à toi de me le dire, je soupire.

– Tu piges vite.

– Alors presque tout le monde est là ce soir, je constate en regardant à nouveau autour de moi.

– On dirait bien.

– Je ne vois pas d'enfants.

– Il y en a un qui doit avoir presque deux ans maintenant. Il est probablement au lit avec sa mère à l'heure qu'il est.

– Un seul enfant parmi tous ces gens? je m'étonne en plongeant mes yeux dans les siens.

Cela ne m'étonnerait pas si les villageois semblaient plus âgés, mais c'est tout le contraire. Je ne vois que des hommes et des femmes dans la force de l'âge.

– Il y en a eu un autre, affirme Lu en buvant une longue gorgée.

Une goutte de vin rouge vient tacher sa lèvre inférieure avant qu'elle la lèche d'un coup de langue.

– Tu l'as rencontré, en fait.

– Je l'ai rencontré?

– Oui. C'est Twig.

Je me souviens immédiatement du jeune garçon dans le camp militaire. C'est lui qui m'avait apporté mon repas lors de ma première entrevue avec Rip et Osrik.

– Il est né à Drollard?

Lu acquiesce.

–Tous les enfants qui sont nés ici, bien qu'ils ne soient pas nombreux, sont partis à l'armée.

–Pourquoi ?

Elle me lance un regard appuyé.

Je pousse un soupir de frustration. La liste des choses que je dois demander à Slade s'allonge de minute en minute.

Une jolie femme aux cheveux blonds s'approche soudain de Lu et la salue avec un sourire chaleureux. Une fois de plus, j'ai cette impression d'étrangeté. La femme est tout ce qu'il y a de plus affable, il n'y a rien qui sorte de l'ordinaire dans ses expressions ou dans son apparence générale, et pourtant...

Et pourtant...

J'observe les villageois qui se croisent dans le pavillon, leurs pieds foulent le sol en pierre brute qui dessine une spirale vers le centre. Quelques hommes jettent des bûches dans le foyer et font jaillir des étincelles, tandis qu'un autre groupe s'affaire autour d'un tonneau de vin, et remplit des gobelets en fumant des pipes d'une forme que je n'ai jamais vue auparavant.

Tout cela est très... agréable.

Mais alors, pourquoi est-ce que j'ai les poils de la nuque qui se hérissent ?

Tout à coup, mes oreilles se dressent en entendant des voix qui s'élèvent. Je pense d'abord que ce sont des villageois qui s'amusent, mais au bout d'une seconde, il devient clair que ces voix ne sont pas seulement animées, elles sont en *colère.*

Je tends l'oreille en essayant de déterminer d'où elles proviennent. Je scrute les alentours. Je tourne la tête et constate que le bruit vient de l'intérieur de la grotte du pavillon.

Je n'avais pas encore vraiment prêté attention à autre chose qu'aux tables où les gens mangeaient. Mais maintenant, je me rends compte qu'il y a deux tunnels qui débouchent dans la caverne. Ou plutôt un tunnel et une fissure qui forme un passage très étroit dans la montagne. Ces recoins obscurs sont presque impossibles à discerner d'ici, même avec les lanternes suspendues à leur entrée.

Lorsque les voix s'élèvent à nouveau, quelques villageois attablés se tournent dans leur direction. Des tonalités graves traversent l'espace, sans que je puisse comprendre ce qu'elles disent.

Mais je n'en ai pas besoin car je connais cette voix.

Je me lève d'un bond en abandonnant ma coupe de vin sur le banc. Mes pas me conduisent vers le fond du pavillon. Je contourne les tables, je m'appuie à la paroi de la grotte en essayant de ne pas attirer l'attention. Le premier tunnel est plus large, des caisses qui débordent de provisions y sont entreposées juste à l'entrée.

Je fais mine d'y pénétrer quand les voix s'élèvent à nouveau. Je m'aperçois alors qu'elles proviennent de la fissure baignée d'ombres qui est dissimulée dans le coin.

– Encore un autre ? Combien y en a-t-il à présent ?

Je reconnais immédiatement la voix de Ryatt bien qu'il siffle entre ses dents, visiblement très en colère.

– Six, lui répond Slade.

– *Six ?* Putain de merde. Pendant combien de temps vas-tu encore ignorer ça ?

Je ralentis en écarquillant les yeux.

– On a encore le temps.

Ryatt part d'un rire amer.

– Continue à te raconter ça.

La voix de Slade se fait soudain hargneuse.

– Que veux-tu que je fasse ?

– Je veux que tu protèges Drollard. J'attends de toi que tu n'y apportes pas de menace. Que tu agisses en roi, putain.

– Arrête d'insinuer que je ne protège pas Drollard. Je fais tout ce que je peux pour assurer sa sécurité, rétorque Slade.

Je me sens soudain très gênée d'être témoin de cette conversation. Je tourne la tête vers Lu, qui poursuit sa discussion avec la femme tout en me lançant des regards interrogatifs.

Je m'apprête à faire demi-tour lorsque j'entends Ryatt dire :

– Si c'était vrai, tu ne l'aurais pas amenée ici.

Je me tétanise. Il parle de moi ?

– Auren n'est pas une menace, grogne Slade.

Mon cœur se met à battre à toute vitesse.

– Nous l'avons tous vue dans cette salle de bal. Si ce n'est pas une menace…

– Elle ne fera pas ça ici.

Slade a l'air tellement sûr de lui, mais tout mon corps se couvre de sueur.

– Tu n'en sais rien, rétorque Ryatt.

Slade commence à répondre, mais il lui coupe la parole :

– *Tu n'en sais rien.* Et je veux qu'elle s'en aille.

Une douleur aiguë me tord le ventre. Je détourne le regard, mais au lieu d'apercevoir Lu, cette fois je vois les villageois. Je vois tous ces gens que je pourrais blesser si je perdais le contrôle.

Et soudain, cinquante-sept ne me semble plus être un si petit nombre.

Le rouge de la honte me monte au cou et me prend à la gorge.

– Ce n'est pas toi qui décides, Ryatt, rétorque Slade d'une voix chargée de colère. Et elle progresse.

– Ah oui ? riposte Ryatt. Si elle progresse tant que ça, pourquoi ne lui as-tu pas dit la vérité ? Pourquoi n'as-tu pas parlé d'elle à Auren ? Tu as honte ?

S'ensuit un long silence pesant.

Ce poids tombe dans mon estomac comme une pierre au fond d'un puits, des craquements résonnent à mes oreilles chaque fois qu'ils se heurtent à mes nerfs.

Pourquoi n'as-tu pas parlé d'elle à Auren ?

Parlé d'elle à Auren.

D'elle.

La pierre atterrit avec fracas et se brise en mille morceaux d'effroi.

Elle.

CHAPITRE 34

AUREN

Les paroles de Ryatt résonnent encore dans ma tête quand une main sur mon coude me fait sursauter. Je me retourne pour découvrir Lu qui me regarde en faisant la grimace.

– Qu'est-ce que...

– Je le ferai quand elle sera suffisamment forte. Je ne peux pas l'accabler avec ça, dit Slade.

Les sourcils noirs de Lu se froncent quand elle réalise que j'ai écouté aux portes.

– Elle...

Lu se racle la gorge. Bruyamment.

Je pourrais lui lancer un regard assassin, mais pour être honnête, je n'ai pas envie d'en écouter davantage.

Pourquoi n'as-tu pas parlé d'elle à Auren ?

Tu as honte ?

Il y a un silence, puis des bruits de pas, et je sens sa présence dans mon dos. Je ne me retourne pas. Mes épaules sont tendues, mes émotions ressemblent à des eaux tumultueuses qui bouillonnent de pensées incontrôlées.

Lu tire la sonnette d'alarme:

– Les gars, vous savez que vos voix portent quand vous êtes dans ce maudit tunnel, n'est-ce pas?

J'observe Ryatt du coin de l'œil. La colère qu'il vient de déverser semble l'avoir vidé, car ce n'est pas de la haine que je lis sur son visage, c'est du remords. Il ouvre la bouche comme pour me dire quelque chose, mais il se ravise en secouant la tête, se détourne et s'éloigne.

– Quelle mouche l'a piqué? s'exclame Lu.

Rassemblant mon courage, je me tourne pour affronter Slade.

– Tu ne m'avais pas dit que tu amenais Auren ici ce soir, dit-il à Lu.

– Elle avait besoin de sortir de la Grotte.

Notre attention se reporte alors sur le feu où Ryatt se trouve à présent, entouré de villageois. En le voyant ainsi, on ne se douterait jamais qu'il y a quelques instants à peine, il crachait son venin. Il a l'air détendu. Heureux. Rien ne laisse transparaître la colère qui doit encore faire rage sous son crâne. Au contraire, il semble tout à fait à l'aise dans cette ambiance de camaraderie, au milieu de toutes ces personnes qui rient et qui discutent.

Jusqu'à ce que ses yeux croisent un instant les miens. Je suis prise de haut-le-cœur et je détourne le regard.

Je veux qu'elle s'en aille.

Nous l'avons tous vue dans cette salle de bal.

Cinquante-sept personnes.

J'ouvre la bouche pour dire... *quelque chose*, mais toutes mes pensées tumultueuses sont stoppées net lorsque j'aperçois quelque chose sur la joue de Slade.

– C'est du sang?

Il porte une main à son visage, tente de l'essuyer, mais ne parvient qu'à l'étaler.

– C'est le tien? Tu es blessé?

Peut-être que Ryatt et lui en sont venus aux mains avant que j'arrive ? Mais il secoue la tête.

– Non, ce n'est pas le mien.

– Alors à qui appartient-il ?

Ryatt n'a pas l'air d'avoir été frappé non plus, il n'a aucune trace de sang sur lui.

Slade dirige alors son regard vers la droite. Vers le tunnel. Un frisson me parcourt l'échine. Je lui repose la question :

– À qui appartient ce sang ?

Ses yeux verts se tournent vers Lu et tous deux échangent un regard lourd de sens.

– Dorette, dit-elle en s'approchant de moi, et si on allait finir notre vin, toi et moi…

Avant que l'un d'eux puisse m'arrêter, je m'élance dans le tunnel. Slade m'appelle, mais je l'ignore, tout comme j'ignore l'obscurité dans laquelle je suis soudain plongée et la façon dont les murs semblent se resserrer sur moi tandis que je me fraye un chemin.

Quelque chose me pousse à avancer. Mon pouls bat à mes oreilles, je passe à travers la fissure et j'arrive en trébuchant dans une caverne faiblement éclairée. La première chose que je vois, c'est une épaisse porte en fer. Un tonneau et une chaise ont été poussés contre les murs mal équarris. Des lanternes sont suspendues à des crochets. Je ne sais pas pourquoi, mais ici la fluorescence paraît plus sinistre, comme si les veines de la montagne avaient pris une teinte vert maladif.

J'entends des pas derrière moi, mais je continue à avancer. Mon cœur tambourine dans ma poitrine. Je m'approche de la porte et je jette un coup d'œil à travers les fentes du haut. Au début, je ne parviens pas à discerner grand-chose.

Mais l'odeur…

– Auren.

La main de Slade se pose sur mon bras. Il tente de m'éloigner doucement, mais je le repousse. Mes yeux s'adaptent à l'obscurité, mon esprit comprend ce que je vois, même s'il se révolte contre cette idée. Mais il m'est impossible de faire abstraction de cette masse de la taille d'un être humain.

L'odeur qui se dégage de la pièce devient de plus en plus forte à mesure que je reste plantée là, immobile, en pinçant les lèvres et en essayant de retenir ma respiration. L'odeur putride semble s'infiltrer en moi par tous mes pores, couvrir ma peau de son parfum nauséabond et me retourner l'estomac. Et il y a un bruit, un bourdonnement incessant qui semble vibrer jusque dans mes os.

Je suis sur le point de me détourner, de demander à Slade de qui il s'agit, lorsque deux yeux gonflés s'ouvrent et que la faible lumière de la lanterne capture leur éclat.

Je tressaille et je fais un pas en arrière.

Comment peut-il être encore *vivant*?

Cet homme, s'il peut encore être considéré comme un homme, me regarde droit dans les yeux, allongé sur le côté sur le sol en terre battue. Même avec le faible éclairage, je vois que son corps est gonflé sous le tissu de son pantalon et de ses manches. Sa peau a bruni et a pelé, ses cheveux ne sont plus que des touffes de mèches pourries qui s'accrochent à un cuir chevelu scalpé. Ses lèvres sont couvertes de sang caillé et ses dents...

–Grand Divin...

Slade passe un bras autour de mes épaules pour me tirer en arrière et, cette fois, je me laisse faire. Je vacille pendant qu'il m'entraîne plus loin dans le tunnel et, quand je sens à nouveau un filet d'air pur, je m'arrête pour reprendre mon souffle.

–Je ne voulais pas que tu voies ça, me dit-il pendant que je m'appuie d'une main à la paroi de la grotte.

Je lève les yeux vers lui.

–Quelle est *cette chose*?

–Tu n'as pas reconnu les vêtements?

–J'étais trop occupée à voir ses doigts en train de pourrir.

Il pince les lèvres et détourne le regard. Une ombre belliqueuse baigne son profil acéré.

En prenant une profonde inspiration, je tente de mettre de côté la vision abominable du corps en décomposition pour me concentrer sur les vêtements en lambeaux.

– Son manteau était doré.

Slade se tourne vers moi, son visage est sombre.

– C'était un des espions de Midas. Envoyés ici pour récolter des informations après que nous avons conclu l'accord concernant Deadwell, m'explique-t-il. Ils ont essayé de s'enfuir quand je suis arrivé, mais Ryatt les a tous retrouvés.

– Ils ont trouvé Drollard.

– Oui, confirme-t-il. Ryatt s'est chargé des autres, mais il a gardé celui-ci pour l'interroger.

Tout ce qu'il dit est logique. Je sais que c'est le monde réel, dans lequel les gens doivent être impitoyables pour protéger les leurs. Mais de là à le voir…

– As-tu obtenu de lui toutes les informations dont vous aviez besoin ? je lui demande d'une voix que je ne reconnais pas vraiment.

Il baisse la tête.

– Oui.

– Et le village est protégé ?

– Il l'est.

– Alors… c'est terminé.

– Qu'est-ce que tu veux dire ?

Je fais un geste vers la porte de la cellule.

– Ton interrogatoire. Il est terminé. Tu peux donc mettre fin aux souffrances de cet homme.

S'ensuit une pause. Une pause bien trop longue.

Je l'attrape par le bras.

– *Slade*. Tu ne peux pas le laisser comme ça.

– Pourquoi pas ? me demande-t-il, les épaules raides. C'est un espion. Il allait tout rapporter à Midas. Tous mes secrets les mieux gardés auraient été découverts.

Je perçois sa colère à la façon dont sa peau se plisse autour de ses yeux.

– Je sais. Mais toi et Ryatt, vous êtes parvenus à les arrêter. Alors tu dois arrêter ça aussi. Il est manifestement incapable de parler. Ce que tu fais est cruel.

Son regard vacille.

– J'ai déjà fait des choses bien plus cruelles.

Instantanément, tous les souvenirs de cadavres putrides et de terres ravagées me reviennent à l'esprit, et la nausée me prend la gorge.

– Je le sais.

– Tu le sais ? lance-t-il avec une lueur féroce dans les yeux. Parce que moi, je n'en suis pas certain.

Ma main retombe comme si ses mots pesaient de tout leur poids sur mes membres.

– Maintenant, j'aimerais retourner à la Grotte.

Il me balaie du regard, mais le mien ne cesse de dériver vers cette porte, vers ce bourdonnement que j'entends encore. C'est le bruit des petites mouches qui infestent la chair d'un homme en décomposition.

– Je te raccompagne, grommelle Slade.

Il pose une main dans le creux de mes reins et nous nous glissons l'un après l'autre dans la fissure de la montagne. Mes bras frottent la paroi rocheuse à mesure que nous avançons. J'ai l'impression qu'il faut encore plus de temps pour en sortir que pour y entrer.

La clameur du village commence enfin à se faire entendre et, un instant plus tard, nous débouchons sur le pavillon. Rien n'a changé. Les villageois boivent et se mélangent, le musicien joue toujours de son instrument. J'ai l'impression d'être entrée dans un autre monde. Je me demande ce que tous ces gens penseraient s'ils savaient qu'à deux pas d'ici, il y a quelqu'un à l'intérieur de cette montagne dont la langue a commencé à se désintégrer dans sa bouche.

Le chemin du retour est silencieux et j'ai beau respirer à pleins poumons, je sens encore la puanteur.

Lorsque nous atteignons la caverne, Slade m'arrête en posant une main sur mon bras.

– Dis-moi à quoi tu penses.

À trop de choses à la fois.

Slade est nimbé dans la lumière bleutée, mais son appréhension est visible.

– Je suis le Roi Putride pour une bonne raison, Auren.

– Je sais.

Et je comprends. Je sais qu'il a acquis sa réputation pour une bonne raison, tout comme je sais qu'il agit pour protéger son peuple et ses secrets.

Mais il a raison, c'est encore différent de voir son pouvoir à l'œuvre. Comme lorsque je suis sortie du Sixième Royaume et que j'ai vu les corps empalés comme de la viande sur des brochettes. Comme lorsque j'ai vu les gardes de Ranhold s'effondrer au sol avec leurs organes qui commençaient à pourrir. C'est différent de le voir, et c'est différent de savoir qu'un homme a été abandonné en train de souffrir juste pour apaiser ce qui, à l'intérieur de Slade, le pousse à agir ainsi.

Parce qu'il est le Roi Putride.

Et moi…

J'ai un fragment de cette pourriture en moi.

Chapitre 35
Auren

Lorsque nous arrivons devant la Grotte, je m'arrête net. Parce que je ne vais pas faire ça. Je ne vais pas rentrer et me torturer l'esprit en me posant un tas de questions. L'ancienne Auren l'aurait fait. Elle aurait été trop nerveuse pour aborder le sujet. Mais ce n'est plus moi et Slade n'est pas Midas.

Il s'arrête à côté de moi.

–Qu'est-ce qui ne va pas?

–On ne rentre pas, je déclare d'un ton ferme.

–On ne rentre pas?

–Non. Fais demi-tour et montre-moi le chemin.

–Te montrer le chemin... vers où?

–Vers elle.

–Auren, ce que tu as entendu...

Ses mots se réduisent à des syllabes frustrées.

–Je sais très bien ce que j'ai entendu. Et toi et moi... il y a encore beaucoup de secrets entre nous. Tant de choses que nous ignorons. Mais je ne vais pas me contenter de rentrer et me torturer en attendant que tu penses que je suis prête à entendre ce que tu as à me dire. Alors, conduis-moi à elle. Tu m'as dit, passé, présent et futur, n'est-ce pas ?

Il prend une grande inspiration, mais je le regarde droit dans les yeux sans faiblir. Parce que la seule façon d'emprunter une voie nouvelle, c'est de s'interdire de trébucher à nouveau.

Même si son présent est aussi choquant qu'un mort-vivant.

Même si son passé risque de me briser le cœur.

Même si son avenir n'est pas garanti.

L'émotion me submerge.

– Je ne me donnerai plus jamais à quelqu'un qui ne se donne pas à moi en retour. Alors s'il y a quelqu'un d'autre… il faut que je le sache.

Je vois sa glotte se soulever, son regard vaciller. Nous sommes à la croisée des chemins. Il le sait et je le sais. Si c'était Midas, il choisirait une voie.

Mais Slade…

Slade en choisit une autre.

– C'est d'accord, Chardonneret. Allons-y.

Au lieu d'emprunter la route qui mène aux maisons des villageois, Slade part à droite au sortir de la Grotte, dans la direction du Perchoir et de la grotte d'entraînement maculée d'or. Je lui lance un regard méfiant, mais je reste à ses côtés alors qu'il m'entraîne dans une montée enneigée. Le cœur du village disparaît derrière nous.

Nous passons devant le Perchoir dont Lu m'a parlé, et au moment où je crains de devoir m'y aventurer, j'aperçois un petit escalier branlant en bois brut. Je lève la tête et je suis les marches du regard jusqu'au Grain de Beauté qui nous surplombe, accroché au flanc de la montagne telle une vigie bulbeuse.

La construction est dissimulée par la neige et la roche, et une sorte de bâche alourdie par les chutes de neige semble recouvrir l'ensemble pour en masquer la vue d'en haut. Tout ce que je peux apercevoir d'en bas, c'est une faible lueur qui m'indique que quelqu'un est probablement en train d'y monter la garde.

Nous poursuivons notre chemin en silence. Je suis tellement nerveuse que mon ventre est tendu comme un tambour et que des remontées acides me brûlent la gorge. Slade, lui, semble être suffisamment crispé pour se briser en deux, ses bras sont tout raides. Il avance comme un automate.

Son malaise ne fait qu'amplifier le mien.

À présent, de gros nuages cachent la lune, le paysage n'est plus aussi lumineux. Pendant que nous contournons la montagne, les ombres apparaissent comme des spectres et s'étalent sur la neige dans une pâle lumière de clair-obscur. Plus nous avançons, plus je fatigue. J'ai l'impression qu'en seulement quelques minutes, la température a chuté. J'ai beau avoir les mains enfouies dans mon manteau, le vent glacial m'ôte toute sensation de chaleur à laquelle je pourrais me raccrocher.

Ensuite, c'est la grotte d'entraînement qui apparaît devant nous, mais au lieu de continuer tout droit, Slade prend un virage serré et disparaît dans une caverne plus petite, presque entièrement masquée par un rocher très pentu qui se fond dans le décor. Je n'aurais jamais remarqué cette brèche si je n'avais pas vu Slade s'y introduire.

Après une légère hésitation, j'entreprends de le suivre. Je me glisse derrière le rocher, puis je tourne immédiatement à gauche pour m'enfoncer au cœur de la montagne.

Je reste bouche bée devant la taille de cette caverne. Elle est encore plus grande que la Grotte, et si haute que je suis incapable de distinguer le haut de la voûte.

– Pourquoi sommes-nous ici ? je demande en grimaçant aussitôt.

J'ai parlé à voix basse, mais mon timbre résonne dans cet espace creux et grandiose.

– Pourquoi ne sommes-nous pas retournés au village, là où se trouvent les maisons ?

Slade se tourne vers moi, enveloppé d'une lumière saphir.

– Elle ne vit pas avec les villageois.

Je sens un poids très lourd sur ma poitrine, mon appréhension m'empêche de respirer librement.

– Et… qui est-ce ?

J'ai presque l'impression de lui chuchoter ma question, en comparaison de la façon dont elle hurle dans ma tête.

Troublé, il détourne le regard pour le plonger dans les méandres de la grotte. L'inquiétude qui obscurcit ses traits ne me rassure pas le moins du monde.

– Elle…

Sa bouche se met à trembler, ses yeux s'arriment aux miens.

– J'aurais aimé te préparer davantage, mais reste calme, d'accord ? C'est important.

Rester calme ?

– Comment veux-tu que je sois calme alors que je ne sais même pas dans quelle situation je vais me retrouver ?

– Je comprends, me dit-il avec une certaine empathie. Mais maintenant que nous sommes ici, il vaut mieux que je te montre.

Ça ne me rassure pas du tout.

Slade se retourne tout de même et je le suis, nous nous enfonçons plus avant dans cette caverne qui semble ne jamais finir.

Je ne cesse de penser à ce que Ryatt a dit. Et à cet homme dans la cellule. Ce souvenir est si frais dans ma tête que j'entends à nouveau le bourdonnement des mouches.

Mais soudain, au beau milieu de la caverne, je découvre une maison. C'est une réplique miniature de celle de la Grotte, mais elle est pratiquement incandescente. D'épaisses bandes de fluorescence s'y enroulent et se tordent comme des vagues dans une mer agitée. Elles éclairent les recoins obscurs de la grotte, on dirait une galaxie tourbillonnant dans un ciel sans lune.

La maison en elle-même est très simple, avec une porte en plein milieu, un toit pentu couvert de taches de calcium et une flaque d'eau sur le sol qui semble avoir creusé la roche. J'ai du mal à déterminer la couleur des briques de pierre qui composent la structure, mais je ne serais pas étonnée qu'elles s'imprègnent de la fluorescence et produisent ensuite leur propre lumière.

Slade me laisse contempler l'édifice un bon moment, puis nous avançons dans sa direction. Sauf que…

J'ai toujours ce bourdonnement dans les oreilles.

Ou bien le temps passé devant la porte de cette cellule m'a traumatisée plus que je ne le pensais, ou bien…

Non. Ce n'est pas le bourdonnement des mouches à la recherche d'un festin putride. C'est un bourdonnement incessant, bien réel.

– C'est quoi ce bruit ?

Mes pieds continuent d'avancer et je contourne la maison au lieu de m'en approcher. Le bruit provient de quelque part derrière, quelque part après la courbe de la grotte, d'un endroit que je ne peux pas voir. Il est plus fort à présent, le son est si bas que je peux le sentir depuis les os de mes pieds jusqu'au sommet de mon crâne.

Plus près. Je dois me rapprocher encore. Il faut que je…

Une main m'arrête et me tire de mon hébétude.

– Viens par ici, Auren.

La voix de Slade annihile presque la tonalité du bourdonnement.

Reprenant mes esprits, je le laisse me conduire jusqu'à la maison. Pourtant, l'étrange attraction que je ressens me pousse à regarder par-dessus mon épaule et, lorsque je le fais, le bourdonnement s'élève très légèrement.

Je me détourne aussitôt, le cœur battant.

– Qu'est-ce que c'est que ça ? je lui demande, en secouant mes mains pour repousser le froid qui m'a envahie.

– Une chose à la fois.

Nous atteignons la porte de la maison, et Slade me jette un coup d'œil.

– Prête ?

– Comment pourrais-je l'être ? je lui réponds franchement.

– Je te l'accorde, concède-t-il en prenant ma main dans la sienne.

Ce geste me noue l'estomac et je fixe nos doigts entrelacés comme pour vérifier qu'il l'a vraiment fait. Si nous étions sur le point d'entrer chez son amante, sa femme secrète ou sa pouliche préférée, il ne me tiendrait pas la main…

Pas vrai ?

Avant que mon estomac ait eu le temps de me remonter dans la gorge, Slade ouvre la porte.

Il ne frappe pas. Il n'appelle pas. Il tourne simplement la poignée qui grince, et il entre. J'ai l'impression que les talons de mes chaussures veulent adhérer au sol, mais j'essaie de me préparer. J'essaie de réfréner mes émotions et d'ériger des barrières protectrices afin de rester digne, quoi qu'il arrive.

Je remarque d'abord la chaleur et la lumière réconfortante du feu. Elle imprègne l'ensemble du bâtiment, que je découvre dans son entier. Pas étonnant, puisqu'il y a une énorme cheminée sur le mur en face de nous et que toute la maison n'est qu'un seul et unique grand espace carré.

Il y a un lit dans le coin le plus éloigné, avec une cloison en bois sculpté placée devant, de façon que seul le pied soit visible. Une couverture en tricot jaune vif est étalée sur le matelas. Juste en face du lit, on peut voir deux chaises rembourrées sur un tapis devant la cheminée. Et entre les sièges se trouve une petite table ronde, sur laquelle est posée une tasse de thé.

À notre gauche, une cuisine ouverte est équipée d'un plan de travail et d'une cuisinière en fonte visiblement éteinte, avec un lavabo juste à côté. Après la petite table ronde, j'aperçois une série d'étagères pas plus hautes que mes épaules. Toutes sont occupées par des livres.

Je suis tellement absorbée par chaque détail de la maison que je ne remarque même pas la personne qui est assise sur l'une des chaises devant le feu, jusqu'à ce que je discerne un mouvement. D'abord, je ne vois qu'une nuque et mes doigts se crispent dans la main de Slade.

Il s'éclaircit la gorge, et sa tête s'incline en signe de reconnaissance, pas de surprise.

– Je suis désolé de ne pas être venu te voir.

La personne se retourne, et mes doigts serrent la main de Slade encore plus fort quand elle se lève et se dirige vers nous.

J'ouvre de grands yeux.

Elle est magnifique.

Elle est jeune, à peu près de mon âge, mais fluette, d'une ossature délicate. Elle a la peau pâle et de grands yeux, des cheveux noirs ramenés en arrière dans une queue-de-cheval lâche qui repose sur sa nuque. Elle regarde Slade et son visage se fend d'un immense sourire qui me transperce le cœur, tant sa *joie* est déchirante.

Elle traverse la pièce et le prend dans ses bras. En une fraction de seconde, je retire ma main de la sienne.

J'observe leur accolade, me sentant complètement mise à l'écart, comme si j'assistais à un spectacle beaucoup trop intime.

Elle se détache, rayonnante, et Slade saisit sa main fragile en se tournant vers moi.

– Auren, commence-t-il, et j'ai l'impression que mon cœur va éclater ou se briser. J'aimerais te présenter ma mère.

CHAPITRE 36

AUREN

Tout ce que je sais, c'est qu'il est impossible que j'aie bien entendu.

Alors j'attends que mes oreilles me détrompent, ou que Slade se reprenne, ou que la femme éclate d'un rire de dénégation.

Mais rien de tout cela n'arrive.

J'aimerais te présenter ma mère.

Quand je réalise qu'il ne se reprend pas, je me mets à les dévisager, l'un après l'autre.

–Ta… mère.

Il acquiesce lentement.

Je reporte mon attention sur elle, car je ne veux pas paraître impolie et parler d'elle comme si elle n'était pas là. Je l'étudie à nouveau, de plus près cette fois. Elle a de très légères rides autour des yeux, quelques cheveux argentés au-dessus des oreilles, mais ce sont les seuls signes de vieillissement que je remarque chez elle et, même ainsi, elle ne paraît pas vieille du tout. Elle a l'air aussi jeune que moi.

Elle me sourit ouvertement et je suis frappée par le vert de ses yeux et la forme de sa bouche. Maintenant que je ne crains plus de me retrouver confrontée à une amante, je dois reconnaître qu'ils ont un air de famille. Mais elle ressemble à sa sœur, pas à sa mère.

En m'éclaircissant la voix, je lui adresse un doux sourire :

– Enchantée, Madame…

– Elle s'appelle Elore, m'indique Slade en prononçant *Eh-lore.*

– Dame Elore. Je suis Auren.

La femme me regarde, ses yeux verts parcourent mon visage avec une grande attention. Et tout à coup, elle pivote vers Slade et lui tapote la joue en souriant, puis tend la main et me tapote la joue à mon tour.

Je sursaute un peu, mais elle ne semble pas le remarquer. Elle continue de me tapoter la joue sans la moindre retenue, ni hésitation. J'ai l'impression qu'il lui suffit d'un regard pour comprendre qui je suis pour son fils.

Elle laisse retomber sa main et se tourne à nouveau vers Slade. Pendant un instant, ils partagent quelque chose qui me semble si intime que je dois détourner le regard lorsque je surprends l'éclat qui brille dans les yeux d'Elore.

Puis elle fait la chose la plus maternelle qui soit, en tendant la main pour replacer une mèche de cheveux de son fils et en arrangeant son col. Ces gestes rendent la déclaration de Slade encore plus crédible.

Mon esprit s'emballe. Je baisse les yeux sur mon pantalon trop large et le manteau qu'on m'a donné. Je passe une main dans mes cheveux emmêlés et vaguement nattés, tout en essayant de ne pas paniquer à l'idée de rencontrer *la mère* de Slade alors que je suis si mal attifée.

Avant que j'aie le temps d'engager la moindre conversation polie, Elore s'éloigne et se dirige vers la cuisine. Je la regarde qui allume le fourneau en chantonnant doucement.

– Comment peut-elle être ta mère ? je chuchote à Slade. Elle a l'air d'avoir le même âge…

Il me fait une espèce de sourire triste.

–Installons-nous, me dit-il en se dirigeant vers la petite table à manger.

Je le suis et prends place sur une des chaises en bois. De son côté, Elore se met au travail en posant une bouilloire sur le poêle en fonte et en s'affairant à sortir des assiettes des placards suspendus devant elle.

–Laissez-moi vous aider, je lui propose en me relevant, mais elle ne répond pas.

Elle ne se retourne même pas. Elle continue à rassembler quelques crackers et à couper du fromage en tranche, pendant que je reste maladroitement sur le côté. Elle n'arrête pas de fredonner.

J'en suis certaine, cet air me dit quelque chose.

Je jette un coup d'œil à Slade qui me lance :

–C'est bon. Viens ici.

En hésitant encore un peu, je traîne des pieds jusqu'à la table et me rassieds. Je continue à l'observer tout en fronçant de plus en plus les sourcils. Car tout comme au pavillon, avec les autres villageois, je le *ressens*.

Ce sentiment qu'il y a quelque chose d'étrange. D'anormal.

Je me retourne vers Slade :

–Je ne comprends pas.

–Ma mère ne parle plus. Enfin très rarement.

Je meurs d'envie de lui demander quelle en est la raison, mais je me ravise. Je ne veux pas me montrer insensible devant elle uniquement pour assouvir ma curiosité.

Elore s'approche pour poser les assiettes, et quand elle se penche de profil juste devant moi, un cri m'échappe. Les yeux rivés sur elle, je viens de remarquer un détail dont j'aurais dû me rendre compte dès le début. Ses oreilles sont arrondies.

–Elle n'est pas une… fae.

Soudain, je me rappelle que Slade m'a avoué qu'il n'est qu'à moitié fae.

Mais dès que je prononce le mot *fae*, elle se tétanise. Elle cesse immédiatement de chantonner et se met à frissonner.

Slade se lève et contourne la table. Il prend les mains tremblantes de sa mère dans les siennes et penche la tête pour qu'elle croise son regard.

– Tout va bien, l'apaise-t-il en caressant ses doigts frêles. Tu vas bien.

Elle hoche la tête et pousse un grand soupir, mais au même instant, la bouilloire émet un bruit strident qui la fait tressaillir.

– C'est juste le thé, murmure-t-il. Veux-tu que j'aille le chercher ?

Elore hoche lentement la tête. Il la fait asseoir sur la chaise vide comme si elle était la chose la plus fragile au monde. J'observe ses doigts tremblants, son visage qui est devenu encore plus pâle. Je me sens coincée, inutile, sans savoir quoi faire ou quoi dire pour l'aider.

Pourtant Slade reste calme, il part tranquillement chercher la bouilloire qui s'est mise à siffler, attrape les tasses pendues à des crochets sur le mur et se met à siffloter en versant le thé. Sur le même ton doux et apaisant.

Le temps qu'il nous apporte les tasses et qu'il se rasseye, Elore s'est calmée, son regard n'est plus inquiet, sa bouche n'est plus crispée.

Elle offre à Slade un petit sourire triste.

Je grignote les crackers, je sirote mon thé et pendant la demi-heure qui suit, je me contente de les observer.

C'est assez fascinant. Slade parle tranquillement, lui raconte à quoi ressemble la neige, à quel point le vent a soufflé fort pendant le blizzard. Il lui parle de son Aile-branche, il lui promet de lui apporter une plume la prochaine fois. Il lui parle du vin chaud qu'il a stocké à la cave et lui dit qu'il lui en apportera aussi.

Sois calme, m'a dit Slade avant de venir. Contente-toi d'être… *calme*.

Il ne disait pas cela parce qu'il était sur le point de me montrer quelque chose qui allait me bouleverser ; il le disait parce que sa mère a manifestement *besoin* de calme. Ce n'est pas seulement qu'elle ne parle pas. Les profondeurs de son silence cachent autre chose. Je ne sais pas où se trouve son esprit ni à quoi elle peut bien penser, mais sa réaction au mot *fae* est pour le moins surprenante.

L'attitude patiente et rassurante de Slade, depuis la douceur du ton qu'il emploie jusqu'aux sujets banals qu'il aborde, prouve clairement qu'il fait de son mieux pour que cette visite se déroule de la façon la plus détendue et simple possible.

Le temps s'écoule ainsi. Il lui parle dans un ronronnement apaisant, tandis qu'elle le regarde en souriant. Le fait qu'elle ne lui réponde rien pas n'a pas d'importance, son affection est aussi claire que les tasses en cristal dans lesquelles nous sirotons notre breuvage.

Et bien que je brûle de poser des questions, je les laisse mijoter en arrière-plan, parce que j'ai l'impression que Slade a déjà soulevé un bout du voile pour moi, qu'il me laisse voir une partie de lui que peu de gens connaissent. Je découvre un pan de son passé et de son présent, quelque chose de vulnérable, de privé et de *précieux*. Parce que je me rends compte, en voyant comment il se comporte avec elle, combien sa mère est précieuse pour lui.

Et ça me fait mal car j'ai perdu la mienne.

Quand nous avons fini de boire le thé et qu'il ne reste plus que des miettes dans nos assiettes, Elore se met à nettoyer la table en souriant. J'essaie de lui proposer mon aide, mais Slade secoue la tête et m'entraîne vers les fauteuils près du feu.

– Elle apprécie sa routine, m'explique-t-il. Elle serait contrariée si tu faisais quoi que ce soit. Elle aime que les choses soient faites d'une certaine façon.

Je m'installe dans le fauteuil et tente de rassembler toutes les questions qui m'ont traversé l'esprit, l'une après l'autre. En jetant un coup d'œil par-dessus mon épaule, je m'assure qu'elle est toujours occupée à sa tâche avant de me retourner vers Slade. Il est légèrement penché en avant, un coude posé sur l'accoudoir et le menton dans la main, comme s'il attendait.

– Je ne sais même pas par où commencer, j'admets.

– Je sais que ça fait beaucoup.

Je pouffe.

– C'est un euphémisme. Pour être honnête, je m'attendais à entrer ici et à me retrouver nez à nez avec ton amante.

À ces mots, Slade se renfrogne.

– Tu penses que je te manquerais à ce point de respect ?

Je remue sur mon siège.

– Je n'ai aucune idée de ce qu'il convient de penser. Nous ne…

– Nous ne nous connaissons pas, termine-t-il ma phrase.

Lorsque j'acquiesce, il passe une main dans ses cheveux noirs en les ébouriffant à nouveau. Sa frustration se voit à la façon dont il tire sur les mèches.

– Je dois admettre que je n'ai pas l'habitude de me dévoiler, mais je vais le faire. Pour toi.

– Ton Courroux est au courant.

– Mon Courroux sait tout parce que je suis avec eux depuis des années. Mes barrières sont tombées les unes après les autres durant les dix ans et quelques que nous avons passés ensemble. Avec toi… la chronologie est différente. Je ne veux pas te chambouler.

– Comme avec le… prisonnier.

Il hoche lentement la tête et son regard devient perçant.

– Je suis de ton côté, je le rassure. C'est juste que, en voyant ça…

– Ce n'est pas évident de voir mon pouvoir.

Soudain, le souvenir de mon or engloutissant la foule comme un oiseau bestial me revient en mémoire.

– Et toi, tu as été témoin des pires aspects de mon pouvoir sans sourciller.

– Tu n'as pas à avoir honte de réagir face au mien, me répond-il.

Mais c'est pourtant ce que j'éprouve, parce que la dernière chose dont j'ai envie, c'est de le juger à cause de sa magie. Lui n'a jamais jugé la mienne.

– Pourquoi le maintiens-tu en vie ?

– Parce que *je le veux,* me répond-il, ce qui me fait froid dans le dos.

Slade me dévisage comme s'il voulait que je perçoive chaque mot qu'il prononce, que j'imagine ses moindres intentions.

– Je veux que tu comprennes une chose, Chardonneret. Je ne suis pas quelqu'un de bien. Je détruirai tous ceux qui se mettront en travers de mon chemin, j'apporterai la désolation partout dans le monde s'il le faut.

Je secoue la tête.

– Non, tu ne ferais pas ça. Tu es bon. Tu es…

– Non, Chardonneret, m'interrompt-il. Je suis bon *avec toi.* Mais je peux me montrer vraiment cruel, je t'avais prévenue.

Les mots qu'il avait prononcés résonnent à mes oreilles.

Je serai le méchant pour toi. Pas contre toi.

Je peux lire sur son visage qu'il pense ce qu'il dit, et si je me fie à l'homme qu'il retient prisonnier… Mais je perçois également sa résistance. Comme s'il s'endurcissait en se préparant à affronter mon dégoût. Comme s'il s'attendait à ce que je le rejette, que je m'insurge contre sa nature.

Pourtant, je suis allée vers Slade en parfaite connaissance de cause. Je lui ai dit que je voulais tout de lui, et quand vous demandez *tout* à quelqu'un, vous ne pouvez pas choisir. Vous le prenez tel qu'il est. Même si c'est le Roi Putride.

Voilà pourquoi je n'hésite pas à lui prendre la main et à la serrer dans la mienne. Voilà pourquoi je peux soutenir son regard sans baisser les yeux. Voilà pourquoi je lui dis :

– Si tu es un méchant… alors je serai une méchante à tes côtés.

Un sourire sexy apparaît lentement sur ses lèvres.

– Mais… je veux tout de même que tu mettes fin aux souffrances de cet homme. Il doit y avoir une limite à ta méchanceté.

Il rit en me caressant la main du bout des doigts.

–Très bien, Chardonneret.

Derrière nous, un bruit interrompt brusquement ce moment intime. À la porte, j'aperçois Ryatt qui s'invite de la même façon que Slade. Il n'a pas frappé, il n'a pas appelé, il s'est contenté d'entrer.

–Hé, je t'ai apporté une tarte que Jelma…

Il s'interrompt en nous découvrant à l'autre bout de la pièce. Il hésite un instant avant de refermer la porte derrière lui. Slade se lève, je fais de même alors que la présence de Ryatt fait peser un silence de plomb sur toute la maison.

Nous l'avons tous vue dans cette salle de bal.

Tu as honte ?

Je veux qu'elle s'en aille.

Je détourne le regard. Pas étonnant qu'il ne veuille pas de moi. Leur *mère* est ici.

Ryatt s'éclaircit la gorge et je le vois s'approcher d'Elore.

–Tiens, dit-il d'un air très doux.

Je la regarde se saisir de la tarte enveloppée dans un tissu vichy. Un sourire éclaire son visage quand elle ouvre le paquet, et elle se hisse sur la pointe des pieds pour déposer un baiser sur la joue de Ryatt qui se met à rougir.

Elle prend une cuillère sur le comptoir, s'assoit et attaque gaiement la tarte à même le moule. Ryatt l'observe un moment avant de se détourner pour nous rejoindre.

À mes côtés, Slade se crispe. Les veines noircies se mettent à pulser dans son cou et à tressauter au-dessus du col de son manteau. Leurs extrémités fourchues ressemblent à la gueule d'un serpent en colère.

Ryatt avance maladroitement et s'arrête devant nous.

–Alors… tu l'as amenée.

–Je l'ai amenée.

La voix de Slade est tranchante et je me demande quels mots ils ont bien pu échanger au pavillon avant que j'entende la fin de leur dispute. Je suis profondément curieuse de comprendre la dynamique de leur relation. La frontière entre l'amour et la haine qu'ils éprouvent l'un pour l'autre semble être floue, et je ne suis pas certaine de la comprendre. Je ne suis même pas sûre qu'ils la comprennent eux-mêmes.

Pendant que je suis occupée à tenter de cerner leur relation fraternelle, Ryatt pose son regard sur moi.

– Je m'excuse pour ce que tu as entendu au pavillon, dit-il en me prenant de court. Je ne voulais pas que tu en sois témoin. Il est clair que tu te maîtrises assez pour ne pas détruire Drollard, ajoute-t-il en regardant sa mère en coin.

– Tu n'as pas à t'excuser. Tu avais raison de t'inquiéter.

Slade plonge alors son regard dans le mien et je sais qu'il s'apprête à intervenir pour défendre mon honneur, mais je ne le laisse pas faire.

– Non, Slade. C'est vrai. Ma magie a explosé de façon totalement incontrôlée et, à présent, elle ne fonctionne plus du tout. On sait tous les deux que je ne la maîtrise pas, je comprends donc très bien que Ryatt ne veuille pas de moi ici.

À sa décharge, Ryatt a l'air contrit.

– Je suis contente de vous avoir entendus.

Ils me dévisagent tous deux comme s'ils ne me croyaient pas vraiment, mais je suis sincère.

– Je ne ferai pas de mal à ce village.

Je jette un coup d'œil par-dessus son épaule en direction de la table où est assise Elore.

– Surtout maintenant que je sais combien il est important.

Même si je dois retenir ma magie pour toujours.

Ryatt m'observe un instant, puis me fait un signe de tête reconnaissant avant de se tourner vers Slade.

– Comment allait maman quand tu es arrivé ?

– Bien. Heureuse, répond-il sur un ton encore un peu bourru.

– Tu lui manques quand tu t'absentes trop longtemps.

Slade ne répond pas, mais suit sa mère du regard. Une crispation douloureuse creuse les ridules autour de ses yeux. Mais dès qu'il se rend compte que je l'observe, son expression angoissée s'évapore.

– Pourquoi ta mère vit-elle à l'écart des autres ? Et comment est-elle arrivée… ici ?

Il pousse un long soupir, avant de déclarer :

– Je suppose qu'il est temps de te montrer le reste. Je suis désolé de ne pas pouvoir espacer toutes ces révélations, mais je ne veux pas que tu penses que je te cache quoi que ce soit.

Ryatt écarquille les yeux de façon comique.

– Tu vas lui montrer… *ça* ? Tout de suite ?

En entendant le ton de sa voix, je m'aperçois que tout mon corps se tend.

– Que veux-tu me montrer exactement ? je demande en me méfiant de l'air navré qu'il affiche.

Je ne sais pas comment c'est possible, mais je suis encore plus nerveuse que je ne l'étais à l'idée de rencontrer une amante éventuelle.

Il me prend par la main, résigné.

– Je vais enfin te révéler pourquoi on m'appelle Rip.

Je quitte la maison de la mère de Slade avec l'impression de m'aventurer dans les fils de soie d'une toile d'araignée. Ce sentiment de malaise s'accroche à moi sans que je puisse m'en échapper.

– Pourquoi faut-il que tu aies autant de secrets ? je grommelle dans l'obscurité.

Slade rit sous cape.

– Désolé. Je ferai de mon mieux pour te les raconter tous.

– Alors, pour que nous soyons bien clairs, il n'existe pas de pouliche favorite que tu aurais enfermée dans une cage quelque part ni d'amour de jeunesse que tu caches dans ce village ?

Il me lance un regard amusé.

– Non.

– Tant mieux.

J'essaie de combler le silence avec un babillage nerveux car j'ignore vraiment à quoi m'attendre. Chacun des secrets de Slade s'est révélé particulièrement choquant, et je ne crois pas que celui-ci fera exception.

Maintenant que nous sommes de retour au cœur de la grotte, le bourdonnement est à nouveau perceptible. Même faible, il me fait grincer des dents. Slade nous fait contourner la maison d'Elore, puis s'enfoncer plus profondément dans la caverne. L'éclat bleu vif s'estompe bientôt, les immenses rivières de fluorescence se divisent en petits ruisseaux dans la roche. Sans la lumière de la montagne pour contrebalancer l'immensité de l'espace, on a l'impression que les ombres se referment sur nous, l'espace paraît plus petit qu'il ne l'est en réalité.

Et pourtant, il y a toujours ce bourdonnement constant que je sens vibrer à travers ma peau.

– Tu l'entends toi aussi, n'est-ce pas ?

– Oui, je l'entends.

Comme il n'a pas l'air inquiet et ne me donne pas d'explications, j'en déduis que ce bourdonnement ne doit pas être dangereux. Je suppose que cela doit aussi avoir un rapport avec ce qu'il veut me montrer.

Je reprends mon bavardage nerveux :

– Je m'étais imaginé qu'on t'avait donné ton surnom[3] parce que tu as des abdominaux qui déchirent. Ou alors parce que tu donnes envie aux femmes de déchirer leurs vêtements. Quelque chose dans ce genre.

Il s'esclaffe, son rire recouvre l'horrible bourdonnement et atténue un peu mon anxiété.

– C'est bon de savoir ce que tu avais en tête. Mais soyons clairs, je n'ai aucune envie que quiconque déchire ses vêtements pour moi, sauf toi.

J'acquiesce avec fermeté :

– Être clair, c'est vraiment bien. On devrait continuer à faire ça.

– Oui, on devrait continuer à le faire, me répond-il avec un sourire malicieux.

J'ai comme l'impression qu'il parle d'autre chose.

---

3. En anglais, le verbe *to rip* signifie « déchirer ».

Malgré ma tentative de faire de l'humour, mon cœur affolé bat à toute vitesse. J'essaie de plisser les yeux, mais il fait de plus en plus sombre et, à part les concrétions rocheuses et les stalagmites, je ne vois rien du tout.

Le bourdonnement devient plus fort. Il m'attire comme un papillon de nuit vers une flamme, la source du son s'enfonce dans mes oreilles et m'appelle. Mes bras ont la chair de poule parce que je sais que je n'ai pas la réaction qui convient, mais je suis bien trop attirée pour réagir.

–On dirait qu'on se rapproche… je marmonne à voix basse.

La caverne s'élargit et Slade m'entraîne dans un couloir plus petit dont les parois sont couvertes de condensation. Des scarabées laiteux sont suspendus aux lignes filandreuses de la lueur bleue au-dessus de nos têtes et plus nous avançons dans ce tunnel, plus les vibrations augmentent. Au début, elles sont aussi faibles et régulières que le bourdonnement, mais très vite, tous deux semblent énormément s'amplifier jusqu'à ce que le bruit devienne si fort que j'aie envie de me boucher les oreilles.

Qu'est-ce qui peut bien produire un tel son ?

Puis nous sortons de l'étroit tunnel et je m'arrête net.

La lumière nous frappe en plein visage. Nous débouchons dans une immense caverne bien plus grande que toutes les autres. C'est comme si toute la montagne avait été évidée, dévorée de l'intérieur.

Et je comprends pourquoi.

En plein milieu, s'étendant verticalement aussi haut que dix personnes debout les unes sur les autres, il y a une… entaille dans l'air.

Je ne sais pas comment la décrire autrement.

Ce n'est pas une crevasse dans le sol, le mur ou le plafond de la grotte. Ce n'est pas une fissure déchiquetée illuminée par la fluorescence naturelle qui traverse le reste de la montagne. Non, il s'agit de quelque chose d'entièrement différent.

Cette fente dans l'air ne devrait pas exister.

Quand je la regarde trop longtemps, elle me donne le vertige comme lorsqu'on se trouve au bord d'un précipice si profond que nos yeux ne parviennent plus à percevoir la distance jusqu'au sol.

On dirait qu'un géant a fendu l'air avec une hache émoussée. Les bords de l'entaille sont déchiquetés et comme arrachés, mais ils flottent en apesanteur et s'ouvrent sur un gouffre sans fond. Le bourdonnement provient de l'intérieur, c'est une force inconnue qui résonne puissamment.

Une lumière étrange, tachetée, jaillit du cœur de la brèche. La luminosité est changeante, comme lorsqu'on est allongé sous un arbre en plein midi et que le vent qui souffle dans les feuilles déplace l'ombre en permanence.

Les poils de ma nuque se hérissent. Mon pouls est complètement erratique mais, pour une raison étrange, j'éprouve l'envie de m'approcher.

Je ne me rends même pas compte que j'avance, jusqu'à ce que Slade me prenne par la main et me tire en arrière. Je détourne le regard.

– Qu'est-ce… qu'est-ce que c'est ? je lui demande, mais j'en ai le souffle coupé.

Il expire profondément.

– C'est ici que j'ai déchiré le monde.

CHAPITRE 37

SLADE

À 15 ans

Je suis réveillé en sursaut. Je me redresse dans mon lit en tendant l'oreille. J'ignore si j'ai rêvé ou si c'est un bruit réel qui m'a tiré du sommeil, jusqu'à ce que j'entende quelqu'un crier et des bruits de pas dans le couloir.

Je repousse mes couvertures et j'enfile rapidement ma chemise que j'avais laissée par terre. Je récupère mes bottes à côté de la porte et je me dépêche de sortir en resserrant le cordon de mon pantalon. J'emprunte le couloir, je me dirige vers les escaliers.

Des cris s'élèvent et, quand j'entends quelque chose se briser, je me mets à courir. Je m'arrête lorsque je vois un groupe de serviteurs rassemblés au bas de l'escalier. Ils se tiennent tous immobiles, sans rien dire. L'arrière de mes bras se met à me piquer.

Je me fraye un chemin sans même remarquer les visages que je croise parce que je suis concentré sur ce que je vais trouver plus loin. Je dois encore repousser d'autres gens pour accéder au hall d'entrée. Ils sont en chemise de nuit ou portent encore leurs vêtements froissés de la veille, comme si tout le monde s'était habillé à la hâte pour venir voir ce qu'il se passe.

Dès que je me suis frayé un chemin, je me fige sur place.

Une lumière grise et glauque parcourt le hall d'entrée.

Comme cette pièce se trouve au centre du manoir, il y a plusieurs portes ouvertes qui mènent à différentes parties de la maison, et chacune d'entre elles est pleine de serviteurs. On dirait que mon père les a tous convoqués, comme lorsqu'il organise des punitions publiques.

Les fenêtres de gauche projettent des traînées d'aube sur le sol en marbre qui donnent une teinte plus profonde au rouge du papier peint, de la même couleur qu'une goutte de sang sur le bout d'un doigt.

Et devant ces mornes filets de lumière se tient mon père. Il ne devrait pas être à la maison, pas avant deux jours au moins parce qu'il a été appelé auprès du roi pour affaires, mais il est là. Dans sa chemise rouge impeccable, ses bottes noires parfaitement lacées et avec de la fureur dans les yeux, même à cette heure matinale.

Il agrippe ma mère par le poignet en lui tordant le bras. Un groupe de serviteurs se tient juste derrière elle. C'est comme si la pièce entière était en équilibre sur des éclats de verre et que personne n'osait bouger de crainte de se faire taillader.

Parce que l'expression sur le visage de mon père…

Ce n'est pas seulement la colère qui colore son front et assombrit ses yeux. Ce n'est pas seulement un léger fléchissement de sa bouche. C'est quelque chose d'autre. Tout son visage est écarlate, des taches rouges lui couvrent tant le cou que je peux les distinguer depuis l'autre côté de la pièce, malgré le faible éclairage. Les muscles de son bras sont crispés, il serre tellement fort le poignet de ma mère que ses phalanges ont blanchi. Et ses yeux… ils ne sont pas seulement en colère, irrités ou déçus.

Non, ils sont enragés.

Comme tout le monde ici, ma mère est en chemise de nuit, les cheveux lâchés dans le dos. Rien qu'à sa tenue, je comprends que quelque chose ne va pas. Elle ne quitte jamais sa chambre sans enfiler au moins sa robe de chambre et ses pantoufles.

–Je veux savoir qui était au courant! s'écrie mon père en jetant un regard furtif sur l'ensemble des serviteurs présents.

Les domestiques ont les yeux écarquillés, les visages crispés, la peur en fait trembler certains. Mais aucun ne prend la parole.

–Je veux savoir! rugit-il.

Lorsque ma mère grimace, je réagis enfin et je m'approche à grandes enjambées. Mes bottes claquent sur le carrelage.

–Qu'est-ce que tu fais?

Mon père tourne la tête dans ma direction, et un éclair de cruauté passe dans ses yeux. Ma mère est aussi pâle qu'un fantôme.

–Qu'est-ce que je fais? répète-t-il, et ce dernier mot est suivi par un éclat de rire qui n'a rien à voir avec de la gaieté. Oh non, il s'agit plutôt de ce que ta mère a fait.

Je me tourne vers elle au moment précis où une larme se met à couler sur sa joue.

–Dis-lui.

Elle tressaille en entendant l'ordre de mon père, mais ses lèvres restent closes, son regard fixé sur moi.

–Dis-lui! hurle-t-il en lui secouant le bras si fort que tout son corps se met à trembler.

Je suis immédiatement ramené à mes huit ans, quand mon corps s'était figé et que mon cri était resté coincé dans ma tête. Mais cette fois, les mots sortent de ma gorge:

–Arrête! Tu lui fais mal.

Il lâche prise, mais je n'ai pas l'impression qu'il le fait pour me calmer. Il la repousse vers les serviteurs derrière elle, mais Jak la rattrape avant qu'elle ne trébuche.

Mon père me dévisage.

–Puisqu'elle ne veut pas te le dire, c'est moi qui vais le faire, crache-t-il comme du venin jaillissant des crocs d'un serpent.

En réponse, mes propres canines semblent palpiter dans mes gencives.

–Qu'a fait ta mère quand elle a cru que je ne rentrerais pas cette nuit? Elle en a invité un autre dans son lit. Elle a écarté ses cuisses comme une pute d'Oréenne.

Sous le choc, ma colonne vertébrale se hérisse et se raidit. Il suffit d'une fraction de seconde. Il me suffit de la regarder, et je le sais déjà. Comment se fait-il que je ne l'aie pas remarqué plus tôt ? Toutes les fois où il lui apportait des fleurs fraîchement coupées, ou s'assurait de la servir en premier. Ces petits sourires échangés entre eux.

Jak la serre toujours dans ses bras comme si lui, un serviteur d'Orea sans aucun pouvoir magique, pouvait la protéger contre mon père. Il est si différent de lui. Jak est calme. Gentil. Il a une épaisse chevelure et un visage ridé à force de sourire plutôt que de se renfrogner.

Ma mère m'observe comme si elle craignait ma réaction.

– Là, tu vois ? dit mon père en lui montrant mon visage. Slade ne savait pas. La vérité est là, dans le dégoût qui se lit sur son visage.

Je déteste la façon dont Mère prend une inspiration tremblante.

– Tu as raison, je ne savais pas, je lui réponds en faisant un pas en avant. Mais si tu vois du dégoût sur mon visage, ce n'est pas à cause d'elle. C'est à cause de toi.

Mon père accuse le coup.

– Qu'as-tu dit ?

– Pourquoi ne chercherait-elle pas de l'affection auprès de quelqu'un d'autre ? Tu la traites comme un chien, je crache.

La surprise qui se lit dans ses yeux n'est rien, comparée à celle que j'éprouve moi-même d'avoir réussi à lui dire cela en face. Chaque mot est vrai et s'il pensait que je prendrais son parti, c'est qu'il ne me connaît vraiment pas.

Il balaie la foule du regard.

– Je veux savoir qui parmi vous était au courant de cette aventure et ne me l'a pas signalée ! Je veux savoir depuis combien de temps ça dure !

Personne ne dit mot.

Il se frappe le torse avec une rage écumante en laissant échapper une partie de son pouvoir. Une fissure apparaît au milieu du sol. Le craquement du marbre se répercute dans toute la pièce et me fait trembler de la tête aux pieds.

–Il faut se contrôler, Père! je me moque en lui renvoyant au visage son ordre continuel.

Il fait claquer son doigt si vite que je ne m'en aperçois même pas. Je sens juste mon index qui se brise en deux au même endroit que la fois précédente. Je ne peux m'empêcher de pousser un grognement quand la douleur explose dans toute ma main.

–Arrête, Stanton! s'écrie ma mère. Slade n'a rien à voir avec ça.

Mon père ne me quitte pas des yeux, il ne réagit pas immédiatement. Il se contente d'observer avec une joie sadique les efforts que je déploie pour ne pas vomir. Après plusieurs longues secondes, il claque à nouveau des doigts et mes os se ressoudent dans un craquement écœurant.

Je dois serrer les dents si fort que ma mâchoire craque, mais je parviens à garder le contrôle. Après tout, c'est ce qu'il m'a appris pendant toutes ces années. À rester maître de la situation. À maîtriser mon pouvoir.

–Tu as raison, Elore, je l'entends dire alors que je cligne des yeux pour faire disparaître la douleur. Cela a à voir avec toi… et avec lui.

Mon père repousse alors ma mère et saisit Jak à la gorge. Jak essaie de se débattre, mais en vain. Il n'est pas un guerrier en parfaite santé. C'est un serviteur oréen à la peau tannée par les années passées à l'extérieur, au corps maigre comparé à la masse de muscles que mon père a accumulée durant tout le temps qu'il a passé à l'armée. Jak est peut-être un Oréen costaud, mais il ne fait pas le poids face à la force de mon père.

La voix de mon père devient dangereusement grave.

–Je t'ai accueilli chez moi, je t'ai permis d'habiter à Annwyn et donc de vivre longtemps. Et pourtant, tu oses poser la main sur ce qui ne t'appartient pas?

Les mains usées de Jak tentent de dégager sa gorge sans y parvenir. Son visage commence à devenir anormalement rouge, ses lèvres cherchent désespérément l'air qu'il ne peut plus avaler.

–Stanton, arrête!

Ma mère essaie de tirer mon père par le bras, mais il la repousse. Elle manque s'étaler au sol mais je la rattrape à temps.

– Je veux savoir depuis combien de temps ça dure, dit-il en relâchant la gorge de Jak, juste assez pour qu'il puisse aspirer une bouffée d'air et cracher quelques mots d'une voix rauque. C'était la première fois ?

Jak fixe ma mère, mais cela ne fait qu'énerver davantage mon père. Il le secoue comme une poupée de chiffon.

– C'était la première fois ?

La pièce entière semble sur le point d'éclater. Comme l'air, juste avant une tempête, est chargé d'une pluie diluvienne prête à se déverser et à nous inonder, tous autant que nous sommes.

Le coup de tonnerre, c'est la réponse enrouée de Jak.

– Non.

Mon père le lance si violemment et si loin, il le projette à travers le hall et l'envoie s'écraser contre une des fenêtres. Le verre se brise, c'est la première trombe d'eau.

Il s'écroule, ma mère hurle et tente de courir le rejoindre, mais mon père la retient.

– Depuis combien de temps, Elore ?

Elle tente en vain de lui échapper. Mon père est peut-être fou de rage, mais je n'avais encore jamais vu une telle expression sur le visage de ma mère. C'est de la haine pure et simple. Et cette haine est comme le vent qui souffle cette tempête sur nous, qui la fouette jusqu'à la rendre frénétique.

Elle relève le menton, ses yeux verts ne cillent pas.

– Depuis onze ans.

– Onze ans ?

Mon père est sous le choc. Moi-même, je laisse échapper un souffle de surprise. Comment a-t-elle pu garder le secret si longtemps ?

Mais je réalise alors qu'aucun serviteur n'a haleté, qu'aucun n'a eu l'air choqué, et je tiens ma réponse.

Ils les ont aidés.

Les yeux noirs de mon père brillent d'un éclat impitoyable.

– Tu vas le regretter, Elore, martèle-t-il comme le grondement d'un nuage menaçant.

Quant à moi, je ne sais pas si je dois les remercier d'avoir aidé ma mère à retrouver un peu de bonheur ou leur reprocher de ne pas l'avoir incitée à être plus prudente.

Pour l'instant, elle semble avoir largement dépassé le stade de la prudence.

–Je l'aime depuis bien plus longtemps. La seule chose que je regrette, c'est de ne pas avoir vécu cet amour plus tôt.

La colère de mon père explose.

En un instant, il est à l'autre bout de la pièce. Ses bottes crissent sur le verre brisé. Jak s'est relevé, mais avant qu'il puisse faire quoi que ce soit, mon père claque des doigts et la jambe de Jak se brise.

Le craquement me fait sursauter, Jak pousse un cri atroce. Ma mère se précipite, mais d'un autre claquement de doigts, mon père brise toute la pièce en deux.

De part et d'autre, tout le monde trébuche sous l'effet de la secousse. Mes genoux s'écrasent sur le carrelage en marbre tandis que la demeure vacille.

Le bruit est assourdissant.

C'est l'entièreté du manoir qui se brise alors en plein milieu. Tout le monde crie, tombe, les débris s'écrasent sur nos têtes. Les murs se séparent, le plafond se fend et la terre jaillit de la fissure dans le sol. Lorsque cette fissure s'élargit, je manque tomber dedans. Je dois reculer à toute vitesse pour m'en éloigner.

Quand les secousses cessent enfin, je parviens à me mettre debout et à relever ma mère. Les serviteurs se relèvent tous, les uns après les autres, et reculent. Ma mère observe l'énorme crevasse qui la sépare désormais de Jak, bien trop large pour qu'elle puisse le rejoindre.

Ils se regardent tous les deux et l'expression sur leurs visages me serre le cœur.

–Jak… bégaye ma mère, la voix fêlée, les yeux humides.

Il déglutit avec difficulté, son visage est désormais couvert de sueur et il a l'air de beaucoup souffrir.

– Ce n'est pas grave, Elore.

–Ne prononce pas son nom ! hurle mon père, et il brise le bras de Jak si violemment que l'os lui transperce la peau.

– Non !

Le cri de ma mère est déchirant, elle essaie de sauter de l'autre côté, mais je la rattrape à la dernière seconde.

– Tu n'y arriveras pas ! Tu vas tomber, je lui répète alors qu'elle tente de m'échapper.

– Voilà ce qui arrive quand on choisit des ordures oréennes, grince mon père. Je veux que tu t'en souviennes, Elore. Souviens-toi que c'est ce qui t'attend si tu me trahis.

Elle se raidit dans mes bras. Toute la pièce semble retenir son souffle. Et puis, mon père lève la main et claque des doigts.

Et le cou de Jak se brise.

Ma mère n'a même pas le temps de crier. Je n'ai pas le temps de cligner des yeux. Le cou de Jak prend un angle anormal et ses yeux écarquillés d'angoisse s'éteignent pour toujours.

Lorsque le haut de son corps atteint le sol, celui de ma mère fait de même.

J'ai déjà lu le mot lamentation. *J'en ai souvent entendu parler. Mais je n'ai jamais entendu quelqu'un pousser un cri aussi strident que celui de ma mère.*

Il s'échappe de son corps avec une telle puissance que j'en ai des frissons dans le dos. Il est si fort que je n'entends même plus les battements de mon cœur.

Le son qu'elle émet est terrifiant. Méconnaissable.

Je suis tellement en état de choc que je reste là, sans rien faire, à me demander comment tout cela a pu arriver si vite.

Mon père déplace son pouvoir sans aucun effort pour boucher une partie de la fissure du sol afin de pouvoir l'enjamber et parvenir jusqu'à moi.

– Voilà pourquoi on ne peut pas faire confiance aux femmes, Slade.

Je serre les poings et je sens les piquants percer ma peau au-dessus de mes sourcils. Une goutte de sang coule sur mon œil. Il me dévisage froidement, sans se laisser impressionner.

– Ton manque de contrôle. Maintenant, nous savons d'où tu le tiens, dit-il avec dégoût.

La colère se déverse comme un torrent dans ma poitrine et je sens les pointes dans mon dos se tendre, prêtes à…

–Maman ?

Je tourne la tête vers la gauche et je vois les serviteurs qui s'écartent pour laisser passer mon frère. Il a l'air pâle et effrayé, si jeune dans son pyjama, une couverture serrée dans une main.

– Ryatt… sanglote ma mère.

Il hésite, son regard va de la brèche au milieu de la maison au visage chiffonné de ma mère. Puis ses yeux se posent sur le corps sans vie de Jak.

–Papa !

Le mot jaillit de sa petite voix et il se précipite en avant, en repoussant les serviteurs qui tentent de le protéger. J'ai un haut-le-cœur, mais il s'arrête juste devant la fissure, quand ma mère parvient à l'attraper par la chemise avant qu'il puisse tenter de sauter. Il s'effondre en sanglots contre son épaule.

Et mon père… Je vois ses pensées se bousculer dans sa tête. Je les vois prendre forme et se fixer.

–Ce n'est pas possible.

Si auparavant ma mère était en colère, à présent elle a l'air terrifiée. Surtout quand mon père s'avance d'un pas menaçant.

–Non ! s'écrie-t-elle. Tu ne le toucheras pas !

Et elle agrippe Ryatt encore plus fort.

Mes yeux vont de Jak à mon petit frère, sans pouvoir y croire.

Et pourtant… les faes ont du mal à concevoir. C'est bien connu. C'est pourquoi notre longue vie est aussi importante pour notre espèce. Mais mon père a réussi à avoir non seulement un mais deux héritiers et à des âges assez rapprochés. Il a toujours expliqué cela par le fait que ma mère était une Oréenne, mais ce n'est pas pour cette raison.

Onze ans, a dit ma mère. Cela fait onze ans que dure cette liaison. Mon frère a dix ans.

Ryatt n'est pas l'héritier de mon père.

Ma mère a l'air sauvage. Ses cheveux noirs sont ébouriffés, des bouts de plafond sont pris dans ses mèches poussiéreuses, elle s'est griffé la joue. Quand il a brisé le cou de Jak, il a brisé le cœur de ma mère, mais elle ne le laissera pas faire du mal à Ryatt. Je peux le voir dans ses yeux rougis.

Mon père chancelle, l'arrière de son talon heurte la fissure derrière lui quand il comprend que Ryatt n'est pas son fils.

Les battements de mon cœur semblent vouloir se rompre dans mes veines et exploser dans mes oreilles. Ryatt pleure, agrippé à la chemise de nuit de notre mère, pendant qu'elle essaie de le cacher derrière elle.

– Tu as osé engendrer le fils de ce bâtard ?

Le ton funeste de mon père semble aspirer la lumière naissante dans la pièce.

La lèvre inférieure de ma mère se met à trembler. Elle essaie de protéger Ryatt. Les serviteurs aimeraient bien intervenir, mais ils ont trop peur d'affronter mon père, et ils ont raison.

– J'aurais dû savoir que je ne pouvais pas faire confiance à une Oréenne.

Il claque à nouveau des doigts et le sol recommence à trembler. Un violent craquement se produit et je me rends compte que mon père nous a tous piégés à l'intérieur d'un cercle de fissures.

Le temps que je retrouve l'équilibre, mon père est devant moi. Je sursaute lorsque sa main s'abat sur ma nuque.

– Tu m'as donné un héritier puissant, lance-t-il à ma mère d'une voix toujours aussi forte, et teintée d'une rage indescriptible. Je n'ai donc plus besoin de toi ni de cette fausse descendance.

Une terreur froide me glace les tripes.

Je connais mon père. Je m'entraîne avec lui depuis sept ans. J'ai vu à quel point il peut se montrer impitoyable. Je l'ai vu briser des maisons et des rues. Des montagnes et des arbres. Des tendons et des os.

Mais je ne le laisserai pas briser ma mère et mon frère.

Il est peut-être aussi bruyant que le tonnerre, mais je suis aussi rapide que l'éclair.

En moins de temps qu'il n'en faut pour le dire, mes piquants jaillissent de ma peau et la pourriture explose dans mes veines.

Je pivote sur mes pieds et le repousse de toutes mes forces. Il se fracasse contre le mur. Quelques serviteurs s'y précipitent, tandis qu'un autre groupe entoure ma mère et mon frère pour les éloigner.

C'est bien.

Car maintenant que j'ai ouvertement attaqué mon père, j'ai tracé une ligne dans le sable. Je dois le tuer… ou regarder tous ceux que j'aime se faire tuer.

Je l'ai laissé nous dominer pendant quinze ans. J'ai laissé sa cruauté nous dicter nos vies. J'ai vu ma mère se renfermer de plus en plus, j'ai vu les yeux méfiants de Ryatt perdre leur éclat chaque fois que mon père le traitait aussi mal qu'il me traitait.

Mais je n'ai pas supporté son entraînement et sa cruauté pour rien. Je l'ai fait parce que je crois que je savais qu'un jour, nous en arriverions là. De part et d'autre de la ligne. Je savais que ce serait lui ou nous.

Et je nous choisis, nous.

Alors quand ma pourriture explose, c'est le fruit de sept ans d'une vengeance refoulée.

Le carrelage se fissure, la terre entre nous s'effrite. Des lignes de poison s'échappent de ma peau et se répandent sur le sol. Elles rampent vers lui comme des serpents prêts à attaquer.

Mon père se redresse, ses yeux cruels sont rivés sur moi comme si le coup dans le mur ne l'avait pas ébranlé le moins du monde.

– Tu crois que tu peux te battre contre moi ? hurle-t-il. C'est moi qui t'ai créé !

Il tend ses mains et m'envoie une rafale de puissance. Je la sens, c'est comme le mouvement que produit un coup de poing dans l'air. Par pur instinct, je lance ma propre magie et l'air semble exploser sur lui-même.

Mon père et moi sommes tous deux projetés en arrière sous l'effet de cette force. Ma tête heurte le carrelage brisé tandis que la pourriture continue de s'écouler par tous mes pores. J'entends des bruits et des cris, mais tout cela est secondaire. Je me concentre uniquement sur lui. Je ne sais pas comment j'ai pu parvenir à bloquer sa magie comme ça ni comment j'ai pu utiliser la mienne de cette façon, mais maintenant que je sais que j'en suis capable, je suis envahi d'une détermination pleine d'espoir.

– Tu as fini de tout briser, je lui dis en haletant, tandis que des lignes se tordent le long de ma peau.

Du coin de l'œil, je vois certains serviteurs se recroqueviller, pas seulement devant mon père, mais devant moi aussi. Et je sais à quoi je dois ressembler, à cet être plein de piquants et de pourriture, et j'ai l'impression d'être un fae totalement malfaisant avec mes joues écaillées et mes canines étincelantes.

Mais je m'en fiche. Je serai un monstre si cela signifie que je suis capable d'en détruire un.

Mon père claque des doigts, mais au lieu d'essayer de me briser, il détruit le sol sous mes pieds. J'entends ma mère crier mon nom quand je commence à tomber, mais je me relève au moment où le sol s'effrite, parvenant de justesse à me rattraper et à rouler. Je ne suis même pas encore totalement debout que je lui balance déjà de la pourriture qui infecte le sol et s'enroule autour de ses jambes. Je le vois serrer les dents et je sais que je suis en train de putréfier ses muscles, de corrompre son sang, de décomposer ses os.

Et je prends conscience, avec une clarté saisissante, que je peux le tuer. Ici et maintenant, je peux le putréfier. Mais pour une raison stupide, une raison pour laquelle je me déteste, j'hésite.

Cette hésitation lui permet de reprendre l'avantage en faisant reculer mon pouvoir. Avec une rapidité démoniaque, il claque des doigts et je me prépare à bloquer sa magie, mais il ne la dirige pas sur moi.

Derrière moi, j'entends ma mère hurler.

Je me retourne et la vois sur le point de s'évanouir, le bras cassé au même endroit que celui de Jak. Ryatt pleure, le bruit qu'ils font tous les deux me percute les oreilles.

Je sens un picotement dans ma nuque, je parviens à peine à me retourner que je reçois un coup de poing en pleine figure. Je m'étale en m'ouvrant les paumes des mains lorsque j'atterris sur le carrelage brisé. Je lève la tête et découvre mon père au-dessus de moi. Sur mes bras, mes pointes pulsent de façon erratique. Je me relève en refusant de montrer ma peur, en refusant de reculer même si ma mère hurle mon nom.

– Tu es une telle déception, Slade, me lance-t-il.

– Crois-moi, c'est réciproque.

Quelque chose brille dans ses yeux, et je sais. Je sais que c'est ça.

Je sais que c'est ça.

Je fais appel à tout ce que j'ai en moi. Chaque parcelle de magie que je possède. Je me souviens de chaque moment où il m'a poussé, humilié, blessé. Je repense aux nombreuses fois où le dos de ma mère s'est raidi, où ses yeux se sont remplis de larmes, où Ryatt s'est recroquevillé. Je laisse toute cette colère envahir mon esprit et m'alimenter.

Le pouvoir bouillonne dans mes veines.

Mon père lève la main.

Le temps ralentit.

La tempête gronde dans la pièce. Ou peut-être est-ce le son dans ma gorge, et dans la sienne.

Mon père envoie sa magie sur moi avec une force qui me hérisse le poil. Mais je suis prêt.

Si auparavant j'ai pu croire que l'air explosait, ce n'était rien comparé à ça.

Nos pouvoirs s'entrechoquent.

Et cette magie brutale, bestiale, meurtrière, déchire l'air entre nous.

La magie n'est pas censée réagir ainsi. Je n'ai jamais entendu parler de ça, mais peut-être que le sang de mon père qui coule dans mes veines permet à nos pouvoirs de réagir l'un à l'autre.

La demeure craque quand une fissure apparaît entre nous. Mais il ne s'agit pas d'une rupture physique ni d'une pourriture palpable. C'est autre chose.

C'est une déchirure métaphysique. Elle est brisée par des ténèbres déchiquetées et des lignes putrides. Elle crépite comme un orage, gronde comme un ensemble de détonations assourdissantes. Le vent qui s'en échappe a la puissance d'un cyclone, il arrache des pans entiers de papier peint et les fait tournoyer, puis les aspire à travers l'entaille comme si c'était du sang et les fait disparaître.

Mon père écarquille les yeux, il devient blême. Le fait qu'il montre des signes de panique devrait m'inquiéter, mais je suis bien trop concentré.

Je continue à déverser mon pouvoir magique. Je le laisse entrer en collision avec le sien, et ouvrir encore plus cette brèche dans l'air, remplir la tornade de vent de puanteur, de pourriture et de haine. Mes mains tremblent, mon père transpire, nous serrons les dents.

La douleur me transperce les os, et je me demande s'il ne m'a pas cassé quelque chose, mais non. C'est ma magie qui m'épuise bien trop vite, trop fort. Mes piquants montent et descendent par à-coups, mon cœur est sur le point d'exploser.

– Slade !

Je sens vaguement la main de ma mère qui se pose sur moi et tente de m'éloigner, je sens Ryatt qui s'accroche à ma jambe. Mais je ne m'arrête pas.

Je ne peux pas.

Et c'est à ce moment-là que mon père le lit sur mon visage. Il voit que je ne vais pas abandonner. Le cri perçant qui s'échappe de ses lèvres railleuses fait jaillir un cri féroce des miennes.

Parce que je préfère mourir plutôt que de le laisser gagner.

Le vent déchire mes vêtements, me projette de la terre dans les yeux. L'odeur de la pourriture m'obstrue la gorge, son pouvoir pousse, pousse, pousse contre le mien si fort que tout mon corps en tremble.

Contrôle-toi, Slade.

Toutes ces leçons. Toutes ces punitions et ces cours magistraux et ces heures d'épuisement et de douleur. Je les ai supportés parce que je savais que je devais apprendre, que je devais grandir pour acquérir autant de pouvoir et de contrôle que lui.

J'ai appris le contrôle pour pouvoir lui ôter le sien.

Je pousse de toutes mes forces. Avec tout ce que j'ai. Tout ce que je suis. Je force tellement que j'ai l'impression de briser mon corps en deux. Et c'est là que cette déchirure surnaturelle éclate enfin.

Je la sens à la seconde où la magie explose – je la sens parce qu'elle explose à travers moi.

La puissance atteint enfin son paroxysme, elle nous sépare, mon père et moi, dans une explosion qui me transperce les tympans.

L'espace d'un instant, je suis comme en apesanteur. Engourdi. Propulsé dans les airs aux côtés de ma mère et de mon frère.

Puis le temps qui avait ralenti reprend son cours naturel. La déchirure ressemble soudain à la gueule massive d'une bête sans corps et cette gueule sombre et béante s'ouvre en grand. Elle est comme suspendue dans les airs, prête à engloutir tous ceux qui se trouvent de mon côté.

Je n'ai même pas le temps de retomber au sol que ses dents foudroyantes se referment sur notre moitié de pièce fissurée. Elle nous dévore tous dans un tourbillon de noirceur, et soudain il n'y a plus rien d'autre que la souffrance, la chute et l'écho des cris de dizaines de personnes.

Cette bouche déchirée nous avale, nous entraîne vers le bas, vers le bas, vers le bas, dans les ténèbres du néant, à travers le temps, la magie et l'air sacré.

Puis nous atterrissons dans le ventre de la bête, où mon corps déchiqueté et mon pouvoir empoisonné sombrent dans l'inconscience.

Je ne savais pas que j'avais déchiré le monde avant de me réveiller, quatre jours plus tard. Je ne savais pas que je m'étais moi-même déchiré en deux dans le processus, ni que j'avais entraîné d'autres personnes jusqu'à Orea et qu'elles allaient maintenant dépendre de moi pour toujours. Je ne savais pas que tout était sur le point de changer.

Mon état inconscient avait été mon seul sursis, mais je l'ignorais encore.

CHAPITRE 38

AUREN

Rip.

C'est le premier mot qui sort de ma bouche quand il se tait. Parce que maintenant, je sais ce que ça veut dire. Maintenant, je sais tout ce qu'il signifie. Pendant tout ce temps, ses plus grands secrets ont été portés par son surnom le plus courant.

Je ne sais pas exactement quand je me suis assise, mais je pense que mes jambes ont lâché à peu près au moment où Slade m'a raconté comment son pouvoir s'était manifesté pour la première fois quand il était petit, et je l'ai écouté sans bouger jusqu'à ce combat fatidique entre lui et son père. Le combat qui l'a mené ici.

Je n'ai pas dit un seul mot. Lui a déterré les siens comme s'il pratiquait l'excavation de ses souvenirs enfouis depuis des années, trop douloureux pour être déterrés. Mais il m'a tout raconté. Il a exhumé tous ces moments de son passé et les a mis à nu. Maintenant, j'ai des réponses à des questions que je n'avais même pas songé à lui poser.

Lorsqu'il termine, le silence s'installe dans l'air vicié. Pendant de longues secondes, mon esprit tourbillonne, mes cuisses remuent sous moi sur la roche. Ça fait beaucoup d'informations à digérer, et je ne pense pas *pouvoir* les assimiler tout de suite. Ce tombeau de souvenirs a dévoilé tant de vérités. Je pense que seul le temps m'aidera vraiment à en comprendre toute l'ampleur.

Je m'éclaircis la voix en reportant mon regard sur la gigantesque entaille dans l'air, avant de revenir vers lui.

– C'est donc comme ça que tu es arrivé à Orea.

Il acquiesce lentement, en fixant la déchirure béante.

– Oui.

– Tu crois… tu crois que c'est comme ça que je suis arrivée, moi aussi ? Quelqu'un d'autre a créé une déchirure dans le monde ?

Ses yeux lourds se lèvent sur les miens.

– Je ne sais pas. J'y ai beaucoup pensé, depuis que tu m'as dit que tu avais été amenée ici clandestinement. Je me demande si d'autres faes ont vécu à Orea tout ce temps, en se cachant.

– Mais penses-tu que je…

Je m'interromps, la tête tournée vers la déchirure.

Slade secoue la tête.

– Non. En mon absence, ce lieu est toujours gardé et personne n'est passé depuis ce jour-là. Si quelqu'un l'avait fait, je l'aurais senti, parce que mon pouvoir y est lié.

Toutes ces révélations soulèvent des milliers de nouvelles questions, comme la poussière qui virevolte dans l'air après une lourde chute. Mais un seul coup d'œil au visage de Slade suffit à interrompre mon questionnement. Il est crispé et ses yeux ont bien plus d'ombres qu'on ne peut en attribuer à la grotte.

Il a l'air épuisé, je ne l'ai jamais vu aussi vulnérable. Comme les bords bruts d'un rocher qui a été ciselé, il laisse apparaître une surface dénudée qu'il n'a pas l'habitude de montrer.

– Je sais que ce que tu as vécu est horrible, mais pour ce que ça vaut, sache que je suis heureuse que tu sois à mes côtés dans ce monde, je déclare d'une voix douce.

Ses yeux se font plus tendres.

– Oh, Chardonneret. Je t'aurais trouvée dans n'importe quel monde. Dans n'importe quelle vie.

Un doux sourire naît sur mes lèvres, parce que je le crois.

– Tu m'aurais trouvée dans chacun d'entre eux.

Lorsqu'il acquiesce, je me lève lentement et m'approche de lui à pas prudents. Au lieu de dire quoi que ce soit, je pose ma main sur la sienne. Il détend immédiatement son poing, me permettant ainsi de glisser ma paume contre la sienne et d'entrelacer nos doigts. Un souffle tremblant s'échappe de sa poitrine.

Je tire doucement sur sa main, et il n'hésite qu'un instant avant de me laisser l'entraîner. Nous retraversons la grotte obscure, passons devant la maison de sa mère, franchissons la petite crevasse dans la montagne et retournons dans la neige.

Nos doigts restent entrelacés pendant que nous descendons la pente, jusqu'à la lueur réconfortante de la Grotte. Mais au lieu de rentrer à la maison, je continue à le guider. Il me jette un regard confus, mais dès que nous avons passé l'entrée des Dents, il comprend où je le mène.

Ce n'est que lorsque l'odeur de soufre me saisit et que l'air froid est remplacé par de la vapeur et de la chaleur que je lâche enfin sa main.

Slade m'observe, les sourcils froncés.

– Qu'est-ce que…

Il s'interrompt en me voyant retirer mes bottes et baisser mon pantalon. Sa pomme d'Adam se soulève et s'abaisse tandis que je me débarrasse de mon manteau et que je dépose mes vêtements sur un rocher à côté de nous.

Vêtue seulement de ma chemise qui frôle mes cuisses nues, je me dirige ensuite vers son dos et lui enlève délicatement son manteau que je pose avec le mien. Lorsque je lui fais à nouveau face, sa confusion s'est muée en un regard perçant plein d'intérêt qui me transperce de part en part.

Mon cœur a beau s'emballer, je repousse ma nervosité en levant les yeux vers lui.

– Tu t'es mis à nu devant moi. Il est grand temps que je fasse de même.

Il aspire une bouffée d'air tandis que je me tourne en lui lançant un regard impatient par-dessus mon épaule. Il hésite à peine et avance vers moi jusqu'à ce que je sente la chaleur de son corps sur ma peau.

Ses mains se posent sur le haut de ma chemise, ses doigts effleurent le col. Il marque alors une pause, comme s'il me donnait une chance de changer d'avis, mais je ne le fais pas.

Lorsqu'il défait le premier bouton, je frissonne à la fois d'impatience et d'inquiétude.

Bouton après bouton, il me dénude le dos. Il fait doucement glisser la chemise vers le bas, le long de mes bras et la dépose sur le rocher avec nos manteaux. Maintenant, je suis complètement exposée. Mon dos abîmé, ma vulnérabilité et mes souvenirs douloureux sont dévoilés au grand jour, sous ses yeux.

Mon corps tremble. Mon ventre est noué. Et mes yeux – mes yeux brûlent du souvenir d'avoir été plaquée contre un mur pendant qu'on me mutilait, deux douzaines de fois.

Et puis, les lèvres de Slade se posent sur ma nuque. Je sens la douce pression de sa bouche, puis il commence à déposer des baisers légers comme des plumes le long de mon dos, tous les quelques centimètres. Je réalise, les larmes aux yeux, qu'il pose ses lèvres sur l'espace situé entre chaque paire de mes rubans disparus. Il y a encore des bouts qui restent accrochés, comme des ongles que j'aurais refusé d'arracher. Les hématomes sont tous cicatrisés, et je sais que lorsque ces derniers morceaux tomberont, mon dos sera lisse et vide, sans plus aucune trace de ce qu'il y avait avant.

Par paliers parfaits, ses baisers descendent, descendent, descendent.

Je tremble encore plus fort, mes yeux se remplissent d'une telle émotion que la grotte se brouille devant moi. Ses mains suivent, le simple frôlement de ses doigts apaise les parties de moi effilochées que je ne peux plus sentir.

Il parcourt ma colonne vertébrale en laissant des traînées de frissons dans son sillage. Et tandis qu'il continue à poser de tendres marques d'adoration sur ma peau, toute ma honte fond sur moi comme neige au soleil.

Sans dire un mot, il me réconforte. Il me *guérit.* Jusqu'à ce qu'il soit à genoux et dépose le tout dernier baiser sur les rubans abîmés de mes reins, en me tenant par les hanches.

Lorsqu'il se relève et que je me retourne, il essuie les larmes sur mes joues.

– Je te vois, Chardonneret, murmure-t-il.

Son regard est si empreint de tendresse que je n'arrive toujours pas à croire qu'il me soit adressé.

– Je te vois aussi, Rip.

Mes mains se posent sur les liens de son pantalon et, contrairement à ce qui s'est passé dans la grotte lorsque je me suis réveillée, mes mouvements sont doux et lents. Parce que je veux savourer ce moment. Je veux prendre mon temps.

Le monde extérieur – tout ce qui se trouve en dehors de la Grotte – n'existe plus.

Lorsque les liens sont suffisamment lâches, Slade enlève ses bottes et m'aide à baisser son pantalon. Il est tout aussi nu que moi, mais nous venons de nous montrer bien plus que nos corps.

Mon regard serpente le long de ses cuisses épaisses et musclées, jusqu'à son sexe qui a déjà commencé à durcir. Sans le quitter des yeux, je m'agenouille lentement devant lui, comme il vient de le faire pour moi.

Il aspire un souffle rauque lorsque je saisis sa queue dans ma main. Je la prends dans mon poing, le bout de mes doigts effleure sa peau satinée, il continue à durcir dans ma paume. Puis je me penche pour donner un coup de langue sur son gland, et tout son corps se tend.

– Auren…

Tout ce qu'il allait dire d'autre est interrompu quand je le prends en bouche. Ses mains se dirigent immédiatement vers ma tête, ses doigts se glissent dans mes cheveux. Ma bouche continue son exploration, je le hume, je le lèche en savourant son goût et l'étirement de mes lèvres.

–Tu me taquines, gronde-t-il, et j'essaie de lui sourire, les yeux levés. Suce-moi, bébé. Je veux voir ces joues se creuser.

Une palpitation se déclenche dans mon estomac et je fais immédiatement ce qu'il me demande. Je le suce, en balançant la tête de haut en bas, et son gémissement fait monter la chaleur entre mes cuisses.

–Putain, Auren, grogne-t-il. Cette *bouche*.

Le frisson que me procure la façon dont il se laisse aller me rend plus audacieuse. Je me mets à avaler son sexe jusqu'à lui faire toucher le fond de ma gorge. J'ai un haut-le-cœur, mais les mains de Slade me tirent légèrement en arrière. Je lève la tête, et ses yeux me brûlent d'un pur désir charnel. Tout comme il l'a fait pour m'enlever ma chemise, il attend, m'observe attentivement, s'assure que je vais bien. La confiance *absolue* qu'il m'inspire me donne encore plus envie de lui faire perdre le contrôle.

Avec la bonne personne, il y a du pouvoir dans le fait de s'agenouiller. Il y a de l'équilibre dans le contrôle.

C'est pourquoi je lui dis :

–Baise ma bouche, Slade.

Ses yeux brillent d'un désir féroce.

–Pose tes mains sur mes cuisses, me dit-il. C'est bien. Je veux que tu me tapotes si je deviens trop brutal ou si tu as besoin de faire une pause.

Je hoche la tête pour lui indiquer que j'ai compris, et il se met à diriger mes mouvements. Pendant quelques instants, il me laisse m'habituer à ce que ce soit lui qui mène la danse, puis il commence à bouger plus vite, plus fort, en baisant ma bouche comme s'il en avait une envie folle. Ses coups de boutoir se font plus audacieux, brutaux et délicieusement érotiques.

–*Oui*, grogne-t-il. Cette petite bouche coquine me suce à la perfection.

Il me tire un peu les cheveux pour que ma tête reste ferme, mais pas assez pour me faire mal.

– C'est ce que tu es, tu le sais ? Tu es *parfaite*, putain.

Sa queue qui bande dur heurte le fond de ma gorge, encore et encore, en me faisant hoqueter et en faisant couler de la salive au coin de mes lèvres.

– C'est ça, bave sur ma bite, bébé. Fais en sorte qu'elle soit bien mouillée, parce que je vais bientôt te baiser avec, et je veux que tu *dégoulines*.

Il a peut-être dit que *ma* bouche était une coquine, mais lui est franchement obscène, et je ne peux plus m'en passer.

Slade me retire et je reprends mon souffle, les yeux légèrement humides.

– Tu es magnifique, et j'ai une envie folle de me répandre dans ta bouche, mais je veux encore plus m'enfoncer dans ta chatte.

Avec un sourire, je m'essuie le menton et me redresse. En ne le quittant pas des yeux, je recule vers les sources d'eau chaude. Il me regarde sans bouger, mais ses veines sombres se tordent et s'enroulent autour de ses pectoraux, comme si elles voulaient m'atteindre.

Lorsque mes talons entrent en contact avec l'eau chaude et que mes jambes plongent dedans, je le pointe du doigt.

– Alors viens, Roi Ravinger. Parce que c'est exactement ce que je veux, et je suis suffisamment guérie pour prendre un bon bain, *bien long*.

Il est sur moi avant même que le bas de mon corps ne soit complètement immergé, et ses doigts agrippent mes fesses pour me soulever. Il nous entraîne plus loin, et la sensation de l'eau sur nos deux corps est si agréable que plus nous nous y enfonçons, plus nous nous enfonçons *l'un dans l'autre*.

Slade s'arrête au bord du bassin et me dépose. Je remarque que l'inclinaison du sol à nos pieds est forte, car je me retrouve plus haute que lui de quelques centimètres.

– Tourne-toi, bébé, me dit-il. Appuie tes mains sur le rebord.

Je me retourne, mes doigts s'écartent sur la pierre lisse à laquelle je m'agrippe.

– C'est bien, ronronne-t-il en m'étreignant.

Une de ses mains se pose de façon très possessive sur mon sexe, tandis que l'autre se dirige vers mes seins.

– Par les déesses…

Je halète tandis qu'il titille mon clitoris avec deux doigts, aussi habile qu'un musicien de génie qui pincerait les cordes aux bons endroits. Mon corps chante pour lui dans une harmonie parfaite.

Lorsqu'il enfonce un doigt en moi tout en gardant l'autre sur mon clitoris, nous poussons tous les deux un gémissement. Sa bouche vient mordiller mon cou, son autre main presse et caresse mes seins, en tordant mes mamelons et en dressant mes tétons.

– Slade, j'ai envie de toi, je gémis en basculant ma tête en arrière.

– Et tu vas m'avoir, répond-il en m'embrassant dans la nuque. Il y a une petite marche juste en face de toi, pose un genou dessus.

L'esprit en ébullition, je lève rapidement mon genou et trouve la pierre lisse.

– Parfait, me dit-il en relâchant mes seins.

Puis son doigt quitte mon sexe, et c'est son gland qui le remplace.

Je suis instantanément écartée, j'ai le souffle coupé tandis qu'il entre en moi avec une insoutenable lenteur. Il s'enfonce centimètre par centimètre, et d'une certaine manière, sa lenteur me fait sentir plus *pleine*. L'eau chaude qui nous entoure rend tout plus fluide.

Quand son bassin touche mes fesses, il les presse en gémissant.

– C'est si bon, putain. Tellement serré, tellement prêt.

Je sens à nouveau ses lèvres dans mon dos, et je prends conscience que la position dans laquelle il m'a mise était tout à fait intentionnelle. Comme tout ce que fait Slade a un but, je ne devrais pas en être surprise. Il ne nous laisse pas face à face, il me tient comme ça, le dos toujours à découvert, et quand il y dépose à nouveau des baisers, c'est comme s'il gommait la violence en la remplaçant par de la tendresse. Il me rappelle que je ne suis pas détruite. Que malgré tout, nous sommes ici, ensemble, et que parfois, nos mondes doivent se déchirer pour que nous nous retrouvions là où nous sommes censés être.

– Slade, j'ai besoin que tu bouges, je le supplie alors qu'il me caresse, qu'il me fait fondre, en emportant toutes mes réserves.

Sa main revient titiller mon bouton de chair en un éclair, et un souffle confus reste coincé dans ma gorge lorsque ses doigts se mettent à me caresser en faisant des cercles rapides et déterminés.

En même temps, il se retire puis s'enfonce à nouveau. Encore et encore. Son rythme est régulier et sec, et lorsque sa main libre agrippe ma cuisse pour m'incliner davantage, une onde de chaleur m'envahit.

Mon dos se cambre, un gémissement embarrassant m'échappe bien que le bouillonnement de l'eau l'étouffe en partie.

– Oui, oui ! je chante.

Sa main qui malaxe mon clitoris déclenche en moi un millier d'éclairs de plaisir qui parcourent mes membres, remontent dans mon ventre, chauffent jusqu'à la plante de mes pieds. Je le sens toucher ce point sensible qui me donne envie de m'écraser dans un crescendo.

– Plus vite, Slade. Je veux jouir. Je veux jouir avec toi.

– Je te donnerai ce que tu veux, me promet-il d'une voix chaude et enfiévrée, dominante et protectrice. Tiens bon !

Je redresse mes bras, je m'arc-boute, et les va-et-vient de Slade se font plus intenses. Le clapotement de l'eau s'accorde parfaitement aux bruits érotiques qui accompagnent ses gémissements et les miens.

– Ta chatte se resserre sur ma bite comme si elle voulait me traire à sec, siffle-t-il à mon oreille, ses dents acérées effleurant la courbe. Tu vas jouir, n'est-ce pas, bébé ?

– Oui ! S'il te plaît !

Ses doigts frottent mon clitoris, de plus en plus fort, de plus en plus vite, et…

Je prends feu. Dans la chaleur de la source chaude, avec les vagues qui s'écrasent contre mes bras et ma poitrine, je m'enflamme de la tête aux pieds en tremblant.

Lorsqu'il éjacule, Slade laisse échapper le son le plus sexy du monde. Je m'écroule dans ses bras, tandis que mes propres vagues de plaisir s'apaisent lentement.

Nous haletons l'un contre l'autre. Slade m'embrasse une dernière fois dans le dos avant de me retourner et de m'asseoir sur ses genoux. Il me garde tout près de lui, la tête blottie contre son torse. La vapeur s'enroule autour de nous comme un rideau destiné à nous cacher du reste du monde.

Au bout d'un moment, alors que le silence est devenu un réconfort, que le bouillonnement de l'eau n'est plus qu'un bruit de fond, je lève les yeux vers lui, en lui faisant pencher la tête vers le bas pour me regarder.

– C'est ça, n'est-ce pas ? je murmure.

Je me sens si douce, en sécurité dans ses bras.

– C'est ça le véritable amour.

Ce mot. Ce mot énorme, capital, significatif, sort tout seul de ma bouche en faisant onduler les eaux entre nous, mais je sais que c'est vrai.

Avant, quand je pensais le connaître, ce n'était pas comme ça. Ce n'était pas du tout comme avec *lui*. Après ce soir, je le vois très clairement. Je vois ce qui est juste devant moi.

Les bras de Slade se resserrent autour de moi et il dépose un baiser sur mon front.

– Oui, Auren. C'est ça, l'amour.

CHAPITRE 39

AUREN

Slade et moi passons le reste de la nuit au lit. Il me fait encore l'amour deux fois avant que je m'endorme, pour me réveiller avec sa bouche entre mes cuisses pendant que sa langue fait des choses *très* coquines.

Je ne suis pas sûre de l'heure à laquelle nous nous sommes endormis tous les deux, mais quand je me réveille la fois suivante, je suis seule dans le lit. Il n'y a rien d'inhabituel à cela, puisque j'ai gardé des habitudes de sommeil contrariées, par crainte de dorer quelque chose. Pourtant, je ne peux m'empêcher d'être déçue de ne pas le trouver à mes côtés.

En jetant un œil à l'horloge posée sur le manteau de cheminée, je constate que je n'ai pas dormi aussi longtemps que d'habitude. C'est la fin de l'après-midi, ce qui signifie qu'il fait encore jour. Normalement, je me retournerais et m'enfouirais sous les couvertures pour me cacher jusqu'à la nuit. Mais mon ventre se met à crier famine, car il s'est écoulé beaucoup de temps depuis le festin au pavillon. Surtout si l'on considère que Slade et moi avons été très… *actifs* hier soir.

Cela nous a aidés à nous retrouver au lieu de nous laisser submerger par toutes ces révélations. Mais maintenant que je suis seule et que j'ai le temps de réfléchir, je ne pense qu'à ce village. À tous les Oréens qui y vivent depuis longtemps.

Je pense surtout à sa mère.

Je peux la comprendre. Elle a été arrachée à son monde, piégée par un homme cruel. Convoitée pour sa magie, elle a été gardée comme une babiole pour porter ses héritiers. Je me demande ce qu'il s'est produit lorsqu'elle est passée à travers cette déchirure, et pourquoi elle ne parle plus.

Peut-être que sa voix s'est brisée ce jour-là, en même temps que le cou de son amant.

Je comprends maintenant pourquoi je ressentais cette sensation étrange en compagnie des villageois et d'Elore. Je devais sentir leur lien avec Annwyn, aussi subtil soit-il.

Mais surtout, ce qui me trotte dans la tête, c'est comment j'ai atterri ici. Si Slade et son père ont exercé leur magie et déchiré le monde, quelqu'un d'autre l'a-t-il fait aussi ? Ai-je été introduite clandestinement par une déchirure qui pourrait encore exister quelque part à Orea ? À l'idée qu'une autre fae ait pu être vendue au marché aux esclaves et traitée comme je l'ai été, mon cœur se serre. Et s'il y a d'autres faes à Orea… où diable sont-ils ?

Mes pensées vont et viennent comme la marée, jusqu'à ce que mon ventre se mette à crier famine et que je me force à sortir du lit.

– Ça va aller, je murmure en quittant la chaleur des couvertures pour me diriger dans la pièce adjacente. Je ne vais rien dorer pendant la journée.

Je dois commencer à avancer à petits pas. Me lever avec la lumière du jour, c'est le premier d'entre eux. Je ne veux absolument pas perdre le contrôle et faire du mal à ce village. Jamais je ne me le pardonnerais.

Après être allée aux toilettes, je me dirige vers le placard. Maintenant que mon dos est à peu près guéri, je décide d'abandonner les chemises d'Osrik au profit d'une chemise à ma taille. J'enfile des vêtements propres et retourne dans la chambre, ma main gantée s'arrête sur la poignée de la porte. Après avoir respiré profondément, je l'ouvre et je sors, en empruntant le long couloir en direction de la cuisine.

Alors que je suis presque arrivée à la porte ouverte du salon, je m'arrête en entendant des voix qui se frayent un chemin entre les murs.

– Rip, on ne peut pas continuer à les ignorer.

C'est la voix de Lu, et elle paraît… inquiète.

– Je sais, répond Slade, avec une résignation sourde dans la voix.

Il y a un silence, puis j'entends Digby dire :

– Ils sont débiles s'ils pensent vraiment ça d'elle. Si vous voulez mon avis, ce n'est qu'un ramassis de jérémiades.

– Ça n'a pas d'importance, rétorque Judd. Ils se sentent menacés. Ils sont trop arrogants pour penser que c'était Midas le menteur. Et de toute façon, c'est politique. S'il y a une chose dont on peut toujours être sûr quand il s'agit de dirigeants, c'est qu'ils essaieront toujours de tourner une situation à leur avantage.

Mes sourcils se froncent.

La porte d'entrée s'ouvre soudainement, et je sursaute en m'appuyant contre le mur ombragé tandis que Ryatt entre à grands pas. S'il avait fait attention, il m'aurait repérée, mais il se dirige à toute vitesse vers le salon. Son ombre s'étale dans le couloir.

– C'est vrai ? grogne-t-il, ce qui fait taire tout le monde.

– Oui, c'est vrai, répond Slade.

Ryatt pousse un petit soupir frustré, et je vois son ombre se mettre à faire les cent pas.

– Merde.

Un sentiment de malaise me prend aux tripes, ce qui me coupe la faim et la remplace par des nausées. Je sais qu'il se passe quelque chose, quelque chose que Slade ne m'a pas encore dit. C'est ce que j'ai compris quand je l'ai entendu se disputer avec Ryatt au pavillon, et j'ai eu le même pressentiment quand il a reçu ce faucon sans me donner d'explication. Bien sûr, il aurait pu s'agir d'un incident mineur, mais je ne crois pas.

Pendant un instant, j'envisage de faire demi-tour. Retourner dans la chambre et me cacher. Mais je ne peux pas continuer à agir ainsi. Il est temps que je fasse un pas de plus. Alors, bien que mon anxiété grimpe en flèche comme si le niveau des eaux atteignait mes oreilles, je me force à m'éloigner du mur. À entrer dans le salon.

Aussitôt, je vois tout le monde rassemblé autour de la table de la cuisine. Slade lève la tête lorsque j'apparais dans l'embrasure de la porte, et je perçois le stress sur son visage une seconde avant qu'il ne l'efface.

– Auren.

Tous les autres convives se tournent pour me regarder, ainsi que Ryatt qui se tenait sur le seuil de la cuisine, de dos.

Aucun d'entre eux n'a le visage aussi impassible que Slade. Mais même si c'était le cas, je serais tout de même capable de sentir que quelque chose ne va pas à cause de leur silence hésitant. Même Hojat, dont la présence est toujours aussi calme, montre des signes d'inquiétude.

Mes yeux se posent sur le parchemin déroulé sur la table. On dirait qu'il est passé de main en main, les mots gribouillés sont tout froissés.

– Qu'est-ce qui se passe ?

Lu et Judd se tournent vers Slade, et même Digby le regarde, comme s'il attendait que ce soit lui qui me dise la vérité.

Comme Slade semble hésiter, c'est finalement Judd qui prend la parole avec un sourire décontracté.

– Salut, Dorette. J'ai entendu dire que tu avais découvert pourquoi on l'appelait vraiment Rip. C'est un peu un frimeur de déchirer comme un sagouin le monde, tu ne trouves pas ? Personnellement, je préfère toutes les rumeurs que nous avons inventées pour expliquer son surnom, s'esclaffe-t-il. C'était marrant de les répandre.

Lu sourit.

– Comme si on l'appelait ainsi parce qu'il arrache la tête des gens pendant les batailles.

Judd acquiesce.

– Ou parce qu'il a des muscles qui déchirent… les femmes aimaient bien cette explication.

– Ou *Rest In Peace*[4].

– Ou parce qu'il fait des trucs à l'arrache.

– Ou qu'il ment comme un arracheur de dents.

– Ou qu'il déchire des vies.

Les yeux de Judd s'illuminent.

– Ou qu'il défonce des culs jusqu'à…

– Ça suffit, soupire Slade.

Judd ricane.

– Merci bien, je leur dis. Eh oui, c'était une sacrée surprise. Mais je veux vraiment savoir ce qui se passe *maintenant*. (Mes yeux parcourent la pièce.) Il s'est passé quelque chose depuis que nous sommes arrivés ici, c'est ça ?

À ma grande surprise, c'est Ryatt qui répond :

– Oui, il y a eu quelque chose.

– Ryatt, gronde Slade.

– Quoi ? réplique-t-il. Elle s'est réveillée. Elle est guérie. Et maintenant, elle désire en savoir plus. Tu perds du temps, du temps qui n'appartient pas qu'à toi. Ce n'est pas *elle* qui doit le perdre.

– Qu'est-ce que ça veut dire ? je demande, soudain très mal à l'aise. Est-ce que c'est à propos de… Midas ?

Hojat remue sur son siège. Les yeux de Judd se tournent à nouveau vers Slade. Lu passe sa langue sur son piercing en bois.

– Que dit cette lettre ?

C'est le regard de Slade qui me serre la poitrine, qui me glace d'effroi.

– Qu'est-ce qu'elle dit, Slade ?

---

4. En anglais, RIP est l'acronyme de l'expression *Rest in peace*, qui signifie « Repose en paix ».

Au lieu de répondre, il se lève, plonge la main dans sa poche et en sort une poignée de parchemins. Je les regarde s'éparpiller sur la table en ouvrant de grands yeux.

– Les monarques exigent que tu répondes de la mort de Midas, que tu sois jugée lors d'une assemblée royale qui se nomme le Conflux. Ils prétendent…

Mon cœur s'écrase contre ma poitrine.

– Ils prétendent quoi ?

Il laisse échapper un soupir las.

– Ils prétendent que tu t'es emparée du toucher d'or de Midas. Que tu es devenue jalouse lorsqu'il a annoncé ses fiançailles avec la reine Kaila et que tu l'as tué dans un accès de rage. Et… que tu m'as séduit pour me manipuler.

J'en reste bouche bée, les battements de mon cœur cognent contre mes côtes.

– Et c'est… c'est ça ces lettres ? Une sorte de convocation ?

– Certaines d'entre elles.

Je déglutis.

– Et les autres ?

Il hésite.

– *Slade.*

– Nous venons d'apprendre que notre cargaison de denrées n'est jamais arrivée. Elle était censée être livrée à l'avant-poste, en quantité suffisante pour l'armée de passage et pour réapprovisionner Drollard. J'ai vérifié, et il semble que les navires ne soient jamais parvenus au port.

Je fronce les sourcils en essayant de comprendre quel rapport cela peut bien avoir avec Ranhold.

– Quels navires ?

Ryatt intervient avant que Slade ne puisse répondre :

– Ce que mon frère essaie de dire, maladroitement j'en conviens, c'est que les autres royaumes sont en train de nous punir de t'avoir hébergée.

J'ouvre de grands yeux, tandis que Slade le foudroie du regard.

– Le Quatrième Royaume se compose essentiellement de marais, de marécages et de montagnes minières. En dehors de ça… il y a la pourriture, m'explique-t-il. En partie utilisée comme moyen de dissuasion, en partie parce que je dois expulser mon pouvoir. Mais cela signifie que mon royaume n'est pas propice à l'agriculture. À part le poisson, nous importons la plupart de nos aliments grâce aux accords commerciaux passés avec les autres royaumes.

– Alors le ravitaillement…

– Il n'arrivera pas, Dorette, me dit Judd. Les royaumes sont furieux que Slade ait ignoré leurs demandes et ne t'ait pas renvoyée pour répondre à leur convocation. C'est leur façon de nous avertir.

Je me tourne vers Slade.

– Mais qu'en est-il de Drollard ?

– Nous avons des réserves.

– Oui, mais elles ne sont pas infinies, prévient Ryatt.

– Sans parler de l'armée, ajoute Judd en passant une main dans ses cheveux jaune moutarde. Elle est en marche depuis des mois. Ses réserves seront dangereusement basses lorsqu'elle atteindra le Quatrième Royaume. Ce n'est pas bon pour le moral.

– Il en va de même quand un commandant est absent et qu'un roi n'est pas dans son royaume, renchérit Ryatt sur un ton tranchant.

– Il faut que tu rentres, je conclus.

Slade me regarde, imperturbable, comme s'il ne portait pas le poids d'un royaume sur ses épaules.

– Nous partirons quand tu seras prête.

Il ne rentre pas à cause de *moi*. Parce que j'ai traîné des pieds, j'ai trop hésité à me ressaisir pour affronter les changements de mon pouvoir, et les conséquences de mes actes à Ranhold.

– C'est moi qui te retiens, Slade. Il faut que tu retournes au Quatrième Royaume.

La colère éclate sur ses traits affûtés.

– Tu crois que je te laisserais derrière moi ? Aucune chance.

– Je ne veux pas que tu m'abandonnes, mais les autres monarques savent que je suis avec toi. Peut-être qu'il vaut mieux que je reste ici.

– Non.

Je pousse un soupir.

– Slade…

Il appuie une main sur la table.

– C'est hors de question. Nous ne nous séparerons pas. D'ailleurs, je pourrai mieux te protéger dans mon royaume. Il serait préférable que je sois là-bas, au cas où les autres monarques décideraient de riposter autrement qu'en bloquant le ravitaillement d'un avant-poste. Mais avant de partir…

– Il faut que je comprenne comment fonctionne ma magie.

Il acquiesce.

– D'accord, donc elle peut potentiellement tuer tout le monde à Drollard, marmonne Ryatt.

Slade ouvre la bouche pour le réprimander, mais Digby le devance.

– Ne parle pas de ma Dame sur ce ton, martèle-t-il.

Étonnamment, Ryatt a l'air un peu penaud, mais il le camoufle avec de la dérision.

– Tu ne devrais pas être au lit pour te soigner ?

– Fais attention à ce que tu dis, aboie Slade. Tu dois faire preuve de respect vis-à-vis du garde d'Auren.

Digby lui lance un regard noir.

– Je n'ai pas besoin qu'on prenne ma défense, *mon garçon*, dit-il à Slade avant de se tourner vers Ryatt. Ma jambe et mes côtes vont mieux, je suis suffisamment rétabli pour te botter le cul.

Judd ricane.

– Il y a quelque chose de drôle ? s'énerve Ryatt. Désolé, on ne peut pas tous rire et prétendre que tout va bien comme vous le faites, alors que Drollard risque fort d'être affamé si votre roi ne se bouge pas le cul pour *agir*, putain !

Je les observe avec étonnement, ils semblent tous grogner et s'aboyer dessus comme une meute de chiens affamés.

De l'autre côté de la table, Lu me lance :

– Tu vois ce que je supporte en permanence ?

Puis elle saute sur la table et, rapide comme un fouet, lance une dague depuis… je ne sais même pas où, et la plante dans le bois en clouant toutes les lettres.

Tout le monde s'interrompt et lève les yeux vers elle.

– Maintenant que j'ai obtenu votre attention… (Elle pose ses poings sur ses hanches en les observant comme le capitaine qu'elle est.) J'ai besoin que vous calmiez vos ardeurs pendant une seconde et que vous essayiez de penser rationnellement. Comme une femme.

Malgré la gravité de la situation, je ne peux m'empêcher de sourire.

– Ce que nous devons faire est parfaitement clair, poursuit-elle en désignant Ryatt. Il faut que tu arrêtes de jouer au con. Slade tient à Drollard et à tous ses habitants, et tu le sais très bien. Tout comme nous savons que tu es hyperstressé parce que cet endroit, c'est chez toi. Mais comme je te l'ai dit, arrête de jouer au con.

Ryatt prend un air buté, mais il se tait.

Puis elle désigne Judd :

– Arrête d'être un enfoiré de provocateur.

– Et toi, dit-elle ensuite en pointant Slade du doigt, tu as quitté ton royaume depuis bien trop longtemps, et tu le sais.

– Et toi… lance-t-elle à Digby, qui la toise d'un air méfiant. Continue à faire du bon travail. Même chose pour toi, Hojatty, ajoute-t-elle et le médecin lui adresse un sourire timide.

– Et toi, Dorette.

Je fixe son doigt avec prudence en me préparant à ce qu'elle va dire.

– Il faut que tu retrousses tes culottes de grande fille et que tu découvres ta magie. Parce que nous savons tous que Rip ne partira pas sans toi, et franchement, tu dois le faire avant qu'on te laisse approcher d'une autre salle de bal. Il est grand temps.

Je sais qu'elle a raison. Je n'ai plus aucune envie de traîner des pieds. Je dois être plus forte physiquement et magiquement. Alors, même si cela m'effraie, j'acquiesce.

–Je sais.

–Je sais que tu sais, me répond-elle.

Quand elle laisse retomber sa main, tout le monde semble se détendre un peu. Je trouverais ça franchement drôle si je n'étais pas aussi anxieuse.

–Maintenant, nous allons arrêter de nous disputer et de perdre du temps. Os est déjà en train de ramener le dernier tiers de notre armée vers notre territoire. Ce qui signifie que nous avons des milliers de soldats fatigués dont nous devons nous occuper et des lettres auxquelles nous devons répondre. Nous devons élaborer un plan. Ensemble.

Collectivement, tout le monde acquiesce.

Lu descend de la table en regardant Slade, et je vois son attitude changer. Il ressemble à ce qu'il était sous sa forme de Rip, le commandant retors de l'armée la plus redoutable du monde.

Il s'appuie sur la table et parcourt des yeux les parchemins.

–Les autres royaumes pensent pouvoir m'intimider pour que je leur livre Auren, mais ça ne marchera pas, dit-il, et je l'entends enfin, cette rage qu'il a cachée, ce besoin d'agir qu'il a refoulé.

Au bout d'un moment, il lève la tête. Un sourire mauvais s'affiche sur son visage.

–Je dois peut-être leur rappeler pourquoi personne n'emmerde le Roi Putride.

CHAPITRE 40

AUREN

Hier, alors que tout le monde m'informait sur les manœuvres politiques qui se sont déroulées depuis les événements de Ranhold, j'ai réalisé à quel point j'étais *protégée*. Combien ils ont tenté de me mettre à l'abri. Mais maintenant que ces boucliers sont tombés, ils m'ont incluse dans toutes les discussions. À plusieurs reprises, l'un ou l'autre m'a demandé mon avis. J'ai sursauté les deux premières fois, je me suis surprise à froncer les sourcils de confusion ensuite.

J'ai été le témoin silencieux de centaines de réunions politiques au fil des ans, mais le mot-clé, c'était *silencieux*. Je n'ai jamais été invitée à exprimer une opinion ni autorisée à poser des questions. J'étais réduite à mon statut d'animal de compagnie en cage que l'on voulait admirer.

Nous avons discuté pendant des heures, et je dois bien avouer que je n'étais pas dans mon élément. Je n'ai pas l'habitude qu'on me demande mon avis sur ce genre de choses. Mais voilà une autre raison pour laquelle Slade et son Courroux sont différents. Ils travaillent tous ensemble. Même quand ils se disputent, Slade ne tire pas dans les rangs, ne cherche pas à punir. Il ouvre toutes les discussions, il écoute tous les avis, ceux de son Courroux comme ceux de son médecin et même ceux de mon *garde*. Il écoute chacun d'entre nous, en tenant compte de nos opinions.

Midas n'aurait jamais fait ça.

Et malgré la difficulté des sujets abordés, Slade a semblé *soulagé*. Comme si c'était un poids qu'il traînait derrière lui sans le montrer aux autres et dont il assumait la responsabilité en silence. Mais à présent que tout est dévoilé, il semble plus sûr de lui, plus préparé.

Mais moi ? Mon esprit s'est transformé en bouillie, comme du porridge dans lequel on aurait versé trop de flocons d'avoine. C'est une pâtée gluante avec trop de pensées en grumeaux figées dans ma tête.

Cette nuit-là, j'ai un sommeil agité. Je ne me souviens plus du moment exact où nous sommes tous allés nous coucher, mais une fois au lit, je me réveille en panique, alors que des fragments de rêves traversent ma conscience. Je suis submergée par de nouvelles informations venant de toutes parts.

Je rêve du prisonnier putréfié. De Ryatt qui me hurle au visage de quitter sa maison. D'Elore, que je vois dans le récit que m'a fait Slade, quand il a créé cette déchirure dans le monde, quand elle a crié jusqu'à en perdre la voix. Je rêve de la reine Kaila qui me retient prisonnière avec des cordes de chuchotements qu'elle a recueillis. Je rêve que mon or jaillit de moi et engloutit Drollard.

Lorsque mes yeux s'ouvrent après un tel cauchemar, je décide de ne pas les refermer.

J'en ai fini.

Pas avec le sommeil, mais avec moi. Avec ce ressac pesant qui m'empêche d'avancer, et me ramène constamment en arrière. Et je ne me retiens pas seulement moi-même, je retiens aussi un roi qui doit protéger son royaume.

Je sais ce que je dois faire.

Alors, je quitte prudemment le lit, je m'habille discrètement et je me dirige vers la porte, en vérifiant bien que Slade dort à poings fermés avant de m'éclipser. J'attrape mon manteau sur le crochet près de l'âtre, je l'enfile puis je lace mes bottes. La maison est calme, immobile et froide, mais une fièvre nerveuse m'enveloppe.

La porte d'entrée de la Grotte, qui grince habituellement, ne fait aucun bruit lorsque je l'ouvre et que je me glisse dehors. Devant moi s'ouvre la caverne et l'aube se dessine à peine sur le paysage. Je m'avance vers la lumière pâle, en cachant mes mains sous mes bras croisés lorsque je quitte la protection de la grotte.

L'air est paisible et brut, le genre de froid qui engendre de la buée et vous donne l'impression que vos poumons sont glacés. Je tourne le dos au village silencieux et je me dirige vers la pente d'un pas assuré, l'esprit déterminé.

Parce que je vais maîtriser mon pouvoir.

Si Slade a pu apprendre à le faire à l'âge de *huit ans*, alors j'en suis capable également. Il le faut.

Je grimpe sur la colline glacée, le corps enveloppé dans l'ombre de la montagne à ma droite. Je passe devant le Perchoir, devant le Grain de Beauté, en soufflant fort tandis que mes bottes s'enfoncent dans la neige et que mes jambes me brûlent. J'avais oublié combien c'était long pour arriver jusqu'ici. Mais finalement, je parviens à me hisser dans la grotte polluée par les éclats d'or que j'ai laissés derrière moi.

Mes yeux s'adaptent peu à peu à la faible luminosité, à l'or solidifié qui s'est accumulé au centre du sol rocheux. Mais quand je m'approche, une ombre que j'avais prise pour une des concrétions rocheuses se déplace. Je recule de surprise, en poussant un glapissement.

Hébétée, je fixe l'Aile-branche qui déploie ses ailes et lève la tête pour me regarder.

– Grand Divin, tu m'as fait peur, je m'exclame en tremblant, une main posée sur mon cœur qui s'emballe.

La bête géante retrousse son museau, comme pour me flairer. Je m'avance peut-être, mais je pense que ce n'est pas bon signe. Il m'observe de trop près depuis sa position sur le sol doré, tandis que je me demande ce que je vais bien pouvoir faire.

– La dernière fois que j'ai côtoyé un Aile-branche, il a voulu me dévorer le visage, alors je voudrais que tu t'en ailles.

Une paire d'yeux brillants cligne.

Le monstre ailé est plus grand qu'un cheval, avec des ailes massives plaquées contre son corps pommelé, et des pattes griffues repliées sous lui. S'il a été surpris de me voir entrer, il n'en laisse rien paraître et ne se sent pas menacé par moi. Et pourquoi le serait-il ? Il a une gueule pleine de crocs aiguisés comme des lames de rasoir.

J'éloigne ma main de ma poitrine.

– Va-t'en. Allez, ouste.

Honnêtement, je ne pensais pas que ça allait marcher, je ne suis donc pas surprise de le voir rester là. Je soupire en croisant les bras.

– Écoute, j'ai dû marcher très longtemps pour venir ici. Dans la neige. En montée. Alors je ne pars pas. J'ai besoin de cet espace pour pratiquer ma magie, parce que je ne peux pas me retrouver dans un royaume habité sans maîtriser mon pouvoir, pour être sûre de ne pas dorer un château entier. Encore une fois.

La bête bâille.

– Oh, tu t'ennuies ? je lui lance, les mains sur les hanches. Très bien, alors. Si tu te fais dorer pendant que je m'entraîne, ne viens pas te plaindre. Ce sera entièrement ta faute.

Il se lèche les babines et rentre la tête sous son aile, comme si je l'embêtais et qu'il voulait retourner à sa sieste.

– Espèce de bête têtue, je marmonne.

Il émet un bruit de poitrine qui me fait légèrement sursauter. Parce que oui, j'ai toujours très peur de lui, mais j'ai encore plus peur d'avoir fait tout ce trajet pour rien. Du moins, tant que cette chose ne commence pas à m'attaquer avec ses crocs. Alors seulement, je prendrai la fuite.

– D'accord, je vais commencer, alors, je préviens la bête en me dirigeant à l'autre bout de la grotte.

Elle ne bouge pas d'un poil.

Tout en soupirant, je la garde prudemment dans mon champ de vision pendant que je m'éloigne, veillant ainsi à conserver une bonne distance entre nous. J'arrive à un endroit où le sol est recouvert d'une flaque d'or massif et où la paroi juste derrière est éclaboussée d'or.

Je pense que c'est ce mur. Le mur où je me suis jetée sur Slade. Mes joues s'échauffent quand je repense à la manière bestiale dont nous nous sommes affrontés.

Le bon côté des choses, c'est qu'au moins l'Aile-branche n'était pas là.

Je me baisse prudemment en croisant mes jambes sous moi. Je toise l'or figé, dont la couleur est ternie par la lumière brumeuse de l'aube, et je regarde mon reflet légèrement déformé. Vu la façon dont l'or s'est solidifié, les traits de mon visage ont l'air ciselés, mes yeux brillent presque autant que ceux de l'oiseau, et mon expression me semble plus… *fae*.

Pendant une seconde, je suis un peu prise au dépourvu, car j'ai l'impression de faire face à *l'autre* moi. L'Auren qui était plus un animal qu'une personne, la fae qui s'est libérée pour déchaîner sa vengeance dans le sang.

Ou peut-être n'est-ce qu'un tour de passe-passe.

Je fixe mon reflet, les paumes sur les genoux, à la recherche d'une lueur dans mes yeux, d'une étincelle malveillante, de n'importe quel détail qui me permette de reconnaître cette partie de moi qui s'est déchaînée.

– Ma magie ne fonctionne pas bien, je dis tout haut, en me regardant dans les yeux. Elle n'est plus jamais apparue depuis que je me suis réveillée. Et je suis persuadée que c'est à cause de cette nuit à Ranhold.

Mon reflet m'observe, et je suis probablement en train de l'alimenter, mais je jure que je me vois sourire.

– Mais c'est *mon* pouvoir magique, je poursuis en insistant sur chaque mot. C'est à moi de le contrôler.

J'ôte mon gant, en laissant le morceau de cuir tomber sur le sol à côté de moi. Je tourne ma main devant moi, j'observe ma paume, la forme de mes doigts, les lignes qui les parcourent.

Derrière moi, l'aube s'éclaircit légèrement, donnant naissance à un jour nouveau. J'espère qu'elle va réveiller ma magie. Pourtant, lorsque j'appuie ma main contre le sol de la grotte, rien ne se passe. Aucune goutte d'or ne s'écoule du bout de mes doigts, aucun métal liquide ne recouvre ma paume.

–Allez, je murmure en gardant ma peau appuyée contre le sol froid de la grotte.

C'est drôle, avant j'aurais donné *n'importe quoi* pour pouvoir toucher pendant la journée sans rien dorer. Mais à présent, je dois faire tout ce qui est en mon pouvoir pour retrouver mon toucher d'or.

Il est temps d'arrêter de bloquer mon pouvoir magique.

J'appuie fortement ma paume sur la roche, le bout de mes doigts s'y enfonce comme si je voulais me frayer un chemin, mais toujours rien. Le soupir de frustration qui m'échappe vient rompre le silence. Du coin de l'œil, je vois la bête relever sa tête et je me fige sur place.

Mais elle ne se redresse pas d'un bond et ne décide pas de me dévorer. Je la surveille attentivement. Elle me fixe sans sourciller, et tandis que je la toise à mon tour, un frisson me parcourt l'échine. Mon regard se pose à nouveau sur mon reflet doré, puis sur l'Aile-branche, et soudain je me rappelle. Cet animal me fait penser à la bête, celle qui s'est frayé un chemin à travers mes défenses et qui s'est libérée.

Slade a dit que je n'étais pas un monstre. Il a dit que cette bête, c'était mon côté fae. J'ignore à peu près tout des faes et je ne connais presque rien sur les bêtes, mais il est une chose que je sais.

Les bêtes peuvent s'apprivoiser.

Je m'entends prononcer «C'est ça!», et l'Aile-branche me regarde en hochant la tête. La fae en moi n'a aucun problème à contrôler sa magie, parce que ça fait partie d'elle.

Mon problème, c'est que j'ai toujours combattu ou caché mon pouvoir magique – et ma nature de fae.

Je ne l'ai jamais acceptée. Je ne me suis jamais acceptée.

Peut-être que j'ai toujours eu cette capacité à contrôler l'or, à l'appeler même après le coucher du soleil. Peut-être que je n'ai jamais trouvé la voix pour l'invoquer avant.

Mais j'ai une voix à présent.

En regardant à nouveau vers le bas, j'appuie ma main sur la roche. Le froid mord ma peau.

– C'est mon pouvoir, je déclare à voix basse. Il n'a pas disparu. Il n'est pas brisé. Il a juste changé. J'ai changé.

Je ferme les yeux et je respire profondément. Je chasse toutes les autres pensées, en me concentrant exclusivement sur la recherche de ce côté de moi qui me brûle et m'érafle, la partie qui bouillonne et s'enflamme. Je creuse profondément, en m'attendant à ce que ça ne marche pas tout de suite, mais c'est comme si cette partie de moi était là, depuis le début.

Elle *attendait*, voilà tout.

Tel un prédateur sauvage tapi dans l'ombre de mon âme, elle se tient prête et alerte. Ses yeux brillants s'allument sur moi, ses ailes d'or incandescent sont repliées sur son corps comme des flammes. Elle me regarde, et je la regarde, mais c'est un peu comme traverser un tunnel. Je ne sais pas où commence sa vision et où finit la mienne, quel intervalle existe entre nos pupilles dorées, ni même si elles sont séparées.

Je sens mes lèvres se retrousser, le soulagement m'envahir. Parce que la bête en moi – *la fae* – n'est pas quelque chose que je dois craindre. C'est *moi*. Ça l'a toujours été. Je le ressens à présent.

Et mon pouvoir n'est ni une force incontrôlable ni une source qui s'est tarie. Il est là, comme un feu éternel de flammes dorées qui brûle au centre de mon âme. Je sens ma magie comme je sens les battements de mon cœur. Elle coule dans mes veines, elle serpente dans mes membres, elle s'insinue sous ma peau. Tout ce que j'ai à faire, c'est de tendre la main et d'en prendre le contrôle.

Lorsque je rouvre les yeux, un sentiment de calme m'envahit, car cette fois, je sais de quelle façon agir. C'est instinctif.

J'attise les flammes des ailes de la bête et l'or s'écoule à travers moi. Je n'essaie pas de le retenir, je ne panique pas. Je ne tente pas de le forcer, je ne laisse pas le doute m'envahir.

Je l'invoque simplement avec ma nouvelle voix, et il me répond.

Le sourire s'épanouit sur mon visage quand je sens sa chaleur familière sous ma peau. Une seconde plus tard, ma paume devient glissante. Je pousse un cri lorsque l'or jaillit de ma main et commence à dorer le sol en se confondant avec la flaque durcie devant moi.

Je lève les yeux vers l'Aile-branche avec un sourire triomphant.

–J'ai réussi !

La créature me regarde en clignant des yeux, et je me fiche qu'elle n'ait pas l'air impressionnée, je suis bien trop excitée d'avoir enfin réussi à utiliser ma magie sur commande, tout en restant pleinement consciente et en gardant le contrôle.

Je fête immédiatement l'événement en retirant mon autre gant. J'appuie mes paumes sur mon pantalon, ma chemise, mes chaussettes et mes bottes, ravie, extatique, en sentant que pour la toute première fois je peux *célébrer* ma magie.

À l'instant même où je dore mes gants, quelqu'un se met à applaudir derrière moi. Je me retourne, surprise. Slade est adossé à la paroi de la grotte, il a l'air tellement sexy. Personne ne devrait avoir le droit d'être aussi beau, sans le moindre effort, dans la lumière de l'aube.

Mais je suis bien contente qu'il le soit.

Il porte des bottes délacées par-dessus un pantalon taille basse et une chemise froissée dont les manches sont relevées sur ses avant-bras. Il n'a même pas de manteau, comme s'il s'était précipité dehors sans prendre le temps d'en enfiler un.

Il arrête d'applaudir, glisse ses mains dans ses poches. Devant le sourire qu'il affiche et la lueur qui brille dans ses yeux, une nuée de papillons s'envolent dans mon ventre.

–Bien joué, Chardonneret. Je savais que tu pouvais y arriver.

Chapitre 41
Auren

— Essaie de le rappeler en toi, me dit Slade.

Il est adossé au mur de la grotte – un mur à présent doré en vagues ondulantes qui imitent les veines de fluorescence qui nous entourent.

Argo, l'Aile-branche de Slade, est là lui aussi, comme pendant ces quatre derniers jours. Il ne m'approche pas, ne grogne pas, mais garde un œil attentif sur moi et mon or, ou bien se montre complètement blasé par ma présence.

Les sourcils froncés sous l'effet de la concentration, je suis assise devant une formation rocheuse au fond de la grotte. Mon or dégouline sur la pierre sombre comme de la peinture. J'essaie de le ramener dans ma main qui repose sur l'extrémité pointue de la roche, mais quoi que je fasse, l'or continue de se répandre.

– Je n'y arrive pas, je réponds sur un ton frustré à Slade.

Bien que mes doigts soient bien écartés et adhèrent à la pierre, l'or gluant n'a de cesse de s'écouler.

Ma main tremble, le reste de mon corps est fatigué par l'effort que je produis sans relâche depuis plusieurs heures déjà pour essayer de me contrôler. Depuis que Slade m'a suivie et a été témoin de la renaissance de mon pouvoir, je l'ai traîné ici de l'aube au crépuscule pour qu'il m'aide à m'entraîner.

J'ai beaucoup appris en peu de temps. Je suis dans l'incapacité de créer un *nouvel* or si le soleil se couche. Mon pouvoir est encore intimement lié au jour. Mais je *peux* à nouveau contrôler tout l'or qui m'entoure pendant la nuit, comme je l'ai fait à Ranhold.

– D'accord, fais une pause. Respire.

– Je ne veux pas faire de pause, je lui réponds obstinément, la bouche pincée, en fixant mon or rebelle. Je veux y arriver.

Slade relève une jambe pour appuyer un bras sur son genou, il a un air nonchalamment sexy assis ainsi en face de moi.

– Je sais que c'est ce que tu veux. Et tu y arriveras. Tu as déjà fait un travail extraordinaire en apprenant à te contrôler. Reprends ton souffle et essaie à nouveau.

Je détends mes doigts crispés et les secoue un peu, en expirant pour me recentrer. Chaque jour, Slade m'aide à maîtriser de nouvelles facettes de ma magie. J'ai bien vite compris que le regain de confiance que m'a procuré le fait de pouvoir à nouveau utiliser mon toucher d'or n'était qu'une première étape. J'ai encore beaucoup de choses à apprendre et à expérimenter, et toute une vie de vieilles habitudes et de croyances limitantes à oublier.

Au lieu d'étouffer mon pouvoir, j'essaie de le *pousser*. Pour découvrir exactement ce dont je suis capable. Même s'il semble que je sois *in*capable de ramener mon or dégoulinant vers moi et de restaurer ce que j'ai doré.

Mais je suis bien déterminée à apprendre.

Slade m'a fait faire les choses étape par étape. Les deux premiers jours, je me suis entraînée à appeler ma magie pour que l'or touche certaines choses de façon contrôlée, puis à l'éteindre comme on ferme un robinet, pour ne pas dorer ce que je ne veux pas.

Ce n'est pas facile. J'ai du mal avec ça. Mais je suppose que c'est normal après tant d'années passées à dorer de manière incontrôlée tout ce que ma peau nue touchait. Je fais toujours attention à rester couverte pendant la journée, juste au cas où.

Mais... une lueur dorée demeure dans mon esprit, cette incroyable possibilité qu'un jour, je puisse avoir le contrôle total de ma magie.

C'est ça qui me stimule.

Qu'un jour je puisse marcher pieds nus dans l'herbe en plein soleil sans risquer de répandre la mort métallique sous mes talons. Qu'un jour je puisse laisser mes bras et mes jambes nus, sans craindre ce qui pourrait les frôler. Que je puisse manger et boire de l'aube au crépuscule et savourer ma nourriture, sans le goût amer du métal dans ma gorge. La possibilité de me passer de gants, de pouvoir toucher, sentir et tenir tout ce que je veux, sans inquiétude, à n'importe quelle heure.

J'ai tellement envie d'y parvenir un jour.

Après avoir expiré calmement à plusieurs reprises, j'écarte à nouveau mes doigts sur la pointe dorée de la pierre qui se trouve devant moi. Dès que je la touche, j'appelle l'or pour qu'il suinte du bout de mes doigts, et il se met à couler en gouttes lentes et régulières.

– C'est bien.

Les éloges de Slade me confortent.

Je cherche en moi ce contrôle sans effort que j'avais à Ranhold. Si je suis parvenue à contrôler *tout* l'or du château, je dois pouvoir contrôler ce rocher doré.

C'est mon pouvoir. Je le contrôle. Il m'obéit, à moi et à moi seule.

L'idée de ramener l'or en moi ne m'est pas du tout naturelle, et je m'efforce de comprendre pourquoi. Mais cette nuit à Ranhold m'a prouvé que je suis capable de faire beaucoup plus que je le pensais. Soit parce que ma magie a évolué, s'est libérée des chaînes qui m'entravaient, soit parce que c'est quelque chose que j'aurais toujours pu faire en m'entraînant – je n'en connaîtrai sans doute jamais la raison. Mais je sais que je dois trouver une solution, car je ne veux pas continuer à vivre dans la crainte de mon pouvoir. Je veux vivre en le *contrôlant.*

Comme pour un liquide qui coule d'une bouteille, j'imagine que j'enfonce un bouchon pour en arrêter l'écoulement. Cette image mentale m'aide à ancrer ce que je tente de faire avec ma magie, et je sens que mon pouvoir réagit. L'or arrête de se répandre sur le rocher. Ma main tremble sous l'effort, mais je tiens bon en m'efforçant de rester concentrée. Je dois aller plus loin.

Je continue de visualiser, j'imagine que quelqu'un débouche la bouteille et la renverse pour laisser l'or s'accumuler dans ma paume.

– C'est bien, Auren.

J'entends au loin Slade qui m'encourage, mais ma concentration se transforme en un vertige lorsque je sens l'or remonter, glisser dans ma main. Je réfrène mon excitation en continuant à l'invoquer et, quand j'en ai une bonne quantité dans la paume, je m'imagine en train de le verser dans la bouteille débouchée, de le laisser couler dans le goulot.

J'éprouve alors une sensation étrange. L'or qui se pressait contre ma paume… s'enfonce à nouveau en moi. On dirait que je laisse tomber un morceau de tissu dans une flaque d'eau. Sauf que la flaque, c'est mon or en mouvement, et je suis le tissu.

Cette manœuvre prend beaucoup de temps, mais je parviens lentement à tout absorber. Lorsque je sens la dernière goutte disparaître en moi, j'ouvre les yeux pour constater que le rocher a repris son aspect initial.

Un sourire triomphant s'épanouit sur mon visage. Je me tourne vers Slade en pointant la pierre du doigt.

– Tu as vu ça ?

Il me sourit en retour, et la peau autour de ses yeux se plisse.

– Bien joué, vraiment.

Avec un grand éclat de rire, je me lève d'un bond et me jette sur ses genoux, en appuyant mes mains nues sur la paroi rocheuse derrière lui et en posant mes bras sur ses épaules.

Nos visages sont à quelques centimètres l'un de l'autre, nos poitrines se pressent, et l'élan de confiance qui m'habite me fait l'effet de bulles qui me font flotter.

– Tu sais ce que ça veut dire ? je lui demande.

Ses mains agrippent ma taille, ses doigts se déplacent dans un lent mouvement caressant.

– Quoi donc ?

– Ça va *tout* changer ! Si je parviens à rappeler mon or, je pourrai toucher n'importe quoi, à n'importe quelle heure de la journée. Je pourrai me détendre, sans aucune restriction. Je n'aurai plus à vivre dans le noir.

À plus d'un titre.

– Parce que même si je dore quelque chose, je pourrai faire marche arrière.

Un grognement de satisfaction monte dans sa gorge et il lève une main pour toucher mon visage, mais je recule en la repoussant avec mon coude.

– Qu'est-ce que tu fais ?

– Je vais attraper ton visage et t'embrasser.

Mon ventre se contracte, car ce serait une très belle récompense. Pourtant, je ne peux m'empêcher de jeter un coup d'œil dehors.

– Il fait encore jour.

– Mais tu viens de prouver que tu peux *retirer* l'or si nécessaire.

Il essaie à nouveau, mais je me lève d'un bond.

– Ne nous précipitons pas. Ce n'était que ma première fois.

Slade se lève, et le regard qu'il me lance me met en ébullition.

– Tu sais comment invoquer ton toucher d'or, et maintenant tu sais aussi comment le faire reculer, dit-il en s'approchant d'un air espiègle.

Je lève les mains devant moi pour le repousser.

– J'ai appris ça il y a à peine trois secondes !

Il ne répond pas, préférant sans doute m'allumer avec son regard. Grand Divin, il me déshabille avec ses yeux vert foncé comme s'il avait des pensées très coquines en tête.

– Je peux encore déraper. Ce n'est pas le moment de faire un test, et surtout pas sur toi.

– Tu n'as rien doré involontairement depuis ton réveil, me fait-il remarquer en continuant à me tourner autour.

Je recule en secouant la tête.

– Gardons les baisers pour le coucher du soleil. Ce sera comme au bon vieux temps. Il est trop tôt pour faire ça maintenant.

Mon dos heurte la paroi de la grotte, et il se place face à moi.

– Au contraire. C'est le moment qu'on attend depuis longtemps.

Son large torse bloque la lumière de la grotte, sa tête est inclinée pour pouvoir me regarder dans les yeux, et je ne peux plus respirer. Mon esprit hurle mes doutes et mes craintes, mais mon corps tremble de désir, ma colonne vertébrale se penche légèrement en avant pour se rapprocher de lui.

– Slade.

– Auren.

Il se rapproche, et la douce chaleur de son souffle effleure ma joue.

– Tu m'as déjà touché pendant la journée.

– Mais…

– Tu ne vas pas subitement me dorer.

L'observer à quelques mètres de distance est une chose. Mais quand il est si proche, quand nos respirations font se frôler nos poitrines, quand je peux voir chaque détail de ses yeux tachetés de vert, ça devient difficile de réfléchir. Difficile de douter. Difficile de craindre. Il est si dévorant que mes pensées s'envolent.

– Embrasse-moi, dit-il.

Mon souffle se bloque au fond de ma gorge.

– On ne devrait pas.

– Oh, mais si, on devrait.

Ma bouche devient sèche, mon corps tout entier s'enflamme d'un désir que je ne parviens pas à étouffer. Je m'agrippe pratiquement à la roche dans mon dos pour éviter de me fondre en lui, mais je ne sais pas jusqu'à quel point je vais pouvoir lui résister.

De l'or en fusion s'échappe de mes paumes, mouillant le mur de pierre.

– Mon pouvoir s'affaiblit, je murmure tandis qu'il souffle doucement contre la courbure de mon cou.

Je frissonne, j'ai à la fois chaud et froid.

– Embrasse-moi, répète-t-il.

J'en ai envie.

– Tu en as envie, dit-il comme s'il lisait dans mes pensées.

Je secoue immédiatement la tête.

– Non, je ne veux pas. Je n'aime même pas t'embrasser. C'est horrible.

Il me fait un sourire en coin.

– C'est vrai ?

– Oui, je réponds sur un ton acerbe. Tu es maladroit. J'aurais dû te le dire avant.

Un rire lui échappe au moment où il passe un doigt sur ma clavicule. Même si elle est recouverte par ma chemise et mon manteau, ce simple contact me fait penser à du peau à peau, ce qui, j'en suis sûre, est précisément le but recherché.

– Maladroit ? C'est bien dommage.

– Ça… ça l'est.

– Mmmh.

Slade fait glisser son doigt jusqu'à ce qu'il effleure mon ventre, puis s'accroche au passant de ma ceinture.

– Est-ce que je t'ai déjà dit à quel point j'aime te mater les fesses quand tu portes ce pantalon ?

– C'est réciproque.

Un autre rire lui échappe, qui me fait chavirer.

Il recule un peu la tête pour me regarder, la chaleur de son corps est comme une couverture chaude sous laquelle j'ai envie de me plonger.

– Embrasse-moi.

Mes doigts griffent la roche et j'entends le doux bruit de l'or qui commence à couler sur le sol.

– Ma magie…

– Tu la contrôles, répond-il du tac au tac, sur un ton qui n'est que pure confiance.

– Je pourrais le perdre…

– Ça n'arrivera pas.

– Argo nous observe.

– Il dort.

– Et si je…

– Auren, dit-il en me coupant la parole. Arrête de douter de toi et embrasse-moi, putain.

Je plaque mes lèvres sur les siennes si rapidement qu'il est encore en train de prononcer son dernier mot lorsque nos bouches fusionnent.

Slade pose instantanément ses mains sur mes hanches et me plaque contre lui. Ce mouvement me fait haleter, et lorsque sa langue plonge dans ma bouche, je pousse un gémissement pour qu'il puisse l'avaler. Au bout de quelques instants, je me recule, haletante, en m'accrochant à ses bras musclés.

– Je ne t'ai pas doré, je constate, hors d'haleine. Je t'ai embrassé… je t'ai touché, en plein milieu de la journée, et je contrôle ma magie.

La fierté brille dans ses yeux, si fort que je peux m'en imprégner.

Il repousse tendrement une mèche de cheveux derrière mon oreille. Puis, comme s'il n'avait aucune crainte, mais une confiance totale dans ma nouvelle maîtrise de la magie, il effleure de son doigt nu mes lèvres gonflées.

– Tu es incroyable, tu sais.

Ses paroles me rendent soudain timide.

– Tu as encaissé tout ce qu'on t'a jeté à la figure, en si peu de temps. Regarde le chemin que tu as parcouru, Auren.

– Je veux aller beaucoup plus loin.

Je veux aller le plus loin possible.

– Tu y arriveras, me dit-il.

Cette fois, quand je l'embrasse, je me fonds en lui. Je savoure l'instant. Je le vénère. Je suis saisie par l'extase et j'en *profite.* Parce que je suis dans un endroit qui n'existe pas, avec un roi fae qui ne devrait pas être là, et qui m'embrasse en plein jour alors que j'ai toujours dû me cacher de la lumière.

Après tant d'années à être tributaire de la présence du soleil, je suis ici, en plein jour, en train d'embrasser. De toucher. *De sentir.*

En cet instant bouleversant, une larme glisse sur ma joue et vient se mêler à nos lèvres, pour parfumer notre baiser du sel de mes émotions.

Slade se détache, les sourcils froncés, et je réponds à sa question silencieuse :

– C'est juste que… je n'aurais jamais pensé y avoir droit un jour. Être capable de vivre pleinement la journée.

– Tu peux, me dit-il. Tu le feras.

L'idée est tellement incroyable qu'elle ne semble même pas réaliste. Je renifle en m'essuyant les yeux et un sourire se dessine sur mon visage.

– Qu'est-ce que ce sourire signifie ? me demande-t-il en voyant la lueur dans mes yeux.

– Je pense à toutes ces choses que nous pouvons faire à présent. À n'importe quelle heure de la journée. Sans qu'aucun vêtement ne couvre ma peau.

Slade glisse une main derrière moi pour me serrer les fesses.

– Bien vu.

Il s'apprête à m'embrasser à nouveau, ce qui entraînera probablement d'autres choses délicieuses, mais un sifflement nous sépare. Nous nous tournons vers Argo, qui braque son regard brillant sur nous comme s'il nous jugeait.

– Je t'avais dit qu'il nous observait.

Slade pousse un soupir frustré.

– C'est assez d'entraînement pour aujourd'hui, dit-il en me prenant par la main et en me tirant vers la sortie.

Il ramasse mes gants au passage et les fourre dans sa poche. Puis il m'entraîne hors de la grotte et par cette journée enneigée, en marchant assez vite pour me faire rire, il me lance :

– Les trucs que je vais te faire…

Le désir explose dans ma poitrine parce que je suis certaine de vouloir faire tout ce qu'il a en tête. Je suis à bout de souffle lorsque nous redescendons la pente jusqu'à la Grotte. Quand il ouvre la porte et que nous pénétrons dans la maison, je me remets à rire d'allégresse.

Jusqu'à ce que nous soyons stoppés net par ce que nous voyons dans le salon.

Tout le monde est rassemblé, debout, l'air sérieux. Cela ne présage rien de bon.

Toute mon excitation disparaît en un éclair et mon sourire s'évanouit quand nous entrons dans la pièce.

– Qu'est-ce qui ne va pas ? demande Slade en dévisageant son Courroux.

Ryatt passe alors un parchemin roulé à son frère.

– Il semblerait que la reine Kaila se soit lassée d'attendre une réponse écrite, elle a donc envoyé son conseiller au Quatrième Royaume, explique Ryatt d'un air sinistre. Son frère Manu arrivera dans deux jours.

CHAPITRE 42

AUREN

Nous n’avons plus de temps à perdre.

Je le sais, et tout le monde dans cette pièce le sait aussi.

Je nous ai retenus. La seule raison pour laquelle nous sommes restés ici aussi longtemps, c’est parce qu’ils ont été patients avec moi. Slade m’a soutenue, m’a laissée me rétablir à mon rythme, au détriment de son propre royaume.

– Si Manu arrive au Quatrième et découvre que tu n’es pas là, cela soulèvera des questions, et s’ils commencent à chercher, quelqu’un risque de trouver Drollard, s’inquiète Ryatt.

– Nous pouvons le retarder de quelques jours au maximum, mais pas plus longtemps, il deviendrait suspicieux, ajoute Lu.

Je sens que toute l’attention se porte sur moi, et je me tourne vers Slade.

– Il faut qu’on y aille.

Ce n’est pas une question, mais il acquiesce quand même.

– Tu te sens prête ?

Le contrôle que j'exerce sur ma magie en est encore à ses balbutiements, mais je compte bien m'améliorer. Depuis que j'ai affronté mon côté bestial, je n'ai plus peur. Je ne vais pas exploser dans une crise de fureur dorée.

Enfin, sauf si je le veux.

Tout ce que j'ai à faire, c'est continuer à exercer mon contrôle, et je pourrai maîtriser ma magie. Je *vais* la maîtriser. Parce que je viens de goûter pour la première fois aux plaisirs du toucher dans la journée, et je ne vais pas y renoncer.

Il n'y a donc pas d'autre réponse possible que celle que je lui donne.

– Oui, je suis prête.

Un murmure de soutien collectif résonne à mes oreilles, puis le groupe semble se mettre en action.

– Hojat, Digby est-il autorisé à voyager ?

– Je reste avec elle, répond l'intéressé avec obstination, et je ne peux m'empêcher d'esquisser un sourire.

– Ses côtes sont encore en voie de guérison… commence prudemment Hojat.

– Je reste avec elle, répète Digby en grognant. Mes côtes vont bien.

Hojat soupire, mais il hoche la tête à contrecœur.

– Je vais devoir vous bander, et il faudra rester prudent. Dès que vous serez arrivé au Quatrième Royaume, vous devrez vous reposer.

– D'accord, soupire mon garde.

Slade s'avance au centre de la pièce et je me perche sur l'accoudoir du fauteuil pendant qu'il dresse son plan.

– Si nous chevauchons vite et haut dans le ciel, et que nous ne faisons que quelques escales, nous pouvons y arriver en quatre jours.

Judd secoue la tête.

– Les Ailes-branches seront épuisés.

– Nous les pousserons, mais pas trop fort. Car si nous mettons plus de quatre jours…

Slade ne termine pas sa phrase.

Lu croise les bras d'un air pensif.

–Je vais écrire à nos contacts pour leur faire savoir que nous sommes en route, mais qu'ils devront faire patienter le frère de Kaila.

Slade approuve et il ajoute :

–Nous avons besoin de sacs de nourriture et de nous assurer que les quatre Ailes-branches puissent chasser avant de partir. Et nous devons aussi informer Os que nous serons au château à son arrivée.

–Quatre Ailes-branches ? s'étonne Ryatt. Je pensais que vous alliez monter deux par deux.

–C'est le cas. Le quatrième est pour toi.

–Mais je ne vous accompagne pas. Je devrais rester ici, m'assurer que Drollard est en sécurité et aider à la chasse pour maintenir nos réserves.

–J'ai besoin de toi.

La colère gagne le visage de Ryatt et colore ses joues pâles.

–Je suis ta putain de doublure ! Je ferais mieux de retourner à l'armée. Mais nous savons tous que c'est toi le véritable commandant. Je dois juste prendre le relais quand tu ne joues pas au roi.

Mon regard passe d'un frère à l'autre et je note le tic nerveux de Slade. Je me demande s'il a déjà remarqué que Ryatt fait exactement la même chose avec sa mâchoire ?

–Et je vais *jouer* mon rôle de roi en rentrant. Ce qui veut dire que j'aurai besoin de toi à mes côtés, et que j'aurai besoin de ta présence parmi les soldats à leur retour. J'essaierai de leur rendre visite, mais il faudra que je sois prudent avec Manu qui espionne dans les parages. Il ne possède peut-être pas la magie de sa sœur, mais on ne doit pas le sous-estimer.

Ryatt ricane en passant une main sur son visage.

–Très bien, je vais quitter Drollard. Mais je retourne à l'armée, pas au royaume, et j'emmène Hojat avec moi. Nos soldats sont privés depuis trop longtemps de notre meilleur soigneur *et* de leur commandant suppléant. Et je veux aussi envoyer quelques soldats ici pour garder le village.

– Ryatt…

– Je n'irai pas au royaume avec toi ! s'emporte-t-il avant de se retourner et d'emprunter le couloir. Si je dois être loin d'ici, alors ce sera avec les soldats, dont le moral est probablement très bas depuis que les deux-tiers de ses capitaines les ont abandonnés, ainsi que leur roi et leur commandant. Je vais les rejoindre, et je serai prêt à partir dans une heure, ne discute pas sur ce point. Je jouerai ton double au château quand j'y serai, avec le reste de nos troupes.

– Bien, répond Slade, dont la mâchoire tressaute.

– Et pour l'amour du ciel, ne t'avise pas de partir sans lui dire au revoir, conclut Ryatt en quittant la pièce comme une furie.

La porte d'entrée claque derrière lui. Plus personne n'ose parler. Je jette un coup d'œil autour de moi, puis je me racle la gorge.

– Alors… j'en déduis qu'il n'aime pas tenir le rôle du Faux Rip ?

– Il s'en est lassé, me répond Slade.

– C'est une façon de le dire, réplique Lu. (Ses yeux noirs se posent sur moi.) Ça ne le dérangeait pas avant. Au début, il aimait ça. C'était bien pour lui aussi. Ça lui a appris pas mal de choses utiles.

– Qu'est-ce qui a changé ?

– Il s'est mis à regretter de ne pas être *lui-même*. On ne peut pas vraiment le blâmer pour ça.

Je me tourne vers Slade.

– Pourquoi as-tu décidé d'être le commandant de ton armée ? Ça ne doit pas être simple de perpétuer cette ruse.

– Je suis devenu soldat pour apprendre à mieux protéger Drollard et pour en savoir plus sur Orea. La prime était aussi une bonne motivation, dit-il en haussant les épaules. Nous avions besoin d'argent, et le Quatrième Royaume recrutait sans se soucier de l'âge. Mais je me suis vite rendu compte que j'étais un bon soldat. Plus encore, j'ai compris que *j'aimais* ça. J'ai rapidement gravi les échelons, plus vite que n'importe qui d'autre, grâce à ma force physique. Les combats ont toujours fait sortir mes piquants, alors je les ai intégrés à mon personnage de soldat. Ça me distinguait.

– Je n'en doute pas.

– Je ne me suis jamais servi de ma magie putride. Je n'ai jamais voulu le faire, ajoute-t-il. Mais le roi du Quatrième Royaume était un tyran, et quand j'ai eu vingt ans, j'ai pris conscience des nombreuses dissensions qui existaient dans son royaume. Et pour ne rien arranger, le roi déclenchait des escarmouches à la frontière qui auraient pu compromettre la sécurité de Drollard. J'ai donc décidé de prendre mon autre forme et de lui disputer la couronne en me servant de mon pouvoir. J'ai gagné et Ravinger est devenu roi, tandis que Rip était nommé commandant en chef. J'ai fait en sorte d'étouffer toute velléité d'opposition en me servant de mes deux formes et en gardant mes identités bien séparées.

– Et tu voulais encore diriger ton armée après ça ?

– L'armée est invincible avec Rip, intervient Judd. Il est plus fort, plus rapide et plus alerte. Son instinct de fae nous a permis de gagner plus de batailles que je ne peux en compter. Et ses piquants faisaient peur à tout le monde. Il est devenu célèbre à son tour. Les rumeurs sur eux deux suffisaient à garder les gens dans le droit chemin.

– Commandant *et* roi. Ça doit représenter un sacré travail.

– J'ai dû mener de nombreux combats quand j'ai pris mes fonctions, parce que les autres royaumes essayaient de tester les faiblesses du nouveau roi. Mais je n'allais pas putréfier le monde entier, alors je les ai affrontés sur un champ de bataille. La réputation du commandant Rip s'en est trouvée renforcée. Une fois cette réputation établie et la force de notre armée connue de tous, les menaces ont cessé.

Je hoche la tête, j'assimile tout cela.

– Et donc, ton frère te remplace en tant que Rip quand tu en as besoin ?

– Oui.

– Mais que voudrait faire Ryatt ?

Tous les trois me regardent d'un air absent.

Je les dévisage d'un air ahuri.

–Tu ne lui as jamais *demandé*?

Ils ont tous l'air un peu penaud.

–Je vois. On va juste… laisser ça de côté pour l'instant. Mais peut-être qu'un jour, tu pourrais… mettre Rip à la retraite? Et Ryatt pourrait soit diriger votre armée pour de vrai, en son propre nom, soit faire ce qu'il l'intéresserait vraiment –ce que tu découvriras quand tu lui poseras la question, je propose à Slade en le pointant du doigt.

Il me répond avec un sourire en coin.

–C'est noté.

–Sur ces bonnes paroles, je m'en vais de ce pas au Perchoir pour envoyer ce message, et prévenir le soigneur qu'il faut que nos montures soient prêtes dès qu'elles auront fini de chasser, poursuit Lu en se dirigeant vers la porte. (Elle s'arrête juste à l'entrée du hall et jette un coup d'œil par-dessus son épaule.) N'en fais pas trop cette fois, Rip.

Slade se raidit, mais ne répond pas.

Dès qu'elle est partie, Judd se lève d'un bond.

–Je vais aller chercher ce foutu vin pendant qu'elle est sortie. Je sais qu'elle l'a caché quelque part. Siffle si elle revient.

Je ne peux m'empêcher de sourire.

–Je vais aussi préparer des packs de nourriture et d'eau, et commencer à fermer la maison, ajoute-t-il à l'intention de Slade. Va faire ton truc, mais comme l'a dit Lu, n'en fais pas trop.

Il s'en va à son tour, mais cette dernière remarque me laisse perplexe.

–Que veulent-ils dire?

–Eh bien… il y a encore une chose que je ne t'ai pas expliquée à propos de la déchirure.

Slade et moi pénétrons dans la grotte, la pénombre bleue nous plonge dans sa nuit souterraine. Je laisse basculer ma tête en arrière, et mon regard courir sur les creux et les courbes ombragés du plafond. Les stalactites pointent leur doigt vers le bas, tandis que les petits scarabées opalescents se regroupent autour de la fluorescence qui les fait briller.

Je ne suis peut-être pas restée longtemps à Drollard, pourtant ces cavernes vont me manquer. Elles m'ont permis de me mettre à l'abri du monde au cours de ces dernières semaines. Comme un cocon pour une chenille, elles m'ont protégée derrière leurs murailles de roches. Mais maintenant, je suis prête à me passer de leur protection et à affronter le monde extérieur.

Je ne suis pas encore un papillon, mais j'ai l'impression de renaître. Ma métamorphose aura duré vingt ans, mais je suis enfin prête à devenir ce que je suis censée être.

Mon ancienne vie devait prendre fin, elle devait être coupée, incendiée jusqu'à n'être plus que des cendres dorées. Et je peux stagner dans ces cendres ou bien m'y enraciner et germer à nouveau.

Je peux *prospérer.*

Mais ces grottes cocons, elles me manqueront.

– C'est paisible ici, je murmure.

Slade acquiesce, mais je vois bien qu'il ne ressent pas la même quiétude que moi.

– Tu n'aimes pas cet endroit, n'est-ce pas ?

Un rire amer lui échappe.

– C'est moi qui ai arraché tous ces gens à Annwyn. La magie brute de la déchirure en a tué certains et en a gravement blessé d'autres, comme ma mère. Nous sommes restés coincés dans ces grottes pendant des *semaines.* Nous n'avions rien. Pas de nourriture, pas de maison, rien d'autre que les vêtements que nous portions. Certains des Oréens ont essayé de faire marche arrière en sautant dans la faille, mais elle a failli les tuer.

J'essaie d'imaginer ça, de l'imaginer lui, passant d'un horrible combat mortel – un combat pour la vie de sa mère et de son frère – à une situation où il est soudainement happé à travers une déchirure du monde et rejeté ici, au milieu de nulle part.

–Tu savais que vous étiez à Orea quand tu es tombé ici ?

–Pas au début. Mais j'ai vite compris que nous n'étions plus à Annwyn. Je le sentais.

Un souvenir ancien me revient à l'esprit, comme la première goutte d'eau si douce avant la pluie.

–Oui, je me souviens de ça. Je me rappelle combien Orea me paraissait étrange. Je n'ai pas beaucoup de souvenirs d'Annwyn, mais lorsque je suis arrivée ici, quelque chose m'a tout simplement semblé... manquer.

Slade hoche la tête, et je sais qu'il comprend parfaitement ce que je veux dire.

La maison d'Elore est en vue, son toit étincelle.

–Comment avez-vous fait pour survivre ? Ce n'est pas vraiment le meilleur endroit où tomber.

–Ce n'était pas si mal, parce que personne n'était là pour nous voir arriver ou pour voir la déchirure. Mais cela signifiait aussi que nous étions coincés dans ce désert gelé, sans nulle part où aller. Et c'est moi qui en suis le responsable.

–Tu ne savais pas qu'une telle chose se produirait. La déchirure s'est aussi en partie formée à cause de ton père. Et qui sait ce qu'il aurait fait subir aux autres si tu ne les avais pas tous emmenés.

–Ils ne sont pas tous tombés dans la déchirure, mais pour ceux qui l'ont fait... ces quelques premiers jours me hantent encore.

J'ai le ventre noué en entendant le ton de sa voix, écorchée comme du gravier sur une plaie ouverte.

–Tous les Oréens étaient malades, ils se roulaient par terre en vomissant. C'était à moi de prendre soin d'eux, de m'assurer que personne d'autre ne meure. Il fallait donc que je parte à la recherche de nourriture.

Mon cœur se serre douloureusement dans ma poitrine.

–Nous sommes restés dans cette grotte-ci, près de la déchirure, mais ils ont eu beaucoup de mal à s'adapter. Leurs organismes n'étaient plus habitués à Orea ni à perdre la connexion bénie des faes avec Annwyn. Pendant un moment, j'ai cru qu'ils ne survivraient pas.

– Grand Divin, je murmure en déglutissant bruyamment. Qu'as-tu fait ?

– Par chance, la maladie a disparu chez la plupart et j'ai alors découvert le nid des Ailes-branches, à l'endroit où se trouve maintenant le Perchoir. Ils étaient très sauvages, et j'ai bien failli perdre la main une fois ou deux, mais j'ai fini par en apprivoiser un. Je pense qu'il s'agissait d'un des derniers Ailes-branches non domestiqué d'Orea.

J'arque les sourcils.

– Argo ?

Slade secoue la tête.

– La mère d'Argo. Sans elle, je n'aurais pas pu chasser du gros gibier pour nous nourrir. Je n'aurais pas pu atteindre la côte où j'ai volé des provisions. Les deux premiers mois, nous avons survécu en nous contentant de pas grand-chose, mais peu à peu nous avons construit notre vie ici. Quelques villageois avaient des pouvoirs magiques, ce qui nous a aidés. L'un d'entre eux pouvait former de la roche, ce qui nous a permis de bâtir nos maisons et de cacher l'existence de Drollard.

– Je n'arrive pas à croire que tu sois parvenu à faire tout ça, je dis avec admiration. Surtout dans un monde étranger où tu n'avais jamais mis les pieds, alors que tu étais pratiquement déchiré en deux.

– J'ai fait beaucoup d'erreurs au début. J'aurais aimé comprendre les choses plus tôt. Nous n'aurions peut-être pas perdu certains de nos compagnons. Mais en fin de compte, voyager à travers la déchirure avait été trop éprouvant pour eux, et les conditions ici étaient terribles. Beaucoup d'entre eux me l'ont reproché.

– Tu avais *quinze ans*, je lui fais remarquer.

– Et j'étais un fae. Avec une mère qui ne pouvait plus parler ou interagir et un frère de dix ans qui avait une peur bleue. Les Oréens ne m'en ont pas voulu tout de suite, mais peu à peu. Avec le temps. Surtout quand ils ont compris que je pouvais partir et pas eux.

– Qu'est-ce que tu veux dire ?

Il s'arrête pour se tourner vers moi.

– Lu m'a rapporté ce que tu lui avais dit au pavillon, que tu sentais que quelque chose n'allait pas chez eux.

– En effet.

– Tu as senti que leur force vitale est connectée à Annwyn.

J'écarquille les yeux.

– Quoi ?

– Tous les habitants de Drollard ont été enlevés à Orea par mon père il y a des centaines d'années, lorsque le pont de Lemuria tenait encore debout. Habiter à Annwyn, avec la bénédiction des faes, leur a permis de vivre très longtemps. Mais quand nous sommes arrivés ici… La déchirure est leur dernier lien avec Annwyn. S'ils s'en éloignent trop, ils mourront instantanément.

Je porte la main à ma bouche.

– Donc aucun d'eux ne pourra *jamais* partir d'ici.

– Seulement Ryatt et moi, et les quelques enfants qui y sont nés.

– Comme Twig.

– Comme Twig, acquiesce-t-il. Si nous laissons un enfant ici trop longtemps, nous craignons qu'il devienne dépendant de la déchirure, alors je les emmène avec moi au Quatrième Royaume dès qu'ils sont assez grands pour quitter leur famille.

– Mais qu'en est-il de Ryatt ? Il n'est pas un fae comme toi, alors pourquoi peut-il partir ?

– La seule explication que j'ai trouvée, c'est que notre mère doit avoir une ascendance fae très forte, bien plus forte que l'oréenne, ce qui serait logique, vu la puissance de sa magie. Je suppose que c'est pour ça que sa force vitale ne dépend pas de la déchirure non plus.

Je me passe une main dans les cheveux, mes yeux s'égarent sur les crevasses de la grotte, même si je ne les vois pas vraiment.

– Je sais que ça fait beaucoup à assimiler.

J'expire en confirmant :

– Oui, mais je suis contente que tu m'en parles.

Cette fois, c'est Slade qui me serre la main.

–Comme je l'ai déjà dit, je te révélerai tout. Mais je ne veux pas te submerger.

Je lui offre un sourire très tendre.

–Sache que je suis fière de toi. Pour les avoir sauvés. Pour les avoir protégés. Pour t'être accroché, alors que tu n'avais que quinze ans et que tu aurais pu facilement abandonner.

–Abandonner n'est pas dans ma nature, dit-il en me caressant la joue.

–En effet, tu es très têtu quand tu jettes ton dévolu sur quelque chose.

–Ça m'a plutôt réussi jusqu'à présent, répond-il tandis que nous reprenons notre marche.

Alors que nous approchons de la maison d'Elore, je lui demande :

–Pourquoi est-ce que ta mère ne vit pas avec les autres villageois ?

–Sa chute dans la déchirure l'a affectée plus que quiconque.

De profil, je perçois le chagrin dans son regard, le poids qui semble soudain lui faire courber l'échine.

–Sa magie, sa voix, sa *lumière*, c'est comme si tout s'était éteint. Elle n'a plus prononcé qu'une poignée de mots depuis notre passage. Parfois, je ne suis même pas sûr qu'elle me reconnaisse.

–Je ne crois pas que ce soit vrai, je lui assure, le cœur serré. J'ai vu la façon dont elle te regarde. Elle t'adore.

–J'aimerais tant qu'elle parle, m'avoue-t-il d'une voix sourde.

Ma gorge se noue.

–Ça a dû être très dur pour toi et Ryatt quand vous êtes arrivés ici.

–Il y avait une guérisseuse avec nous, elle était à moitié fae. Elle a essayé d'aider ma mère, mais elle n'y est pas parvenue. Ça m'est donc difficile d'être ici et de la voir dans cet état. De savoir que je suis responsable de tout le monde ici. Je sais que c'est égoïste...

–Ça ne l'est pas, je déclare fermement. Je te comprends.

–Ryatt, lui, ne comprend pas, dit-il avec une pointe d'amertume.

Je murmure pensivement :

–Ryatt aime ta mère, et tu peux voir qu'il se soucie beaucoup des gens d'ici. Il n'éprouve pas la même culpabilité que toi, alors il ne comprend pas pourquoi tu évites ce lieu. Peut-être que pour lui, tu l'abandonnes.

–Je n'abandonnerai jamais cet endroit, affirme-t-il en s'arrêtant devant la maison de sa mère. Ni elle.

–Je sais. Et je suis sûre que Ryatt le sait aussi, au fond de lui.

Slade se met à fixer la porte sombre, comme s'il pouvait voir à travers.

Quelque chose tire fort dans ma poitrine.

–Elle va te manquer, je lui dis calmement, en notant les signes subtils du chagrin dans ses yeux sombres.

–Bien sûr, mais elle me manque encore plus quand je suis *ici*. Parce que ma mère m'a été arrachée quand j'ai déchiré le monde, et elle n'a plus jamais été la même depuis. (Il se racle la gorge, en secouant la tête.) Je suis là, à me plaindre que quelqu'un qui est juste derrière la porte me manque, alors que toi, on t'a volée à tes parents à un si jeune âge. Je suis désolé.

–Pourquoi es-tu désolé ? je réplique. La douleur que ressent une personne n'annule en rien celle d'une autre. Nos chagrins ne sont pas une compétition, mais un pont vers l'empathie. Ainsi nous pouvons nous regarder l'un l'autre en sachant qu'à un certain niveau, nous comprenons. C'est l'un des aspects positifs du deuil, je pense. Parfois, nous trouvons quelqu'un en ce monde que nous pouvons regarder depuis l'autre côté du pont de nos tourments, et ainsi savoir que nous ne sommes pas seuls.

La façon dont Slade me dévisage est tellement étrange que je n'arrive même pas à l'interpréter. Puis il se penche et dépose un baiser sur mon front. Son geste est si tendre que j'en ai presque mal au cœur.

–Tu es extraordinaire.

Ma peau me picote à l'endroit où ses lèvres se sont posées.

– Je pense la même chose de toi.

Il secoue à nouveau la tête comme s'il n'arrivait pas à y croire, puis il ouvre la porte. Quand nous entrons, nous découvrons Elore assise dans son fauteuil près de la cheminée, occupée à coudre un vêtement. Dès que ses yeux se posent sur Slade, son visage s'illumine, comme la première fois.

Elle se lève précipitamment, pose le vêtement sur son siège et s'avance pour nous rejoindre à mi-chemin. Elle le détaille de la tête aux pieds. Il lui sourit, mais l'inquiétude plisse son front comme si elle sentait qu'il est troublé, malgré ses efforts pour le cacher.

Elle pose sa main sur sa joue et le regarde dans les yeux, alors je décide de les laisser seuls un moment. Tandis que Slade lui murmure des mots rassurants, je me dirige vers la bibliothèque et je parcours le dos des livres du bout des doigts. Sans la barrière de mon gant, j'effleure les couvertures en me délectant de cette sensation toute simple. J'apprécie tant de voir que mon or ne se répand pas sans que je le veuille.

Je survole distraitement les titres en m'interrogeant sur Elore, sur ce qui a bien pu lui arriver lorsqu'elle a traversé la déchirure. Il me semble évident qu'elle sait que Slade et Ryatt sont ses fils, mais ce n'est peut-être pas toujours le cas. Peut-être que le transfert l'a trop affectée, et comme son pouvoir de devineresse est lié à la parole, la brèche chaotique a pu altérer à la fois sa magie et sa capacité à parler.

Je les entends derrière moi et je me retourne pour la regarder s'occuper de Slade. Elle le pousse pratiquement sur une chaise autour de la table.

– D'accord, d'accord, dit-il en souriant.

Elore se tourne alors vers moi et désigne un siège juste à côté du sien. Comprenant ce qu'elle m'invite à faire, je m'approche rapidement pour m'y asseoir. Elle me donne une petite tape sur la tête, puis je la vois s'affairer dans les placards et commencer à y prendre des denrées, qu'elle dépose sur un morceau de tissu à carreaux.

– Qu'est-ce qu'elle fait ?

– Elle me prépare à manger, m'explique Slade en souriant. La connaissant, elle en préparera probablement pour toi aussi.

– Oh, ce n'est vraiment pas la peine, je rétorque en me mordillant la lèvre. Avec le ravitaillement qui n'arrive pas...

– Elle a beaucoup de réserves de nourriture, je te le promets, me dit Slade à voix basse. Et elle insiste pour faire ça à chaque fois que je pars, même si j'essaie de la convaincre du contraire.

Je la regarde qui fredonne doucement en repliant le tissu et en nouant ses extrémités, pour tout retenir à l'intérieur.

– C'est ta mère. Elle veut prendre soin de toi.

Elore s'approche et dépose la nourriture devant moi, en me gratifiant d'un sourire chaleureux.

– Et prendre soin de toi aussi, on dirait, me souffle Slade avec tendresse.

– Merci, je murmure à sa mère.

Je tends le bras pour saisir le paquet, mais sa main attrape la mienne et elle s'assoit sur le siège à ma droite. Elle plonge ses yeux dans les miens et nous nous observons. Je me sens d'abord intimidée par sa façon de m'étudier si ouvertement, mais au bout d'un moment, je me détends. Il y a tellement de similitudes entre son visage et celui de Slade. Son regard vert prairie m'enveloppe, et je me demande ce qu'elle voit. Je me demande ce qu'elle *pense*.

Elle ne dit rien, bien sûr, mais ses yeux si expressifs parlent pour elle. Je me demande à quoi ils ressemblaient quand elle utilisait son pouvoir de divination ; ce que contenaient ces gribouillis secrets.

Lorsque sa main vient se poser sur ma joue, je reste immobile. Elore m'offre alors le sourire le plus doux et le plus aimable que j'aie jamais vu. Et malgré la jeunesse de son visage, il est si *maternel.* Maternel. Comme si elle voyait la petite fille en moi et qu'elle venait la réconforter. Cela me donne envie de pleurer, ici même, dans sa cuisine.

Sa paume douce caresse ma joue, puis elle la laisse retomber. Elle fait un signe de tête à son fils et il lui répond, comme s'ils communiquaient dans une langue silencieuse qui n'appartient qu'à eux. J'entends Slade murmurer : « Je sais. »

Je les regarde tous les deux et mes yeux commencent à se remplir de larmes, parce que je crois que je viens d'obtenir l'approbation de sa mère. Je n'avais même pas réalisé à quel point j'en avais besoin jusqu'à cet instant.

Lorsque nous quittons les lieux, je sors la première pour que Slade et Elore puissent se faire leurs adieux en privé. Quand il sort, quelques instants plus tard, je lui tends la main et il la serre dans la sienne.

Puis, main dans la main, nous nous dirigeons vers la déchirure du monde.

CHAPITRE 43

AUREN

La déchirure semble m'attirer vers elle, comme la fois précédente.

La lumière et l'obscurité se rejoignent en son centre, et ce qui ressemble à des étoiles scintille dans ses profondeurs nuageuses. Nous nous tenons devant elle, et malgré le froid de la caverne, il y a un léger courant d'air chaud provenant d'une brise insoupçonnée.

Je m'avance dans sa direction, et je ne m'arrête que lorsque la main de Slade se pose sur mon bras.

– Elle a un très fort pouvoir d'attraction.

– C'est Annwyn. Tous les deux, nous ressentirons toujours cet appel de la maison. Mais personne d'autre n'est passé depuis que nous sommes arrivés ici. Ce qui signifie que le seul point d'entrée restant est de notre côté, ou que sa magie est trop instable. C'est dangereux. C'est pourquoi j'ai dû en dissuader certains d'y retourner.

– Tu m'as dit qu'elle avait failli tuer ceux qui avaient tenté de la traverser.

– La déchirure était encore plus instable à l'époque, mais cela pourrait aussi être dû au fait que ce sont des Oréens. Je les ai tous dissuadés d'essayer.

– Mais pourquoi voulaient-ils retourner *là-bas ?* je demande avec curiosité. Je croyais qu'ils détestaient cet endroit ?

– C'était vrai, jusqu'à un certain point. Mais ils vivaient à Annwyn depuis des centaines d'années. C'était devenu familier pour eux. Et s'adapter à Orea n'était pas facile, surtout depuis qu'ils savaient qu'ils ne pourraient jamais quitter cet endroit reculé et difficile. Tous les êtres chers qu'ils avaient connus ici étaient morts depuis longtemps. Certains d'entre eux ont laissé des proches avec mon père.

En entendant la culpabilité dans sa voix, la tristesse me ronge en creusant un trou dans ma poitrine.

– Pourquoi sommes-nous ici ?

Au lieu de répondre directement, il dit :

– Nous étions arrivés à Orea depuis plusieurs semaines quand la déchirure a commencé à se refermer.

Je me tourne vers lui.

– Le bruit… c'était comme un orage qui soulevait une mer démontée, et le vent était de la partie. Ça a réveillé tout le monde. J'ai tout de suite compris que la magie s'effondrait.

Je pense immédiatement à tous les villageois, aux implications que cela entraînerait si la déchirure venait à se combler.

– Qu'as-tu fait ?

– J'ai injecté tellement de magie que je me suis évanoui, dit-il avec un petit rire sec.

– Grand Divin.

Il passe une main dans sa nuque.

– Au début, il ne s'est rien passé. J'étais juste en train de tout pourrir. Des milliers de scarabées sont tombés du plafond, leurs carapaces pleuvaient sur nous. La fluorescence bleue s'est éteinte, et je pense que la montagne a même failli s'effondrer. Et pourtant, rien n'y faisait. Puis j'ai compris que ce n'était pas mon pouvoir de putréfaction dont elle avait besoin. C'était cette force brute et indéfinie que mon père et moi avions en quelque sorte créée ensemble lorsque nous nous sommes affrontés. Je suis parvenu à canaliser cette force et à l'injecter dans la déchirure. J'ai failli mourir d'épuisement, mais ça a permis de stabiliser la faille. C'est quelque chose que je dois faire depuis.

–Tu veux dire que tu as dû injecter de l'énergie brute dans cette brèche pendant tout ce temps, pour qu'elle ne se referme pas?

Slade acquiesce, et je reste là à le fixer, complètement abasourdie.

–Je ne savais même pas que les faes pouvaient faire ça.

– Moi non plus, dit-il avec un rire dépourvu d'humour. Et je ne peux pas utiliser cette force pour autre chose. J'ai en moi assez de pouvoir de décomposition pour anéantir la totalité d'Orea, et j'ai *besoin* de l'expulser. Ce serait parfait si c'était ce dont la déchirure avait besoin, mais ce n'est pas le cas. Ma magie putride n'a aucun effet sur elle et c'est bien dommage, car expulser de la pourriture peut être revigorant, alors qu'expulser de la puissance brute, c'est toujours épuisant.

–Alors... tu dois venir à Deadwell pour expulser ton pouvoir de pourriture, mais également pour alimenter la déchirure avec de la magie brute?

Il hoche la tête.

–À quelle fréquence dois-tu faire cela?

–En fonction de la puissance que je peux lui fournir, environ toutes les huit semaines.

Je le regarde avec admiration. Non seulement il maîtrise son pouvoir à la perfection mais il doit aussi se vider de son énergie tous les deux mois pour maintenir une brèche ouverte entre les *mondes*.

–Waouh! Tu es... vraiment, *vraiment* puissant.

Cette fois, son rire est sincère et il se tourne vers moi en affichant ce sourire charmant qu'il semble me réserver.

–Vous ai-je éblouie, Ma Dame?

–Eh bien, peut-être un peu, je minaude.

–Attends que je te montre mon royaume.

L'excitation me gagne, car je n'avais pas encore réalisé que j'allais me rendre au Quatrième Royaume.

– Bon, dit-il en se frottant les mains. Je veux que tu recules et que tu restes près de ce rocher, là-bas, où c'est plus sûr.

Je m'éloigne de plusieurs pas pour aller m'asseoir sur le rocher qu'il vient de m'indiquer. Je croise mes mains sur mes genoux qui frétillent d'anticipation nerveuse.

Slade se positionne face à la déchirure, il s'avance si près d'elle que ses cheveux noirs sont balayés par son souffle et que les pans de son manteau s'envolent vers l'arrière.

Il a les pieds ancrés au sol, les mains tendues, et bien que je ne puisse pas voir son visage, je sens le moment où son pouvoir s'élève, parce que chaque poil de mes bras et de ma nuque se dresse avec lui. Son corps se tend, et lorsque la force de sa magie brute jaillit de lui, mon dos s'écrase contre le rocher derrière moi.

Bien que mon dos soit en grande partie guéri, le choc me fait siffler de douleur. Mais je l'oublie aussitôt en voyant l'ondulation aérienne qui s'échappe des mains de Slade. L'adrénaline parcourt mon corps, comme si tous mes sens étaient en alerte face à une telle puissance.

Le vent souffle dans la déchirure, et l'air magique qu'il vient d'invoquer s'y engouffre. Tout ce qui se trouve à l'intérieur de la faille semble se mettre à frémir. L'obscurité et la lumière commencent à trembler. Les étoiles se mettent à virevolter, si vite qu'on croirait voir un million de lucioles prises dans le tourbillon d'une tornade.

Slade déverse de plus en plus de puissance, à tel point que je me sens clouée sur place, incapable de bouger. Des piquants sortent de son dos les uns après les autres. Ils transpercent également ses bras, et c'est à ce moment-là que je remarque que ses mains se sont mises à trembler.

Mes yeux vont de lui à la déchirure, mon cœur s'emballe, mon pouls s'accélère comme s'il allait me dépasser et me laisser pantelante, à bout de souffle.

Ses oreilles pointues se dressent, son aura jaillit de sa silhouette comme une épaisse vapeur noire. Ce n'est pas une ombre calme et bien accrochée, mais une houle erratique et instable.

Quand son corps entier commence à trembler sous l'effet de la magie, ma bouche devient sèche, l'inquiétude m'envahit.

– Slade…

Je sais qu'il ne peut pas m'entendre, mais son nom s'échappe quand même de mes lèvres, pendant que je l'observe sans ciller. L'ampleur de la magie qu'il projette presse ma peau comme une force invisible, on dirait que de l'électricité statique s'accroche à mes bras et se charge à travers mes dents.

Son aura continue à s'agiter violemment, jusqu'à ce que sa profondeur d'encre commence à pâlir et à s'estomper.

Je me lève d'un bond, en repoussant la force qui s'accroche à moi. Les dents serrées, je m'avance, mais chaque pas vers lui est un défi. Le vent s'engouffre dans mes cheveux, plaque mes vêtements contre mon corps, tandis que la déchirure semble vouloir me freiner.

– Slade, arrête ! je crie alors que je suis à quelques mètres derrière lui.

Ou bien il ne m'entend pas, ou bien il est trop concentré sur sa magie car il ne réagit pas. Mais les vagues de son aura se calment un peu, comme de l'eau qui s'enlise.

En luttant toujours pour avancer, je ne m'arrête pas avant d'être à ses côtés.

– Slade, il faut que tu t'arrêtes ! je l'implore en tendant la main pour saisir son poignet.

Il sursaute, et l'un des piquants de son bras s'enfonce dans la peau du mien. Je le lâche en sifflant de douleur, et je baisse les yeux sur le sang doré qui coule de ma blessure.

Slade se tourne vers moi, il cligne des yeux en chassant cet air lointain de concentration. Son regard tombe sur l'endroit où je saigne, et il se met à grimacer en prenant conscience de la situation.

– *Merde.*

Au prix d'un effort qui fait trembler tout son corps, mâchoires serrées et muscles contractés, il parvient à claquer ses mains l'une contre l'autre, et en un clin d'œil, le courant d'énergie se coupe.

La perte soudaine de magnétisme le fait tituber et son corps bascule sur la droite. Il manque tomber, mais je le retiens à temps. Mon bras passe autour de sa taille, en prenant soin de ne pas toucher les piquants dans son dos.

– Je te tiens, je le rassure, même si j'ai du mal à rester debout moi-même face à son poids.

Il halète comme s'il venait de traverser les Barrens en courant sans s'arrêter. Je sens à quel point il est épuisé quand il s'écroule sur moi.

– Tu veux t'asseoir ?

Il secoue la tête.

– Donne-moi… juste… une… seconde.

Je l'aide à tituber jusqu'à la paroi de la grotte, et il s'y appuie en prenant de profondes inspirations. De pâle il est devenu gris, et son aura colle autour de lui comme une goutte de sève sur un arbre.

Mon inquiétude augmente encore d'un cran, je suis à vif. Je reste à ses côtés, au cas où, et mon pouls ne commence à se calmer que lorsqu'il reprend enfin son souffle et qu'il me regarde.

– Tu vas bien ?

Ma détresse est perceptible dans le son de ma voix.

Il ignore ma question et m'attrape le bras, en remontant ma manche pour voir la coupure.

– Putain. Je suis vraiment désolé.

Je jette un coup d'œil à l'entaille sur ma peau.

– Ne t'en fais pas. La blessure n'est pas très profonde, et c'est ma faute.

Les traits tirés, il fouille dans sa poche et en sort un mouchoir propre avec lequel il essuie délicatement le sang, avant de le nouer autour de mon bras. Ses doigts caressent ma peau juste en dessous du tissu, et lorsqu'il relève la tête, ses yeux noirs tourmentés redeviennent verts.

– Je t'ai fait mal.

– Mais non. C'est à peine une égratignure, je rétorque en rabattant ma manche. Mais tu m'inquiétais.

Il pousse un long soupir et se redresse contre le mur.

– Je sais, je suis désolé. (Il passe une main dans ses cheveux en bataille.) Je voulais y injecter une grande quantité de puissance, au cas où je ne pourrais pas revenir avant plusieurs mois. C'est toujours un exercice difficile, et j'ai fini par être dépassé. La faille n'apprécie pas que je coupe mon pouvoir.

Mes yeux se tournent vers la déchirure qui a repris son mouvement de tourbillon, vers les étoiles scintillantes qui clignotent et les petits éclairs qui disparaissent dans les nuages.

Slade me prend la main en ramenant mon attention sur lui.

– Tu es vraiment prête ? me demande-t-il, les yeux rivés sur moi. À quitter Drollard pour rejoindre le Quatrième Royaume ?

À quitter le cocon.

Il plonge dans mes pensées avec ce regard qui a toujours su s'enraciner au plus profond de moi.

– Parce qu'on emmerde le reste du monde, Auren. Si tu as besoin de rester ici, on restera ici.

J'esquisse un sourire, alors même que l'émotion m'étreint.

– Je suis prête.

CHAPITRE 44

REINE MALINA

Le temps semble s'écouler différemment aux confins du monde, dans le Septième Royaume.

Les jours se sont enchaînés et, d'une certaine manière, le château de Cauval a été le répit dont j'ignorais avoir besoin, un baume pour apaiser les maux qui ont meurtri mon âme et essayé de m'empêcher d'atteindre mon but.

Je pensais que cet endroit était en ruine, mais Fassa et Friano m'ont dévoilé la vérité. Ils ont été appelés ici, tout comme moi, afin de préserver le château et attendre qu'une reine légitime s'empare de son trône.

Ils m'attendaient.

Même si les jumeaux sont les seuls ici, à part Pruinn et moi, ils ont fait en sorte que tout paraisse si *plein*. Les murs de marbre gris et blanc resplendissent, les dalles sont d'un bleu glacier, et une douce lumière semble toujours s'accrocher aux lanternes et offrir une lueur éclatante.

Les membres du personnel du château doivent être excellents eux aussi, mais je n'en ai pas croisé un seul. Pourtant, à chaque repas, la table est toujours garnie de plats chauds et parfaitement épicés, mon lit est fait chaque fois que je retourne dans ma chambre et ma baignoire est remplie chaque fois que j'ai envie de m'y tremper ou de me laver.

Il y a toujours de la musique, une ritournelle que j'entends même quand je dors dans mon lit de plumes au sommet de la tourelle. Douce et lyrique, comme si elle était apportée par la brume qui s'accroche aux fenêtres. Même l'air a une bonne odeur, il est imprégné par les fleurs givrées qui dégoulinent de pétales cristallins. Des bouquets sont disposés dans des vases partout dans le palais.

Je sors de mon lit en m'étirant, je lève mes mains au-dessus de ma tête avant de passer dans la salle de bains pour faire ma toilette, puis j'entre dans le dressing. Tout est à ma taille, chaque robe est un mariage parfait de la couleur blanche des Colier et du bleu glacier du Septième Royaume. J'en choisis une avec une longue traîne fluide qui tinte comme un carillon lorsque je marche, à cause des cristaux emperlés dans l'ourlet qui balaient le carrelage et s'ajoutent au léger bourdonnement dans l'air.

Je relève mes deux tresses de cheveux blancs pour former une couronne sur ma tête, je les épingle devant le miroir, puis je m'examine. Mes joues et mon nez ne sont plus gercés par le vent glacé de notre voyage, mes lèvres ne pèlent plus. Ma peau d'une pâleur fantomatique est si lisse que j'ai presque l'air éthérée, et je ne sais quel savon j'ai utilisé, mais mes cheveux sont plus souples et plus brillants.

Pourtant, quand je fixe le reflet de mes yeux bleu clair, je perçois un éclair d'un bleu plus foncé, et à la place de mon propre visage, je vois des taches de rousseur saupoudrées comme de la cannelle, des cheveux aussi rouges que le sang et un sourire aux lèvres.

Jeo.

Je retiens mon souffle, mais je n'ai nul besoin de me préparer à une émotion quelconque. Plutôt que de ressentir quoi que ce soit le concernant lui, ou la façon dont il est mort, j'éprouve un sentiment de satisfaction. Il est mort en se sacrifiant pour que je puisse être ici.

Maintenant, quand je pense à Highbell, je sais que c'était une *bonne chose* que mon peuple m'ait trahie, car cela m'a conduite sur ce chemin. La machination de Tyndall n'a plus d'importance. La peur glaciale, la haine, l'amertume, tout cela a simplement… disparu. Fondu entre ces murailles réparatrices.

C'est comme ça que je sais que c'est *bien* d'être ici. Pour la première fois depuis très, très longtemps, je suis à l'aise.

Lorsque je suis prête, je descends l'escalier et entre dans la salle du petit déjeuner. Les trois hommes sont déjà installés, les plats fumants m'attendent comme chaque matin.

– Bonjour, Votre Majesté.

Les jumeaux parlent et bougent à l'unisson si souvent que je m'y suis habituée.

– Bonjour.

Ils se rasseyent une fois que j'ai pris place à la tête de la table peinte en bleu, dont le centre est constitué d'ampoules de cristal qui diffusent une douce lumière de bougie. Je fredonne en mangeant, bercée par la jolie mélodie, profitant du soleil qui entre à flots par les fenêtres teintées de bleu.

J'aurais dû venir ici il y a longtemps.

– Ma reine, comment vous sentez-vous aujourd'hui ? me demande Friano, celui qui a un grain de beauté sur sa joue gauche.

– Je me sens très bien. Mon séjour ici est exactement ce dont j'avais besoin.

– C'est la moindre des choses.

Fassa acquiesce et tire sur la manche grise et brillante de sa chemise. Son frère porte la même et leurs cheveux encadrent leurs visages comme des rideaux de soie noire.

– C'est vrai, dit Fassa. Nous avons beaucoup de chance que le destin ait voulu que vous arriviez jusqu'à nous. Nous ne voulons rien d'autre que vous réconforter après un voyage aussi périlleux.

–*Et* après toutes ces trahisons, ajoute Friano avec un claquement de langue. De la part de votre mari et de votre propre peuple, excusez du peu.

–Mais peu importe, reprend Fassa. Vous êtes ici chez vous à présent.

–Exactement, acquiesce Pruinn, et ses yeux magnétiques m'attirent, le sourire qu'il affiche me fait comprendre que j'aurais dû lui faire confiance depuis le début. Vous allez réaliser votre plus cher désir, Votre Majesté.

–Oui, et nous pensons que vous êtes prête, disent Fassa et Friano en chœur.

Je me redresse avec impatience, en sentant les battements de mon cœur s'accélérer. Depuis le jour de mon arrivée, les jumeaux ne m'ont plus parlé de mon rôle au sein du Septième Royaume. Ils m'ont dit que je devais avant tout me rétablir après toutes les épreuves que j'avais subies. Me laisser être choyée comme la reine que je suis.

–Je suis prête, je déclare avec confiance.

Les jumeaux sourient.

–Venez, allons faire un tour.

Ils me conduisent dans un atrium.

Pendant un moment, je me borne à contempler ce lieu tandis qu'un flot de souvenirs me reviennent en mémoire.

–Ça… ça me rappelle l'atrium de Highbell. Avant qu'il soit tout doré.

Je ne suis pas étouffée par l'émotion –je suis bien trop contente pour cela–, mais marcher dans cet espace me procure tout à la fois de l'émerveillement et du plaisir. Voilà donc les plantes que je dois remercier pour tous ces bouquets disposés dans le château. Les murs de la pièce sont peints d'un bleu tendre, avant de s'incurver vers un plafond en verre qui fait scintiller les fleurs. Les tiges argentées sur lesquelles elles poussent s'harmonisent parfaitement avec la brume qui s'accroche aux fenêtres.

En parcourant la pièce des yeux, je remarque qu'un nuage de brume s'est infiltré à *l'intérieur* de l'atrium. Il tourbillonne près d'une des vitres, se concentre en une vaste nuée dense. Ma peau se hérisse très légèrement avant de me détourner.

– Nous avons pensé que cela vous plairait, Votre Majesté.

Sur un signe de tête, je descends l'allée. Les petits talons de mes chaussures claquent sur le carrelage bleu, tandis que j'effleure du bout des doigts les pétales bourgeonnants à côté de moi. Le doux parfum floral semble m'emplir les poumons et pénétrer les pores de ma peau.

– C'est magnifique, je m'extasie en quittant les fleurs des yeux pour faire face aux jumeaux, tandis que Pruinn se tient à mes côtés.

Ses yeux gris examinent les rangées de plantes comme s'il voulait en couper quelques-unes pour les fourrer dans le sac de marchand qu'il porte en permanence en bandoulière.

– Venez, asseyez-vous, me propose Fassa, et les jumeaux s'écartent pour révéler un petit banc de pierre grise placé en plein milieu d'un demi-cercle de fleurs.

Mon cœur s'emballe et mes narines s'imprègnent de leur parfum. Je pourrais me baigner dans cette senteur, faire monter mon lit ici même, pour m'endormir dans cette douce fragrance. C'est tellement *apaisant*. Je m'assieds, et les jumeaux s'installent sur un banc identique au mien, que je n'avais pas remarqué.

– Votre Majesté, commence Friano en attirant mon attention.

Tous deux sont légèrement penchés en avant, les coudes sur leurs genoux et les mains jointes. Leurs yeux bruns me fixent tandis que leurs cheveux lisses frôlent leurs épaules.

– Le Septième Royaume est passé de la puissance à la ruine. Un peu comme vous.

– Mais ensemble, nous pouvons y remédier, poursuit Fassa, dont les yeux sombres s'illuminent. Nous pouvons restaurer ce royaume et vous donner la place qui vous revient de droit. Nous pouvons vous aider à devenir la reine la plus *puissante* d'Orea.

J'en frémis d'impatience. À côté de moi, je vois Pruinn sourire.

Car c'est bien cela, mon plus cher désir. J'ai été une héritière non désirée, une épouse non désirée, une reine non désirée. Mais si je devenais puissante, une telle chose ne se produirait plus. J'y prendrais garde.

– Oui. C'est ce que je veux.

Friano sourit.

– Alors nous y parviendrons, dit-il simplement.

– Comment ?

Ils échangent un regard, et mon désir ne fait que croître.

– Mon frère et moi avons chacun un pouvoir magique très particulier, ma reine. Ils ne fonctionnent qu'en tandem. Je peux insuffler quelque chose de nouveau, m'explique Fassa.

– Et moi je peux restaurer quelque chose d'ancien, termine Friano.

Je hausse les sourcils.

– Restaurer… comme ce château ?

– Tout à fait.

– Mais nos magies ont toujours un prix. Non seulement elles doivent fonctionner en même temps mais elles nécessitent également un sacrifice.

– Oui, poursuit Fassa. En toute honnêteté, cette magie sera la plus grande que nous ayons jamais pratiquée, mais nous croyons en cette finalité, nous croyons que c'est pour atteindre ce but que les dieux nous ont fait don d'un tel pouvoir.

Son frère l'interrompt.

– Donc, pour restaurer un royaume et offrir un cadeau à une reine, nous avons besoin de deux choses. La première, c'est d'attendre la nouvelle lune, lorsque les dieux bénissent les nouveaux départs et que nos pouvoirs sont à leur apogée.

– Et la seconde, qu'un membre d'une famille royale d'Orea offre son sang pour restaurer ce royaume oréen, conclut Fassa.

– Moi.

Ils acquiescent tous les deux.

– Vous.

Je déglutis difficilement.

– Combien de sang exactement… ?

– N'ayez crainte, Majesté, dit Friano d'un ton affable. Quelques gouttes suffiront. Et en faisant cela, en nous offrant ce sang, je pense que la magie de mon frère instillera de la magie en vous, ce qui vous donnera exactement ce dont vous avez besoin pour régner.

Mon regard passe de l'un à l'autre, tandis que j'assimile ce qu'ils viennent de dire. Le parfum des fleurs est presque enivrant et ma respiration s'accélère.

Un souvenir me revient soudain en mémoire. Mon dix-septième anniversaire, lorsque mon père m'a convoquée dans son bureau pour me dire à quel point il avait honte de moi. Combien il était déçu.

La plupart des Oréens qui héritaient de pouvoirs magiques en montraient des signes dès l'âge de quinze ans. J'avais attendu deux ans de plus, et il n'y avait pas un matin sans que je me réveille en priant pour que quelque chose, n'importe quoi, surgisse. Il m'aurait suffi d'un tout petit peu de magie pour que mon père ne me déteste plus autant, pour que mon peuple cesse ses commérages à mon sujet, pour que les serviteurs n'aient plus pitié de moi.

J'ai attendu, attendu, attendu. Mais rien n'est jamais venu. Je me souviens encore du regard de mon père, de sa haine narquoise. Sans magie, j'étais inutile, pour lui et pour Highbell. Une héritière sans la moindre valeur qui ne pouvait pas monter sur le trône. Une véritable déception dans la lignée des Colier.

Toute ma vie, ce manque a été ma pire souffrance.

Alors en entendant cette… cette chance fantastique dont ils me parlent, mon rythme cardiaque s'accélère, mon regard s'aiguise. Dans ma poitrine, mon cœur bondit de joie à l'idée d'une telle perspective.

Le pouvoir, c'est tout ce que j'ai toujours désiré.

– Ma magie fonctionne de manière mystérieuse, ma reine, poursuit Fassa. Je crois que les dieux verront tous ceux qui vous ont fait du tort, toutes les trahisons et les épreuves que vous avez traversées, et qu'ils permettront à mon pouvoir de vous conférer quelque chose de glorieux. Quelque chose de *puissant*.

– De magique, je respire. Vous pensez que vous pouvez me donner de la magie ?

– N'est-ce pas là votre plus cher désir, Majesté ? me demande Pruinn, adossé à un pilier gris. Ma magie ne se trompe jamais. Elle vous a conduite ici pour cette raison.

Mon esprit tourbillonne comme la brume qui recouvre la verrière de l'atrium. Un petit rire m'échappe.

– C'est trop beau pour être vrai.

– Vous le méritez, dit-il avec un doux sourire.

– Exactement, poursuit Fassa. Les dieux savaient que vous étiez la reine dont ce pays avait besoin, que la lignée des Colier était pure et juste. Dès votre arrivée, nous avons senti que vous étiez parfaite. Vous êtes la reine qui rendra sa gloire au Septième Royaume. *Vous*. Et personne d'autre.

Moi.

Mon sang semble exulter, un sentiment de justice s'insinue dans mes veines.

– Que voulez-vous que je fasse ?

Les jumeaux sourient, se lèvent tous les deux et se dirigent vers moi d'un pas parfaitement synchronisé. Ils me tendent chacun une main.

– Tout ce que vous avez à faire, c'est dire que vous acceptez.

Je n'ai jamais été aussi prête à faire quoi que ce soit de toute ma vie.

Je prends leurs mains et les laisse me relever.

– J'accepte.

Derrière eux, Pruinn murmure :

– Et ainsi le marché est conclu.

J'ai l'impression de planer lorsque je sors de l'atrium. Les autres restent derrière et je me dirige vers le couloir, avec toujours le parfum des fleurs en tête. Je suis distraite, mais au moment où je passe devant une fenêtre, je m'arrête brusquement et me retourne.

La brume.

Elle s'est infiltrée ici aussi, en se mêlant à la fois à la lumière de la vitre et aux ombres du couloir. Elle est si épaisse que je ne parviens pas à voir au travers et cette sensation de picotement dans la nuque me reprend.

C'est idiot de me mettre à reculer, mais mes pieds le font quand même, bien que j'essaie de me dire que ce n'est que de la brume.

Je me tords la cheville en faisant un pas de plus en arrière, et au moment où je retiens mon souffle sous l'effet de la douleur, la brume se met à tanguer et à se dilater devant moi. J'écarquille les yeux au fur et à mesure que la lumière qui l'entoure se réfracte.

Je reste figée sur place quand un homme encapuchonné surgit de ce sombre tourbillon.

– *Vous.*

Un déluge de peur s'abat sur moi comme une pluie battante, sans pour autant me faire perdre mon calme.

Je sais qui il est, même si je ne l'ai vu qu'une seule fois, pendant ces brèves secondes. J'ai mémorisé ce visage ombragé dissimulé sous sa cape.

– Vous avez tué Jeo. Vous avez tenté de me tuer.

L'homme lève sa main gantée, et je retiens mon souffle quand il baisse sa capuche et me révèle son visage. Exactement comme il a manipulé l'ombre et la lumière autour de lui, sa peau brune est marbrée, avec des taches pâles autour du nez, de la bouche et du menton, et une autre au niveau du cou. Ses yeux sont d'un noir d'ébène profond, sans aucune distinction entre l'iris et la pupille.

– Vous m'avez suivie jusqu'ici pour m'assassiner ?

Quelque part dans un coin de mon crâne, je reconnais que je devrais ressentir une peur plus vive, pourtant ce n'est pas le cas. Je n'y arrive pas.

L'homme baisse la tête, tandis que la brume s'étend sur ses flancs.

– Oui, me dit-il, et le son de sa voix me fait l'effet d'une onde de choc dans la colonne vertébrale.

Ce son est rude. Laborieux. Comme s'il n'avait pas parlé depuis très longtemps. Son expression reste neutre, ses joues sont immobiles, ses lèvres ne bougent pas. Peut-être qu'il est toujours aussi stoïque qu'un rocher.

– C'est ce qu'on m'a demandé de faire.

Mon dos se raidit.

– Et vous comptez faire ça maintenant ?

Je suis à deux doigts d'appeler à l'aide lorsqu'il secoue la tête.

– Cela n'a plus d'importance à présent. Je vous ai observée, Reine Malina, et je n'aime pas ce que j'ai vu.

Je sens mes sourcils se froncer sous l'offense.

– Je vous demande pardon ?

– Ne la sentez-vous pas ? La magie qui plane dans l'air ?

– Si vous n'avez pas l'intention de me tuer, vous pouvez faire demi-tour et quitter cet endroit, je lui lance sur un ton cassant. Je devrais vous faire écarteler pour ce que vous avez fait à mon étalon et à mes gardes.

– Vous pourriez essayer, rétorque-t-il. Mais vous n'y arriveriez pas.

La colère monte en moi.

– Vous me gâchez la journée, alors qu'elle commençait plutôt bien !

– C'est justement de ça dont il s'agit, dit-il en faisant un pas vers moi, et il est beaucoup trop près pour respecter la bienséance.

Si près, en fait, que je peux sentir la chaleur de son corps tandis que les ombres brumeuses qui l'entourent suivent ses mouvements et caressent presque ma peau, ce qui me fait frissonner et accélérer mon pouls.

– Vous avez passé une bonne journée *tous les jours* depuis que vous êtes arrivée ici. Vous ne vous êtes posé aucune question.

– Et que devrais-je remettre en question ? je lui réponds avec mépris. Je suis une reine, c'est un château. On me traite comme il se doit, surtout après les épreuves que j'ai subies.

L'homme émet un bruit qui, je crois, est censé être un rire, mais ressemble plus à du gravier raclé contre du verre.

– Je pensais que vous étiez au moins un peu maligne, en plus d'être une espèce de garce sans cœur.

– Comment *osez-vous*…

– Regardez autour de vous, dit-il en me coupant la parole. Regardez. Observez. Vous ne pouvez pas faire confiance aux gens d'ici.

– C'est assez comique, venant de l'assassin qui est ici pour me tuer.

Ses yeux sombres s'assombrissent encore.

– Peut-être devrais-je vous achever ici et maintenant, puisque vous ne voulez pas m'écouter.

J'ouvre la bouche comme pour lui répondre, mais à la place, je crie aussi fort que je peux pour demander de l'aide.

L'homme ne bouge pas. Il ne bronche même pas. L'assassin se contente de m'observer de ses yeux sombres que je crois entièrement faits d'ombre. Mon cœur cogne contre ma poitrine lorsque j'entends des pas courir dans ma direction, mais je ne parviens pas à détourner mon regard.

– Réveillez-vous, et arrêtez de sentir les fleurs, Reine Froide. Avant qu'il ne soit trop tard. Vous devez trouver un moyen de rompre le marché que vous avez conclu, parce qu'à ce stade, je ne pense pas que votre mort sera suffisante.

Il relève sa capuche et disparaît dans un tourbillon de fumée insondable, et le temps que les trois hommes arrivent, il n'y a plus ici qu'une lumière teintée de gris qui entre par la fenêtre.

– Que se passe-t-il ? Qu'est-ce qui ne va pas ? me demandent avec anxiété les jumeaux.

Je ne sais pas pourquoi je mens.

– Ce n'est rien, je réponds en secouant la tête et en affichant un franc sourire, car je me sens déjà beaucoup mieux en leur présence. Je me suis tordu la cheville et j'ai cru que j'aurais besoin d'aide pour marcher jusqu'à ma tourelle, mais ça va.

Ils me regardent avec inquiétude.

– Vous êtes sûre, ma reine ?

– Oui. Pourriez-vous me faire monter mon déjeuner dans ma chambre plus tard ? Je pense que je vais y rester pour la journée.

Ils s'inclinent tous deux profondément, ce qui forme un pli dans leurs chemises impeccables.

– Bien sûr, Votre Majesté.

Je les remercie d'un signe de tête et me détourne, non sans avoir remarqué que Pruinn m'observait en fronçant les sourcils. Je m'éloigne en boitant légèrement et en guettant attentivement la brume derrière chaque fenêtre.

Pourtant, lorsque je regagne ma chambre et que peu après je me prélasse dans le bain, le choc que m'a causé ma rencontre avec le tueur s'est déjà estompé. En respirant la vapeur parfumée, je me mets à soupirer d'aise et tous mes soucis s'envolent avec la mousse de savon.

Il essayait de me faire peur, de me dissuader de prendre le pouvoir, car je parie qu'il ne pourra pas me tuer tant que je serai dans ce château. Fassa et Friano sont trop puissants. Je parie que l'assassin espérait réussir à m'éloigner pour pouvoir terminer le travail. Me piéger pour que je ne parvienne pas à devenir plus puissante que Tyndall.

Il a dit qu'il observait ? Très bien. À la nouvelle lune, il pourra me voir accéder à la gloire et être récompensée par le pouvoir.

Et il n'aimera franchement pas voir ça.

Chapitre 45

Auren

Trois Ailes-branches s'élèvent dans le ciel, ils tracent des lignes dans les nuages en laissant derrière eux des traînées de vapeur.

Nous avons volé sans relâche, jour et nuit, en ne nous arrêtant que quelques heures pour dormir et pour que les Ailes-branches puissent bénéficier d'un repos bien mérité et d'un temps de chasse. Le fait de côtoyer Argo pendant que je m'entraînais m'a permis de ne plus avoir aussi peur de lui, mais c'est toujours un peu terrifiant d'être attachée à son dos à des centaines de mètres au-dessus du sol. Slade me garde blottie contre son torse, couverte de manteaux et de couvertures ; son corps puissant me soutient parfaitement, et je peux me laisser aller à dormir pendant qu'il tient les rênes.

Depuis notre départ, il est épuisé. Il a expulsé toute sa puissance dans la déchirure. Et même s'il ne se plaint jamais, je discerne la fatigue sur ses traits chaque fois que nous descendons. J'ai beau lui proposer de prendre les rênes pour qu'il puisse se reposer, il refuse toujours.

Quelle tête de mule !

Les autres créatures ailées sont toujours dans notre champ de vision. Digby est assis derrière Judd, et Lu les suit de près sur un Aile-branche aux plumes plus enneigées que les autres. Je suppose qu'ils gardent un œil sur Slade, au cas où.

Lorsque nous avons plié notre maigre campement ce matin, au sommet d'une montagne rocheuse couverte de neige, Slade m'a dit que si nous avions beau temps, nous serions au Quatrième Royaume ce soir.

Je l'ai senti il y a quelques heures, ce changement subtil dans l'air. Au cours des derniers jours, le vent a commencé à devenir moins glacial. Mais aujourd'hui, au crépuscule, il fait presque… *chaud*. J'essaie de jeter un coup d'œil en contrebas, car il me tarde de découvrir les paysages du Quatrième Royaume, mais nous sommes au-dessus des nuages et la couverture est trop épaisse pour que l'on puisse voir à travers.

Et puis, la nuit tombe.

Une obscurité pesante semble s'abattre sur le ciel, elle s'écrase contre le crépuscule pour le réduire à néant. Mais cette nuit est différente. Elle n'est pas aiguisée par la morsure du gel ou traversée par un vent glacé qui vous frappe dans le dos.

Bien au contraire, je sens la chaleur sous le manteau de la nuit – une chaleur que je n'ai pas connue depuis très longtemps. J'ai passé dix ans à respirer un froid perpétuel qui engourdit. À marcher dans la neige, à ne jamais voir le soleil. À être constamment couverte pour lutter contre les températures polaires.

Dans ma partie du monde, à Highbell et même dans le Cinquième Royaume, le soleil n'a jamais pu percer ces nuages gelés. Il n'a jamais pu rivaliser avec les blizzards et la neige fondue. C'est pourquoi j'apprécie tant la douce chaleur que m'apporte ce vol nocturne, j'ai l'impression qu'une couche de givre fond lentement sur moi.

Alors que je suis presque endormie dans ce confort moelleux, Slade me chuchote à l'oreille :

– Nous sommes arrivés.

Mon souffle se bloque dans ma gorge, et je me retourne pour lui demander comment il le sait, quand Argo pousse soudain un grand cri qui me fait sursauter. Le bras de Slade se resserre autour de ma taille, sa main se pose sur mon ventre.

– Accroche-toi.

Je me suis peut-être habituée à voler sur le dos d'Argo, mais ses plongeons à l'atterrissage sont une tout autre affaire.

Mes mains agrippent le rebord de la selle devant moi, mes cuisses se bloquent autour de la bête juste au moment où elle pointe son museau vers le sol, et plonge en piqué.

Un cri menace de jaillir de ma bouche, mais je parviens à le retenir dans ma gorge.

La vitesse de la descente balaie ma tresse en arrière, et l'air me fouette au visage. Il m'est presque impossible de garder les yeux ouverts. Slade me tient fermement contre lui tandis que nous nous enfonçons dans les nuages.

Mon estomac se soulève, j'ai la sensation que le reste de mon corps continue à tomber sans lui, alors qu'Argo descend, encore et encore. Une fine pellicule de condensation s'écoule de ses plumes comme une pluie inversée.

Et puis, au moment où je pense que je vais me mettre à vomir à cause de la vitesse de cette chute, Argo se redresse et déploie ses ailes massives. J'aspire une bouffée d'air tandis que notre descente passe d'un rythme effréné à une douceur surprenante.

En reprenant mon équilibre, je pousse un souffle fébrile. C'est à cet instant que les lèvres de Slade se posent à nouveau sur mon oreille.

– Regarde, Auren.

J'écarquille les yeux dans l'obscurité.

Et je vois…

Le sol est sombre. Il n'est pas éclairé par la lumière de la lune ni recouvert de neige. D'ailleurs, il n'y a pas le moindre flocon en vue. Et rien que ça, *rien que ça*, c'est suffisant pour que j'ouvre grand mes yeux. Et alors, mon regard s'imprègne vraiment de ce que je vois.

Il y a des rivières *partout*. Aussi loin que je puisse voir, leurs flots scintillants lézardent sur la terre comme les racines d'un arbre ancien. Elles ondulent, leur surface étincelante brille dans la nuit.

Je ne distingue que les contours ombragés des bâtiments et des murs, mais des points lumineux parsèment la ville, ce qui donne une impression d'effervescence au milieu de l'eau scintillante.

Les autres Ailes-branches viennent voler à nos côtés. Slade tend son doigt pour leur indiquer la direction à suivre. Je quitte le sol du regard et je reste bouche bée.

Devant nous se dresse une montagne massive, si grande que je ne pourrai en mesurer l'ampleur qu'à la lumière du jour. Et au pied de cette montagne, je découvre le château du Quatrième Royaume.

Il est sombre, bien que les fenêtres brillent de l'intérieur et que d'autres points de lumière éclairent les pinacles et les parapets. Il a des tourelles pointues à son sommet et des meurtrières verticales creusées dans ses hauts murs lisses. À la place de remparts ou de murailles défensives, il est entouré d'énormes douves. Ainsi, l'édifice ressemble plus à une forteresse qu'à un château.

L'une des bêtes lance un appel auquel les autres répondent, comme s'ils fêtaient notre arrivée. J'ai presque envie de pousser un cri victorieux, moi aussi, et j'entends Judd le faire.

Mais même si je suis plutôt contente d'en finir avec ce vol, je ne peux nier le fait que le Quatrième Royaume est vraiment magnifique vu d'ici. L'air empreint de rosée, les rivières radieuses, les lumières amicales qui éclairent le paysage sombre… c'est un formidable spectacle, et pendant qu'Argo et les autres se dirigent droit vers lui, je bous d'impatience.

Je sens le souffle de Slade qui me caresse.

– Bienvenue à Brackhill.

Caché derrière les flèches qui se dressent à l'arrière du château de Brackhill, il y a un toit-terrasse ouvert aux étoiles.

L'un après l'autre, les Ailes-branches tournent autour dans une sorte de ballet. Argo est le premier à se poser au centre. Ses serres claquent contre le sol de pierre grise. Le toit est incroyable, avec une vue plongeante sur la montagne derrière nous. J'en oublie presque à quel point je suis fatiguée par le voyage.

– C'est magnifique.

La voix de Slade murmure à mon oreille :

– C'est l'entrée privée que nous utilisons quand nous regagnons le palais sur nos montures ailées.

– J'adore.

Le reste de la troupe se pose à côté de nous, et Slade détache les sangles qui nous retenaient à la selle. Il saute et atterrit avec agilité, avant de m'attraper par la taille et de me soulever. Dès que mes pieds touchent le sol, j'ai des fourmis dans les jambes et je gémis en découvrant combien je suis courbaturée d'avoir chevauché si longtemps.

– Tu t'es très bien débrouillée pour ton premier long voyage, me complimente-t-il. Je suis désolé que nous n'ayons pas pu nous arrêter plus souvent.

– Arriver plus vite, c'était mieux de toute façon.

Judd saute à terre et s'étire le dos en faisant rouler ses épaules.

– Putain. C'est bon d'être à la maison et plus dans cette foutue neige !

Lu sourit tout en caressant sa monture, à qui elle offre une friandise.

– Si tu penses que ce n'était qu'un rétrécissement dû au froid, tu vas être vraiment déçu.

Slade rit sous cape et Judd lui balance un gant au visage. Qu'elle rattrape, bien sûr.

– Votre Majesté, bon retour parmi nous.

Je sursaute presque lorsqu'un garde se détache du mur pour s'incliner. Il est vêtu d'un cuir noir semblable à celui des soldats de la Quatrième Armée, mais contrairement à leur uniforme, l'insigne de l'arbre tordu est cousu au fil brun sur le pan gauche de sa veste, et ses bottes ne sont pas usées par les longues marches. Mon regard se porte sur le reste du mur que je croyais vide, mais je m'aperçois rapidement que trois autres gardes sont cachés dans l'ombre.

– Marcoul, content de te revoir, répond Slade à l'homme aux cheveux gris en lui donnant une tape dans le dos et en lui souriant. Les émissaires royaux sont arrivés ?

– Oui, Sire. Ils ont présenté leur lettre de créance et ils logent au troisième étage.

Slade acquiesce tout en croisant le regard de Lu qui s'approche à grands pas.

– Bien. Rien d'autre à signaler ?

– Rien à signaler.

– Merci, Marcoul.

L'homme s'incline et retourne à son poste, son corps s'évanouit presque dans l'ombre. Je remarque que les lanternes situées en haut du mur ont été placées de façon stratégique. Elles apportent juste assez de lumière pour éclairer la piste d'atterrissage, tout en maintenant des zones d'ombre afin que les gardes restent cachés ; surtout avec les tourelles jumelles derrière nous.

En me retournant, je cherche Digby du regard et je remarque immédiatement qu'il est très pâle, il se tient voûté et la sueur perle sur son front.

Je me précipite vers lui.

– Tu vas bien ?

– Ça va, grogne-t-il. Quelqu'un peut-il me montrer ma chambre ?

– Et faire venir un médecin, j'ajoute.

Judd apparaît à ses côtés.

– Allez, mon vieux, dit-il joyeusement. Tu auras la meilleure chambre de la maison, celle qui est juste à côté de la mienne.

Digby soupire, puis se met à boiter derrière Judd. Ils passent par l'arche en forme de dôme au centre du mur, qui mène à une série d'escaliers qui descendent dans les entrailles du château. Dès qu'ils sont à quelques pas de nous, je rejoins Lu et Slade.

– Ne t'inquiète pas, me dit Slade. Judd veillera à ce que le médecin du château l'ausculte immédiatement.

Je pousse un soupir de soulagement.

– Merci.

– Tu as besoin de quelque chose ? demande Lu en se tournant vers Slade.

– Ça va. Va dormir un peu.

Elle acquiesce, mais laisse échapper un soupir en regardant ses pieds.

– Mes pantoufles me manquent déjà.

– Pourquoi ne pas en prendre une paire ici ?

– Ce ne serait pas pareil, me répond-elle d'un air triste, avant de tourner les talons et d'emprunter le même chemin que Judd et Digby.

Slade s'approche d'Argo et lui gratte le cou.

– Va te chercher à manger et installe-toi sur ton perchoir préféré.

Argo lui répond par un coup d'aile dans le bras, comme s'il approuvait. Puis il s'élance dans les airs, entraînant les autres à sa suite, pour disparaître vers la montagne juste derrière nous.

Devant mon regard intrigué, Slade m'explique :

– Leur perchoir se trouve dans la montagne.

– Ce sont des créatures intelligentes.

– Très, répond-il en venant se placer à côté de moi. Il est tard, mais je peux encore te faire visiter si tu veux te dégourdir les jambes ?

Je suis sur le point d'accepter, mais je remarque les rides de fatigue qui strient son visage, plus profondément encore au coin de ses paupières tendues.

– Non, allons nous reposer. Tu me feras visiter demain.

Il pose alors sa main sur le bas de mon dos et me conduit vers l'arche. Trois pas plus loin, nous descendons un escalier en colimaçon cerclé de fer. Mes mains gantées effleurent la courbure de la rampe, les marches me donnent le tournis.

Lorsque nous arrivons en bas, il y a un couloir avec des pierres grises usées et un long tapis de sol vert. Dans des boîtiers en fer, des torches éclairent les murs nus. Le plafond est bas et le couloir étroit, mais Slade me fait ensuite descendre une autre série d'escaliers. Cette fois, les marches sont droites et larges.

Et enfin, nous touchons au but. Le château semble se déployer autour de nous. Je m'agrippe à la rambarde et mon regard plonge dans le grand hall d'entrée en contrebas, situé après trois autres volées de marches.

Le bois sombre et les murs blancs et lisses dominent l'espace. Les galeries ouvertes de l'étage supérieur ressemblent un peu à celles de Ranhold, à la différence près que les sculptures en bois d'ici sont plus élaborées. Elles partent des piliers qui soutiennent les escaliers et vont jusqu'au plafond. Le bois massif me rappelle l'intérieur d'un instrument de musique, avec ses creux incurvés et ses cordes en cuivre délicates qui pendent du plafond, et descendent comme une tapisserie drapée jusqu'aux fenêtres en forme d'arc.

– C'est incroyable, je m'exclame en effleurant le bois lisse.

J'aperçois alors le reste de la troupe qui se sépare. Lu continue à descendre un escalier, tandis que Judd et Digby tournent à droite et rejoignent le hall qui se trouve en face de nous. Judd conduit Digby qui boite toujours. Je murmure avec inquiétude :

– Il est plus blessé qu'il veut bien le laisser paraître.

Slade se glisse à côté de moi.

– Ses blessures étaient assez conséquentes, mais Hojat est le meilleur soigneur qui soit, et s'il pensait vraiment qu'il ne pouvait pas faire le voyage, il l'aurait interdit. Digby est un dur à cuire, et ici aussi j'ai un bon soigneur. On va s'occuper de lui.

– Il a été mon garde pendant longtemps. Le seul en qui je pouvais avoir confiance. Je l'ai toujours considéré comme une sorte de figure paternelle. Il ne se contentait pas de me garder. Il me *protégeait.* Parfois même, des autres gardiens.

Il me regarde attentivement.

– Midas s'est toujours montré très strict concernant ma garde à Highbell, mais ses menaces n'avaient pas autant d'effet qu'il le pensait. Il arrivait souvent que l'attitude de certains gardes soit… loin d'être exemplaire.

Je vois ses doigts se crisper sur la balustrade, puis, sur un ton parfaitement sérieux, il déclare :

– Si tu me donnes des noms, je leur pourrirai la cervelle.

Un rire étonné m'échappe et je me tourne vers lui.

– Je pense que beaucoup d'entre eux n'ont pas un cerveau très conséquent, alors nous les laisserons pourrir à leur rythme.

– Très bien, dit-il, l'air légèrement déçu.

Je ris à nouveau, mais un énorme bâillement prend le relais, qui me fait pratiquement craquer la mâchoire.

Slade prend ma main dans la sienne.

– Viens, allons dormir un peu, dans un vrai lit, avec de vrais oreillers et de vraies couvertures.

– Tu sais vraiment comment m'amadouer.

En riant, il m'entraîne dans une nouvelle série d'escaliers, mais au lieu d'aller là où sont les autres, nous partons dans la direction opposée. Chemin faisant, nous croisons un garde qui baisse la tête en guise de salut et me lance un regard curieux.

À cet étage, les murs sont recouverts de boiseries sculptées et incurvées, ce qui donne l'impression que les plafonds sont plus hauts. Tous les quelques mètres, il y a une fenêtre encastrée dans le mur, constituée de verre bullé serti de fer. Il fait trop sombre pour percevoir quoi que ce soit à l'extérieur, et les vitres ne révèlent pour l'instant que nos reflets.

Au bout du couloir, Slade ouvre une porte, puis m'invite à le suivre à l'intérieur. Dès que j'entre, j'ai une impression de familiarité, car la pièce *ressemble* à Slade. Il y a une superbe cheminée avec un encorbellement noir finement sculpté. Trois canapés sombres et une table sont disposés autour.

De l'autre côté, un couloir mène à la chambre. Je découvre un lit massif dressé sur une plateforme surélevée, avec à chaque coin une colonne en pierre de la même veine que le sol. La literie noire et vert foncé paraît si moelleuse que j'ai hâte de m'y glisser.

– Tu veux manger quelque chose ? demande-t-il, en m'enlevant doucement mon manteau.

– Je crois que je suis trop fatiguée pour manger maintenant.

Il prend mon manteau et disparaît dans une pièce adjacente, où je distingue des vêtements et des armes suspendus. J'entends le bruit révélateur de bottes qu'on laisse tomber, puis il ressort. Son manteau a disparu lui aussi. Il tient dans ses mains une chemise qu'il me tend.

– Nous te donnerons des vêtements appropriés demain, mais pour ce soir, tu peux porter ma chemise.

– Ça me semble un peu intime, je le taquine en lui arrachant la chemise des mains.

Slade s'esclaffe.

– Si tu trouves que *ça*, c'est intime, alors j'ai vraiment besoin de me faire pardonner.

Il retire sa propre chemise d'un mouvement fluide, et ce simple geste suffit à me mettre l'eau à la bouche. Mon regard s'arrête sur ses abdominaux.

– Lève les yeux.

Je sursaute, prise en faute, et la chaleur s'empare de mes joues.

– Je ne te regardais pas.

– Non, je crois me souvenir que c'est mon cul que tu aimais mater.

Je plisse les yeux, et même s'il a raison, jamais je ne l'admettrai.

– Je ne sais pas de quoi tu parles.

– Mm-hmm. Viens te coucher, Chardonneret.

Je le pointe du doigt.

– Pas de coup en traître, Ravinger. Nous sommes tous les deux fatigués, et tu te remets à peine d'une énorme perte d'énergie. Nous avons besoin de dormir.

Ses yeux parcourent mon corps comme s'il s'agissait d'un mets à savourer, alors qu'en réalité, j'ai probablement l'air d'un troll des vents avec mes cheveux emmêlés et mes vêtements vieux de trois jours.

– D'accord. Mais je m'occupe de ton cas demain. J'enfilerai un pantalon moulant pour bien planter le décor.

Je lui fais les gros yeux, mais mes lèvres ne peuvent s'empêcher de sourire.

– Bonne chance pour ça. Je peux utiliser la salle de bains pour me laver ?

– Bien sûr, dit-il en s'approchant du lit. Et tu n'as pas besoin de le demander. Tout ce qui se trouve dans ce château est à toi. Tu peux aller où tu veux et faire ce que tu veux.

Il tire les couvertures et je le regarde fixement pendant un moment. Lorsqu'il remarque que je suis toujours là, il fronce ses sourcils.

– Quoi ?

Je me ressaisis.

– Rien.

Va où tu veux et fais ce que tu veux. Il l'a dit avec une telle désinvolture. Comme si c'était normal. Comme si j'avais déjà entendu de telles paroles, alors que ce n'est pas le cas.

Un sourire se dessine sur mes joues, et il y reste tout le temps que je passe dans la salle de bains. Ma vessie est sur le point d'exploser, alors j'enlève rapidement mes gants et j'utilise les toilettes, puis je me lave le visage et les mains. Je me débarrasse de mes habits sales, j'enfile la chemise de Slade avant de trouver un peigne et d'essayer de défaire les nœuds de mes cheveux emmêlés, du mieux que je peux. Un court instant, j'hésite à renfiler mon pantalon et mes chaussettes, mais je secoue la tête. Je ne dore plus rien sans le vouloir.

Comme pour me le prouver, je touche le peigne en faisant appel à mon pouvoir, et je souris lorsque de l'or se met à le recouvrir. Dès qu'il est doré, je suspends ma magie et j'appuie bien fort mes doigts contre la console en marbre pour m'assurer qu'aucune goutte n'en sort.

C'est incroyable comme c'est déjà devenu plus facile.

Quand je ressors, j'ai hâte d'annoncer à Slade que je dormirai uniquement vêtue de sa chemise, mais il est déjà profondément endormi. Sa respiration est régulière, son visage détendu, son corps affaissé sur le lit moelleux. Il a l'air tellement soulagé dans son sommeil que je l'observe un moment en souhaitant qu'il puisse éprouver la même sensation de sérénité au réveil.

Pieds nus, je me dirige de l'autre côté du lit et me glisse sous les couvertures, aussi silencieusement et délicatement que possible pour ne pas le déranger. Par habitude, j'essaie de laisser un peu d'espace entre nous, mais dès que je suis dans le lit, il semble sentir ma présence.

Il tend son bras, m'attrape par la taille et me fait basculer comme si je ne pesais rien pour me coller tout contre lui. Je retiens mon souffle, surprise, mais il ne se réveille pas. Il laisse simplement échapper un profond soupir, comme s'il pouvait réellement se détendre maintenant que je suis blottie dans ses bras.

Je m'endors tout aussi vite que lui, le sourire aux lèvres.

Chapitre 46
Slade

Je me réveille en sursaut. Mon regard se pose sur le rayon de lumière qui passe au travers des lourds rideaux noirs et atterrit sur le lit – *le lit vide*.

Je m'assieds en passant une main sur mon visage, et je me souviens qu'hier soir je n'ai même pas tenu jusqu'à ce qu'Auren sorte de la salle de bains avant de m'endormir. Je ne voulais pas l'inquiéter, mais j'ai eu une baisse d'énergie bien plus forte que d'habitude. Je me suis laissé emporter et j'ai été un peu trop loin, d'autant que je devais la protéger pendant notre voyage.

Je suppose que le fait de retrouver mon lit après des mois d'absence n'est pas étranger à ce lourd sommeil. J'ai mieux dormi la nuit dernière que depuis des semaines. La seule chose qui me manque à présent, c'est Auren.

Je me demande si ça l'inquiète toujours de rester au lit le matin. Évidemment, cela fait plus de dix ans qu'elle se conditionne à se lever avant l'aube, qu'elle se force à ne pas manger, boire ou toucher quoi que ce soit après le lever du soleil, mais elle n'a plus besoin de faire tout ça. Elle a plus de contrôle qu'elle ne le croit, bien qu'il soit difficile d'oublier certaines habitudes.

Je me lève et me dirige vers la salle de bains pour me laver le visage avant de m'habiller. Une fois prêt, je sors, m'attendant à la trouver dans le salon, mais celui-ci est vide. En quittant mes appartements, j'aperçois dans le couloir un de mes gardes qui fait sa ronde en se dirigeant dans la direction opposée.

Il doit sentir ma présence parce qu'il se retourne aussitôt, et s'arrête pour me saluer d'un hochement de tête.

– Votre Majesté.

– Bonjour, Vaen. Tu as vu Dame Auren ?

– Non, Sire, mais nous venons de changer d'équipe. Je peux aller demander aux gardes précédents ?

Je secoue la tête.

– C'est inutile, je vais la trouver.

Je descends les escaliers pour rejoindre l'étage inférieur et la salle privée de petit déjeuner, près des appartements de Judd. Nous y prenons toujours nos repas, n'utilisant la salle à manger que lorsque nous y sommes contraints. Je croise un autre garde avant d'entrer.

Lu lève les yeux et repousse Judd qui avait mis ses pieds sur la table.

– Eh bien, regarde ce que la pourriture a provoqué, gazouille-t-elle. On dirait que tu as trop dormi.

Je m'avance en haussant les sourcils.

– Être roi ne m'octroie donc aucun avantage ?

– Non, répondent Judd et Lu en chœur.

Je balaie la pièce du regard.

– Où est Auren ? Elle a déjà mangé ?

– Nous pensions qu'elle était avec toi, dit Lu.

– Oui, nous ne l'avons pas encore vue ce matin.

Je sens la peur qui me gagne.

– Aucun de vous ne l'a vue ?

Je regarde à nouveau autour de moi et remarque que Digby n'est pas là, lui non plus.

– Vous avez vu Digby ?

– Non, mais il est encore tôt.

J'acquiesce, puis je me dirige vers la porte.

– Elle est sans doute avec lui.

– Ou alors, elle est peut-être allée se promener au rez-de-chaussée, suggère Judd.

J'aurais dû faire visiter les lieux à Auren hier soir pour qu'elle puisse se repérer, ou du moins savoir où prendre son petit déjeuner.

– Tu as installé Digby dans la chambre d'argent ?

– Yep.

Je retourne dans le couloir et me rends immédiatement à l'endroit où Digby est logé. Je toque à la porte. La réponse n'est pas immédiate, mais j'attends un moment avant de toquer à nouveau, plus fort cette fois.

L'inquiétude me ronge. Du coin de l'œil, je remarque Judd et Lu qui s'approchent. Alors que je m'apprête à frapper du poing, j'entends Digby qui me hurle de patienter. Il y a un bruit de pas, puis la porte s'ouvre d'un coup sec et Digby, que j'ai manifestement tiré du lit, apparaît sur le seuil, ses cheveux grisonnants dressés sur sa tête. Il me toise, puis jette un regard aux autres, qui se tiennent derrière moi.

– Ouais ?

– J'en déduis qu'Auren n'est pas avec toi.

Il fronce les sourcils.

– Non.

Mon inquiétude devient de plus en plus tangible, elle me comprime les côtes jusqu'à m'empêcher de respirer.

– Je vais vérifier aux cuisines et à la salle à manger, lance Lu avant de faire demi-tour.

– Vérifie aussi dans la bibliothèque, je lui réponds, et elle hoche la tête.

C'est alors qu'il me vient une idée terrible.

– Quelle chambre a-t-on donnée à Manu ?

Judd paraît choqué en comprenant où je veux en venir.

– La chambre bleue au troisième étage. Tu crois que…

–Je ne sais pas. (Je m'éloigne déjà à grandes enjambées, la poitrine serrée.) Mais si *jamais* il l'a blessée, putain…

Judd me rattrape, l'air sombre.

–Alerte les gardes, je lui ordonne. Faites une fouille complète, dis-leur…

–Hé !

En entendant ce cri, nous nous retournons immédiatement. Même Lu, qui se trouve déjà dans la cage d'escalier, s'arrête et lève les yeux.

Digby, qui s'appuie contre le chambranle de la porte, me lance un regard noir.

–Tu ne sais pas où est Auren.

Je brûle d'impatience, mais je réponds tout de même à sa question qui n'en est pas vraiment une.

–Non.

Il s'approche de moi en boitant, et même si mon esprit me hurle que je ferais mieux de m'occuper de la retrouver, je l'attends.

Ses sourcils touffus sont froncés, ses lèvres pincées en signe de désapprobation et il semble sur le point de faire un sermon.

–Et dire que je te croyais intelligent.

–*Pardon ?*

Il secoue la tête en soupirant.

–Ma Dame n'est ni dans les cuisines, ni dans la salle à manger, ni dans la bibliothèque.

Judd et moi échangeons un regard tandis que Lu s'approche.

–D'accord… donc tu l'as vue ce matin ?

–Non. Mais je n'ai pas besoin de l'avoir vue pour savoir où elle est. Tout comme tu le saurais si tu te sortais la tête du cul de temps en temps.

Je grince des dents si fort que je suis étonné qu'elles ne se brisent pas.

–Explique-toi.

–Ma Dame a vécu dans le Nord pendant dix ans. Une décennie de neige, vue à travers des barreaux, des fenêtres, des grottes, des *entraves*, m'explique-t-il en croisant les bras.

Si tu la connais un tant soit peu, tu sauras où la trouver. Alors, où penses-tu qu'elle soit en ce moment ?

Il me dévisage et je prends conscience de ce qu'il vient de dire.

Digby hoche la tête d'un air laconique.

– Content de voir que tu n'es pas complètement idiot.

Et sans s'attarder davantage, il retourne sur ses pas et claque sa porte derrière lui.

Judd émet un petit sifflement.

– Je crois bien que tu viens de te faire allumer, Rip.

– Je ne sais pas si je dois me sentir insulté ou impressionné, j'admets.

– Je mise sur la seconde option, répond Lu. Bon... On t'aide à la chercher ?

Je décline sa proposition et commence à m'éloigner.

– Digby a raison. Je crois que je sais où la trouver.

Je grimpe les marches deux par deux, traverse le couloir, puis gravis l'escalier en colimaçon qui mène au toit.

J'ai d'abord envisagé d'aller inspecter les jardins, mais Auren n'avait pas de vêtements appropriés et je pense qu'elle a préféré s'isoler dans un lieu plus intime.

Au moment où j'atteins le toit, je remarque que les trois gardes postés sous l'arche regardent tous dans la même direction. Je devine pourquoi ils sont là plutôt que d'être à leur poste habituel, plus loin sur la terrasse.

À mon arrivée, ils s'inclinent.

– Sire.

Mais dès que je l'aperçois, je me fige. Elle ne s'est pas contentée de monter sur le toit. Non, elle a grimpé sur l'une des tourelles. Elle est là, adossée aux tuiles, sa peau dorée brille contre la pierre noire qui l'entoure.

Pendant un instant, je me contente de l'admirer. Elle ressemble ni plus ni moins à une déesse, renversante de beauté dans cette lumière qui lui a été si souvent refusée. Sa peau absorbe les rayons du soleil comme s'il la bénissait.

J'interroge les gardes à voix basse :

– Depuis combien de temps est-elle là-haut ?

– Depuis le lever du soleil.

J'acquiesce et j'ordonne :

– Vous pouvez prendre une pause.

Ils ne se le font pas dire deux fois. J'entends leurs pas s'éloigner dans l'escalier en colimaçon, nous laissant seuls. Je me dirige à l'autre bout du toit-terrasse, les yeux rivés sur sa silhouette dorée.

L'idée qu'elle ait pu escalader le mur de la tourelle, même s'il ne fait qu'une dizaine de mètres de haut, me rend nerveux. Je m'arrête en bas de celui-ci et, en m'accrochant aux crochets plantés çà et là, je me mets à grimper. Au lieu d'entrer par l'ouverture où les sentinelles montent la garde, je continue de grimper jusqu'au sommet et je balance mes jambes sur le toit pentu.

Je me redresse et m'avance jusqu'à elle. Elle se tient à moitié allongée sur ses coudes, ses jambes nues sont étendues et croisées. Sa cascade de cheveux d'or recouvre son dos ; son visage est tourné vers le ciel.

Elle se *prélasse* au soleil et on dirait que la lumière du jour n'a été créée que pour ça. Elle est si époustouflante ainsi, seulement vêtue de ma chemise, que j'ai presque envie de demander aux gardes de revenir et de s'arracher les yeux pour avoir osé la regarder.

Mais ces pensées possessives s'envolent dès que je remarque les traces sur ses joues.

Je tombe à genoux à côté d'elle.

– Chardonneret, je murmure pour ne pas l'effrayer.

Mais j'ai dû être plus discret que je ne le pensais, car elle ne répond pas.

– Qu'est-ce qui ne va pas ? Pourquoi pleures-tu ?

Elle ouvre les yeux, ses cils sont mouillés par ses larmes dorées. Puis elle plonge ses iris dans les miens, et mon cœur s'arrête de battre un instant.

– Tu entends ? chuchote-t-elle.

J'écoute avec attention, mais tout ce que j'entends, ce sont les sons lointains de la ville en contrebas et le bruit constant de la cascade, au pied de la montagne.

– De quoi parles-tu ?

Et elle sourit, malgré les larmes séchées sur ses joues et ses yeux embués. Elle est si belle que j'en oublierais presque de respirer.

– Le soleil, répond Auren sur un ton gai et innocent. Il chante pour moi.

Je suis saisi par l'émotion, alors qu'elle penche à nouveau sa tête en arrière. Je la vois fermer les yeux et je pose une main sur sa joue si douce.

– Et que chante-t-il, Chardonneret ?

Son sourire est aussi éblouissant que l'astre au-dessus de nos têtes.

– La chanson de la maison, répond-elle simplement. Le soleil chante la chanson de la maison.

Mes poumons se gonflent et quand elle tend une main vers moi pour m'attirer à elle, je m'allonge à ses côtés, mon bras contre le sien, ma jambe contre la sienne.

– Écoute, murmure-t-elle.

C'est ce que je fais. Mes doigts s'entrelacent avec les siens, et j'écoute. Mais ce qui me donne le sentiment d'être de retour à la maison, ce n'est pas le soleil.

C'est elle.

CHAPITRE 47

AUREN

Je ne sais pas combien de temps Slade et moi sommes restés sur le toit, mais lorsque nous en descendons, je déborde d'énergie. Malgré ce lever aux aurores, je me sens revigorée. Rétablie. *Vivante.*

– Je veux passer la journée dehors, je déclare en prenant la direction de l'arche où se tiennent les gardes.

– Levez les yeux, Messieurs, leur dit Slade, sans que je comprenne pourquoi.

Je baisse alors les miens et je m'aperçois soudain que je porte sa chemise… et rien d'autre ! Les sentinelles, quant à eux, prennent son ordre au pied de la lettre ; ils lèvent si haut leurs yeux que je me demande s'ils peuvent voir le fond de leur crâne.

– Je devrais peut-être un peu plus m'habiller, non ?

– Ce serait préférable pour m'éviter d'avoir à planter des poignards dans les yeux de mes gardes les plus fidèles.

L'une des sentinelles laisse échapper une toux étranglée.

– Pour ton information, je désapprouve les coups de poignard dans les yeux.

– J'en prends note.

Je m'arrête juste avant l'arche pour contempler ce ciel clair et sans nuages. Je ne l'avais pas vu depuis si longtemps.

J'avais oublié ce sentiment.

Ce geste de fermer les yeux. De lever la tête. Et l'éclat rouge de la lumière à travers mes paupières ; la chaleur sur ma peau, de la tête aux pieds. La façon dont le soleil s'engouffre dans mes pores et gomme tout souvenir du froid.

J'en avais besoin.

Avant même que le soleil ne se lève, j'ai entendu son appel. Je me suis glissée hors du lit pour suivre son doux chant, et suis arrivée ici où je peux monter sur le toit, tout près de la montagne, et me laisser porter… par mes *sensations.*

Dix ans. Cela fait *dix ans* que je n'ai pas senti la chaleur du soleil sur mon visage. Sans nuage, sans tempête.

Ma magie ne s'est pas manifestée une seule fois ici. Au contraire, je l'ai sentie s'accumuler dans ma paume, se réchauffer à la lumière des rayons du soleil matinal, se prélasser un moment comme moi. Et quand je lui ai demandé de se retirer, c'est ce qu'elle a fait. Facilement. Presque sans effort.

Je crois que mon or avait besoin de la lumière du soleil, lui aussi.

– Auren ?

Je me détourne de la caresse de l'astre du jour pour regarder Slade, qui m'observe avec une expression sur le visage que je n'arrive pas à déchiffrer.

Je lui souris timidement.

– Je profitais tellement du soleil que je n'ai même pas pensé à jeter un coup d'œil à ton royaume.

Il continue de m'observer et je me demande un instant si j'ai dit quelque chose de déplacé. Puis il répond enfin :

– Aimerais-tu que je te fasse visiter les lieux aujourd'hui ?

Mon cœur s'emballe.

– Tu veux dire… quitter le château ?

– Ça te plairait ? de voir la ville ?

– Si ça me *plairait* ? je répète, le souffle court. Je…

Je ne trouve plus mes mots, je ne sais pas comment répondre. En dehors de mon voyage entre Highbell et Ranhold, je n'ai jamais été autorisée à quitter les châteaux où je vivais enfermée.

– Sortir en ville, juste comme ça ?

Il acquiesce.

– Mais... (J'observe les gardes autour de moi.) Mais je suis *en or*.

Les lèvres de Slade frémissent.

– En effet.

Je fais un pas vers lui et lui glisse tout bas :

– Les gens vont raconter qu'ils ont aperçu la pouliche dorée de Midas.

– Peut-être, oui, répond-il en hochant la tête. C'est toi qui choisis, Auren. Si tu souhaites rester à l'abri des regards indiscrets, c'est ce que nous ferons. Mais tu n'as pas à te cacher. Tu n'es pas un animal de compagnie. Ta vie t'appartient ; ton choix t'appartient.

Mon choix m'appartient.

Voilà qui est nouveau. Les décisions ne me revenaient jamais, avant. C'est pour cela que je ne veux pas laisser passer une telle occasion.

– Je ne veux plus rester enfermée.

Je lâche cet aveu tout d'un coup, comme si mes mots craignaient de louper leur chance, eux aussi.

– C'est ton premier jour loin de la neige et du froid. Je pense qu'il y a de quoi se réjouir, dit-il, visiblement enthousiaste.

Un immense sourire fend mon visage au point que j'en ai presque mal aux joues, mais il s'estompe rapidement.

– Mais qu'en est-il de Manu ? Tu n'as pas des affaires à régler, maintenant que nous sommes de retour ?

– Manu et le royaume peuvent attendre un jour de plus. Tu es plus importante à mes yeux.

J'ai l'impression que mon cœur pourrait exploser et bondir tout à la fois.

– Tu es sûr ?

Il pose sa main dans mon dos, *très* bas, le bout de ses doigts effleure mes fesses. Il se penche pour me glisser à l'oreille :

– Viens, Chardonneret. On part à l'aventure.

L'aventure...

Je ne peux nier le frisson qui me traverse. Tout sourire, je m'élance vers l'escalier. Un courant d'air soulève ma chemise qui remonte un peu trop. Je tire sur l'ourlet au niveau de mes fesses, et me retourne pour lui jeter un coup d'œil.

– Oups.

Les yeux de Slade sont rivés sur ma chute de reins.

– Vous avez toujours les yeux au ciel ? lance-t-il aux gardes.

– Oui, Sire ! répondent-ils à l'unisson.

Très rapidement.

Mi-exaspéré, mi-amusé, il s'approche de moi et je sens la chaleur de son corps dans mon dos.

– Venez, Dame Auren, susurre-t-il. Allons vous trouver des vêtements décents avant que j'abandonne cette idée de partir à l'aventure et que je donne congé à tout le château pour pouvoir vous explorer *vous*, plutôt.

Ma respiration s'emballe.

– C'est également une bonne option...

Il s'esclaffe et je sens un frisson me parcourir l'échine, juste au moment où il me donne une petite tape sur les fesses.

– Allez, on y va.

Je lévite presque en descendant les escaliers.

Je suis vêtue d'un pantalon brun tout simple et d'une tunique noire. Les matières sont douces, confortables et bien plus fines que celles que j'avais l'habitude de porter aux Sixième et Cinquième Royaumes. Slade me tend également une pèlerine et, par habitude et précaution, j'enfile une paire de gants.

Les autres décident de nous accompagner en ville et lorsque j'essaie de convaincre Digby de rester, il se contente de me lancer un regard noir avant d'aller se préparer.

Quand Slade et moi débouchons dans le majestueux hall d'entrée, tout le monde nous attend déjà. Lu est vêtue de son habituelle tenue militaire tandis que Judd porte une tunique orange vif qui rivalise avec la couleur moutarde de ses cheveux. On dirait un coquelicot.

Digby porte des vêtements qu'il a, comme moi, empruntés, et son visage est si renfrogné que j'ai le sentiment qu'il se prépare à contrer d'autres sermons sur la nécessité de rester se reposer au château.

– Je suis surprise que vous ayez voulu vous joindre à nous, je m'étonne en rejoignant Lu et Judd.

– C'est pourtant évident, voyons. Nous n'avons rien fait d'amusant depuis des lustres, m'explique Judd. Ce Roi Putride est bien trop occupé à nous traîner à droite à gauche et à nous obliger à pourfendre ses ennemis.

Slade lève les yeux au ciel.

– Aux dernières nouvelles, tu n'as pourfendu personne durant ce voyage.

– C'est vrai, répond l'intéressé, sur un ton qui recèle une certaine déception. Pas étonnant que je m'ennuie autant.

– C'est pour ça qu'on va en ville, ajoute Lu.

– Oui, à nous les pubs ! s'écrie Judd. Tu n'as rien vécu tant que tu n'es pas allé à la Taverne du Chat Brûlé.

Je fronce le nez.

– Ce n'est pas le nom d'une boisson, j'espère ?

– On la sert seulement le mardi, plaisante Lu. Tu es prête ?

Est-ce que je suis prête ?

Je n'en suis pas certaine, car cela fait très longtemps que je ne suis pas sortie en public, sans protection.

– Ton choix t'appartient, Auren, murmure Slade, et je sais que si je changeais d'avis, il ferait demi-tour et accepterait que je reste dans ses appartements sans poser de questions.

– Je suis prête.

Digby est à mes côtés, il m'escorte hors du château comme il l'a fait il y a des mois, lorsque j'ai quitté Highbell pour la première fois. Ce fut un véritable tournant, le point de bascule à partir duquel tous les arbres coupés ont commencé à tomber. Le moment qui a changé le cours de ma vie.

Quand les portes noires et sculptées de Brackhill s'ouvrent en grand, je revois celles, dorées, de Highbell. Mais au lieu de plonger dans une nuit glaciale, je franchis le seuil et je suis accueillie par la chaleur du jour.

Le sol est recouvert de pavés sombres, polis par les sabots des chevaux. Le pavement ceint un grand obélisque en onyx qui s'élève vers le ciel, créant ainsi un mur parfait pour que les vignes vierges puissent s'enrouler autour.

Je me retourne pour jeter un dernier coup d'œil au château et mon regard s'élève, s'élève, s'élève. Avec ses murs noirs rainurés, ses fenêtres cintrées et ses tourelles pointues, le château de Brackhill est à la fois majestueux et intimidant. Adossé à la montagne, il paraît plus grand qu'il ne l'est réellement, et les douves remplies d'eau scintillent de chaque côté de ses remparts en l'enveloppant d'un manteau cristallin qu'un petit pont sombre traverse.

Slade nous indique les chevaux et la calèche qui nous attendent, ainsi que son cocher.

– Nous pouvons descendre en calèche, si tu veux. Le chemin est un peu raide au début, mais une fois passé les cascades, nous ne serons plus qu'à quelques minutes de la ville.

Je lance un regard au carrosse et aux chevaux vers lesquels le groupe se dirige. Lu grimpe sur un cheval brun-roux, tandis que Judd montre à Digby une jument pommelée plus petite.

– En fait, j'aimerais bien monter à cheval.

– Vraiment ? dit Slade.

Il a l'air agréablement surpris.

– Oui. Je me souviens être montée à cheval quand j'étais petite. Et puis, j'ai beaucoup chevauché avec Midas. Jusqu'à ce que nous arrivions à Highbell, et après…

Et après, je n'ai plus chevauché pendant dix ans.

– Je n'ai pas très envie d'être enfermée dans une calèche par une si belle journée. Du moins pour l'instant…

– Alors nous monterons à cheval, approuve-t-il.

– Je ne suis pas sûre que ce soit une bonne idée pour Digby…

Mon garde bourru m'entend et répond brusquement :

– Ça ira très bien !

Je regarde Slade qui se contente de hausser les épaules.

– Tu sais bien qu'il est têtu.

J'acquiesce en soupirant.

En moins de temps qu'il n'en faut pour le dire, les écuyers sellent rapidement deux autres chevaux. Celui de Slade est un monstre d'étalon qui ressemble à une statue et n'a pas l'air commode. Il a une belle robe noire et lustrée, et doit certainement mesurer plus d'un mètre quatre-vingts.

Quant à moi, j'ai droit à un joli cheval à la robe dorée et à la crinière sombre, qui a l'air bien plus sympathique. Je m'avance pour mieux le voir.

– C'est un peu le mélange de nos deux couleurs, non ? je demande à Slade.

Il sourit et s'approche pour m'aider à monter en selle.

– Elle s'appelle Honey. C'est une jument assez douce, même si elle a du tempérament.

Je passe une main sur son encolure.

– Alors nous allons bien nous entendre.

Je continue de la caresser une seconde en passant mes mains le long de sa crinière, mais quand mon sourire s'évanouit, il s'en aperçoit immédiatement.

– Qu'est-ce qui ne va pas ?

– Je montais un cheval quand j'ai quitté Highbell. Crisp. Je ne sais pas ce qu'il est devenu après les Red Raids, mais il était merveilleux.

Bien sûr, quand je pense à Crisp, je pense à Sail, et quand je pense à lui…

– Je ne sais pas si j'ai vraiment digéré ce qui s'est passé cette nuit-là. Je pensais que tu étais le pire des monstres, j'admets avec un rire sans joie. Quelle imbécile ! Si seulement j'avais su comment utiliser ma magie après la tombée de la nuit. Je n'aurais jamais laissé le capitaine…

– Laissé le capitaine *quoi ?*

Mes yeux se posent sur le visage de Slade.

– Rien.

Son regard s'assombrit et il recule un peu pour nous éloigner des hommes qui nous entourent.

– Il t'a fait quelque chose cette nuit-là ?

– Pas à moi. Mais à Rissa. Je l'ai aidée trop tard. Le temps que le soleil se lève… (Je m'interromps en secouant la tête.) Il a été transformé en statue et se trouve quelque part au cœur des Barrens, recouvert d'or, ou peut-être de neige avec un peu de chance.

La mâchoire de Slade se crispe et son corps se raidit.

– Je suis désolée d'en avoir parlé, je soupire. Je ne sais pas pourquoi je l'ai mentionné. Passons à autre chose ? Je veux profiter de la journée et ne plus penser à tout ça.

Il semble se ressaisir, la fureur quitte progressivement ses yeux.

– D'accord, mais je veux une liste, Auren.

– Une liste ?

– De tous ceux qui t'ont fait du mal.

– Pourquoi ?

– Je pense que tu le sais, dit-il, et son regard me transperce. Nous parlerons de tout cela très bientôt.

Je déglutis et un frisson me parcourt l'échine. Je n'ai jamais eu un tel protecteur avant lui.

Ou plutôt, j'en ai connu un qui n'en était pas vraiment un. Si seulement j'avais su à quoi cela pouvait ressembler, je ne me serais probablement jamais fait avoir.

Je me racle la gorge pour me reprendre, et tente de détendre l'atmosphère :

– Bon. Nous avons encore beaucoup de choses à nous dire. Il faudra m'expliquer par exemple pourquoi tout le monde ici porte des pantalons si moulants, je m'exclame en observant les gardes autour de moi. Ce n'est pas que je m'en plaigne.

Slade hausse un sourcil, mais sa colère semble s'apaiser.

– Les seules fesses dont je veux que tu te préoccupes, ce sont les miennes.

–Je ne peux rien te promettre, je réponds avec désinvolture, avant de glisser mon pied dans l'étrier et de grimper sur ma jument.

Au moment où je passe l'autre jambe par-dessus son échine, je sens qu'on me pince fort le derrière. Surprise, je vacille un peu sur mon cheval et je lance un regard incrédule à Slade avant de m'asseoir.

–Aïe!

Il hausse les épaules et se dirige vers son étalon.

–Nous reparlerons de *ça* plus tard.

Je souris en rassemblant mes rênes.

Une fois tous en selle, nous traversons le pont, suivis de près par les gardes. Digby chevauche fidèlement à ma droite, légèrement derrière moi, tandis que Slade chevauche à ma gauche. Judd et Lu ouvrent la voie et les sentinelles ferment la marche.

Même si nous sommes nombreux, notre groupe est petit comparé à un bataillon royal. Il me semble que Midas ne voyageait jamais sans une foule de gardes, mais c'est peut-être parce que tout ce qu'il possédait était en or et qu'il n'avait pas de véritable pouvoir pour protéger ses richesses indues.

Slade est une force à lui tout seul.

Nous traversons donc le pont pour franchir les douves avant d'atteindre le sommet d'une colline verdoyante. La ville s'étale devant nous comme un tableau. Partout autour, il y a des rivières qui serpentent et se déversent dans des lacs, petits et grands.

Il y a aussi des bateaux et j'aperçois plusieurs quais et des ponts. Les maisons semblent être construites si près de l'eau que les habitants ont des pontons comme jardins et des barques au lieu de chevaux. Certains bâtiments sont même construits sur pilotis, directement sur l'eau. Et tout le long du chemin, le sol est vert, l'air est chaud et humide. Je n'ai jamais rien vu de tel.

Nous entamons la descente, l'herbe épouse la ligne sinueuse de la route et l'on aperçoit des arbres sur les collines, plantés çà et là avec des percées entre chacun d'eux. À notre droite, suffisamment loin pour que je n'en perçoive pas le bruit, on distingue des cascades qui tombent du flanc de la montagne, mesurant au moins une centaine de mètres de haut. L'eau déferle en une écume blanche et bouillonnante, et crée des arcs-en-ciel qui s'accrochent à la brume grise.

Je ne peux pas voir le bas des chutes car les arbres nous bouchent la vue, mais la rivière, elle, vient rejoindre la route. Elle serpente le long du chemin avant de se ramifier dans plusieurs directions.

Au pied de la colline, j'observe la rivière qui, à l'orée de la ville, alimente divers canaux creusés dans la terre.

– Je crois que je n'ai jamais vu autant de verdure ni d'eau de ma vie entière. (Je jette un coup d'œil à Digby par-dessus mon épaule.) Tu as vu ça, Dig ?

– Oui, Ma Dame.

Puis, rayonnante, je me tourne vers Slade.

– C'est magnifique !

– Je suis heureux que ça te plaise.

C'est une sensation merveilleuse, ce soleil qui me chauffe le cuir chevelu et cet air frais qui gonfle mes poumons. Lorsque nous arrivons en bas de la côte, là où le terrain s'aplanit, la route et la rivière s'écartent.

– Voici le lac de la Boussole, me dit Slade. Il dessine un cercle, sauf à cet endroit-là, tu vois ?

Je suis des yeux la forme arrondie du lac, qui semble s'étirer comme une branche qui pointe vers le château.

– La boussole nous indique toujours le chemin de la maison, m'explique Lu.

Je lance un regard curieux à Slade.

– Est-ce que c'est chez toi ? Brackhill ?

– Je ne pense pas que l'on se sente vraiment chez soi où que ce soit à Orea, souffle-t-il, l'air songeur.

Je hoche la tête, car c'est ce que je ressens aussi. Mais ici, je pense qu'on pourrait *presque* se sentir chez soi. Je pense qu'un foyer pourrait ressembler à ça.

Évidemment, rien ne vaudra jamais Annwyn. Même si j'étais à peine une enfant quand j'ai été enlevée et que j'ai quasiment tout oublié, je me souviens encore de l'atmosphère qui y régnait. En un sens, c'est peut-être cela la maison… Un sentiment plus qu'un endroit.

Plus nous approchons de la rivière, plus nous croisons des gens. D'abord, ce ne sont que quelques charrettes et des chevaux qui passent devant nous, mais bientôt nous voici au cœur de la ville, en pleine effervescence.

Les pêcheurs remontent leurs filets depuis les jetées. Les commerces sont alignés le long de la rue passante, dos au lac, avec des façades en pierre recouvertes d'une jolie couleur crème et des toits qui s'inclinent en arrière. Presque toutes les maisons ont leurs fenêtres grandes ouvertes, sans doute pour laisser entrer la brise rafraîchissante. Sans le vent léger venu de la rivière, l'air humide et chaud serait étouffant. Mais il y a un équilibre parfait entre chaleur et fraîcheur.

Dès que les habitants se rendent compte que leur roi est là, ils s'empressent tous de venir à sa rencontre. Comme une vague déferlante, les gens commencent à s'appeler, à s'incliner, à applaudir et à s'attrouper. Ce n'est pas seulement le roi Ravinger qu'ils saluent. Judd et Lu sont bien connus eux aussi, car le peuple semble les reconnaître et les respecter tout autant.

Mais je le vois. Ce moment où leur excitation de voir les capitaines de leur armée et leur roi se transforme en quelque chose d'autre. Ce moment où ils m'aperçoivent. La foule semble soudain se raidir. Les regards se font durs, les bouches se ferment et je les entends murmurer au fur et à mesure que nous avançons dans la rue principale.

C'est elle, la pouliche dorée.

Elle a tué le roi Midas.

Elle lui a volé sa magie.

Et si elle volait aussi la magie de notre roi ?

À ces mots, je sursaute et je tire sur les rênes de Honey qui s'arrête net. Deux des gardes viennent se placer instantanément de part et d'autre de Slade et moi, comme pour former une barrière entre nous et le murmure de la foule. Je relâche les rênes et Slade s'approche, tandis que je relève le capuchon de ma cape.

– Qu'est-ce que cela signifie ? je lui demande alors que tous les regards sont braqués sur moi. (Même avec Judd et Lu devant nous et les gardes à nos côtés, je me sens exposée.) Pourquoi disent-ils que je lui ai volé sa magie ?

Je vois Slade tirer sur ses rênes, je devine son hésitation au tressautement nerveux de sa mâchoire.

– C'est ce qu'on raconte dans le Cinquième Royaume, finit-il par m'avouer. C'est une rumeur que la reine Kaila a répandue.

– Et tu n'as pas jugé bon de m'en parler ? je siffle entre mes dents serrées.

– Je ne pensais pas qu'ils y accorderaient du crédit.

Je regarde tous les visages inquiets qui me dévisagent.

– Pourtant on dirait bien que si, Slade.

Il ne peut pas me contredire.

– Tu veux rentrer ? me demande-t-il.

J'ai bien envie d'accepter, mais je me retiens. J'ai toujours dû fuir la foule, j'ai toujours dû correspondre au récit de Midas. Et voilà qu'aujourd'hui, même mort, il continue à régenter ma vie, ma réputation.

Pendant dix ans, il s'est servi de mon pouvoir en prétendant que c'était le sien, et maintenant…

Il continue de me prendre ce qui m'appartient. Et c'est *moi* qu'on traite de voleuse.

Mon pouvoir ne m'a jamais appartenu et alors que pour la première fois j'en suis fière, que je le maîtrise enfin, il arrive quand même à le salir. Il prétend que je le lui ai volé ? Cette pensée me met en rage ; j'en pleurerais presque.

– Non, je lui réponds sur un ton ferme, presque dur. Je ne suis pas une voleuse et je ne compte pas me cacher.

Je ne vais pas laisser Midas profiter de mon toucher d'or depuis l'au-delà.

Slade me regarde avec fierté quand je baisse ma capuche.

– Je ne vais pas m'enfuir comme si j'étais coupable, j'affirme en me redressant. Ils n'ont qu'à continuer à me dévisager si ça leur fait plaisir.

Chapitre 48

Auren

— Vous aviez raison, je déclare. Le Chat Brûlé est vraiment la *meilleure* taverne en ville.

Judd me sourit et lève sa chope pour porter un toast.

– Je te l'avais bien dit. C'est le meilleur vin d'Orea.

J'acquiesce et m'apprête à me servir un autre verre, mais je m'aperçois que la bouteille est vide. Je fronce les sourcils et jette un œil au fond de ma chope en bois, en espérant que les rainures à l'intérieur puissent suinter un peu de ce délice. Mais, malheureusement, ce n'est pas le cas.

– Je n'ai plus à rien à boire.

– Tu en veux encore ? me demande Slade, et je ne sais pas comment je parviens à l'entendre dans le brouhaha de la taverne.

– Oui, s'il te plaît.

Judd nous a conduits tout droit ici et le patron nous a rapidement menés dans ce salon privé. L'éclairage est tamisé, une brise fraîche entre par la fenêtre qui se trouve dans mon dos, et, tout autour de notre table ronde, sont entassés des tonneaux de vin qui sentent divinement bon.

Je dois l'admettre, le vin m'a mise de bonne humeur.

Slade lève la main et le patron de la taverne arrive en trombe. C'est un petit homme corpulent nommé Barut, aux cheveux clairsemés et aux lèvres fines. Il s'essuie les mains sur son tablier plein de taches.

– Que puis-je faire pour vous, Sire ?

– Peux-tu nous apporter un autre pichet de vin ? Et nous aimerions aussi avoir encore du pain et du fromage, Barut.

– Bien sûr ! répond-il, tout content. (Il me sourit de travers, ses deux dents de devant se chevauchent presque comme des bras croisés.) Le vin vous convient ?

– Parfait, comme toujours, répond Judd.

Les joues de l'homme s'empourprent légèrement.

– Ravi de l'entendre, Sir Judd.

Lorsqu'il s'en va et que nous sommes de nouveau tous les cinq, je jette un regard sombre à ma chope. J'ai gardé la tête haute quand nous étions dans la rue, mais cette rumeur selon laquelle j'aurais volé la magie de Midas est à la fois absurde et exaspérante. Et de ce fait, ça me casse le moral. Les autres essaient de maintenir une atmosphère enjouée, mais je vois bien que ces bruits de couloir les dérangent aussi. Digby, lui, n'est plus joyeux du tout. Chaque fois que nous avons entendu quelqu'un faire un commentaire, j'ai bien cru qu'il allait sauter de son cheval. Heureusement, ses côtes douloureuses ont dû le retenir.

– Ça va ? me demande Slade, le bras appuyé sur le dossier de ma chaise.

– Ça va.

Quand je me rends compte que j'ai pris un air revêche, je lève les yeux sur lui.

– Merci de m'avoir emmenée dans cette boutique de vêtements, tu n'étais vraiment pas obligé de m'acheter tout ça.

– Tu avais besoin de vêtements, dit-il en haussant les épaules. Et puis, c'est purement égoïste de ma part.

– Comment ça ?

Il se penche vers moi.

– Comme j'ai le droit de t'arracher tout ce que tu portes, c'est comme si je choisissais le papier d'emballage de mon futur cadeau.

Je me mets à rougir, mais heureusement Judd et Lu sont en pleine conversation et Digby est occupé à observer le fond de sa tasse.

– Tu es sûr que c'est une bonne idée ? Je pourrais te voler tes pouvoirs à toi aussi.

Son regard s'assombrit.

– Tu devrais essayer de les ignorer.

– C'est assez difficile à faire, et puis je n'étais pas au courant de ces rumeurs.

Il passe une main sur son visage.

– Tu as raison, je suis désolé. J'aurais dû te prévenir de ce qui se disait. Je voulais juste que tu passes une bonne journée.

– Je sais, je soupire. Mais je n'aime pas l'idée qu'il ait réussi à faire en sorte que ma magie ne m'appartienne toujours pas.

– Si ces gens veulent vraiment croire à ces foutaises, ce sont des imbéciles.

Juste à ce moment-là, Barut revient et dépose un plateau devant nous.

– Voilà, Majesté. Bon appétit !

Slade remercie Barut d'un signe de tête et me ressert du vin. Je me régale dès la première gorgée.

Le bon côté du vin, c'est qu'il ne peut pas colporter de ragots.

J'avale un morceau de fromage crémeux en ruminant. N'y tenant plus, je lui demande :

– Ça ne te dérange pas ? Que ton propre peuple pense que j'essaie de te séduire pour te voler ton pouvoir magique ?

– Je me fous de ce que pensent les gens.

– Il n'y a qu'un homme pour dire ça, je rétorque en levant les yeux au ciel, avant d'avaler une autre bouchée de fromage. Dans ce monde, les femmes doivent être plus prudentes.

Notre réputation, c'est parfois pour nous une question de vie ou de mort.

– C'est vrai, me concède-t-il en me regardant me servir un autre verre. La réputation peut aussi signifier le pouvoir.

– Si c'est le roi qui le dit.

Il se colle à moi, ses lèvres tout près de mon oreille :

– C'est le roi qui le dit à la femme qui l'a complètement conquis.

Je passe ma langue sur mes lèvres rougies par le vin.

– Je n'ai conquis personne.

– Chardonneret, un seul de tes regards suffirait à conquérir le monde, mais il faudrait pour ça que tu ouvres un peu les yeux.

– Voilà un conseil bien dangereux, compte tenu de ce qui s'est passé à Ranhold.

– Ça fait partie du jeu, non ?

Je lui lance un regard en coin.

– Je commence à me rendre compte que les rumeurs oréennes ne sont pas toutes erronées : tu es vraiment fou.

Son sourire se fait carnassier.

– Oh, mon amour, je suis bien pire que ça.

Mon cœur s'emballe lorsque je l'entends m'appeler « mon amour ».

– Moi, je crois que tu te mésestimes. Tu es bon. Envers moi, envers ton Courroux, envers ton peuple.

– Si tu savais à quoi je pense en ce moment, tu ne dirais sans doute pas ça.

Je plonge mon visage dans ma chope et j'avale une autre gorgée. Ses paroles et son regard m'ont clairement remonté le moral. Ça, et puis le vin évidemment.

– Alors, Dorette, où veux-tu aller ensuite ?

Je sursaute en entendant la question de Lu.

– Oh, hummm… (Tout le monde me regarde avec impatience.) Je ne sais pas trop.

– Nous pourrions l'emmener au moulin à eau, propose Judd. Ou peut-être à la parfumerie. Un endroit apprécié des femmes. Ou encore chez le chapelier.

– Est-ce que, d'après toi, Auren est du genre à vouloir acheter des chapeaux à froufrous ? raille Lu.

– Nous pourrions aller au marché, sur les docks, suggère-t-il sans se démonter. Il y aura beaucoup de monde, cependant.

Je questionne Slade du regard tout en croquant dans le dernier morceau de fromage et de pain.

– Trop de monde, à ton avis ?

– Nous serons à tes côtés, me rassure-t-il. Et puis, comme tu l'as dit, tu n'es pas une voleuse, et tu ne vas pas passer ton temps à te cacher. Prouve-leur que ces rumeurs sont fausses.

Je me tourne vers Digby.

– Tu es partant, Dig ?

– Je vous suis, bien sûr, dit-il en vidant son verre d'un trait.

– Dans ce cas, c'est parti ! Allons-y.

Slade se lève et me tend sa main, que je saisis après avoir avalé ma dernière gorgée de vin. Alors que nous sortons de la taverne par la porte arrière, je me tourne vers lui pour le remercier de ce repas :

– La nourriture est bien meilleure ici qu'à Ranhold.

Dans mon dos, Lu émet un grognement de dégoût.

– Ils devraient avoir honte de tout inonder de sirop. Je préfère de loin le salé au sucré.

– Ah… c'est pour *ça* que tu n'es pas douce comme le miel. Tes papilles gustatives se sont adaptées à ton caractère, lui lance Judd tandis que nous débouchons dans l'allée.

Lu essaie de le faire trébucher, mais il est assez agile pour l'éviter et saute par-dessus son pied.

Je respire une grande bouffée d'air frais. Le lac n'est qu'à quelques mètres de nous, séparé par le quai en bois et les garde-corps. Il y a une multitude de petits bateaux qui flottent le long des lignes d'amarrage, en oscillant légèrement sur l'eau.

Slade s'approche des soldats qui gardent nos chevaux et leur tend la nourriture que Barut leur a préparée. Les hommes le remercient d'un signe de tête, et je suis frappée de voir à quel point les choses sont différentes ici. Midas n'aurait *jamais* pris la peine d'apporter à manger à ses gardes. Cela ne lui aurait même pas traversé l'esprit. Peu importe qu'ils soient restés dehors sous la neige ou qu'ils aient patienté des heures durant. Et pourtant, c'est lui que les gens ont surnommé *le Roi d'Or*, alors que Slade n'est que ruine et pourriture à leurs yeux.

Après qu'il m'a aidée à monter sur Honey, nous partons tous en direction du marché, en contournant la taverne jusqu'à la route principale, à nouveau noire de monde. Par chance, nous parvenons à nous frayer un chemin dans la foule. Tout comme au château de Brackhill, les routes sont pavées de pierres noires et la rue est bordée de trottoirs en briques, où les gens se promènent avant d'entrer dans les boutiques. J'avance la tête haute et le menton fièrement levé, sans remettre ma capuche. Mes cheveux et ma peau brillent sous le soleil ardent, il est évident que je ne me cache pas. D'ailleurs, tous les regards sont braqués sur moi.

L'atmosphère paraît lourde, et l'humidité fait transpirer mes paumes, bien qu'elles soient nues. Judd nous conduit directement au marché sur les docks, où une brise fraîche s'engouffre en permanence depuis la surface étincelante de l'eau.

Les gardes sont les premiers à quitter leur monture, et l'un d'entre eux saisit mon cheval par la bride pour le guider vers un anneau d'attache. Dès que nous descendons à notre tour, les gens du marché nous remarquent instantanément. Des cris retentissent à l'arrivée du roi et de sa garde, et la plupart des propriétaires d'échoppes sortent le saluer. Les badauds aussi s'arrêtent pour nous dévisager, mais ils nous cèdent le passage. Le marché est rempli de chariots et certains marchands vendent leurs marchandises depuis des bateaux.

Judd et Lu se dirigent vers un étalage d'armes tandis que Digby reste en arrière avec moi. Slade pourrait être submergé par le public mais les passants conservent une distance respectueuse et les gardes surveillent leurs agissements avec attention.

Mes yeux se posent sur chaque objet à vendre : il y a des châles et des couvertures, des bottes et des boucles de ceinture, des bijoux et des manteaux. De nombreuses boutiques s'adressent aux pêcheurs, elles proposent des rames sculptées, des filets et des cannes à pêche aussi longues que des bâtiments. C'est un véritable capharnaüm. Il y a trop de choses à voir, trop de voix à entendre à la fois.

Mais j'en entends une, en particulier. Une voix qui semble traverser la foule, comme une flèche orale décochée qui me vise directement ; elle atteint sa cible avec une précision mortelle.

– T'as vu qui c'est ? La fille en or. T'as entendu parler d'elle ? C'était la chouchoute du roi Midas, sa pouliche préférée ! Celle qui lui a volé son pouvoir et qui l'a tué parce qu'elle était jalouse.

Mon regard se porte sur la gauche, où j'aperçois un groupe d'hommes appuyés contre le mur d'une échoppe qui vend des queues de poisson qui ne semblent pas très fraîches. Une paire d'yeux bruns rencontre les miens. C'est un homme d'âge moyen qui m'observe, caché sous un chapeau marron.

– Hé, Ma Dame dorée !

Je détourne mon regard, une femme me fait signe de la rejoindre. Elle me montre sa boutique de bijoux.

– J'ai des bracelets parfaits pour vous, Dame dorée !

Avec un sourire, je me dirige vers son étal, mais les voix semblent me poursuivre.

– Je pensais que sa couleur de peau n'était qu'une rumeur, dit un autre homme, et je perçois le souffle d'une pipe.

– Non, mon cousin est allé à Highbell une fois. Il m'a dit qu'il l'avait vue à la fenêtre pendant l'une des exécutions publiques. C'est bien elle.

– Qu'est-ce qu'elle peut bien faire ici ?

La propriétaire de l'échoppe, tout sourire, me tend plusieurs bracelets, mais je n'arrive pas à me concentrer.

– Midas est mort, non ? répond l'homme. Elle s'est déjà trouvé un nouveau roi, on dirait. Elle n'a pas chômé.

– Putain de femmes, dit l'autre avec un rire sardonique. Toujours prêtes à planter leurs griffes dans de la chair fraîche, pas vrai ? Elles passent d'un homme à un autre. C'est tout ce qu'elles savent faire.

– Oui, j'ai entendu dire qu'elle lui avait tranché la gorge avant de lui voler son pouvoir. Apparemment, le sien s'est démultiplié et elle a recouvert d'or tout Ranhold, en tuant une centaine de personnes à l'intérieur du château avant de s'échapper.

– C'est pour ça que je ne fais pas confiance aux pouliches, s'écrie une autre voix, plus rauque, en s'étouffant presque dans une quinte de toux. Si elles sont payées pour baiser, elles n'en ont rien à foutre.

Plusieurs rires moqueurs retentissent.

Je sursaute presque lorsque la main de Slade vient se poser dans le bas de mon dos.

– Tu veux quelque chose ?

Je me concentre sur les bracelets étalés devant moi, me sentant soudain coupable de ne pas avoir prêté attention à tout ce que la femme m'a montré.

– Non, je réponds en secouant la tête. Ils sont magnifiques, mais je n'ai pas besoin de bijoux.

– Personne n'a vraiment *besoin* de bijoux, Ma Dame, dit la femme. Mais c'est toujours agréable de porter quelque chose de joli.

Elle me tend un simple bracelet au centre duquel se trouve une pierre noire. Mes doigts glissent sur le métal argenté.

– C'est très beau.

– On le prend, tranche Slade en payant la marchande, dont le visage s'illumine.

– Vous avez vu ça ? reprend l'homme. On dirait bien qu'elle a mis le grappin sur notre roi !

– Elle doit baiser comme une déesse !

Les rires graveleux reprennent. L'homme à la voix rauque finit par tousser pour de bon. Mes doigts se crispent et je sens l'or qui commence à mousser au centre de mes paumes.

Derrière moi, je sens que Digby est sur le point de leur régler leur compte, mais je le retiens par le bras juste avant qu'il ne s'élance. De l'or éclabousse sa manche.

– Ne fais pas ça, je l'implore.

– Mais, Ma Dame…

– Ce n'est rien.

Son visage devient tout rouge, mais au moins le reste des traces de coups a presque disparu.

– Ce n'est *pas* rien.

– Qu'est-ce qui ne va pas ? demande Slade en s'approchant de moi pour me tendre le paquet.

Je glisse très vite ma main dans ma poche, mais il aperçoit une légère trace d'or sur la chemise de Digby.

– Tout va bien, je dis avec un grand sourire qui ne fait pas illusion.

Il m'observe attentivement, puis il scrute les alentours pour découvrir ce qui a pu me contrarier. Les hommes se sont tous dispersés comme des rats d'égout. Je sens l'or au creux de ma paume se durcir, tout comme mon regard.

– En fait, je reprends en me tournant vers Slade, j'aimerais rentrer au château.

– Vraiment ?

J'acquiesce et il m'observe encore un moment avant d'aller l'annoncer aux autres. Je me retourne vers Digby. Son visage est crispé, ses sourcils froncés, et ses yeux bruns expriment une certaine déception.

– Vous auriez dû me laisser leur parler.

Les mots qu'il marmonne me font l'effet d'une masse heurtant ma poitrine.

– Tu aurais pu user toute la salive du monde, je ne crois pas que cela aurait servi à grand-chose. Les gens changent rarement d'avis lorsqu'on les contredit. Ils n'écoutent que ceux avec qui ils sont déjà d'accord.

– Ce n'est pas juste, ce qu'ils disent de vous.

Je regarde autour de moi, je croise le regard d'autres personnes, et ces regards me démangent.

– Ils n'ont peut-être pas tort, je chuchote.

Les yeux de Digby se braquent sur moi, mais Slade revient avant qu'il ait pu ajouter quoi que ce soit.

– J'aimerais mieux monter dans la calèche pour le retour, si c'est possible, je lance alors.

Slade s'arrête net et me fixe comme s'il voulait plonger dans les profondeurs de mon âme pour découvrir ce qui s'y cache.

– Qu'est-ce qui ne va pas ?

– Rien du tout, je déclare en arborant à nouveau un sourire faux.

Il lance un regard aux autres, déjà à cheval.

– Allez-y. Nous vous rattraperons.

Je suis prise de court, mais je ne dis rien. Digby suit Judd et Lu vers les chevaux, tandis que Slade me conduit vers le carrosse. Les gardes détachent Honey et le cheval de Slade, pour les atteler à leurs propres montures.

Pendant ce temps, d'autres regards me dévisagent et d'autres voix se font entendre.

– C'est la pouliche en or. Elle a tué Midas, vous savez. Elle l'a surpris avec une amante et l'a poignardé par jalousie.

– Tu penses que c'est de la peinture sur sa peau, ou que c'est vraiment de l'or ?

– Ça vaut combien, une mèche de ses cheveux ? Ça doit être sympa de se promener avec du fric qui vous pousse sur le crâne.

– Elle n'a rien de spécial. Enlevez-lui l'or et il reste quoi ? Une pouliche délaissée qui a oublié son rang.

– Que fait-elle ici ? Un roi ne lui a pas suffi ? Elle avait besoin de venir nous piquer le nôtre ?

– Espérons qu'il y verra clair et qu'il la putréfiera, elle aussi.

– Tu crois qu'une fille en or peut pourrir ?

Je ferme les yeux pour me protéger de ces paroles blessantes. J'aimerais pouvoir ne plus les entendre, mais les mots résonnent dans ma tête et me heurtent comme des grêlons sur une vitre qui menace de se fissurer.

Le cocher nous ouvre la portière et je m'installe la première sur le siège en velours vert. Ce carrosse est plus grand que celui dans lequel j'ai voyagé lorsque j'étais captive de l'armée du Quatrième Royaume, et plus distingué aussi. Les boiseries qui reprennent des formes géométriques attirent mon regard. Des losanges et des cercles concentriques sont imbriqués au plafond et sur les murs.

Slade entre après moi et la portière se referme derrière lui. Une fois à l'intérieur, la lumière et une partie du bruit sont atténuées. L'attelage tressaute lorsque le cocher s'installe sur son siège et je l'entends lancer un ordre bref aux chevaux, qui aussitôt se mettent en route.

Slade s'assoit en face de moi, ses jambes ouvertes encadrent les miennes. La lumière pénètre par la fenêtre, filtrée par un léger rideau vert.

Malgré les bruits du marché, on entend des gens tout excités d'apercevoir l'emblème royal sur le carrosse, et le claquement des sabots des chevaux. Slade interrompt alors mes pensées de sa voix calme :

– Maintenant, je veux que tu me dises ce qui ne va pas, et ne me mens pas Chardonneret. Je le saurai si c'est le cas.

CHAPITRE 49
AUREN

Son regard est perçant, c'est le genre de regard que je ne sais pas esquiver. Il me transperce, s'inscrit au plus profond de mon être, faisant fi du sourire encore dessiné sur mes lèvres.

Ce dernier se fissure lentement, mes joues puis mes lèvres se relâchent, incapables de continuer à jouer la comédie.

– Je préfère ça, dit Slade au moment où mon sourire s'estompe. Maintenant, dis-moi ce qui ne va pas.

– Ça n'a pas d'importance.

– Ne sois pas dédaigneuse. Nous n'avons pas besoin de nous mentir.

Je laisse échapper un soupir.

– Je crois que toute notre relation repose sur des mensonges.

– Peut-être au départ, avant d'arriver à se faire confiance, mais nous avons dépassé ce stade.

Il s'avance, attrape ma main et la retourne, avant même que je réalise ce que j'ai à y cacher. Je sens le poids de son regard sur les taches dorées, dans ma paume.

– Je sais que l'or apparaît quand tu es en colère.

Son pouce effleure le métal encore humide qui sèche sur ma peau, il se met à le frotter.

– J'ai entendu des hommes faire des commentaires quand nous nous promenions au marché. Ils avaient peut-être raison.

Son pouce s'arrête et appuie sur la pulpe de mon index.

– Qu'est-ce qu'ils ont dit au juste ?

Je lève les yeux pour regarder son visage, comme pour mieux jauger sa réaction.

– Ils ont dit que je sautais d'un roi à l'autre.

La ligne sévère de ses sourcils s'arque. Il attend… et m'observe.

– C'est bien ce que j'ai fait, non ? je lui lance d'un air de défi, tout en retirant ma main de la sienne. Je suis passée de Zakir à Midas, et puis enfin à toi. J'ai toujours laissé les hommes prendre soin de moi. (Je secoue la tête, ébranlée par ces regards extérieurs.) Je pensais être en train de changer, je pensais faire des efforts pour devenir indépendante, mais ce n'était peut-être pas le cas ? Peut-être qu'en réalité, je reproduis les mêmes erreurs ?

Il recule brusquement et tout son corps se raidit.

– Tu penses que notre relation est une erreur ?

Exaspérée, je lève les mains et plus je parle, plus je sens la frustration monter en moi.

– Non ! Mais si je passe vraiment d'un roi à l'autre ? Je viens d'abandonner une relation totalement abusive et unilatérale. Je suis enfin libérée de cette emprise, libre *de vivre*, et je n'ai *jamais* connu ça auparavant. Jamais. Peut-être que me montrer au grand jour aujourd'hui était une erreur.

Ma poitrine se soulève et s'abaisse au rythme de ma prise de conscience, tandis qu'il reste silencieux et immobile comme un ciel sans nuage.

– Pendant vingt ans, j'ai été prisonnière de la volonté d'un autre. Peut-être qu'au fond, ce que je souhaite c'est simplement… partir ? Fuir toutes ces conneries et me trouver une petite cabane au milieu des bois où personne ne viendra m'embêter ? Ou peut-être que je désire voyager dans tout Orea sans jamais me poser nulle part assez longtemps pour me sentir rejetée ? Je pourrais…

apprendre quelque chose de nouveau. Escalader une montagne. Faire de la musique. Je pourrais trouver un emploi quelque part. Construire quelque chose. Avoir un animal de compagnie. Je pourrais aller flirter dans une taverne. Nager nue dans la mer. Aller danser. Me faire un ami. Embrasser un inconnu. Peut-être que c'est *ça* que je veux.

Mes yeux se lèvent à cette dernière phrase, et je me surprends à attendre sa réaction.

Pendant un long moment, il reste silencieux.

Le carrosse me fait un peu tanguer, ou peut-être est-ce les émotions qui m'assaillent. J'attends toujours sa réponse.

Je ne sais pas comment il fait pour être aussi calme. Ou du moins face à moi, qui ne suis plus qu'un tas de pensées désorganisées, en constante mutation. Les mots rebondissent si fort dans mon crâne qu'ils pourraient me tordre le cou.

–Alors ? je l'apostrophe. Tu ne réponds rien ? (L'or glisse le long de mon poignet et s'échappe du creux de ma main.) Je viens de te dire que j'ai envie d'embrasser quelqu'un d'autre. L'idée que cette toute nouvelle indépendance ne soit peut-être que *fictive* me terrifie ; les gens me traitent de voleuse, de séductrice et de coureuse de roi, et toi, tu restes là sans rien dire !

Mon visage est en feu et ma poitrine comprimée. Il se penche légèrement, les coudes repliés, le menton dans ses mains.

–Tu veux que je te crie dessus ? Que je me mette en colère ?

–Non… je ne sais pas, je réponds en me sentant de moins en moins sûre de ce que je viens d'exprimer.

Ou de ce que je ressens.

En me prenant complètement par surprise, il me soulève de mon siège et m'installe sur ses genoux. Je sursaute, mais il me maintient en place.

–Qu'est-ce que tu fais ? je glapis en jetant un coup d'œil à la fenêtre.

Bien que le rideau couvre la vitre, on peut voir au travers.

–Ton aura me semble un peu erratique, dit-il très calmement, comme s'il était parfaitement naturel que je sois assise sur ses genoux.

Comme si les dizaines de personnes que l'on entend à l'extérieur du carrosse n'existaient pas.

– D'habitude, elle est calme, et luit comme le soleil matinal au moment où il s'élève au-dessus de l'horizon. (Il se déplace un peu, et mon souffle se bloque quand je sens qu'il se met à bander sous moi.) Mais quand tu es en colère ou que tu es triste, je la sens qui tourbillonne comme une tempête prête à tout détruire sur son passage.

– Et donc ?

Ses lèvres forment un léger sourire face à ma réplique provocatrice, et ses mains m'enserrent la taille. Tout d'un coup, je me rappelle à quel point mes vêtements sont fins. Je perçois le peu d'épaisseur qui sépare ma peau de la sienne.

– Tu veux être indépendante ? Tu veux vivre ta vie comme tu l'entends ?

Je relève le menton.

– Oui. C'est un souci ?

Ses yeux s'assombrissent, comme des ombres au travers des arbres.

– Je n'ai pas dû être très clair.

Il lève une main et la pose sur ma gorge, sans appuyer. Pas pour me blesser mais pour guider mon visage. Vers le sien.

– Tu veux voyager à travers le monde ? susurre-t-il. Alors je t'accompagnerai partout où tu iras. (Ses lèvres se pressent contre les miennes, et à travers elles, je perçois un léger souffle.) Tu veux te cacher ? Alors je nous construirai une cabane où tu voudras.

Quand sa bouche s'entrouvre à ces mots, une bouffée d'air chaud vient tapisser ma gorge. Je sens cette chaleur descendre, de plus en plus bas, jusqu'à ce qu'un tourbillon brûlant enflamme mon ventre. Je glisse mes doigts dans ses cheveux épais en entortillant ses mèches sombres. Je tire sa tête vers moi et son cou se tord. Un sourire radieux illumine son visage.

– Qui t'a dit que tu étais invité ? je réponds par provocation, et il s'esclaffe.

C'est ce rire sensuel qui me mènera à ma perte. Je plaque ma poitrine contre son torse pour le sentir exploser. Ainsi, l'éclat de rire passe de son corps au mien et j'ai l'impression de m'y prélasser, plus encore qu'au soleil. Tout mon corps se délecte de cette chaleur sensuelle.

– Oh, Chardonneret.

Oh, Chardonneret.

Mes orteils se crispent. Je tourne la tête autant que possible, mais sa main est toujours sur ma gorge.

– Tu n'as pas compris. Pas du tout compris.

J'inspire violemment quand il prononce ces paroles et que je sens ses dents sur ma peau, juste sous mon oreille. Je ferme les yeux, et j'inspire à nouveau lorsque je sens un léger mordillement et sa langue chaude sur ma peau.

Il mord soudain plus fort que ce à quoi je m'attendais ; pas assez pour me marquer mais suffisamment pour que j'ouvre les yeux et que je prenne une profonde inspiration. Dehors, les roues du carrosse heurtent les pavés et, à chaque virage, nous penchons de côté. Les voix des badauds se sont estompées.

Ses doigts se posent délicatement sur mon visage. De son pouce, il incline mon menton et se recule pour me regarder, puis il change de position et attrape ma nuque.

– Il ne s'agit pas d'un simple badinage. Entre nous, c'est du long terme, ronronne-t-il en me rappelant ce qu'il m'a déjà dit. Ton âme m'appartient.

Il dépose un baiser sur ma joue.

– Ton esprit.

Un second baiser sur mon front.

– Ton corps.

En soutenant ma tête, il me fait basculer en arrière. Mon dos se cambre et il dépose un troisième baiser sur ma poitrine. Ses lèvres se referment sur le bouton de ma chemise, juste en dessous de ma clavicule.

Je ne sais pas comment il arrive à s'y prendre, mais avec sa bouche il fait glisser le bouton hors de son encoche et le tissu s'entrouvre sur un centimètre. Il n'a dénudé qu'une petite parcelle de peau, mais tout mon corps frissonne comme s'il venait de me déshabiller entièrement.

– Je connais ton passé.

Un autre bouton.

– Ton présent.

Encore un centimètre.

Je halète, et trois boutons sont défaits. Mes seins ne sont plus couverts que par un fin bandeau de dentelle noire.

– Ton avenir.

Sa main glisse de ma nuque vers mon dos. Le long de ma colonne vertébrale. Je me cambre encore plus. Je sens son sexe contre mes fesses.

– C'est ce que tu m'as promis, n'est-ce pas, Chardonneret ?

Tout mon buste est en équilibre sur sa main, et mes genoux sont repliés, avec mes cuisses de part et d'autre de son bassin. Son souffle brûlant m'échauffe la poitrine, et ses dents tirent sur le peu de tissu qui me protège encore. Ce geste me rend folle.

Comme je ne lui réponds pas, trop absorbée par nos mouvements, par la chaleur qu'ils dégagent et par le désir qui monte en moi, il me pince les seins, ce qui me fait sursauter. Il me maintient néanmoins sur ses genoux – contre la bosse de son pantalon.

– N'est-ce pas ? demande-t-il.

– *Oui.*

Il m'apaise par un baiser.

– C'est bien. Maintenant, lève les bras.

– Pardon ?

– Tu vois ce pommeau de bois ? dit-il en levant les yeux. C'est un heurtoir pour demander au cocher de s'arrêter, mais je veux que tu t'y accroches.

Je suis son regard jusqu'au plafond du carrosse et j'aperçois un pommeau au-dessus de ma tête.

– Slade…

– Exécution.

Je meurs d'excitation, j'ai du mal à avaler ma salive.

– Et ça donne des ordres.

– Je suis le roi, non ?

Mes doigts s'enroulent autour du pommeau que je prends en main. Dans cette position, avec mes bras en l'air, je me sens plus fragile… vulnérable. Mais aussi plus *excitée*.

– Tu es content ? je réplique avec une certaine impertinence.

Il ne me répond pas. Au lieu de cela, ses doigts s'attardent sur les derniers boutons de ma chemise. Il les fait passer à travers les fentes en les laissant se défaire lentement.

– Qu'est-ce que tu fais ?

Dehors, les gens parlent sans que je puisse discerner ce qu'ils disent. Mais lui ne pipe pas mot.

Dans ma tête, en revanche, c'est une cacophonie.

Ses deux mains, rugueuses et chaudes, se posent sur moi. Elles écartent les deux pans de ma chemise comme on ouvrirait un livre. Le tissu glisse de chaque côté de mes hanches, découvre mon ventre et mes seins gonflés sous le bandeau de dentelle.

Ma peau frémit. Chacune de mes terminaisons nerveuses semble être aux aguets, dans l'attente de ce qu'il va faire. Et soudain, il s'attaque à mon pantalon en défaisant les liens.

Je pose ma main sur la sienne, mes doigts enserrent son poignet.

– Qu'est-ce que tu fais ?

Il s'interrompt et son sourcil noir se fronce.

– Est-ce que je t'ai donné la permission de lâcher le pommeau ?

Mon cœur s'emballe.

– Slade…

Son autre main me donne une fessée, si subite et si précise qu'elle me fait perdre l'équilibre.

– Hé !

– Remets tes mains à leur place.

Je ne sais pas pourquoi, mais quand Slade me regarde avec ce désir dans les yeux et qu'il m'intime ces ordres, je ne peux que m'y plier. Mon sang bout, je brûle de désir.

Ma main agrippe à nouveau le pommeau et je me redresse. Ma poitrine est au-dessus de lui. Il hoche la tête avec satisfaction.

– Voyons, où en étions-nous… ?

Il se fraye un chemin sous mon pantalon et je sens la peau de mon ventre frissonner.

– Si tu décides de gravir une montagne, je serai là pour m'assurer que tu ne tombes pas, poursuit-il, au moment où ses doigts effleurent ma culotte. Tu veux construire une maison ? Je te fournirai les outils.

J'ai la tête qui tourne et mes nerfs me lâchent quand sa main passe sous ma culotte. Je sais qu'il va se rendre compte que je mouille et j'en tremble.

– Mmm, on dirait bien que tu es trempée, Chardonneret…

Je ne peux retenir un soupir.

– Oui.

Je me déhanche et mon corps appelle le sien. Je veux qu'il me touche, là où je sens une palpitation intense.

Il répond à mon appel silencieux. Ses doigts se rapprochent de mon clitoris, il se met à le frotter doucement, presque comme une caresse. J'en gémis de bonheur. Je m'accroche fermement au heurtoir pour pouvoir soulever mes hanches, à la recherche de son contact.

– Tu veux flirter dans une taverne ? poursuit Slade, sa bouche sur mes seins, au niveau de mon mamelon qui a durci.

Ses lèvres enserrent mon téton et il le lèche par-dessus la dentelle, tandis qu'il glisse un doigt dans mon sexe. Le son qui s'échappe de ma gorge semble se répercuter dans tout l'habitacle du carrosse.

– Tu peux flirter et jouer autant que tu le souhaites, me ronronne-t-il à l'oreille, puis sa langue se concentre sur mon deuxième mamelon, qu'elle enflamme en le mouillant. Tu peux faire en sorte que les hommes et les femmes te désirent, et je me joindrai à eux.

Mon cœur bat la chamade, j'ai du mal à reprendre mon souffle. Son doigt s'active. Il s'enroule autour de mon clitoris.

Son pouce le caresse et je le sens qui se gorge de sang. J'ai tellement envie de lui.

– Slade…

Son autre main vient se poser sur mon visage pour me réclamer ma bouche que je lui offre volontiers. Une morsure brutale, suivie d'un léchage apaisant ; ses lèvres pulpeuses se pressent contre les miennes. C'est une danse parfaite.

– Tu veux un ami ? Je serai ton ami, pour le reste de notre vie.

Il me regarde, son pouce effleure ma lèvre inférieure tandis que l'autre appuie plus fort sur mon clitoris, augmentant la pression jusqu'à ce que je me tortille sur ses genoux.

– Grand Divin…

Slade m'attrape le menton.

– Tu veux embrasser un inconnu ? ajoute-t-il, et je brûle. Ne te prive pas.

Alors que je le sens tout contre ma poitrine, il introduit un deuxième doigt en moi. Et son pouce s'active plus vite encore. C'est si bon. Je perds mes moyens sans néanmoins en perdre une miette. Je le *sens* contre moi. Ses mots et ses mains me touchent, et je suis sur le point d'éclater.

– Si tu as besoin d'embrasser quelqu'un, de faire l'amour ou de flirter pour te sentir libre, ne te prive pas.

Je me cambre encore plus ; mon corps le supplie et le cherche tandis que ses paroles virevoltent dans ma tête. Sa bouche est plaquée contre mon oreille, d'une main il soutient ma taille pendant que l'autre continue son va-et-vient qui m'enflamme.

– Mais souviens-toi, Auren. Ton corps et ton plaisir, tu *me* les as offerts. Alors je serai là, peu importe où tu iras. Que ce soit dans une taverne, dans la mer ou sur un lit. Je serai là, avec toi. Je te regarderai. Je me joindrai à toi. Tu es à moi comme je suis à toi, et quel que soit le plaisir que tu recherches, je serai là pour te l'offrir et te le rendre au centuple, parce que *tu es à moi*. Je veillerai à ce que tu obtiennes tout ce dont tu as besoin.

Ses mots. Tout à la fois osés et délicieux, ils répondent à mes doutes. Slade me donne son assentiment tout en me provoquant.

– Slade…

– Jouis pour moi, Chardonneret.

Et c'est ce que je fais. Je sens une décharge d'énergie se propager dans mon corps, si brûlante qu'elle me glace. Je crie sous l'effet du plaisir qu'il me procure, de son toucher, de ses mots. C'est de l'électricité pure qui me traverse et me foudroie, mon corps tout entier s'embrase sous l'effet d'un désir qui me fait trembler de la tête aux pieds.

Il me faut plusieurs secondes pour y voir clair à nouveau. Ma vision s'est troublée, mon corps est à vif comme le sol calciné après que la foudre a frappé, et je m'effondre dans ses bras.

Mais il se met à rire.

Et je connais ce rire.

– Ne prends pas trop tes aises. Ça ne fait que commencer.

Chapitre 50

Auren

Les dernières vagues de l'orgasme s'estompent et il me faut un moment pour saisir ce que Slade vient de dire. Son sourire malicieux fait naître des papillons dans mon ventre. Mes mains lâchent le pommeau, et je me replace sur ses genoux.

– Pardon ?

– Nous avons une conversation très sérieuse, que nous n'avons pas encore tout à fait terminée.

– Vraiment ? Parce que je suis sûre que j'en ai vu le bout, je réponds avec un sourire en coin qui illumine son beau visage. Et d'ailleurs, je me disais que j'allais peut-être m'occuper d'embrasser un de ces inconnus dont nous parlions, j'ajoute pour le taquiner.

Il se penche vers moi et tire un coin du rideau, ce qui me prend au dépourvu.

– Choisis-en un, vas-y.

Je me blottis instantanément contre son torse, en jetant un coup d'œil aux passants à travers la vitre.

–*Slade,* je siffle.

–Ne t'inquiète pas, ils ne peuvent pas te voir. Sauf si tu le souhaites, évidemment.

Il doit y avoir quelque chose de malsain en moi, parce que je sens mon désir s'accroître. Sa main tire encore le rideau, pour le maintenir ouvert sur quelques centimètres.

–Je vais te faire l'amour dans ce carrosse, Chardonneret.

Un frisson s'empare de tout mon corps et mes mains s'accrochent à ses épaules.

–Mais il y a des gens dehors ! je proteste, à bout de souffle. On est déjà allés trop loin ! Et si quelqu'un nous voyait ? Ou nous entendait ?

–Oui, et alors ?

Je ne pensais pas qu'il pourrait me scandaliser plus encore, mais Slade ne fait rien à moitié. Et quand il s'agit de raviver la flamme entre nous... Il sait s'y prendre. Et *me* prendre au dépourvu, en invitant mon esprit aux pensées les plus folles et mon corps à s'adonner à tous les vices.

–Nous circulons dans la partie la plus animée de la ville. Ces rues grouillent de monde. Et pourtant, tu étais là, assise sur mes genoux, à te tortiller pendant que je te doigtais.

Mes mains agrippent ses pectoraux.

–Slade.

Il se frotte contre moi, en appuyant sur le point le plus sensible de mon corps. La simple pensée qu'il s'enfonce en moi fait follement battre mon cœur. À l'idée qu'il me fasse *ça* alors que nous ne sommes séparés du monde extérieur que par cette mince cloison... En ce moment même, j'entends un brouhaha de cris et de paroles inintelligibles, de sabots et de grincements, de portes qui claquent, et tous ces pieds qui traînent sur la chaussée.

Mon pouls s'emballe.

Comme s'il lisait dans mes pensées, Slade esquisse un sourire.

–Tu voulais expérimenter de nouvelles choses, alors faisons-le. On va commencer par voir si tu ne serais pas un peu exhibitionniste.

Il se frotte à nouveau contre moi, et je gémis de plaisir.

– Et si tu veux *essayer* quelqu'un d'autre ? Alors dis-le-moi et je t'emmènerai au bordel le plus proche pour que tu puisses choisir la personne qui te convient.

Ses doigts m'enserrent la taille et il me fait tanguer d'avant en arrière, à califourchon sur son bassin. Encore et encore. Peu importe que je vienne de jouir ; la façon dont il me fait danser en cadence m'excite de nouveau, et je deviens de plus en plus humide.

Tout mon visage me donne l'impression de planer au-dessus d'une cuvette bouillante qui attise la rougeur de mes joues.

– Comment peux-tu dire des choses pareilles ? je lui demande entre deux halètements.

– Il n'y a pas de honte entre nous. Et surtout pas en ce qui concerne le sexe.

Pour me le prouver, il me fait asseoir dos à lui. Il coince ses cuisses sous les miennes et les écarte. Mon pantalon, largement ouvert, s'affaisse autour de mes hanches.

– Les faes sont charnels, sensuels, susurre-t-il en caressant mon corps. Il ne faut pas étouffer tes désirs ni chercher à les contrôler. Ta curiosité me semble naturelle parce que tu as été bridée pendant bien trop longtemps. Je ne te couperai jamais les ailes, Chardonneret.

Ses paroles me rassurent et je me renverse contre son torse ; ma colonne bouge au rythme de sa respiration. Mes yeux continuent d'observer ce qui se passe à l'extérieur. L'agitation de la ville rend tout ce qu'il me fait ici encore plus alléchant.

Slade attrape mon visage et plonge ses yeux dans les miens.

– Quand je dis que tu es à moi, ce n'est pas une vulgaire propriété. Tu n'es pas une pouliche attachée à mon bras ou un jouet que je garde jalousement.

C'était le seul type de rapports que je connaissais.

– Qu'est-ce que tu veux dire exactement ? je lui demande, hésitante.

– Je veux dire que c'est mon rôle de te faire plaisir. De te faire *jouir.*

Son regard, ses gestes, la courbe de sa main lorsqu'il appuie sur mon bouton de chair, tout cela me fait voir des étincelles.

– C'est à moi de te protéger. De t'adorer. De t'écouter. De t'admirer. De te faire vivre des expériences. De *t'aimer.*

Une boule me brûle la gorge.

– Tu es à moi, Auren. Tout comme je suis entièrement à toi. Si tu as envie de quelque chose, s'il y a quoi que ce soit que tu veuilles goûter, tu le feras, et je serai à tes côtés. Je te regarderai croquer à pleines dents dans tes désirs. Et ensuite je te *dévorerai.*

Je me tourne davantage pour contempler les traits de son visage : sa mâchoire bien dessinée, la sincérité de son regard.

– Tu irais vraiment n'importe où avec moi, tu ferais n'importe quoi ? Tu resterais même en retrait si je voulais embrasser quelqu'un d'autre que toi ?

– Ne te méprends pas. Je te regarderais avec envie et je me régalerais de te voir excitée. Mais une fois que tu serais rassasiée, je serais là et j'enfoncerais ma bite dans ta chatte toute chaude pour te faire oublier jusqu'à l'existence d'un autre. Encore et encore. Jusqu'à ce que tu te souviennes que je suis celui que tu désires le plus. Celui qui te donnera toujours ce dont tu as besoin. Jusqu'à ce que tu sois certaine d'être à moi, encore et encore.

Bonté divine.

– Alors, qu'est-ce que tu veux, Chardonneret ? chantonne-t-il à mon oreille.

Une proposition innocente en apparence, mais si diabolique en réalité.

Ma poitrine s'agite et mon corps est parcouru de milliers d'étincelles. Mes pensées virevoltent.

Qu'est-ce que tu veux ?

Je me soulève lentement pour lui faire face. Je m'agenouille, les rayons du soleil qui filtrent par la fenêtre tombent sur mon visage. Là, sur la moquette, dans ce carrosse exigu, je me place entre ses cuisses ouvertes.

Je plante mes yeux dans les siens, avant de répondre :

– *Toi.*

Ses prunelles s'enflamment. Il serre les poings parce que c'est la seule façon pour lui de ne pas me sauter dessus. Parce qu'à voir l'intensité de son regard, il sait que je dis vrai.

C'est toujours lui que je choisirai.

Alors, assise entre ses jambes, je défais la ceinture de son pantalon.

Je lève les yeux vers lui et il acquiesce.

– Vas-y, Chardonneret. Pose tes doigts sur ma queue et prends ce qui t'appartient.

Un frisson de désir me parcourt tandis que ma main glisse sous sa braguette et que je libère son membre. Il gémit avant de soulever légèrement ses hanches, de la manière la plus sexy qui soit. Tout en le regardant, je me mets à l'astiquer lentement. Une fois. Deux fois. Trois fois.

– Le fait que tu n'aies pas peur de toutes ces choses que je t'ai racontées, et que tu soutiendras n'importe laquelle des décisions que je prendrai, n'importe lequel de mes désirs… je dois admettre que c'est vraiment très excitant.

– Ah oui ? dit Slade en m'attrapant le menton. Alors prouve-le.

Un nouvel éclair m'électrise. Quand il est comme ça, quand il me domine, je ne peux plus me contenir. Je m'enflamme. Et je voudrais qu'il prenne feu avec moi.

Je baisse la tête, passe ma langue sur la goutte qui perle à l'extrémité de son gland. Mes papilles frémissent tandis que je le goûte. Je l'effleure. Je le mouille de ma salive. Je le provoque jusqu'à ce qu'il tressaute dans ma main.

– Mmm, tu veux jouer ?

En réponse, j'écarte brusquement les lèvres et l'aspire tout entier. J'inspire et je m'incline pour l'enfoncer le plus profondément possible dans ma bouche. Mais son sexe est épais, long, et incroyablement dur. Ma mâchoire se détend, et j'essaie de le faire descendre plus profondément dans ma gorge.

– Quelle bouche indécente, s'amuse-t-il. Laisse-moi voir. Ouvre la bouche et tire la langue.

Je recule un peu pour la lui montrer. Sa main se pose sur la mienne, à la base de son sexe.

– Oui. Regardez-moi ça, dit-il. Cette langue coquine. Ces lèvres obscènes. Et toi, là, prête à t'agenouiller entre mes jambes, les yeux rivés sur ma queue. Tu es une parfaite petite vilaine.

Les frissons que provoquent en moi ses paroles s'accumulent dans mon ventre et me font déglutir.

– Si c'est trop profond, tape sur ma cuisse, d'accord ? me prévient-il en relâchant ma main.

– Ça ira, je réponds rapidement.

Il sourit.

– Ne me tente pas. Il vaut mieux ne pas trop tester ses limites quand on est dans un carrosse, au beau milieu de la route.

Avant que je ne puisse répondre, ses doigts s'enfoncent dans mes cheveux et il appuie légèrement. Mes lèvres s'écartent autour de sa verge que j'engloutis à nouveau. Mais cette fois, sa main est posée sur ma tête, et il me guide.

Il y va doucement au début. Il me laisse m'habituer à l'épaisseur de son sexe, dont je lèche la base, avant de monter puis de redescendre, tout en gardant ma main dessus. Lorsque je remonte, et que je m'arrête trop longtemps sur le bout de son gland, il me pousse à redescendre.

– Plus loin cette fois, Auren.

Je détends ma mâchoire et je descends. Il me pousse de plus en plus loin, jusqu'à ce que je commence à étouffer. Il me maintient là un moment, et c'est peut-être un test, mais je ne tape pas sur sa cuisse. Je veux lui offrir ce plaisir. C'est moi qui suis agenouillée, mais je me sens puissante ; je le tiens entre mes dents, sous mon emprise.

Il tire ma tête en arrière, me laisse respirer un peu avant de s'introduire à nouveau.

– Détends ta gorge, bébé, me demande-t-il d'une voix rauque. Je veux te sentir m'avaler.

Et c'est ce que je fais. Mais quand le carrosse fait une embardée, je suis projetée en avant et il s'enfonce plus profondément.

– Putain, gémit-il. (Sa main libre vient toucher ma gorge, et son pouce appuie dessus avec révérence.) Je peux me sentir en toi, juste ici.

Je déglutis à nouveau, le souffle court. Mais quand ma respiration se stabilise, je n'attends plus qu'il me guide. Je me jette sur lui avec ferveur, en aspirant et en léchant si vite qu'il pousse un grognement et que ses doigts se resserrent sur ma tresse.

Et c'est là que je lâche tout.

Ma main enserre la base de son sexe et je laisse couler mon or. Il jaillit en une chaude traînée métallique qui glisse sur toute sa longueur; le faisant gémir de plaisir.

–*Putain…*

L'or suinte et enduit sa queue comme de l'huile jusqu'à ce que Slade me relève. Une fois debout, je me penche sur lui pour admirer son regard sauvage, ses yeux qui passent du vert au noir.

–Voilà une bien *vilaine* façon d'utiliser tes pouvoirs, dis donc, dit-il en baissant mon pantalon jusqu'aux chevilles.

Puis il attrape ma main encore humide d'or et la presse fermement sur mon mont de Vénus. Avec tout ce liquide qui s'accumule dans ma paume, je suis complètement trempée et je manque presque glisser sur la banquette.

–Voilà, chantonne-t-il. Maintenant, assieds-toi sur ma queue. Je veux que tu regardes par la fenêtre. Et que tu voies tous ces gens dehors pendant que je te fais mienne.

Un gémissement s'échappe de mes lèvres et je me retourne. Il saisit mon corps tremblant et me fait descendre en douceur. Le bout de son sexe me pénètre, et il entre en moi, centimètre par centimètre. Il s'enfonce de plus en plus profondément, si lentement que je peux sentir chaque parcelle de sa peau.

–Déesses…

Sa bouche s'approche de mon cou, il le lèche. Sa main glisse sous le bandeau et saisit mon sein; il me pince le téton et pétrit ma chair.

–Baise-moi, Auren.

J'appuie mes mains sur ses genoux et j'entame des mouvements de va-et-vient, un peu maladroits au départ. Il me tient par la taille pour m'aider à monter et à descendre, et je prends le rythme. Je m'incline pour qu'il puisse entrer plus profondément en moi.

Mon regard se pose alors sur la fenêtre. J'observe la lumière qui la traverse ; les corps qui bougent. Les têtes, les pieds, les magasins, leurs vitrines.

Ils pourraient nous voir. Nous entendre. Ils pourraient me voir baiser leur roi, l'entendre gémir mon nom pendant que je le prends dans son carrosse. Tous ces ouï-dire, toutes ces accusations selon lesquelles je l'aurais séduit pour sa magie me semblent à présent risibles.

Parce que c'est lui qui m'a séduite.

– Tu les vois, bébé ? susurre-t-il. Tous ces gens dehors pendant que tu me baises ? Pendant que nous faisons ces trucs *très* cochons juste là, sous leurs yeux ?

Il s'enfonce à nouveau, et c'est comme un éclair de plaisir qui me frappe.

Je gémis. Trop fort.

– *Slade...*

– Chut, Chardonneret, dit-il en posant une main sur ma bouche, et je me cambre en lui mordant un doigt.

J'ai tellement envie de lui que mon corps s'arc-boute tandis que je continue à observer ce qui se passe dehors. Mes jambes se plient et se déplient, de plus en plus vite, chaque fois plus fort, à la recherche de ce sommet qui me paraît toujours plus inatteignable.

– Ne fais pas de bruit, ronronne-t-il pour me défier.

Comme s'il voulait que je *crie.*

Et comme pour me donner une bonne raison de le faire, son autre main descend sur mon clitoris gonflé et commence à le caresser au rythme de notre étreinte.

Nous sommes bruyants.

Trop bruyants.

Sa tête heurte la cloison derrière lui. Mes gémissements commencent à se faire entendre. Mes fesses claquent contre ses cuisses, et je m'en fiche.

Je me fiche qu'ils nous voient, nous entendent.

En fait, *j'aime ça.* Ce frisson. Ce je-ne-sais-quoi. La vulgarité de cette baise sauvage. C'est comme un secret qui doit être révélé au grand jour.

– Je te sens frémir, murmure-t-il. Tu vas jouir, Chardonneret ?

Mon gémissement est étouffé sous sa paume.

– *Oui…*

C'est ma réponse.

C'est une supplique.

– Alors je veux que l'on jouisse ensemble. Je veux exploser en toi jusqu'à ce que mon sperme et ton or dégoulinent de cette *– un premier coup de hanche –* chatte *– un deuxième –* chaude.

Le troisième m'envoie tout droit au septième ciel.

Ses hanches sont ancrées si profondément en moi que je peux le sentir jusque dans mon abdomen, et j'éclate en criant de bonheur. Mon orgasme me fait trembler, tout mon corps est parcouru de frissons tandis que sa main m'empêche de crier.

Je sens son sexe qui s'active encore en moi, puis soudain je l'entends pousser le gémissement le plus érotique qui soit quand il vient à son tour.

C'est la perfection.

La perfection de sa séduction perverse.

Lorsque mon orgasme s'estompe, je m'affaisse contre son torse. Nos respirations haletantes s'accordent l'une à l'autre. Et je me rends compte en cet instant que ces hommes au marché n'avaient pas tort.

J'ai bel et bien sauté d'un roi à l'autre, d'un homme à l'autre.

Mais la différence ?

C'est que cette fois-ci, j'ai fait le bon choix.

Chapitre 51

Auren

Lorsque nous arrivons à Brackhill les autres sont déjà rentrés, puisqu'apparemment Slade avait demandé au cocher de nous faire prendre le chemin le plus long.

Ce n'est pas la première fois qu'il fait ça avec moi. Il m'avait déjà fait prendre la plus longue route lors de notre voyage vers le Cinquième Royaume.

Le bon côté des choses, c'est que je n'ai pas eu à trouver d'excuse pour expliquer ma tenue légèrement débraillée. Je n'ai pas eu besoin d'essayer d'arranger mes cheveux ébouriffés ou de dissimuler la rougeur de mes joues.

Je suis allée me laver et j'ai pris un bon bain, le plus chaud possible. J'en suis ressortie en fleurant bon le jasmin et le miel. Ensuite, Slade m'a fait asseoir devant la fenêtre et m'a lentement brossé les cheveux avec une grande délicatesse.

Ça m'a donné envie de me lover dans ses bras et de me mettre à ronronner.

À présent coiffée d'une simple natte qui balaie mon dos, et dont quelques mèches rebelles s'échappent, je choisis une robe parmi toutes celles que nous avons achetées en ville. Elle n'est peut-être pas parfaitement ajustée, mais elle me va bien et sa couleur me rappelle celle des nuages.

Son encolure carrée ne révèle qu'un soupçon de décolleté et le tissu froncé à volants s'étire sur mes seins. Juste en dessous, plusieurs épaisseurs d'étoffe couleur cendre composent la jupe, qui descend jusqu'au sol. Quant aux manches, elles sont à peine esquissées par de tout petits plissés diaphanes qui semblent suspendus en haut de mes épaules. C'est simple et joli, et bien plus confortable que n'importe laquelle des robes que j'ai dû porter au Cinquième Royaume.

Slade sort du dressing, ses doigts s'acharnent sur ses boutons de manchette. Il porte du noir, comme à son habitude, mais sa chemise à manches longues est rehaussée par d'épais fils bruns au niveau des épaules et par des boutons en laiton en forme de losange. Il l'a rentrée dans un pantalon noir qui moule *très* bien son bassin et ses cuisses. Avec ses bottes et sa veste de costume, il paraît assez intimidant, mais ses cheveux encore légèrement humides après sa douche lui donnent un air terriblement sexy.

Il me dévore des yeux, puis vient glisser son bras autour de ma taille et m'attire contre lui. Il dépose un baiser sur le sommet de mon crâne.

– Tu es magnifique.

– Je te retourne le compliment.

Il sort de sa poche le bracelet qu'il m'a acheté au marché et me le passe au poignet.

– Tu devrais le dorer le plus vite possible, me dit-il.

– Pourquoi ? je demande, surprise, en passant mon doigt sur la pierre précieuse noire.

– Je sais que tu ne peux pas créer d'or pendant la nuit, mais tu peux toujours faire appel à lui. J'aimerais que tu en aies toujours sur toi pour pouvoir te protéger.

Je souris.

– Pas bête.

Il enroule une mèche de mes cheveux autour de son doigt ; il tire doucement dessus en cherchant mon regard.

– Tu es prête pour ce dîner ?

Pas vraiment, mais je croise les doigts. Slade et moi avons longuement discuté de la façon dont nous allions aborder certains sujets avec Manu. Ça reste tout de même angoissant, surtout lorsqu'on sait ce qu'ils réclament.

Plutôt que d'exprimer mes inquiétudes à voix haute, je réponds :

– J'ai déjà assisté à de nombreuses discussions politiques.

– Oui, mais cette fois, tu ne seras pas en retrait ni à l'écart. Tu resteras à mes côtés.

Ses paroles m'intimident et m'encouragent tout à la fois.

– Comment penses-tu que Manu va réagir ?

Slade hausse les épaules.

– C'est le conseiller de sa sœur. Tout ce qu'il dira ce soir n'aura qu'un objectif, celui de défendre Kaila. Il sera intéressant de voir sous quel angle ils choisissent de jouer.

– Ils me convoquent à un Conflux. Ça me semble évident, leur angle d'attaque, c'est qu'ils me détestent.

– La haine n'a rien à voir là-dedans, me répond Slade. Les monarques de ce monde jouent tous le même jeu, moi y compris. Tout est question de stratégie. Les sentiments n'entrent pas en ligne de compte, tout est affaire de pouvoir. Comment l'obtenir, comment le garder, comment en gagner davantage. Et surtout, comment s'assurer que les autres n'en aient pas plus que soi.

– D'où cette rumeur selon laquelle j'aurais volé la magie de Midas.

– Tout à fait.

– Ces manœuvres politiques sont épuisantes.

– Elles peuvent l'être, admet-il. Mais je n'ai pas eu d'autre choix que de devenir roi pour assurer la protection de Deadwell, et l'idée de prendre le contrôle du Cinquième Royaume n'était pas envisageable à l'époque. Qui plus est, je déteste le froid.

Cette dernière remarque me déride un peu.

– On y va ? me demande-t-il en me présentant son bras.

J'attrape ma nouvelle paire de gants au pied du lit et les enfile avant de glisser ma main au creux de son coude.

Ensemble, nous quittons ses appartements. Ma main libre effleure la rambarde incurvée alors que nous commençons notre descente vers l'étage inférieur. Les semelles plates de mes chaussures ne font pas de bruit lorsque nous traversons l'entrée carrelée du château avant d'atteindre un corridor. Des lambris en bois sombre recouvrent la partie basse des murs, chacun d'entre eux est sculpté et surmonté d'un papier peint végétal.

Slade me fait passer devant une sculpture en fer forgé qui représente un arbre tordu, dont les racines s'étirent comme si elles disparaissaient dans le lambris.

– Sire.

Le soldat qui monte la garde devant une porte salue Slade lorsque nous approchons.

– L'ambassadeur du Troisième Royaume est-il déjà arrivé ?

Le garde secoue la tête.

– Pas encore, Votre Majesté. Il est toujours dans ses appartements.

– Bien.

La porte s'ouvre rapidement pour nous, et je remarque que la salle à manger présente le même lambris, bien que son papier peint soit d'un vert plus profond. Les murs sont percés de hautes fenêtres en ogive. Mes yeux se lèvent immédiatement sur le lustre en bois qui trône au centre de la pièce. Il doit mesurer au moins trois mètres de long et m'évoque la cime d'un arbre qu'on aurait coupée et retournée. Une souche polie est suspendue au plafond et ses branches forment un dais parfait. Chaque centimètre de bois a été lissé, dépouillé depuis longtemps de ses feuilles et de son écorce, et l'on peut ainsi admirer le bois brut avec ses anneaux et ses nœuds. Quatre douzaines de petites lanternes, pas plus grosses que ma main, pendent sous ces branches à des hauteurs différentes et baignent la table d'une lumière chaude.

Trois personnes sont déjà installées à la table du dîner. Dès qu'elles voient qui vient d'entrer, elles se lèvent en souriant.

– Vous êtes de retour, lance alors une voix de baryton.

Slade sourit à l'homme qui vient à notre rencontre. Il a la peau foncée et des yeux clairs qui se plissent sur les côtés lorsqu'il sourit. Ses cheveux coupés court sont parsemés de mèches argentées, et il porte une tenue similaire à la sienne.

– Je suis content de vous revoir, Warken.

L'homme lui tape affectueusement l'épaule.

– Moi aussi. Nous craignions que vous n'ayez finalement décidé de prendre la poudre d'escampette et de raccrocher votre couronne pour de bon.

– Ne me tentez pas, lui répond Slade, tout sourire. Vous feriez tous de bien meilleurs rois que moi.

– Pour ce qui est de la politique, nous sommes efficaces, mais votre pourriture est sans égale, intervient une voix féminine.

La femme qui était assise à côté de Warken s'avance à grands pas. Les chaudes nuances de sa peau brune sont magnifiquement mises en valeur par la lumière de la lanterne, et sa robe rouge rubis, cintrée, ondule à ses pieds. Ses cheveux poivre et sel bouclés lui arrivent aux épaules.

– Nous avons entendu dire que vous aviez filé en ville avant même de nous saluer, dit-elle sur un ton de reproche plein d'affection, juste avant de prendre Slade dans ses bras.

– Je voulais faire durer le suspense, lui répond-il.

La troisième convive s'approche également, et je remarque qu'elle est beaucoup plus jeune. Elle ressemble comme deux gouttes d'eau à la dame plus âgée, mais ses pommettes rondes sont rehaussées d'un joli fard irisé. Elle est belle, toute en courbes, et dégage la même chaleur que l'autre femme.

– Il était temps, le taquine-t-elle avant de poser ses yeux sombres sur moi, avec une évidente curiosité.

Slade se tourne pour me faire face.

– Je vous présente Auren, dont je vous ai parlé dans mes lettres. Auren, voici Warken et Isalee Streah, ainsi que leur fille, Barley. Warken et Isalee sont mes Premiers ministres. Ce sont les gardiens du Quatrième Royaume, ils veillent à ce que tout se passe bien en mon absence… Et également quand je suis là, ajoute-t-il avec un sourire en coin. Ils font de bien meilleurs souverains que moi. C'est moi qui suis sur le trône, mais ce sont eux qui font tout le travail.

– Seulement parce qu'il a horreur de ça, ajoute Warken avec un petit rire. Il n'est pas doué pour la politique et les procédures. C'est là que nous intervenons.

Slade hausse les épaules sans le contredire.

– C'est un plaisir de vous rencontrer, je leur dis, tout sourire.

– Grand Divin, vous êtes encore plus belle que la description qu'il nous a faite ! s'écrie Isalee en s'avançant.

Ses mains délicates prennent les miennes, elle m'étudie avec attention.

– Description ? je demande en jetant un coup d'œil à Slade.

– Il nous a dit que l'or était sa nouvelle couleur préférée, poursuit-elle en souriant. Maintenant, je comprends pourquoi.

Je me mets à rougir.

– Ça nous change du marron boueux et du vert moisi, plaisante Barley.

Je laisse échapper un gloussement, puis Isalee se décale et c'est Warken qui me serre la main.

– Si vous vous lassez de Slade, nous avons deux fils, m'annonce-t-il avec une pointe de malice.

– Père, le réprimande Barley, pourrais-tu éviter d'offrir mes frères en mariage chaque fois que tu rencontres quelqu'un de nouveau ?

Warken soupire.

– Je serai dans ma tombe avant que l'un d'entre vous ait un enfant.

– Tu n'as que cinquante ans. Rien ne presse, rétorque-t-elle. Et puis, Dis préfère les hommes la plupart du temps, et il est bien trop occupé à gérer la brasserie pour songer à avoir des enfants.

J'ouvre de grands yeux.

– Mais alors…

Je les regarde tous les trois et, tout à coup, mes souvenirs remontent.

Ma famille tient une brasserie au Quatrième. Mais je m'en tire plutôt bien. Mon frère aîné, lui, s'appelle Distill. Pas de chance. Mais nous sommes tous les deux un peu jaloux de notre sœur, Barley[5]*. C'est elle qui a eu le meilleur nom du lot.*

Je m'écrie, tout excitée :

– Mais vous êtes les parents de Keg !

À présent, je distingue un air de famille mais il tient plus de son père ; ils ont les mêmes yeux.

– Vous connaissez notre fils ? me demande Isalee avec tendresse.

– Il m'a dit que ses parents étaient propriétaires d'une brasserie. (Puis je me tourne vers sa sœur.) Il m'a dit également que tu avais le meilleur nom de la fratrie.

Ils se mettent tous à rire et Barley sourit avec une pointe de satisfaction.

– Et il n'avait pas tort.

– C'est leur père qui a choisi leurs prénoms, ajoute Isalee en levant les yeux au ciel, tout en souriant affectueusement à son mari.

Warken se rengorge, très satisfait.

– Ma famille possède la brasserie depuis des générations. J'ai pensé que ce serait parfaitement approprié.

– Oui, enfin tu possèdes aussi le plus grand domaine agricole du Quatrième Royaume, un commerce d'épices, des bains publics et des moulins à eau. Tu aurais pu nous donner n'importe quel autre prénom, rétorque Barley. Non pas que je me plaigne, parce que j'ai *clairement* hérité du meilleur.

– Ce que je préfère, c'est la brasserie, la rabroue-t-il.

Puis en se penchant vers moi, il ajoute :

– C'est un commerce très lucratif.

– Wark, l'interrompt sa femme. Ce n'est pas poli de parler d'argent.

J'esquisse un sourire.

– Moi je suis en or, vous savez, alors ça ne me dérange pas.

---

5. *Barley* signifie « orge » en anglais.

Warken éclate de rire.

–Ah, vous avez de l'humour, ça me plaît. Mais, dites-moi, comment va notre Keg? Vous saviez qu'il était censé entrer en politique comme le reste de la famille?

–Oui, et il ne l'a pas fait. C'est lui le plus intelligent de la bande, répond Barley du tac au tac.

Warken pointe Slade du doigt.

–À la place, il a rejoint *son* armée en décidant qu'il préférait cuisiner plutôt que de rédiger des traités.

–Eh bien… sa sauce était délicieuse, je réponds en plaisantant. C'est le meilleur cuisinier de l'armée, si vous voulez mon avis.

–Vous vous êtes donc bien rencontrés? me demande Isalee.

–Oui. Il a été très gentil avec moi, dès le début. Et il m'a nourrie, du coup il est tout de suite devenu mon favori.

–Eh bien, nous allons faire de même, répond-elle chaleureusement. Nous avons de quoi grignoter en attendant que le dîner démarre pour de bon. (Ses yeux noirs se tournent vers Slade.) Et nous devrions discuter un peu entre nous avant que le conseiller du Troisième Royaume ne nous rejoigne.

Nous nous dirigeons tous vers la table, où Slade m'invite à m'asseoir juste à côté de lui. Warken, Isalee et Barley prennent place en face de nous, en laissant un siège libre.

–Tu ne devrais pas présider? je demande à Slade, un peu étonnée.

–Je préfère de loin m'asseoir à côté de toi, me répond-il avec un clin d'œil.

–Il est malin, ajoute Warken. Installer Manu en bout de table, c'est un bon moyen de le déstabiliser.

L'épais plateau de la table est d'un bois si foncé qu'il paraît presque noir. Ses bords sont bruts, on distingue très bien les veines et les irrégularités dessus. De petites assiettes ont déjà été disposées, ainsi que des couverts en argent et des gobelets en bois. Slade m'offre rapidement du pain et du vin avant de se servir lui-même. Une fois que j'ai avalé ma première bouchée, il se tourne vers ses conseillers.

–Très bien. Je vous écoute.

Isalee pose son gobelet en hochant la tête.

– Quand vous êtes parti pour le Cinquième Royaume, nous avons veillé à ce que l'avant-poste de Cliffhelm soit renforcé. Comme vous le savez déjà, la cargaison d'approvisionnement n'est jamais arrivée, mais nous avons fait en sorte de leur en envoyer une de secours, qui devrait leur parvenir dans la semaine. D'autre part, nous avons de nouvelles recrues au camp d'entraînement de Farncroft.

– Bien, répond Slade. Et les mines ?

Warken prend la parole :

– Nous avons découvert un filon très productif il y a trois semaines. Nous continuons de creuser, tout en relayant les mineurs, et nous nous efforçons de maintenir le moral des troupes grâce à des augmentations de salaire pour tous ceux qui extraient le pétrole.

– Et les montagnes du Nord ?

– Nous sommes en avance sur le planning concernant les minerais. L'extraction a été étonnamment facile. Et nous nous sommes activés, dans l'hypothèse d'éventuels conflits avec les autres royaumes, ajoute Warken en se frottant le menton. Nos réserves sont donc en hausse. Nous avons largement de quoi acheter des armes, une nouvelle armurerie et des denrées alimentaires.

– Mais c'est là que réside le problème, poursuit Barley en regardant Slade. Nous venons d'être informés par un de nos ports. Nos importations ont ralenti.

– En provenance d'où ?

– Du Troisième Royaume.

Je sens Slade se raidir.

– Combien de cargaisons sont arrivées ?

Barley jette un regard à sa mère avant de répondre.

– Trois.

Il recule violemment sur sa chaise.

– *Trois ?* Comment est-ce possible ? Je sais que la cargaison destinée à Cliffhelm a disparu, mais là…

– Tout ce que nous pouvons dire, répond Warken d'un air sombre, c'est qu'il ne s'agit pas d'un incident isolé.

Ou d'un simple sabotage. Le Troisième Royaume semble avoir drastiquement ralenti nos importations.

Slade serre son couteau à beurre comme s'il envisageait de le planter dans l'œil de quelqu'un.

– C'est donc une tactique. Nous aurons beau extraire tout le minerai et les pierres précieuses du monde pour payer les importations dont notre royaume a besoin, cela ne servira à rien si les accords commerciaux en place ne sont pas respectés.

Mon ventre se contracte, mais j'ose demander :

– Et les trois navires qui *sont arrivés*, pourquoi ne les ont-ils pas bloqués aussi ?

– Tous les trois avaient fait un long périple, m'explique Isalee. L'un d'eux avait failli sombrer dans une tempête et s'était amarré en bordure de notre royaume pour prendre le temps d'effectuer les réparations nécessaires. Les deux autres étaient partis depuis des semaines en faisant des allers-retours le long de la route commerciale. Nous pensons que la seule raison pour laquelle ils ont pu arriver à bon port, c'est qu'ils n'ont pas réussi à les arraisonner.

– Qu'est-ce qu'ils transportaient ? s'informe Slade.

– L'un contenait des céréales, le deuxième de la viande salée et le troisième du tissu.

La table reste silencieuse pendant un moment, le temps pour Slade d'assimiler tout cela, mais mon malaise augmente de plus en plus.

– Ils coupent les vivres au Quatrième Royaume, je murmure.

Warken acquiesce d'un air grave.

Les veines sombres apparaissent sur le cou de Slade, elles s'enfoncent jusque dans sa barbe.

– Quels bâtards !

– C'est un jeu de pouvoir, dit Isalee. La reine Kaila est rusée et elle agit rapidement. Nous savions que sa visite au Cinquième Royaume était un coup de force. Il a fallu qu'elle s'adapte. À présent, après ce qui s'est passé avec Midas et le prince Niven, elle semble défendre l'idée que le Quatrième Royaume abrite un traître.

Je déglutis avec peine.

– Moi.

Elle hoche la tête.

– Je n'ai pas volé la magie de Midas et je ne suis pas venue ici pour voler celle de Slade.

– Oh, ne vous inquiétez pas, me répond Warken, Slade n'accorde pas facilement sa confiance, alors quand il le fait, nous savons que c'est à bon escient. Et c'est évidemment le cas pour vous.

Le compliment me réchauffe le cœur et le poids de mon anxiété s'allège un peu.

– Les autres royaumes vont faire tout leur possible pour diffuser cette fable auprès du public, donc il faut absolument que nous en proposions une autre, me dit Isalee. C'est pourquoi je pense que c'était une bonne chose que vous alliez en ville et que vous vous fassiez voir.

– Exactement, ajoute Barley. Sortez et montrez-leur que vous n'êtes pas cette femme sournoise qu'ils imaginent. C'est *vous* la victime, pas le roi Midas. Nous devons contrer leur récit en offrant au peuple la vérité et une raison de vous soutenir.

– Vous pensez que ça va marcher ?

Je ne peux m'empêcher d'avoir des doutes.

– Nous avons déjà commencé à faire circuler votre histoire. En tout état de cause, cela forcera les gens à réfléchir au lieu de gober les sornettes qu'on leur sert.

Je jette un coup d'œil à Slade qui acquiesce.

– Pendant ce temps, poursuit Isalee en le regardant, la reine Kaila fait pression sur le Quatrième Royaume pour que nous *invitions* Dame Auren à se rendre au Conflux.

– Elle y va fort, d'autant que nous partageons une frontière, songe Slade. Je dois dire que je ne m'attendais pas à ce qu'elle bloque les importations. Le Troisième Royaume est habituellement extrêmement dépendant de nos mines. Je suppose que vous avez interrompu nos exportations ?

– Bien sûr, répond Isalee en hochant la tête.

– Et nos réserves sont pleines ?

Barley finit son verre.

– Nos commerces se portent bien. Nous anticipions une guerre avec le Cinquième ou le Sixième Royaume. Avec quelques ajustements, nous pourrons faire face au manque à gagner du Troisième Royaume.

– Bien, répond Slade. L'armée devrait bientôt revenir et lorsqu'elle sera arrivée dans la capitale, nous pourrons offrir une prime à ceux qui se porteront volontaires pour augmenter notre production agricole. (Son regard se porte sur ses conseillers.) Vous possédez la plus grande partie des terres cultivables. Pouvez-vous vendre vos récoltes au Royaume ?

– C'est déjà fait, répond Warken. Et si vous nous envoyez plus de travailleurs, nous pourrons récolter plus tôt que d'habitude.

– Dans ce cas, nous demanderons aux volontaires de se rendre aux frontières. Nous n'avons peut-être pas un terreau très fertile, mais une chose est sûre, nous pouvons pêcher. Dans les rivières ou les océans.

Les trois ministres acquiescent.

– Le conseiller va bientôt arriver pour le dîner, fait alors remarquer Isalee. Et pour ma part, je suis curieuse de voir comment le Troisième Royaume va s'y prendre.

– Qu'ils aillent au diable ! Je n'enverrai pas Auren dans ce putain de Conflux, lance Slade d'un air soudain si dur qu'il me fait frémir.

– C'est évident, répond-elle sans ciller. Essayons de lui parler. Je suis convaincue qu'il existe un moyen de négocier une issue diplomatique qui ne nous conduise pas à la famine ou à la guerre. Il suffit de trouver le bon angle.

– Je l'espère, dit Slade d'une voix menaçante, tandis que ses racines se propagent sur le dos de ses mains comme des toiles d'araignées prêtes à se refermer sur leur proie. Pour *eux*.

CHAPITRE 52
AUREN

La lourde porte s'ouvre, et Manu Ioana entre dans la pièce. Il jette un coup d'œil autour de lui avant de se retourner vers un homme qui doit être son garde, pour le congédier. Une fois la porte refermée derrière lui, Manu s'avance et nous nous levons tous.

Ses longs cheveux noirs sont rassemblés en un chignon bas, les manches de sa chemise d'un bleu profond sont bouffantes. L'étoffe lustrée brille comme lorsque les premiers rayons du jour viennent frapper la surface de l'eau.

Le bruit de ses bottes fait écho aux battements de mon cœur. J'avais bien aimé Manu lors de notre première rencontre, mais à présent sa sœur pense que je suis une voleuse et veut me forcer à comparaître devant une cour de justice.

– Roi Ravinger, dit-il en s'arrêtant devant nous.

Slade ne lui répond pas, il se contente d'incliner la tête.

Le conseiller pose ensuite son regard brun et vif sur les autres convives.

–Ah, vous devez être les Streah, lance-t-il en guise de salut. Je suis heureux de pouvoir mettre enfin des visages sur des noms.

–Pareillement, lui répond Warken.

Slade lui indique le bout de la table.

–Asseyez-vous, je vous en prie.

Lorsqu'il réalise que nous voulons le faire asseoir en bout de table, Manu hésite, mais dès qu'il s'aperçoit que je l'ai remarqué, il me lance un clin d'œil et va tranquillement s'installer.

Les serviteurs doivent épier la scène depuis le fond de la salle, car dès que nous sommes assis, ils accourent en nous apportant des plats bien garnis. Avec une précision parfaite, ils disposent dans nos assiettes des morceaux de viande garnis d'herbes variées qui fument encore, de la purée avec une sauce au beurre et des légumes.

–Merci, je dis à la femme qui me sert.

Nous nous mettons à manger et les dix premières minutes du dîner se déroulent agréablement, du moins en apparence.

Nous plaisantons sur des sujets futiles; je chipote avec la nourriture tout en écoutant Warken et Isalee engager la conversation avec Manu.

Slade est calme. Mais attentif, cependant. Il n'en est que plus intimidant, mais j'ai l'impression que c'est délibéré.

Je m'apprête à prendre une autre bouchée de viande lorsque Manu pose ses yeux sur moi.

–Dame Auren. Je dois admettre que vous m'apparaissez sous un meilleur jour que lors de notre premier dîner.

Je ne sais pas trop quoi répondre, je me contente donc de hocher la tête.

–Toutefois, j'avais beaucoup apprécié votre morceau à la harpe, ajoute-t-il avec un sourire.

–Je n'en joue plus, à dire vrai.

Une lueur passe dans ses yeux perçants.

–Je n'en doute pas, Poupée, et personne ne vous en tiendra rigueur.

Mon cœur rate un battement. J'observe la réaction de Slade du coin de l'œil, mais il se contente de fixer Manu sans laisser transparaître la moindre émotion.

– Le repas est délicieux, poursuit-il en trempant son pain dans la sauce. Bien meilleur que cette bouillie sucrée dont le Cinquième Royaume semble raffoler.

– En effet, répond Slade en prenant la parole pour la première fois. Mais malgré notre hospitalité, votre sœur a décidé de rompre notre accord commercial et de bloquer nos importations. Cela me déplaît.

Le silence s'installe tandis que la fourchette de Manu racle son assiette.

Une seconde s'écoule. Deux, trois, puis quatre.

Le silence devient assourdissant, il remplit tout l'espace et l'atmosphère me paraît lourde, pesante.

Manu pose ses couverts. Et son expression change. En l'espace d'une seconde, il passe du statut de convive amical à celui de conseiller d'une reine. Il me paraît si différent que lors de notre première rencontre. Je me souviens de ses plaisanteries faciles, de sa gaieté de bon aloi. Certes la reine Kaila est puissante, il faut toujours surveiller ce que l'on dit en sa présence. Mais je me demande aussi si nous n'avons pas tous et toutes, moi y compris, sous-estimé son frère, et si ce n'est pas précisément ce qu'il recherche.

– Très bien, Roi Ravinger, je vois que nous abordons la partie la plus sérieuse de notre discussion. J'apprécie toutefois que vous m'ayez laissé savourer mon repas.

– Je n'aurais peut-être pas dû vous faire cette politesse, car votre royaume ne fait pas preuve, lui, de courtoisie à l'égard de mon peuple.

Merde.

Je suis glacée par le ton qu'il emploie. Manu, lui, ne semble pas s'en émouvoir le moins du monde. Je suppose que son rôle de conseiller de la reine exige de lui qu'il sache avaler des couleuvres. J'aimerais tant réussir à contenir mes émotions, moi aussi, mais mes pensées se lisent sur mon visage.

Manu ne mord pas à l'hameçon. Il croise ses mains devant lui et observe Slade avec calme.

– Vous n'avez pas répondu aux missives de la reine. Elle essaie d'attirer votre attention.

– De quelles missives parlez-vous ? lui répond Slade avec légèreté. De celles qui exigent ou de celles qui menacent ? Parce que je ne tolère ni les unes ni les autres, que ce soit bien clair.

C'est un défi.

Une véritable leçon de morale.

Une déclaration cinglante.

Manu fronce les sourcils et répond sans me jeter un regard :

– Le fait est, Votre Majesté, que vous hébergez une traîtresse et une meurtrière dans votre royaume.

– Vous prétendez que Dame Auren a tué le roi Midas. Vous n'étiez pourtant pas là quand il est mort.

Le regard de Manu passe de Slade à moi.

– Nous avons des témoins qui affirment qu'elle lui aurait volé sa magie. Il était clair pour tous ceux qui étaient présents qu'il ne contrôlait plus son or.

Mon pouls bat de plus en plus vite.

– Encore une fois, avez-vous *vu* Dame Auren le tuer ? insiste Slade.

– Que je l'aie vu ou non n'a aucune importance, car c'est tout l'enjeu du Conflux. Elle est convoquée au Deuxième Royaume pour y être jugée et toutes les preuves et les témoignages seront pris en compte.

– Et pourtant, l'interrompt Isalee, ce soir-là, le roi Midas n'est pas le seul monarque à avoir péri. Que faites-vous de la mort du prince Niven ?

Manu se tourne vers elle.

– Dame Auren sera également interrogée à ce propos.

J'écarquille les yeux. Slade, lui, se met à grogner.

– Vous savez aussi bien que moi qu'elle n'a rien à voir avec la mort du prince Niven. La seule personne qui devrait être interrogée à ce propos n'est plus de ce monde.

– Vous insinuez donc que le roi Midas a tué le prince ?

– C'est évident. Tout comme j'insinue qu'il a joué un rôle dans la mort du roi Fulke. Pourtant, il n'a jamais été soupçonné non plus.

– Oui, c'est plutôt louche, ajoute Warken.

– C'est justement pour cela que vous devriez l'accompagner au Conflux, rétorque Manu. En tant que souverain, vous pourrez siéger au conseil et répondre à toutes les questions, et nous pourrons l'interroger comme il se doit.

Warken arque un sourcil.

– Vous n'avez pas, j'imagine, l'intention de forcer le roi Ravinger à assister au Conflux pour l'interroger, *lui aussi* ?

– Nous n'avons aucune mauvaise intention. Mais la population est persuadée que Dame Auren a séduit le roi Ravinger pour le convaincre de putréfier le prince. (Manu se tourne vers Slade.) Votre réponse pourra permettre au peuple d'y voir plus clair.

Barley éclate d'un rire moqueur.

– La *population* croit à ces sornettes parce que la reine Kaila a corroboré cette fable.

– Ma sœur a fait ce qu'il convenait de faire pour assurer la stabilité du Cinquième Royaume après un tragique événement.

– En effet, nous n'avons aucun doute sur le fait que vous œuvriez au couronnement d'un nouveau roi du Cinquième Royaume, lance Isalee.

Ses paroles jettent un froid dans la salle.

Manu lui répond avec un sourire triste :

– Nous avons eu deux décès et le peuple exige des réponses. Nous nous *devons* de convoquer le Conflux. (Puis son regard se pose à nouveau sur Slade.) C'est la raison de ma présence ici, je suis venu vous inviter officiellement, vous et Dame Auren, à y assister.

Slade se penche, et son pouvoir déferle sous sa peau.

– Nous refusons.

Pour la première fois du repas, Manu laisse entrevoir son irritation en se pinçant les lèvres.

– Je suis certain que vous aimeriez pouvoir refuser, Roi Ravinger, mais un monarque a perdu la vie cette nuit-là. Vous savez aussi bien que moi que la situation exige cette mesure.

– Pourtant, comme l'a souligné mon Premier ministre, il n'y a pas eu de procès lorsque le roi Fulke a été tué.

À en juger par l'expression de Manu, j'en déduis que c'est le dernier sujet qu'il espérait que Slade aborde. Cependant, il cache bien son jeu et un sourire sardonique apparaît sur ses lèvres.

– La mort du roi Fulke, bien qu'également tragique, était fort différente. Il a été trahi par son propre peuple. Son assassin a déjà été mis à mort pour ses crimes.

– C'est en effet ce qu'a affirmé le roi qui avait tout à gagner au décès de Fulke.

Manu s'esclaffe.

– Allons, Ravinger. Le roi Midas était un allié de longue date du roi Fulke.

Slade le toise, inexpressif.

– Les revirements d'alliance sont fréquents dans notre monde, n'est-ce pas ?

Encore une question piège.

Manu affiche un sourire qui n'a rien de très agréable.

– Je vois que nous n'arriverons pas à nous mettre d'accord ce soir, Votre Majesté, alors autant vous le dire sans détour.

Il fouille dans sa poche et en sort un parchemin qu'il lui tend. Comme Slade ne se décide pas à le dérouler, Manu explique :

– Tout est détaillé ici. Le Premier et le Deuxième Royaume sont d'accord avec nous. Dame Auren doit être jugée.

– Et je l'ai déjà dit, nous refusons le Conflux.

– À votre place, j'y réfléchirais à deux fois, Ravinger, lui répond Manu en pointant le parchemin du doigt. Le Premier et le Deuxième Royaume sont prêts à bloquer leurs échanges commerciaux avec vous. Nous savons tous les deux que votre territoire est recouvert de marécages et de pourriture, et n'est donc pas en mesure de fournir à votre peuple la nourriture dont il a besoin. Votre royaume ne peut pas survivre sans les nôtres. Donc, à moins que vous n'acceptiez de vous rendre au Conflux, tous les accords commerciaux seront rompus.

Si le silence me paraissait lourd jusque-là, désormais il me semble *insupportable*. Il engloutit chaque parole, chaque mouvement, comme une bouche affamée.

Warken est le premier à réagir.

– Je vois. Et vos royaumes sont prêts à se passer de nos exportations ? Il me semble que le Troisième Royaume en particulier était *très* en demande de notre pétrole, dont vos lanternes à huile dépendent à quatre-vingts pour cent puisque vous n'avez que bien peu de bois à brûler.

– Les monarques ont décidé que la justice passait avant tout.

Slade se lève lentement. Seule la gorge de Manu indique son appréhension lorsqu'il pose ses mains sur la table.

– Dites à votre sœur qu'elle n'est pas la seule à pouvoir affamer un royaume, grogne-t-il. Je vais pourrir sa terre d'un bout à l'autre, sans rien laisser dans mon sillage. Et peut-être que je vais *vous* pourrir aussi, ici et maintenant, pour envoyer un message aux vôtres.

Sa menace me fait tressaillir, je fixe les veines qui zèbrent son cou.

Manu repousse sa chaise, le grincement me perce les tympans.

– Je crois que nous en avons terminé pour ce soir, lance-t-il froidement. Je resterai une semaine, Roi Ravinger, et au septième jour, il me faudra votre réponse définitive.

Puis son regard se porte sur les ministres.

– Je vous suggère de conseiller votre roi avec soin, surtout en ce qui concerne les menaces lancées aux autres royaumes. Nous savons tous que votre armée est la plus puissante d'Orea, mais nous savons aussi qu'elle est affaiblie par le long voyage qu'elle vient de faire. À votre avis, est-ce qu'une armée épuisée, même dirigée par votre tordu de commandant Rip, peut vaincre celles de *quatre* royaumes ?

Il sifflote en regardant Slade et rajuste sa chemise, en tirant sur le tissu bleu chatoyant.

– Tout ce que nous demandons, c'est un procès équitable. Ne soyez pas si pressé de déclarer la guerre au reste d'Orea, Roi Ravinger. Vous seriez responsable de centaines de milliers de morts. Et n'oubliez pas que vous et votre pourriture ne pouvez pas être partout à la fois.

Je croise le regard de Manu pendant une fraction de seconde avant qu'il ne s'éloigne. La porte se referme sur lui dans un claquement assourdissant, dont l'écho menace de nous engloutir entièrement.

Lorsque Slade raconte le déroulement du dîner à Lu, Judd et Digby, son récit est accueilli par des jurons et des menaces. Seul Digby ne réagit pas violemment, mais il se renfrogne de plus en plus.

– Salope de Kaila ! jure Lu en secouant sa tête, où le dessin des dagues se distingue plus nettement que d'habitude, éclairé qu'il est par la cheminée.

Nous sommes dans une pièce que je n'avais encore jamais vue, au dernier étage du château, à quelques pas des appartements privés de Slade. Elle est presque vide, à l'exception d'une grande table dressée au milieu et d'un petit bar sur la gauche, avec des bouteilles et des gobelets qui n'attendent que d'être remplis. Des verres sont disposés sur la table, éparpillés entre les mains ou abandonnés çà et là.

– Combien de temps avons-nous ? demande Judd.

Slade avale une longue gorgée avant de lui répondre.

– Warken et Barley ont fait le calcul. Si nous appliquons immédiatement un rationnement, nous pourrons nourrir le peuple pendant… environ quatre semaines, sans aucune importation.

Un mois seulement ?

Je regarde Slade qui a posé son coude sur la table et se tient le menton dans une main. Cette situation me met très mal à l'aise, je ne comprends pas comment les rois et les reines peuvent justifier de laisser mourir de faim des innocents. Je me remémore l'époque où j'ai traversé Highbell, et tout particulièrement ses bidonvilles. Chaque masure délabrée racontait la misère de ces habitants tellement maigres et vêtus de haillons. J'ai alors découvert les difficultés du peuple et comment les gens survivaient sans rien.

– Quatre semaines ? reprend Judd. Ce n'est pas grand-chose.

– Je pensais qu'ils seraient trop inquiets à l'idée de perdre l'accès à notre pétrole et nos pierres précieuses, ajoute Lu.

Slade finit son verre.

– Si nous rationnons, le moral du peuple va chuter, nous allons devoir faire face à des émeutes et à une hausse de la criminalité. Nous aurons besoin de plus de patrouilles. Ce n'est pas une chose facile à demander à l'armée qui revient de plusieurs semaines d'expédition dans ces putains de Barrens gelés. (Il secoue la tête.) Nous pouvons soutenir un siège. Notre armée peut vaincre n'importe quelle armée sur le champ de bataille. Mais nous ne pouvons pas vaincre *toutes* les armées coalisées. Du moins, pas sans les vivres. Et avec une armée déjà fatiguée.

– Ils frappent au moment où nous sommes les plus vulnérables, renchérit Lu. Et ils nous coupent les vivres… C'est une réaction démesurée à ton refus d'accepter ce procès stupide.

– Ils ont peur d'elle, rétorque Digby. (Tout le monde se tourne vers lui, il hausse les épaules.) S'ils croient à ces rumeurs, ils pensent qu'elle peut également leur voler leur pouvoir. C'est ce qui les inquiète.

– Ce dont ils devraient plutôt s'inquiéter, c'est de faire de moi leur ennemi, répond Slade sur un ton hargneux. Faire mourir des gens de faim prend beaucoup plus de temps que de les faire pourrir.

Une sueur froide perle sur ma peau. Cette menace est un brouillard épais à travers lequel je ne peux ni voir ni respirer. Je perçois la tension de Slade qui est assis à mes côtés, c'est comme si un fil invisible reliait ma poitrine à la sienne. Je sens le fil se tendre et la pression m'étouffer.

Un royaume entier. Les habitants du Quatrième Royaume ne peuvent survivre qu'un mois sur ces réserves, ensuite ils risquent de mourir de faim. Et s'il décide de se venger des autres royaumes, ce ne sera pas seulement son peuple qui souffrira, mais tout le monde, sans exception.

– Slade…

– Non ! rugit-il. N'y pense même pas.

– Mais je devrais peut-être consentir à m'y rendre. Je ne veux pas que ton peuple souffre. Ni que quiconque souffre, à vrai dire.

Ses yeux verts, brillants de colère, se posent sur moi.

– C'est hors de question.

Je baisse les miens, la culpabilité m'assaille.

Lu s'approche de moi et me tapote le dos.

– Il a raison, Dorette. C'est une très mauvaise idée. Nous ne devons pas céder aux menaces et au chantage. Le Quatrième Royaume est solide, et Rip aussi. Ils ont trop peur de lui pour tenter quoi que ce soit. Nous allons trouver une solution, et il ripostera juste assez pour les faire reculer.

C'est justement ce qui m'inquiète.

Chapitre 53

Osrik

L’armée est au bout du rouleau.

Je les ai poussés dans leurs derniers retranchements pour les faire sortir du Cinquième Royaume. L’objectif était d’atteindre Cliffhelm. Comme l’avant-poste se trouve tout près de notre frontière, j’avais prévu de laisser l’armée s’y reposer et se ravitailler quelques jours, puis de traverser le Quatrième Royaume à un rythme plus lent.

Mais tout a foiré.

La cargaison n’est jamais arrivée à Cliffhelm, alors au lieu de pouvoir nous reposer, nous avons été contraints de poursuivre notre route, car nous manquions de provisions.

Heureusement, à mesure que l’on s’enfonce dans nos terres, le climat s’améliore. Ici, les cimes ne sont plus enneigées. On aperçoit de la poussière à flanc de montagne, preuve que les filons sont actifs et que les mineurs excavent des pierres précieuses et du pétrole.

Avant d’arriver dans la partie plus agréable du Quatrième Royaume où l’on trouve des arbres, des animaux et des plantes, nous devons traverser la région où tout est en décomposition. Ça ne me dérange plus tellement, de toute façon. J'y suis complètement habitué. Il y a de la pourriture tout le long de nos frontières, j'ai donc bien souvent croisé des tas de plantes pourries, et traversé cette terre malsaine qui s'affaisse.

Mais ce n'est pas seulement horrible à regarder ; comme il pleut beaucoup ici, la terre *pue*. Lorsque le soleil apparaît, il se dégage dans l'air une odeur de viande avariée et de fruits moisis.

Ça sent la maison.

Mais ça fait quand même une journée de voyage bien merdique, où l'odeur est si terrible que l'on doit se couvrir le visage d'un épais bandeau de tissu. En tout cas, la pourriture est un excellent répulsif pour nos ennemis. Personne ne veut traverser cette merde, pas même notre armée.

Dès que nous dépassons le dernier lopin de terre humide et moisi, j'ordonne aux troupes de faire une halte. Par chance, la brise est de notre côté, et la puanteur reste maîtrisée grâce au vent. Personne n'a vraiment d'appétit ce soir, au grand dam de Keg. C'est tant mieux, car nos réserves s'amenuisent.

Le camp est plus calme que d'habitude. Les lieutenants essaient de maintenir une bonne ambiance et nous discutons de la chasse que nous prévoyons pour demain soir, ce qui remonte le moral des troupes. Nous en avons bien besoin.

C'en est définitivement terminé de la neige et de la pourriture, nous voici de retour dans notre royaume. Il ne nous reste plus qu'à rejoindre Brack – le château de Brackhill et la capitale –, pour que les soldats puissent enfin se reposer et rentrer chez eux après des mois d'absence. Ça va leur donner un sacré coup de fouet.

Je suis assis près d'un des grands feux de camp en compagnie de quelques soldats qui se balancent des vacheries pour rigoler. Je ne cache pas mon sourire.

– Judd et Lu seraient fiers, me dit Ryatt. Leur rivalité se renforce.

– C'est une bonne façon de passer le temps.

Ryatt acquiesce, la tête tournée vers le groupe qui joue de la musique sur notre gauche, dont Keg est l'épicentre. Derrière nous, les chevaux broutent sous un petit bosquet d'arbres qui leur sert d'abri.

Tandis que j'avale une gorgée de la piquette qu'Himinn m'a apportée, mon esprit s'égare et je songe à Rissa.

Ça m'arrive souvent ces temps-ci.

Elle m'a embrassé, putain. C'était il y a des semaines, mais depuis, je me sens comme un animal en cage. J'ai senti son odeur, goûté sa bouche, et chaque fois que je suis près d'elle – voire quand je ne le suis pas –, je pense à son cul et je m'imagine la plaquer contre l'arbre le plus proche et la baiser, elle et son foutu caractère.

Mais elle n'a pas la tête à ça, alors je la laisse tranquille.

Pourtant son corps semble en vouloir davantage. Je vois bien comment ses yeux se dilatent ou ses joues rosissent quand elle est près de moi. Mais la réponse corporelle ne signifie pas forcément le consentement. J'aimerais bien qu'elle mette son caractère de feu à profit pour une partie de jambes en l'air endiablée, mais seulement si elle le *désire* vraiment.

Il est clair, cependant, que ce n'est pas à l'ordre du jour. Elle s'est enfuie après m'avoir embrassé comme si elle avait le feu aux fesses, et ensuite elle n'a plus quitté sa tente pendant deux jours entiers.

Je pensais ce que je lui ai dit : je n'abuserai jamais d'une femme. Nous sommes attirés l'un par l'autre, cela ne fait aucun doute, mais mon instinct me dit qu'elle lutte contre ses sentiments. Il faut admettre aussi qu'une femme de sa trempe ne doit pas avoir l'habitude de soldats bourrus comme moi. Je suis trop brut de décoffrage pour elle, mais ça ne m'empêche pas de la désirer.

C'est excitant de la voir se mesurer à moi. Toutes les femmes avec qui j'ai été par le passé étaient assez douces, et j'aimais ça aussi, mais Rissa m'échauffe comme jamais. Avec elle, j'imagine toutes les façons dont elle prendrait ce que je lui donne et me le rendrait au centuple. Nos disputes seraient comme des préliminaires.

Le fait de rester enfermée dans sa tente était clair, cependant, et depuis je l'évite. Je ne chevauche plus à côté de son carrosse et j'essaie de garder mes distances quand je me promène dans le camp.

Je veille toujours à ce que l'entrée de sa tente soit déneigée et qu'elle reçoive sa ration de nourriture, mais je ne vais pas plus loin, même si ça m'énerve. Je ne comprends pas pourquoi je l'ai dans la peau à ce point-là.

– Bon, je vais me coucher, dit Ryatt en se levant. J'en ai marre de porter ce putain de casque.

– Moi, je préfère que tu le portes. Comme ça, je ne vois pas ta sale gueule.

Je ne peux pas voir son visage mais je sens qu'il lève les yeux au ciel.

– Va te faire foutre !

– Admets que je t'ai manqué. Je sais que c'est pour ça que tu es revenu, même si tu utilises Hojat comme excuse.

Je me mets à rire quand Ryatt me fait un doigt d'honneur et s'éloigne en direction de sa tente. Les autres soldats le saluent. Son retour nous a redonné de l'énergie. Il nous a bien aidés sur la dernière partie du trajet.

Je sais que je devrais rentrer, mais je bois un autre verre de vin en écoutant Keg et les autres gratter et souffler dans leurs instruments. Alors que j'essuie quelques gouttes de liquide tombées dans ma barbe, je sens soudain un léger parfum de fleurs.

Quand on parle du loup… ou plutôt qu'on pense à la louve.

Je lève les yeux et une silhouette sombre apparaît devant moi. Ma démone se tient là, elle porte mes vêtements et flotte dedans. Ma chemise et mon manteau dissimulent presque entièrement ses formes. J'aurais pu lui refiler les vêtements de rechange de quelqu'un d'autre, ceux d'Himinn par exemple, qui est plus proche de sa taille, mais l'idée qu'elle porte les vêtements d'un autre homme me faisait grincer des dents.

– Bonsoir, Yellow Bell.

Elle me regarde fixement, les mains sur les hanches, puis jette un coup d'œil aux autres soldats. Je leur lance un regard, ils se dispersent rapidement. Disposant désormais d'un petit coin d'intimité, Rissa s'assoit sur le rondin de bois qu'ils ont abandonné et croise les jambes.

Elle se rapproche de moi, m'arrache mon gobelet des mains et boit une gorgée de mon vin. Elle est absolument adorable et je n'arrive pas à détacher mes yeux de sa langue rose qui se promène sur ses lèvres.

– Tu m'évites, me dit-elle.

Je hausse les sourcils.

– Je pensais que tu *préférais* que je t'évite.

Elle ouvre, puis ferme la bouche comme si elle n'était pas sûre de sa réponse. Je le sais parce que je fais vraiment attention à elle. En général, elle donne assez bien le change. La plupart des gens ne remarqueraient probablement pas la façon dont elle frotte son index contre sa cuisse lorsqu'elle est anxieuse. Mais moi, je le sais.

– Tu m'as embrassé, et puis tu as filé. Je me suis dit que tu ne voulais pas répéter l'expérience, je poursuis avec un sourire en coin.

Je récupère mon verre, mais je fais en sorte de boire au même endroit qu'elle. La façon dont ses yeux s'assombrissent me laisse à penser qu'elle l'a remarqué.

– Oui, c'était une belle connerie, répond-elle finalement.

– Tu trouves ? En fait, tout dépend de si tu as envie de faire cette erreur ou non, Bell.

Elle me fait face et son visage, encadré par ses cheveux noués, luit à la lumière du feu comme une pêche mûrie au soleil.

– Pourquoi le voudrais-je ?

– Tu n'as pas eu une phase de rébellion quand tu étais jeune ? Ce moment où tu sors en cachette pour te saouler alors que tu sais que tu ne devrais pas ? Où tu cherches la bagarre alors que tu sais que tu ne peux pas gagner, seul contre quatre, mais où tu n'hésites pas à provoquer en dépit des conséquences ? Quand tu baises et que tu sais que tu vas le regretter, mais que tu décides de le faire quand même parce que ça te démange ? Certaines erreurs sont si agréables qu'on ne peut pas les empêcher.

Rissa remue un peu et secoue la tête, sans me contredire toutefois.

– Pourquoi ne suis-je pas surprise que tu te sois battu contre quatre mecs ?

– Je ne suis pas devenu capitaine pour rien. Je n'ai pas *peur* de me battre ni de donner la mort à quelqu'un.

– Qu'est-ce que tu faisais avant de devenir capitaine ?

– J'étais mercenaire dans le Premier Royaume.

Elle écarquille les yeux.

– Ne pose pas de questions si tu n'es pas prête à entendre les réponses, je déclare. J'ai tué pour de l'argent, et j'étais doué pour ça. J'aimais ça, même. Ça te pose un problème ?

Elle digère ce que je viens de dire et j'observe ses yeux bleus, dans lesquels ses pensées semblent défiler.

– Certaines personnes disent que baiser des pouliches est aussi grave que tuer des gens, alors je suppose que je ne peux pas t'en vouloir pour ça.

– On ne devrait pas prêter attention au jugement d'autrui. Moi, en tout cas, j'en ai rien à foutre.

– Quelle éloquence ! se moque-t-elle, et son demi-sourire me percute comme un crochet dans l'estomac.

À quoi ressemblerait-elle si elle souriait *vraiment* ?

Je ne devrais pas me poser ce genre de question. C'est exactement pour ça que je ferais mieux de continuer à l'éviter.

– Je n'ai jamais dit que j'étais poète.

J'abandonne mon gobelet sur le rondin avant de me lever.

– Profite bien du feu.

Je commence à m'éloigner vers ma tente, mais je l'entends qui se précipite à ma suite.

– Pourquoi est-ce que tu pars ? me demande-t-elle dès qu'elle arrive à mon niveau.

– Il se fait tard. Je dois me lever avant l'aube pour préparer le départ, comme tous les matins.

Je sens qu'elle est plongée dans une réflexion intense, mais ce n'est que lorsque j'atteins ma tente et que je m'arrête pour me tourner vers elle qu'elle trouve le courage de me parler.

– J'ai réfléchi. Je sais que nous allons bientôt atteindre la capitale du Quatrième Royaume, et… eh bien. Tu connais mes projets de départ, mais j'ai pensé…

Je ne l'ai jamais vue aussi peu sûre d'elle. Elle bute sur chaque mot et paraît très nerveuse.

– Tu disais…

– Peut-être que tu as raison. Sur le fait que certaines erreurs sont bonnes à faire.

Je hausse un sourcil sans répondre.

Son visage traduit son irritation.

– Je dois te faire un dessin ? J'ai envie de toi.

Je suis surpris par son culot, et je me mets instantanément à durcir.

– Tu ne sais pas vraiment ce que tu veux, je réponds en croisant les bras.

Son irritation se transforme en colère.

– Pardon ? Je ne te permets pas de parler à ma place. Je suis là, non ? *Je* suis venue à *ta* rencontre.

– Oui, et tu m'as aussi embrassé l'autre fois, mais ça ne t'a pas empêchée de le regretter. Je suis complètement d'accord avec l'idée de profiter de nos erreurs, mais si c'est pour avoir des regrets par la suite, ça ne m'intéresse pas. C'est différent, et nous savons tous les deux que c'est comme ça que tu réagiras.

Elle ne peut même pas le nier. Ça se lit sur son visage, et j'en ai mal au cœur. Son silence stupéfait m'en dit long.

– C'est bien ce que je pensais, je soupire. Retourne dans ta tente, Yellow Bell.

Elle semble blessée par ce que je viens de dire et j'ai l'impression qu'on me poignarde le ventre, mais je reste campé sur mes positions.

– Tu ne sais pas vraiment ce que tu veux. Ou du moins, pas pour le moment. Viens me voir quand tu seras décidée.

Des taches rouges parsèment ses joues et elle laisse échapper un rire amer.

– Tu sais quoi ? Ça me va très bien. Je pensais qu'on pourrait passer du bon temps ensemble et nous sortir ça de la tête.

Mais tu es complètement dingue si tu crois que je referai *un jour* le premier pas. Je mérite mieux que ça.

Je lui lance un regard noir.

–Moi aussi.

Elle ouvre de grands yeux et visiblement sa gorge se noue. La culpabilité m'envahit parce que je sais que je l'ai secouée et que je viens probablement de planter le dernier clou dans le cercueil de notre histoire, avant même qu'elle ne débute. Mais si je la laisse prendre le pas sur moi maintenant, nous n'aurons aucune chance. Je pense qu'on pourrait tenter quelque chose dans le futur, mais je ne veux pas que tout soit ruiné ce soir car elle veut « se sortir ça de la tête ».

–Et bien, je suis heureuse de ne pas avoir fait cette erreur-là, siffle-t-elle.

–Et tu restes l'erreur que j'espère un jour pouvoir faire, je lui rétorque avec un petit sourire. Quand tu seras vraiment prête.

Elle tourne les talons en laissant échapper un grognement rageur et s'éloigne à grands pas. Dès qu'elle sort de mon champ de vision, je me décompose.

Putain.

J'espère que c'était la bonne décision. Parce que si je me plante, je viens de fermer la porte pour de bon, et je serai alors celui qui regrette.

CHAPITRE 54

SLADE

Il me suffit de dix minutes sur le dos d'Argo pour rejoindre la base militaire de la ville.

Au pied du mont Banded, on peut repérer les coins de quelques bâtiments depuis la tour Ouest du château. Il s'agit d'un ensemble de constructions cubiques en damier, nichées dans les arbres de la forêt, qui sont destinées à abriter quelques milliers de soldats.

Mais elles sont sur le point d'en accueillir beaucoup plus.

En volant dans cette direction, je vois défiler une marée humaine de soldats. Vue du ciel, on dirait une rivière de cuir noir. Leur progression est ponctuée de courbes et de virages. Des milliers d'hommes et de femmes arpentent le territoire, en traversant les ponts les plus larges et en coupant devant le château. Leur objectif, c'est la montagne qui se profile.

Il s'agit du dernier convoi attendu ; Osrik et Ryatt seront donc là, eux aussi. Il leur aura fallu trois jours pour entrer tous, et lorsque les dernières troupes s'ajouteront, la base sera pleine à craquer. Normalement, quand je fais venir le gros de mon armée, elle ne reste cantonnée là-bas que pour une courte période. Mais avec la situation actuelle, je ne peux pas les renvoyer rapidement chez eux.

Et ça ne sera pas bien perçu.

Cela fait des mois qu'ils sont partis et ils ont beaucoup voyagé. Pourtant, leur retour va être gâché par une mauvaise nouvelle. La guerre est imminente, ils ne peuvent donc pas encore rentrer chez eux.

Face à cette armée-fleuve qui afflue, j'ordonne à Argo de descendre plus bas lorsque nous arrivons devant l'enceinte de la base. Des cris s'élèvent, des soldats m'acclament en reconnaissant mon Aile-branche dans le ciel.

Je ne mérite pas leurs encouragements.

Les ailes d'Argo fendent l'air, il plonge encore plus bas en se faufilant entre les branches des arbres. Je tire sur ses rênes pour qu'il se dirige vers un bâtiment dont le toit est recouvert de goudron de pin. La teinte sombre des murs en bois se fond parfaitement dans la végétation.

Quand Argo se met à décrire des cercles pour signaler qu'il va atterrir, les soldats s'écartent et la bête se pose en plantant ses serres dans l'herbe.

Les recrues me saluent tandis que je me détache de la selle et que je saute à terre. Après avoir donné une tape sur l'arrière-train d'Argo pour lui signifier qu'il peut partir à la chasse, je me retourne et salue à mon tour la foule avant de me diriger vers le bâtiment.

Je grimpe les trois petites marches qui mènent à la porte principale et dès que j'entre à l'intérieur, quatre têtes pivotent dans ma direction. Judd et Lu sont assis à gauche de la table, Ryatt et Osrik à droite. La longue barbe et les cheveux d'Osrik sont encore plus emmêlés que d'habitude.

– Tu as une sale gueule, Os, je lui dis en guise de salut.

Il grogne, ses bras épais sont croisés devant lui.

– Désolé de ne pas m'être mieux pomponné. J'ai été occupé à traîner ton armée à travers tout le continent dans une neige glaciale.

Je souris en m'asseyant à côté de lui.

– J'apprécie. Tu as eu des problèmes ?

– Mis à part les plaintes habituelles et les quelques bagarres qui ont éclaté ? Non.

– C'est bien.

Mon attention se porte sur Ryatt.

Son casque est posé sur la table, mais à part ça, il est toujours en armure complète.

– Vous avez rejoint l'armée sans encombre, avec Hojat ?

– Bien sûr. Et il était temps, parce que les engelures qui ont sévi dans les camps n'étaient pas belles à voir. Nous avons perdu bien trop de doigts et d'orteils, dit-il sur un ton franchement mécontent.

– Ça inquiétait Hojat, je suppose.

Ryatt me foudroie du regard.

– Qu'est-ce qui se passe, Slade ? demande-t-il. Pourquoi n'avons-nous pas commencé à renvoyer les soldats qui ne font pas partie de l'armée permanente ? Pourquoi gardes-tu tout le monde ici ?

Mes yeux passent tour à tour de Ryatt à Osrik, et je décide de leur raconter tout ce qui s'est passé en leur absence, y compris le dîner avec Manu, il y a trois nuits. À plusieurs reprises pendant mes explications, Osrik lance des bordées d'injures, mais Ryatt, lui, reste silencieux. Je connais mon frère. Plus il se tait, plus il est furieux.

– Eh ben ça alors, s'écrie Os lorsque j'ai terminé. (Il se frotte l'arrière de la tête.) Ce n'est pas bon.

– C'est l'euphémisme de l'année, marmonne Judd en tapotant le bord de la table.

– Nous savions qu'ils tenteraient quelque chose pour me forcer la main, mais je ne m'attendais pas à ça. La reine Kaila et les autres ont la dent dure.

Judd arrache une écharde sur le plateau de la table et s'en sert pour ramasser les miettes.

– Ce que je ne comprends pas, c'est pourquoi ils prennent le risque de foutre en rogne le Roi Putride.

– Il faut bien que quelqu'un assume la responsabilité de la mort de ces deux monarques, répond Lu. Ils ont choisi Auren comme cible.

– Ils ont peur d'elle, dit Osrik. Saletés de rumeurs. Pas étonnant que les autres souverains se chient dessus. Ils ont la trouille qu'elle leur pique encore plus de magie.

– Les rumeurs et la propagande se sont répandues plus vite que je ne le pensais. L'opinion publique ne songe plus qu'à intenter un procès à Auren. Et pendant ce temps, Kaila essaie discrètement d'enfoncer ses griffes dans le Sixième Royaume.

Le regard d'Osrik s'aiguise.

– *Quoi ?*

Je hoche la tête.

– Le dernier rapport que j'ai reçu m'a appris qu'elle s'est rendue à Highbell. Elle a annoncé qu'elle et Midas s'étaient fiancés juste avant qu'il ne soit tué, puis elle a organisé une cérémonie à la con pour honorer sa mémoire. Elle essaie de trouver des appuis là-bas.

Judd secoue la tête.

– Elle tente de s'approprier encore plus de territoire avec la bénédiction du peuple.

– Ils l'aiment bien, dit Lu. Elle sait très bien charmer son public.

– Et pendant ce temps, ils essaient de nous affamer, poursuit Os. Juste un putain de mois à taper dans nos réserves, et nous serons complètement anéantis.

Je les regarde tous, même Ryatt, qui garde les yeux fixés sur la table.

– Je dois faire appel à des volontaires de l'armée. Je vais avoir besoin d'efforts massifs pour produire notre propre nourriture.

– Nous savons tous que le Quatrième Royaume est principalement constitué de marais et de marécages. Ce ne sont pas les meilleures terres agricoles, c'est pourquoi nous avons toujours compté sur les autres royaumes. Et est-ce qu'on peut récolter aussi rapidement ? demande Judd.

– C'est possible pour certaines récoltes, lui répond Osrik. Les radis, les oignons de printemps, les épinards, les navets, on peut les récolter au bout d'un mois environ.

Tout le monde se tourne vers lui. Lorsqu'il s'en aperçoit, il hausse les épaules.

– Quoi ? Vous savez bien que je viens du Premier Royaume.

– Ouais, en tant que mercenaire, lui répond Judd, les sourcils froncés. Comment se fait-il que tu t'y connaisses en agriculture ?

Osrik remue sur sa chaise, le bois se met à grincer en signe de protestation.

– Une fois, on m'a engagé pour liquider un fermier qui ne payait pas ses impôts J'ai fini par rester pour lui prêter main-forte plutôt que de l'assassiner.

– Waouh, Os. Tu es vraiment un cœur tendre, le taquine Lu.

– Va te faire foutre, grogne-t-il. Mon cœur est dur comme la pierre.

Le regard de Judd s'illumine.

– Non, ce n'est pas ton cœur, c'est ton…

Je m'écrie :

– On arrête là !

Judd se contente de rire.

– D'accord, on envoie des soldats planter des graines et tout ça, mais on a besoin de vrais fermiers qui savent ce qu'ils font pour les superviser *et* d'un endroit pour le faire, reprend Os.

Je lui réponds :

– Oui, je vais en parler à Barley. Elle connaît le Quatrième Royaume comme sa poche. S'il existe d'autres terres fertiles que nous n'avons pas encore exploitées, elle les trouvera. Et je leur ai déjà demandé, à Warken et à elle, d'élaborer un plan pour augmenter nos activités de pêche et de chasse.

– Mais est-ce que ça suffira ? demande Lu.

Je croise son regard anxieux et la même inquiétude se lit dans le mien. C'est là-dessus que mes Premiers ministres et moi-même avons travaillé jour et nuit.

– Je ne sais pas. Isalee est en train de faire des calculs. Mais pour l'instant, nous avons mis au point un plan dans le but de conclure un accord tacite avec le Premier Royaume. Ils veulent plus d'huile de lanterne, donc nous la leur fournirons en échange de ravitaillement.

– Le roi sera d'accord ?

– Nous devrons le charmer suffisamment pour qu'il ne puisse pas refuser le marché.

Je reporte mon attention sur Judd. Il se passe une main dans les cheveux.

– Ah, merde. Tu veux que j'aille au Premier Royaume faire de la lèche au roi Thold, c'est ça ?

– Mes ministres sont trop occupés pour y aller, et de nous tous, c'est toi le plus charmant.

– Je ne te le fais pas dire. Mais bon, je vais essayer de le convaincre de nous céder de la nourriture en échange de pétrole et de pierres précieuses.

– Merci.

– Et… s'il refuse ?

Je me passe une main sur le visage. Parfois, je déteste vraiment être un roi.

– Et bien, nous essaierons de trouver un autre moyen pour s'assurer que les gens ne meurent pas de faim.

Du coin de l'œil, je vois Ryatt dresser la tête. Ses épaules roulent lentement, son cou se tend, son regard croise le mien, et il finit enfin par rompre le silence.

– *Tu te fous de ma gueule ?*

Si je ne sursaute pas sous l'effet de la surprise, c'est parce que je m'attendais à sa réaction depuis que je suis entré.

Comme je ne réponds pas, il se tourne vers les autres en secouant la tête.

– Est-ce que vous allez tous rester assis là sans rien dire ?

– Dire quoi ? lui demande Lu.

Ryatt lève ses bras en l'air en signe de frustration.

– Bon sang ! C'est évident ! Comment pouvez-vous accepter sans broncher qu'il y ait de grandes chances que tout le royaume *crève de faim* ? (Son regard féroce se pose à nouveau sur moi.) Auren doit se rendre au Conflux.

La fureur gronde sous mon épiderme. Elle me pique, elle m'agresse en essayant de sortir et de suinter sur le sol. Je fixe mon frère et je la sens polluer l'air de la pièce.

– Comment peux-tu dire ça ? rétorque Lu. Nous savons tous que ce procès est un coup monté.

– Bien sûr, renchérit Judd. Si elle s'y montre, ça va mal tourner.

Ryatt secoue la tête.

– Non, ils veulent juste un spectacle. Ils ont besoin de faire le show, de taper sur les doigts d'Auren avant de la renvoyer. Ils savent qu'ils ne peuvent pas aller trop loin et risquer de mettre Slade en colère, parce qu'il pourrirait tous leurs royaumes jusqu'à la moelle. Tout ce qu'elle a à faire, c'est se montrer, les laisser faire leur petite démonstration de pouvoir et revenir. Comme ça, il n'y aura pas de risque de guerre ni de famine.

– Écoute-moi très attentivement, putain, je gronde d'une voix grave et menaçante, je ne laisserai pas Auren s'approcher d'eux, et si tu le suggères encore une fois, nous allons avoir un *très* gros problème, toi et moi !

Le regard qu'il me lance est si perçant que je peux presque le sentir me trouer la peau.

– Je pense que tu devrais au moins y réfléchir. Si tu y vas aussi, ils ne pourront rien lui faire. Tu es censé faire passer le royaume avant tout. Tu es censé protéger ton peuple.

Je vois rouge.

– De quoi crois-tu qu'on parle ? C'est ce que j'essaie de…

Il me coupe :

– Non, tu essaies de protéger Auren. Tu es prêt à laisser ton peuple *mourir de faim* pour ça.

– Personne ne va mourir de faim.

– Tu n'en sais rien, raille-t-il. Tous les habitants du Quatrième Royaume seront impactés. Et nos soldats ne méritent pas ça. Ils viennent de traverser tout un royaume gelé *sans aucune raison*. Tu les as traînés deux fois à travers les Barrens et maintenant, alors qu'ils viennent à peine de rentrer, tu vas les cantonner ici, sur cette base surpeuplée, ou les obliger à jouer les ouvriers agricoles ? C'est ridicule, Slade, et tu le sais très bien.

Lu nous dévisage, l'un et l'autre.

– Hé, je pense qu'on devrait tous se détendre…

– J'en ai rien à foutre ! s'écrie Ryatt en bondissant de sa chaise comme de la lave en fusion, ce qui surprend les autres.

Ils sont aux aguets, tendus comme s'ils s'attendaient à tout instant à devoir nous séparer.

Ryatt les ignore et me fait un doigt d'honneur.

– Tes priorités ont changé. L'objet de ta loyauté n'est pas le bon. Sois un putain de roi et occupe-toi de ton foutu peuple, ainsi que tu l'as promis !

– C'est ce que je fais.

Je lui réponds sur un ton calme en apparence, mais sous la surface, ma violence contenue trempe dans un bouillonnement de colère.

– C'est pourquoi tu vas mettre ton casque. Tu vas rassembler l'armée. Et tu exécuteras les ordres comme je te l'ai demandé.

– Va te faire foutre ! éclate-t-il, et il balance un grand coup de pied dans sa chaise qui part valdinguer à l'autre bout de la pièce pour s'écraser contre le mur.

Je ne bronche même pas. Mon Courroux observe la scène avec anxiété.

Je me lève lentement.

Je me penche pour pouvoir appuyer mes mains sur la table. Nous nous dévisageons face à face, les yeux dans les yeux.

– Ça doit être tellement facile pour toi, mon frère, je déclare très calmement malgré ma fureur sous-jacente, de piquer tes crises de colère. De porter des jugements. C'est tellement facile. Et tu sais pourquoi ?

Ses joues sont rouges de colère, mais il reste silencieux.

– Parce que tu n'as *jamais* eu à prendre de décisions difficiles. Ça a toujours été mon rôle. Toi, tu te contentes de rester le cul sur ta chaise en piquant des colères, et tu me dis que je fais un travail de merde, alors que tu n'as *jamais* eu à porter la charge qui est la mienne. Et c'est *ça* que tu ne comprends pas. Que tu ne comprendras jamais.

Il cligne des yeux, mais sa colère fébrile ne l'emportera jamais sur ma rage persistante.

– Je n'accepterai pas qu'on me fasse chanter. Je n'enverrai pas Auren se faire massacrer pour servir les intérêts politiques d'autrui. Je ne suis pas un chien que l'on peut mettre en laisse et si tu discutes encore de mes motivations concernant mon royaume, je n'hésiterai pas à te remettre à ta place.

Sa poitrine se soulève. Ses yeux s'écarquillent, ses poings se crispent sur ses flancs, comme s'il s'apprêtait à bondir à travers la table pour donner le premier coup de poing.

J'espère vraiment qu'il va le faire.

– Alors tu peux rester là et débiter toutes les conneries que tu veux en tant que frère. Mais au bout du compte, je suis aussi ton roi, et tu feras ce que je t'ordonne.

Le silence entre nous est une épée.

Une épée à double lame qui nous défie tous les deux. Elle plane dans l'air, m'entaille la peau et se prépare à nous transpercer. Nous restons parfaitement immobiles, dans l'attente de découvrir qui sera empalé en premier, et lequel de nous deux va saigner.

Ma relation avec mon frère a toujours été compliquée. Depuis que cet homme plein de ressentiment a remplacé le petit garçon innocent.

Et je l'accepte.

J'accepte toujours sa colère, ses engueulades. Parce que pour l'essentiel, je le mérite. J'ai détruit l'esprit de notre mère. Je l'ai emprisonnée dans une grotte qu'elle ne pourra jamais quitter. Et j'ai fait de lui un spectre, coincé sous un casque pour jouer le rôle de ma doublure.

Et mon père a tué le sien.

Mais s'agissant de cela, s'agissant d'*elle*, je ne vais pas me laisser faire.

Parce qu'il a raison. Mes priorités ont changé. Et je laisserai le monde pourrir et s'effondrer pour la protéger. Mais cela ne veut pas dire que je ne ferai pas tout mon possible pour protéger mon peuple.

Pendant un long moment, personne ne bouge dans la pièce. Je crois que Lu ne respire même pas. Nous attendons tous de voir s'il va exploser, s'il va enfin brandir le poing qu'il est en train de serrer et me le balancer dans la figure.

Mais il ne le fait pas.

Je ne sais pas qui en est le plus surpris.

Il se retourne et sort de la pièce en faisant claquer la porte derrière lui. Lorsqu'elle se referme, mes épaules tendues se relâchent et mes mains s'éloignent de la table.

– Eh bien, dit Judd en rompant le silence gênant. Ça ne s'est pas super bien passé.

– Tu sais comment il est, soupire Lu. Il protège l'armée.

– Nous le faisons tous, rétorque Os. Et nous protégeons aussi le reste du royaume. Mais son rôle ne l'autorise pas à se comporter comme une petite merde pour autant.

Elle jette un coup d'œil à la porte.

– Il va se calmer.

Os grogne.

– Bon, alors… quelqu'un d'autre se sent-il un peu Courroucé ? demande Judd, l'air taquin.

J'apprécie son geste, sa tentative de détendre l'atmosphère.

– Quand tu donneras ta réponse à Manu, ils auront probablement déjà envisagé des représailles, me dit-il. Ça veut dire qu'on va aller foutre la merde dans les autres royaumes ?

– Absolument.

Son sourire s'élargit.

– J'espérais que tu dirais ça.

– Pendant que tu te rends au Premier Royaume pour conclure cet accord, j'ai besoin de quelqu'un pour être mes yeux et mes oreilles au Sixième. Je veux savoir ce que prépare la reine Kaila.

Lu se porte immédiatement volontaire. Je la remercie d'un signe de tête avant de me tourner vers Osrik.

– Peux-tu envoyer quelques-uns de nos meilleurs soldats surveiller les frontières ?

– Bien sûr.

– Au premier signe d'une approche, je veux être prévenu.

– Tu vas leur mettre le Roi Putride au cul ? me demande Judd en se frottant les mains comme si cette idée l'enchantait.

Je hoche lentement la tête.

– S'ils me cherchent trop, je n'hésiterai pas.

CHAPITRE 55

AUREN

Je me suis entraînée à la pratique de ma magie.

Ce matin, dans la chambre, j'ai recouvert d'or les piliers, puis j'ai réussi à le faire jaillir en tourbillons avant de le faire rentrer dans ma peau. Je m'améliore de plus en plus et j'en tire une certaine fierté; ce que je n'avais encore jamais ressenti concernant mon pouvoir. C'est un sentiment paisible qui m'occupe l'esprit, renforce les changements que j'essaie d'initier et la confiance que je m'efforce d'acquérir.

Au bout de quelques heures, je décide de sortir prendre l'air. J'ai repéré le jardin depuis le toit et, maintenant que j'y suis, je pense que c'est peut-être mon nouvel endroit préféré. Il est protégé par un haut mur gris à l'est du château qui lui confère un caractère privé, d'autant plus que la montagne monte la garde juste derrière.

Apparemment, il n'y a qu'un seul garde qui fait sa ronde toutes les trente minutes. Malgré tout, je reste prudente. C'est la raison pour laquelle j'apprécie ce petit coin secret où je suis presque entièrement dissimulée par des arbustes. Comme les rumeurs qui courent à propos de mon vol du toucher d'or de Midas sont encore fraîches, je n'ai aucune envie de me donner en spectacle ni de faire peur à qui que ce soit.

En outre, j'aime bien m'entraîner au soleil.

Dans l'herbe, il y a des pierres qui ressemblent à du verre, plus grandes que mon pied et espacées d'environ cinquante centimètres. Elles partent de la porte, passent devant la première rangée de fleurs, s'incurvent en tournant autour des buissons pour suivre les arbustes jusqu'à une fontaine et un banc en fer forgé au milieu du jardin.

Bien que la ferronnerie soit jolie, le banc n'est pas des plus confortables. Je préfère m'asseoir dans l'herbe. Le dos appuyé contre la fontaine en onyx, j'expérimente les différentes textures de mon or. Je le mets en boule comme de la pâte, je le fais rouler dans ma main, puis je liquéfie cette sphère malléable.

Slade est très occupé avec ses Premiers ministres, son Courroux et son armée, alors j'essaie de profiter de tout mon temps libre pour pratiquer ma magie. Pendant ce temps, Digby m'aide pour l'entraînement physique, car Judd est sur le point de partir en mission. Digby ne fait rien de physique puisqu'il n'est pas encore complètement guéri, mais il me donne des instructions concernant mes positions, m'aide à effectuer des exercices de renforcement et il m'a appris quelques blocages.

Je n'ai pas passé plus de quelques minutes en tête à tête avec Slade depuis notre promenade en calèche. Je n'arrive même pas à comprendre toutes les responsabilités qui lui incombent en tant que roi, mais une chose est sûre, il gère les choses très différemment de Midas.

La plus grande différence, c'est qu'il me raconte tout ce qu'il fait. Il m'implique. Il répond à mes questions. Il les encourage même. C'est étrange pour moi.

Mais demain, il est censé donner sa réponse définitive à Manu. Le rationnement est déjà entré en vigueur. Même ici, au château, les portions sont plus petites, les mets plus simples. Et malgré les petites rations que je mange, la culpabilité me noue le ventre et j'essaie d'en laisser dans mon assiette.

La semaine dernière, je me suis réveillée chaque nuit avec des sueurs froides. Mes cauchemars sont revenus. Parfois, les rêves portent sur les bidonvilles, sur la pauvreté glacée conservée dans les taudis de Highbell.

D'autres fois, je rêve de mes rubans.

Du bruit de l'épée qui s'abat. De cette insoutenable douleur qui me transperce, membre de soie après membre de soie. Je rêve que je tombe, sans rubans pour me rattraper.

Mais la nuit dernière, mon cauchemar a changé. Je n'étais pas à Highbell, mais à Brackhill. Dans ces rues que j'ai parcourues avec Slade, sauf que les gens pleuraient. Ils étaient maigres comme des squelettes. Rendus fous par la famine. Et la reine Kaila se tenait à l'autre bout de la rue ; ma voix s'enroulait autour d'elle comme un souffle de vent qu'elle seule était capable de contrôler.

Ce rêve m'a poursuivie au petit déjeuner. Il m'a retourné l'estomac. Il ne m'a pas lâchée non plus pendant l'entraînement, jusqu'à ce que Digby croise les bras et déclare que nous en avions fini pour la journée parce que j'étais trop distraite.

Et même maintenant, il continue de me hanter.

Je sens que je dois faire quelque chose, mais Slade ne veut pas en entendre parler. Lors des rares moments que j'ai pu passer avec lui, il m'a répété que tout allait bien se passer. Que ses plans allaient fonctionner et que le rationnement, comme la production supplémentaire de denrées, allaient s'avérer efficaces.

Et si ce n'est pas le cas ?

J'effleure le bracelet qu'il m'a offert. Il est désormais en or massif, mais j'ai conservé la pierre précieuse noire au centre et tressé une chaîne de motifs dorés autour d'elle.

J'appuie mon dos contre la fontaine et j'écoute le doux ruissellement de l'eau. C'est un bruit réconfortant, apaisant, tout comme la sensation de l'herbe fraîche sous mes pieds nus et la chaleur sur mon cuir chevelu. Si je le pouvais, je me déshabillerais pour que chaque parcelle de ma peau puisse goûter au baiser du soleil.

Mais ce serait probablement mal vu.

Je cueille une petite fleur dans l'herbe et je la fais tourner entre mes doigts. C'est une violette, dont le cœur jaune me rappelle la couleur des cheveux de Judd. J'expulse un tout petit peu d'or et j'en recouvre la fleur en le laissant s'enfoncer délicatement dans les nervures de ses feuilles.

Je la laisse tomber et je me penche en arrière, en enfonçant davantage mes pieds nus dans l'herbe. Je sens ma magie appuyer contre ma voûte plantaire et mes orteils; elle veut sortir. Je la laisse s'écouler lentement, la chaleur de l'or rivalise avec la fraîcheur de l'herbe.

Je recule mes pieds pour pouvoir étaler l'or et cligne des yeux tout en marquant une pause. Au début, je crois voir un reflet ou une motte de terre, mais ce n'est pas ça. Ça me fait penser à un morceau de pain qui serait resté trop longtemps sur le feu et dont la croûte aurait brûlé. Il y a une tache autour de mon or, plus foncée que le reste, ce qui lui donne l'air d'être carbonisé.

En fronçant les sourcils, j'y trempe le bout de mon doigt et j'observe la tache sombre qui s'enfonce, puis se mélange au reste et disparaît complètement.

C'est étrange.

Je tends alors ma paume au-dessus de la tache dorée dans l'herbe, pour aspirer mon or. Une fois que c'est fait, je me frotte les mains et lève ma tête vers le soleil en soupirant d'aise.

– Dame Auren ?

J'ouvre les yeux. C'est Manu. Il est vêtu d'une veste bleu sarcelle, sur une chemise d'un bleu plus doux, et d'une cravate assortie. Ses longs cheveux noirs balaient ses épaules.

– C'est un plaisir de vous rencontrer dans un cadre aussi… informel, me salue-t-il en regardant mes pieds nus.

Le sourire qui éclaire son visage me rappelle le Manu que j'avais rencontré à Ranhold.

J'attrape mes chaussures et les enfile en me levant.

– Je ne m'attendais pas à vous voir ici.

Il regarde autour de lui d'un air amical.

– J'ai découvert ce jardin le jour de mon arrivée. C'est l'endroit que je préfère ici. J'y passe des heures jour et nuit, m'avoue-t-il. Cette chaleur est la bienvenue après mon long séjour au Cinquième Royaume. Même s'il ne fait pas aussi chaud que chez nous, au Troisième Royaume. Je dois dire que la plage me manque.

Ce n'est clairement pas mon cas.

Manu est peut-être décontracté, mais moi, je suis sur les nerfs. Il doit s'en rendre compte, car il pousse un petit soupir.

– Écoutez, Poupée, toute cette histoire avec le Conflux n'a rien de personnel. Je vous aime bien. Mais les monarques doivent suivre leurs propres lois, et quand il en meurt deux en une nuit…

– Vous savez que je n'ai rien à voir avec la mort du prince Niven. C'était Midas. Il voulait s'emparer du Cinquième Royaume. Il me l'avait dit.

Le visage de Manu devient rêveur, il cueille une feuille sur l'un des plus grands arbustes et la fait tourner entre son pouce et son index.

– Eh bien, c'est exactement ce que vous direz au Conflux si vous choisissez de vous y rendre.

– Slade… enfin le roi Ravinger, je me reprends rapidement, n'acceptera jamais que je m'y rende.

Il incline la tête.

– Savez-vous ce qu'est un Conflux ?

J'hésite un instant, car Slade ne m'a pas appris grand-chose à ce sujet.

– Je sais que c'est une sorte de procès que les familles royales organisent pour des occasions spéciales.

– Oui, mais si vous les étudiez à travers l'histoire, vous vous rendrez compte que ce ne sont pas vraiment des procès, mais plutôt des spectacles.

Je cligne des yeux, confuse.

– Pardon ?

– Le Conflux a été créé pour permettre aux rois de convoquer un autre monarque, des membres de la famille royale ou toute personne de haut rang, m'explique-t-il. Ainsi, les personnes convoquées à un Conflux sont des exceptions. Elles comparaissent parce que les sujets d'Orea ont besoin de voir que même les individus liés à la monarchie sont soumis à une certaine forme de justice. Dans le cas présent, il s'agit d'une ancienne favorite à la peau dorée qui aurait, dit-on, volé le pouvoir de son roi et aidé à assassiner un prince.

Mon visage se met à me chauffer.

– Pourquoi me dites-vous ça ?

Il jette la feuille en la laissant voltiger jusqu'au sol.

– Parce que, comme je vous l'ai dit, je vous aime bien. Je pense que le roi Ravinger est en train de vous pourrir la tête, car Orea n'est pas votre ennemi. Je ne suis pas votre ennemi. Laissez le Deuxième Royaume faire ce qu'il doit faire, c'est-à-dire vous interroger, expliquez aux juges que vous êtes innocente et ils se contenteront de vous taper sur les doigts.

– Mais bien sûr, je souffle.

– C'est la vérité, dit-il en haussant les épaules. L'histoire du Conflux le prouve. Je crois qu'au cours de ces cent dernières années, la punition la plus sévère a été une amende de cent mille pièces d'or.

– Vrai ou non, cela ne s'applique pas à moi.

– Pensez-y, personne ne veut vraiment s'opposer à Ravinger. Nous savons à quel point il est puissant. Mais si jamais nous ne posons pas de questions à propos de la mort du roi Midas, les gens pourraient devenir furieux. Ils pourraient avoir des idées dangereuses. Qu'il s'agisse de tuer un autre roi ou de s'arroger le droit de juger, deux choses que nous ne voulons pas. Et vous ne seriez certainement pas en sécurité dans ces conditions.

Je ressens sa menace sous-jacente comme la fine coupure d'une feuille de papier sur ma peau.

Manu s'approche et me lance un regard implorant.

– Un conseil, Poupée, ne laissez jamais le peuple inventer son propre récit, car vous aimerez rarement ce qu'il racontera. Mais si vous prenez les choses en main maintenant, si vous témoignez, alors tous les monarques pourront offrir le spectacle que la foule réclame. Nous pourrons passer à autre chose, et tout risque de guerre sera écarté.

Mes pensées tourbillonnent dans ma tête. Je n'ai aucune idée de ce qu'il faut dire ou penser.

Heureusement, je n'ai pas à répondre. Un garde s'avance à grandes enjambées.

– Ma Dame ?

L'homme s'arrête net lorsqu'il aperçoit Manu et nous jette un regard confus.

Pour ma part, je lui adresse un sourire forcé.

– Oui ?

– Il y a quelqu'un qui désire vous voir.

La surprise m'envahit.

– D'accord.

– Je vous laisse, Dame Auren, me dit Manu en commençant à s'éloigner. Réfléchissez à ce que je vous ai dit.

Le garde et moi le regardons partir, et je laisse échapper un soupir de soulagement.

– Y a-t-il vraiment quelqu'un ici qui souhaite me voir, ou c'est vous qui avez inventé ça ?

– On m'a dit qu'il y avait quelqu'un qui demandait à vous voir.

– Qui ça ?

– Je n'en sais rien, Ma Dame. On m'a seulement envoyé vous chercher. (Il guette le jardin d'un air inquiet.) Je suis navré que vous ayez dû rester seule ici avec le conseiller du Troisième Royaume. Je vais alerter les autres gardes et m'assurer que cela ne se reproduise plus.

– Ce n'est la faute de personne ! je le rassure, car je n'ai aucune envie que Slade se mette en colère contre ses gardes. Après vous.

Il s'incline et je le suis jusqu'au château en essuyant mes mains sur ma robe brune, tout en espérant que je n'aie pas de brins d'herbe collés dessus. À ma grande surprise, il me conduit jusqu'à la porte principale.

– On ne lui a donc pas permis d'entrer ? je m'étonne.

– Non, Ma Dame. Pas sans votre permission.

Cela me surprend. Que croient-ils ? Que j'ai une quelconque autorité ici ? C'est étrange, même pour moi.

Nous atteignons le hall d'entrée où trois gardes attendent près de la porte ouverte. Je ne parviens pas à voir qui est derrière eux. Pourtant, lorsque le bruit de nos pas se met à résonner dans le grand espace ouvert, les gardes se retournent et j'écarquille les yeux en découvrant les deux silhouettes qui se tiennent là.

Rissa et Polly.

Je m'arrête dans mon élan, la bouche légèrement entrouverte.

– Alors, tu vas rester plantée là ? me demande Rissa, en haussant délicatement ses sourcils blonds. Ou tu vas nous inviter à entrer ?

Ne sachant pas où les emmener, je finis par opter pour le salon du deuxième étage. Je n'avais encore jamais eu l'occasion de m'y rendre, mais je suis ravie de constater qu'il y a plein de sièges et que la fenêtre offre une belle vue sur la rivière.

Polly, assise à côté de Rissa, me lance des regards noirs. L'ourlet de sa robe est couvert de boue comme si elle avait traversé les rivières jusqu'à la porte de Brackhill. On dirait qu'elle a maigri, ses belles courbes semblent moins visibles qu'avant. Ses cheveux blonds tressés sont ternes et emmêlés, mais ce sont les cernes sous ses yeux injectés de sang qui sont les plus choquants. Et aussi l'état de ses lèvres gercées et de ses cuticules. C'est comme si elle s'était acharnée sur la peau et l'avait arrachée, morceau après morceau. Polly a toujours été ravissante, mais là, elle est dans un sale état, elle a presque l'air malade.

– Qu'est-ce que tu regardes ? s'écrie-t-elle.

Un peu gênée, je me tourne vers Rissa. Bien qu'elle semble aussi avoir perdu du poids et paraisse fatiguée par le voyage, elle n'a pas l'air si mal en point.

– Je ne m'attendais pas à vous voir, je lui avoue.

Rissa scrute la pièce en s'attardant sur le papier peint à rayures vertes.

– Oui, eh bien, quand nous avons quitté Ranhold, j'avais l'intention de prendre une charrette et de quitter la ville, mais Polly n'allait pas bien du tout.

– J'allais très bien, proteste-t-elle.

Rissa pince ses lèvres.

– Pas du tout.

– Eh bien, je ne voulais pas partir ! marmonne-t-elle. Tu n'avais pas le droit…

– Je t'ai sortie de cet endroit avant que la rosée ne te tue. En tant qu'amie, j'avais tous les droits.

Polly baisse la tête, les joues empourprées par la colère.

J'observe cet échange avec une fascination anxieuse. Pendant des années, ces deux-là se sont entendues comme larronnes en foire, toujours en train de rire et de bavarder, tellement belles et si bien apprêtées. À présent, on dirait presque deux personnes différentes.

Pourtant, je peux très bien m'identifier à elles. Échapper à l'emprise de Midas n'a été facile pour aucune d'entre nous.

Des bribes de souvenirs de cette nuit me reviennent. Je revois Rissa qui vient chercher Polly, et mon ventre se tord.

– J'ai oublié. J'ai oublié de te dire d'aller rejoindre l'armée. Comment as-tu su ?

– Grâce à une femme avec des poignards rasés dans les cheveux. Elle nous a également aidées à quitter le palais.

Je suis soulagée. Il faudra que je pense à remercier Lu la prochaine fois que je la verrai.

– Alors tu as rejoint la Quatrième Armée ? On ne t'a pas causé d'ennuis ?

Rissa serre ses poings sur ses genoux.

– Rien que je ne puisse gérer. À part la brute géante poilue qui entrait me voir et grognait quelques mots de temps en temps, tout s'est bien passé.

– Un géant poilu… attends, tu parles d'*Osrik* ?

Elle acquiesce en reniflant, et je ne peux m'empêcher de laisser échapper un petit rire.

– S'il te plaît, ne me dis pas que tu l'as appelé comme ça.

Elle me regarde en clignant ses yeux bleu cristallin.

– Bien sûr que si. S'il se comporte comme un rustre, j'estime pouvoir le traiter comme tel.

Je me couvre la bouche d'une main, en essayant de réprimer mon fou rire.

– J'imagine que vous vous êtes bien entendus tous les deux.

Pour une raison qui m'échappe, ses joues rosissent et elle détourne le regard.

– Oui, bon. On vient juste d'arriver et le voyage a été long, *très long*.

– Oh, c'est évident. Vous voulez… vous reposer ici ?

Rissa hoche la tête, mais au même instant, Polly se retourne et répond par la négative.

Je les regarde tour à tour.

Rissa laisse échapper un soupir fatigué.

– Polly…

– Non, répond-elle en se levant d'un bond. J'en ai ma claque, Rissa. Tu viens de me traîner hors du Cinquième Royaume, à travers les Barrens, le long de marécages dégoûtants et putrides, jusqu'à ce stupide royaume, et je n'en peux plus !

Sa poitrine se soulève, sa voix devient stridente.

– J'essayais de *t'aider*…

– Eh bien, dit Polly, les yeux étincelants. Je ne voulais pas de ton aide.

Rissa prend un air effaré.

– C'est la vérité, s'emporte Polly, en pointant un doigt tout pelé vers elle. C'est ce que tu ne saisis pas, ce que tu n'as jamais compris tout au long de ce voyage infernal. Tu ne m'as pas sauvée. J'étais heureuse là-bas.

– Tu étais défoncée !

– Et alors ? J'aimais ça. J'aimais ce que je ressentais. Et c'était mon choix.

La colère traverse les yeux de Rissa.

–Je n'allais pas te laisser te droguer à mort!

–Je ne l'aurais pas fait, même si tu ne me crois pas. Mais tu sais la différence entre toi et moi? Toutes ces fois où tu as parlé de racheter ton contrat? Tu n'as jamais remarqué que moi, je ne le voulais pas. Tu pensais que tout le monde, moi y compris, voulait en sortir autant que toi. Eh bien, tu avais tort.

–De quoi parles-tu?

–*J'aime* être une pouliche, Rissa. Tu es la seule à t'être mise à détester ça. Mais devine quoi? On se ressemble peut-être, mais on ne pense pas pareil. Parce que moi, je suis une sacrée bonne pouliche et je veux continuer. J'aime être désirée. J'aime le pouvoir que m'offre le sexe. Être une pouliche royale était la meilleure position que je pouvais espérer, et tu m'as sortie de là sans mon consentement. C'est donc fini entre nous.

Le poids du silence qui s'installe entre elles m'incite à regarder ailleurs. Je ne me sens pas du tout à ma place, alors je fais de mon mieux pour ne pas faire de bruit.

Au bout d'un moment, Rissa paraît se dégonfler, comme si les mots de Polly lui avaient planté une aiguille dans le dos, faisant s'échapper tout l'air de son corps.

–Je suis désolée, Polly, murmure-t-elle d'une voix chargée d'émotion. Je n'ai pas compris. Je ne t'ai pas écoutée.

–C'est vrai. Tu ne m'as pas écoutée. Tu penses toujours que je suis stupide. Une Polly immature. Une Polly hautaine, irresponsable et garce. Et peut-être bien que c'est ce que je suis, mais je suis aussi une sacrée bonne pouliche, et il n'y a pas de honte à ça.

–Bien sûr que non, lui dit Rissa d'un ton implorant. Au début, moi aussi j'avais choisi de devenir une pouliche. Je n'en ai jamais eu honte.

–Tant mieux. Parce que tu en étais une sacrément bonne toi aussi, et j'aimais l'équipe que nous formions. Mais c'est terminé. Notre roi est mort et maintenant nous sommes ici, et toutes les deux nous voulons des choses différentes.

Les yeux de Rissa se couvrent d'un voile humide et elle baisse légèrement la tête. Je ne l'ai jamais vue aussi bouleversée.

– Tu as raison. Je suis désolée.

Polly hoche vivement la tête, puis elle semble se détendre. Elle reporte son regard sur la fenêtre et pousse un soupir, bras croisés devant elle.

– Bon. Au moins, cet endroit n'est pas trop froid, lance-t-elle.

Rissa semble prendre cela comme une sorte de consolation et lui sourit tendrement.

– Oui, c'est fini le froid.

Les deux femmes échangent un regard, et une partie de l'hostilité entre elles disparaît.

Polly se tourne alors, et plante ses yeux dans les miens.

– À présent, j'ai besoin de prendre un bain pour me débarrasser de la saleté causée par toutes ces semaines de voyage, et d'une nouvelle robe pour me mettre en valeur. Et puis, je veux de l'argent et qu'on me dépose en carrosse devant le bordel le plus prestigieux de la ville, parce qu'ils sont sur le point d'embaucher leur meilleure pouliche. À moins, bien sûr, que le Roi Putride soit intéressé, dit-elle d'un air arrogant.

J'ignore cette partie de son discours, et je demande à Rissa :

– De l'argent ?

Elle hausse les épaules.

– J'ai dit à Polly que puisque tu es ici avec le Roi Putride, tu nous aiderais un peu. De pouliche à pouliche.

– Elle a essayé de me droguer, je réplique sèchement.

– C'était sur ordre de Midas, rétorque Polly. Comment étais-je censée agir ? Je ne pouvais pas lui désobéir. Les femmes doivent faire ce qu'elles ont à faire.

Je pousse un soupir, mais je ressens envers elle une certaine sympathie même si je ne le voudrais pas. Après tout ce qui s'est passé, je ne veux plus continuer à m'offrir à des personnes comme Polly et Mist. Mais elle a raison. Les femmes doivent faire ce qu'elles ont à faire. Je pense simplement que notre idée de ce qu'il convient de faire est très différente.

– J'aurai quelque chose pour toi avant que tu t'en ailles.

Je crois voir la surprise traverser ses yeux un instant, mais c'est si fugace que je n'en suis pas tout à fait sûre.

–Alors, commence-t-elle en observant la pièce et en passant le doigt sur l'une des chaises à haut dossier. Tu as vite changé de roi.

Je la toise froidement.

–Au contraire. J'ai changé beaucoup trop lentement.

Elle ne trouve rien à y répondre.

Je me lève en réduisant la distance qui nous sépare.

–Pour ce que ça vaut, Polly, j'espère que tu seras heureuse ici, dans le Quatrième Royaume.

Elle plisse les yeux, comme si elle ne me croyait pas.

–Bien sûr que je serai heureuse, me dit-elle sur la défensive.

Je demande alors à Rissa :

–Et toi ? Tu veux quitter le royaume ? Parce que je dois te prévenir, je pense qu'arpenter les terres d'Orea risque de devenir dangereux.

–En fait, je pensais… rester ici.

–Rester ?

Je ne m'attendais pas à ça. Rissa ne parlait que de partir. De voyager. De s'éloigner de tout ce qui lui rappelait sa vie de pouliche royale. Peut-être veut-elle rester pour veiller sur Polly, mais je ne sais pas pourquoi, je pense qu'il y a autre chose.

–Oui, répond-elle sèchement en se levant pour mettre fin à la discussion, mais pour l'instant, j'ai besoin d'un bon bain et d'une robe, et aussi d'une chambre où je puisse dormir. Je ne peux même pas te raconter à quel point j'étais dégoûtée de devoir dormir sous une tente, coincée dans l'ombre de ce mufle hirsute chaque nuit.

C'est la deuxième fois qu'elle parle de lui.

–Est-ce qu'il s'est passé quelque chose… entre Osrik et toi ?

Dans ses yeux, la lueur d'irritation s'étiole suffisamment pour me faire hausser les sourcils.

–Entre ce rustre et moi ? Bien sûr que non ! répond-elle passionnément.

Si passionnément qu'elle se met à rougir.

Intéressant.

– D'accord, je dis lentement. Allons… vous faire couler ce bain.

– Franchement, grogne Rissa dans mon dos pendant que nous quittons la pièce, lui et moi ? Quelle idée !

Pour une idée, c'est une idée.

CHAPITRE 56

AUREN

J'ai l'impression que mes nerfs ont formé une boule compacte qui me pèse sur l'estomac.

Ce soir, Slade doit donner sa réponse officielle à Manu.

Il fait déjà presque nuit. Je suis debout sur le toit, les cheveux au vent. Quelques mèches me chatouillent les joues. Le ciel est rempli de nuages qui apportent avec eux un parfum de pluie d'été, mais pour l'instant ils semblent se contenter d'avancer, poussés par la brise fraîche.

Je m'agrippe au muret pour observer le camp d'entraînement. D'ici, on ne voit pas grand-chose à cause de la montagne, des arbres et du château. Mais j'entends la rumeur.

Le bruit de ces milliers de soldats me rappelle mes pérégrinations avec l'armée. Je distingue quelques feux à travers les arbres qui brillent comme autant de petits soleils orange en pointillé sur le sol.

La base militaire est tellement bondée qu'on a construit des bâtiments rudimentaires pour accueillir une partie des soldats, tandis que les autres ont été logés dans les auberges de la ville, ou même au château.

Chaque nuit, le Courroux dort à la base. Je pense que cela aide les soldats de les savoir là-bas, plutôt que dans des chambres luxueuses au palais. J'ai bien senti que Slade était partagé, mais il est resté avec moi.

Un bruit m'incite à lever la tête vers le ciel. Je sursaute en découvrant une énorme silhouette qui plane au-dessus de moi. C'est Argo qui atterrit à mes côtés.

Je lui lance un regard noir.

– Espèce d'abruti. Tu m'as fait peur.

Il se lèche les babines et sa longue langue effleure ses crocs acérés comme des poignards. Certains semblent plus foncés que les autres, peut-être teintés du sang d'un animal qu'il a chassé plus tôt. Il se lèche à nouveau et, cette fois, fait mine de mâcher quelque chose.

– C'est dégoûtant, je m'exclame. Tu ne pourrais pas te nettoyer avant de venir te lécher les babines sous mon nez ?

Il penche sa tête et cligne des yeux. Sa carrure me surprend encore un peu, mais je dois admettre que je l'apprécie bien.

Je tressaille quand il s'approche de moi et me donne un petit coup sur le bras.

– Qu'est-ce que tu veux ? je lui demande avec une certaine nervosité.

J'entends des pas qui se rapprochent. En me retournant, j'aperçois un des gardes.

– Pardon, Ma Dame, nous avons mal élevé la bête de Sa Majesté. C'est ça qu'il cherche, explique l'homme en fouillant dans sa poche.

En prenant l'aliment qu'il me tend, je suis surprise de constater qu'il ne s'agit pas de viande séchée comme je m'y attendais, mais d'une sorte de gros biscuit.

– Les Ailes-branches ont donc un faible pour les sucreries ?

Le garde hausse les épaules avec un sourire penaud.

– Je ne sais pas si c'est le cas pour tous, mais celui-là, c'est sûr !

Je me détourne en riant et je découvre qu'Argo fixe avec attention le biscuit que je tiens dans la main.

– Alors, c'est ça que tu veux ?

Il émet un petit bruit sourd et cligne des yeux innocemment.

– Ah, ah ! bien tenté, le coup des yeux de chien battu, je me moque.

Puis, sur un ton plus sévère, je poursuis :

– Si tu me mords la main, je vais être *très* en colère.

Dès que je tends ma paume pour lui présenter le biscuit, Argo bondit pour m'arracher la friandise. Je ferme les yeux de peur, mais il parvient à se maîtriser. Je ne sens pas ses crocs aiguisés meurtrir mes chairs ; c'est à peine un léger pincement, comme celui que ferait un cheval.

Quand je rouvre les yeux, il est déjà en train d'avaler son en-cas d'un air satisfait. Cette fois, il se lèche proprement les babines.

– Rien de tel qu'un biscuit pour faire passer le goût du sang, pas vrai ?

Il émet un bruit rauque et je tends la main pour le caresser.

Le garde s'inquiète :

– Dame Auren, je ne ferais pas ça si…

Avant qu'il ait terminé sa phrase, mes doigts se posent sur les plumes brunes d'Argo. Je crains que la bête ne m'arrache la main d'un coup de dents, mais à ma grande surprise, elle tourne sa tête dans l'autre sens, comme pour m'indiquer où la caresser. Sans grande certitude, je lui gratte le cou et je réalise que son plumage est bien plus doux que je ne l'imaginais.

Le garde pousse un soupir de soulagement.

– Il ne se laisse jamais caresser, hormis par Sa Majesté.

Une bouffée de satisfaction m'envahit pendant que je passe à nouveau ma main dans ses plumes.

– Brave bête, je lui murmure. Merci de ne pas m'avoir déchiquetée.

Je le caresse encore un peu et, dès que je retire ma main, il me fait un clin d'œil. C'est son seul avertissement avant de se pencher et de bondir dans les airs. Son décollage déclenche une rafale de vent derrière lui, tandis qu'il vole haut dans le ciel.

Je repousse les mèches qui me couvrent désormais le visage et souris en regardant son ombre disparaître.

– Merci pour le biscuit, je dis au garde.

Il s'incline.

– À votre service, Ma Dame.

Pendant que je redescends du toit, la joie que je viens d'éprouver s'estompe peu à peu. Lorsque j'arrive aux appartements de Slade, mon anxiété a déjà repris le dessus.

Je respire profondément avant d'entrer dans la chambre et de fermer la porte derrière moi. La fenêtre est ouverte, l'air nocturne gonfle les rideaux verts par vagues successives.

– Te voilà, m'accueille Slade.

Il se lève de son fauteuil près de la cheminée et je remarque qu'il tient une pile de papiers dans les mains. Il les jette en tas sur le siège. Je détaille sa silhouette : il porte un pantalon noir rentré dans ses bottes et une veste en cuir ceinturée à la taille. Il s'est rasé, sa barbe noire n'est plus qu'une ombre qui souligne sa mâchoire. Ses cheveux sont coiffés en arrière.

– Tu es magnifique, me dit-il lorsque je m'approche.

Je saisis ma jupe en soulevant l'étoffe rouge rubis.

– C'est toi qui l'as choisie.

Ses yeux suivent la courbe du bustier dont l'encolure échancrée se resserre juste en dessous de mes seins.

– Cette couleur te va à ravir.

– C'est bien agréable de ne pas porter de l'or en permanence. Et j'apprécie vraiment de ne plus en voir partout, j'admets en désignant la chambre dont la literie est verte.

J'ai encore l'impression qu'il est anormal de voir du bois brut ou un drap de couleur. Après avoir été si longtemps entourée d'or à Highbell, c'est pour moi une bouffée d'air frais de quitter cet écrin que j'avais moi-même créé.

L'éclat de l'or n'est pas dénué d'ombres.

Il effleure mon bracelet du bout des doigts.

– Quant à moi, l'or sera toujours ma couleur préférée.

Je lui souris, mais mon expression joyeuse disparaît bien vite. Je fouille dans la poche de ma robe, j'en sors mon ruban que je fais tourner un instant autour de mon pouce avant de le poser sur la table de chevet.

– On peut parler ? je lui demande.

– Bien sûr.

Je m'assieds au bord du lit en m'appuyant sur mes mains pour me tenir bien droite, tout en balançant légèrement mes pieds.

– Je ne sais pas si c'est très malin de dire non à Manu ce soir.

Un éclair de déception traverse son regard.

– Si, ça l'est, lance-t-il d'un air résolu. Il essaie de nous intimider, de nous prendre au piège.

– Mais l'armée est fatiguée. Et avec la pénurie…

– Tu parles comme Ryatt.

Je marque une pause.

– Alors lui, il est d'accord ?

Il laisse échapper un petit rire.

– Ryatt passe son temps à suggérer de faire le contraire de ce que je propose.

Je pince légèrement les lèvres avant d'ajouter :

– Je suis juste inquiète.

Son visage s'adoucit et il s'approche. Une fois devant moi, il m'attrape le menton et relève ma tête en se penchant.

– Je ne veux pas que tu t'inquiètes. Le Quatrième Royaume est solide. Et *moi aussi.*

– Je sais que tu l'es, mais ton peuple…

Il se baisse soudain et vient glisser son genou entre mes jambes, en coinçant le tissu de ma jupe.

– Qu'est-ce que tu fais ?

Il se penche vers moi et je me recule, ce qui le fait sourire.

– Je ne veux pas que tu t'inquiètes. Tout va bien se passer.

– Mais…

Il se penche encore un peu et effleure mes lèvres, comme pour me faire taire.

Ce n'est même pas un vrai baiser ; mais ce simple contact suffit à me faire fondre.

Il recule et ses yeux verts s'illuminent.

– Tu as bon cœur, Auren, me dit-il tout en effleurant mon menton avec son pouce. Il faut simplement que tu me fasses confiance. Que tu saches que je suis capable de vous protéger, toi et mon royaume.

– Je te fais confiance, je réponds sans mentir. Mais tu l'as dit toi-même, s'ils vont trop loin, tu vas riposter.

Au lieu de me rassurer, il place son autre genou sur le lit, à côté de ma jambe droite. Ma jupe, qui était déjà tendue, est maintenant complètement serrée autour de mes cuisses. Ses mains appuient sur le matelas de chaque côté de mes hanches et, quand je me penche à nouveau en arrière, il se penche avec moi.

– Je me vengerai, murmure-t-il à quelques centimètres de mon visage. Je n'ai pas peur d'utiliser ma magie. Je n'aurai aucun remords. Je ferai tout ce qu'il faut, car je n'accepterai de menaces de quiconque, ni à l'encontre de mon royaume ni contre toi.

Je ne devrais pas être excitée alors que nous abordons un sujet aussi sérieux. Surtout quand il me dit qu'il n'éprouve aucune culpabilité à l'idée de répandre sa pourriture au détriment de vies humaines et de bonnes terres.

Il y a toujours cette tension entre nous, une tension qui se répercute dans l'atmosphère et que nous sommes les seuls à sentir.

– Je ne veux pas que tu sois obligé de tuer pour moi.

Ses lèvres frôlent ma joue et sa barbe naissante me fait frissonner.

– Il est bien trop tard pour ça, répond-il d'un air sombre. Comme tout fae qui se respecte, je ne serai pas tranquille tant que des menaces pèseront sur toi et je ne resterai pas les bras croisés pendant que l'on menace mon peuple. Je ne saurais tolérer un tel affront. Personne n'a le droit de menacer ce qui m'appartient ; je ne vais pas me coucher et me laisser faire.

Son corps bascule sur le mien jusqu'à ce que je sois allongée sur le dos. Je ne peux m'empêcher de trembler lorsqu'il prononce le mot « coucher », que j'imagine dans un tout autre contexte. Et à son regard, je comprends que c'est exactement ce qu'il recherchait.

Il se tient au-dessus de moi, ses yeux suivent la courbe de mes seins, et je sens une douce moiteur se répandre dans ma zone intime.

– Mais… c'est mal, je bégaye sans conviction en essayant de me relever.

Évidemment, je n'y parviens pas parce que ma jupe est toujours coincée sous lui. Cela me fait frissonner… Et ce frisson me parcourt tout le dos. Je suis à sa merci, sous son corps.

Me coucher et me laisser faire.

– Toi et moi, dit-il en s'inclinant, ce qui augmente encore notre attraction, rend cette pulsation plus magnétique. Il n'y a aucune honte à être ce que nous sommes.

Quelle pensée dangereuse !

Il me mordille la lèvre, lèche la commissure de ma bouche. Comme je ne l'ouvre pas, il me mord plus fort et cette douleur vive déclenche en moi une impatience démesurée. Je passe ma langue sur mes lèvres où perle le sang, mais il y presse à nouveau les siennes en me privant de ce goût.

– Nous sommes puissants, dit-il pendant que sa main parcourt mon buste, depuis ma clavicule jusqu'à mon décolleté, en enflammant tout sur son passage.

J'aime cette sensation de brûlure. Il faudrait le repousser et ne pas me laisser distraire, mais je ne peux pas. Chaque fois qu'il me touche, il suscite en moi un désir irrépressible. Alors je me cambre, l'implorant silencieusement de plonger sa main sous mes vêtements, d'attraper mes seins, de caresser mon corps. Je me cambre, il se penche, et j'oublie tout le reste.

– Dis-le moi.

Ses lèvres descendent sur mon mamelon durci, elles le sucent à travers ma robe. Je gémis, ma tête bascule en arrière. Il passe d'un téton à l'autre, il les lèche, les tire, les taquine.

– Touche-moi, je l'implore.

Ses dents se referment et il me mord. Fort. Mon mamelon s'enflamme et cette douleur délicieuse me fait crier.

– *Dis-le.*

Je tente de soulever mes hanches. J'échoue. J'essaie à nouveau. Je pousse mon corps contre le tissu qui m'enserre, mais je suis coincée, je ne peux plus bouger. La contrainte ne fait que renforcer mon désir.

J'ai envie de me frotter contre lui et qu'il appuie sur ce point en moi qui palpite ; qu'il me garde collée à son corps pendant qu'il me donne du plaisir.

– Nous sommes puissants, je répète comme il me l'a demandé, tandis que le rythme de ma respiration s'accélère.

– C'est ça, me dit-il, les yeux rivés aux miens en soutenant mon regard, tout comme son corps retient mes hanches. Avec notre or et notre pourriture, nous protégerons ce qui nous appartient. Nous serons terribles quand ce sera nécessaire, mais nous serons les plus forts ensemble. Et nous briserons nos ennemis en mille morceaux.

Il entame des mouvements de bassin et enfin, *enfin*, j'obtiens cette friction tant désirée. Je pousse un gémissement de plaisir et mes jambes se mettent à trembler.

– Et pourquoi ça, Auren ? me demande-t-il de sa voix si sensuelle.

Au même instant, il écrase son sexe contre mon clitoris.

– Parce que…, je réponds, haletante, les yeux rivés sur lui en défaisant les attaches de son pantalon.

Au lieu d'avoir peur du monde entier, je pourrais faire en sorte que le monde entier ait peur de moi.

J'enfonce ma main dans son pantalon et agrippe son membre en finissant ma phrase.

– Parce que… nous serons les méchants l'un pour l'autre.

Il sourit. D'un sourire lent, radieux *et tellement licencieux*.

– C'est exactement ça.

Chapitre 57

Auren

Il y a quelque chose de libérateur et d'excitant à se faire cette confession. Peut-être que c'est la fae en moi qui s'exprime. Peut-être est-ce la pourriture qui a pris racine dans mon âme. Quoi qu'il en soit, je sens que ça me parle et ranime la bête qui vit dans mes entrailles.

Je serre la verge de Slade si fort qu'il gémit.

– Fais-moi jouir, Slade.

Il cligne des yeux.

– Tu es mon égale. Ma femme. Ma partenaire. Mais quand il s'agit de ta chatte, c'est moi qui commande.

J'arque un sourcil.

– Et si moi je veux m'occuper de ta queue ?

Il émet un petit rire sourd.

– C'est ce que tu souhaites, Chardonneret ?

Je hoche lentement la tête pendant que mes doigts parcourent la veine qui court le long de son pénis. Au moment où je suis sur le point d'en atteindre le bout, je retire soudainement ma main tout en soutenant son regard, et je lèche ma paume au lieu de son sexe. Ses yeux se ferment lorsque je l'empoigne à nouveau et que je fais redescendre mes doigts sur sa longueur. J'attrape ses couilles, je commence à les pétrir et à les faire rouler au creux de mes paumes.

– *Putain.*

Je ne peux réprimer mon sourire et je sens à ce moment-là un peu de liquide sur mon ventre. Je ne sais pas pourquoi, mais le fait de voir son sexe *couler* d'excitation me donne le sentiment d'être encore plus puissante, et pas comme il le sous-entendait. Le liquide imprègne ma robe et le tissu me colle à la peau.

– Regardez-moi ce travail, Monsieur le Roi Putride, je m'exclame tout en léchant quelques gouttes qui ont perlé sur mon doigt.

Sa saveur salée se répand sur ma langue et je sors mon doigt de ma bouche avec un bruit sec.

Il laisse échapper un autre juron.

– Tu essaies de m'achever ?

Je lui souris à nouveau tout en reprenant son pénis en main.

– T'achever ? Ça n'arrangerait pas mes affaires.

Il lâche un petit rire.

– Toi, tu sais très bien t'y prendre, je crois.

J'éclate aussi de rire, mais je m'interromps lorsque je sens *sa* main descendre et appuyer exactement là où il faut.

– C'est donnant-donnant. Ne l'oublie pas, Chardonneret.

Je frissonne et j'en perds ma concentration, du coup mes caresses sur son sexe se font plus aléatoires. Sa paume de main, elle, continue de me titiller et de me caresser sans relâche.

Je ne sais pas si c'est parce que ma jupe me serre fort, mais ses pressions répétées sont particulièrement intenses. J'ai l'impression d'être bien plus consciente de mes sensations. L'étoffe rubis qui m'empêche de bouger. La chaleur de sa paume. Les taches humides sur mon ventre et les marques que ses lèvres ont laissées sur mes mamelons.

Tout cela se mélange dans un magma humide et chaud qui gonfle lentement. Qui me recouvre, de mes joues rouges à mes cuisses contractées, de ma main qui s'active encore, jusqu'à cette nouvelle perle de liquide qui s'écoule de lui comme une goutte de rosée.

J'aimerais pouvoir me pencher pour la lécher.

– Ne me titille pas, je râle en essayant encore une fois de soulever mes hanches pour accentuer la pression. J'ai envie de jouir.

– Vraiment ? dit-il, toujours sur un ton très calme.

J'essaie de répondre « oui » mais c'est un gémissement qui s'échappe de ma gorge. Je ne sais pas comment il réussit à chaque fois à décupler mon désir si rapidement ; on dirait qu'il me jette un sort. De toute ma vie, je n'ai jamais été aussi désespérément perdue dans la luxure qu'avec lui. Et alors, comme par magie, sa main s'active plus vite, plus vite et plus fort, et j'en gémis de plaisir, me cambre, et la vague *grandit et grandit et grandit et…*

– Non !

Sa main se retire soudain, et avec elle mon orgasme.

Je lui jette un regard noir, ma poitrine se soulève et s'abaisse comme si je venais de monter cinq étages en courant.

– Pourquoi est-ce que tu t'es arrêté ? J'étais sur le point de jouir.

Cet homme si exaspérant quitte alors le matelas. Son poids n'appuie plus sur moi, ma robe n'est plus coincée par son corps. Libérée de son emprise, je frissonne et en me redressant sur les coudes, je glisse une main entre mes jambes. Ma jupe est relevée et j'enfonce mes doigts dans mon intimité, prête à donner du plaisir à mon bouton de chair qui me paraît gonflé…

Slade m'attrape le poignet *juste avant* que je ne puisse atteindre mon point sensible.

– Lâche-moi ! je râle.

Ignorant mon cri, il baisse son pantalon et pose ma main sur sa bite.

Au lieu de la caresser, je la *serre*. Fort. Pas avec fermeté et sensualité comme je le fais d'habitude, mais sans ménagement et avec colère. Ce salaud ne bronche pas. Au contraire, je l'entends *gémir*. Comme si le fait que je le presse comme un citron lui était agréable.

– Mmm, tu es en colère, dit-il en se cambrant comme pour en demander plus. Tu cherches à me punir ?

– Oui.

Cette fois, j'essaie d'atteindre ses couilles. Voyons voir s'il aime que *cette* partie de son corps soit manipulée avec la même vigueur.

Mais il m'a vue venir et m'attrape à nouveau le poignet. En un clin d'œil, je me retrouve sur le dos, les deux poignets bloqués au-dessus de ma tête.

– Vous avez perdu le droit d'user de vos mains, ma chère.

Je frémis d'excitation. Peut-être que notre nature de faes nous rend plus semblables que je ne le pensais… Je crois que moi aussi j'aime ça, quand il est agressif.

Mais je bougonne quand même.

– Si tu ne veux pas me faire jouir, je m'en occuperai moi-même.

– Non, dit-il en secouant la tête. Je ne te laisserai pas faire. Tant que je suis là, c'est moi qui me charge de ton plaisir. Et de te faire jouir.

– Eh bien, vas-y alors, je l'encourage d'un air de défi.

Si mon corps avait pu parler à ma place, il l'aurait supplié.

– Gardez vos mains au-dessus de votre tête, Mademoiselle. Ne bougez pas.

Je déglutis tout en hochant la tête et il relâche mes poignets. Il se tient au-dessus de moi, mais ses yeux se dirigent vers le bas de mon ventre.

– Regardez-moi ça, murmure-t-il, en effleurant la tache humide qui se dessine sur mon ventre. Qu'as-tu fait de ma queue. Elle salive pratiquement à la vue de ton sexe.

Mes hanches se soulèvent pour l'inviter en moi.

Il saisit sa verge et se branle lentement. Rien qu'à le voir se toucher, je rougis.

– Mmm. Peut-être que je devrais juste te laisser me reluquer. Je pourrais répandre le reste de mon sperme sur ta jolie robe. Te regarder te tordre et gémir pendant que je t'empêche de sentir ce membre dont tu as tant envie.

J'en ai le souffle coupé.

– *Non*, je proteste en secouant la tête.

Malgré les appliques, il fait sombre dans cette chambre et il me semble que l'obscurité garde dans la pénombre tous ces mots et ces gestes lascifs ; ses caresses, mon corps en feu.

Il continue de se caresser.

– Tu ne te rends pas compte de ce que tu as fait en me laissant me répandre sur ta jolie robe.

Ses gestes sont lents, précis. C'est une torture érotique.

– Cela me donne envie d'enfoncer mes dents dans ton cou et de marquer ta chair, poursuit-il. De te déshabiller et de jouir sur ta poitrine, sur ta chatte, sur ton visage. J'ai envie de me déverser sur tes seins, de me frotter contre tes lèvres, de te regarder avaler mon jus pendant que je l'étale sur ton sexe brûlant.

Mes pupilles se dilatent et mon pouls s'emballe.

– Bonté divine…

J'ai presque envie de le laisser faire.

Et puis, sans crier gare, Slade tend la main vers moi et arrache ma jupe. Il déchire ma culotte trempée et enfouit son visage entre mes cuisses.

Mon corps tout entier tressaille lorsqu'il se met à me lécher. Sa langue me laisse à penser que le goût lui plaît beaucoup.

– Mmm, tout ça pour moi.

Sa voix gronde et ses vibrations font palpiter mon cœur. Je suis folle de désir et je ne demande qu'à être comblée.

Il enfonce sa langue en moi, je gémis en essayant de soulever mes hanches pour qu'il accède à mon clitoris, mais il m'immobilise à nouveau.

– Slade, je geins. Lèche-le-moi.

Il retire sa langue et prend du recul pour me regarder. De la cyprine lui coule sur le menton.

– Ma petite cochonne veut qu'on la lèche ?

– Oui ! Fais-moi jouir ! je sanglote pratiquement en me tortillant et en me balançant d'une fesse à l'autre, tout en tentant de me libérer de son emprise qui me plaît néanmoins.

– J'aime ça quand tu es en manque et que tu te tortilles.

Il baisse de nouveau la tête et un éclair d'électricité me traverse le corps ; mon clitoris est gonflé, il le suce et le mordille, il se sert de sa langue pour me lécher avec ferveur.

Mes mains plongent vers sa tête et mes doigts s'enfoncent dans ses cheveux. Je tire et tire pour le maintenir *juste là*, à l'endroit où sa langue me dévore, et je sens que je vais…

Ses mains m'agrippent les poignets.

Cette fois, c'est un cri embarrassant que je laisse éclater :

– Non, j'étais si près du but, salaud !

Il plaque mes mains contre le lit.

– Je t'avais dit de ne pas bouger. C'est très vilain de ne pas suivre mes ordres.

J'ai l'impression que tout mon corps palpite désormais ; que tout est concentré dans ce faisceau de nerfs qui n'obtient toujours pas ce qu'il veut. Il n'arrête pas de me pousser vers l'orgasme, puis de me laisser au bord du précipice. Un seul coup de langue et je pourrais basculer.

– Tu dois finir ce que tu as commencé, je l'implore.

Parce que je suis trop énervée. Trop en manque. Maintenant qu'il m'a fait tout ça, j'ai l'impression que si je ne parviens pas à jouir, je vais finir sans rien.

Lorsqu'il me lâche les mains pour se relever, et me dit « non » avec un grand sourire, je deviens folle.

Je me surprends moi-même.

Une seconde après qu'il s'est levé, je suis allongée sur le lit, et la suivante, je suis debout et je le bouscule si violemment qu'il titube en arrière. Je ne sais pas si c'est parce que j'ai utilisé assez de force ou si c'est parce que je l'ai pris par surprise, mais quoi qu'il en soit, il recule de plusieurs pas.

Avant qu'il n'ait pu reprendre pied, je suis sur lui, et un cri bestial s'échappe de ma gorge.

–*Baise. Moi. Tout de suite*, j'exige, ma main sur sa bite. Si tu ne me donnes pas ce que je veux, je vais te donner un coup de genou si fort dans les parties que tout le sperme avec lequel tu veux peindre mon corps sera bloqué pour une semaine.

La plupart des hommes seraient probablement restés bouche bée et auraient reculé devant une telle menace.

Mais Slade ?

Il devient *sauvage*.

Il relève ma robe et me soulève en me tenant par les fesses. Je ne sens même pas la violence du mouvement quand mon dos heurte le mur et je ris, je ris de l'avoir poussé à bout et de lui avoir fait perdre le contrôle.

–J'allais te titiller encore un peu. Je voulais continuer de jouer avec toi jusqu'à ce que tu cries. Mais tu as poussé le bouchon trop loin. Je vais vous baiser à fond contre ce mur, Dame Auren.

J'écrase mes lèvres contre les siennes et je les mords fort, ce qui le fait siffler quand son sang se met à couler et que je lui fais un grand sourire.

–*Bien.*

Il me pénètre d'un coup, si fort que je pense que le monde va se déchirer en deux.

Ou peut-être n'est-ce que moi qui me déchire.

Je hurle son nom, mes ongles s'enfoncent dans le cuir de sa chemise ; je me sens pleine, envahie, bourrée par son sexe dont j'aime chaque centimètre.

–C'est ce dont tu avais besoin, Chardonneret ? grogne-t-il contre mon oreille.

–*Bon sang, oui !*

Parce que c'est le cas. J'ai besoin de ne pas penser. De ne pas m'inquiéter. J'ai besoin que ma conscience se dissolve dans quelque chose de charnel, de féroce et qui me satisfasse.

Slade ne m'accorde qu'une expiration et il me prend encore. Chaque poussée, plus puissante et rapide que la précédente, fait trembler le mur.

Puis il lève une main et me tend deux doigts qu'il pose sur mes lèvres. Juste ça, et je gémis. Je gémis et je passe ma langue partout sur eux, en les suçant violemment.

Ces doigts humides se dirigent maintenant vers mon clitoris, le frottent, l'entourent, le pincent, et je vais périr, je vais…

Il retire ses doigts. Juste au moment où mon sexe allait se contracter, juste au moment où j'allais exploser.

Un sanglot furieux m'échappe.

–*Non…*

–Et si, ronronne-t-il, et sa queue entre en moi à nouveau, plus dure, encore plus épaisse.

–J'en ai envie, je le supplie.

–Tu as été vilaine, non ? Me bousculer comme ça et formuler des exigences. (Sa voix basse m'échauffe un peu plus la peau et la fait frissonner.) Je devrais te pousser jusqu'à la limite, encore et encore. Je devrais continuer à te pénétrer, à taquiner ce clitoris, jusqu'à ce que tu ne saches plus ce que tu veux. Te faire grimper encore et encore, sans jamais te laisser atteindre le sommet.

J'ai déjà l'impression d'être à la limite, et s'il continue à me taquiner, je pourrais bien péter les plombs.

–Non. *S'il te plaît !*

C'est peut-être à cause du désespoir dans ma voix, mais tout à coup, Slade m'embrasse à pleine bouche.

Plus de coups de langue. Plus de légères morsures. C'est un baiser intense, dévorant et sacrément sexy. Il possède ma bouche comme il possède le reste de mon corps–entièrement, rageusement–, mais j'ai confiance, je peux me laisser aller complètement à cette passion sauvage et lui rendre la pareille au centuple.

Il ne recule que lorsque je tourne la tête pour reprendre mon souffle ; puis il continue de me faire sauter en cadence contre le mur, comme si je ne pesais rien. Il entre encore plus profondément en moi, si c'était même possible.

Chaque centimètre de mon corps est empalé, enchaîné à cette verge implacable qui entre et sort ; me soulève et me lâche. C'est le bonheur. C'est l'agonie. Les deux ensemble, et je vois des étoiles.

Parce que je suis proche de l'extase.

J'ai envie, j'ai envie, j'ai envie.

Mon dos atteint enfin le lit, il replie mes genoux sur ma poitrine, et me pilonne comme un fou.

– Je vais te laisser jouir cette fois, me dit-il, et je manque pleurer de soulagement.

Mes seins rebondissent à chacun de ses coups de reins.

– Et quand tu jouiras, je veux que tu cries mon nom en me remerciant, parce que je vais te faire atteindre des sommets inégalés.

Je pense que peut-être il exagère.

Eh bien non.

Sa main descend jusqu'à mon clitoris, mais au lieu de le frotter, elle le frappe. Une simple gifle rapide sur ses terminaisons nerveuses exacerbées et cette pointe de douleur m'inonde, comme s'il m'avait jetée dans une baignoire remplie d'eau et que je perdais pied. Puis il me caresse à nouveau, transformant ainsi la douleur en plaisir, avant de m'intimer l'ordre de jouir.

L'orgasme me déchire en morceaux.

Je jouis, encore et encore, pendant qu'il continue de me toucher, de me caresser et de me *baiser.*

Lorsque la jouissance atteint son paroxysme puis s'estompe, il me mène vers un second orgasme, comme s'il m'avait jetée dans une rivière dont le courant, dangereusement rapide, m'emporte sans que je ne puisse rien y faire.

Et quand je jouis à nouveau, *il continue.*

Il continue, et je ne sais pas si je vais mourir, m'évanouir ou me noyer dans le plaisir.

Mais quelle belle façon d'être emportée !

– C'est bien, dit-il, et je me tortille à ces mots. Tu es adorablement *vilaine.*

Je tremble de tous mes membres. Je crois que je vais pleurer. Je suis tellement tendue, tellement hypersensible que je balance ma tête d'avant en arrière.

J'en redemande, tout en le suppliant de mettre fin à cette agonie.

– Ça te plaît ça, bébé ?

Je ne peux répondre autrement qu'en gémissant.

Ses lèvres viennent se promener sur ma gorge, sa langue lèche la ligne de ma mâchoire et sa bouche s'empare de la mienne.

– Tu es tellement belle. Et trempée, aussi.

Je peux sentir à quel point je suis mouillée au bruit que font nos peaux qui s'entrechoquent et à la façon dont il glisse en moi.

– Je veux que ta petite chatte se contracte autour de moi, Auren, susurre-t-il. Serre ma queue et fais-moi jouir avec toi.

Mon bégaiement est incompréhensible, mais une chose est sûre, je ne peux pas *recommencer.*

– Encore une fois. Tu peux m'en donner un de plus, parce que tu es ma putain de femme parfaite qui aime quand je la baise si fort qu'elle en voit des étoiles. Tu aimes jouer avec moi, n'est-ce pas, Chardonneret ? (Je meurs d'envie de lui, de fatigue et de cet orgasme qui semble ne jamais finir.) Alors, donne-m'en. Encore. Un.

Mon corps se plie à sa demande. Je sens que mon dos se cambre et tout mon corps se met à trembler. Et je lui en donne encore un.

Je suis en pleine extase. Je ne sais pas comment j'ai encore suffisamment de souffle pour crier son nom, mais je le fais. Ma chatte se contracte autour de sa queue, il s'enfonce profondément en moi et je sens qu'il jouit à son tour.

Mon corps se dissout, tout simplement. Mon esprit est dans un état de totale béatitude. Je m'effondre sur le matelas avec un soupir et sous le coup du bonheur et de l'épuisement, mes yeux se ferment.

Parce qu'il m'a ravagée de la meilleure façon qui soit.

La dernière chose dont je me souvienne, c'est un chiffon tiède qui nettoie mon entrejambe et mes cheveux qui glissent sur mon visage. Puis mon corps se déplace en douceur sur le lit, un oreiller est glissé sous ma tête, on me recouvre de couvertures et on dépose un tendre baiser sur mon front.

Ensuite, je sombre dans un sommeil profond.

Chapitre 58

Auren

Je me réveille, les paupières lourdes. Tout mon corps semble peser une tonne, j'ai l'impression d'avoir fait la meilleure sieste au monde.

Et soudain je me rappelle pourquoi.

Les orgasmes.

Les orgasmes, et cette façon qu'a eue le roi Ravinger *de me ravager.*

J'étais venue lui parler de Manu, le questionner sur la gravité de la menace qui pèse sur son royaume. Et sur le Conflux, aussi, pour savoir s'il s'agit juste d'une tape sur les doigts ou d'une ruse de Manu pour que je m'y rende.

Mais au lieu de me parler, il m'a séduite.

En jetant un coup d'œil à la chambre vide, je plaque mes mains sur le drap et je saute du lit pour me diriger vers le placard. Je pense que je n'ai dormi que quelques minutes, il faut donc que j'aille à ce dîner avec Manu, mais certainement pas dans cette robe. Pas avec ces quelques… taches visibles qui ont séché sur le devant.

Je jette en tas cette jolie étoffe couleur rubis en remerciant Slade de ne pas avoir de femmes de chambre, parce qu'il est absolument *hors de question* que je laisse quelqu'un d'autre la laver. Je le ferai moi-même, dans la salle de bains, plus tard.

Je me déhanche pour pouvoir enfiler un legging noir et une chemise. J'aurais dû mettre un pantalon plus tôt. Peut-être que je ne me serais pas laissée séduire et distraire aussi facilement.

C'était stupide.

Mais tout de même… *quel homme!*

Il suffit qu'il me fasse son petit sourire en coin, qu'il rie, que ses lignes de pouvoir apparaissent sur sa mâchoire mal rasée, qu'il me dise des trucs cochons… pour que je fonde. À chaque fois.

C'est aussi à cause de sa bite. Elle est splendide.

J'observe le contenu de son armoire, puis j'appelle l'or avec lequel j'ai doré les piliers de sa chambre et il afflue immédiatement depuis l'autre pièce. Dès qu'il est proche de moi, je le dirige en frappant d'une main sa veste en cuir préférée. Mon or l'engloutit immédiatement, ce qui a pour effet de la rendre toute brillante.

En voyant ça, je me sens tout de suite mieux.

Je m'attaque ensuite à son pantalon préféré. Pas *mon* pantalon préféré – celui qui épouse si parfaitement ses fesses et les met *vraiment* en valeur –, mais un autre. Puis je dore ses bottes de rechange. Son manteau. Même les dagues qu'il a accrochées aux murs. Autant de choses qu'il ne pourra plus porter, car quelqu'un le verrait.

Une fois que j'ai utilisé tout l'or des piliers, je m'époussette les mains en regardant autour de moi avec satisfaction.

Ce sont de petites choses.

Personnellement, je pense qu'il le mérite. Il s'est éclipsé pour donner sa réponse définitive au dîner, sans qu'on n'ait pu en discuter. Or il y a beaucoup de vies en jeu, pas uniquement la mienne et malgré ses certitudes, ça valait le coup d'en parler.

Au moment où je m'apprête à quitter le dressing, mon regard s'arrête sur le manteau à plumes. Celui que je portais quand j'ai quitté les Red Raids. Celui que Slade avait dans son armoire à Ranhold. Mais ce n'est pas la seule chose qu'il a pu récupérer. Dans sa poche, j'aperçois le livre fae que je lui avais apporté au Cinquième Royaume. Le livre dont je n'avais pas pu lui parler cette nuit-là car, encore une fois, il m'avait distraite en me faisant l'amour.

On dirait que c'est une habitude chez lui.

Je l'ajoute à la liste des sujets dont nous devons discuter et je passe dans la salle de bains. Après m'être lavée et avoir démêlé mes cheveux, je les tresse et je quitte la chambre de Slade. Je sors dans le couloir et me dépêche de rejoindre la salle à manger, pour ne pas être trop en retard au dîner.

Mais quand j'arrive enfin, la salle est vide. La table a été débarrassée. Je m'arrête net dans l'embrasure de la porte et mon cœur se met à cogner dans ma poitrine.

Quand je vois un serviteur entrer par le fond de la pièce, je l'interpelle.

– Excusez-moi ! (Le jeune homme s'arrête, les yeux écarquillés.) Je suis désolée, mais quand le dîner s'est-il terminé ? Celui avec le conseiller du Troisième Royaume ?

– Il y a environ une heure, Dame Auren.

Et merde. Je l'ai raté. Je l'ai raté et Slade n'a même pas essayé de me réveiller.

– À tout hasard, savez-vous où sont allés le roi Ravinger et le conseiller du Troisième Royaume ?

– Sa Majesté s'est rendue à la base militaire. Sir Ioana, je crois, devait partir rapidement.

La frustration m'envahit.

– Merci.

Il s'incline et se hâte de disparaître, comme s'il craignait que je lui demande autre chose. Ou peut-être a-t-il peur que je sois une véritable voleuse de magie qui va lui balancer de l'or à la figure.

Je scrute la pièce plongée dans la pénombre sans savoir quoi faire. Slade m'a laissée me prélasser dans un bonheur post-orgasmique, et j'étais probablement en train de ronfler dans son lit quand il est venu ici tout seul pour affirmer une fois de plus que je refuse de comparaître devant le Conflux. Il ne m'a même pas réveillée pour me prévenir avant de partir visiter la base militaire au clair de lune.

J'aurais dû dorer encore plus de ses affaires.

Je suis en colère. Mais surtout inquiète. J'ai tellement peur de la suite des événements. Maintenant que la réponse a été donnée, nous allons devoir faire face aux conséquences. Tout s'est passé si vite, ça m'a glissé entre les doigts.

Je finis par tourner les talons en me demandant si je peux encore rattraper Manu avant son départ. Je prends le chemin de l'étage où il réside, et j'avance sans bruit dans le couloir. Si j'arrive à lui parler, je pourrai peut-être le convaincre de dire à sa sœur de ne pas bloquer les importations du Quatrième Royaume et de ne pas inciter Slade à se venger.

Mais lorsque je croise une servante et que je lui demande où se trouvent les appartements de Manu, elle me répond qu'il est déjà parti. Qu'on l'a vu sortir de la pièce avec ses gardes, il y a quelques minutes à peine.

Mon cœur se serre.

Pendant un instant, j'envisage de courir à la base militaire pour parler à Slade, mais je suis trop chamboulée. Je me dirige donc vers les jardins. Le soldat qui y monte la garde m'ouvre la porte.

– Un peu d'air frais, Dame Auren ?

– Oui, merci.

Malgré mon trouble, être dehors me fait du bien. Dès que je sors, je respire mieux, la fraîcheur me calme un peu. Et j'ai grand besoin de retrouver un peu de sérénité, car j'ai des crampes au ventre et mes émotions sont agitées. Manu est probablement en route pour retrouver sa sœur.

Le Quatrième Royaume risque la famine à cause de moi.

Peu importe l'impression positive que nous essayons de donner au peuple, une fois qu'il comprendra que c'est à cause de moi qu'il meurt de faim, il se retournera contre moi – plus qu'il ne le fait déjà.

Je suis plongée dans mes pensées, le garde me suit en silence. Je n'ai avancé que de quelques mètres lorsque je remarque quelqu'un sur le banc, près du parterre de roses.

– Rissa ?

Elle lève sa tête blonde. Sa robe blanche scintille presque au clair de lune.

– Je ne t'ai pas beaucoup vue depuis ton arrivée, je lui dis en m'arrêtant devant elle.

– C'est parce que je n'ai pas voulu sortir de mon lit, m'explique-t-elle en replaçant une mèche de ses cheveux. Après avoir dormi sous une tente pendant si longtemps, j'avais besoin de me réhabituer au confort d'un matelas de plumes, sans avoir en permanence l'impression que mes orteils allaient geler.

– Je suis désolée que tu aies dû faire un tel voyage.

– Oui, bon. Nous ne pouvons pas toutes séduire des rois et traverser les Barrens à dos d'Aile-branche, n'est-ce pas ?

Je laisse échapper un petit rire discret en regardant le jardin. À part quelques lanternes allumées le long du mur en pierre, il y fait sombre, mais c'est paisible, le clair de lune projette autant d'ombre que de lumière. Je lui demande :

– Tu veux marcher un peu ?

Elle accepte et nous nous mettons à déambuler lentement en direction des haies. Le garde conserve une distance de quelques mètres derrière nous, pour nous laisser plus d'intimité.

– Comment va Polly ? J'espère qu'elle a reçu les écus que je lui ai envoyés.

– Elle les a reçus. Et elle est partie directement au bordel après.

Je comprends au ton de sa voix que ça la déçoit.

– Je sais que tu espérais autre chose pour elle, mais c'est son choix, je lui dis d'une voix douce, en respirant le parfum d'un pied de jasmin.

– Je le sais, répond Rissa en me jetant un regard en coin. Je le sais à présent. C'est juste qu'elle va me manquer.

Je suis surprise par ce rare moment de vulnérabilité qu'elle laisse paraître, et je prends subitement conscience de sa tristesse. Rissa est une dure à cuire. Elle est séduisante. Intelligente. Franche. Mais triste ? Jamais.

Je me tourne vers le garde, je lui fais signe d'attendre pendant que Rissa et moi nous arrêtons devant la première rangée de haies.

– Je sais que Polly a montré une certaine… colère envers toi, pour l'avoir fait sortir de Ranhold, je commence prudemment. Mais je pense qu'au fond d'elle-même, elle sait que tu lui as sauvé la vie. Qu'elle veuille bien l'admettre ou pas, elle allait probablement succomber à une surdose de rosée.

– Et elle ferait mieux de ne plus jamais toucher à ce truc, s'emporte Rissa en fixant les feuilles d'un arbuste comme si elles l'offensaient personnellement. Parce que la prochaine fois elle en mourra, et je ne me précipiterai pas pour la sauver. Je ne supporterais plus de devoir la sevrer pendant des semaines.

Je n'ai aucune idée de ce qu'un organisme peut ressentir après avoir été privé de rosée, mais d'après l'air hagard qu'avait Polly et le fait qu'elle ait dû subir un sevrage alors qu'elle voyageait avec l'armée dans un désert gelé, l'expérience n'a certainement pas été agréable. Je grimace en imaginant ce qu'a dû endurer Rissa.

– Polly reviendra, je dis gentiment en lui tendant la main.

Elle sursaute, je m'attends à ce qu'elle me repousse. Mais à mon grand étonnement, elle prend ma main.

Elle la lâche presque immédiatement, mais tout de même. Lorsqu'elle voit le sourire sur mon visage, elle se renfrogne.

– Non.

– Non, quoi ? je lui demande, en souriant toujours.

– Je sais que tu penses que nous sommes de grandes amies à présent. Mais c'était un geste de politesse, rien de plus.

– Je ne sais pas, je rétorque en haussant les épaules. J'avais l'impression que c'était une poignée de main amicale.

Elle pousse un soupir et se remet à avancer.

– Tu ne devrais pas être avec ton roi, en train de passer une soirée romantique ?

– Je ne me sens pas d'humeur très romantique en ce moment. En plus, il est de nouveau au camp militaire.

– Ils adorent y aller tout le temps, n'est-ce pas ? me répond-elle d'un air dépité. Ce mufle de capitaine passe sa vie là-bas.

Je hausse un sourcil au moment où nous atteignons la fontaine et le banc où je m'entraînais à faire jaillir de l'or l'autre jour.

– Et ça… ça te dérange ? Qu'Osrik soit souvent à la base ?

J'essaie de lui poser la question d'un air détaché, mais je me rends bien compte que j'ai lamentablement échoué parce qu'elle se raidit.

– Pourquoi ça me dérangerait ? me demande-t-elle sur la défensive, les bras croisés, debout devant la fontaine. C'est un rustre et un voyou. Une base militaire, c'est un endroit qui lui convient parfaitement.

– Mm-hmm.

Elle tourne la tête vers moi, plisse les yeux et ouvre la bouche pour rétorquer quelque chose.

Mais ce qu'elle s'apprête à dire est brusquement interrompu par un bruit derrière nous. Je me retourne juste à temps pour voir mon garde tomber à genoux. Je me précipite en pensant qu'il est en train de s'étouffer ou de s'évanouir, mais je réalise alors qu'il y a quelqu'un d'autre derrière lui. Avec un couteau à la main.

Les yeux écarquillés, je regarde le pauvre soldat tomber à plat ventre avec un gargouillis qui me retourne l'estomac. Une peur panique pulse dans mes veines, et j'entends :

– Auren, attention…

Je me tourne à nouveau, et me fige sur place. Un homme que je ne connais pas a plaqué sa main sur la bouche de Rissa et, de l'autre, il tient un poignard dont la lame est dirigée vers son cœur. Elle écarquille ses yeux bleus terrifiés, son visage est blanc comme un linge.

Au moment où je m'élance pour la sauver, quelque chose me frappe la tempe. Pas assez fort pour que je m'évanouisse, mais assez pour que la douleur et le vertige me saisissent et me fassent trébucher.

Je fais appel à mon or, mais comme il fait nuit je n'ai que mon bracelet à ma disposition. Il fond contre mon poignet, coule le long de ma main et s'accumule dans ma paume. C'est une petite quantité, *trop* petite, mais je n'ai que ça à ma disposition. Si je parviens à le diriger sur l'homme qui vient de me frapper, l'aiguiser comme une aiguille et le poignarder dans l'œil, je pourrai…

Soudain, un chiffon qui sent affreusement mauvais est plaqué sur mon nez et sur ma bouche. Je crache et je tousse en inhalant cette senteur âpre, amère et invasive. Ça recouvre ma langue, colle à ma gorge, me brûle les yeux, s'enflamme dans ma poitrine.

Non, non, non!

Mon cri de panique silencieux résonne à mes oreilles, il bat dans mes veines. Mais après le coup porté à ma tête et cette drogue puissante qu'on me colle au visage, je m'affaisse, incapable de rester debout, incapable de faire quoi que ce soit.

Je ne peux pas bouger mes jambes. Je ne peux pas contrôler mes bras. Ma main poisseuse tente en vain d'obtenir l'aide de mon or. Il ralentit et s'agglutine contre ma paume comme de la boue dans un marécage, trop épais et trop gluant pour se mouvoir.

Quelqu'un me rattrape avant que je ne m'effondre complètement, et j'arrive à peine à garder les yeux ouverts. Ma vision se trouble, le jardin qui m'entoure devient flou. Le tissu est juste assez fin pour me permettre d'inspirer et d'expirer, mais c'est difficile. Mon cœur s'emballe.

Mon esprit, lui, paraît ralentir. Mes clignements d'yeux aussi. J'essaie de rester éveillée, de comprendre ce qui se passe. L'or s'écoule de ma main comme une peinture qui sèche, tout aussi drogué et paralysé que moi. Il tombe de mes doigts en pluie inutile sur l'herbe.

Rissa se débat, elle pousse des cris étouffés. Ses yeux terrifiés fixent les miens. Et je n'ai rien. Pas d'or pour nous aider, et de toute façon ma magie est trop altérée par ce poison pour que je puisse la convoquer.

Voilà que deux personnes s'avancent. La première est un homme inconnu qui porte une longue robe blanche. Une robe – et un grand collier serti de l'emblème du Deuxième Royaume. Cette vision me fait frémir, mais quand mon regard se pose sur le deuxième personnage qui sort de l'ombre, mon cœur rate un battement.

Manu.

– Ça n'a rien de personnel, Poupée, me lance-t-il vêtu de bleu si foncé qu'il en est presque noir, bras nus et cheveux bien attachés. Je suis loyal envers ma sœur.

– Et envers la loi divine, ajoute l'homme en robe.

Manu hoche la tête brusquement.

– Allons-y. Mieux vaut être le plus loin possible quand Ravinger reviendra.

J'essaie de crier, mais avec ce tissu sur la bouche, tout ce que j'arrive à faire, c'est d'avaler ce poison à pleins poumons.

– Et celle-là ? demande alors l'homme qui tient Rissa. Ce n'est qu'une pouliche.

J'ai de plus en plus de mal à ouvrir les yeux. C'est tellement difficile de garder la tête droite. Mais Rissa, elle, ne détourne pas son regard. Alors je ne la quitte pas des yeux, moi non plus.

– Contente-toi de l'assommer et laisse-la, répond Manu.

Un immense soulagement m'envahit, même si la drogue affecte mes réactions.

Mais l'homme en robe secoue la tête et tout mon corps se crispe.

– Non. Nous ne devons négliger aucun détail. Tue-la.

Mon ventre se tord. J'ai l'impression que mes poumons fondent dans ma poitrine en continuant à aspirer cet air empoisonné, mais de toute façon ma langue est trop plombée pour pouvoir pousser le moindre cri de protestation.

Quand je vois l'homme qui la tient commencer à lui enfoncer la lame dans la poitrine, le temps s'accélère. Comme s'il voulait en finir, comme si mon corps et mon esprit fonctionnaient trop lentement pour suivre ce qui se passe.

J'essaie de crier, mais je n'obtiens que de pauvres gémissements. Ma vision s'obscurcit de plus en plus, une horrible douleur me vrille les tempes.

Je regarde les yeux de Rissa s'écarquiller de terreur pendant que l'homme la poignarde.

C'est rapide. Trop rapide pour que je puisse l'arrêter. Trop rapide pour que je puisse faire quoi que ce soit.

La lame s'enfonce dans son corps aussi facilement qu'une brochette dans des morceaux de viande. Elle ouvre la bouche, le regard toujours fixé sur moi, puis ce choc se transforme en quelque chose d'autre.

Quelque chose de fatal.

Elle s'effondre, et je m'effondre avec elle.

Son corps est négligemment jeté dans l'herbe du jardin. Une tache de sang fleurit sur sa robe blanche, autour du poignard qui dépasse encore de sa poitrine.

Et j'ai l'impression que cette lame se plante dans mon propre cœur, tandis qu'un hurlement silencieux me déchire la tête.

Puis tout s'obscurcit.

Chapitre 59

Slade

Au bout d'une semaine, toute la base empeste la merde et l'odeur de cuir. Les canalisations souterraines se sont bouchées à cause de leur utilisation massive, il a donc fallu creuser de nouvelles latrines. La gestion du rationnement a également été cauchemardesque. Des soldats sont encore obligés de dormir sous leur tente, même si nous faisons construire de nouveaux bâtiments en urgence. Et pour ne rien arranger, près de deux cents soldats sont soignés par Hojat et les autres médecins, pour cause de blessures ou de maladies.

Le moral n'est pas au beau fixe. Pas avec le rationnement de nourriture. Pas avec l'exiguïté des quartiers et le fait que personne ne sera démobilisé de sitôt.

La reine Kaila et les autres monarques se montrent inflexibles. Ils diffusent la rumeur selon laquelle Auren est dangereuse. Ils racontent que j'héberge une traîtresse. Et font de Midas une sorte de martyr.

Tout ça, ça fait du bruit.

Mais ils peuvent continuer à répandre leurs mensonges autant qu'ils veulent. La reine est peut-être la maîtresse des mots, mais moi je suis passé expert dans l'art d'ignorer la clameur. Je ne suis pas du genre à me laisser perturber par une agitation sensationnelle destinée à influencer la population.

La pourriture est silencieuse.

Ils peuvent donc faire autant de bruit qu'ils le souhaitent, car s'il le faut, je les réduirai au silence.

En face de moi, Ryatt termine de rédiger ses rapports. Nos relations sont encore tendues, mais malgré ses fanfaronnades, il a exécuté tous mes ordres. Il a l'air épuisé, ses yeux sont rougis par le manque de sommeil, ses sourcils plus froncés que d'habitude. Ses cheveux sont encore couverts de sueur à cause du casque qu'il a dû porter tout à l'heure, pendant qu'il se renseignait sur la liste des volontaires qui ont accepté de quitter Brackhill pour aller chercher des vivres.

Il n'est peut-être pas d'accord avec ma décision, mais il fait ce qui doit être fait. Quand il faut agir, il répond toujours présent.

À part lui, Osrik est le seul à assister à cette réunion. Judd et Lu sont partis il y a une semaine. Lu s'est envolée pour le Sixième Royaume pour mieux comprendre ce qui s'y trame et Judd a rejoint le Premier Royaume.

– ... Et nous en avons quarante de plus qui partent pour les terres dont nous a parlé Barley, conclut Ryatt.

– Dans combien de temps vont-ils arriver ?

– J'ai mis en place une rotation des Ailes-branches. Ils sont dix à faire voyager nos soldats, ce qui correspond à la moitié de notre Perchoir, sans compter les nôtres. Une fois qu'ils seront revenus, nous enverrons les dix suivants et ainsi de suite, en laissant beaucoup de temps aux Ailes-branches pour se reposer avant le départ suivant.

– Bien.

– Mais ce n'est pas suffisant, me prévient-il.

Je hoche la tête parce que c'est vrai. À moins que…

– Le Premier Royaume a accepté le marché.

Il ouvre de grands yeux.

– Vraiment ?

– Je viens de recevoir la réponse de Judd, je déclare en tapotant la lettre dans ma poche. Le roi du Premier Royaume a accepté de changer la trajectoire de ses navires qui faisaient route vers le port du Deuxième. Une fois qu'ils auront accosté dans le nôtre, nous aurons nos cargaisons de nourriture et eux, une tonne de pétrole à très bas prix.

Ryatt laisse échapper un léger soupir.

– Enfin une bonne nouvelle.

– On en avait bien besoin, j'acquiesce.

Il ajoute pourtant :

– Ça va grandement améliorer notre approvisionnement, mais nous avons encore d'autres problèmes. Nos troupes râlent plus que d'habitude. Même si nous avons toujours entraîné nos soldats à faire face aux conditions les plus difficiles, ils prennent quand même un sacré coup au moral.

– Je sais.

Ryatt jette un regard à Osrik en face de lui, avant de revenir à moi.

– Ils méritent mieux que ça, dit-il en se penchant, ce qui fait tinter son plastron métallique contre la table. On les a traînés à travers tout un putain de continent pour le spectacle, puis traînés de nouveau pour rentrer au bercail, et maintenant ils doivent se préparer à une *nouvelle* guerre que tu pourrais déclencher.

– Je n'en suis pas l'instigateur.

– Tu sais très bien ce que je veux dire, rétorque-t-il. Ils sont loyaux. Tu le sais. Et c'est l'armée la plus puissante, la plus féroce et la plus redoutée d'Orea. Mais ils sont en train de perdre confiance en leur commandement.

– J'en ai conscience, je réponds en échangeant un regard avec Os. C'est pourquoi j'ai décidé de *te* nommer officiellement commandant de la Quatrième Armée.

Mon frère recule, la stupeur se lit sur son visage.

– *Quoi ?*

Je hoche la tête.

– C'est déjà fait. J'ai rempli les papiers et Os les a remis aux lieutenants. Tu devrais peut-être préparer un discours.

Ryatt a l'air abasourdi.

– Tu n'es pas sérieux.

– Tu es prêt. Et honnêtement, tu l'es depuis un moment. Il est temps que je te passe les rênes officiellement.

– Tu vas vraiment y renoncer ? Me faire confiance pour commander ? On se dispute tout le temps !

– Je te fais confiance.

Il me regarde avec méfiance comme s'il ne me croyait pas vraiment.

– C'est évident que je ne serai pas d'accord de temps en temps, mais je sais que tu as à cœur l'intérêt de cette armée, et celui de tout le Quatrième Royaume.

Il ne mord pas à l'hameçon du compliment, mais il paraît un peu rassuré.

– Je croyais que tu préférais être commandant que roi.

– C'est le cas. Mais cette armée n'a plus besoin de moi.

– Et Rip ? La moitié de la crainte qu'inspire notre armée est due à toutes ces fameuses rumeurs qui courent sur toi.

Je hausse les épaules.

– Je ferai en sorte que Rip apparaisse assez souvent pour montrer un front uni aux soldats, et je me battrai quand il le faudra, mais une chose est sûre, le commandant Rip prend sa retraite car cette armée a besoin de sang neuf. Et pour ce qui est de la notoriété… je suis certain que tu vas te faire un nom.

Il renifle et secoue la tête, mais n'émet pas d'autres doutes.

– Et Drollard ?

– C'est à toi de décider de la fréquence de tes visites. Mais en tant que véritable commandant, tu auras plus de responsabilités, ce qui signifie que tu ne pourras plus t'y rendre aussi souvent.

– Ça me va, s'empresse-t-il de répondre.

Et c'est tout ce que j'avais besoin de savoir pour me confirmer que j'ai pris la bonne décision, qu'il est prêt. Il fait un geste vers Os.

–Comment se fait-il qu'Os ou l'un des autres Courroux n'ait pas obtenu ce poste à ma place?

–Tu crois que l'un d'entre nous le voudrait? Putain, non. (Os éclate de rire.) Nous préférons nettement continuer à être tes capitaines et t'engueuler quand tu déconnes.

–Sympa, répond-il sèchement.

Je reprends:

–Alors tu acceptes? Officiellement?

Il se lève, je fais de même, et à ma grande surprise, il me serre la main. C'est très différent de la dernière fois où nous nous sommes retrouvés autour de cette table.

–Merci.

Je lui tapote l'épaule.

–Ne merde pas.

Ryatt lève les yeux au ciel, mais sans son acrimonie habituelle. Puis il m'avertit:

–Je vais être sur ton dos pour toutes les décisions que tu prendras concernant l'armée, tu sais.

–Oh, je n'en doute pas, je réplique avec un sourire en coin.

Voilà une autre raison pour laquelle je sais que je fais le bon choix. Ryatt a besoin d'avoir une identité propre, un objectif personnel, et Auren me l'a montré. J'aurais dû le lui accorder il y a longtemps déjà.

Juste à ce moment-là, on frappe à la porte. Os se précipite pour aller ouvrir. Un des messagers lui remet un tube scellé, avant de saluer Os qui le congédie.

–Qu'est-ce que c'est? demande Ryatt.

Os ouvre le couvercle et sort le parchemin avant de me le passer.

Je l'attrape et le déroule rapidement tout en parcourant le message, et je reçois un coup en plein ventre.

–Merde!

–Quoi? me demande Osrik d'une voix soudain grave.

–C'est une des mines. Elle s'est *effondrée,* putain.

Ryatt et lui se crispent.

–Laquelle?

Je lève les yeux en prenant sur moi pour ne pas détruire le parchemin.

– Celle du pétrole.

Os laisse échapper un juron.

– Eh ben ! voilà qui tombe à pic.

– Bien trop à pic pour n'être qu'une coïncidence, grince Ryatt en me regardant. Cela risque-t-il d'impacter notre accord avec le Premier Royaume ?

– Il va tomber à l'eau si nous n'envoyons pas de pétrole au port pour que ses vaisseaux puissent le charger, je marmonne.

– Peut-on prouver qu'il s'agit d'un sabotage ? demande Os.

– Le contremaître est en train d'étudier la question.

– C'est très grave, soupire Ryatt en se passant une main sur le visage. C'est quoi son problème ? La reine Kaila n'avait encore jamais frappé aussi fort.

Ma pourriture se hérisse et se tord sous ma peau, ses racines plongent sous ma mâchoire et menacent de s'enfoncer plus profondément dans mes bras.

– C'est sa chance de nous affaiblir et elle la saisit.

Je glisse la missive dans ma poche puis me dirige à grandes enjambées vers la porte. Ryatt remet son casque et me suit, ainsi qu'Osrik. Dès que nous sommes dehors, le bruit du camp s'amplifie, l'odeur de fumée des foyers me pique le nez. À défaut de viande fraîche, je sais qu'ils mangent probablement une espèce de gruau. J'ai de la chance que les soldats soient aussi loyaux envers moi et leurs capitaines, sinon je risquerais d'avoir beaucoup plus de bagarres et de récriminations sur les bras. La façon dont ils vont réagir à partir de maintenant sera un véritable test de loyauté.

Les soldats qui se promènent nous évitent, mais il y a plus de hochements de tête respectueux que de regards irrités. Probablement parce que j'ai augmenté la solde. Mais d'un autre côté, si les mines se mettent à s'écrouler…

Un problème à la fois.

Alors que nous atteignons l'enclos de dressage où sont gardés certains des chevaux, un cheval arrive au triple galop en faisant voler de la terre sous ses sabots. Le cavalier le fait stopper net et saute pratiquement de son dos quand il nous voit. Je suis instantanément en alerte. Je vois tout de suite à son uniforme qu'il s'agit d'un des gardes du château.

– Sire, s'écrie-t-il en courant vers moi, le visage rougi. Il y a un problème.

La tension se fait sentir dans mes épaules.

– De quelle sorte ?

– Une femme a été attaquée dans les jardins.

En moi, tout devient chaotique. Une secousse sonore dans mes oreilles, un sursaut dans ma poitrine, même ma vision semble s'embraser.

– Dame Auren ?

Un million de choses me traversent l'esprit, mais le garde secoue la tête.

– Non, Sire. Dame Rissa.

Osrik recule.

– *Quoi ?* Comment ça, elle a été attaquée ?

La plupart des gens seraient intimidés lorsque la fureur d'Osrik s'abat sur eux, mais cet homme tient bon.

– Elle a été poignardée, Messire. Les gardes qui patrouillaient les ont trouvés, elle et un autre garde, étendus sur le sol avec des blessures mortelles.

Osrik dépasse le garde et saute sur son cheval avant même que je puisse intégrer ce que cet homme vient de dire.

Ryatt et moi nous précipitons sur nos propres montures en essayant de le rattraper. Nous rentrons au château tous les trois en un temps record. Les chevaux s'arrêtent dans la cour d'entrée. Le temps de remettre les rênes aux soigneurs et Os est déjà passé par la porte latérale en empruntant le chemin le plus court vers les jardins.

Nous nous rendons compte très vite que tout le château est en ébullition. Les serviteurs chuchotent et s'éloignent rapidement lorsqu'ils nous voient arriver. Le jardin est plus éclairé que d'habitude, des torches supplémentaires ont été plantées dans la terre, et des dizaines de gardes remplissent la zone.

– Où est-elle ? grogne Osrik au premier garde qu'il croise.

– Par ici, Os !

Il se tourne en entendant Warken, et nous nous frayons tous trois un chemin à travers les rangées de buissons et d'arbustes en suivant les traces de fleurs et d'herbe piétinées, jusqu'à atteindre le cœur du jardin, là où se dresse la fontaine.

Warken, Isalee et Barley sont là. Keg est avec eux, debout à côté de la fontaine, le visage sombre. Pour les rejoindre, nous passons devant un groupe de gardes rassemblés autour du corps d'un de leurs camarades.

Je m'agenouille à ses côtés. L'un des médecins du château est en train d'inspecter une entaille dans la gorge du jeune homme. Ce soigneur qui examine la blessure a du sang sur les mains, et il y en a encore plus sur l'herbe. J'entends Ryatt jurer à voix basse.

– Où est…

La question d'Osrik est interrompue par le mouvement de certaines personnes, et son regard s'arrête sur une silhouette au sol, juste derrière la fontaine.

Je ne distingue que l'ourlet d'une jupe blanche et un pied nu, ainsi qu'une chaussure qui gît inutilement à trente centimètres de là.

Os se précipite vers elle et tombe à genoux par terre.

– *Putain !*

Après avoir contourné la fontaine, je découvre Hojat, qui est penché sur le corps de Rissa. Elle a une tache de sang sur sa poitrine et une dague en argent y est toujours fichée.

J'ai déjà vu Osrik perdre son sang-froid à maintes reprises. Je l'ai vu grogner et hurler, punir et tuer. Je l'ai vu massacrer sans remords, insulter sans sourciller, menacer froidement.

Mais je ne l'ai *jamais* vu comme ça.

Ses yeux sont braqués sur la lame, comme s'il ne parvenait pas à établir le lien avec le sang qui imprègne la robe.

Il finit par regarder son visage blême et ses yeux fermés, et il se penche pour l'attraper par les épaules.

– Rissa.

Sa voix est éraillée. Brisée. Comme si ce nom lui avait été arraché pour être fouetté par le vent.

Il la secoue doucement.

– Rissa !

– Sir Osrik, chuchote Hojat en tendant la main pour retirer les siennes.

Et je vois les mains d'Osrik qui se crispent pendant une fraction de seconde avant de permettre à Hojat de l'éloigner.

– Non. *Putain, non !* hurle-t-il au visage de Rissa, dans un mélange de déni et de fureur. Tu vas te réveiller, espèce de tête de mule ! Tu ne peux pas mourir, putain. Tu m'entends, Yellow Bell ? Tu ne peux pas mourir, parce qu'on a encore plein d'erreurs à commettre.

Sa voix s'étrangle, et je suis choqué de le voir soudain replier son énorme corps sur sa silhouette toute fine, incliner son front vers le sien en fermant ses yeux pleins de désespoir.

Ryatt et moi restons figés de le voir dans un tel état, tandis que les yeux d'Isalee sont humides et qu'une larme coule sur la joue de Barley.

Comment vais-je l'annoncer à Auren ?

– Sir Osrik ? lui dit doucement Hojat. Dame Rissa n'est pas morte.

Osrik relève sa tête si rapidement qu'il manque assommer notre médecin. L'incrédulité se lit sur son visage tandis qu'il observe à nouveau Rissa.

– La dague a manqué de peu son cœur, et le fait qu'elle soit restée plantée a empêché le sang de trop couler, lui explique Hojat. Mais je dois l'emmener à l'infirmerie du château pour l'opérer de toute urgence. J'attends juste un brancard.

C'est alors que deux aides-soignants, reconnaissables à leur bande rouge autour du biceps, accourent vers nous en portant un brancard.

– Je vais la porter, grogne Osrik en se levant.

Hojat grimace.

– Je ne suis pas sûr que…

– J'ai dit que *j'allais la porter.*

– Os…

Je fais un pas en avant, mais Hojat me retient.

– Ce n'est rien, Votre Majesté.

Puis il s'adresse de nouveau à Osrik :

– Soulevez-la avec beaucoup de précautions. Faites des mouvements lents, soutenez son cou et essayez de ne pas secouer sa poitrine. Elle est vivante, mais à peine. Je ne suis pas sûr qu'elle s'en sorte une fois que j'aurai retiré la dague. Vous devez vous préparer, juste au cas où.

En faisant un signe de tête raide et en grinçant des dents au point de pratiquement se briser la mâchoire, Osrik se baisse et la prend dans ses bras. C'est le geste le plus tendre que je l'aie jamais vu faire. Comme s'il attrapait la plus fine des vitres et qu'il suffisait d'un faux mouvement pour la faire voler en éclats.

Avec Hojat qui ouvre la voie, il sort du jardin et emmène Rissa dans le château, quittant ainsi notre champ de vision.

– Que s'est-il passé ?

Je pose la question dès qu'il est parti. Il y a une tache de sang et l'empreinte du corps de Rissa dans l'herbe. Mon regard accroche quelque chose d'autre au loin, mais un ouvrier marche dessus avant de poser un seau à côté du sang pour commencer à nettoyer. En plissant les yeux dans l'obscurité, je constate que ce que j'avais aperçu auparavant a disparu.

Warken observe les soigneurs soulever le cadavre du garde et le transporter à l'intérieur avant de répondre :

– La patrouille qui est passée par le jardin m'a alerté. Quand nous sommes sortis, nous avons trouvé le garde et la femme. Je vous ai fait venir immédiatement.

– Nous supposons que le garde l'a suivie jusqu'ici. Il était peut-être jaloux, ou possessif, et il l'a tuée avant de se trancher la gorge, dit Isalee.

– Ce ne serait pas la première fois qu'une chose pareille arrive à une femme. Surtout une belle femme, ajoute Barley.

– Oui, mais *ici* ? s'étonne Keg en secouant la tête.

Je sais qu'il a passé du temps avec sa famille depuis qu'il est rentré avec le reste des soldats, et je parie qu'il ne s'attendait pas à côtoyer une telle violence en dehors de l'armée.

– Connaissiez-vous personnellement ce garde ? je leur demande.

Isalee secoue la tête.

– Très vaguement. Nous allons consulter son dossier, mais comme vous le savez, personne n'est autorisé à servir en cas d'antécédents de harcèlement ou de comportement agressif.

– La dame n'est pas là depuis longtemps, fait remarquer Ryatt. Comment le garde a-t-il pu s'enticher d'elle aussi rapidement ?

– Ça arrive, dit Keg. Mon frère et moi avons dû repousser plus d'un homme qui ne pouvait accepter un refus de la part de Barley.

Un garde se fraye un chemin jusqu'à nous.

– Holman n'aurait jamais fait ça ! s'écrie-t-il, le visage marqué par l'émotion.

Il est jeune, probablement dans la vingtaine, et la façon dont il renifle et s'essuie le nez dans sa manche indique qu'il connaissait personnellement le garde.

– Comment as-tu connu Holman ? lui demande Isalee.

– C'était mon meilleur ami, dit-il en reniflant à nouveau. Je sais bien de quoi ça a l'air, mais je vous jure que ce n'était pas lui. Il n'aurait jamais fait ça. Il a déjà craqué pour quelques femmes, bien sûr, mais il n'a jamais mentionné cette dame. Il me l'aurait dit.

J'acquiesce et mon regard dérive derrière lui, vers Marcoul, mon gardien chef qui s'approche et éloigne le jeune homme.

– Qu'en pensez-vous ? je demande à Isalee et Warken à voix basse. Vous voulez qu'on vous aide à tirer au clair cette affaire ?

– Non, nous nous en occupons, répond Isalee.

– Dans ce cas, je dois aller prévenir Auren. Je l'ai laissée dormir tout à l'heure. Elle va sûrement vouloir se rendre dans l'aile de l'infirmerie pendant qu'Hojat s'occupe de Rissa.

Ryatt m'accompagne à l'intérieur du palais. Je fronce les sourcils tandis que nous empruntons les escaliers.

–Tu ne penses pas que c'est le garde qui a fait le coup, n'est-ce pas? me chuchote-t-il pour qu'aucun membre du personnel ne puisse l'entendre.

–Non, en effet.

J'ignore pourquoi, mais j'ai un mauvais pressentiment.

–Moi non plus. Il y a quelque chose qui cloche.

Nous restons silencieux jusqu'à ce que nous atteignions l'étage de Ryatt.

–Je vais aller dans ma chambre me changer, m'informe-t-il pendant que nous nous séparons. Je te retrouve dans l'aile de l'infirmerie.

Avec un signe de tête, je me tourne et gravis une autre volée de marches, puis je traverse le couloir jusqu'à ma chambre. Mais en y entrant, je trouve le lit vide. Saisi par un sentiment de malaise, je ramasse son ruban sur la table de chevet et le glisse dans ma poche. Dans le dressing, j'aperçois l'étoffe froissée de la robe rubis qu'elle portait tout à l'heure. Et mes vêtements noirs et bruns qui brillent maintenant d'un éclat doré.

Et je comprends.

À cet instant précis. Ce sentiment qui m'envahit me file la nausée. L'éclat de mes vêtements me fait immédiatement penser à cet éclat que j'ai cru voir dans l'herbe, dehors, dans les jardins. Une pensée que j'ai trop vite écartée.

Mon cœur gonfle comme s'il allait exploser, je suis submergé par la peur et la fureur.

Je jette un coup d'œil dans la salle de bains. Dans le salon. Dans la salle à manger privée où nous prenons nos repas. La bibliothèque. Les cuisines. Le toit. Et une fois que je suis là-haut, avec le vent qui me fouette le visage, haletant, le cœur battant, *je me mets à paniquer*. Parce qu'elle n'est pas là. *Elle n'est pas là, putain.*

–Sire?

Je me retourne pour faire face à Marcoul, qui est accompagné de quelques gardes –et de Ryatt.

– Que se passe-t-il ? s'alarme mon frère.

– Elle a disparu.

Ces trois mots m'écorchent la bouche et déclenchent en moi une panique si fulgurante qu'elle me brûle la gorge comme de l'acide.

Ce qui s'est passé dans le jardin n'avait rien à voir avec le garde. Il n'était pas un meurtrier, mais une victime, comme Rissa.

Mes yeux se révulsent, ma peau se déchire, des piquants tentent de percer mes bras et mon dos, mes crocs sortent en me faisant mal aux gencives.

Je les balaie du regard, et en voyant ma panique, mon frère écarquille les yeux.

– Ils ont enlevé Auren. Ils l'ont *enlevée*, bordel !

Je fourre deux doigts dans ma bouche et je siffle tellement fort que les gardes sursautent. Mais Argo chasse à cette heure de la nuit. Il doit être trop loin pour m'entendre. Rissa et Holman n'ont été découverts qu'au bout d'une demi-heure au moins et il a fallu encore plus de temps au garde pour venir me chercher, et pour que je me rue jusqu'ici…

– Que veux-tu qu'on fasse ? me demande Ryatt.

– Je pense que ton souhait s'est réalisé, je lui décoche amèrement. Je pense que ce connard a kidnappé Auren pour l'emmener au Conflux.

Mon frère blêmit.

Je fais demi-tour et me mets à courir parce que j'ai besoin de trouver un Aile-branche. Je prendrai celui de Ryatt s'il le faut, car le sien est le deuxième plus rapide, et si je dois arracher la bête à son perchoir, alors je…

Un cri d'une puissance inouïe déchire les airs et l'instant d'après, j'entends le bruit d'un atterrissage et un crissement de serres acérées sur le toit en tuiles. Argo fait claquer ses crocs en direction des gardes qui bondissent en arrière, avant de cligner vers moi ses yeux irisés.

Je ne perds pas une seconde de plus. En un clin d'œil, je saute sur son dos et il s'envole dans le ciel nocturne.

– Attends !

La voix de Ryatt est emportée par le vent, je m'accroche aux rênes en me penchant en avant pendant qu'Argo s'élève.

Je n'en ai rien à foutre.

Je ne vais *pas* attendre.

Parce qu'ils l'ont enlevée.

Mais je ne le tolérerai pas. Je me fiche du temps qu'il me faudra pour les rattraper. Je chevaucherai jour et nuit jusqu'au Deuxième Royaume s'il le faut.

Et quand j'y serai, ils regretteront *tous* de l'avoir kidnappée.

CHAPITRE 60

AUREN

J'ouvre les paupières comme si je m'arrachais une couche de peau. Elles résistent, elles ne veulent pas se séparer jusqu'à ce que je force plus encore. Ça pique. Dès que je regarde autour de moi, je regrette de ne pas avoir gardé les yeux fermés.

Je comprends immédiatement que je ne suis plus à Brackhill. Pas seulement à cause de la pièce inconnue dans laquelle je me trouve mais parce que je perçois le changement d'atmosphère. Au Quatrième Royaume, l'air est chaud et moite, comme si la chaleur dansait avec l'humidité des rivières. Mais ici, l'air est totalement dépourvu d'humidité. Il semble s'être raréfié. La chaleur aride est si sèche qu'elle fait disparaître toute forme de précipitation.

Des bribes de souvenirs me reviennent, notamment celui d'avoir été serrée contre quelqu'un pendant que nous volions dans les airs. Je me souviens de ce linge infect pressé contre ma bouche et mon nez, encore et encore, entre les brefs instants où l'on m'a fait boire du bouillon et de l'eau.

Mais maintenant, je suis là, j'ai enfin réussi à sortir du gouffre de l'inconscience et je sais où je me trouve, sans même regarder par la fenêtre à barreaux. Cette pièce a la couleur du sable, et ses murs ont été frottés à la ponceuse qu'utilisent habituellement les maçons pour le plâtre. Je me lève du petit lit où j'étais allongée. Les chaussons que j'ai aux pieds heurtent le carrelage couleur rouille.

Il y a une petite table dans le coin de la pièce, avec une carafe de forme étrange et de la nourriture. Je ne sais pas depuis combien de temps c'est là. Mais j'ai un goût affreux dans la bouche, alors je me risque à prendre un verre. Je bois la première gorgée avec précaution, mais comme l'eau n'a pas l'air d'être mélangée à quoi que ce soit, je la descends d'une traite, en réalisant à quel point je suis assoiffée lorsque les gouttes touchent ma langue.

J'essaie d'appeler mon or, mais malgré la lumière du jour qui pénètre par la fenêtre, mon corps est épuisé. Comme un arbre incapable d'extraire la moindre goutte de sève. Je ressens encore les effets de la drogue, je me sens malade et déconnectée.

Même si je me méfie de la nourriture et que mon estomac ne crie pas famine, je me force à avaler une tranche de pain et un fruit. J'espère que cela m'aidera à chasser les relents de drogue qui circulent encore en moi. J'ai mal à la tête, j'ai l'impression que quelqu'un est entré dans mon estomac et l'a retourné, et je suis couverte de sable.

C'est logique, puisque j'ai été kidnappée et traînée de force dans le désert du Deuxième Royaume.

La certitude de l'endroit où je suis et de ce qui s'est passé devient évidente. Les souvenirs m'envahissent, tandis que ma peur et ma fureur les repoussent.

C'est Manu et un habitant du Deuxième Royaume qui ont fait le coup. Ils m'ont droguée, kidnappée et jetée dans cet endroit et…

Ma main se plaque sur ma bouche.

Rissa.

– Grand Divin…

Un spasme de sanglot m'échappe comme une spathe arrachée à un épi de maïs desséché. Ils l'ont tuée. Ils l'ont tuée sous mes yeux comme si elle n'était qu'une nuisance, comme si sa vie n'avait pas la moindre importance.

Les larmes me montent aux yeux *et j'ai mal.* Comme si on avait transpercé *ma* poitrine avec cette dague. Ils auraient pu utiliser la même drogue pour l'assommer. Ils auraient pu l'épargner. Au lieu de cela, ils l'ont poignardée et l'ont laissée s'effondrer sur le sol.

Rissa et moi avions une relation compliquée, conséquence d'années de ressentiment. Mais… je la comprenais. Elle s'était servie de son intelligence, avait peaufiné son pouvoir de séduction, avait appris à évoluer dans un monde d'hommes, puis elle a voulu se frayer un nouveau chemin, en faisant tout ce qu'il fallait pour se protéger et obtenir ce qu'elle voulait.

Je respecte cela. Et le respect est la dernière chose que cette société accorde aux pouliches.

Les pouliches comblent les désirs des hommes et des femmes, s'efforcent de satisfaire les pulsions sexuelles. Elles procurent du plaisir, mettent en scène et réalisent les fantasmes, et gagnent un sentiment de pouvoir et un certain bien-être matériel en agissant ainsi.

Et que se passe-t-il? Les gens détestent ça. Ils appellent ça un péché, un vice. Ils le rejettent et prétendent que les pouliches sont scandaleuses et lascives, qu'elles sont la lie de la société, sans importance et de rang subalterne. Sauf que, derrière les portes closes, ces mêmes personnes s'attendent à ce qu'on satisfasse leurs désirs. Elles s'attendent à ce qu'on leur donne du plaisir, et à ce qu'on réponde à leurs pulsions les plus viles.

Et malgré cela, la vie d'une pouliche ne compte pas.

Ce n'est qu'une pouliche.

Comme si sa profession la rendait moins importante. Comme si elle leur était tellement inférieure que sa mort ne comptait pas.

Mais ça compte. Pour moi, ça compte. *Elle comptait pour moi.*

J'aurais aimé pouvoir le lui dire. J'aurais aimé, dans ce jardin, lorsqu'elle a serré ma main dans une rare démonstration d'affection, la serrer plus fort. Parce qu'elle était forte et intelligente, et qu'elle méritait cette nouvelle vie qu'elle désirait tant. Cette vie pour laquelle elle avait travaillé si dur et qu'elle n'aura jamais. Tout ça à cause de moi. Tout ça parce que je lui ai proposé d'aller se promener avec moi.

Les larmes déferlent sur mes joues comme si mon chagrin pesait lourd. Il pèse lourd comme un poids sur mon cœur et j'ignore pendant combien de temps je la pleure, mais j'espère que je ne suis pas la seule. Parce que Rissa n'était pas *seulement une pouliche*. Elle était une pouliche et elle était bien d'autres choses encore, et aucune de ces choses ne signifiait qu'elle ne méritait pas de vivre.

Quand mes larmes se tarissent, j'ai l'impression d'être complètement desséchée. Je ne sais pas si c'est uniquement à cause du chagrin, ou si ce sont les effets de la substance qu'ils m'ont administrée, mais tout mon corps est las. Ils ont dû me garder inconsciente pendant plusieurs jours pour arriver jusqu'au Deuxième Royaume. Cette idée me fait frissonner.

Je n'ai pas mis les pieds ici depuis plus de dix ans, mais je me souviens très bien de cette chaleur. Je me souviens de ces grains de sable qui se glissaient partout, du voyage à travers les dunes, noyée dans ce vent plein de poussière, brûlée par le soleil.

C'est drôle, mais la première fois que je suis arrivée ici, mes rubans commençaient à peine à pousser dans mon dos.

Leur naissance fut tellement douloureuse.

Et leur mort le fut tout autant.

Je les détestais à l'époque, mais aujourd'hui, je donnerais n'importe quoi pour les récupérer.

Distraitement, mes doigts se dirigent vers mon dos, vers les zones vides où il ne reste plus que de la peau lisse.

Ils ont tous disparu.

Mes rubans et moi avons vécu tant de choses en parallèle. Leur présence a été le reflet de mon parcours.

Comme le fait que mon nouveau départ, ici dans le Deuxième Royaume, a également été marqué par la naissance de ces rubans qui poussaient dans mon dos. Après, je les ai cachés, tout comme je me cachais moi-même. Je leur en ai voulu, comme je m'en suis voulu. Et quand je suis enfin sortie de ma coquille, ils ont fait de même. Rien que de penser à la façon dont ils ont flirté avec Slade en s'enroulant autour de sa cheville…

Je ne vivrai plus jamais ça.

Au moment où j'ai enfin osé être moi-même, eux aussi se sont assumés.

Mais ensuite, j'ai été mise à terre et à chaque coup qu'on m'a porté, eux aussi ont souffert.

Cette nuit-là a marqué une fin pour moi *et* pour mes rubans. Et malgré tout, c'était une fin dont j'avais grand besoin. J'avais besoin d'être forcée à voler de mes propres ailes, sans rien pour me soutenir. J'aurais aimé qu'ils soient épargnés. Mais j'avais besoin d'être abattue pour enfin renaître de mes cendres, tel un phénix.

J'aimerais tant que mes rubans puissent faire de même.

Mais il n'y a pas de phénix, et la seule chose qui ressemble à des cendres se trouve dans les Dunes de Cendre, quelque part dans ce royaume maudit.

Un bruit me tire de mes pensées. Je baisse ma main et me retourne juste à temps pour voir la porte s'ouvrir et une femme entrer. Elle porte une guimpe blanche sur la tête. Le tissu épais, rigide et parfaitement plissé de chaque côté, couvre complètement ses cheveux, et la seule chose visible, c'est une ouverture carrée pour son visage qui laisse voir ses yeux.

Sa robe ample, cousue dans un tissu blanc amidonné similaire à celui de sa guimpe, la couvre entièrement du menton jusqu'aux pieds. Une légère traîne fronce derrière elle et ses manches longues et larges aux extrémités dissimulent ses mains, afin que même cette partie de son corps ne soit pas visible.

Elle a un menton pointu et ses sourcils ont disparu, comme si elle les avait rasés. Ses cils sont si fins et si clairs qu'on les distingue à peine. Mais ses yeux retiennent mon attention. Ses deux iris bruns sont fissurés sur les bords externes, striés de vert clair. Cette particularité donne à son regard un air étrange.

– Bienvenue au château de Wallmont, me dit-elle d'une voix sereine et teintée d'un léger accent, tout en souriant agréablement. Le Conflux est sur le point de commencer. Je suis venue vous préparer.

– Je passe mon tour, merci, je décline en m'appuyant contre le mur.

Son sourire ne quitte pas ses lèvres, mais elle tourne la tête pour regarder par-dessus son épaule, et deux hommes de grande taille franchissent le seuil de la porte. Eux aussi portent des guimpes, mais les leurs sont grises, plus courtes et d'un tissu plus fin ; elles ont la même forme que les capuchons des cottes de mailles des soldats. Leurs tuniques sont couleur crème, pas tout à fait du même blanc éclatant que la femme, et leurs pantalons gris sont amples, froissés là où ils ont enfilé des bottes qui leur montent jusqu'aux genoux.

Ils sont tous deux jeunes, l'un a la peau brune, l'autre une peau pâle couverte de taches de rousseur. Ils me dévisagent froidement en s'avançant. Je me colle au mur, la colère me brûle l'estomac. J'ai une fraction de seconde pour décider s'il vaut mieux cacher ma magie ou sortir d'ici.

J'opte pour la fuite.

Alors, les poings serrés, je fais appel à mon or. Quand je le sens se former dans mes paumes, mon cœur fait un bond. Je le laisse s'accumuler jusqu'à ce qu'il commence à couler entre mes doigts. C'est lent, mais c'est déjà ça.

La première goutte d'or qui s'écrase au sol fait s'écarquiller les yeux de l'homme aux taches de rousseur. Je tends les mains devant moi et j'écarte les doigts pour laisser couler le reste. En un clin d'œil, je le fais glisser vers eux et s'enrouler autour de leurs pieds comme de petits serpents. Le liquide gluant adhère à leurs jambes, s'étire et durcit autour de leurs membres. J'extrais encore de l'or de mes paumes, un petit flot s'en échappe, que je dirige vers la femme.

Et soudain, je suis foudroyée par la douleur.

Ça ne ressemble à rien de ce que j'ai pu ressentir auparavant. Elle ne frappe pas comme la foudre, ne brûle pas comme le feu. Elle ne me transperce pas ou ne me donne pas l'impression qu'on me coupe un membre.

J'ai l'impression d'être *pincée*. Comme si des mains invisibles avaient creusé mon nombril pour agripper mes organes. Comme si des doigts fantômes avaient creusé mon corps jusqu'à mes veines, les avaient saisies et les comprimaient si fort que mon sang ne pouvait plus circuler.

Mon cœur, mon estomac, mes poumons, mes muscles, ma gorge – ces doigts se saisissent de mes entrailles, pincent et figent tout. Cette horrible souffrance me terrasse, et je tombe à quatre pattes en stoppant l'écoulement de l'or entre mes doigts.

Je ne peux pas respirer, je ne peux pas bouger, ces horribles contractions compriment chaque partie de mon corps, de plus en plus fort et…

Ça s'arrête brusquement. Comme si chaque zone qui était pincée avait été relâchée au même moment. Je tremble, je suis couverte de sueur, je m'étouffe en toussant.

Je lève la tête et à travers mes yeux larmoyants, je vois la femme qui avance vers moi en s'arrêtant juste avant que l'or liquide ne tache sa robe immaculée.

– Voilà, on arrête tout ça, dit-elle sur un ton placide, si déplacé dans cette situation.

Folle de rage, je convoque mon or à nouveau, bien que la douleur que je ressens encore rende la tâche plus ardue. Je parviens tout juste à faire s'écouler un mince filet de mes paumes quand je la vois lever les mains. Ses manches retombent juste assez pour qu'on puisse la voir presser son index contre son pouce et *pincer*.

Exactement comme avant, les pincements douloureux reprennent.

Cette fois, je m'effondre instantanément en étouffant. J'ai la gorge nouée tandis qu'à l'intérieur tout se crispe sous la douleur et se comprime, comme si ces pincements allaient faire éclater et saigner mes organes.

– Arrêtez… je croasse en me tordant par terre.

– N'essayez plus de faire appel à cette magie, Dame Triche, me sermonne-t-elle. Cela se produira chaque fois que vous tenterez d'utiliser ce qui ne vous appartient pas.

Les pincements cessent, et je convulse sur le sol, avec l'impression d'être couverte d'un million d'hématomes. Il me faut un moment pour récupérer avant de prendre conscience de ce qu'elle vient de dire.

– Comment m'avez-vous appelée ? je halète.

– Dame Triche, répond-elle de sa voix doucereuse. La pouliche dorée qui s'est frayé un chemin dans le cœur et le pouvoir du Roi d'Or avant de lui dérober les deux, puis de prendre sa vie. Vous êtes une tricheuse et une femme déchue, et ici, c'est l'endroit idéal pour vous.

Je ne peux rien faire d'autre que la dévisager. Je suis complètement sidérée.

Elle me regarde comme si elle s'attendait à ce que je lui réponde. Comme je ne le fais pas, elle poursuit :

– Alors ? Avez-vous, oui ou non, trompé, volé et tué, Dame Triche ?

– Je suppose que c'est la raison pour laquelle j'ai été droguée et kidnappée, n'est-ce pas ? Pour que je puisse répondre à cette question lors de mon procès ?

Ses yeux fracturés pétillent.

– En effet.

Je me traîne pour pouvoir m'accroupir. Mes muscles tremblants me lâchent presque lorsque je force mon corps à se relever. Des éclats d'or parsèment la pièce, les flaques peu profondes commencent déjà à sécher. Les pantalons et les bottes des hommes sont couverts d'éclaboussures, mais l'or n'a pas réagi, il est aussi ramolli et essoré que moi, il gît sur le sol, inutile.

–Venez avec moi maintenant, à moins que vous ne souhaitiez essayer à nouveau d'utiliser cette magie que vous avez dérobée.

Ses lèvres pâles me rappellent le sable blanc des rivages de ce royaume.

–Les Oréens qui se livrent au Conflux n'ont pas le droit d'utiliser de pouvoirs magiques, poursuit-elle.

Je me redresse en grimaçant.

–Eh bien, je ne me suis pas livrée volontairement, alors vous pouvez aller vous faire foutre, vous et cette règle, et je n'irai nulle part.

Cette fois, quand elle pince ses doigts, j'ai l'impression qu'on m'écrase le crâne. Je hurle, je tombe à la renverse en me tenant la tête à deux mains. Mes yeux semblent sur le point d'exploser comme des grains de raisin. Ce supplice est si violent que je suis sûre que mon crâne va se fissurer et que mon cerveau va se transformer en bouillie.

Ce n'est que lorsque je sens le sang couler de mon nez que mon calvaire prend fin.

Affalée contre le mur, je fixe cette femme avec tant de haine dans mes yeux brouillés de larmes que je m'étonne qu'elle ne prenne pas feu. Mon corps est détruit, comme si j'avais été poussée dans une pièce dont les murs se referment sur moi en me broyant.

Mais je saigne de l'or. Je pleure de l'or. Alors je rassemble mes larmes et mon sang et je tente de les déplacer, de réduire cet or en épingle pour pouvoir la poignarder malgré ses horribles doigts, et lui planter une aiguille dans la gorge. Mais elle reprend son cruel manège, ce qui m'empêche de faire quoi que ce soit.

–Je peux faire ça toute la journée, Dame Triche.

Je lève les yeux vers elle, des larmes de douleur perlent sur mes cils.

–Eh bien faites-le, je la défie. Parce que je ne me livrerai pas au Conflux. Vous pouvez sucer mon or et aller vous faire foutre en enfer !

Pour la première fois depuis qu'elle est entrée ici, le sourire faux de cette femme vacille légèrement. Derrière elle, les hommes se balancent d'un pied sur l'autre. Lorsqu'elle ramène ses mains devant sa poitrine, je tressaille en pensant qu'elle va recommencer à utiliser son horrible magie contre moi, mais elle se contente de croiser les doigts et d'incliner la tête.

– Grands Dieux, je vous supplie de purger nos oreilles de ces paroles blasphématoires et de sauver la lumière de nos esprits.

À l'unisson, les gardes murmurent derrière elle :

– Purgez le monde des ténèbres.

– Et illuminez notre moi le plus pur, termine-t-elle.

Un frisson me parcourt l'échine.

– Donc vous pouvez torturer avec le pouvoir de la douleur, mais vous pensez que c'est un péché de prononcer le mot *enfer* ? je lui crache sur un ton ironique.

Elle laisse retomber ses bras et me dévisage d'un air sévère.

– La vie après la mort, ce n'est pas à vous d'en parler. J'ai maintenant la preuve tangible que vous avez bel et bien volé la magie du Roi d'Or.

– Je ne l'ai *jamais* volée, je gronde. Cette magie a toujours été la mienne. Il s'est servi de moi. C'était lui le voleur, et je suis bien contente qu'il soit mort.

Elle laisse échapper un petit soupir.

– Nous pouvons donc également accoler le mot « menteuse » à votre nom. Les voleuses et les tricheuses n'ont pas le droit de faire référence à la vie dans l'au-delà d'un esprit, et assurément pas les menteuses et les meurtrières.

– Mais vous, vous avez le droit de me torturer et de me garder captive ? je rétorque.

Elle redresse les épaules, me regarde de haut en levant l'arête fine de son nez.

– Je suis Isolte Merewen, Reine du Deuxième Royaume et Première Matrone du Rassemblement de la Tempérance. Les dieux m'ont accordé ce pouvoir de douleur pour que je puisse châtier les âmes immorales. Ceci n'est pas un péché, Ma Dame. C'est mon devoir en tant que protectrice de la sainteté.

Mes lèvres se resserrent pour ne former qu'une ligne très fine. Tout le monde à Orea sait qu'il existe des sectes religieuses très strictes dans ce royaume. La plus célèbre d'entre elles, c'est celle des Deify. Ils vivent dans le Sahara Miroir en ayant fait vœu de silence, et doivent subir une ablation de la langue, comme s'il s'agissait d'un abcès purulent qu'on sacrifie aux dieux. J'ai également entendu parler de la Tempérance, mais très peu. J'ignorais que cette femme était la reine, qu'elle dirigeait à la fois le royaume et cette secte de doctrine puritaine.

– Vous allez maintenant accéder à la Purification.

Je lève le menton d'un air fier.

– Il n'en est pas question.

Je me prépare à souffrir, mais cette fois, elle se contente de faire un signe de tête aux deux hommes. Je tente de leur donner un coup de pied lorsqu'ils s'approchent, mais mes mouvements sont lents, inefficaces. Ils me soulèvent par les bras et commencent à me tirer pour me faire sortir de la pièce. L'or s'étale sous mes pieds tandis que la reine ouvre la marche comme si elle n'avait vraiment rien à craindre et qu'elle n'avait donc pas peur de me tourner le dos.

J'essaie de faire jaillir l'or de mes paumes, mais il est sans énergie et lourd, c'est une gelée épaisse qui s'agglutine contre ma peau, incapable de couler. Incapable de bouger.

La reine Isolte me lance un regard par-dessus son épaule et me dit :

– La douleur est une pyramide, Ma Dame. Elle s'empile, couche après couche. Vous pensez pouvoir la supporter, vous pensez pouvoir continuer à la gravir, mais vous vous trompez. Je peux vous garantir que vous ne voudrez pas que cette douleur s'accumule au point d'en atteindre le sommet, parce que vous ne pourrez pas survivre à ce pic abrupt. C'est une certitude.

Je fulmine intérieurement. Entre mes os meurtris et mes organes écrasés, ma colère gronde.

Je me fais traîner hors de la petite pièce, puis le long d'un couloir étroit. Sur le plafond couleur sable, des lucarnes tiennent lieu de fenêtres et projettent des colonnes de lumière tous les deux ou trois mètres.

Les hommes me hissent en haut d'une volée de marches et nous nous retrouvons dans une grande pièce en forme de dôme entourée d'arcades ouvertes sur l'extérieur. Je peux voir les palmiers qui nous entourent. Leurs épaisses frondaisons se balancent au gré de la brise ombrageuse. Une fine couche de sable recouvre le sol carrelé de blanc, mais un soleil jaune vif est peint au centre. Ses rayons sont immaculés et entourés d'un ciel céruléen ; le même motif que sur les voiles du navire à bord duquel je m'étais enfuie du port de Derfort.

Nous passons devant en nous dirigeant vers une des arches, sur la gauche. On m'emmène sur des pavés brûlés par le soleil, le dessus de mes chevilles souffre terriblement d'être replié en arrière pendant qu'on me traîne toujours. Aux nombreux palmiers s'ajoutent des cactus et des oliviers, et l'air s'imprègne de l'odeur des oranges lorsque nous passons devant des arbres chargés de fruits mûrs prêt à être cueillis.

Après avoir suivi un petit chemin extérieur, les hommes m'entraînent dans une autre partie de ce bâtiment tentaculaire. Nous empruntons un autre couloir étroit et je suis finalement jetée dans une pièce sombre. Mes jambes se dérobent sous moi dès qu'ils me lâchent.

En m'appuyant sur mes mains tremblantes, je parviens à me hisser en position assise. Mes yeux arrivent peu à peu à s'adapter à la faible luminosité. Cette salle de forme circulaire ne possède pas de fenêtre, la seule lumière provient de l'arcade et d'un feu qui brûle dans un brasero au fond de la pièce. Le carrelage est couleur rouille, les murs et le plafond sont ton sur ton et, malgré la chaleur étouffante, un frisson me parcourt l'échine car cette pièce est équipée d'une table en bois munie de chaînes métalliques. Une partie du mur est également couverte de fouets suspendus, et il y a des choses encore plus sinistres que je ne parviens pas vraiment à distinguer parce qu'un mur de femmes me bloque la vue.

Elles sont toutes rassemblées comme une chorale morbide qui s'apprête à chanter. Elles sont vêtues de la même façon que la reine, mais au lieu d'être d'un blanc immaculé, leurs robes sont agrémentées de bandes grises. Certaines en ont beaucoup, leurs bandes descendent jusqu'à l'ourlet, d'autres n'en ont qu'une seule autour de la taille. À l'instar de la reine Isolte, leurs cheveux sont couverts de guimpes blanches et leurs mains sont enfouies dans des manches en forme d'entonnoir.

– Vous pouvez nous laisser, dit la reine aux hommes qui aussitôt s'éloignent.

Je me demande si je ne préférerais pas qu'ils restent.

Quand je reporte mon attention sur la reine Isolte, l'expression qu'elle affiche me confirme mon impression.

En se tournant vers les femmes, elle lance :

– Mesdames du Rassemblement de la Tempérance, il est temps de procéder à une Purification.

CHAPITRE 61

AUREN

J'ai appris que les bandes grises sur leurs robes correspondent à la quantité de péchés que les Matrones de la Tempérance doivent encore expier de leurs âmes. Pour des femmes pieuses, elles sont bavardes, elles jacassent à propos de leur ordre vertueux, elles me racontent quelles pécheresses elles étaient avant qu'on les y intègre et qu'on leur montre la lumière. Elles m'expliquent que je suis bénie d'être ici, que c'est un appel de la Divinité, que mon âme mortelle est en danger et qu'elles sont les seules à pouvoir me venir en aide.

Elles ont une très haute opinion d'elles-mêmes.

– Nous sommes heureuses de vous avoir ici, me dit l'une d'elles. Effectuer la Purification est une faveur des dieux, et ils nous jugent dignes de cette tâche. C'est un don qui nous aide, nous aussi, à nous purifier intérieurement.

Quand elles commencent à se rapprocher, je recule à toute vitesse à quatre pattes jusqu'à ce que je heurte le mur.

– Ne me touchez pas !

La plus proche de moi écarquille ses yeux bleus.

– Oh, Ma Dame, nous n'avons pas le droit de souiller notre peau de la sorte, me dit-elle avec un regard empli de pitié et d'une tendresse malsaine. Les manches de nos robes vont nous protéger de toute souillure. Nos peaux ne toucheront pas la vôtre.

Je cligne des yeux, et cette fraction de seconde de distraction leur suffit pour m'attraper et me traîner à l'autre bout de la pièce. Bien qu'elles m'empoignent, je constate que cette femme avait raison : leurs mains nues ne me touchent pas.

J'ignore si je dois me sentir insultée ou non.

Même si mon corps souffre encore, je tente désespérément d'échapper à leur emprise. Mais c'est comme si un petit oisillon essayait de lutter contre un faucon, je n'arrive à rien d'autre qu'à m'étourdir dans des relents de douleur.

Elles me poussent dans une baignoire si étroite que je ne peux pas y placer mes deux jambes en même temps. Je dois les poser l'une sur l'autre, et comme elle n'est pas assez longue non plus, je suis obligée de plier les genoux. L'arrière de la baignoire est étroit lui aussi, je ne peux appuyer qu'une seule de mes épaules sur le bois rugueux.

J'ai beau crier et me débattre, il y a suffisamment de mains pour me retenir. L'eau est à peine tiède, j'ai la chair de poule et je grimace pendant qu'elles me plongent dedans.

Mes vêtements sont immédiatement trempés, ma tresse décoiffée se plaque contre ma poitrine. Comme si ce n'était déjà pas suffisamment pénible d'être maintenue de force dans la baignoire la plus inconfortable qu'on ait jamais fabriquée, les Matrones commencent à me verser des pichets d'eau tiède sur la tête. Trois d'entre elles se relayent, tandis que les autres attrapent mes jambes et mes bras, et se mettent à frotter dessus avec des brosses à poils durs.

Je hurle, j'essaie de leur échapper, d'en appeler à leur pitié concernant ma capture, mais ça ne sert à rien. Je suis entourée de voiles blancs et de folles dévotes.

Le bon côté des choses ? Au moins, comme elles sont opposées à tout contact, elles utilisent ces horribles brosses à récurer *sur* mes vêtements. Je pense que sinon ma peau à vif tomberait en lambeaux.

Le savon dont elles se servent est très agressif, il me brûle le cuir chevelu et attaque les pores de ma peau. Et tout en continuant à me malmener, elles me parlent de leurs dieux. Ceux qui récompensent la pureté de la chair et l'obéissance de l'âme. Ceux qui exigent retenue et sacrifice.

Elles se gardent bien d'évoquer les déesses. Et ne parlent pas de l'amour des Matrones ou de la force morale des femmes.

On me sort enfin de la baignoire et on me balance à côté d'un énorme brasero avec mes vêtements qui dégoulinent, puis on me donne une couverture qui gratte pour absorber un peu d'eau.

Une femme me peigne les cheveux si doucement que, par contraste, la friction de cette couverture si rugueuse sur ma peau me paraît encore plus désagréable. J'essaie quand même de la repousser, mais une autre Matrone me flanque un grand coup sur le dos de la main, qui me fait siffler de douleur.

–Asseyez-vous, Ma Dame, et restez tranquille. Profitez de ce temps pour vous préparer à la prière.

–Je vais plutôt en profiter pour me préparer à inonder cette pièce de mon pouvoir magique, afin de vous tremper *toutes autant que vous êtes* et ensuite frotter votre peau jusqu'à ce qu'elle soit à vif, je lui réponds en grognant.

Si elles veulent faire de moi une méchante, eh bien, je vais en être une.

Elle pousse un soupir nerveux, et j'éprouve un petit sentiment de victoire pour l'avoir choquée. Après avoir été droguée et kidnappée, torturée et traînée ici, ma capacité à me contrôler est en train de s'effondrer. J'ai l'impression d'être un animal acculé. Je n'ai qu'une envie, c'est de puiser dans ma nature de fae, d'extirper la bête qui sommeille en moi et de faire fondre le monde sous une montagne d'or. Hélas, la magie de la reine Isolte m'entrave.

Toutefois rien ne m'empêche d'essayer. J'ai juste besoin d'un peu plus de temps pour récupérer. D'attendre mon heure en faisant semblant d'être impuissante. Je n'ai pas besoin de beaucoup d'or. Tout ce dont j'ai besoin, c'est d'éliminer cette salope de reine. Peut-être ferais-je en sorte que mon or l'écrase dans un étau métallique. Je parie qu'elle ne serait plus aussi arrogante.

En parlant du loup…

– Dame Triche ne fera rien de tel, annonce la reine Isolte en pénétrant dans mon champ de vision.

Son dos est appuyé contre une fresque qui représente un prêtre tout de blanc vêtu, avec une douzaine de Matrones agenouillées à ses pieds. Sur leurs robes, les bandes grises correspondent au nombre de coups de fouet sur le dos d'un supposé « pécheur » qui s'affaisse contre un poteau. La lumière éclaire le prêtre et fait miroiter son fouet comme si c'était le cadeau des dieux au monde, comme si le châtiment qu'il a infligé était un objet de vénération.

J'en ai l'estomac tout retourné.

– Elle se soumettra au reste de sa Purification avec grâce, poursuit la reine. Ses menaces n'auront aucune incidence dans cette salle, car elles sont proférées par le mal qui l'habite et dont nous devons l'aider à se débarrasser.

Les autres Matrones acquiescent en murmurant.

Je plisse les yeux en la regardant.

– Et dites-moi, comment vous débarrassez-vous de *votre propre* méchanceté, Reine Isolte ?

Je sens plus que je ne vois les autres s'immobiliser. La Matrone dans mon dos interrompt son brossage.

– Mes péchés ont déjà été absous, me répond sèchement la reine. Nous passons par le rituel de la Purification de nombreuses fois, et nous devons également servir le Divin et nos prêtres. C'est la raison pour laquelle mes robes ne sont pas entachées par ces bandes et pourquoi je me suis élevée par-delà les carences de mon âme. J'ai été choisie pour diriger les Gardiennes de la Tempérance.

– Mais vous ne les dirigez pas vraiment, n'est-ce pas ? je lui demande en désignant la fresque du menton. Les femmes ne peuvent pas être prêtres, c'est bien ça ?

Je prends des risques en lui posant cette question.

Sa mâchoire se crispe et j'éprouve un petit frisson de satisfaction à l'idée de l'avoir énervée. Je me fiche qu'elle soit reine. Je me fiche que son pouvoir magique lui permette de pincer mon corps jusqu'à ce que mort s'ensuive. C'est une fanatique cruelle qui prend son plaisir en dominant les autres et en prétendant que ses actes de cruauté sont *sacrés*.

– Les Matrones jouent un rôle fondamental dans la Tempérance, répond-elle d'une voix monocorde, et ça paraît être tellement rabâché que je sais qu'elle a déjà entendu et prononcé ce slogan des centaines de fois.

Je souris d'un air narquois.

– Bien entendu.

Elle se tourne vers les autres.

– Soyez témoins, mes sœurs. Son attitude agressive n'est autre que la vilenie qui se révolte contre la Purification.

– Non, je rétorque en essuyant l'eau sur mon visage. Mon attitude vient uniquement de la façon dont vous semblez croire que vous avez le droit de me traiter. La putain dorée ? Ce n'est pas comme ça que vous m'avez appelée ? (Je ne lui laisse pas le temps de répondre.) Vous n'avez pas besoin de suivre un rituel inventé de toutes pièces et de vous inquiéter pour des dieux qui n'en ont rien à faire. Celle dont vous *devriez* vous inquiéter, c'est *moi*. Parce que cette putain dorée peut vous purifier bien plus vite que n'importe quelle Purification. Et croyez-moi, vous en ressortirez toute dorée et resplendissante.

Elle me jette un regard et je sens une légère pression sur l'estomac, elle me donne envie de vomir. Mais je ne grimace pas. Je m'y refuse.

Elle marmonne en serrant les dents :

– Vous savez ce qui serait vraiment en or ? Votre silence.

Malgré la douleur, je parviens à ricaner. Elle relâche son emprise.

– Mais c'est tout à fait normal, Dame Triche. Vous n'êtes pas la première femme à entrer dans cette pièce avec la corruption ancrée en elle. Le mal refuse toujours d'être chassé. C'est notre rôle de l'y contraindre.

D'un mouvement de tête, je désigne le mur de fouets.

– C'est à cela qu'ils servent ? C'est comme ça que vous et vos Matrones, vous vous absolvez et vous contraignez les autres ? En les battant ? En les fouettant, les étrillant, les torturant ou en les obligeant à vivre des vies misérables sans plus aucun contact, dans d'horribles baignoires et des couvertures qui grattent ? C'est à cela que vos vies ont été réduites ? J'ai de la peine pour vous toutes, je déclare en balayant la salle du regard.

Parce que je ne peux peut-être pas utiliser ma magie, mais je peux prononcer des paroles qui sèmeront le doute dans leur esprit.

Elle hausse un de ses sourcils glabres.

– Nous nous maintenons pures. La douleur nous permet de nous concentrer sur nos fautes intérieures et saigner est un moyen d'expier ces fautes. Nous ne nous attendons pas à ce qu'une femme aussi mondaine que vous le comprenne. Votre contact est souillé, votre âme est corrompue. Nous ferons tout ce que nous pouvons pour vous purifier avant que vous n'affrontiez vos supérieurs et vos dieux, mais si vous ne capitulez pas, alors peut-être que les enseignements de la Tempérance vous guériront.

– La Tempérance vous sauve, marmonnent les Matrones.

Je me penche en avant sans me soucier du fait que l'autre femme me tire les cheveux.

– Je ne veux pas que la Tempérance me sauve.

Elle incline sa tête en arborant à nouveau ce stupide sourire serein.

– Alors, dites-moi je vous prie, ce qui pourrait le faire ?

Je souris moi aussi, tout en ajoutant plus de mordant à ma réponse :

– Je me sauverai moi-même, je déclare avant de poser mon regard sur les visages sidérés des autres. Et même si je ne le fais pas, le Roi Putride le fera, lui.

Son visage livide pâlit encore un peu plus, et un silence révélateur s'installe dans la pièce.

– Vous l'aviez oublié ? je lui lance avec un sourire goguenard. Parce que quand il sera là, même vos dieux seront incapables de vous sauver.

Mon emportement m'a valu un nouveau pinçon atrocement douloureux, qui m'a fait perdre connaissance pendant quelques minutes. Je reviens à moi quand on me verse de l'huile sur les pieds pour « *nettoyer les vaisseaux avec lesquels je touche la terre sainte* ». Ensuite, on me lance des vêtements. J'envisage de me battre contre elles pendant que je me change, mais la reine n'hésitera pas à user de son pouvoir sur moi. Je n'ai aucun espoir de m'en sortir si je ne joue pas la fille obéissante.

Je soupire en me débarrassant de mes frusques trempées, et dès qu'elles atterrissent par terre avec un *plop*, une des Matrones se précipite pour les ramasser et les jette au feu, ce qui les fait siffler en produisant de la vapeur.

Il y a une bande de tissu qui ressemble à de la gaze pour me bander les seins, mais je la laisse de côté. Il y a aussi non pas une, mais trois différentes sortes de sous-vêtements. Je n'en enfile qu'un, à leur grand dam. Puis une robe à capuche gris foncé qui me couvre du cou aux chevilles. Ses manches sont désagréablement serrées aux poignets. Sa couleur symbolise apparemment la souillure de mon âme.

Charmant.

Je devrais probablement avoir peur, mais je suis plus en colère qu'autre chose. J'en ai vraiment assez que les monarques se servent de moi pour leurs propres intérêts, alors que tout ce que j'ai toujours désiré, c'est qu'on me laisse tranquille.

Maintenant que je suis habillée, les Matrones m'entourent pour me faire sortir de la pièce. Tout mon corps est encore douloureux. J'avance en traînant les pieds, je suis voûtée et chancelante. La reine m'a fait très mal. L'accès à ma magie semble avoir été étiré et compressé, enfoncé dans un tube trop étroit. Pourtant, il faut que je réagisse. J'espère pouvoir reprendre suffisamment de force pour relancer mon toucher d'or. Je n'aurais probablement pas dû lui répondre de façon aussi agressive, mais je n'ai pas pu m'en empêcher.

Je m'exhorte à ne plus ouvrir la bouche. À attendre d'être rétablie. Pourtant, dès que j'ai franchi l'arche qui mène à l'extérieur, la magie de la reine s'abat à nouveau sur moi.

Comme si elle savait ce que je préparais, elle m'attaque. Son pouvoir m'enserre comme un corset trop serré, il m'empêche de respirer, j'ai l'impression que mon cœur est écrasé dans une poigne cruelle.

Je sursaute et je vacille contre les Matrones à ma droite. Leurs corps entièrement couverts restent fermes et bien droits. À coups de coude et d'épaule, elles me repoussent. C'est un miracle si je reste debout, haletante, le souffle court. J'ai l'impression que je vais me mettre à hyperventiler. La pression est suffisamment douloureuse pour me déstabiliser, m'empêcher de me concentrer, mais pas au point de me faire sombrer dans l'inconscience.

La douleur est une pyramide, m'avait-elle dit. Et elle l'empile sur moi, brique par brique, comme si elle voyait en ma souffrance un sanctuaire pour son pouvoir.

La chaleur étouffante n'arrange rien. Elle frappe mes cheveux mouillés et mon corps endolori. Le carrelage brûle mes pieds nus lorsque nous empruntons le chemin en extérieur. Je ne prête pas attention à l'endroit où l'on me conduit. Je me contente de suivre ces moutons rayés de blanc et de gris en tentant de me concentrer malgré la douleur.

Cette chaleur est oppressante, mais la lumière du soleil semble me *revigorer*. C'est comme si elle touchait en moi quelque chose de plus profond, qu'elle pénétrait dans ma peau et qu'elle éclairait la bête qui s'y cache.

Car pour moi le soleil a toujours été synonyme de pouvoir.

Et dans ce monde, si vous ne possédez pas de pouvoir, vous ne pouvez pas survivre.

J'en suis restée éloignée pendant dix ans. Enfermée, maintenue à l'écart dans un royaume enneigé où le ciel était en permanence rempli de nuages oppressants. Et avant ça, je vivais dans un port où la pluie inondait les rues sans arrêt. Mais c'est ici… c'est ici que ma magie a vu le jour. C'est ici que mon or est apparu et que mes rubans se sont mis à pousser. C'est ici que tout a commencé. Même si mon séjour au Deuxième Royaume a été traumatisant, il y avait peut-être une raison pour que mon pouvoir de fae s'enflamme pendant que je cuisais sous ce soleil de plomb.

Malgré la douleur que m'inflige cette reine pour pouvoir me tenir en laisse, je me concentre sur la lumière du soleil. Je ne pense qu'à *ça*, à cette lumière dans laquelle je baigne et qui me donne de la force. Et j'essaie de rassembler suffisamment d'or, de m'en imprégner et d'ignorer tout le reste.

À ma grande joie, quelques gouttes apparaissent et je fais rouler ces perles visqueuses entre mes doigts. Leur présence me réconforte, même si elles sont minuscules.

Je me focalise uniquement sur cet or que je recueille si lentement, hélas. J'espère que les Matrones me ramèneront dans ma chambre ou qu'elles iront poursuivre leurs horribles rituels ailleurs pour que j'aie le temps de me ressaisir et de retrouver mon pouvoir.

Mais nous continuons à cheminer à l'extérieur, sur le chemin pavé parsemé d'ombres intermittentes projetées par les plantes, tandis que le chant ininterrompu des cigales crisse dans l'air. La sueur commence à perler sur mon front, les frisottis de mes cheveux mouillés me collent à la peau, mes manches sont trempées au niveau des poignets.

J'ai la plante des pieds en feu. Le seul point positif, c'est que l'huile a fait adhérer du sable qui constitue la seule couche protectrice dont je dispose. J'essaie alors de concentrer ma magie sur mes pieds en demandant à mon or d'en recouvrir la plante. Mais je n'arrive pas à obtenir une couche assez épaisse. J'espère au moins que je laisse derrière moi des empreintes de pas qui tachent leur chemin.

La reine semble se lasser de me voir souffrir en silence, car elle concentre son pinçage sur mon cœur. Elle le modifie, et j'ai soudain l'impression que quelque chose s'est accroché à ma colonne vertébrale et y a planté des griffes qui me lacèrent profondément.

Cette fois, je ne peux plus me retenir de gémir, en arquant légèrement le dos et en avançant difficilement. On me pousse par-derrière, on me tire sans cesse vers l'avant, et chaque pas semble me déchirer de l'intérieur.

Je sais que la reine est derrière moi, qu'elle observe chacun de mes mouvements et qu'elle éprouve probablement une jouissance malsaine en m'entendant gémir. Je transfère la petite boule d'or de ma main gauche pour l'ajouter à celle de ma main droite. Elle n'est pas plus grosse qu'une myrtille, mais c'est déjà ça.

Mais comme je suis concentrée sur la douleur et sur l'or que je viens de créer, je m'aperçois un peu tard que je ne marche plus sur des pavés recouverts de sable, mais sur des marches en argile. Je grimpe des escaliers en terre battue et le bruit qui parvient à mes oreilles n'est plus uniquement le chant des cigales.

Il y a des gens.

Beaucoup de gens.

Je regarde derrière moi le château de plain-pied, drapé dans les dunes légères comme des plumes et cerné par une abondante végétation, autour de l'eau scintillante d'une oasis.

Mais devant moi, au pied de cet escalier extérieur abrupt, se dresse une métropole tentaculaire. Au loin, à l'horizon, j'aperçois un bras de mer qui sépare la terre du ciel. D'ici jusqu'à là-bas, ce ne sont que des blocs d'immeubles aux toits plats dans un ensemble si vaste que je ne peux même pas imaginer le nombre de personnes qui vivent ici.

Les bâtiments sont de la même couleur que le sable qui les entoure, mais avec des touches de jaune vif et de bleu. Les rues ressemblent à des rivières de cuivre entrelacées, et il y a des drapeaux représentant le soleil jaune, ainsi que l'emblème officiel du Deuxième Royaume – un petit cercle imbriqué dans un plus grand, figurant le Grand Divin qui règne sur toute forme de vie.

Mais l'édifice le plus proche de nous, celui auquel mène ce chemin, est entouré d'une marée humaine regroupée sous d'immenses toiles tendues entre des piliers. Juste devant, il y a un bâtiment circulaire et, de là où je me trouve, je distingue une muraille qui l'entoure et dont l'architecture rappelle clairement l'insigne du royaume.

Je ne peux plus faire un pas sans grimacer ni siffler de douleur. L'huile et le sable ne font pas le poids face à la chaleur des briques brûlées par le soleil. Je ne peux même pas accélérer la cadence, car ce sont les Matrones qui donnent le rythme et soit elles ne se soucient pas de mes pieds, soit cela fait partie intégrante de ma marche de la honte.

Quand j'arrive en bas des marches, je ne me soucie même plus des gens qui me dévisagent et poussent des cris incompréhensibles. J'ai l'impression que de fines couches de peau se sont détachées de mes pieds à vif, c'est comme si j'avais marché pendant un kilomètre sur des charbons ardents.

Et la douleur que m'inflige la reine continue. Constante. Punitive. Elle est si viscérale que je n'arrive pas à respirer normalement et que mon cœur semble de ne pas pouvoir battre complètement.

Je transpire à grosses gouttes. Tout en moi tremble et résonne de l'écho d'une agonie qui a sapé toutes mes forces, tandis qu'on me conduit sur un chemin de plus en plus étroit. Les corps des Matrones se pressent contre moi à mesure que nous approchons du bâtiment. Je distingue une foule de gens assemblés qui hurlent, les mains en l'air, dans une sorte de manifestation frénétique.

Puis on me fait gravir les marches du bâtiment en forme de dôme. Lorsque j'arrive en haut, les femmes se séparent comme des vagues et je me retrouve sur une sorte de scène en plein air. Le bâtiment est dans mon dos et la place de la ville recouverte de toile s'étend devant moi, tellement pleine de gens que je ne distingue même pas la fin de la foule. Ils ne perdent pas de temps. Il n'y aura donc plus d'attente dans ma chambre ni d'autre rituel de Purification.

C'est ici que ça se passe.

On me conduit jusqu'à un cercle formé par de minces poteaux sur la scène et, dès que j'y entre, la magie de la reine disparaît. Dans leur empressement à me pousser à l'intérieur, mon épaule et mon bras heurtent les piliers et ma boule d'or tombe. Je n'ose pas attirer l'attention sur elle.

Mais je ne peux pas profiter d'être enfin libérée de l'emprise de la reine, car je suis prise au piège. Je suis piégée et exposée, je tremble de douleur et je m'efforce de ne pas m'évanouir.

J'essaie de secouer les poteaux qui m'entourent, mais ils ne bougent pas d'un poil et, de toute façon, je suis bien trop faible. Ils mesurent au moins trois mètres de haut et ne sont pas plus épais que mon poignet, avec le même espace entre chacun d'eux. Mon unique soulagement, c'est que je suis à présent à l'ombre du surplomb du bâtiment et que, par chance, le sol de l'estrade est frais sous mes pieds brûlés.

En levant les yeux, je vois les sept trônes placés juste derrière moi, face à la foule et à mon enclos. Chacun d'eux est occupé par un monarque d'Orea.

Ils doivent être dans l'ordre, du Premier au Sixième Royaume.

Et visiblement, celui du Quatrième Royaume est vide.

Sur le trône du Premier Royaume est assis le roi Euden Thold, un homme à la peau noire et à la tête ceinte d'une couronne en forme de serpent, sertie d'émeraudes et d'onyx. Je me souviens immédiatement de son pouvoir, car il *serpente* littéralement autour de lui. Une vipère lui drape les épaules. Un cobra s'enroule le long de son bras. Un serpent à sonnette lui enserre la cheville et un serpent d'un vert presque fluorescent repose sur ses genoux.

Comme si leur présence ne la dérangeait pas le moins du monde, la reine Isolte s'installe à côté de lui tandis qu'un autre homme qui doit être son mari, un moustachu au visage couperosé, est assis sur le trône voisin. Le roi Neale Merewen.

Et à sa droite, il y a la reine Kaila.

En la voyant, le ressentiment me tord les entrailles. Mais à côté d'elle, il y a un siège vide destiné à Slade, ce qui me serre le ventre d'une manière toute différente.

Où est-il?

Le trône du Cinquième Royaume est occupé par un homme que je n'avais encore jamais vu. Il a l'air bien trop jeune et trop nerveux pour être à la tête de tout un royaume. Mais je suppose que c'est justement le but. Il s'agit du nouveau roi Hagan Fulke.

Un des serpents du roi Thold glisse sur l'accoudoir du jeune monarque. Hagan essaie de retenir une grimace, sans y parvenir. Il est manifestement mal à l'aise en présence du serpent, mais bien trop nerveux pour réagir.

Il aurait pourtant dû le faire, car le serpent enfonce ses crocs dans sa main d'un coup sec, ce qui le fait bondir en arrière. Le roi Thold ricane et rappelle le serpent, mais alors que le roi Hagan devrait avoir la main trouée et en sang, il n'en est rien. Il est peut-être timide, mais sa peau est apparemment imperméable aux morsures.

À côté du roi Hagan, le trône est inoccupé, c'est le dernier de la rangée qui est destiné au Sixième Royaume. Destiné à Midas. Pourtant, il n'est pas là et ça me procure quand même une certaine satisfaction.

Mais ce sentiment disparaît bien vite lorsque le roi Neale Merewen se lève. Sa voix retentit sur la place et se répercute sur le mur circulaire derrière lui pour amplifier son discours.

– Les monarques d'Orea se réunissent ici pour juger les accusés et défendre l'intégrité de la loi oréenne.

Puis il se tourne vers moi avec un regard désapprobateur. Ses cheveux fins et clairsemés sont ramenés en arrière.

– En tant que roi du Deuxième Royaume et garant du décret royal, je déclare ouvert le Conflux.

Chapitre 62
Slade

Cela fait des jours que je vole. Tellement de jours qu'à chaque crépuscule ils se sont mélangés dans le ciel pour n'en former plus qu'un.

Argo est rapide, mais il doit faire des pauses pour dormir et chasser. Pour couvrir une telle distance en un court laps de temps, il aurait fallu changer de monture sur la côte.

Je n'en ai pas eu la possibilité.

Nous avons dû affronter des tempêtes, un vent violent en suivant un itinéraire improvisé. Mais le pire, ce fut la traversée de la mer de Weywick. J'ai veillé à ce que le trajet à parcourir au-dessus de l'eau soit le plus court possible, en faisant une halte sur une des îles du Troisième Royaume, mais malgré cela, nous avons failli sombrer à plusieurs reprises.

Lorsqu'Argo a atterri sur le rivage du Deuxième Royaume, il s'est effondré. Je suis resté à ses côtés, près du petit canal qui se jette dans la mer, et j'ai eu beaucoup de chance qu'il se réveille et trouve encore la force de pêcher du poisson.

Chaque arrêt que nous faisions ajoutait de la tension.

Chaque seconde passée sur la terre ferme m'éloignait un peu plus d'Auren. Je savais que Manu avait dû changer d'Aile-branche au moins deux fois, alors que moi je repoussais sans cesse les limites d'Argo, bien plus que je n'en avais le droit.

Mais je n'avais pas le choix.

Je suis parti en catastrophe, je n'ai donc emporté que les vêtements que je portais, le ruban dans ma poche, mon épée et le poignard accrochés à ma ceinture. J'ai vendu cette arme à un pêcheur en échange de nouveaux vêtements et de quelques rations de voyage. Ce n'est qu'en voyant mes lignes de pouvoir sur mes mains qu'il s'est mis à pâlir et qu'il s'est enfui, mais il a eu la sagesse de garder le poignard.

La chaleur oppressante du désert du Deuxième Royaume me fait transpirer à travers mes vêtements en cuir et Argo met un jour et une nuit entiers à récupérer. Mais il est rapide. Plus rapide que n'importe lequel de ses congénères. Sans cet arrêt qu'il a été contraint de faire, je ne doute pas que nous les aurions déjà rattrapés.

Nous aurions dû les rattraper la nuit même où Auren a été kidnappée, mais ces salauds m'ont échappé. Ils devaient avoir plus d'avance que je ne le pensais. Argo les a suivis à la trace, mais le chemin qu'il devait emprunter changeait constamment, comme s'ils faisaient exprès de brouiller les pistes pour nous semer, ce qui est probablement le cas.

Argo n'a plus grand-chose dans le ventre. Ses ailes sont fatiguées. Sa vitesse est quasi nulle. C'est encore pire que la nuit où nous avons volé vers Deadwell, cette chaleur accablante lui pompe ce qui lui reste de forces.

Quant à moi, avec le soleil qui tape sur mon crâne, le manque d'eau et de nourriture et seulement quelques moments de repos ici et là, je fonctionne à la rage pure.

La rage et la peur, indubitablement mâtinées de culpabilité.

Parce qu'ils l'ont enlevée. Ils l'ont enlevée et je n'étais pas là. Je sais bien qu'elle m'a dit qu'elle ne regrettait pas que je ne sois pas intervenu à Ranhold, qu'elle avait *besoin* de se sauver elle-même. Je sais qu'elle est forte. Qu'elle peut prendre soin de sa personne, s'en sortir seule.

Mais j'aurais dû être présent à l'époque, et je devrais l'être aujourd'hui.

Alors je *vais* la rejoindre, putain.

Son ruban brûle pratiquement dans ma poche, il me rappelle le mal qui lui a déjà été fait pendant mon absence.

Cette fois, je dois être là.

Je me rapproche. Je devrais atteindre Wallmont dans la journée. Tout dépend s'ils la conduisent là-bas. Mais s'ils l'ont emmenée ailleurs, s'ils m'ont échappé encore une fois...

Non, je ne veux pas y penser.

Nous ne sommes plus qu'à quelques heures de la capitale, l'espoir renaît.

J'y suis presque, Auren.

Botte-leur le cul en mon absence, mais quand je serai là, ces enfoirés seront à moi.

À cette distance, tandis que nous volons au-dessus des dunes de sable, mon pouvoir se tord et se développe, les racines claquent sur ma peau, déjà prêtes à s'enfoncer dans cette terre aride pour la putréfier. Lorsque nous survolons une petite ville côtière, je sais que nous sommes proches et l'enthousiasme me gagne.

C'est à ce moment-là que tout dérape.

En périphérie de la ville, quand Argo plonge sous les nuages. S'il n'était pas si épuisé, si j'étais plus concentré, peut-être aurions-nous pu l'éviter.

Mais le projectile est venu de nulle part. J'entends juste un sifflement, une fraction de seconde avant qu'il ne lui transperce l'aile.

Il pousse le cri le plus déchirant que j'aie jamais entendu. Son sang gicle dans le vent en m'éclaboussant de taches rouges. Argo bascule sur le côté, toujours en hurlant. Il essaie de battre des ailes, de *voler*, mais son entêtement et son habileté ne font pas le poids face au harpon en fer fiché dans ses muscles et ses os.

Nous chutons.

Je m'accroche aux courroies de la selle, je me penche en avant, je m'allonge sur lui en lui laissant tout le loisir de se déplacer comme il le souhaite. Il n'y a plus de direction à lui indiquer, plus d'effort à faire pour l'inciter à avancer. Je me contente de me plaquer contre son dos pendant qu'il plonge. Malgré sa douleur et la violence de l'impact, il tente de ralentir, de chercher le meilleur endroit où s'écraser.

Je peux affirmer avec une absolue certitude que les dunes paraissent beaucoup plus douces qu'elles ne le sont en réalité.

Argo encaisse le plus gros du choc en repliant ses pattes et son aile valide au dernier moment. Et il bascule sur le côté quand nous percutons le sol.

Le sable fin explose autour de nous et Argo pousse un autre cri strident qui me vrille le crâne et me fait aussi mal que l'impact.

Je me libère le plus vite possible et je glisse de son côté valide. Mes bottes s'enfoncent dans le sable, je me dépêche de le contourner afin d'examiner son aile blessée. Le harpon est épais et lourd, le tir a probablement été déclenché dès qu'on nous a repérés à l'extérieur de la ville. Nous sommes tombés suffisamment loin pour qu'il y ait probablement un bon kilomètre entre nous et le mur d'enceinte, mais c'est pire, parce que je meurs d'envie de putréfier l'enfoiré qui a fait ça.

Je constate les dommages causés à l'aile d'Argo et je prends conscience de la gravité de son état en l'examinant sous tous les angles sans le toucher. La pointe en fer s'est fichée au centre de l'aile droite, en maculant de sang ses plumes couleur d'écorce. L'extrémité est bien trop épaisse pour que je puisse la retirer sans lui causer encore plus de dégâts et de douleur.

Le seul point positif, c'est que le métal se corrode.

Argo pleure. Cette fois, son cri déchirant ressemble à un gémissement et ça me fait mal au cœur de l'entendre. Cette bête est une créature résistante et coriace, et la voir dans cet état…

–Je suis là, je lui murmure, et son énorme œil brun se fixe sur moi comme s'il comprenait ce que je m'apprête à faire.

En le touchant le moins possible, j'étale lentement ma pourriture sur le métal. Au début, on dirait que le fer ne réagit pas, puis il commence lentement à se corroder. Sa couleur se teinte de rouille, des piqûres apparaissent sur toute sa surface. Lorsqu'il commence à s'écailler et que le métal semble abîmé, je casse l'extrémité du harpon.

Argo sursaute en montrant les crocs, mais je m'empresse d'arracher la tige et de la jeter au loin derrière moi. Il recroqueville aussitôt son aile blessée et commence à lécher le sang, ce qui me laisse à penser qu'il peut encore la bouger.

Il halète violemment, de l'écume s'est accumulée dans sa gueule et, lorsque je le contourne pour vérifier ses pattes, il fait claquer sa mâchoire en guise d'avertissement.

– Doucement, espèce de monstre, je le taquine, mais si je venais de recevoir une flèche et de m'écraser violemment au sol, moi aussi je m'en prendrais à tout le monde.

Je me penche sous son poitrail pour vérifier l'état de ses pattes, et je blêmis. Sa patte gauche est bizarrement pliée dans un angle étrange. Je comprends, sans même la toucher, qu'elle est cassée.

– Merde.

Une jambe brisée et une blessure dont je ne connais pas toute l'étendue. Il est complètement hors service. C'est impossible qu'il puisse bouger et encore moins voler.

Je me relève et j'observe cette terre aride, mais il n'y a aucun abri ici, pas le moindre endroit où je puisse le cacher, le protéger des éléments.

Nous sommes tous les deux des cibles faciles sur un étang bouillant.

Argo pose son museau sur le sol brûlant, du sable s'échappe de ses narines et s'étale devant sa gueule. Il émet un bruit découragé, abattu, et ça ne fait que remuer un peu plus le couteau dans la plaie de ma culpabilité.

J'arrache l'outre qui pend à ma taille, et je verse l'eau dans sa gueule ouverte pour qu'il s'hydrate. Il se lèche les babines, me regarde en clignant des yeux avant de frotter sa langue râpeuse contre ma main en guise de remerciement, puis de fermer les paupières.

Après avoir avalé la dernière goutte d'eau, je m'assieds contre le flanc valide d'Argo, les genoux repliés, les yeux braqués dans la direction de Wallmont.

Les kilomètres qui nous séparent encore de la capitale me semblaient si minimes il y a quelques minutes. Maintenant, ils me paraissent insurmontables.

Si proche.

Trop loin.

Argo ne peut pas voler. Il ne peut pas marcher. Il va mourir ici à cause de moi. Je vais devoir marcher jusqu'à la ville qui l'a abattu, voler un cheval et cavaler à travers le désert pour rejoindre Auren, mais il sera trop tard. J'ai déjà perdu beaucoup de temps, et si Argo ne peut plus m'emmener…

Si je repars en direction de la ville, je condamne Argo. Je serre les dents, les poings aussi. Le choix que j'ai devant moi est soit de le laisser seul ici, où il succombera lentement à ses blessures, soit de le putréfier par le toucher même auquel il a appris à faire confiance. Mon toucher qui, en ce moment même, secoue les lignes furieuses qui parcourent mes mains en se tordant. Ces torsions fétides et volatiles s'étendent au-delà de mes jointures. Les profondeurs putrides de ma colère s'infiltrent dans le sol et se répandent en racines vengeresses qui corrompent le sable.

Je ne serais pas surpris que l'étendue de ma fureur atteigne Wallmont. Je suis tenté de la laisser faire. Et la laisser également engloutir la ville derrière nous, détruire et pourrir tous ses habitants.

Argo a été mon animal fidèle pendant des années et voilà comment je le remercie. Avec une tombe dans le désert où il a chuté, blessé, fiévreux et vulnérable. Ma main s'avance pour caresser les plumes si douces de son cou et lorsqu'il laisse échapper un ronronnement presque silencieux, l'émotion me serre la poitrine.

–Je suis désolé, je murmure.

Je m'adresse à lui. À elle.
Je suis tellement désolé.

Chapitre 63

Auren

Au lieu d'applaudir l'annonce du roi, la place devient silencieuse ; la foule semble pendue à ses lèvres. Juste devant la scène, sur une estrade légèrement surélevée, quelques dizaines de personnes sont assises. Toutes sont richement vêtues comme des nobles, mais je remarque le visage de quelqu'un en particulier, assis à côté de son mari.

Manu.

Il me jette un rapide coup d'œil avant de détourner le regard et peut-être que je me trompe, mais je jurerais discerner un éclair de culpabilité dans ses yeux. Il avait essayé de me persuader que le Conflux se contenterait qu'une simple réprimande, mais je n'ai vraiment pas l'impression que ce soit le cas.

Ça n'a rien de personnel, Poupée.

Sauf que si, ça l'était.

Ça l'est.

Je fais mine de me détourner, mon attention se porte alors sur un jeune garçon assis juste devant moi. Il est vêtu d'une robe blanche identique à celle d'Isolte, à ceci près qu'il est tête nue et a des cheveux blond foncé. Il est jeune, peut-être une dizaine d'années et au vu des gardes debout derrière lui, je suppose que c'est l'héritier du Deuxième Royaume.

Je me demande à combien de Conflux il a déjà assisté.

– Exposons les faits reprochés à l'accusée.

Debout devant son trône, le roi Merewen scrute la foule. Les poils de sa longue moustache grise frisent légèrement, leurs extrémités jaunies par l'âge semblent avoir été trempées dans du jaune d'œuf.

– L'accusée comparaît devant nous parce que des témoins ont déclaré avoir vu Dame Auren tuer le roi Midas.

La foule ne murmure pas, ne fait pas un bruit, elle est encore plus silencieuse. C'est presque étrange de sentir leur attention muette. Des centaines de regards se posent sur moi.

En respirant profondément, j'inspire suffisamment d'air pour chasser les derniers échos de la douleur causée par Isolte. Je ne crois pas qu'on doive tuer sans réfléchir. Mais elle ? Je lui aurais volontiers doré le cul, rien que pour son abus de pouvoir. Car si elle a été capable de m'infliger un tel supplice, elle n'en est certainement pas à son coup d'essai. Qui sait à combien d'autres personnes elle s'en est déjà prise ?

C'est mon devoir de protectrice de la sainteté.

Quel ramassis de conneries ! Je lui lance un regard noir à travers les barreaux de ma c…

Non. Mon esprit se heurte à mes murailles protectrices. Je ne vais pas l'appeler comme ça. Je ne suis pas dans une cage. Je suis dans un espace clôturé. C'est là que tout le monde se retrouve lors d'un Conflux. Ce n'est que de la pierre. Que mon or pourrait détruire en un clin d'œil.

La petite boule d'or que j'ai laissée tomber a roulé par terre mais, par chance, un des piliers l'a arrêtée. Sans me faire remarquer, je tends le pied pour l'atteindre et la ramener vers moi. La robe ample que je porte me permet ensuite de dissimuler ce fragment de mon pouvoir à la vue de tous. Je marcherais bien dessus si je le pouvais, mais mes plantes de pieds me font encore souffrir. Je ne sais pas si je suis trop affaiblie par les tortures que m'a infligées Isolte pour produire de l'or, mais peut-être que si j'arrive à contrôler la boule, à la faire remonter le long de ma jambe jusqu'à ma main...

Mais au moment précis où *j'envisage* de canaliser mon pouvoir, de l'or se met à jaillir du bout de mes doigts. Je suis prise au dépourvu en voyant le métal affleurer, et je m'agrippe aux poteaux en le laissant imprégner la pierre pour pouvoir le cacher sous mes paumes de main. Le liquide s'accumule de plus en plus vite malgré le poids de mon corps, c'est comme si je n'avais même pas besoin d'essayer de le faire sortir. Il y a là quelque chose... *d'anormal.*

Je dois agir rapidement, avant que la reine Isolte n'utilise à nouveau son pouvoir sur moi. Avant qu'elle me coupe les jambes et bloque ma magie. Je la laisse donc monter en moi en essayant de ne pas me faire surprendre, et au début cela fonctionne. Plus j'accumule d'or, plus je me sens forte.

Jusqu'à ce que je me rende compte que je suis incapable de l'arrêter.

C'est comme si j'avais été transformée en un robinet qui fuit. Pour ne pas alerter Isolte, j'essaie de serrer les poings, de me cacher lorsque des filets d'or commencent à s'échapper et à couler le long de mes bras, mais rien n'y fait. Non seulement je ne peux pas l'arrêter, mais je ne peux pas non plus diriger mon or. Je n'ai plus aucun contrôle. Comme un nuage qui se met soudain à pleuvoir, c'est une force irrépressible.

Quelque chose ne tourne pas rond.

Je crispe mes poings, je n'ose pas les bouger. Par chance, les manches de ma robe dissimulent ce qui dégouline de mes mains vers mes bras. Mais une partie de mon or s'accroche au tissu et fait des taches. Puis d'autres gouttes débordent de mes paumes. Lorsque la première tombe sur le sol, je la suis des yeux. C'est alors que je remarque le symbole gravé dans le dallage, sous mes pieds en feu.

Qu'est-ce que c'est que ça ?

Je suis tellement distraite par ces étranges motifs circulaires que je ne remarque pas que le roi Merewen s'est approché, jusqu'à ce que la proximité de sa voix me fasse relever la tête. Avec les rides qui creusent sa peau et ses touffes de cheveux gris sur le crâne, il doit avoir au moins une vingtaine d'années de plus que sa femme. Je me creuse la tête pour essayer de me souvenir de son pouvoir. Ah oui, il est capable de trouver des sources d'eau. Pour un royaume désertique, c'est bien pratique.

– L'accusée comparaît devant nous parce que des témoins ont déclaré que Dame Auren est une voleuse de pouvoir, déclare-t-il en faisant un geste dans ma direction.

Les autres monarques me scrutent, leurs yeux sont rivés sur mon visage comme s'ils voulaient me transpercer.

– Que répondez-vous à cette accusation ?

Je déglutis avec peine, la sueur s'accumule dans mes cheveux, sous mes seins, elle me démange les tempes.

– Je réponds que personne ici présent n'a été témoin de sa mort.

De nouvelles gouttes d'or s'écrasent par terre. Mais je ne peux rien en faire. Je suis incapable de les guider. Je ne parviens pas à les rassembler, à les solidifier ou à les faire sortir de cet enclos.

Mais qu'est-ce qui se passe, bon sang?

Je me concentre, j'essaie de dorer un poteau sans y parvenir. En suivant mon mouvement des yeux, le roi tombe sur mes paumes de main, et ses lèvres s'entrouvrent de surprise. Isolte m'observe aussi et, dissimulée par ses manches longues, je me demande si elle n'est pas sur le point de me pincer et de me tordre.

J'ai besoin de mon or. Il est là, il continue de couler et je me mets à trembler de concentration et de panique en essayant de le faire bouger pour utiliser le seul avantage que j'ai, mais je n'y arrive pas.

Le regard du roi Merewen passe de mes doigts tendus à mon visage crispé, et il *sourit*.

– Ah, je vois. Permettez-moi de vous narrer un pan d'histoire, ma fille, dit-il. Mon arrière-grand-père possédait le pouvoir des runes. Et celle sur laquelle vous vous tenez draine la magie comme on presse un tube. Vous ne pourrez donc pas utiliser la vôtre tant que vous serez à l'intérieur du cercle. Elle pourra uniquement se révéler.

J'écarquille les yeux.

D'un air très satisfait, il se retourne vers les souverains :

– L'accusée a donc laissé entendre qu'il n'y avait pas de témoins. Reine Kaila, en tant que seule monarque vivante présente à Ranhold cette nuit-là, que répondez-vous à cela ?

Je la regarde se lever avec sa robe bustier qui s'étale sur le sol comme une flaque d'eau et sa couronne posée sur ses épais cheveux ondulés.

– Je répondrai en présentant au Conflux les paroles prononcées cette nuit-là grâce à ma magie, annonce-t-elle, et mon sang se glace tandis qu'elle se tourne vers le roi pour s'en remettre à lui. Avec l'accord des monarques ici présents, bien sûr.

Tous lèvent légèrement la main en signe d'assentiment.

Le roi Merewen acquiesce.

– Allez-y, Reine Kaila.

Même si j'ai déjà été confrontée à son pouvoir, je n'en suis pas moins choquée lorsque mes mots et ma propre voix s'échappent de ses lèvres dans un nuage de vapeur. La magie emplit l'air et me voici ramenée à cette nuit-là. Mes paroles telles des spectres résonnent sur cette place, remplissent l'espace et les oreilles de tous ceux qui y sont rassemblés.

– *Ne le touchez pas !*

Ma voix éclate avec fureur, elle fait reculer plusieurs personnes dans la foule qui regardent autour d'elles, comme si elles essayaient de voir qui vient de parler.

– *Qu'est-ce que tu fais, Auren ? Éloigne-toi de lui tout de suite et viens ici.*

Entendre la voix de Midas me fait tressaillir. Je serre plus fort les piliers.

Il est mort, je ne cesse de me répéter. *Il est parti.* Mais devoir être forcée d'écouter sa voix parfaitement conservée me donne envie de m'accroupir et de vomir.

– *Viens ici*, m'ordonne sa voix.

Puis vient ma réponse. Enragée, cinglante.

– *Jamais.*

Cette manifestation désincarnée de voix passionnées tient la foule en haleine.

– *Baissez vos épées devant ma favorite!* tonne la voix de Midas.

Cela lui donne un air protecteur. Comme s'il se souciait de moi.

– *Je ne suis pas ta favorite.*

Ma réponse paraît enragée. Comme éructée entre des dents serrées. Le cri de Midas retentit :

– *Dégagez la pièce!*

Elle a volontairement omis ce que j'avais dit avant qu'il donne cet ordre. Quand j'ai annoncé à tout le monde que c'était *lui* qui avait tué le prince Niven, et pas Slade.

Kaila continue à souffler sa magie. Elle fait jaillir d'autres mots.

Mais cette fois, il s'agit de ma voix et de celle de Lu, lors d'une tout autre nuit.

– *Merci de m'avoir permis d'entrer et de sortir en douce. C'était bien de pouvoir passer du temps avec Ravinger.*

J'avais dit Rip cette nuit-là. Pas Ravinger. Ce qui signifie que le pouvoir de la reine Kaila lui permet non seulement de stocker les paroles, mais également de les manipuler à sa guise. Les couper pour les remplacer par d'autres.

– *J'en suis sûre. Il est de meilleure compagnie que le connard en or, hein?*

– *Bien meilleure.*

La foule ne peut plus se taire. Un murmure monte, des jugements sont émis.

– *C'était lui?*

Le ton de Midas donne l'impression qu'il est le parfait amant bafoué.

– *Nous partons.*

Les gens me regardent fixement, leurs visages sont soudain grimaçants.

Une nouvelle exhalation et cette fois, c'est la voix de la reine Kaila elle-même qui se fait entendre.

– Il est clair que sa loyauté va au Quatrième Royaume. Qu'elle perde tes faveurs. C'est tout ce qu'elle mérite.

Puis la voix de Midas, suppliante :

– Auren, viens ici tout de suite.

– Jamais.

Encore un mot sorti de son contexte qu'elle utilise au bénéfice de son montage.

– Tu veux partir ? Pour devenir la putain du Roi Putride ? crache la voix de Midas.

– Mieux vaut être la putain de l'homme derrière moi que ta favorite. Nous partons. Vous seriez sages de faire la même chose.

La façon dont elle a trafiqué l'échange fait croire que c'était une menace.

– Tu veux partir, Auren ? Eh bien, vas-y. Laissons la putréfaction de Ravinger quitter ce royaume.

Pauvre roi rejeté qui renonce à sa favorite.

Kaila se garde bien de divulguer ce qui s'est passé ensuite, elle ne dit pas clairement que nous avons *tenté* de partir. Non, au contraire, elle donne l'impression que Midas était un roi éconduit et trahi, et que c'est lui qui me laissait partir.

Ce qui, bien sûr, est absolument faux.

La reine Kaila marque une pause. Elle regarde la foule.

– Dame Auren a refusé de partir. Elle a attaqué Midas devant moi et quand il a essayé d'utiliser son or pour se protéger, il n'a pas pu le faire.

Sa tête tremble et elle renifle tristement, s'attirant ainsi la sympathie de tous les visages attentifs.

– Dame Auren était jalouse qu'il ait annoncé nos fiançailles. Dans sa rage vengeresse, elle a séduit le roi Ravinger, puis elle a attaqué.

Je grince des dents. Mon pouls cogne dans mon crâne. Je ne sais pas ce qui domine en moi, la colère, la peur ou l'épuisement.

– La suite est violente, poursuit-elle. Je conseille aux jeunes enfants et aux personnes sensibles de se boucher les oreilles.

Puis elle souffle à nouveau.

Cette fois, ce ne sont pas des voix qu'elle expulse, mais des cris. Ils retentissent sur la place, s'entrechoquent contre les murs, font reculer les gens qui se mettent à me regarder avec horreur. Ces bruits résonnent dans mes oreilles et réveillent mes souvenirs. Je revois les gardes avalés par l'or, fondus, déchiquetés, étouffés.

C'est moi qui ai fait ça.

Tout comme c'était moi la responsable du carnage à Carnith.

Puis la voix de Midas résonne à nouveau. Suppliante.

–*Auren.*

Je sens que la foule se retourne contre moi. Je sens qu'ils ont pitié du roi Midas. À leurs yeux, je suis déjà la méchante. Mais s'il y a bien une chose que j'ai apprise, c'est qu'être la méchante n'est pas toujours une mauvaise chose.

–Merci, Reine Kaila, dit le roi. Mais je dois vous demander si vous étiez dans la salle au moment où le roi Midas a été tué. En avez-vous été le témoin direct ?

Kaila marque une pause avant de répondre.

–Non, Roi Merewen. J'ai dû m'enfuir.

–Vous enfuir ? Pourquoi ?

–Parce que Dame Auren ne s'est pas contentée de piéger et de tuer le roi, explique Kaila. Elle détient également un pouvoir obscur qu'aucun d'entre nous ne connaissait.

–Quel pouvoir ?

Ses yeux vifs regardent droit devant elle, comme une comédienne qui livre ses répliques parfaites à son public.

–J'ai vu Dame Auren voler le toucher d'or de Midas. Et elle l'a tué avec, tout comme elle a tenté de me tuer.

La foule explose en cris surpris et en chuchotements.

Le roi Merewen s'adresse à moi :

–Comment l'accusée réagit-elle à ce qui vient d'être dit ?

–Je n'ai rien volé du tout !

Je n'ai aucune confiance en ces monarques. Et s'ils voulaient me retenir prisonnière ici et me forcer à dorer des choses comme Midas ? Ils ont un objectif en tête avec ce Conflux, sinon ils ne se seraient pas donné tant de mal pour me kidnapper.

Si je me défends, est-ce qu'ils ne vont pas déformer mes propos ?

– Non ?

– Non, j'affirme en serrant les dents. Je n'ai pas volé la magie de Midas.

Mais c'est là, au pire moment possible, que tout l'or qui s'était accumulé se met à couler le long des poteaux en torrents épais.

Des exclamations choquées ne tardent pas à se faire entendre.

– C'est vrai !

– Elle détient le pouvoir du roi Midas !

Je fais face à la foule en essayant de crier à mon tour :

– Ce n'est pas son pouvoir ! Ça ne l'a jamais été !

Ma voix ne porte pas. Elle est noyée dans un torrent de jugements.

– C'est une voleuse, une tricheuse !

– Coupable ! Coupable !

À présent, l'or ne s'écoule plus seulement de mes mains. Il s'écoule de ma peau, ruisselle de mes doigts et forme des flaques au sol. Il imbibe mes pieds brûlés, tache l'ourlet de ma robe, s'accumule, mais est contenu par une barrière invisible qui ne lui permet pas de passer les poteaux.

– Coupable !

C'est comme si on m'ouvrait les poignets et que je me regardais saigner. Je suis incapable d'arrêter ce flux, mais je le sens couler hors de moi en m'affaiblissant encore plus.

C'est alors que je vois apparaître des traces noires à l'intérieur de l'or.

Au début, c'est une simple goutte, lourde et dense, qui éclabousse mes pieds. Puis il y en a d'autres, qui peu à peu forment des traînées dans chaque ruisseau, comme si quelqu'un avait déversé de l'encre noire et l'avait fait tourbillonner.

Qu'est-ce que c'est que ça ?

L'or *jaillit* de moi et je sais que les monarques parlent entre eux, que la foule s'agite, mais mes oreilles bourdonnent, mon cœur bat la chamade, parce que ces lignes sombres… elles ressemblent à…

– Grand Divin.

En entendant la voix de la reine Kaila, je relève la tête. Elle me désigne du doigt, elle a l'air si choquée que je parie que presque tout le monde dans la foule s'en aperçoit.

– Elle a aussi volé le pouvoir du Roi Putride !

Elle le crie.

Et la foule le crie avec elle.

Mais je suis bien trop bouleversée pour lui répondre, car elle a raison. Ce *sont* les racines que Slade répand dans le sol, les veines qui se tordent sous sa peau.

Par un terrible coup du sort, ces lignes de pourriture se propagent, elles creusent des sillons à travers mon or pour faire pousser un parterre de mauvaises herbes purulentes, ici même, devant tout le monde. La pourriture germe à partir de ce fragment que Slade a laissé en moi, cette graine que l'on pensait dormante.

– Elle avait volé le toucher d'or ! Et maintenant, la pourriture ! Elle peut en voler d'autres !

– Coupable ! Coupable ! Coupable !

Mon monde bascule. Je trébuche contre les poteaux, mes pieds éclaboussent le métal liquide. J'ai besoin que cette force d'attraction sur ma magie s'arrête, j'ai besoin de la stopper, de l'arracher… mais je n'y arrive pas.

J'ai été droguée pendant des jours, je suis déshydratée. J'ai chaud. Je suis épuisée. Mes pieds sont carbonisés. Chaque partie de mon corps que la reine Isolte a torturée me fait terriblement souffrir. Ma magie jaillit de moi avec une puissance mortelle, incontrôlable, et je suis prise au piège.

Je suis prise au piège.

Mon corps tout entier se met à trembler, mes yeux s'agitent follement, mon cœur semble trop gros pour ma poitrine, il bat trop fort pour mon pouls.

– Monarques, votez !

Chacun se joint aux cris de la foule.

Coupable, coupable, coupable.

Le roi Merewen se tourne vers son peuple.

–Le Conflux royal a statué. Elle est coupable!
Les cris de la foule se répandent en milliers de fêlures.
–Le verdict est l'exécution immédiate.
Et autour de moi, *tout se brise.*
Coupable coupable coupable.

Chapitre 64

Auren

Un blocage se produit dans votre cerveau lorsque quelque chose de choquant se produit. Quelque chose de tellement violent que vos pensées s'estompent et battent en retraite. C'est comme si votre esprit jouait le rôle d'une mère qui protège son enfant en étouffant les bruits terrifiants d'un massacre, alors qu'elle sait pertinemment que ce sont eux les prochaines victimes. Contrôler les récepteurs, anesthésier mentalement les réactions, c'est la dernière chose que votre esprit peut faire pour vous protéger.

La dernière chose qu'il peut faire pour atténuer l'imminence du choc.

J'entends donc la foule qui continue d'entonner sa mélopée.

Coupable.

Je vois les visages qui crient, le mouvement des monarques, le déversement de mon or souillé.

Pourtant, tout paraît émoussé. Doux. Monotone. Ralenti, comme si j'étais en train de rêver. Comme si ce n'était qu'un cauchemar et que mon esprit m'enjoignait de garder mon calme.

Mais je sais pertinemment qu'il ne s'agit pas d'un rêve. Dans ma vie, les pires choses se sont produites alors que j'étais éveillée. Ceci n'est pas différent.

Où étais-tu ?

J'ai posé cette question à Slade quand j'étais à l'abri dans la grotte à Deadwell. J'ai l'impression que c'était il y a des siècles. Ce que je lui ai dit à ce moment-là est toujours vrai. Que j'étais heureuse de m'être sauvée toute seule.

Mais cette fois-ci, je pensais qu'il serait là.

Je pensais qu'il allait venir.

Où es-tu ?

Je suis forte. J'ai énormément progressé, avec mon pouvoir magique comme avec mon contrôle. Avec mes émotions comme avec mes pensées. Même mon corps s'est endurci grâce à mes séances d'entraînement. Pourtant, rien de tout cela ne va m'aider à sortir de cet enclos.

Cette fois, j'ai besoin d'aide.

Et je n'en ai pas.

J'ignore où il se trouve ni pourquoi il n'est pas venu, mais il a dû se produire quelque chose de terrible, car je sais qu'il aurait fait tout son possible pour être là. Pour me retrouver et me sauver. Pourtant, il n'est pas là et je ne peux qu'imaginer le pire.

Il lui est arrivé quelque chose.

Est-ce que la reine Kaila est impliquée ? Ont-ils fait quelque chose à Slade ? Ils ont dû le faire, sinon il serait déjà là. Il ne les aurait même pas laissés me faire sortir du Quatrième Royaume.

Cette prise de conscience s'enfonce dans mon crâne comme un rocher qui s'écrase dans l'océan. Elle s'effondre, elle fait trembler le sol sous mes pieds et se soulever le limon pour troubler ma vision.

– L'exécution du Conflux doit avoir lieu immédiatement.

Je me tourne vers le roi.

–Vous avez été jugée coupable des crimes de régicide et de vol, vous avez tué le roi Midas et dérobé non pas un, mais deux pouvoirs.

–Je n'ai rien volé du tout! je hurle. Le toucher d'or m'appartient!

Personne ne me croit. Personne ne m'entend. Je cherche les autres monarques des yeux, mais tous me dévisagent comme si j'étais une sangsue qu'il fallait brûler, comme s'ils ne voulaient pas que je m'approche, de crainte que je leur vole leur magie. Sur la place, les spectateurs n'ont pas plus de sympathie pour moi, ils me scrutent avec une haine évidente.

Pour eux, je ne suis qu'une menteuse, une meurtrière, une voleuse qui mérite de recevoir son châtiment.

–S'il vous plaît!

Mes mains, trempées d'un or qui ne durcit toujours pas, s'agrippent aux poteaux. À mes pieds, la flaque est bien plus profonde à présent. Elle atteint le milieu de mes tibias. Des racines noires et liquides se glissent dans ses profondeurs, leurs extrémités s'étirent vers le périmètre de l'enceinte comme si elles essayaient de creuser un chemin vers l'extérieur sans y parvenir.

Je ne peux pas sortir.

Je ne peux pas contrôler ma magie.

Mon dos est stérile.

Et il ne vient pas.

Des sanglots silencieux traversent mon esprit embrumé et me ramènent à la pleine conscience. Sans mon bouclier mental, je suis la prisonnière du chaos de ma condamnation.

Les monarques se sont tous levés et des gardes entourent mon enclos. Je n'avais même pas remarqué leur présence. Ils ne portent pas d'armures, mais leurs uniformes sont d'un blanc immaculé, avec des ceintures grises pour symboliser les péchés de leurs épées.

–Présentez vos armes! ordonne le roi Merewen.

Chaque garde sort son épée de son fourreau. Ils sont six au total, trois devant moi et trois derrière, ils entourent mon petit espace circulaire.

Quelle cruelle ironie qu'ils soient justement au nombre de six !

– Je vous en prie !

Je crie à nouveau, mais personne ne veut entendre mon appel. Mon cœur bat à toute vitesse, comme s'il essayait de forer un trou dans ma poitrine pour s'échapper, mais aucune partie de moi ne peut sortir de cet enclos.

C'est vraiment en train d'arriver ? Après tout ce que j'ai traversé. Après *tout ça*, putain, c'est ma fin ? Condamnée à mort à cause de *Midas* ?

Encore une cruelle ironie que d'être exécutée parce qu'ils pensent que je *lui* ai volé le toucher d'or.

– Sabres au clair !

Les gardes lèvent leur épée et la glissent entre les poteaux. Les lames acérées pointent vers moi.

L'enclos est si petit que dès qu'ils enfonceront leur épée, je serai transpercée de part en part. Il n'y a pas d'échappatoire possible.

Il n'y a pas d'issue.

Des larmes coulent sur mes joues, des larmes futiles qui révèlent à peine la peur panique qui m'envahit.

J'essaie désespérément de secouer la porte à barreaux par laquelle je suis entrée, mais elle ne bouge pas d'un pouce.

– Je vous en prie !

Après tout ce que j'ai fait pour être libre, je vais quand même mourir coincée derrière des barreaux, enfermée dans une cage dont je ne peux pas m'échapper. La vie est tellement cruelle.

J'ai presque l'impression d'entendre Midas ricaner derrière moi.

Je plonge en moi-même, j'essaie de faire sortir ma bête fae, je tente de briser les runes sous mes pieds, d'écarter les poteaux qui m'entourent.

Rien n'y fait.

Ma bête est recroquevillée sur elle-même, ses plumes se flétrissent sous l'effet de l'épuisement. Mon or ne peut rien faire d'autre que couler. La structure qui m'entoure semble se refermer sur moi.

Je suis prise au piège.

Le roi Merewen croise mon regard par-dessus la tête des gardes.

– Dame Auren, je vous condamne à mourir.

Les lames se rapprochent.

Et mes yeux se ferment.

Le premier coup d'épée ressemble à la piqûre d'une aiguille à coudre sur le bout du doigt. C'est tranchant. Léger. Juste la pointe qui pénètre dans la peau.

Alors je prends une grande inspiration et je m'écrie en expirant, noyée par le chagrin :

Retrouve-moi dans une autre vie.

Retrouve-moi dans chacune d'entre elles.

Ensuite, il n'y a plus de place pour les mots. Plus aucune pensée cohérente, parce que la première de ces épées s'enfonce plus profondément et que la douleur efface tout le reste.

Mon corps s'arc-boute. Mon esprit se vide.

Et puis… le monde *éclate.*

Au départ, je suis confuse. Le sol se met à trembler. Des cris retentissent. Je ne comprends pas pourquoi, dans mon corps, les lames ne sont plus ni dures ni tranchantes. Mon esprit engourdi se rend compte que quelque chose ne va pas quand elles se détachent de moi.

J'ouvre les yeux sur une poussière aussi épaisse que le brouillard. En regardant vers le bas, je vois que les épées ne sont plus ni brillantes ni argentées, mais tachetées de rouille, couleur d'ambre et de mandarine, puis que soudain elles se désintègrent complètement. Je les sens se réduire en poussière là où elles se sont enfoncées dans mon corps.

Et les gardes…

J'observe celui qui me fait face, son corps se transforme.

Ses yeux terrifiés s'opacifient, s'enfoncent dans leurs orbites. Sa mâchoire reste ouverte comme si ses muscles ne pouvaient plus la refermer. Ses lèvres s'en détachent en exposant une rangée de dents qui brunissent. Ses veines éclatent, des lésions apparaissent le long de son cou. Il tente de s'agripper au poteau, mais ses mains se ratatinent jusqu'à l'os.

Lorsqu'il tombe, son corps gonfle et se contracte, avant que toute sa matière soit comme aspirée de l'intérieur, rétrécisse et se ratatine jusqu'à ne plus être qu'un sac d'os et de poussière.

Je me retourne. Aux bruits sourds et aux cliquetis qui m'entourent, je constate que tous les gardes ont subi le même sort.

Ma tête se redresse, mes yeux cherchent, mon cœur bondit…

Et puis je le vois.

Je ne suis pas sûre d'avoir jamais ressenti une véritable exaltation avant cet instant précis. C'est viscéral, ça m'enveloppe comme la chaleur de son corps. Mon cœur s'emballe et je laisse échapper un sanglot, du plus profond de moi.

Il est venu.

Il est venu pour moi.

Un Aile-branche atterrit en plein milieu de la place dans un rugissement féroce et la foule hurle en s'enfuyant, mais pas assez vite.

Au moment où Slade saute de l'animal, à la seconde même où ses pieds bottés touchent les dalles, la pourriture jaillit dans toutes les directions. Elle consume la foule des spectateurs, les racines contaminées poussent et se propagent en infestant tout sur leur passage. Les gens tombent les uns après les autres, leurs corps sont laissés à l'abandon et à la décomposition. Les gardes qui entourent la foule subissent le même châtiment.

Je m'accroche au poteau devant moi en essayant de rester debout, tandis que les sanglots remontent du fond de ma gorge et s'échappent de mes lèvres. Nous nous dévorons du regard, mon cœur tressaille.

Je peux sentir la fureur qu'il déverse par vagues successives et la quantité de puissance qui pulse dans l'air, mais cela ne me fait pas frémir, ne me donne pas la nausée.

Il s'avance vers moi d'un pas sauvage qui fait s'effondrer le sol et s'écrouler la place, tandis qu'il putréfie tous ceux qui se trouvent sur son chemin et laisse ses bottes réduire en poussière leurs corps décomposés. Jusqu'à ce qu'on n'entende plus un seul cri. Plus de course effrénée. La mort seule prospère dans son sillage.

Je serai le méchant pour toi.

Il est l'incarnation de la mort et de la vengeance. La personnification de la rage.

Il détruit tout et tout le monde autour de lui, sans la moindre hésitation, et au milieu de ce chaos, de ce massacre, je m'en délecte.

C'est peut-être à cause de la pourriture qui est en moi. Ou peut-être parce que je suis une fae.

Mais peut-être est-ce simplement parce que la personne que j'aime est prête à détruire le monde entier pour me protéger.

Tant que nous sommes ensemble, tout ira bien. Parce que je me battrai pour lui, et qu'il tuera pour moi et si nous devons être les méchants de l'histoire, qu'il en soit ainsi.

Slade avance droit devant lui, une lueur mortelle dans les yeux. Les racines de son pouvoir se tordent et s'enroulent le long de ses avant-bras et de son cou, à l'image de la pourriture qui ronge le sol. Lorsqu'il n'est plus qu'à trois mètres de la scène, son regard se porte sur les monarques, les nobles et les gardes.

Ils sont tous blottis les uns contre les autres et je me demande si la reine Isolte n'essaie pas d'étouffer le pouvoir de Slade avec le sien. Si c'est le cas, elle échoue lamentablement.

Elle n'est pas de taille face à lui.

Personne ne l'est.

C'est pourquoi je suis surprise qu'aucun d'entre eux n'ait encore tenté de fuir. Au contraire, ils hurlent au roi Merewen de se dépêcher. Je ne comprends pas pourquoi, mais c'est alors que je vois le roi prendre le petit garçon, celui qui doit être le prince du Deuxième Royaume, par les épaules et le placer devant eux.

L'indignation me saisit. Espèrent-ils, en se cachant derrière un enfant innocent, que Slade va les épargner ?

Cette idée est méprisable, mais ils doivent savoir que la magie de Slade est très précise. Il pourrait tous les annihiler sans toucher le garçon, comme il a détruit les gardes qui m'entouraient.

C'est alors que le roi Merewen dit quelque chose à son fils. Le garçon acquiesce, fouille dans la poche de sa robe et en sort une bobine de fil. En un clin d'œil, il fait passer le fil entre ses doigts, puis il ferme les yeux en se concentrant et tend le fil déroulé. La magie prend vie dans l'air comme si on avait versé de l'huile sur une flamme. Slade n'est plus qu'à un mètre de la scène, il est déjà en train de monter les marches en courant quand la magie du jeune garçon se déploie.

Si je ne m'étais pas retenue aux poteaux, je serais tombée. L'or coule sauvagement le long de mes jambes. Pourtant, j'ai les yeux rivés sur la scène, qui tout entière est maintenant recouverte de ce qui ressemble à un voile de tissu de la même couleur que le fil que tient le garçon entre ses mains. Je suis également contenue dans une deuxième couche qui me sépare d'eux. Le voile qui entoure mon enclos est légèrement plus épais.

L'ensemble se gonfle et ondule comme du linge suspendu à une corde en plein vent. Il s'étend au-dessus de nous comme un dôme. Le tissu devient translucide au fur et à mesure qu'il se déplace, il scintille à la lumière du soleil.

Slade s'y cogne, le voile plie autour de lui avant de se retendre et de le repousser.

– Vous ne pouvez pas passer, lui lance le roi Merewen avec la morgue de la victoire, toujours agrippé aux épaules de son fils.

Le garçon continue de fermer les yeux, ses petits doigts s'accrochent au fil.

Slade lève les deux mains et les appuie contre la barrière magique. Pieds serrés, muscles contractés, il expulse sa pourriture avec une force démente. Je regarde les veines s'étaler sur le tissu bombé pour y répandre leur infection.

Mais au lieu que la pourriture détériore le bouclier, les vaisseaux corrodés semblent ne rien faire du tout. Slade grogne en lançant encore plus de puissance. Elle est si épaisse que j'ai l'impression qu'elle me picote la peau.

Mais c'est inopérant sur le bouclier de tissu.

La puissance de Slade s'interrompt soudainement, mon regard se brouille tandis qu'il se met à haleter. De la sueur coule de ses cheveux, la colère lui fait grincer des dents.

– Roi Ravinger, comme je l'ai déjà dit, vous ne pouvez pas passer. Le voile de mon fils est impénétrable. Mais laissez-nous vous parler, déclare le roi Merewen en tendant les bras comme s'il était un homme éclairé et bienveillant. Nous ne sommes pas vos ennemis.

Slade lui lance un regard qui me glace les sangs.

– Quiconque fait du mal à Auren est mon ennemi !

– Mais c'est bien là le problème, Roi Ravinger. C'est *elle* l'ennemie, lance alors la reine Isolte.

La reine Kaila acquiesce et passe devant son frère.

– C'est exact. Nous venons de le prouver ici même, au Conflux, et c'est pourquoi il était impératif de l'éloigner de vous. Elle est dangereuse. Elle trompe les rois et s'empare de leur pouvoir. Nous ne voulions pas rester les bras croisés et laisser cela vous arriver à vous aussi.

La fureur fait fumer l'or qui s'écoule encore de mes mains. Il jaillit en gouttes brûlantes qui sifflent en tombant.

– Il fallait arracher ses griffes de votre esprit. Voyez vous-même, renchérit le roi Merewen en faisant un geste vers moi. Elle a volé le toucher d'or, et elle a également volé votre pouvoir putride. Vous auriez dû la dénoncer plus tôt.

Les yeux de Slade se tournent vers moi, tombent sur la mare dorée qui clapote maintenant sur mes cuisses et sur les lignes sombres qui s'y mélangent. Pendant ce temps, l'or s'écoule de mes mains avec une violence contre-nature. Mes paupières sont lourdes. Mon cœur bat lentement.

– Elle n'a rien volé, dit-il en grognant. Relâchez-la. Immédiatement.

–Je crains que nous ne puissions pas faire ça, répond Merewen. Vous connaissez la loi. Une fois que l'accusé a été jugé, le jugement doit être exécuté.

La force de sa fureur fait pratiquement trembler Slade.

–Si vous la touchez, je vous ferai pourrir, tous autant que vous êtes, ici et maintenant!

Le roi Thold commence à s'agiter et ses serpents se mettent à siffler.

–Merewen, nous devrions peut-être en discuter…

–Non, s'emporte Merewen tandis que les taches sur ses joues deviennent de plus en plus rouges. Le jugement a été rendu. Vous voulez qu'elle vous vole aussi *votre* pouvoir? lui demande-t-il avant de s'adresser au jeune souverain du Cinquième Royaume. Et vous? Souhaitez-vous qu'elle vous séduise afin de dérober votre magie?

Les deux hommes ne répondent rien.

–Elle a tué un roi. Nous ne pouvons pas rester sans rien faire, ajoute la reine Isolte. C'est une femme corrompue qui doit faire face à son destin.

Slade les toise, il reste si immobile que c'en est étrange. Comme s'il allait les mettre en pièces uniquement en clignant des yeux.

–Détruisez cette barrière et laissez-la sortir. *Tout de suite.* Ou ce que j'ai fait aujourd'hui sur cette place ne sera *rien* comparé à ce que je ferai ensuite.

Il formule sa menace entre ses dents serrées, d'une voix si grave que je dois me concentrer pour parvenir à l'entendre.

–Vous pouvez vous cacher derrière ce bouclier aussi longtemps que votre fils sera capable de le tenir, mais je vous assure que j'attendrai plus longtemps encore. Dès qu'il tombera, je ferai cailler votre peau et flétrir vos os. Je vous décomposerai lentement, de l'intérieur, jusqu'à ce que vous ne soyez plus qu'un cadavre agonisant laissé à l'abandon au soleil. Ensuite, je détruirai jusqu'au dernier sujet de vos royaumes, et je poursuivrai jusqu'à ce que tout Orea s'effondre.

Les autres monarques pâlissent.

La reine Isolte secoue la tête, incrédule.

– Roi Ravinger, nous essayons de vous *aider*...

– Lâchez ce bouclier, *tout de suite*. Je ne vous le redemanderai pas.

– Mais...

– Lâche-le, dit le roi Merewen en coupant la parole à sa femme.

Elle a l'air choquée.

– La décision du Conflux est sacrée.

– Tais-toi, femme, fulmine-t-il avant de se tourner vers son fils. Laisse tomber la barrière, mon garçon.

Mais le garçon n'ouvre pas les yeux. Il ne fait pas un bruit.

Son père, visiblement irrité, lui crie dessus :

– Tu m'as entendu ? Je t'ai dit de le laisser tomber !

Le roi va pour le secouer, mais dès que sa main touche l'épaule du garçon, il s'effondre et se met à convulser.

– Hamus !

La reine Isolte se précipite vers son fils et s'agenouille à ses côtés. Elle lui tient les joues en essayant d'arrêter ses convulsions, mais rien n'y fait.

– C'est votre faute, vous l'avez poussé à utiliser trop de magie ! hurle-t-elle à son mari.

Je me mets à vaciller. Même si ce n'est rien comparé aux quantités d'or que j'ai expulsées auparavant, cette ponction est trop continue, trop forcée.

– Auren ?

Je dois cligner des yeux à plusieurs reprises avant de pouvoir voir Slade à nouveau.

– Je...

Ce qu'il lit sur mon visage ou entend dans mes balbutiements étouffés le fait blêmir. Il se tourne vers les autres.

– Sortez-la de là !

– Merewen, faites tomber la barrière ou il va nous tuer, bon sang, siffle le roi Thold, comme ses serpents.

La reine Kaila semble tiraillée entre son désir de me voir mourir et celui de sauver sa peau.

Mais le prince ne se réveille pas, son corps continue à s'agiter et le fil s'emmêle entre ses doigts. Son père jure, se précipite, tente de lui arracher le fil, ce qui fait hurler Isolte. Mais rien n'y fait.

Et moi… je tombe en arrière.

Mes épaules heurtent les poteaux et je regarde l'or qui éclabousse maintenant ma poitrine. Il atteint les marques de perforation des épées et fait ressurgir la douleur qui m'enveloppe de toutes parts, tandis que mon sang se mélange à l'or.

– Slade…

Ma voix n'est plus qu'un murmure, mais il m'entend.

Il m'entend toujours, même quand je ne dis rien.

Avec une expression pleine d'une fureur animale, Slade saisit son épée à sa ceinture, la lève et l'abat sur le tissu. Les fils absorbent le coup, la lame pourtant tranchante est complètement impuissante, la barrière est immunisée contre ses coups.

Mais il la frappe encore et encore, sans répit.

Il y jette toute sa force brute, il tente de passer au travers, de déverser tellement de pourriture dessus qu'elle me bloque presque entièrement la vue.

– Tiens bon, Auren ! Tiens bon !

Mais mes genoux tremblent, mes jambes se dérobent. Pourtant, je ne m'enfonce pas dans l'or grâce aux racines noires et liquides qui semblent me rattraper et me maintenir à flot.

Je vois la panique sur son visage, et je comprends alors qu'il n'y a plus d'espoir.

Il ne peut pas m'atteindre.

Il y a de la pure torture dans son regard et mon âme entière se fissure.

Ma lèvre inférieure se met à trembler. Mon amour pour lui jaillit autant que mon pouvoir, il s'accumule autour de moi en souhaitant pouvoir l'atteindre.

Mais ce n'est pas possible.

Je ne peux pas me déplacer.

Il est venu pour moi, mais il ne peut pas me rejoindre.

Des larmes brûlantes coulent sur mes joues tremblantes. Mais j'essaie de les ravaler. J'essaie de lui sourire.

– Retrouve-moi dans une autre vie.

– *Non!*

J'ai l'impression que l'angoisse expulsée de sa gorge dégringole à mes pieds.

Je cligne des yeux, la tête contre les barreaux, et je le vois soudain lever ses deux mains. Mes cheveux se dressent sur ma tête.

Dans l'instant qui suit, son pouvoir jaillit avec une telle force qu'il me vole mon souffle dans ma poitrine et le retient dans son poing.

La magie brute éclate et se déverse sur la barrière.

Dès qu'elle entre en contact avec le dôme, tout se met à vibrer. Les monarques se tiennent la tête à deux mains, reculent en rampant tandis que le prince s'évanouit et s'immobilise.

Le pouvoir de Slade domine l'air.

Il le dirige alors sur la double couche du bouclier devant moi et déverse toute son énergie sur un point précis. Ma peau se couvre de frissons, mes oreilles bourdonnent, même l'or putride qui m'entoure se met à onduler de façon erratique. Des rafales de vent contre-nature s'élèvent depuis l'endroit où il tente de franchir la barrière et je suis prise dans cette tempête.

Son corps tremble, ses veines se contractent et se dilatent dans une pulsation inquiétante. Je peux voir les muscles de sa mâchoire se crisper, sa détermination féroce dans son regard tandis que ses piquants jaillissent de ses bras. Mais je m'affaiblis de plus en plus.

– Tiens bon !

J'essaie, je veux lui dire, mais je n'arrive pas à prononcer le mot.

– Tiens…

La suite est inaudible. Une fissure déchire soudain l'air.

Je regarde le tissu s'effilocher devant moi comme si quelqu'un l'avait attrapé puis coupé en deux. Une bouffée de vent odorant repousse mes cheveux en arrière, je cligne des yeux face à cette entaille de trois mètres de long. Elle a traversé les poteaux et une partie de mon or s'écoule dedans.

Cette faille béante est chargée de nuages noirs et blancs qui s'agitent dans ses profondeurs étoilées et électriques. Elle semble sans fond, éthérée, et dès que je sens cet air, la bête se met à chanter en moi.

Parce qu'il porte en lui la brise de la maison.

J'ai l'impression d'expulser un air emprisonné dans ma poitrine depuis vingt ans. Avec cette longue expiration, ma peau se réchauffe, mon or *resplendit.*

J'étais le petit soleil de mes parents. Et avec cette déchirure ouverte sur le monde, avec ce fragment de *la maison* à l'intérieur, j'ai vraiment la sensation d'en être un. J'ai l'impression que si je parvenais à tomber dans ce ciel béant, je pourrais briller pour toujours.

Et pourtant, lorsque je détourne mon regard de la déchirure juste devant moi, au-delà de ses profondeurs, je remarque le visage épuisé de Slade.

Je vois une prise de conscience horrifiée dans ses yeux sombres.

L'éclat, la chaleur, la lueur, tout s'éteint. Tout m'étrangle, comme un poing serré autour de ma gorge.

–Auren…

Au moment où il prononce mon nom, je comprends.

Il déglutit avec difficulté, la tête tremblante.

–J'ai essayé de traverser la barrière pour t'atteindre, mais…

Mais à la place, il a déchiré Annwyn.

–Auren. Tu dois y aller.

J'écarquille les yeux, l'or liquide forme des vagues autour de mes épaules. Si les runes qui m'obligent à me vider de mon énergie ne me tuent pas, je vais me noyer dans mon or.

–Auren.

Je suis terrifiée, mais je sais que c'est la seule solution parce qu'il a essayé tout le reste, et que c'est *la maison*. Annwyn est ma maison, et...

Mais alors je réalise.

Alors je comprends vraiment.

– La déchirure... tu ne peux pas atteindre la déchirure.

Ses lèvres ne sont plus qu'une ligne très mince, ses yeux sont remplis d'une douleur indicible.

– Il faut que tu viennes avec moi, je m'écrie, paniquée, terrifiée, désespérée.

Il secoue la tête et tout mon corps est secoué avec elle.

– Je ne peux pas. Tu dois y aller, bébé. *Tu dois le faire.* Je ne peux pas t'atteindre et tu ne peux pas rester là. Tu es en train de disparaître.

Ma tête tremble, mes larmes coulent.

– Je ne peux pas. Je ne peux pas. Pas sans toi !

Je supplie. Je me débats. Je gémis.

– Regarde-moi, demande-t-il, alors même que sa poitrine se soulève. Tu dois y aller. Tu es forte. Conserve ta rage pour alimenter ton courage et sauve-toi à nouveau.

Mon âme saigne, l'angoisse m'étouffe.

– Mais...

– Je te retrouverai. Je te retrouverai dans cette vie, je te le promets. Mais tu dois partir. (Deux larmes coulent sur sa joue et la vue de ces larmes me plonge dans un tourment infini.) *S'il te plaît, bébé.*

À travers les fêlures de sa voix, sa supplique me transperce le cœur.

– *Slade...*

Il me fait un signe de tête. Il essaie de me transmettre sa force. Ses yeux sombres et son aura plus sombre encore m'enveloppent.

– Je te retrouverai, Chardonneret. Je te le jure. Maintenant, *envole-toi.*

Alors, avec un sanglot déchirant dans la gorge, je ferme les yeux. Je lève les bras. J'aspire une bouffée d'air que je souhaite pleine de son parfum. Puis je bascule dans cet inconnu insondable et familier.

Par la déchirure du monde, par la déchirure de mon cœur, je plonge hors d'Orea, dans les profondeurs tempétueuses d'Annwyn.

Seule.

Chapitre 65

Slade

Je la regarde tomber.

Je la regarde s'élancer dans ces nuées tourmentées et orageuses directement arrachées à Annwyn. Je la regarde disparaître à travers l'entaille que j'ai ouverte.

Je dois garder mon emprise sur ses bordures effilochées aussi longtemps que possible. Lui donner autant de temps que je peux. Mes poings se serrent si fort que je ne sens plus mes doigts, mon énergie baisse trop rapidement, je ne vais pas pouvoir tenir très longtemps. Mais j'attends toujours en tremblant, en me vidant de mon énergie. Mes piquants me déchirent la colonne vertébrale tandis que mes crocs transpercent l'intérieur de mes joues.

Pas encore.

Je sens mes articulations éclater, je sens mes jambes vaciller. Pourtant, je maintiens la déchirure ouverte en comptant les secondes parce que j'ignore si elle doit rester ouverte pour qu'elle soit en sécurité, pour qu'elle puisse atteindre Annwyn. Mais si c'est le cas, alors je dois m'accrocher.

C'est ce que je fais.

Même quand mes genoux touchent le sol fissuré et souillé, je le fais.

Même quand ma tête tombe en avant, que mes mains tremblent, je le fais.

Même quand ma respiration devient douloureuse, quand ma mâchoire tressaute, quand mon dos ploie, quand mon cœur a l'impression qu'il va exploser dans mes propres veines en décomposition, je le fais.

Je tiens bien plus longtemps que mon corps ne le voudrait, j'expulse plus de puissance que je n'en possède. Je tiens bon, jusqu'à ce que mon corps ne parvienne plus à libérer cette puissance brute. Une puissance que je ne devrais même pas être capable d'utiliser, et certainement pas pour faire des trous dans le monde.

Lorsque j'expulse mon dernier reliquat de puissance, la déchirure se referme.

Le bruit est presque assourdissant quand l'air reprend sa forme.

Mon pouvoir se fissure en même temps que la brèche s'effondre comme un morceau de montagne qui se détache. Sa forme déchiquetée, en chute libre, s'écrase dans une mer qui l'engloutit tout entière en ne laissant aucune trace derrière elle. C'est comme si la déchirure n'avait jamais existé.

Je m'effondre sur le sol.

Le monde vacille, ma poitrine est creuse, et je ne pense plus pouvoir faire appel à la moindre étincelle de magie, putride ou brute, même si ma vie en dépendait. J'ai l'impression d'être mort, c'est comme si je pouvais rouler directement dans une tombe.

Mais je lui ai fait une promesse.

Alors, au lieu de me laisser engloutir par les ténèbres dans lesquelles ma conscience veut m'entraîner, je me relève.

Je retombe à genoux. Je me balance comme un putain d'arbre dans le vent, en m'affaissant contre la barrière de tissu qui tient encore debout. Je me hurle dessus mentalement, j'essaie de forcer mes jambes à me maintenir, mais elles ne m'obéissent pas.

Au moment où je crains de plonger dans l'inconscience, deux mains apparaissent et une poigne ferme me soulève. Je manque retomber en titubant, mais la poigne me stabilise, me maintient debout.

– Détends-toi ! C'est moi.

Je cligne des yeux, et je distingue la silhouette de mon frère.

– Putain de merde. Tu as l'air…

Ryatt s'interrompt, apparemment incapable de me dire combien j'ai l'air mal en point.

– Tu as fait ce que je crois ?

– Déchirer une nouvelle fois le monde pour sauver Auren ? Oui.

– Putain, jure-t-il. Jamais je n'aurais dû dire qu'Auren devait venir ici. J'ai eu tellement tort.

Si je n'avais pas l'impression d'être mort, je sursauterais sous l'effet de la surprise.

– Je ne crois pas t'avoir déjà entendu admettre que tu avais tort.

– Allez, il faut que je te sorte de là, poursuit-il d'une voix grave. Tu n'es pas en mesure de te défendre dans cet état. Quand cette barrière s'affaissera, ces enfoirés pourraient essayer de s'en prendre à toi.

Je regarde par-dessus mon épaule les monarques, les nobles et la poignée de gardes.

Ils ont une sacrée veine que je sois trop faible pour expulser plus de puissance et que ce bouclier ait été activé et ne m'ait pas permis de les réduire en poussière. Parce que si les choses avaient été différentes, si je n'étais pas aussi éreinté en cet instant, ils seraient tous morts. Et à voir leurs visages, ils le savent très bien.

La reine Kaila a l'air nerveuse. Le roi Merewen semble carrément terrifié. Je crois que le nouveau roi du Cinquième Royaume a chié dans son froc.

Je n'éprouve qu'un piètre sentiment de satisfaction.

Je leur lance un regard noir et ils le savent. La prochaine fois que je les croise, je les tue.

Le gamin est toujours allongé par terre, mais sous mes yeux, il se met à haleter et tousser. Ce sont les premiers signes de son réveil et aussitôt sa barrière se met à onduler, comme une couverture qu'on secoue dans le vent.

– Il est temps d'y aller, me presse Ryatt. (En se détournant, il passe mon bras sur ses épaules et me traîne jusqu'à la créature ailée.) Tu peux monter tout seul ? Nous irons plus vite si tu chevauches ton propre Aile-branche.

– Je peux le faire.

– Tu en es sûr ? me demande-t-il d'un air dubitatif.

– J'ai dit que je pouvais chevaucher, je grince.

– D'accord, d'accord, ducon. Allons-y !

– Comment es-tu arrivé jusqu'ici ? je demande en trébuchant vers l'animal.

J'ai horreur de l'admettre, mais j'aurais été incapable de marcher sur cette courte distance sans l'aide de Ryatt.

– À qui appartient cet Aile-branche ? Où est Argo ?

– Nos soldats m'ont rejoint, comme je t'avais dit qu'ils le feraient quand je t'ai trouvé dans ce désert. Argo est en route pour le Quatrième Royaume en ce moment même, m'explique-t-il. Il est déjà probablement à bord d'un bateau. Il est entre de bonnes mains, je te le promets. L'un d'entre eux est un soigneur d'animaux.

Ma poitrine se gonfle sous l'effet du soulagement.

D'un geste énergique, Ryatt me pousse sur la selle de la bête accroupie, puis commence à me sangler rapidement.

– Nous pouvons rattraper les autres et monter à bord de leur navire. Je doute qu'aucun de ces enfoirés ne tente quoi que ce soit, une fois que nous serons hors de leurs frontières.

Mais je secoue la tête en l'agrippant par le poignet.

– Je ne vais pas au Quatrième Royaume.

Ryatt marque une pause, il observe derrière nous le bouclier qui s'effiloche.

– Bon sang, qu'est-ce que tu racontes ?

– Je vais à Deadwell.

Il fronce les sourcils, ouvre la bouche pour dire quelque chose, puis comprend ce que je compte faire.

– Tu vas à la déchirure.

Je hoche la tête.

– Je dois la retrouver, et je n'aurai pas la force d'utiliser plus de puissance brute. Je suis incapable de former une autre déchirure.

– Deadwell est très loin d'ici. Nous devrons changer d'Ailes-branches en cours de route.

– Tu viens avec moi ? je lui demande, surpris.

– Je suis ton frère. Bien sûr que je viens avec toi !

Je peux lire dans ses yeux la détermination et la loyauté féroce qui émanent de lui. Alors, j'acquiesce. Parce qu'en fin de compte, même si les choses sont difficiles entre nous, même si nous nous disputons, nous sommes frères. Il assure mes arrières, j'assure les siens, et voilà tout.

– Ne tombe pas, m'ordonne-t-il avant de s'élancer et de sauter sur sa monture.

C'est son Aile-branche qui m'a permis de voler jusqu'ici.

Si lui et son groupe ne m'avaient pas trouvé dans le désert, si je n'étais pas arrivé à temps, Auren serait morte. Cette pensée me glace le sang.

Un léger coup de talon et les bêtes s'élancent dans les airs, à l'instant même où la barrière s'évapore comme une chemise arrachée d'une pince à linge, emportée par le vent. Les autres monarques observent mon ascension et se dispersent comme des fourmis, ils craignent visiblement que je redescende et que je les rattrape.

Ils ont raison d'avoir peur. J'espère qu'ils sursautent à chaque ombre qu'ils croisent. Qu'ils tressaillent à chaque ligne sombre qui s'immisce dans leur vision périphérique. J'espère qu'ils regardent en permanence par-dessus leur épaule, qu'ils guettent, qu'ils s'attendent à ce que je sois là, en train de les traquer.

La bête que je chevauche pousse un rugissement et les monarques frémissent, ce qui fait naître un sourire cruel sur mes lèvres. Puis nous disparaissons dans les nuages, et ils sont hors de vue.

Nous entamons notre course vers Deadwell.

Le voyage est long et j'en ressens chaque instant avec acuité, comme lorsque je suis parti du Quatrième Royaume pour rejoindre Auren. Par chance, je suis parvenu à rester en selle, même si j'ai été inconscient pendant la plus grande partie du trajet, le premier jour et la première nuit. J'étais bien trop faible pour faire quoi que ce soit, alors c'est Ryatt qui a ouvert la voie, qui a élaboré les plans de vol et nous a fait avancer.

J'ai dormi quand nous avons atterri, j'ai mangé quand il m'a mis de la nourriture dans la main et je me suis accroché à mes rênes, tandis que mes forces revenaient lentement.

Mais quelque chose était différent.

Le troisième jour, je suis parvenu à utiliser à nouveau ma magie en flétrissant l'herbe sous mes pieds. Cependant, deux jours plus tard, alors que ma pourriture était revenue à la normale, j'ai essayé de voir si je pouvais à nouveau utiliser la puissance brute. J'ai essayé de tester ma capacité à ouvrir une autre déchirure, sans avoir à utiliser celle de Deadwell.

Je n'y suis pas parvenu.

Ce n'était pas comme si j'arrivais à la faire remonter à la surface mais qu'il n'en sortait qu'un tout petit peu. Non, je ne pouvais *plus du tout* faire appel à cette magie. Il y a un gouffre au plus profond de moi, là où se trouvait ce puits de puissance brute, et il est tout simplement *vide*.

C'est comme si je l'avais totalement asséché et qu'il ne me restait rien d'autre que de la pourriture.

Je ne l'ai pas raconté à Ryatt. Je n'ai pas voulu le reconnaître. Je me suis dit que j'avais juste besoin de plus de temps.

Je voulais combattre ma peur en fortifiant ma détermination par la pensée. J'ai fait taire mes doutes en glissant ma main dans ma poche pour tâter son ruban. Auren a besoin de moi et je vais la rejoindre, c'est aussi simple que ça.

Et si ma puissance brute est devenue stérile ? Elle reviendra. Il le faut, car sinon je me refuse à penser à ce qui arrivera aux villageois et à ma mère.

J'ai réussi à faire sortir Auren d'ici, et c'est ce qui compte. Il faut juste que j'arrive à Deadwell pour pouvoir la suivre.

Tout au long de notre voyage, je suis rongé par l'angoisse. J'ignore si elle s'est blessée en tombant dans la déchirure. Je ne sais pas où elle est ni si elle est en sécurité. Tant que je ne la verrai pas de mes propres yeux et que je ne la toucherai pas de mes mains, je ne pourrai pas me reposer.

Lorsque nous atteignons enfin Deadwell et le cœur du village de Drollard, je suis prêt à craquer. Trop de jours se sont écoulés.

Je dois la retrouver. J'ai besoin d'être du bon côté des étoiles, dans le même monde qu'elle.

Mes bottes crissent dans la neige quand je traverse le village tranquille au pas de course. Je ne pense qu'à une chose, atteindre la déchirure et la retrouver. Je ne remarque pas combien tout est calme. Je ne remarque pas qu'il n'y a personne à l'extérieur, même en plein milieu de la journée.

Ryatt m'appelle, alors que je sprinte vers la grotte, mais je ne ralentis pas. Je continue à grimper le long de la colline, mes bottes glissent sur la neige au fur et à mesure que j'avance. J'atteins enfin la grotte, je passe devant la maison de ma mère. Mes pas résonnent dans les cavités éclairées par la lumière bleue.

J'y suis presque.

Au moment où je prends le virage, au moment où j'atteins la seconde caverne et où je devrais me sentir soulagé, je m'arrête en dérapant.

Je cligne des yeux. Encore et encore. Je regarde autour de moi, à gauche et à droite. Parce que ma vision doit me jouer des tours. Ou alors, j'ai pris un mauvais virage. Ou… mais non. Non, parce que je connais cette grotte, je connais cet endroit précis, et…

– Slade, me lance Ryatt en me rattrapant.

Il me heurte presque, nous bafouillons tous les deux en même temps :

– Tout le monde a…

– La déchirure a…

– *Disparu.*

Nos paroles se rejoignent en formant un écho qui me fait l'effet d'un coup de poing dans les tripes.

La déchirure a disparu.

Les gens ont disparu.

Auren a disparu.

Et mon pouvoir pour l'atteindre a…

Disparu.

ÉPILOGUE
REINE MALINA

— C'est l'heure.

Lentement, j'abandonne la fenêtre que je fixais pour diriger mon regard vers les jumeaux qui sont debout devant moi. Je ne sais pas combien de temps je suis restée assise ici à cligner des yeux devant cette brume qui tourbillonne. Parfois, j'ai l'impression de parvenir à apercevoir ce qui se cache au-delà, mais non, la brume est bien trop épaisse pour que je puisse y voir clair. En ce moment, elle est très sombre, je sais donc que la nuit est tombée depuis longtemps.

Je souris en me levant, et je jette un coup d'œil à ma robe blanche agrémentée de bleu. Je ne me souviens pas de l'avoir enfilée, mais elle est épaisse et lourde, sans doute en prévision du rituel de ce soir.

Je suis les frères et il me semble qu'en un rien de temps nous sommes déjà dehors. C'est comme dans un rêve, quand on passe d'un endroit à un autre en un instant, sans le moindre effort.

La nuit est si noire qu'on n'y verrait rien sans cette rangée de torches plantées dans le sol glacé. La neige semble en feu, je m'éloigne craintivement des flammes. Une goutte de sueur perle dans ma nuque.

Fassa et Friano me conduisent derrière le château, jusqu'aux confins du monde.

Je m'arrête au bord du précipice et j'observe le gouffre. Ce ne sont que ténèbres et brume grise pour l'éternité. La terre, et puis plus rien.

– Par ici, Majesté.

Je me retourne, je suis leurs voix jusqu'à ce que nous rejoignions Pruinn, debout à côté d'une sorte de pilier juste au bord de la terre.

Non, ce n'est pas un pilier, on dirait presque…

– Vous êtes prête, ma reine ? me demande Pruinn.

Son visage exprime une telle joie, ses yeux argentés m'attirent tant…

Je hume l'air vif et froid.

– Je suis prête.

La musique douce que j'ai dans la tête depuis que je suis arrivée ici semble s'intensifier. Je l'entends dans mes oreilles, je la sens vibrer dans mes os. La lumière des torches s'accentue également, même si je n'aime pas la chaleur. J'aimerais pouvoir m'asseoir dans la neige et la laisser pénétrer dans ma robe pour me rafraîchir.

Mais je ne peux pas m'asseoir parce que Fassa et Friano m'attrapent les mains, et Pruinn sort une petite lame de sa poche. La musique est si forte, la lumière des flammes si vive…

Sa lame me tranche les deux paumes d'un seul trait qui s'étend d'une main à l'autre en sectionnant les lignes et en les marquant du rouge de mon sang.

– Répétez après moi, Votre Majesté.

Je m'exécute.

– Je suis la reine Malina Colier de la lignée royale des Colier et j'offre volontiers mon sang pour restaurer ce qui a été perdu et pour gagner ce qui est nouveau.

Je ne sais pas trop ce que l'on ressent quand la magie opère.

Je n'ai jamais rien ressenti avec Midas et, hormis cette sensation d'être observée, je n'ai pas senti l'assassin.

Mais à cet instant, je la ressens.

Fassa et Friano plaquent leurs paumes contre les miennes, y glissent leurs doigts puis retournent mes mains pour que mon sang imbibe leur peau et coule ensuite dans la neige.

Et la magie *se met à gronder.*

Comme si nous avions réveillé une bête endormie dans les entrailles de la terre et qu'elle était venue se frayer un chemin. Chaque goutte de mon sang qui semble peindre le sol me tire quelque chose des tripes.

Le monde tournoie.

La magie s'abat comme un loup sous un ciel sans lune.

Puis viennent le vent et les secousses.

La terre se met à trembler si fort que je réalise mon vœu et que je pars valdinguer au sol. Mes genoux heurtent douloureusement la glace, des éclaboussures de sang tachent la neige là où il a dégouliné.

Tout tremble si violemment, on dirait à présent que le loup grince des dents contre les os de sa proie en les broyant et en les fracassant.

Je n'ai aucune idée de l'endroit où se trouvent les jumeaux, ni Pruinn. Il y a trop de bruit pour que je puisse les appeler et le monde tangue comme un navire pris dans des déferlantes, du coup mes yeux ne peuvent pas les chercher non plus.

Je m'agrippe au sol comme à un filet de sécurité. Ce filet neigeux fond entre mes doigts. Je suis projetée sur le côté, je roule jusqu'à ce que mon dos vienne s'écraser contre le pilier que j'avais remarqué plus tôt, cet unique poteau de pierres branlantes, mais toujours debout.

La douleur me cisaille le dos et l'épaule, mais une douleur nouvelle prend le dessus. Quelque chose qui ne provient pas du choc, mais de mes veines. Comme si cette douleur coulait dans mon sang, depuis mes chevilles jusqu'à mes tempes et me figeait sur place.

Mon cœur semble avoir du mal à pomper, mon pouls ralentit.

Et la chaleur des torches ne me dérange plus, car à présent je suis complètement *froide.* C'est comme si mon cœur pompait de la glace dans mes veines.

J'ignore quand le sol va cesser de trembler. Quand cette douleur va s'estomper. Mais je parviens quand même à me relever en m'agrippant au pilier, et lorsque je trébuche en me mettant debout, je me retourne pour admirer le territoire.

Mais… le Septième Royaume n'a pas été restauré.

La terre enneigée n'a pas été remise en état, les failles n'ont pas été refermées, les crevasses n'ont pas été comblées. D'après ce que je peux voir, le paysage éclairé par les centaines de torches semble être exactement le même.

– Ça a marché.

Je me retourne brusquement en entendant la voix des jumeaux. Ils sont là ainsi que Pruinn, à côté de moi. Mais au lieu de regarder la terre, ils contemplent le gouffre sans fin derrière elle.

Je prends alors conscience que ce que je tiens n'est pas un pilier cassé. C'est une *rambarde.* Et il y en a maintenant une autre, identique. Toutes les deux entourent une bande de terre grise qui s'élance comme un pont vers l'infini. J'observe la longueur du pont aussi loin que ma vision me le permet, jusqu'à l'endroit où la brume s'accroche au garde-corps en corde, le long de ce passage qui traverse l'abîme éternel.

Une clarté, vive et froide, me traverse l'esprit.

Comme si je m'étais endormie et que je me réveillais soudain au milieu d'un lac glacé.

Réveillez-vous, et arrêtez de sentir les fleurs, Reine Froide. Avant qu'il ne soit trop tard.

Le royaume n'a pas retrouvé sa gloire d'antan. La lumière des torches me le montre, il est aussi dégradé et ruiné que je le pensais en arrivant ici. Et il n'y a plus de parfum de fleurs dans mes narines ni de musique dans mes oreilles.

Il y a du sang et quelque chose qui semble tambouriner sur le pont.

Comme le pouls d'une bête.

Lorsque mes mains agrippent la rambarde, elle se met à geler sous mes doigts et la glace se répand sur le pilier de pierre restauré. Je lève les mains et fixe les aiguilles de glace qui adhèrent à mes paumes.

Et ce son continue de pulser depuis le sol.

Je lève les yeux vers les jumeaux. La peur me glace le cœur.

– Qu'avez-vous fait ? je chuchote.

Les jumeaux se tournent vers moi et ils me paraissent soudain plus effrayants. Les angles de leurs visages sont plus sévères, il n'y a plus aucun signe de bonté dans leur regard. Même celui de Pruinn qui m'a toujours attirée semble me décourager, surtout lorsqu'il l'accompagne d'un sourire carnassier qui révèle des canines acérées coincées dans ses gencives.

– Vous voulez dire, qu'est-ce que *nous* avons fait ?

Leurs voix mêlées crissent comme un rasoir qu'on passerait sur du verre. Et leurs oreilles. Leurs *oreilles*…

– Avec votre sang et notre magie, nous avons restauré ce qui était brisé.

Je me tourne à nouveau vers le pont. Vers ce bruit de tambour qui le parcourt d'un bout à l'autre avec un rythme régulier. Parce que je connais sa légende. Tous les Oréens la connaissent.

C'est le Pont de Lemuria.

J'ai la bouche sèche. Mon regard se reporte sur leurs visages anguleux, sur leurs oreilles pointues.

– Vous êtes des faes.

La terreur m'envahit. Je m'éloigne en trébuchant, mais ils se contentent de me regarder avec détachement. Comme si j'étais un lièvre des neiges pris dans leur piège et qu'ils m'avaient tellement distraite que je ne m'en étais même pas rendu compte.

– Je vous avais dit qu'elle était de sang royal pur, se vante Pruinn. Je l'avais senti.

– Bien joué, le félicitent les jumeaux.

– Qu'avez-vous fait ? je répète d'une voix aussi tremblante que le sol. Ce n'est pas ce pour quoi j'avais donné mon accord.

– Mais si. Vous avez accepté le marché, Majesté. Nous avions besoin du sang pur d'un membre d'une famille royale oréenne pour restaurer le pont, et vous nous l'avez donné.

Sur le pont, le bruit de tambour s'intensifie, mais je comprends trop tard qu'il ne s'agit *pas* de tambours. On dirait… des pas. Comme si un millier de pieds avançaient sur la piste. Tout mon corps est secoué par cette pulsation inquiétante.

– Qu'est-ce que c'est ? Qui vient ?

Je n'aime pas la cruauté de leurs sourires. Mais c'est la réponse qu'ils me font en chœur qui me terrorise.

– Les faes sont de retour. Et cette fois, Orea sera à nous.

TROIS REINES

PREMIÈRE PARTIE

Il était une fois trois reines,
bien qu'elles fussent fort différentes.
La première était un leurre, la seconde était très pure,
la dernière était un remède.

Il y avait une reine qui était née ainsi,
et une reine qui l'était devenue.
Et une vigne d'or qui poussait dans l'ombre.

L'une était la nuit, la seconde le crépuscule.
Toutes deux très différentes,
toutes deux remplies de méfiance.
La troisième ne correspondait pas (celle-là était l'aube).
Une chose qu'elles avaient en commun ?
Toutes les trois avaient *disparu*.

Le crépuscule disparut sur un pont,
La nuit était censée être tuée.
Et à travers une fente dans l'air,
L'aube a dû être renversée.

Ainsi s'écroulait l'Avenir,
tandis que surgissaient les déesses.
De l'éclosion des étoiles,
leur destinée a fleuri.

Mais les fortunes peuvent changer et les réussites se briser.
Et chaque reine doit apprendre comment accéder
à son pouvoir (car tout pouvoir n'est pas magique),
sinon son avenir peut se révéler tragique.

Il était une fois trois reines,
bien qu'elles fussent fort différentes.
(Elles devaient apprendre à s'assumer.)

L'une était plutôt froide, l'autre était intrépide.
Quant à la troisième, elle donnait en permanence.
Et toutes, chacune d'entre elles, faisaient envie aux autres.

Et l'envie est dangereuse
dans un monde de grande cupidité.
Il n'était donc pas encore certain
de savoir quelle plantation ensemencerait.

Mais planter, elles le firent toutes,
chaque reine, sa propre graine.
À travers les mondes,
leur fruit fut arrosé de leur sang.

Car chacune a traversé un pont bâti par elle seule,
chacune a eu le monde qu'elle cherchait à prendre.

Mais le sang, le cœur et l'or doivent être inébranlables,
car eux seuls peuvent déterminer quel Avenir s'éveillera.

À SUIVRE…

Remerciements

C'est ici que j'explique comment j'en suis venue à écrire ce livre et qui sont les personnes que j'ai la joie de pouvoir remercier – et elles sont *très nombreuses*.

Mais si je veux être vraiment honnête et décrire la façon dont ce livre a été réalisé, je dois reconnaître que je ne me suis pas seulement contentée d'additionner des mots, mais que j'ai vécu également des moments de panique. Il me faudrait tenir compte de tous les nœuds que je me suis faits au ventre lorsque j'étais convaincue que je n'arrivais pas à produire quelque chose d'assez bien. Il faudrait aussi que je parle des larmes que j'ai versées chaque fois que j'avais l'impression d'échouer. Collecter l'ensemble des angoisses silencieuses qui se sont accumulées au fin fond de ma conscience. Parler du poids de l'attente sur mes mains, que je sentais chaque fois que je levais le doigt pour taper une lettre. Et des nuits où je me réveillais avec des sueurs froides. Les heures et les heures de messages vocaux et de brainstorming. Les soupirs de soulagement chaque fois que j'écrivais la dernière phrase d'un chapitre. Les voix des personnages que j'entendais dans ma tête, les scènes de chaque chapitre qui se déroulaient comme dans un film. Les minutes perdues, les yeux rivés sur le calendrier et cette date limite de rendu qui se rapprochait de plus en plus. Le nombre incalculable d'onglets que j'ai ouverts pour rechercher des synonymes, des antonymes, des définitions, des expressions, des termes pour comprendre comment quelque chose fonctionne ou ressemble à autre chose. La culpabilité qui m'envahissait chaque fois que je m'asseyais à ma table et que je ne travaillais pas. Les morceaux de musique sans paroles et le bruit d'ambiance de la pluie que je faisais jouer en sourdine. Les dizaines d'emballages que j'abandonnais sur ma table de chevet pour grignoter à minuit lorsque je veillais tard pour travailler une fois que ma fille était couchée. Sans parler des dizaines de milliers de pas que j'ai faits en tentant de comprendre le parcours de mes personnages.

C'est ce qui a composé l'écriture de ce livre. Et à travers tout ça, mes proches qui ont toujours été présents pour m'aider à m'ancrer, me rappeler pourquoi j'aimais cette histoire, et ce que j'essayais de raconter. Ce sont les personnes qui m'aiment et me soutiennent inconditionnellement, et je suis absolument sincère lorsque je dis que je n'y serais pas arrivée sans elles.

À mon mari et à ma fille, vous êtes mon bonheur quotidien, et je vous aime tellement. À mes parents et à ma sœur, je n'aurais même pas commencé à écrire si vous n'aviez pas été là. C'est donc grâce à vous que je n'ai pas renoncé à mon rêve.

Dans le monde du livre, les choses peuvent être très compétitives et l'on peut vite se sentir isolée, mais j'ai la chance d'avoir trouvé un groupe de personnes si incroyablement intelligentes qui me soutiennent. Sarah A. Parker, merci de m'avoir aidée à chaque chapitre, de m'avoir fait me concentrer dans la salle de sprint et de m'avoir laissée aller à mon rythme et parler de mon brainstorming un nombre incalculable de fois. Ivy Asher et Ann Denton, je suis toujours très anxieuse lorsque vous me lisez, mais je sais sans aucun doute que vous m'aiderez à améliorer chacun de mes romans, et *Glow* n'a pas dérogé à la règle. Vous m'avez redonné confiance en moi et vous avez toujours compris ce que j'essayais de dire, tout au long du voyage d'Auren. C.R. Jane et Candice, je vous suis très reconnaissante pour votre perspicacité et pour avoir lu ce livre si rapidement, alors que la date limite de remise de mon manuscrit arrivait à grands pas.

À Helayna, merci d'avoir corrigé mes erreurs et d'avoir peaufiné ce livre.

À Amy et Bex, merci d'avoir ajouté ces touches supplémentaires pour faire de ce roman une édition spéciale. À Aubrey, je te suis si reconnaissante pour ta fibre créatrice. J'ai toujours su que j'allais adorer tout ce que tu as créé pour cette saga.

À mon agent, Kim Whalen, tu as tenté ta chance avec un livre indépendant déjà publié, et depuis, tu as fait passer cette saga à la vitesse supérieure, et je te suis très reconnaissante pour tout le travail accompli.

À Rebecca Hilsdon et Jorgie Bain de Penguin Random House UK, votre enthousiasme pour la saga est tout ce qu'il y a de plus important pour moi, et j'ai hâte de voir ce qui va se passer ensuite !

Mais je tiens surtout à remercier mes lectrices et lecteurs. Cette saga ne serait rien sans vous. Je continue à être époustouflée par votre soutien actif et votre enthousiasme sans faille. À toutes les BookTokeuses et Bookstagrameuses qui l'ont fait circuler sur les réseaux, vous me déclenchez constamment un sourire ou des larmes aux yeux. Les choses que vous créez, les mots authentiques que vous prononcez… ça me laisse sans voix.

Alors merci à toutes et tous de m'avoir fait confiance pour raconter le voyage d'Auren. Je vous suis incroyablement reconnaissante. Merci pour chaque vidéo, chaque post, chaque critique et chaque recommandation. Toutes les bonnes choses qui sont arrivées à cette saga l'ont été grâce à vous.

RK

Imprimé en France par
CPI Bussière
en septembre 2023
N° d'impression : 2073238